LES ARTEFACTS DU POUVOIR **2**

La Harpe des Vents

Du même auteur
aux Éditions J'ai lu

Les Artefacts du pouvoir :
1. Aurian, *J'ai lu* 8858

MAGGIE FUREY

LES ARTEFACTS DU POUVOIR **2**

La Harpe des Vents

Traduit de l'anglais
par Isabelle Pernot

J'AI LU

Titre original :
HARP OF WINDS
(ARTIFACTS OF POWER, II)

Ce livre est dédié à deux personnes, très spéciales à mes yeux :

John Jarrold, le meilleur des éditeurs et l'organisateur des déjeuners Legendary, avec qui je passe toujours de merveilleux moments. Pour son enthousiasme, son intuition, son empathie avec le travail à accomplir, et aussi le fait qu'il laisse toujours l'auteur « avoir le dernier mot ».

Et John Parker, qui participe à cette aventure depuis le début, et à qui je dois tant. C'est un agent intelligent et sagace, un mentor bienveillant qui a su me guider à travers les méandres de l'édition, et surtout, un véritable ami.

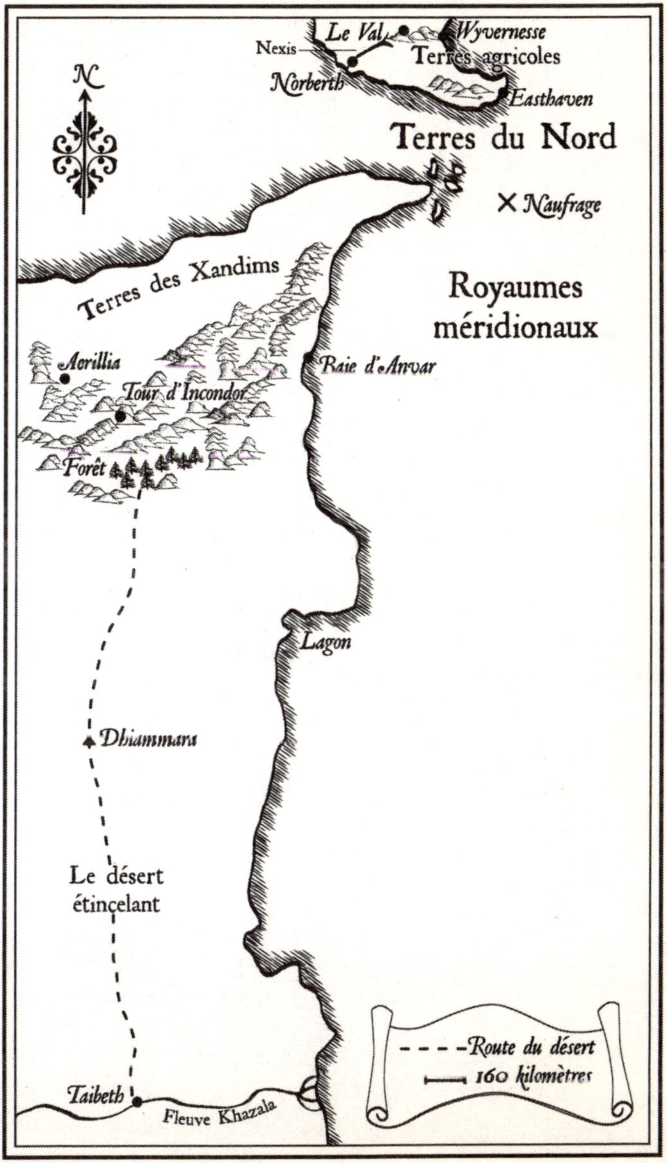

Le Val
Wyvernesse
Nexis
Terres agricoles
Norberth
Easthaven
N
Terres du Nord
Naufrage
Terres des Xandims
Royaumes méridionaux
Aerillia
Baie d'Arvar
Tour d'Incondor
Forêt
Lagon
Dhiammara
Le désert étincelant
Route du désert
160 kilomètres
Taibeth
Fleuve Khazala

1

ENTRE LES MONDES...

— Ah, ce sacré bretteur ! gronda la Mort.

Le vieil homme avait conscience de tout ce qui se produisait sur son domaine et aurait pu mettre un terme à ce qui se passait s'il l'avait voulu. Cependant, il s'appuya sur son bâton et se pencha, avec un petit sourire contrit non dénué de respect, pour observer les efforts de l'esprit courageux et entêté qui s'efforçait de lui échapper une fois encore.

La Porte entre les Mondes était ancienne, son panneau de bois aussi gris et pesant que de la pierre et ses sculptures érodées par le temps et presque obscurcies par le poids des ans. Avec une grimace, Forral effleura les entailles qui défiguraient ces beaux entrelacs complexes. Il s'agissait de son œuvre, un souvenir laissé la première fois où il avait tenté de franchir cet obstacle. Rendu amer par son propre meurtre, enragé par la folie qu'il n'avait pas su contrôler et qui l'avait conduit à une mort prématurée et malade d'angoisse pour Aurian, il n'avait pas été d'humeur, alors, à se laisser barrer le chemin. Peu lui importait de savoir que les morts n'avaient pas le droit de retourner auprès des vivants. Tout ce qui comptait pour lui, à ce moment-là, c'était la Mage qu'il aimait, et son enfant à naître – *leur* enfant à naître.

Encore et encore, la lame du bretteur – Forral s'était d'ailleurs demandé pourquoi une épée était apparue dans sa main juste au moment où il en avait eu besoin – s'était abattue sur la porte dans une frénésie de rage et de chagrin jusqu'à ce que l'épuisement eût raison de lui, bien qu'il ne fût plus qu'un spectre. Alors seulement il avait trouvé la clé en s'appuyant contre le bois gris et froid pour pleurer Aurian. La violence ne pouvait ouvrir la porte de la Mort, mais l'amour, s'il était suffisamment fort, permettait de franchir son seuil.

La porte s'ouvrit au contact de la main de Forral lorsqu'il prononça le nom d'Aurian. Il pénétra alors dans un puits de brume étincelant qui obscurcissait sa vision et qui, par bonheur, ne lui permettait pas de voir ce que dissimulait ce linceul argenté. Bien qu'il eût appris à franchir cet obstacle, cela ne voulait pas dire qu'il en avait obtenu le droit. Le bretteur haussa les épaules. Comme si cela pouvait le séparer d'Aurian ! Il se souvint de la dernière fois où il l'avait vue, dans la cité des Dragons. Elle était si triste et si fatiguée alors, avec des larmes ruisselant sur son visage sale et hagard et son ventre qui s'arrondissait autour de l'enfant, sous sa légère robe en lambeaux. Forral sentit les larmes perler à ses paupières à ce souvenir. Il avait eu le cœur déchiré de ne pouvoir la serrer contre lui pour la réconforter et lui rendre le sourire. C'est pourquoi il avait fait la seule chose en son pouvoir en indiquant à sa bien-aimée l'emplacement du Bâton de la Terre. La Mort, le souverain de ce sinistre royaume, avait pâli de rage en constatant cette interférence.

Alors que le bretteur arrivait au bout du chemin envahi par les herbes, le brouillard tomba et se transforma en un voile soyeux qui montait jusqu'à ses chevilles. Forral, espérant que personne ne l'observait, entra dans la vallée et suivit le sentier familier entre les collines ondoyantes, sous un ciel étoilé, tandis que la brume s'enroulait à chaque pas autour de ses bottes. Quelquefois, le chemin qui menait au Puits des Âmes paraissait court, mais parfois, il semblait durer une éternité…

— *Forral, arrête, je te l'ordonne !*

Le bretteur sursauta d'un air coupable et proféra un juron. La silhouette encapuchonnée avait surgi de nulle part. On aurait dit un vieillard, courbé sur son bâton et enveloppé dans un grand manteau gris. Il tenait à la main une lanterne qui projetait un unique rayon d'argent. En matière d'apparitions, celle-ci paraissait plutôt inoffensive, mais Forral avait appris à se méfier des apparences.

— Laisse-moi passer ! exigea-t-il en portant la main à son épée.

— Tu penses pouvoir utiliser cette épée contre moi ?

Un gloussement semblable à un sifflement rouillé surgit des profondeurs sinistres du capuchon de la Mort. Sa voix caverneuse et sifflante fit frissonner Forral, comme si un cadavre lui caressait l'échine de ses doigts morts.

— Forral, n'apprendras-tu donc jamais ? Peu importent tes efforts, tu ne peux pas retourner d'où tu viens, c'est impossible ! Alors à quoi bon la hanter ? Elle s'en sort très bien par elle-même, crois-moi. (Cette voix pleine d'ironie se fit plus douce, presque cajoleuse :) Renonce à cette folie, pour le bien de tous. Tu n'as pas le droit de t'attarder ici, entre les Mondes.

Retourne à l'endroit auquel tu appartiens désormais et accepte de te réincarner. C'est le seul moyen pour toi de retourner auprès d'Aurian.

— Menteur ! cracha Forral, oubliant toute mesure de prudence dans sa colère. Tu veux seulement te débarrasser de moi. Comment la réincarnation pourrait-elle me ramener auprès d'Aurian ? Je ne me souviendrais pas d'elle, et elle ne me reconnaîtrait pas. De plus, à quoi lui servirais-je, si je n'étais qu'un marmot braillard ?

— Ah, fit la Mort d'un ton doux et rusé. Un bébé, certes, mais lequel ? As-tu songé à cette vie qu'Aurian porte en son sein ? Et si…

— Comment ? rugit Forral. Mais c'est obscène !

— Réfléchis, ronronna la Mort. En un rien de temps, tu serais de retour dans ses bras, et elle te donnerait toute son affection. Peut-être qu'en fin de compte, tu parviendrais à te souvenir de qui tu étais auparavant. Quelquefois, les souvenirs des vies passées reviennent.

Pendant un instant, Forral fut tenté d'accepter. Il avait si désespérément envie de rejoindre Aurian… Puis il songea à l'existence tourmentée qui serait la sienne si ses souvenirs lui revenaient vraiment.

— Jamais ! gronda-t-il. J'ai été un père pour cette petite avant de devenir son amant. Que je sois pendu si, après ça, je deviens son fils !

À sa grande irritation, Forral surprit l'éclat d'un sourire dans l'ombre du capuchon de la Mort.

— Cela suffit, mon belliqueux ami. Tu as passé le test avec succès.

— Un test ? (Le bretteur se rembrunit.) Quel test ? Bon sang, mais à quoi diable joues-tu ?

Puis il retint son souffle et recula en hâte en voyant le Spectre grandir brusquement, jusqu'à masquer les étoiles, avant de se pencher sur lui, noir et menaçant.

— Forral, siffla-t-il d'une voix glaciale, je trouve rafraîchissant de voir un Mortel qui ne me craint pas, et c'est pour cette raison que j'apprécie ton courage. Mais n'oublie jamais un seul instant qui je suis.

Forral se remit à respirer tandis que le Spectre reprenait ses dimensions humaines.

— Mais ne va pas croire que la Mort soit sans pitié, ajouta doucement le vieillard. Aurian et toi, vous faites partie, avec votre ami Anvar, d'un puzzle qui reste encore à résoudre. Chacun de vous m'a déjà rencontré et a passé le test avec succès. Crois-moi, il existe un espoir pour vous tous.

Forral ne comprit rien à ce discours, mais il en avait assez qu'on joue avec lui.

— Si tu as fini, gronda-t-il, ôte-toi de mon chemin. (Il prit une profonde inspiration.) Je t'en prie. Il faut que je voie Aurian.

La Mort soupira.

— Voilà que tu insistes encore. Très bien, mais je t'ai prévenu. Je t'autorise à la revoir, mais je ne te permettrai pas d'interférer de nouveau.

L'ancien bosquet, replié sur les secrets de son cœur invisible, se découpait telle une ombre noire au sommet de la colline obscure. Forral se dirigea vers les arbres d'un pas confiant car il savait que son amour pour Aurian lui permettrait d'y entrer, tout comme il avait su lui ouvrir la Porte entre les Mondes. Mais la Mort le tira en arrière, et le bretteur frémit de ce contact terrible qui n'en était pas vraiment un – un peu comme le manque de sensations d'une cicatrice – et qui le secoua jusqu'aux tréfonds de son être.

— Permets-moi de te précéder, déclara le Spectre avec une politesse feinte. Les arbres ne t'aiment pas. Tu souilles leur cœur sacré par ta présence, et ton irréfrénable impatience les bouleverse.

Le Spectre se tourna vers le bosquet et s'inclina trois fois. Alors, les arbres s'écartèrent en silence pour former un chemin. Forral, marchant sur les traces de la Mort, s'avança sous les arceaux que formaient leurs branches et distingua, presque inaudibles, les murmures bruissants de leur colère. Embrassant le souvenir d'Aurian tel un bouclier, le bretteur se réaffirma qu'il n'avait pas peur.

La mare qui se trouvait au cœur du bosquet n'avait pas changé depuis sa dernière visite. Nichée au creux d'un monticule de mousse, elle gisait, silencieuse, immobile et solennelle dans son terrifiant pouvoir, car elle contenait tous les mondes de l'univers mortel dans ses profondeurs étoilées. Le bretteur se précipita avec impatience. Il avait appris, longtemps auparavant, qu'en touchant les eaux du Puits des Âmes, il pouvait envoyer son ombre dans le monde d'Aurian.

— Attends ! s'écria le Spectre d'une voix dure. Avant de te laisser approcher le Puits, je te préviens, une fois de plus : tu ne peux qu'observer. Tu ne dois pas retourner là-bas ni interférer. Et si ce que tu vois au fond de ces eaux te procure de l'angoisse, eh bien, je t'aurai prévenu.

— D'accord ! grommela Forral.

Il s'agenouilla sur le rebord de mousse et plongea son regard au sein des eaux sombres. Il frémit, comme toujours, lorsque l'univers étoilé surgit en tourbillonnant des profondeurs obsidiennes pour venir à sa rencontre. Mais il savait comment faire, à présent. *Aurian*, songea-t-il, le cœur plein de désir. *Aurian, mon amour...* Tout en restant fermement campé au bord de la mare, le bretteur eut l'impression de tomber, comme pris dans une chute interminable entre les étoiles éternelles... Puis les eaux s'éclaircirent et devinrent un miroir, non, une image, qui bougeait et vivait. Forral aperçut des endroits, des gens, des heures, des jours, tous comprimés en un tourbillon intemporel, dans un monde dont la douce familiarité lui brisa le cœur.

Bohan attendait comme il le faisait depuis des jours, montant obstinément la garde sur la crête, en bordure du désert. Cependant, il n'était pas seul, ses compagnons y veillaient. L'un d'eux restait toujours avec lui, le borgne Eliizar, autrefois maître d'armes du cirque, ou le courageux Yazour, ce jeune guerrier qui avait fui le service du prince pour rejoindre l'étrange petit groupe d'Aurian. Sans relâche, ils avaient surveillé l'eunuque, se refusant à le laisser seul, tandis que lui-même contemplait les sables vides. La culpabilité rongeait Bohan, car il avait laissé ses compagnons le convaincre d'abandonner sa dame. Voilà qu'à présent il ne pouvait plus retourner auprès d'elle parce qu'ils l'empêchaient de repartir.

Bohan se sentait plein d'amertume. Tout le monde le croyait stupide parce qu'il était muet – tout le monde, sauf sa chère Aurian. Il lui avait donné sa dévotion à cause de la gentillesse dont elle avait fait preuve à son égard, mais ensuite il l'avait laissée mourir dans le désert en compagnie de ses deux autres amis, Anvar et Shia la noire au regard flamboyant, la grande panthère qui possédait une intelligence surhumaine.

Même si Eliizar avait été obligé d'assommer l'eunuque pour l'emmener loin des Mages, Bohan continuait à s'en vouloir. Il avait abandonné sa dame, et voilà qu'à l'issue de la première et terrible tempête de sable qui venait de ravager le désert, il était bien obligé d'affronter la vérité. Aurian était morte, étouffée par les sables, les yeux et la peau dévorés par la poussière de gemme, les os mis à nu par ces minuscules particules coupantes.

Pendant un long moment, Bohan s'était accroché à l'espoir, en dépit du bon sens. C'était ce qui l'avait empêché, au cours des derniers jours, de s'aventurer dans le désert en défiant ses compagnons d'utiliser leurs armes pour l'arrêter. Il avait toujours cru qu'Aurian triompherait en dépit de tout, que d'un instant à l'autre elle apparaîtrait sur l'horizon éblouissant des dunes scintillantes. C'était pour cette raison qu'il avait cédé face aux arguments de ses compagnons. *Je dois être stupide, après tout. Je les ai tous laissés, Yazour, Eliizar et Nereni, me convaincre avec leurs belles paroles : « Si elle doit venir, elle viendra, Bohan. Nous ne pouvons plus rien faire à présent pour changer le cours des choses. » « Si quelqu'un peut sortir de là vivant, c'est bien Aurian, et Anvar aussi. » « Gaspiller ton existence, c'est bien la dernière chose qu'Aurian souhaiterait te voir faire. »*

Et maintenant, il était trop tard. Cachant son visage entre ses mains, Bohan s'étrangla sur un sanglot silencieux et inonda de ses larmes le voile vaporeux qui protégeait ses yeux de l'éclat aveuglant du désert.

Une main douce et pleine de sympathie se posa sur son épaule. Il se retourna et aperçut Nereni, l'épouse d'Eliizar.

— Viens, Bohan, lui dit-elle d'une voix étouffée par les larmes. Cela ne sert à rien de rester là, tu te fais du mal. Eliizar dit que… (Brusquement, elle retint son souffle, et l'eunuque sentit sa main se crisper sur son épaule.) Bohan, attends ! Ils arrivent ! Tu te rends compte ? Ils arrivent !

La première à rejoindre l'eunuque ne fut autre que la grande panthère Shia avec laquelle il avait forgé un lien si mystérieux. Elle se jeta sur lui en ronronnant de manière extatique et, en dépit de son imposante corpulence, Bohan fut jeté à terre sous le poids de la bête tout aussi impressionnante. Cependant, lorsqu'il entendit Aurian l'appeler, l'eunuque ne put attendre plus longtemps. Se dégageant de cette tumultueuse étreinte, il descendit précipitamment de la crête et se jeta sur le chemin escarpé qui menait à la vaste plaine du désert de gemmes, soulevant au passage des nuages de poussière étincelante.

Aurian monta à sa rencontre en titubant, appuyée sur l'épaule du Mage Anvar. Visiblement épuisée, elle avait la peau maculée de sang et de poussière de gemme, et sa robe n'était plus qu'une guenille. Le visage baigné de larmes, l'eunuque la souleva de terre dans une étreinte propre à lui broyer les os, regrettant désespérément de ne pouvoir lui expliquer qu'il n'avait pas voulu l'abandonner dans le désert, qu'Eliizar et Yazour l'avaient forcé à partir. Il aurait voulu lui dire combien il s'était inquiété pour elle, combien il l'avait pleurée aussi et comme il avait cru ne jamais la revoir lorsque la tempête de sable s'était achevée. Mais il ne pouvait que la serrer contre lui en mettant tout son cœur dans son regard.

— Laisse-moi respirer, protesta Aurian, hors d'haleine, riant et pleurant tout à la fois, le visage illuminé par la joie. Oh, mon cher, cher, Bohan, je suis si heureuse de te revoir !

— Et lui est heureux de vous revoir aussi.

Yazour, qui s'était approché en silence, s'exprimait comme toujours d'une voix douce et basse. Un œil au beurre noir qui virait peu à peu au violet défigurait son beau visage, mais il souriait d'un air joyeux.

— Vous n'avez pas idée du mal qu'il nous a donné depuis que nous nous sommes quittés, ma dame, poursuivit-il. Nous avons dû l'assommer pour l'obliger à vous laisser. Depuis, nous avons dû monter la garde auprès de lui, Eliizar et moi, afin de l'empêcher de repartir à votre recherche. Quand la tempête s'est levée, c'est à peine si nous avons pu le retenir, il était devenu complètement fou. (Le jeune guerrier indiqua son œil avec un sourire contrit.) Quelle aubaine de vous voir arriver enfin. Je crois bien qu'il a cassé toutes les dents d'Eliizar !

— Non, pas toutes, juste quelques-unes, marmonna l'intéressé entre ses lèvres enflées. Et puis, c'était pour la bonne cause !

— Une chance que Yazour ait récolté l'œil au beurre noir à ta place, le taquina Anvar. Tu n'en avais pas d'autre !

Eliizar se retourna pour donner une bourrade au grand Mage aux yeux bleus.

— Par le Faucheur, Anvar, j'aurais volontiers donné mon œil pour vous voir sortir tous les deux sains et saufs de cette tempête. Quoi, qu'est-ce que j'ai dit ? protesta-t-il d'un air stupéfait en voyant ses compagnons écroulés de rire.

— Que verrais-tu sans ton œil, vieux fou ? gloussa Nereni d'un air affectueux. Viens, Eliizar, gardons ces bavardages pour le moment où Aurian et Anvar seront bien installés dans notre campement. (Elle se tourna vers les Mages.) Venez, mes amis. Vous avez besoin de repos. Un bon bain et un bon repas chaud vous feront le plus grand bien.

L'eunuque souleva Aurian et la porta jusqu'au sommet de la crête, tandis que Nereni le suivait en caquetant avec bonne humeur. Yazour et Eliizar, tout sourires eux aussi, aidèrent Anvar à gravir la pente escarpée en dépit de sa fatigue. Bohan fut obligé de faire très attention pour ne pas tomber avec son précieux fardeau, car Shia, qui était devenue son amie lorsque Aurian et elle avaient réussi à sortir vivantes du cirque, dans la cité khazalim de Taibeth, ne cessait de frotter son corps noir et onduleux le long de ses jambes, ronronnant de plaisir à l'idée de l'avoir retrouvé.

Au sommet de la pente se trouvait un étroit plateau, recouvert de petits buissons épineux et de plantes grasses à larges feuilles, ainsi que de pins rugueux et tordus par le vent qui avaient réussi à survivre aux terribles bourrasques des tempêtes du désert. De l'autre côté, le terrain chutait de nouveau. Là, nichée au cœur de la vallée dont les flancs les plus éloignés se confondaient avec les contreforts des montagnes, se dressait une forêt dense, semblable à un immense nuage vert.

Tout en serrant doucement Aurian dans ses bras, comme s'il avait peur qu'elle ne se brise, l'eunuque traversa le plateau et amena la Mage épuisée sur le chemin grossier que ses compagnons et lui avaient ouvert dans les buissons d'épines. Puis, courbant le dos pour éviter les branches au-dessus de sa tête, il descendit la colline et s'engouffra dans la forêt.

En raison de son existence précaire en bordure du désert, celle-ci paraissait résistante, clairsemée et battue par les vents, comme une véritable survivante. Elle comptait comme essences des cyprès et des pins rachitiques et noirs qui, bien que peu engageants, n'en restaient pas moins les bienvenus au sortir des terres arides et rudes des Khazalims. De plus, une aubaine inattendue était venue éclairer leur sinistre et antique tristesse. La fonte des neiges de ce terrible hiver qui s'était abattu sur les montagnes avait doté les collines au climat plus tempéré de jolis petits ruisseaux tout neufs qui dévalaient joyeusement les pentes semées de rochers pour former des mares étincelantes dans des vallons abrités. Grâce à cette eau supplémentaire, la forêt s'était épanouie, et des fleurs de toutes les couleurs avaient éclos. Partout où le regard portait, ce n'était qu'écharpes de bleu brumeux et de rose éclatant, dentelles blanches et délicates et grappes de jaune doré comme des tas de pièces éparpillées. Les bourgeons abondaient, de toutes les formes et de toutes les tailles, entourés d'une cour d'abeilles et de papillons ravis, et mêlaient leurs fragrances au parfum piquant des pins et faisaient de chaque respiration un nouveau ravissement.

Après avoir passé toute son existence sur les terres arides des Khazalims, Bohan était transporté par la beauté de la forêt. Cette vallée boisée, verte et ombragée lui apparaissait comme un miracle, et l'eunuque sourit en entendant les exclamations ravies d'Aurian. Il avait hâte de lui montrer toutes les merveilles de cet endroit étonnant.

Le campement, un peu fruste, était situé non loin de l'orée de la forêt, près des rives d'un de ces nouveaux ruisseaux dont les eaux tumultueuses avaient délogé les racines d'un pin gigantesque. L'arbre s'était effondré, mais ses voisins l'avaient retenu dans sa chute, si bien que ses branches, emmêlées dans celles de ses congénères, fournissaient aux voyageurs un abri de fortune incliné.

— Mais il s'agit d'un arrangement temporaire, expliqua Eliizar tandis que Bohan déposait Aurian au pied de l'arbre penché. (Le guerrier borgne s'agenouilla pour faire repartir le feu tout en ajoutant :) Nous sommes trop près du ruisseau. Le terrain est humide et nous courons le risque d'une inondation. Nous avions l'intention de dresser un camp plus solide au cœur de la forêt, Yazour a trouvé une clairière idéale pour ça, mais nous ne pouvions pas bouger tant qu'il existait une chance de vous voir sortir du désert. (Il leva les yeux et sourit à l'eunuque.) En plus, Bohan ne nous aurait jamais laissé faire !

Nereni, qui avançait déjà d'un air décidé vers son matériel de cuisine, chassa son mari loin du feu.

— Veux-tu bien aller chercher de l'eau, Eliizar ? Nos amis doivent mourir de soif, les pauvres chéris, et je dois m'occuper de leurs blessures. Maintenant, voyons où j'ai rangé ce baume ? Et Yazour, je vais avoir besoin de quelques morceaux de ce daim que tu as abattu ce matin. Bohan t'aidera à les ramener. N'oublie pas de rapporter un quartier de viande pour Shia. Non, à la réflexion, ramènes-en deux. Elle a l'air affamé.

Forral se réjouit des joyeuses trouvailles d'Aurian avec ses amis. Bohan souriait d'une oreille à l'autre. Le souple Yazour, aux longs cheveux réunis en queue-de-cheval, rayonnait de bonheur tranquille. Quant à Eliizar et sa ronde épouse, ils irradiaient la joie de vivre.

Le bretteur observa la scène avec satisfaction tandis qu'Eliizar faisait visiter le camp à Aurian et à Anvar. Là, ils allaient pouvoir récupérer des épreuves du désert et, grâce à l'abondance de la forêt, se préparer à la prochaine étape de leur voyage. Tout le monde s'était affairé en attendant l'arrivée des deux Mages. Même les chevaux, qui gambadaient non loin de là, broutaient de l'herbe comme si leur vie en dépendait. Afin de compenser la famine dont ils avaient souffert dans le désert, ils avaient passé tout leur temps à manger depuis leur arrivée dans la forêt, et l'amélioration de leur état était déjà visible.

Eliizar et ses compagnons avaient travaillé dur pour bâtir des abris en tressant des rameaux. Nereni avait récolté toute une moisson de plantes comestibles tandis qu'Eliizar et Yazour chassaient le sanglier, le cochon sauvage et le cerf. Bohan s'était quant à lui découvert un talent inattendu pour attraper les lapins au collet. Tout en dressant la liste de leurs accomplissements, Forral les couvrit d'un regard approbateur. Il était persuadé qu'Aurian serait en sécurité sous les arbres – pour le moment, du moins.

— Et c'est ainsi que nous livrons au Feu le corps de Bragar, notre frère en magie, et que nous rendons son esprit aux dieux...

L'Archimage Miathan conclut la cérémonie des morts d'un ton rapide et monotone, sans marquer le moindre respect à l'endroit du défunt Mage du Feu, dont les restes racornis et calcinés gisaient sur le grand autel en pierre, sur le temple situé au sommet de la Tour des Mages, à Nexis. *Quelle perte de temps*, songea Miathan avec irritation. Bragar, cet idiot superficiel, brutal et trop ambitieux, ne méritait en rien un tel hommage.

— Que nos prières et nos bénédictions accompagnent son départ.

Il prononça sèchement ces derniers mots avec une moue méprisante, puis leva son bâton et projeta un unique jet de flammes cramoisies. Celles-ci s'emparèrent du cadavre dans une explosion qui éclaira le ciel plombé de Nexis et fit fondre les étoiles de gel scintillantes qui couvraient d'argent les hautes pierres levées du temple.

Avant même que le corps de Bragar ne commence à grésiller et à fumer, Miathan fit demi-tour et se dirigea vers l'escalier de la tour. En passant devant Eliseth, qui se blottissait dans un manteau de fourrure pour se protéger du froid glacial de l'aube, il lui jeta un regard mauvais et eut la satisfaction de la voir esquisser un mouvement de recul. La Mage du Temps avait perdu son attitude hautaine et froide en même temps que sa beauté.

L'Archimage eut un sourire cruel à la vue de ces traits ravagés qui incarnaient autrefois la perfection. À l'aide de la coupe taillée dans un morceau du Chaudron de la Réincarnation, il avait lancé un sort visant à transformer la Mage du Temps en une vieille femme voûtée et flétrie. Eliseth éprouvait une telle vanité vis-à-vis de son apparence qu'il n'aurait pas pu trouver de meilleur moyen pour la punir d'avoir tenté de pousser Aurian au suicide en faisant apparaître l'image de Forral, son amant assassiné. Cette ruse avait d'ailleurs échoué de manière spectaculaire, provoquant la mort de Bragar.

Miathan lut de la haine dans les yeux d'Eliseth et songea qu'il lui faudrait la surveiller à l'avenir. Pour le moment, elle allait lui obéir, il y avait veillé, mais elle ne se laisserait pas éternellement intimider.

L'Archimage poursuivit son chemin avec un haussement d'épaules en ignorant le regard venimeux de la Mage. Il avait beaucoup à faire, car la vision, au sein de son cristal, d'Aurian et d'Anvar émergeant du désert le poussait à agir. Il fallait les capturer avant qu'Aurian ne récupère ses pouvoirs et tant qu'Eliseth était trop effrayée pour interférer. Déjà, l'étau se resserrait autour des fugitifs, qui ne soupçonnaient rien. Sa marionnette, ce jeune prince stupide, allait de nouveau rencontrer la jeune Ailée dans la forêt au-delà du désert, et Miathan avait l'intention de quitter son corps et de se rendre sur place afin de contrôler l'esprit d'Harihn et de veiller à ce que celui-ci exécute ses ordres. Mais, auparavant, il lui fallait contacter Serre-Noire, le Haut-Prêtre des Ailés.

Miathan regrettait que la crémation de Bragar l'empêche d'utiliser le temple afin de conduire l'obscure cérémonie qui lui permettait, grâce à la magie de Mort du Chaudron, de projeter son esprit si loin de Nexis. Il faudrait plus d'un sacrifice humain pour lui fournir le pouvoir nécessaire pour se rendre jusqu'à la citadelle du peuple ailé, Aerillia. Cependant, il faisait vraiment trop froid pour travailler en plein air, songea-t-il avec un amusement teinté de cynisme. Après tout, les Mortels pouvaient être sacrifiés n'importe où.

— Au nom du Ciel, où peut bien être ce satané Archimage ? hurla Serre-Noire à l'adresse du cristal qui restait muet. Réponds-moi, espèce de pierre sans valeur. J'exige de parler à Miathan !

Écumant de rage, il donna un coup de pied dans le socle en bois sculpté sur lequel reposait le cristal noir et scintillant. Celui-ci bascula et Serre-Noire se précipita pour tenter de le rattraper. Mais la gemme échappa à ses doigts tendus et se brisa sur le sol en une pluie d'étincelles.

— Non ! gémit le Haut-Prêtre.

Tombant à genoux, il rassembla à tâtons les fragments de pierre morte en proférant un chapelet de jurons. Peu importait la provocation, comment avait-il pu se montrer stupide au point de détruire son seul moyen de communication avec son allié ? Serre-Noire laissa échapper un grognement de frustration. Pourquoi Miathan n'avait-il pas répondu ? Il contempla d'un regard noir les murs de sa chambre, comme s'il pouvait arracher une réponse sur leur surface noire et réfléchissante. Il devait absolument s'entretenir avec l'Archimage, c'était vital. Cet hiver assassin, grâce auquel il avait obtenu et réussi à conserver la suprématie sur le peuple du Ciel, faiblissait.

Serre-Noire se leva et secoua ses ailes noires poussiéreuses en se précipitant vers la grande fenêtre voûtée. Peut-être parviendrait-il cette fois à nier l'évidence de ses propres yeux ? Mais les flèches délicates de la cité s'ornaient de pointes de glace fondant peu à peu et un paquet de neige glissa sur le toit de la Tour de la Reine avant de disparaître en grondant dans le gouffre en contrebas. Entendant des voix, Serre-Noire se pencha par la fenêtre pour contempler la cité qu'il convoitait. Les Ailés allaient et venaient entre les pinacles, criant d'excitation en s'amusant à éviter les chutes de neige. Le son de leur joie fit monter la bile dans la gorge du Haut-Prêtre.

Serre-Noire était trop préoccupé pour entendre le grondement annonciateur au-dessus de sa tête. Penché comme il l'était, il reçut le paquet de neige juste entre les épaules et en eut le souffle coupé. De la glace fondue et visqueuse lui éclaboussa le crâne et tomba dans le large col de sa cape avant de fondre et de s'insinuer, moqueuse, entre ses ailes, à un endroit où il ne pouvait l'atteindre.

— Par les yeux de Yinze qui voit tout, je refuse de déclarer forfait ! rugit le Haut-Prêtre en dansant sur place pour essayer de se débarrasser de la neige. Mais où est donc ce satané Archimage ?

Serre-Noire referma violemment la fenêtre en maudissant la perte de magie qui affectait sa race depuis le Cataclysme. Il avait passé des heures penché sur ce maudit cristal en essayant, en vain, de projeter son esprit au-delà des kilomètres qui le séparaient de Miathan. Mais ses efforts n'avaient résulté qu'en des maux de tête lancinants et la perte de sa précieuse gemme. Cela prendrait trop de temps d'en faire une autre. D'ici là, il aurait peut-être déjà complètement perdu son emprise sur les Ailés.

Serre-Noire n'avait qu'une envie, rendre à sa race sa dignité. Avant leur déclin, les Ailés faisaient partie des quatre grandes races de Mages – ces gardiens désignés par les dieux pour préserver l'ordre du monde. Avant de se faire voler ses pouvoirs au cours d'une guerre magique désastreuse, son peuple avait la charge de l'élément Air. Conjointement avec les Sorciers humains, ou Mages de la Terre, ils prenaient soin des oiseaux et de toutes les créatures portées par le vent. En compagnie des puissants Léviathans, ou Mages de l'Eau, ils contrôlaient le climat mondial.

La perte de ces pouvoirs formait comme une ronce étouffante entortillée autour de l'âme du Haut-Prêtre et qui ne cessait de croître avec les années. Le souvenir de l'ancienne grandeur de sa race lui causait de la souffrance et non de la fierté. Du point de vue de Serre-Noire, le peuple du Ciel n'avait jamais atteint tout son potentiel, même au temps de sa splendeur.

— Pourquoi ? gronda-t-il. Pourquoi n'avons-nous jamais eu le plein contrôle de notre élément ?

Ils avaient partagé chaque acte d'importance, que ce soit avec ces misérables Sorciers ou le pathétique peuple de la Mer au cœur tendre, qui se surnommait lui-même la conscience du monde. Serre-Noire, avec son étroitesse d'esprit, n'avait jamais songé que tous les Éléments et les forces qui permettaient de les contrôler étaient interdépendants. Tous s'entremêlaient et se soutenaient les uns les autres en formant la toile complexe de la vie. Mais le Haut-Prêtre ne se souciait que de lui et de ceux de sa race – et de ce qu'ils avaient perdu.

Dans sa jeunesse, le Haut-Prêtre était plus idéaliste. Le jeune Serre-Noire avait grandi dans l'enceinte sacrée du temple des sommets dédié à Yinze. Il avait été voué à une vie de prêtrise par des parents inconnus, le sort habituel réservé par les Ailés à un enfant non désiré. Mais Serre-Noire était différent. Les autres, acceptant leur sort, étaient devenus de doux et obéissants petits prêtres, mais lui en avait toujours voulu plus. Les femelles bien nées l'avaient rejeté, quant aux autres, moins fières et moins regardantes, il les méprisait. Laid, émacié et ambitieux, sous-estimé par ses professeurs et mentors, il avait grimpé les échelons du pouvoir pour les contrarier tous, parvenant à ses fins au sein du temple en devenant un étudiant trop doué pour pouvoir être ignoré.

En vérité, dans sa solitude et son isolement, Serre-Noire aspirait à la famille qu'il avait perdue, ainsi qu'à la sécurité et à l'acceptation qu'on lui avait refusées. Ne sachant pas qui étaient ses vrais parents, il avait fini par croire à son plus beau rêve, celui dans lequel il était vraiment un rejeton bâtard issu de la lignée royale. Des fantasmes lui emplissaient la tête chaque nuit, dans lesquels il prenait le contrôle de la race ailée et lui rendait sa gloire passée, atteignant ainsi une position de suprématie dans ce monde qui l'avait toujours renié.

Puis il avait trouvé les écrits. Ses supérieurs, tentant désespérément de distiller un peu d'humilité dans son âme, l'avaient assigné au nettoyage du temple. Serre-Noire, plus zélé que la plupart dans son ambition, avait découvert la cachette du journal secret d'Incondor.

Il s'agissait de toute évidence d'un tour du destin. Le jeune Mage arrogant, que l'on maudissait pour avoir été le coïnstigateur des terribles événements du Cataclysme, et dont le seul nom était tabou parmi les Ailés, avait laissé un message à la postérité, et c'était

Serre-Noire qui l'avait découvert, dans une niche obscure dissimulée derrière l'autel. Or, aux yeux du prêtre, rien n'arrivait par hasard.

Incondor n'avait fait preuve d'aucune peur ni d'aucune pitié dans son ambition. Lui aussi avait été solitaire et incompris des esprits inférieurs qui l'entouraient. Dévorant le journal de manière obsessive, nuit après nuit, dans sa petite cellule humide, Serre-Noire était parvenu aux conclusions qui s'imposaient. Le journal avait été laissé spécifiquement à son intention, tel un message à travers les siècles. En réalité, il était bel et bien Incondor réincarné afin de concrétiser enfin ses rêves de pouvoir inaboutis.

Un coup timide frappé à la porte vint interrompre le cours de ses pensées. Laissant échapper un grondement, Serre-Noire ouvrit si violemment la porte que celle-ci rebondit sur ses charnières et faillit faire tomber son visiteur de la plate-forme d'atterrissage, manquant le précipiter dans les profondeurs en contrebas. Le messager recula hâtivement dans un grand battement d'ailes blanches pour éviter la plaque de neige qui tomba du toit et se mit à planer, hors de danger, le regard méfiant. Serre-Noire reconnut Cygnus, le prêtre-guerrier du temple qui avait renoncé à la voie du sabre pour celle de la médecine. Le Haut-Prêtre esquissa une moue de mépris. Pourtant, Cygnus était un partisan loyal et zélé dont la connaissance des poisons s'était révélée extrêmement utile dernièrement.

— Messire ! hoqueta le jeune prêtre. La reine Aile-de-Feu est morte !

À cette nouvelle, le cœur de Serre-Noire bondit de joie. Enfin ! Par Yinze, elle en avait mis du temps, mais elle n'aurait pu mieux choisir son moment.

— J'arrive de suite ! déclara-t-il sèchement.

Mais, au même instant, un fourmillement à la base de la nuque le poussa à rentrer dans sa chambre. Le Haut-Prêtre se retourna et laissa échapper un hoquet de stupeur. Une partie du mur en pierre lisse opposé à la fenêtre luisait d'un éclat sourd et fantomatique. Sous ses yeux, cette lueur s'accrut en profondeur et en définition et finit par former les traits familiers et taillés à la serpe de l'Archimage.

Serre-Noire laissa échapper un soupir de soulagement.

— Je viendrai dès que possible, expliqua-t-il au jeune prêtre. En attendant, on ne doit me déranger sous aucun prétexte. Est-ce clair ?

Sur ce, il claqua la porte au nez du messager stupéfait et la verrouilla rapidement.

— Miathan, où étiez-vous passé ? (Serre-Noire était trop impatient pour recourir à la communication mentale, qui exigeait un schéma de pensées disciplinées.) La neige est en train de fondre ! bafouilla-t-il. Mon hiver se dissout et…

— Taisez-vous, Serre-Noire, et écoutez-moi. (La voix de l'Archimage semblait faible et lointaine, et son propriétaire paraissait très fatigué.) Eliseth, ma Mage du Climat, a été attaquée par ces renégats…

— Elle a été attaquée ? A-t-elle été blessée ? Peut-elle restaurer mon hiver ? s'enquit le Haut-Prêtre d'une voix insistante.

— Bien sûr, si elle sait ce qui est bon pour elle ! (Pendant un instant, la voix de Miathan se fit dure comme de l'acier.) Je réglerai cette question à mon retour. Mais, pour nous ramener à l'objet de ma visite, comment se porte votre reine ?

Serre-Noire sourit.

— Elle est morte, ronronna-t-il. Le poison a fonctionné à merveille.

— Excellent ! Dans ce cas, vous devez vous emparer du pouvoir au plus vite. Mon pion, le prince Harihn, a réussi à convaincre votre princesse de trahir les fugitifs. Elle les conduira à la tour d'Incondor – une brillante idée dont je vous félicite, c'est un endroit parfait pour une embuscade. Et si vous me fournissez les guerriers que vous m'avez promis, nous ne pourrons pas échouer. Quand serez-vous prêt à agir ?

L'image afficha un sourire cruel et empreint d'autosatisfaction qui fit frissonner Serre-Noire.

— Prêt ? répéta-t-il, suffoqué. Mais la reine vient juste de mourir. Je n'ai pas encore eu l'occasion…

— Dans ce cas, je vous suggère de vous presser, Serre-Noire. Vous aurez suffisamment de temps pour vous préparer. Nos fugitifs doivent effectuer quelques préparatifs en vue du voyage dans les montagnes, et il leur faudra quelques jours pour atteindre la tour. Prenez fermement en main votre cité et laissez-moi m'occuper du reste. Que vos guerriers soient prêts à tendre cette embuscade à mon signal. Oh, et, Serre-Noire, je ne sais pas du tout ce qu'il est advenu de votre cristal, mais veillez à régler ce problème au plus vite. Communiquer ainsi est épuisant et inefficace, et j'ai mieux à faire pour dépenser mon temps et mon énergie.

Sur ce, il disparut, laissant Serre-Noire fixer le mur nu d'un air indigné.

Tandis qu'il reprenait peu à peu conscience de ce qui l'entourait, le Haut-Prêtre entendit un son qui fit beaucoup pour apaiser l'irritation soulevée par les manières péremptoires de Miathan. Ouvrant sa fenêtre, il écouta les lamentations des nombreuses voix qui pleuraient la mort d'Aile-de-Feu, la reine du peuple du Ciel. Serre-Noire se permit un bref sourire de satisfaction. Puis il se composa un masque de tristesse approprié, se redressa et marcha jusqu'à la porte d'un air décidé. Il avait beaucoup à faire en peu de temps. Sortant sur la plate-forme, le Haut-Prêtre étendit ses ailes noires comme la nuit et s'envola par-dessus le gouffre obscur, en direction de la tour de la reine.

Les ténèbres, il ne connaissait plus que ça. L'obscurité et l'odeur du cheval mouillé étaient devenues pour Parric deux compagnes familières depuis que ses amis et lui avaient été capturés par les Xandims, les seigneurs du Cheval. Le maître de cavalerie proféra un juron, mais le cœur n'y était pas. Il avait fini par épuiser son vocabulaire d'insanités, qu'il croyait pourtant illimité. Il se retrouvait réduit à l'impuissance, les yeux bandés et les mains attachées. Or, se faire ballotter comme un vulgaire sac de crottin sur le dos de l'un des légendaires chevaux xandims était une profonde humiliation pour un cavalier. Trempé jusqu'aux os, Parric se sentait, en outre, furieux, frustré et effrayé. Il ne pouvait parler à ces gens que par l'intermédiaire de Meiriel, mais la Mage était folle à lier et le haïssait, par-dessus le marché. Il n'avait aucun moyen de savoir si elle traduirait correctement ses propos, à supposer que ces sauvages lui laissent une chance de s'exprimer.

Derrière lui, Parric entendit la toux déchirante d'Elewin. La maladie du vieil intendant n'avait fait qu'empirer au cours de ce voyage éprouvant. Il n'y survivrait sans doute pas car, pour autant que le maître de cavalerie le sache, Elewin et les autres subissaient un sort identique au sien : attachés, bâillonnés et les yeux bandés. Privé de la moindre information, Parric rongeait son frein. *Où ces bâtards nous emmènent-ils de toute façon, et combien de temps encore avant d'arriver à destination ?*

Le maître de cavalerie regrettait amèrement d'être parti à la recherche d'Aurian. Quelle folle décision ! Comment la retrouver dans ces terres immenses et hostiles ? Si seulement il avait eu l'idée de se renseigner davantage auprès de Yanis, le chef des Nightrunners, qui dirigeait des opérations commerciales illicites avec les méridionaux et s'était pris d'amitié pour les rebelles de Nexis. Ça lui avait paru une bonne idée, à l'époque, de lui demander de les amener dans le Sud à bord de l'un de ses navires. Parric jura de nouveau. Sans son bâillon, il aurait craché de dépit. Idris, le superstitieux capitaine qui les avait transportés à son bord, éprouvait une réticence non dissimulée à l'idée d'avoir une Mage pour passagère, et Meiriel n'avait rien fait pour arranger la situation en affichant une arrogance caustique à l'égard du marin. Certes, la Mage traitait tous les Mortels de la même façon, mais rien n'y avait fait. Lorsque les tempêtes avaient mis son navire à mal, Idris avait largué Parric et ses amis sur le bout de terre le plus proche et les avait abandonnés là sans même prendre le temps de réparer son mât brisé.

Dieux, quel imbécile je fais ! se reprocha Parric. Forral, son ancien commandant, en aurait été dégoûté. Le maître de cavalerie avait abandonné Vannor pour se lancer dans cette folle aventure, laissant le marchand à la tête des rebelles alors qu'il ne possédait pas la moindre expérience des combats. *Les dieux seuls savent quels dégâts il est en train de faire. Je me demande s'il a rejoint dame Eilin ? Et si elle nous aidera ? Mais bien sûr qu'elle le fera*, se rassura-t-il. *C'est la mère d'Aurian. L'Archimage a assassiné Forral et trahi sa fille, elle est forcément de notre côté. Si seulement je pouvais retrouver Aurian…*

Le cheval poursuivait son chemin sans se fatiguer. Parric, qui restait un cavalier dans l'âme, trouvait une certaine consolation dans la joie de sentir les longues foulées de l'animal. Des muscles puissants bougeaient sous lui avec aisance et fluidité, et une robe épaisse mais soyeuse lui frottait la joue. Il mourait d'envie de voir la bête, de faire courir ses mains sur ses flancs lisses et ses hanches puissantes. Ah, chevaucher cette créature et partager toute cette force généreuse ! C'était vrai, après tout, ce cheval pourrait battre de vitesse le vent lui-même ! Bercé par l'allure régulière de sa monture et réconforté par son odeur rugueuse et chaude, Parric s'assoupit et rêva qu'il chevauchait le vent.

Il se réveilla en sursaut lorsque la chouette qui l'avait tiré du sommeil poussa un second cri à vous glacer le sang. Seul quelqu'un privé de la vue comme il l'était aurait pu entendre le doux bruissement de ses ailes lorsque l'oiseau s'envola en silence. Il devait faire encore nuit, car il n'y avait que du noir au-delà de son bandeau, et il sentait une brise fraîche et humide sur sa peau. La pluie s'était enfin arrêtée, à son grand soulagement. Le maître de cavalerie se concentra en faisant appel à ses sens, aiguisés par des années d'exercices de reconnaissance, pour lui dire ce que ses yeux ne voyaient pas. Ah, le terrain avait changé. Le parfum capiteux du foin broyé, caractéristique des plaines, avait été remplacé par la fragrance lourde et musquée du terreau de la forêt, d'autant qu'il pouvait entendre le murmure du vent dans les branches. Le corps de sa monture était incliné, et le maître de cavalerie sentit les muscles de la bête se tendre pour mieux gravir un sentier inégal et escarpé.

Le bruit sourd des pas du cheval fut remplacé par le son creux des sabots sur une surface en pierre.

Un murmure parcourut les rangs des ravisseurs de Parric, et la bête s'arrêta. Des salutations furent prononcées et des réponses babillées dans la langue musicale des Xandims. Parric n'avait pas besoin de comprendre ce langage pour discerner la curiosité et la consternation dans leurs voix. Il aperçut, à travers son bandeau, la lumière obscurcie des torches, entrecoupée parfois par des zones d'ombre. Puis son cheval fit un pas en s'ébrouant d'un air irrité, et ils repartirent une fois de plus, grimpant avec difficulté le long de la route pavée. Le maître de cavalerie rassembla ses esprits en vue de sa rencontre imminente avec les chefs de la tribu. Il ne savait pas où on les avait conduits, ses compagnons et lui, mais, de toute évidence, ils étaient arrivés à destination.

2

L'ŒIL-DU-VENT

Il y avait des voix dans le vent qui sifflait autour des pentes du mont Wyndveil, des voix qui murmuraient des secrets au-dessus des herbes raidies par le gel de ce long et vaste plateau, d'une beauté sauvage, qui abritait le foyer des Xandims. Cette prairie, autrefois verte et luxuriante, qui se parait de coquelicots et de trientales boréales lors de ces étés qui semblaient s'être enfuis pour toujours, était coupée en deux par une rivière turbulente surgissant d'une étroite vallée obscure qui disparaissait dans l'ombre du mont. Au sein de cette vallée hantée gisaient les tumulus abritant les morts des Xandims. Les seigneurs du Cheval ne passaient plus entre les pierres levées gardant l'entrée du val qu'à l'occasion de funérailles, et seul l'Œil-du-Vent connaissait le cœur secret de cet endroit sacré, l'aiguille rocheuse et tordue, arrachée à la montagne, qui se dressait telle une tour à l'autre bout de la vallée.

Le sommet de l'aiguille avait été creusé, à une lointaine époque, pour former une aire ouverte à tous les éléments, avec de l'air pour parois et un toit en pierre soutenu par quatre minces piliers. On pouvait accéder à cette Chambre des Vents par un escalier sommaire et friable découpé dans la paroi du mont et relié à l'aiguille par un pont de corde semblable à une toile d'araignée. Seul un Œil-du-Vent se risquerait à tenter la dangereuse ascension et la périlleuse traversée. Seul un Œil-du-Vent en éprouverait le besoin.

Le vent aigu jetait au visage de Chiamh des poignées de neige fondue et réduisait en lambeaux le tissu nébuleux de son manteau d'ombre, alors même que le jeune homme se tenait assis, tremblant de froid, sur le sol en pierre glacé de la chambre. Il essayait d'ignorer la tempête en se rappelant qu'il était l'Œil-du-Vent des Xandims et qu'il avait reçu le pouvoir – don ou malédiction ? – de voir au-delà de la vision d'un homme ordinaire, de percevoir et de comprendre les nouvelles apportées par le vent. Or, cette tempête, il le savait, contenait plus d'informations que la plupart. L'air hurlant et torturé était saturé de présages.

Les bourrasques malmenaient son corps trempé et frissonnant, plaquant ses cheveux bruns emmêlés sur son visage. Le jeune devin eut un mouvement de recul face à la puissance maléfique qui chevauchait le vent telle l'ombre d'une paire d'ailes noires. Venue du nord, elle hantait ses cauchemars depuis le début de l'hiver. Au cœur de la tourmente, des doigts minces mais puissants le griffèrent à l'aide de leurs ongles semblables à des glaçons. Des yeux qui abritaient l'impitoyable froid d'un hiver éternel brillèrent dans le noir. Des cheveux d'argent flottèrent tel un effroyable glacier tandis que les vents chargés de neige dessinaient un visage d'une beauté parfaite dont les lèvres froides esquissaient un sourire moqueur et cruel. Le regard de l'apparition, froid et coupant comme une lame, passa à travers Chiamh sans le voir. En dépit du manteau d'ombre, tissé par les vents, qui le dissimulait à sa vue, le jeune homme frémit. Si jamais elle découvrait sa présence…

Sur la plate-forme exposée aux éléments, Chiamh se recroquevilla dans les profondeurs insaisissables de son manteau jusqu'à ce que l'ombre brillante se fût éloignée au-delà du mont. Ce soir, il y aurait autre chose, il le sentait. Un pressentiment l'avait poussé à sortir du lit pour grimper jusqu'à ce perchoir solitaire et glacial, et surtout braver le passage de la terrifiante Reine des Neiges. Tournant le dos au maléfique vent du nord, l'Œil-du-Vent braqua son regard myope en direction des montagnes, attiré par le sud comme un aimant.

Une sensation de dissolution glaciale le submergea telle une vague d'eau gelée. Chiamh sentit ses pauvres yeux bruns fondre et virer au vif-argent jusqu'à devenir réfléchissants comme des miroirs tandis que son Autre Vue prenait le dessus. La nuit apparut alors brillante et claire autour de lui. Les montagnes perdirent la densité et la solidité de la pierre pour devenir des prismes translucides étincelants, et les vents frémissants se transformèrent en turbulents ruisseaux de lumière argentée. Paniqué, l'Œil-du-Vent retint son souffle et ferma ces yeux qui ne lui obéissaient plus, les traîtres. Bien que ce don ne l'eût pas quitté depuis l'enfance, il ne s'habituerait jamais à ce changement déroutant.

Pourtant, la Vision l'attirait, exigeant qu'il la suivît. Chiamh se mordit la lèvre et prit le contrôle de sa peur indisciplinée en lui promettant un verre de vin dès qu'il redescendrait de cet endroit terrible. Il eut alors l'impression d'entendre la voix de sa chère mamie : « Mange ta viande, Chiamh, ensuite tu auras du miel ! » Comme toujours, se souvenir d'elle lui permit d'apaiser sa peur. Chiamh sourit. Quelle féroce vieille dame elle avait été ! Si sage ! Et si forte ! Une guerrière-née, et le plus grand Œil-du-Vent que les Xandims aient jamais connu. Elle avait porté ce fardeau sans broncher, et c'était à lui, son héritier, qu'il revenait de reprendre le flambeau. Écartant ses cheveux trempés de son visage avec des doigts gourds, Chiamh ouvrit les yeux et braqua le faisceau d'argent perçant de son Autre Vue par-delà les montagnes.

S'arrachant à son corps terrestre, l'esprit de l'Œil-du-Vent s'éleva pour chevaucher les vents rétifs à la poursuite de sa vision. Tel un arc-en-ciel de bijoux, les montagnes translucides tournoyèrent en contrebas. Une ribambelle d'étincelles lui brûla soudain les yeux. Chacune de ces lumières vives représentait une âme vivante. Ô, déesse, il devait s'agir d'Aerillia, la citadelle du peuple du Ciel. Il s'était aventuré trop loin… hors de tout contrôle… par-delà les montagnes, jusqu'à la dentelle de cristal qui représentait la forêt, avec en arrière-plan les sables scintillants du désert…

Très loin de là, dans la Chambre des Vents, Chiamh, choqué, en perdit le souffle. Il y avait là d'autres Puissances ! Encore un Être Maléfique, semblable à un nuage noir et frémissant, mais aussi deux autres lumières, loin au sud, dans la forêt au-delà des montagnes. Elles brillaient, vives et claires, unies dans l'amour, l'honnêteté et la pureté de leurs intentions. Puis, brusquement, elles disparurent, éclipsées par une vague noire et menaçante, qui balayait tout sur son passage et empestait la haine et un impitoyable désir. Chiamh poussa un cri et s'enfuit. Le front de la vague l'atteignit et l'engouffra. Mais, par miracle, sa conscience réussit péniblement à regagner son corps. Chiamh, terrifié, se mit à sangloter, caché comme un enfant sous son manteau d'ombre en attendant que le mal s'en aille.

Un long moment s'écoula avant que l'Œil-du-Vent, très secoué, n'ose finalement relever la tête. Mais lorsqu'il leva de nouveau son regard d'argent, les ruisseaux d'air apparurent purs de nouveau. À son grand soulagement, il constata que le vent n'annonçait aucune mort. Il comprit alors qu'on lui avait envoyé un avertissement. Les Puissances – ces jolies lumières vives – vivaient encore. Mais qu'adviendrait-il lorsque l'Obscur se tendrait vers eux pour les emporter, comme Chiamh l'avait vu dans sa vision ? Il devait les aider, c'était pour ça qu'on l'avait amené ici ce soir.

Mais l'excitation de Chiamh se dissipa tandis que la stupeur prenait le dessus.

— Comment pourrais-tu les aider ? se demanda-t-il à haute voix, une caractéristique des gens qui vivent seuls. Tu ne sais même pas qui ils sont, ni quel est leur but. Mais tu peux trouver ces informations – si tu l'oses.

La tempête faisait rage et bousculait toujours l'Œil-du-Vent semblable à un enfant grognon. Sa violence risquait de rendre la vision difficile à maîtriser et de lui en montrer plus qu'il ne souhaitait en voir. Une telle entreprise s'avérait souvent périlleuse, mais il lui fallait prendre ce risque. Lui seul, chez les Xandims, connaissait la cause de ce terrible hiver qui paralysait la terre, même si personne ne le croyait. Il savait qu'à moins de s'opposer à la Reine des Neiges, sa race perdrait sa liberté – elle ne serait pas la seule. Seul, Chiamh était impuissant à agir, mais s'il parvenait à aider ces brillantes Puissances…

Affrontant la tempête, il forma un écheveau en enroulant le vent autour de ses doigts. Puis il déversa son Autre Vue dans ce nœud d'air, qui prit feu et se transforma en une toile d'araignée étincelante composée de fils d'argent lunaire. Avec le plus grand soin, il s'en empara, puis écarta doucement les mains. Il tenait à présent entre ses paumes un disque d'air scintillant et argenté. Plissant ses yeux de vif-argent, l'Œil-du-Vent regarda au sein du miroir.

Et les visions vinrent à lui, flot d'images vacillantes qui ne cessaient de changer et de se bousculer tant elles avaient hâte de se montrer.

La beauté froide et terrible de la Reine des Neiges ; le visage hagard de l'Obscur, avec ses yeux de pierre brûlante – et le monde enchaîné à leurs pieds…

La forêt au-delà des montagnes. Une tour solitaire et croulante et la silhouette svelte d'un loup en train de courir, le pas léger. Les Brillants : une femme de haute taille, aux cheveux roux éclatants, qui abritait un enfant en son sein et l'homme aux yeux bleus qui ne la quittait jamais. Derrière eux, à peine entrevu, le spectre d'un guerrier qui planait au-dessus d'eux de manière protectrice…

Une autre forêt, loin au nord, qui éveilla en Chiamh un mélange conflictuel de peur et d'envie, ainsi que la douleur déchirante de la perte et de la séparation. Une Épée flamboyante, scellée dans le cristal, qui symbolisait la fin du mal – et l'annihilation des Xandims…

Un visage, long et étroit, avec un nez osseux et des pommettes hautes, trop jeune encore pour les fils d'argent qui parsemaient sa chevelure sombre et faisaient écho à l'éclat rusé de ses yeux gris voilés. C'était le visage d'un vaurien, d'un mécontent, d'un trublion – le visage de Schiannath le banni, qui avait osé défier le seigneur de la Horde, Phalihas, afin de prendre le pouvoir, voilà déjà plusieurs lunes. Son échec avait provoqué son renvoi de la tribu, et il avait disparu dans les montagnes en compagnie de sa sœur Iscalda – provoquant la colère de Phalihas, puisque la jeune fille était sa fiancée.

— *Schiannath ?*

La surface du miroir se rida et s'obscurcit lorsque Chiamh, dans sa surprise, faillit perdre le contrôle de sa vision. Schiannath faisait partie de cette histoire ?

— Ô, douce déesse, marmonna l'Œil-du-Vent, comment, au nom de ta clémence, peut-il être impliqué dans cette affaire ?

Non sans effort, il stabilisa l'image et vit de nouveau la femme dont la chevelure faisait penser à une bannière enflammée, le corps entouré d'une aura de magie aux couleurs de l'arc-en-ciel. L'Obscur tendit la main pour s'emparer d'elle, mais l'image de Schiannath se dressa entre eux comme une barrière. La femme saisit alors l'Épée afin de détruire les Xandims…

– Non ! s'écria Chiamh.

Le miroir se dissipa comme la brume entre ses doigts, et l'Œil-du-Vent s'effondra tout au bord de l'aire sans prendre garde à la chute mortelle qui l'attendait. Grâce à son Autre Vue, le sens de sa vision était horriblement clair. Seuls les Brillants pouvaient empêcher l'avènement de ce mal rampant qui guettait – mais au prix de la vie de la race xandim tout entière.

Le devin envisagea toutes les possibilités, mais quel que fût le chemin qu'empruntaient ses pensées, il se heurtait toujours à cette vérité à laquelle il ne pouvait échapper. Que les Obscurs gagnent ou non, les Xandims étaient condamnés. L'Œil-du-Vent baissa la tête. Le visage ruisselant de larmes, il se tourna vers le nord pour regarder au-delà du foyer de son peuple.

Il avait oublié que son Autre Vue ne l'avait pas encore quitté. Le corps de Chiamh se raidit, abandonné au bord de la plate-forme, tandis que sa conscience s'enfuyait sur les ailes de son don et traversait la vallée telle une flèche en suivant un chemin d'argent jusqu'à la source de sa vision. À toute vitesse, il fila au-dessus de la prairie enneigée en suivant les méandres cristallins de la rivière prisonnière des glaces. Puis il dévala les larges marches peu élevées taillées dans la falaise, à côté du rideau en dentelle de diamant de la cascade figée, survola la piste très fréquentée qui longeait le pied du mont jusqu'à ce que... jusqu'à ce que...

— Iriana des Bêtes !

Chiamh sentit la stupéfaction lui tourner la tête à la vue des prisonniers qui approchaient des fortifications massives du bastion des Xandims. Des étrangers venus de l'autre côté de la mer ! Un homme et une femme, des guerriers à en juger par leurs tenues, un vieillard aux cheveux d'argent qui s'accrochait de toutes ses forces à la vie... et l'autre. Ô, déesse, l'autre ! Elle faisait partie des Puissances, mais Chiamh n'aurait su dire si elle appartenait au côté brillant ou au côté obscur. L'esprit de cette femme échappait à son Autre Vue, dissimulé par un nébuleux labyrinthe de folie.

L'Œil-du-Vent comprit que ces inconnus avaient quelque chose à voir avec les Puissances Brillantes. Et il devina également, avec le froid glacial de la certitude, qu'en tant qu'étrangers sur les terres des Xandims, ils allaient être exécutés immédiatement. Mais ils ne devaient pas mourir, sinon les Brillants seraient perdus. Sa vision lui disait de les sauver !

Mais c'était plus facile à dire qu'à faire. Comment convaincre le seigneur de la Horde ? Chiamh savait qu'il n'avait pas réussi à gagner le respect accordé autrefois à sa mamie. Elle avait eu pour elle l'avantage d'un âge vénérable. L'Œil-du-Vent grimaça. Sa mamie n'avait pas toujours été vieille, mais elle avait prouvé sa valeur de guerrière en combattant les maraudeurs khazalims. Il ne l'avait jamais fait et ne le ferait jamais – la faiblesse de sa vue en temps ordinaire l'en empêchait. À cause de cela, il mourrait avant même de voir ses ennemis. *Admets-le, Chiamh, tu es la risée de la tribu, et c'est pour ça que tu te caches dans ta vallée, en vivant dans une grotte tel un ermite. Ils ne te croiront jamais – ils se moqueront de toi, comme ils l'ont fait si souvent.*

Néanmoins, il lui fallait essayer, et il n'y avait pas de temps à perdre. D'après la luminosité qui filtrait à travers les nuages parcourant le ciel à toute allure, Chiamh comprit que l'aube n'était pas loin. Ravalant ses doutes, le jeune Œil-du-Vent descendit tant bien que mal de la tour, glissant, titubant et s'éraflant douloureusement les membres dans sa hâte, tandis que son Autre Vue le quittait pour lui rendre peu à peu sa vue ordinaire et déficiente. Il tomba sur les derniers mètres du parcours et atterrit, le souffle coupé et le corps contusionné, sur un tas de cailloux. Sans attendre de reprendre son souffle, il se releva et traversa la vallée comme une flèche, trébuchant et roulant sur lui-même avant de se relever pour chuter de nouveau à cause des rochers, des racines et des congères qui se dressaient en travers de son chemin dans cet endroit étroit et abrité du vent. Mais il poursuivit sa route, poussé par la force de sa détermination. Il fallait aider les Brillants. Il devait arriver à la forteresse à temps pour sauver les étrangers. Les lambeaux oubliés de son manteau d'ombre flottant derrière lui, Chiamh courut comme il ne l'avait encore jamais fait.

L'Œil-du-Vent surgit des bois qui s'étendaient à l'autre bout de la vallée et passa entre les pierres levées qui lui servaient de portail. L'herbe lisse du plateau invitait à la promenade, ce qui lui fit pousser un soupir de soulagement. Il n'avait plus à se soucier de se briser une jambe sur le sol inégal – sur le plateau, il pouvait vraiment bouger. Chiamh s'arrêta à l'ombre des hautes pierres et rassembla ses forces, tournant son attention vers l'intérieur de son être. Puis… il se métamorphosa.

Il savait qu'aux yeux d'un observateur extérieur, cette transformation ne prenait que quelques secondes. Mais pour Chiamh, le temps parut s'étirer, comme le fit son corps. Ses os et ses muscles gagnèrent en élasticité, puis s'allongèrent avant de s'épaissir et de se renforcer. Il expérimenta un moment de confusion, aussi impossible à appréhender que l'instant qui sépare l'état de veille du sommeil. Alors, à l'ombre des pierres qui, un instant auparavant, abritait un jeune homme, apparut un cheval bai à la crinière en bataille.

Chiamh frappa le sol de son sabot en savourant la puissance de son corps chevalin et la multitude des riches senteurs qui tourbillonnaient autour de lui. Il coucha puis redressa ses oreilles en entendant les murmures du vent à travers les herbes enneigées du plateau et le craquement des branches dans les bois. Sa vue, malheureusement, demeurait la même sous son Autre Forme, plus plate en profondeur, plus périphérique et plus vaste que celles d'un humain, mais toujours aussi floue. Malgré tout, sous cette forme, il possédait au moins d'autres sens qui pouvaient, dans une certaine mesure, compenser sa myopie.

Ah, voilà qu'il divaguait encore ! Chiamh s'ébroua d'un air dégoûté. C'était tout le problème de cette forme-là ; ses pensées avaient tendance à devenir celles d'un cheval. Plus il restait longtemps dans le corps de l'animal et plus il courait le risque de perdre tout vestige d'intelligence humaine. Mais cela suffisait. Le temps pressait. À l'autre bout de la prairie, il lui faudrait se métamorphoser de nouveau pour descendre le sentier escarpé à flanc de falaise mais, en attendant, l'expérience en valait largement la peine, à la fois pour le gain de temps et la simple joie exubérante de la course. D'un coup de sabot, l'Œil-du-Vent s'élança et fit la course contre le vent à travers le plateau.

Au cœur des terres du Nord, mais dans un endroit inaccessible au sein du monde des humains, le palais du seigneur de la Forêt, avec ses tours semblables à des arbres et ses innombrables clairières et jardins, affichait un calme trompeur dans un silence lourd d'attente. Sur les flancs escarpés de son imposante colline, un creux contenant des fougères abritait un bassin cristallin, alimenté par un filet d'eau argentée dévalant le long d'un à-pic rocheux.

La Dame du Lac, assise au bord de l'eau, peignait sa longue chevelure brune et parsemée d'argent. Prudent, le grand cerf l'observait, caché à l'intérieur d'un fourré de l'autre côté de la mare. Il se croyait en sécurité et, surtout, invisible, jusqu'à ce que la Mage de la Terre lève les yeux dans sa direction et lui sourie.

— Préférez-vous donc cette forme, Monseigneur ? lui demanda-t-elle d'une voix basse et musicale.

Chagriné, Hellorin sortit du fourré en revenant à sa splendide forme humaine. Seule demeura au-dessus de son front l'ombre des bois du cerf, telle une couronne rappelant que cet homme n'était ni un simple Mage, ni un simple Mortel – car, de fait, le seigneur des Phées représentait bien plus que cela. Ses pieds chaussés de grandes bottes en cuir souple firent onduler la surface de l'eau lorsqu'il traversa la mare pour rejoindre Eilin.

— Les Mages ont toujours eu de bons yeux, la complimenta-t-il. J'ai pourtant attiré et trompé bien des chasseurs mortels sous cette forme.

Dame Eilin éclata de rire.

— Oui, mais je parie que vous avez également attiré et séduit nombre de jeunes Mortelles sous la forme que vous venez juste de revêtir.

Hellorin gloussa et lui fit une profonde révérence.

— J'ai fait de mon mieux, répondit-il avec noblesse. Après tout, ma dame, les Phées ont une réputation à tenir !

Il s'assit auprès d'elle sur la pelouse qui embaumait et décida d'aborder un sujet plus sérieux.

— Je ne m'attendais pas à vous trouver ici. Vous êtes-vous donc lassée, ma dame, de votre longue veille ?

Le front d'Eilin se creusa.

— Non, Monseigneur, je ne m'en suis pas lassée, ça ne me fatigue même pas. Au contraire, cela m'aide, de voir ce qui se passe dans le monde extérieur. Mais comme il me pèse d'en être réduite à un rôle de spectatrice quand il me tarde tant d'être libre, de retourner là où on a tant besoin de moi, et d'y remplir ma mission !

Hellorin perçut le tremblement des larmes dans sa voix et tourna vers elle les profondeurs étoilées de ses yeux gris.

— Mais ce n'est pas là l'unique cause de votre chagrin. Il y a autre chose, n'est-ce pas, Eilin ?

La Mage de la Terre acquiesça.

— La fenêtre de votre grande salle me montre mon Val, et Nexis, et toutes les terres du Nord, expliqua-t-elle d'un ton triste, mais elle refuse de me montrer mon Aurian ! Jour après jour, je concentre ma volonté sur la pensée de ma fille, mais je ne la vois nulle part. Où se trouve-t-elle ? (Sa voix buta sur un sanglot.) Prisonnière de cet Ailleurs, je ne sais même pas si elle est morte. Pourtant, si je ne la trouve pas, c'est sûrement qu'elle n'est plus.

Les pleurs désespérés de la Dame firent saigner le cœur du seigneur de la Forêt. Depuis qu'il avait perdu la mère de D'arvan, la Mage Adrina, le chagrin n'avait cessé de tenir compagnie à Hellorin, si bien qu'il comprenait et partageait la douleur d'Eilin. Passant un bras autour des épaules de la Mage, il l'attira vers lui.

— Soyez courageuse, lui dit-il. Vos craintes ne sont peut-être pas fondées. Si vous ne pouvez pas voir l'image d'Aurian dans ma fenêtre, c'est peut-être uniquement parce qu'elle a traversé l'océan pour se rendre dans les royaumes méridionaux.

Eilin se raidit.

— Comment ? (Elle redressa brusquement la tête, une lueur d'irritation dans les yeux.) Vous voulez dire que votre maudite fenêtre ne fonctionne pas de l'autre côté de la mer ?

Hellorin, amusé par ce passage de la tristesse à la colère et l'abandon brutal des manières courtoises des Phées qu'elle avait jusqu'ici reproduites, eut bien du mal à se retenir de sourire. Ah, il n'en fallait pas beaucoup pour pousser les Mages au revirement. Comme elle lui rappelait, en cet instant, sa chère Adrina !

— Avez-vous seulement songé à regarder là-bas ? lui demanda-t-il gentiment.

La Mage de la Terre s'empourpra.

— Mais bien sûr ! répliqua-t-elle sèchement. Enfin, je veux dire... non ! Comment diable pourrais-je bien savoir à quoi ressemblent les royaumes méridionaux ? Je croyais que votre fenêtre fonctionnait comme une boule de cristal, je me concentrais sur Aurian et, même si elle se trouvait dans le Sud, eh bien, je comptais sur la fenêtre pour me la montrer. (Au grand étonnement d'Hellorin, elle se jeta à son cou et le serra contre elle.) Dieux, s'écria-t-elle en riant et en pleurant tout à la fois, quel soulagement de pouvoir espérer de nouveau ! Voilà des jours que je suis convaincue que…

Cela faisait des années qu'Hellorin n'avait pas tenu de femme dans ses bras, de quelque race que ce fût. Après avoir perdu Adrina, il n'avait plus eu le cœur à l'amour. Mais lorsque la Mage de la Terre leva les yeux vers lui, leurs regards se croisèrent et se soutinrent un long moment, jusqu'à ce qu'Eilin détournât les yeux.

— Racontez-moi, lui dit-elle d'un ton que le seigneur de la Forêt trouva forcé et peu naturel, pourquoi la portée de votre fenêtre ne s'étend-elle pas au-delà de l'océan ?

— L'eau salée est un obstacle à l'Antique Magie qu'utilisent les Phées, expliqua Hellorin non sans difficulté, car il avait eu du mal à retrouver sa voix. C'est un fait que vos ancêtres, dame, ont tourné à leur avantage, et à notre détriment.

— Comment ça ?

La Mage fronçait les sourcils, à présent, et Hellorin éprouva un regret fugace à l'idée que l'amertume d'une époque révolue depuis longtemps puisse venir troubler leur entente. Il soupira.

— Dame, oubliez ce que je viens de dire. À quoi bon s'appesantir sur les querelles et les injustices du passé ?

— J'exige de savoir ! décréta Eilin d'un ton sec. (Puis son expression s'adoucit.) Si les ancêtres des Mages vous ont fait du tort, alors seuls leurs descendants peuvent y remédier. Et puisque je suis la seule Mage à qui vous puissiez parler pour le moment…

Elle haussa un sourcil en le regardant et Hellorin comprit qu'elle s'était mise en colère, non pas contre lui, mais contre ces ancêtres, réduits en poussière depuis longtemps, qui avaient emprisonné les Phées hors du monde. Alors, il se mit à parler et lui raconta des choses qu'aucun Phée n'avait jamais dites à un Mage. Il lui expliqua comment était le monde, si longtemps auparavant, avant la création des Artefacts de la Haute Magie, avant que les Mages ne prennent l'ascendant sur les races anciennes qui détenaient les pouvoirs de la Magie Antique.

Dame Eilin l'écouta, les yeux écarquillés, parler des gigantesques Moldaï, ces créatures élémentaires faites de roche vivante qui avaient passé un accord étrange avec les Nailfes, le Petit Peuple, qui installaient leur foyer au sein de ces corps montagneux et s'aventuraient de par le monde pour leur servir d'yeux, d'oreilles et de jambes.

— Quand les Mages ont voulu affaiblir les Moldaï, ils n'ont pas trouvé de meilleur moyen que de les séparer des Nailfes, en exilant ces derniers sur les terres du Nord, où ils ne pouvaient plus désormais communiquer avec les Moldaï qui vivaient dans le Sud, relata Hellorin d'un ton amer. Et n'était-ce pas justice que d'utiliser la mer pour les séparer ? En effet, c'était un Moldan, un géant fou et sauvage, qui, en s'emparant des pouvoirs du Bâton de la Terre, s'en était servi pour briser le continent que formaient autrefois les royaumes méridionaux et les terres du Nord réunis. Il avait fait entrer la mer, noyant les terres qui s'étendaient entre ces deux parties et causant la mort de nombreux êtres vivants, Mages et Mortels.

Eilin fronça les sourcils.

— Je ne le savais pas, avoua-t-elle. Tous les récits des Anciens ont disparu de notre histoire.

Hellorin éclata d'un rire amer.

— Dans ce cas, vous n'en êtes que plus fous de méconnaître des choses aussi vitales. Dame, ne savez-vous donc pas que le Moldan dément qui a causé toute cette destruction est le seul membre de sa race à vivre encore ici, sur les terres du Nord ? Et ignorez-vous donc qu'il vit encore, enchaîné et emprisonné par des sortilèges, au sein même de la roche sur laquelle les Mages ont bâti leur citadelle ?

— Comment ? s'exclama Eilin, suffoquée. Il est à Nexis ? Par tous les dieux, si l'Archimage venait à le découvrir…

— Prions que cela n'arrive pas, approuva Hellorin d'un air sombre. Miathan a déjà mis le monde en grand danger en invoquant les Nihilims. Un Moldan, fou déjà, avec une rancune qui dure depuis des siècles, ne limiterait pas sa soif de vengeance aux Mages qui l'ont emprisonné.

L'idée de ce Moldan vivant depuis toutes ces années sous l'Académie était trop effrayante pour qu'Eilin s'y attarde. Souhaitant distraire son esprit en abordant d'autres sujets, elle tourna le dos au seigneur de la Forêt.

— Vous avez dit que mes ancêtres se sont servis de la mer contre les Moldaï, mais qu'est-ce que cela a à voir avec les Phées ?

Hellorin haussa les épaules.

— Pas grand-chose, en vérité, reconnut-il. Mais quand le Moldan a créé cette mer qui n'existait pas auparavant, les Mages se sont aperçus que les pouvoirs de la Magie Antique ne pouvaient franchir l'eau salée. De plus, la catastrophe les avait convaincus que des êtres élémentaires comme les Phées étaient trop dangereux pour qu'ils les laissent livrés à eux-mêmes, libres d'errer de par le monde. Ils se sont donc servis des Artefacts du Pouvoir pour nous exiler. Mais loin de s'en contenter, ils nous ont également pris nos montures. (Un sourire de regret illumina la bouche sculptée du seigneur de la Forêt.)

» Quelles bêtes magnifiques c'étaient ! Et le feu qu'ils possédaient ; quelle énergie, quelle beauté, quel esprit ! Ils avaient le pied léger et le corps puissant, ils faisaient des ravages au combat – et ils pouvaient battre de vitesse le vent lui-même. (Hellorin soupira, le regard assombri par de vieux souvenirs.) En hiver, à la pleine lune, nous traversions le pays telles des comètes, avec nos grands chiens de chasse à nos côtés, comme mon Barodh, et les robes de nos chevaux étincelaient comme des rayons de lune. Les Mortels enfermaient leurs bêtes à double tour et se cachaient, tremblants, au fond de leur lit tant que la Chasse Sauvage était de sortie.

La voix d'Hellorin tremblait d'émotion.

— La perte de nos chevaux symbolisa pour nous la perte de notre liberté. Peut-être est-ce pour cette raison que les Mages nous les ont pris – à moins, comme je le crois, qu'ils n'aient souhaité les dompter afin de les monter eux-mêmes, comme s'ils avaient la moindre chance d'y parvenir ! Quoi qu'il en soit, quand ils nous exilèrent, ils nous enlevèrent nos montures, que nous aimions, et les envoyèrent dans les royaumes méridionaux, au-delà de la mer, où notre magie ne pouvait les atteindre. Nous eûmes seulement le temps de lancer un sortilège désespéré pour confondre nos ennemis avant de perdre nos chevaux pour toujours.

— Qu'avez-vous fait ? demanda Eilin, qu'il tenait en haleine.

— Pour empêcher les Mages ou les Mortels de conquérir nos précieuses bêtes, et afin de les aider à survivre en territoire inconnu, nous leur avons donné forme humaine, lui avoua Hellorin. Ils sont devenus – et, à ma connaissance, ils sont encore – capables de se métamorphoser en humain ou en cheval à volonté. (Il lui lança un regard triste.) Nous ne les récupérerons pas tant que nous n'aurons pas été libérés de notre exil, et même alors, nous risquons de connaître quelques difficultés, car les Phées ne peuvent traverser la mer. Et qui sait quelles altérations leur race a pu subir depuis tout ce temps ? (Sa voix se fit plus dure.) En vérité, Eilin, si l'interférence des Mages nous a fait perdre à jamais nos chevaux, ils n'auront pas assez de l'éternité pour en payer le prix !

Ces paroles, rappelant l'amère hostilité qui existait depuis si longtemps entre leurs deux peuples, suffirent à fragiliser le lien ténu qui se tissait peu à peu entre le seigneur de la Forêt et la Mage. Eilin se mit à froncer les sourcils et, brusquement, la soirée parut plus sombre. Hellorin frissonna en se demandant quels dégâts il avait bien pu causer sans réfléchir. La Mage de la Terre se tordit les mains.

— En parlant de prix, Monseigneur, il existe une question que j'ai envie de vous poser depuis longtemps.

Hellorin hocha la tête. Elle venait de piquer au vif sa curiosité.

— Je vous en prie, ma dame, poursuivez.

— Je... vous rappelez-vous la nuit où je vous ai invoqué, il y a de cela tant d'années, pour retrouver mon enfant et le bretteur Forral qui s'étaient perdus dans un blizzard ?

— Oui, ma dame, je m'en souviens très bien, il s'agissait de notre première rencontre.

— Vous m'avez dit alors ce que je savais déjà – que lorsqu'on traite avec les Phées, il y a toujours un prix à payer. Vous avez dit...

— « Rappelez-vous que cette histoire n'est pas terminée entre nous. Nous nous reverrons, ma dame, et ce jour-là, je réclamerai le paiement de votre dette. »

Eilin eut un mouvement de recul.

— Qu'est-ce qui vous a poussé à dire ça ? demanda-t-elle. Comment saviez-vous qu'un jour, nous nous reverrions ? Si j'avais voulu renoncer à ma part du marché, il me suffisait de ne plus jamais vous invoquer.

— Et d'ailleurs, vous ne l'avez pas fait, lui rappela le seigneur de la Forêt. Cette fois-ci, c'est mon fils, D'arvan, qui a prononcé l'invocation.

— Grâce à quoi, vous avez sur moi une autre créance pour m'avoir sauvé la vie. (Eilin tourna un regard anxieux vers le seigneur des Phées.) Combien de temps allez-vous me faire attendre ? Je suis prisonnière en ces lieux, peu importe à quel point cette captivité peut sembler douce. Comment puis-je me reposer sans savoir ce qu'un jour vous jugerez bon d'exiger de moi ?

Hellorin soupira.

— Eilin, je comprends votre inquiétude. Tôt ou tard, il vous faudra payer un prix, car nul ne peut déroger à notre loi. Voyez, je n'ai même pas pu épargner mon fils et sa bien-aimée, et ça me fend le cœur d'avoir dû leur demander, en échange de mon aide, de monter inlassablement la garde dans les bois afin de protéger l'Épée de Feu. (Il secoua la tête.) Mais hélas, je ne peux pas vous dire ce qu'un jour j'exigerai de vous. Il ne s'agit pas de cruauté de ma part, simplement, je n'ai pas la moindre idée de ce que je pourrai bien vous demander, et ça me paraît étrange, comme si cela faisait partie d'une destinée que je suis incapable de prédire. Quand nous nous sommes rencontrés, je détestais les Mages – je vous connaissais à peine, et j'ignorais l'existence de mon fils. Quand vous avez demandé mon aide, tant d'idées me sont brusquement venues à l'esprit… comme l'envie de me venger de votre race à travers vous… Mais je n'ai pu m'y résoudre, ajouta-t-il en écartant les mains. Je garde votre dette en réserve, au cas où j'aurais un jour besoin de vous demander quelque chose.

— Je vois, répliqua sèchement Eilin. Vos actions montrent bien à quel point vous vous défiez de moi. Voilà qui me prouve combien j'ai raison de me méfier de vous, moi aussi !

Elle se leva et sortit de la clairière sans se retourner.

Eliseth était assise dans ses appartements, emmitouflée dans plusieurs capes et blottie auprès d'une bonne flambée. Depuis que Miathan lui avait lancé ce sort de vieillissement, le froid rendait ses os douloureux. La Mage du Climat contempla les flammes dont l'éclat se reflétait dans ses yeux d'argent. En dépit des frissons qui secouaient son corps, elle continuait à brûler d'une haine inextinguible. Elle ne supporterait plus très longtemps cette effroyable condition.

— Ne crois pas t'en tirer comme ça, Miathan ! marmonna-t-elle en grinçant des dents.

Ses yeux chassieux balayèrent la pièce qui lui apparaissait floue et s'arrêtèrent sur les éclats de cristal étincelant tel du gel sur le luxueux tapis blanc. Lorsque Miathan avait provoqué en elle ce monstrueux changement, la Mage du Climat avait brisé tous les miroirs qu'abritaient ses appartements.

Évitant les morceaux de verre cassé, Eliseth se leva et s'avança d'un pas traînant en s'appuyant sur son bâton. De ses mains raides et tordues, elle versa de l'alcool dans un verre en se maudissant pour avoir succombé au douteux réconfort de la boisson – cette même habitude qu'elle reprochait autrefois à Bragar en se moquant de lui.

Bragar ! Eliseth vida son verre d'un trait et le remplit aussitôt. Le Mage du Feu avait toujours été un idiot –

il méritait de mourir. Alors pourquoi la vision de son visage noirci et fumant continuait-elle à la hanter ? Pourquoi avait-elle l'impression de sentir l'étreinte fantôme de ses doigts crochus sur la peau parcheminée de sa main ?

Bragar t'aimait ! Qui t'aimera, maintenant, vieille sorcière ?

Toujours cette pensée insidieuse et persistante. Un grondement de rage s'éleva dans la gorge d'Eliseth. De toutes ses forces de Mage, elle jeta son verre à l'autre bout de la pièce, et il s'écrasa sur le mur, où son contenu forma comme des ruisseaux de sang noir sur la surface d'un blanc pur.

— Ô dieux ! (Eliseth enfouit son visage dans ses mains tremblantes.) Ressaisis-toi ! gronda-t-elle. Si tu paniques, tu risques de perdre ton unique chance.

Prenant un autre verre sur l'étagère, elle le remplit et retourna près de l'âtre pour attendre. Il ne tarderait pas à arriver désormais. Il devait avoir découvert à présent ce qu'elle avait fait. Si elle voulait retrouver sa jeunesse, tout dépendait de la confrontation à venir.

La porte s'ouvrit à la volée et rebondit avec fracas contre le mur.

— Espèce de sale traîtresse ! Au nom de tous les dieux, garce, à quoi joues-tu ?

Eliseth se redressa en sursaut et rassembla hâtivement ses esprits pour faire face à la colère de l'Archimage. Miathan tapa du poing sur la table. Les gemmes qui remplaçaient ses yeux brûlaient du feu cramoisi de la rage.

— Tu as une minute pour restaurer l'hiver en Aerillia avant que je ne te réduise en cendres ! Une minute et pas une de plus !

À elle de jouer. Eliseth obligea son corps tremblant à rester immobile et s'efforça de paraître nonchalante.

— Ça m'est égal. Tue-moi si ça te chante. (Elle haussa les épaules.) Crois-tu que j'aie envie de rester prisonnière de ce corps parcheminé qui tombe en ruine ? Inflige-moi donc le pire, Miathan – ah, mais j'oubliais, c'est déjà fait.

— Tu crois ça ?

La Mage du Climat frémit lorsqu'un incendie rugissant surgit brusquement autour d'elle. Les flammes se rapprochèrent avidement de son corps. Eliseth éprouva leur effroyable chaleur, sentit ses cheveux prendre feu en grésillant. Sa peau commençait à se craqueler et à se couvrir de cloques. Elle serra les poings si fort que du sang coula entre ses doigts parce que ses ongles s'étaient enfoncés dans ses paumes. Les dents crispées pour ne pas hurler, elle eut l'impression que sa mâchoire allait sûrement se briser. *Ce n'est qu'une illusion*, ne cessa-t-elle de se répéter. *Juste une illusion.* Mais quelle douleur indescriptible !

— Restaure l'hiver ! rugit l'Archimage.

Eliseth frissonna et choisit d'ignorer cette voix insistante qui l'atteignait au plus profond de cette douleur atroce. Tout était en jeu, absolument tout ! *Il faut que je tienne*, se dit-elle. *Il le faut.* Mais c'en était trop – qui aurait pu supporter une souffrance pareille ? L'esprit de la Mage du Climat, pris de panique, ne cessait de se débattre au sein de sa cage de chair torturée en cherchant désespérément un moyen d'échapper à la douleur. Alors, juste à ce moment, quelque chose changea.

Eliseth sentit sa vision se brouiller puis se dédoubler. Bien qu'elle vît l'incendie continuer à faire rage autour d'elle, elle observait également la scène du dessus, comme si elle se tenait sur un balcon surplombant la pièce. Mais la Mage avait besoin de toutes ses forces pour combattre la douleur, si bien qu'elle ferma les yeux pour ne plus subir ce phénomène déroutant qui menaçait de la distraire. Alors, brusquement, elle comprit. Elle voyait toujours la deuxième image, celle du dessus, comme si elle avait encore les yeux ouverts. Afin de fuir la douleur, son esprit essayait de s'échapper de son corps. Son mental vacillant de vieille sorcière avait bien failli rater la solution, mais son instinct ne l'avait pas laissée tomber. Eliseth éclata de rire en rassemblant les énergies qui lui restaient, puis glissa aisément hors de son enveloppe charnelle.

Oh, le soulagement béni ! La Mage du Climat s'immobilisa en ne pensant qu'à l'absence de douleur, et stabilisa les énergies de son être intérieur. Puis un hurlement de rage contrariée attira son attention. Les flammes avaient disparu. Planant tout près du plafond de sa chambre, elle contempla Miathan. Blême de colère, il déversait un chapelet d'insanités au-dessus de son corps déserté.

Dans un sursaut glorieux, Eliseth retrouva alors toute sa confiance. Son être intérieur n'était ni vieux ni laid. Sous cette forme, elle était de nouveau jeune et forte, et plus belle que jamais. *Si seulement je pouvais rester ainsi*, songea-t-elle. Mais sans la mystérieuse puissance que générait Miathan à travers les sacrifices de Mortels, un Mage ne pouvait vivre très longtemps à l'extérieur de son corps terrestre. En raison de la vieillesse et de la fragilité de son enveloppe charnelle et de l'effroyable quantité d'énergie qu'elle avait dépensée pour soutenir l'assaut de l'Archimage, Eliseth sentait déjà l'affaiblissement la gagner. Elle devait réintégrer son corps, elle le savait, si elle ne voulait pas se perdre et rester sous cette forme éthérée pour l'éternité. Malgré tout, elle s'attarda encore, dans l'espoir de pousser Miathan à bout lorsqu'il comprendrait que la dernière chance de rétablir l'hiver en

Aerillia venait de lui filer entre les doigts. Ah, elle le tenait ! Eliseth sourit avec satisfaction, puis frémit à l'idée d'abandonner cette glorieuse apparence pour s'enfermer de nouveau dans le corps faible et douloureux d'une vieille folle. *Mais ce ne sera pas long*, se promit-elle en fermant les yeux avant de se glisser dans les chaînes de son enveloppe charnelle.

La Mage du Climat releva la tête et Miathan termina abruptement sa tirade par un son étranglé. L'espace d'un instant, Eliseth regretta qu'il ne possédât plus ses yeux, non par gentillesse, mais parce que les gemmes qui les remplaçaient rendaient son visage impénétrable. Elle ne savait si l'hésitation de Miathan était due à la colère ou au soulagement, mais en tout cas, elle lui en fut reconnaissante et saisit aussitôt l'initiative.

— Tu as eu ta vengeance, Archimage, ne crois-tu pas que cela suffise ? Je t'ai défié et j'en ai payé le prix. Ne pouvons-nous pas laisser le passé derrière nous ? Vois comme tu as encore besoin de mon aide. Je te propose un marché, Miathan – ma jeunesse en échange de ton hiver. Nous devons nous faire confiance, à présent, car tu auras toujours un certain pouvoir sur moi grâce à ton sortilège de vieillissement, tout comme je contrôle cet hiver qui est si essentiel à la réussite de ton plan. Ne vois-tu pas que nous pourrions tous deux tirer bénéfice de cette coopération ?

— Plutôt coucher avec une vipère que de te faire de nouveau confiance ! cracha Miathan.

La Mage du Climat retint un sourire. *Il est vaincu*, pensa-t-elle avec triomphe. Elle n'avait pas besoin d'en dire plus et ne fit qu'attendre que sa colère passe. Il avait rendu les armes plus tôt qu'elle ne s'y attendait, et elle se demanda ce qu'il venait d'apprendre au cours de sa conversation avec le Haut-Prêtre des Ailés.

— Très bien, déclara enfin Miathan d'un ton sec. Mais je te préviens, si tu tentes une fois de plus de contrecarrer mes plans, je me servirai du Chaudron pour te chasser si loin de cet univers que même les dieux seront incapables de te retrouver !

L'Archimage leva les mains, le visage tendu par la concentration. Une vague de faiblesse s'abattit sur Eliseth ; son corps lui parut se brouiller, puis miroiter, et elle connut un accès de douleur atroce lorsque ses vieux os se redressèrent. Des fourmillements parcoururent sa peau lorsque sa chair tombante retrouva la plénitude de la jeunesse. Un sang puissant s'engouffra tel du vin dans ses veines et rendit à ses vieux muscles raides leur souplesse et leur force.

— Les dieux soient loués !

Eliseth se leva d'un bond et se débarrassa aussitôt de ses nombreux manteaux.

— Tu ferais mieux de me remercier, moi, rétorqua l'Archimage. Estime-toi heureuse, Eliseth, que j'aie encore besoin de ton aide pour mener mon plan à bien.

— Je ferai tout ce qui sera en mon pouvoir pour t'aider, Archimage, répondit la Mage du Climat en faisant de son mieux pour avoir l'air soumise.

Miathan lui lança un long regard dur.

— Très bien, fit-il sèchement. Pour commencer, tu vas devoir entreprendre une mission que j'avais prévu de confier à Bragar. Puisqu'il s'est fait tuer à cause de tes machinations, tu vas devoir le remplacer. (Il la dévisagea d'un air renfrogné.) Au moins, ça t'empêchera de comploter pendant quelque temps.

Eliseth se rendit jusqu'au vaisselier et leur versa du vin à tous les deux. Miathan prit son verre sans la remercier et but une gorgée avant de poursuivre :

— Je voulais que Bragar enquête sur la disparition d'Angos et de ses hommes. Nous devons supposer qu'ils sont morts, et puisque leur dernier message disait qu'ils traquaient les rebelles en direction du Val, je soupçonne Eilin d'être responsable de cette disparition – peut-être aidée en cela par D'arvan.

Eliseth serra les poings avec colère en pensant à ceux qui avaient tué son amant Davorshan. Mais elle sentit également la peur lui nouer le ventre. Elle ne considérait pas le jumeau de Davorshan comme une menace, car elle le savait faible et dépourvu de volonté, mais la Dame du Lac avait détruit un Mage bien plus jeune et physiquement plus fort qu'elle, sans compter la douzaine de mercenaires endurcis qu'elle avait visiblement fait disparaître. De toute évidence, ils avaient sous-estimé la puissance d'Eilin. La Mage frissonna. *S'agit-il d'un nouveau complot pour te débarrasser de moi, Miathan ?*

— Tu veux que je me rende dans le Val ? demanda-t-elle doucement.

— Bien sûr que non ! aboya l'Archimage. Utilise un subterfuge, envoie des espions à ta place. Tu excelles dans ce genre de basse besogne sournoise. Mais quoi que tu fasses, découvre ce qui se passe dans le Val. La seule raison pour laquelle je ne te demande pas de t'y rendre en personne, ajouta-t-il, c'est que j'ai besoin que tu restaures l'hiver au-dessus d'Aerillia. Est-il possible, cependant, de protéger le Sud de ces montagnes du plus gros des tempêtes ?

Eliseth le regarda, les yeux plissés. *Mais que manigance-t-il encore ?* Elle fronça les sourcils en essayant de visualiser cette région dans sa tête, car ses vieilles cartes avaient disparu dans la destruction de son dôme du climat.

— Je pense que oui, finit-elle par répondre. Cette chaîne de montagnes s'élargit au sud du territoire des Ailés – si je contrôle soigneusement la masse d'air, les sommets formeront comme une barrière naturelle... (De nouveau, elle fronça les sourcils.) Mais pourquoi ?

— Eliseth, si tu crois que je vais te faire part de mon plan si vite après ton acte de trahison..., s'emporta l'Archimage.

Mais elle l'interrompit avec douceur.

— Miathan, je t'en prie. Tout ça n'était qu'une erreur regrettable. Je souhaite simplement me racheter, mais comment puis-je t'aider sans savoir ce qui se passe ?

— Je te dévoilerai mon plan lorsque je le jugerai bon, et pas avant, décréta sèchement Miathan. Pour le moment, tout ce qu'il te suffit de savoir, c'est qu'Aurian doit pouvoir accéder aux montagnes du Sud si je veux que mon piège fonctionne. Et tu vas veiller à ce que le climat ne l'en empêche pas, n'est-ce pas ? (Sa voix se réduisit à un sinistre murmure.) Car n'oublie pas, Eliseth – j'ai déjà fait voler en éclats ta beauté et ta jeunesse une fois, je peux facilement recommencer.

La Mage du Climat soutint son regard d'un air impassible.

— Je te promets, Miathan, que tu n'auras plus jamais besoin de faire une chose pareille, mentit-elle. Tu peux me faire confiance, je te le jure, car, si Aurian devait être capturée, ce serait autant à mon avantage qu'au tien.

Eliseth détourna le visage pour dissimuler un sourire. *Et dès que tu l'auras capturée pour moi, Miathan, Aurian et toi devrez faire bien attention à vous !*

3

LA CHUTE DE RAVEN

Au sein de l'abri que formaient les arbres abattus, qui embaumaient le pin, Aurian se reposait, adossée à des sacs et des couvertures pliées pour lui faire un oreiller. Shia somnolait à ses côtés, ses pattes écorchées badigeonnées de pommade et enveloppées dans des chiffons. Elle ronronnait dans son sommeil, la tête dans le giron d'Aurian. Anvar, ses yeux d'un bleu éblouissant fermés sur le sommeil profond des gens épuisés, était allongé en position fœtale de l'autre côté de la Mage. Ses fins cheveux blond cendré, qui s'étaient éclaircis pendant leur traversée du désert, retombaient sur son visage et se soulevaient au rythme de sa respiration. Il méritait son repos, songea Aurian. Il leur avait sauvé la vie à tous les trois lorsque Eliseth les avait attaqués, et s'en était admirablement bien sorti, pour un Mage à moitié entraîné.

Aurian refusa de s'appesantir sur le fait que la dévotion d'Anvar s'appuyait sur des sentiments bien plus profonds que l'amitié. Le souvenir de Forral restait encore trop vivace. Pourtant elle avait choisi de rester avec Anvar plutôt que de suivre dans la mort son amant assassiné... Aurian secoua la tête comme pour chasser la culpabilité qui accompagnait cette pensée.

Mais on pouvait lire de l'affection dans son regard lorsqu'elle écarta gentiment les mèches de cheveux du visage d'Anvar et ramena sur les épaules du jeune homme la couverture qui avait glissé.

L'enfant à naître d'Aurian bougeait sans relâche, perturbé par le malaise de sa mère, si bien que la Mage tendit son esprit vers le fils de Forral pour le rassurer.

— *Tu ne te reposes donc jamais ?* lui demanda mentalement Shia d'une voix acide.

Pourtant, Aurian perçut son inquiétude sous-jacente. La panthère la dévisagea d'un air grave et sans ciller.

— *Aurian, pourquoi t'accabler ainsi ? Tu as des devoirs envers le petit, certes, mais l'autre qui te soucie est mort et se trouve au-delà de toute aide.*

Comme ces paroles d'une franchise brutale faisaient frémir Aurian, le ton de Shia s'adoucit et se chargea d'un écho que la Mage avait appris à reconnaître comme étant un sourire.

— *Quant à Anvar, inutile de t'inquiéter pour lui. La force qu'il possède ne cesse de grandir. Il attendra.*

— *Je ne lui ai jamais demandé de m'attendre,* rétorqua Aurian.

Les pensées que Shia lui envoya ressemblaient à l'équivalent mental d'un haussement d'épaules.

— *Il attendra – que tu le lui demandes ou pas.*

Aurian s'assoupit de nouveau et fut réveillée par une délicieuse odeur de viande rôtie. Anvar, déjà debout, aidait Nereni à finir les préparatifs de son festin. Le petit bout de femme avait travaillé tout l'après-midi et envoyé Bohan et Eliizar dans la forêt chercher des tubercules afin de les faire cuire dans les cendres de son feu et des baies et des légumes pour accompagner la venaison qu'elle avait cuisinée. Yazour, devinant ce qui l'attendait, s'était rapidement porté volontaire pour aller pêcher. Il revint en sifflotant, peu avant l'heure du dîner, et se présenta les mains vides devant une Nereni qui le réprimanda.

— Je n'y peux rien, protesta-t-il d'un air innocent. Ils n'ont pas voulu mordre.

Aurian et Anvar échangèrent un sourire en constatant que la ruse du guerrier avait fonctionné. Que c'était bon de voir leur petit groupe de nouveau réuni ! Puis Aurian réalisa brusquement qu'il manquait quelqu'un et que cela n'avait cessé de la tracasser, même si l'épuisement et la joie de leurs retrouvailles avaient pris le dessus.

— Où diable se trouve donc Raven ? demanda-t-elle.

— La petite ne cesse de s'en aller chasser dans la forêt, répondit Nereni. Elle ramène souvent des oiseaux, mais je m'inquiète toujours pour elle. Et si elle tombait sur une bête sauvage ?

— Tu te fais trop de souci, répliqua Eliizar. Si un loup ou un ours la menaçait, elle n'aurait qu'à s'envoler.

— C'est bien vrai, approuva Aurian.

Cependant, elle ne put s'empêcher de s'étonner de l'attitude solitaire de Raven.

La jeune Ailée, inconfortablement perchée parmi les épines d'un sapin, regardait le crépuscule se glisser lentement à travers les arbres obscurs et emmêlés. Au nord, le coucher de soleil flamboyant continuait à couvrir d'or les hauts sommets, un spectacle devant lequel Raven se renfrogna. Habituée aux longues journées, là-haut, dans son foyer des montagnes, elle n'arrivait pas à se faire à l'idée que la lumière déclinait si tôt dans ces misérables basses terres.

Elle ravala des larmes de frustration. Cachée dans un bosquet d'arbres étouffants – ce n'était pas la manière dont elle chassait d'ordinaire. Les vastes étendues des cieux ouverts lui manquaient ; seuls la vitesse et le talent que requérait la poursuite lui procuraient de la joie. Autrefois, en Aerillia, son ancien foyer, elle chassait pour le plaisir et libérait aussitôt son gibier à plumes afin de chanter et de voler en paix. Elle ne savait pas, à l'époque, qu'un jour, ce serait elle la proie, et qu'elle en viendrait à vivre en exil, sans abri, gouvernée par les exigences d'un ventre vide. Maintenant, elle ne connaissait tout ça que trop bien.

Raven maudit Serre-Noire qui l'avait forcée à prendre la fuite, terrorisée, et à abandonner la place qui lui revenait de droit en tant que princesse des Ailés. Il fallait à tout prix l'arrêter – et par Yinze, le dieu du Ciel, elle avait bien l'intention de s'en charger ! Si ses compagnons du désert l'avaient laissée tomber, elle, au moins, avait trouvé quelqu'un sur qui elle pouvait compter. En pensant à Harihn, elle réprima un frisson de culpabilité. Un Ailé se choisissait un compagnon ou une compagne pour la vie, et son peuple réprouverait ce qu'elle avait fait avec un humain. Mais il s'était montré si gentil envers elle… Penser à lui adoucit son humeur sinistre. Elle leur montrerait, aux autres – Aurian, qui n'avait pas voulu écouter ses appels à l'aide, et Anvar, duquel elle espérait mieux que ça…

Il s'agissait pour elle d'une immense déception, mais Raven chassa cette pensée de son esprit lorsque son ventre lui rappela en grondant de se concentrer sur la chasse. Attendant avec patience et méfiance, une pierre à la main, elle regarda la brume qui accompagnait le crépuscule envahir le sol de la forêt. Puis elle entendit du bruit dans les fourrés, suivi d'un cri rauque. Raven lança sa pierre. Dans un grand batte ment d'ailes, le faisan sortit de son abri, et la jeune fille s'élança à sa poursuite avec la grâce d'un faucon. Elle s'abattit sur l'oiseau, l'attrapa dans une grande volée de plumes, et lui brisa la nuque d'une main experte, au beau milieu des airs.

— Bien joué, mon bijou ! s'exclama une voix basse mais claire depuis une trouée dans les arbres, en contrebas.

Le sang de Raven se mit à chanter dans ses veines. Harihn était enfin arrivé ! Rayonnante d'excitation, elle décrivit un virage à couper le souffle afin de se glisser dans l'étroit espace dégagé qui séparait les troncs enchevêtrés. Cela faisait des jours qu'elle n'avait pas vu le prince, et elle se sentait si seule sans lui ! Ses ailes soulevant la brume sous forme de tourbillons arachnéens, Raven, essoufflée par l'ivresse de la chasse, descendit à la rencontre de son amant.

Harihn émergea des buissons en jurant et passa ses doigts dans sa chevelure emmêlée, délogeant au passage des feuilles et des morceaux de brindilles. Cette clairière était si bien cachée que seule l'Ailée pouvait y accéder facilement. Le crépuscule était tombé plus tôt qu'il ne s'y attendait, et le prince avait été obligé de trouver son chemin à tâtons dans une quasi-obscurité. *Par le Faucheur, il vaudrait mieux que tout ceci en vaille la peine*, songea-t-il.

— Harihn ?

Il entendit un bruissement au-dessus de sa tête, ainsi que des branches qui craquaient. Puis Raven atterrit à côté de lui. Le prince des Khazalims hésita alors, déchiré comme toujours entre l'étrange beauté inhumaine qu'elle possédait et la révulsion qu'il éprouvait à l'idée de s'accoupler avec une telle créature. Puis la

Voix s'engouffra dans son esprit et le réprimanda avec impatience :

— *Vas-y, imbécile, agis avant qu'elle ne soupçonne quelque chose !*

Harihn gémit en repoussant une brusque montée de sang, celle de son corps qui le trahissait en succombant à son désir naissant. Il en était toujours ainsi depuis qu'il avait commencé à séduire la fille à la demande de la Voix. Celle-ci sondait son esprit depuis qu'il était entré dans la forêt. Parfois, il se demandait s'il avait eu raison de lui faire confiance, mais elle lui avait offert tout ce qu'il voulait : le pouvoir nécessaire pour reconquérir le trône de son père et les moyens de se venger d'Anvar. Si ce dernier n'avait pas corrompu Aurian, la Mage lui aurait elle-même offert ce pouvoir, et bien davantage.

— *Allons, qu'est-ce qui ne va pas chez toi ? Prends-la, puisque c'est ce qu'elle veut !* déclara sèchement la Voix. *Nous avons besoin de sa coopération !*

À sa grande horreur, Harihn sentit son corps faire un pas en avant et ses membres bouger de leur propre volonté tandis que l'intrus prenait le contrôle.

Raven regarda son amant d'un air hésitant. Harihn lui paraissait étrange, ce soir. Des gouttes d'argent ornaient ses cheveux noirs bouclés, le faisant paraître gris avant l'âge. D'ailleurs, on aurait dit qu'il avait vieilli. Ses traits si doux paraissaient plus accentués, comme si un autre visage, plus vieux et plus dur, recouvrait le sien. Il plongea son regard flamboyant dans les yeux de la jeune fille qui, pour la première fois, eut peur de lui.

— Il est temps, gronda-t-il.

Rien que ça, pas de sourire, ni de baiser, ni même le moindre mot de bienvenue. Avant que Raven puisse faire un geste, il l'attrapa et lui fit un croche-pied pour la précipiter à terre, où il la cloua au sol de tout son poids. Des plumes volèrent autour d'eux telle de la neige noire lorsque les ailes de la jeune fille se prirent dans les buissons. Puis il lui déchira sa tunique et mit fin à ses protestations par de violents baisers tandis qu'il lui tripotait les seins. Il glissa ensuite son genou entre ses cuisses qu'il écarta brutalement.

— Harihn, non ! protesta Raven, suffoquée.

Il l'insulta et la réduisit au silence en lui assenant une paire de gifles du revers de la main. Les joues brûlantes, elle sentit des larmes lui échapper et couler le long de ses tempes et dans le nuage emmêlé de sa chevelure.

Dur et impatient, il la pénétra violemment, et Raven laissa échapper un sifflement de douleur.

— Non ! cria-t-elle en proférant des injures dans la langue du peuple du Ciel.

Elle usa de ses ongles telles des griffes et le lacéra en prenant ses yeux pour cible. Harihn frémit et s'écarta légèrement, de profondes entailles sur les joues.

— Sauvage ! cracha-t-il.

Des gouttes de sang chaud coulèrent sur le visage de Raven lorsqu'il se pencha pour l'embrasser de nouveau, avec plus de douceur cette fois-ci.

— Pardonne-moi, chuchota-t-il. Nous sommes restés si longtemps séparés, et tu es si belle…

Il glissa sa main entre leurs deux corps, puis entre les jambes de Raven qui gémit de plaisir et se cambra contre lui.

— Je te hais, dit-elle d'une voix haletante. Je te hais, continua-t-elle à répéter, encore et encore, au rythme croissant de leurs efforts. Je te tuerai ! Oh !

Elle le griffa en parvenant à la jouissance, déchirant sa tunique au passage et éraflant son dos.

Puis ils se séparèrent, haletants, collants et sales, couverts de bleus et d'égratignures. Harihn battit des paupières comme s'il émergeait d'un rêve. Raven l'observa entre ses cils tandis qu'il tendait la main vers elle pour écarter les mèches de cheveux qui collaient à ses joues en sueur. Puis il embrassa son visage contusionné et chatouilla de son souffle sa peau humide.

— Pauvre enfant – pourras-tu me pardonner ? murmura-t-il.

Raven, sous le coup de la passion qui s'était emparée d'elle au tout dernier moment, se contenta d'acquiescer. Il avait changé, juste à temps – comme si, pendant un moment, il avait été quelqu'un d'autre, avant que le véritable Harihn ne revienne pour la sauver de l'humiliation. Elle lui en était reconnaissante. Il ne savait pas, songea la princesse, qu'elle était obligée de lui pardonner. Les Ailés se choisissaient un partenaire pour la vie et maintenant elle était liée à lui.

Un frisson la parcourut, mais Raven n'était pas une princesse pour rien. Elle effleura les traces de griffures sur le visage d'Harihn et esquissa un petit sourire suffisant lorsqu'il frémit.

— Je te l'ai bien rendu, répondit-elle.

Aussitôt, elle vit l'ombre quitter le regard de son amant.

— Vipère, marmonna-t-il.

— Ça te servira de leçon ! (Il s'agissait d'une des répliques préférées de Nereni, ce qui rappela à Raven qu'elle avait oublié un détail.) Yinze perché sur un arbre ! jura-t-elle en se redressant brusquement. Nereni doit s'inquiéter, je devrais déjà être rentrée au camp depuis longtemps.

Le sourire d'Harihn s'effaça. Puis, comme le soleil qui passe derrière un nuage, il réapparut, mais en plus sinistre. Comme au début, lorsque le prince avait pris la jeune fille si violemment… Raven sortit ses griffes, mais Harihn ne fit pas un geste dans sa direction.

— J'ai une surprise pour toi, princesse, lui dit-il. Les Mages sont sortis sains et saufs du désert, et Nereni a l'intention de fêter ça en les régalant d'un festin.

— Un festin ? se récria Raven. Pendant ce temps-là, mon royaume tombe en ruine et aucun d'eux ne soulève le petit doigt pour m'aider…

— Chut. (Harihn l'embrassa pour la faire taire. Quelle petite sotte crédule elle était !) Tu n'as pas besoin d'eux, mon bijou, car notre heure est venue. Tu sais que j'ai un puissant allié derrière moi. Si nous l'aidons à capturer Aurian et Anvar, il te donnera toute l'aide dont tu as besoin pour reconquérir ton royaume.

— Je l'espère. Les autres m'ont apporté si peu d'aide, avoua l'Ailée d'une voix qui trahissait son amertume.

Harihn sourit dans la pénombre. Il était si facile de la manipuler.

— Tu dois convaincre tes compagnons de se rendre dans les montagnes, jusqu'à la tour d'Incondor, l'ancienne tour de guet de ton peuple, lui dit-il. S'ils arrivent là-bas avant qu'Aurian récupère ses pouvoirs, mes gens n'auront aucune difficulté à leur tendre une embuscade.

Raven pensa à Nereni et hésita.

— Harihn, tu me promets qu'on ne leur fera aucun mal ?

— Ma chère, je te le promets.

L'obscurité dissimulait le mensonge gravé sur le visage d'Harihn. L'époux de Nereni l'avait trahi, tout comme ce renégat de Yazour et l'eunuque Bohan. Ils méritaient la mort, et Nereni aussi. Harihn sourit à cette idée. Puis, incapable de résister à l'envie de prendre de nouveau Raven, il lui caressa les cheveux et se pencha pour capturer ses lèvres une fois de plus.

Plus tard, tandis qu'il regagnait péniblement son campement, Harihn souriait encore. De son côté, Raven partit rejoindre ses amis en volant au-dessus des arbres, tandis que les montagnes disparaissaient dans la nuit.

Très vite, le prince demanda à ses gens de s'activer et une certaine agitation envahit le campement.

— Mes derniers guerriers partent ce soir pour le Nord, où je les rejoindrai sous peu, expliqua-t-il à sa maisonnée. En mon absence, vous devez rester ici et rassembler des provisions pour nous. Des Ailés viendront chercher ce que vous aurez réuni.

Ses partisans, stupéfaits par ce brusque changement de plan, regardèrent leur prince d'un œil méfiant et se mirent à chuchoter dans son dos. Il n'était plus le même depuis qu'il avait mis le pied dans la forêt, et ils l'avaient parfois même surpris en train de se parler à lui-même, quand il croyait que personne ne le voyait. Quant à cette alliance avec les créatures ailées, voilà qui dépassait, et de loin, les limites de la décence.

L'attitude d'Harihn n'avait cessé de devenir de plus en plus bizarre. Peu après leur arrivée en ce lieu, il avait envoyé la plupart de ses soldats au nord, les fontes de leurs selles chargées de provisions, avec un guerrier ailé pour guide. Ses gens s'étaient donc retrouvés sous la protection d'une garde bien mince, et voilà qu'Harihn avait l'intention de les abandonner complètement à présent. Mais ils étaient nés khazalims et on leur avait appris la soumission et le respect de l'autorité. Harihn était leur prince, il leur avait promis de revenir, et ils devaient s'en contenter. Ses gens soupirèrent, mais ils obéirent.

Les Xandims n'avaient jamais attaché la moindre importance aux murs et aux toits, ce qui expliquait pourquoi ils manquaient cruellement du moindre talent en matière de construction. Heureusement pour eux, songea Chiamh, ils avaient trouvé une forteresse toute faite. Nul ne savait qui l'avait bâtie, mais la mamie de l'Œil-du-Vent l'attribuait à l'ancienne race des Puissants qui vivaient de l'autre côté de l'océan. Chiamh en doutait, même si les premiers habitants de la forteresse devaient bel et bien manier des pouvoirs incroyables, car elle avait survécu aux dégradations du temps – sans surprise. Il faudrait plus que le passage des siècles pour mettre à mal une si solide construction.

Profondément encastrée dans la falaise, cette place forte n'était autre qu'un imposant donjon surgi des immenses rideaux de pierre faisant partie du Wyndveil – autrement dit le mont Vent-Voile, dans la langue de leurs ancêtres. Le bâtiment formait un carré autour d'une cour centrale, et les principaux quartiers d'habitation se trouvaient adossés à la falaise. Bien que la forteresse parût d'une taille impressionnante, ses dimensions étaient trompeuses, car le bâtiment se poursuivait au sein même de la falaise, avec des kilomètres et des kilomètres de salles et de couloirs creusés dans la montagne. En cas de besoin, le bastion était suffisamment vaste pour accueillir la race des Xandims au grand complet. Mais ça ne s'arrêtait pas là. Le plus incroyable, c'était que l'édifice tout entier, à la fois interne et externe à la falaise, avait été façonné à partir d'une seule pierre !

D'autres bâtiments, plus modestes, parsemaient la prairie en pente qui s'étendait sous la forteresse. De loin, avec leurs contours adoucis par la végétation – des coussins de mousse et des lichens or et argent –, ils ressemblaient à des rochers tombés de la falaise et grossièrement sculptés. Cependant, il ne fallait pas se fier à leur apparence si l'on voulait connaître leur véritable nature. Chiamh les avait examinés avec soin et avait découvert qu'il ne s'agissait nullement de rochers. Ils se prolongeaient sous terre et semblaient n'être, comme la forteresse, que des excroissances rocheuses de la montagne. Chacun possédait une petite porte carrée et un trou au sommet pour laisser entrer la lumière et sortir la fumée de l'âtre. L'intérieur de ces édifices était plus étonnant encore car les parois et le sol avaient été taillés pour former des lits, des étagères et des bancs. Comme pour la forteresse, leur origine restait un mystère, mais les Xandims considéraient que ces structures faisaient partie du paysage. Sauf en cas de très mauvais temps, ils s'aventuraient rarement à l'intérieur de ces maisons toutes faites.

Les Xandims formaient un peuple robuste et actif qui vivait au grand air. Aux installations fixes et aux murs de pierre, ils préféraient la liberté des abris temporaires au sein des collines verdoyantes ou des vastes plaines. Sous leur forme humaine, ils chassaient, pêchaient, récoltaient des baies et des fruits et faisaient du troc. Sous leur forme équine, ils ne manquaient de rien car leur nourriture poussait en abondance autour d'eux. Ils possédaient un langage écrit basique, composé de signes, mais s'embarrassaient rarement de telles fadaises. Ils aimaient mieux raconter des histoires, toutes plus incroyables les unes que les autres, et chanter de nombreuses chansons.

Leur histoire se transmettait oralement, de génération en génération, à la grande frustration de Chiamh. Instinctivement, il devinait qu'une grande partie de leur passé leur manquait, et que le reste était trop confus.

L'Œil-du-Vent se présenta trempé, couvert de bleus et haletant devant l'imposante porte en arcade de la forteresse. Le bâtiment lui donnait une impression de malaise, comme si des yeux invisibles l'observaient. Chiamh leva nerveusement le regard vers l'énorme structure. Les étranges veines argentées qui parcouraient la pierre brune luisaient doucement dans la lumière trompeuse et fantomatique du crépuscule, et les tours, les fenêtres, les balcons et les contreforts de la façade lui apparaissaient, avec sa myopie, comme les linéaments pleins de dignité d'un vieux visage aux traits acérés. Pour la première fois, il se demanda pourquoi il n'avait jamais songé à observer la place forte avec son Autre Vue. Seule la déesse savait ce qu'une telle vision lui révélerait – mais il n'avait pas de temps à perdre avec des expériences aussi frivoles.

Il devait d'abord prendre des nouvelles des prisonniers étrangers. Étaient-ils déjà arrivés ? Ses visions étaient toujours très précises quant au contexte, mais pouvaient s'avérer confuses et imprécises s'agissant du temps. Or, bien qu'il fût l'Œil-du-Vent, Chiamh ne possédait pas assez de prestige aux yeux du seigneur de la Horde pour entrer dans les cachots. Il allait devoir sauver les étrangers à l'issue de leur procès, lorsque, enfin, il pourrait les approcher. De plus, l'Œil-du-Vent voulait en savoir plus à leur sujet avant de s'impliquer davantage. Heureusement, il existait pour lui un moyen de découvrir les informations qui lui manquaient – à condition que les étrangers soient déjà là.

C'était l'heure de la relève pour les sentinelles – une question purement informelle, au mieux, car les Xandims, très indépendants, acceptaient mal les formalités et la discipline excessive. Chiamh soupira. *Tu parles d'une heure pour arriver ! Il va y avoir deux fois plus de gardes que d'habitude !* Il sentit son cœur sombrer en reconnaissant l'officier supérieur. Galdrus était un idiot musclé et plus têtu encore que la pierre de la forteresse. Il manquait d'intelligence et d'imagination, mais éprouvait toujours un malin plaisir à se moquer de l'Œil-du-Vent, myope comme une taupe. Cependant, les gardes avaient déjà aperçu Chiamh, qui n'eut d'autre choix que de poursuivre son chemin. Faisant de son mieux pour se draper dans la dignité de sa fonction, l'Œil-du-Vent redressa les épaules et s'avança jusqu'au groupe de guerriers qui bavardaient à côté de la porte.

Comme il s'y attendait, les moqueries fusèrent avant même qu'il n'eût atteint le sommet du perron.

— Alors, comme ça, tu sors de ton trou, petite taupe ? le railla Galdrus, s'attirant ainsi les rires de ses compagnons.

Chiamh serra les dents.

— Laisse-moi passer, demanda-t-il doucement. J'ai à faire et c'est urgent.

— Voyez-vous ça ! L'Œil-du-Vent a une affaire urgente à régler à l'intérieur de la forteresse ! De quoi s'agit-il, Chiamh ? Serais-tu venu faire ta lessive, par hasard ? Ce ne serait pas du luxe !

Chiamh ignora les ricanements des gardes qui se moquaient de son apparence crasseuse et dépenaillée. Seule la déesse savait de quoi il pouvait bien avoir l'air après sa course folle au bas de la montagne. Maudissant ses joues empourprées, l'Œil-du-Vent redressa le menton et s'avança vers l'intérieur d'un pas déterminé. Mais il tomba tête la première en travers du seuil, les jambes enchevêtrées dans la hampe d'une lance.

— Oups, mes excuses, Votre Grandeur, hennit Galdrus qui feignit la terreur en écarquillant les yeux. Je vous en prie, ne me transformez pas en horrible bête !

Tandis que les gardes hurlaient de rire, l'Œil-du-Vent se releva en se frottant le genou qu'il s'était cogné contre le rebord des marches en pierre. Chiamh avait le visage en feu et ne pensait qu'à s'échapper avant que ses tortionnaires le tourmentent davantage.

— *Vas-tu donc les laisser s'en tirer comme ça ?*

Chiamh fit volte-face à la recherche de la voix qui venait de murmurer à son oreille. Les gardes semblaient écroulés de rire, il ne devait donc pas s'agir de l'un d'entre eux. La voix lui avait paru beaucoup plus profonde, et plus vieille, d'une certaine façon.

Galdrus remarqua son hésitation.

— Quoi ? lui dit-il en le défiant ouvertement. Tu veux quelque chose, Chiamh ? Peut-être as-tu envie qu'on t'indique la direction des bains ?

Il se pinça le nez, et son public, appréciateur, redoubla d'hilarité.

— *Affronte-les, imbécile ! Si tu fuis maintenant, ils continueront à te tourmenter jusqu'à la fin de tes jours.*

Déesse, seuls les fous entendent des voix ! protesta Chiamh dans son esprit. Il essaya de s'enfuir à l'intérieur de la place forte, mais lorsque son pied toucha le seuil…

— *RETOURNES-Y ET AFFRONTE-LES !*

Cette fois, il ne s'agissait plus d'un murmure, bien au contraire. Le rugissement faillit le faire tomber à la renverse. Les gardes avaient sûrement dû l'entendre – mais non. Ils continuaient à se pincer le nez en échangeant des blagues stupides. Brusquement, Chiamh en eut assez. Il ne savait pas d'où provenait la voix, mais elle avait raison. Il devait réagir. La tempête s'était calmée, mais le vent soufflait toujours en bourrasque ; c'était plus que suffisant pour ses besoins. La vision de Chiamh flamboya puis s'éclaircit tandis qu'il faisait appel à son Autre Vue. Saisissant à pleines mains de grandes poignées de vent miroitant, il les modela pour leur donner la forme d'un effroyable démon et lança celui-ci au visage des gardes railleurs.

Galdrus tomba à genoux en hurlant. Certains, le visage tendu par la peur, tirèrent leur épée, tandis que d'autres essayaient de s'enfuir. Mais ces derniers se retrouvèrent coincés contre la grande forteresse en pierre, sur le côté de la porte. Chiamh éclata de rire. Avant que les hurlements des gardes ne puissent attirer l'attention des occupants de la forteresse, il ramena la vision à lui, puis écarta les mains pour libérer et éparpiller les vents, dispersant le démon.

Les gardes se relevèrent lentement en laissant transparaître sur leur visage un mélange de colère, de ressentiment et d'humiliation. À en juger par la puanteur qui émanait d'eux, plus d'un avait souillé son fond de culotte. L'Œil-du-Vent gloussa.

– Peut-être que c'est vous qui devriez faire un tour aux bains, leur dit-il gaiement.

L'Autre Vue abandonna Chiamh au moment où il entrait dans la forteresse. Le triomphe grisant qu'il éprouvait jusqu'alors disparut en même temps. Il avait savouré la douceur de sa revanche bien méritée, mais celle-ci lui laissait à présent une impression de honte. *On ne m'a pas donné ces pouvoirs pour que j'en abuse*, songea-t-il en se souvenant de la peur et de la haine qu'il avait lues sur le visage des gardes. *Certes, je leur ai appris à ne plus se moquer de moi, mais je ne me suis pas fait des amis, aujourd'hui.*

— *Sottises, petit devin ! Ce n'étaient pas tes amis, et ils ne le seront jamais. Ils redoutaient tes pouvoirs, c'est pour ça qu'ils se moquaient de toi. Mais aujourd'hui, tu leur as appris à te respecter, ce qui est pour le mieux.*

— Qui êtes-vous ? s'écria Chiamh, s'attirant au passage les regards curieux des gens qui se trouvaient dans les couloirs.

Mais il ne reçut pas de réponse – d'ailleurs, il avait déjà compris qu'il valait mieux ne pas en attendre.

— Quoi qu'il arrive, je découvrirai le fond de cette histoire, marmonna-t-il.

Mais ce n'était pas le moment de satisfaire sa curiosité. Le plus important, avant toute chose, était de retrouver les prisonniers.

Chiamh balaya du regard le hall d'entrée de la forteresse et frissonna. Bonté divine, ce qu'il pouvait détester cet endroit ! La peur lui laissait le corps moite et trempé de sueur. Comme toujours, il n'était que trop conscient de l'écrasante masse de pierre qui l'entourait et lui donnait l'impression de suffoquer. En cheminant, à moitié aveugle, dans les couloirs, il se sentit perdu et peu sûr de lui car, privé des vents dans ce tombeau de roche, Chiamh était obligé de s'en remettre à sa maudite vue imparfaite.

En des temps plus joyeux, les corridors de la forteresse, éclairés par des torches, auraient été pratiquement déserts. Même le seigneur de la Horde passait peu de temps à l'intérieur, et la plupart des Xandims naissaient et mouraient sans jamais mettre le pied dans cet endroit. L'édifice était gardé par des guerriers qui se relayaient régulièrement, car personne ne voulait se retrouver coincé là à demeure. Cependant, le sinistre hiver qui emprisonnait leurs terres dans un étau de glace rendait la forteresse méconnaissable, car les Xandims y avaient conduit leurs parents les plus vulnérables, les jeunes, les malades et les vieux, afin qu'ils puissent bénéficier de la protection de ses murs.

Partout, des enfants faisaient un bruit presque assourdissant en jouant dans l'espace restreint des corridors. Certains passèrent en trombe à côté de Chiamh tels des projectiles hurlants. De vieux messieurs et de vieilles dames traînaient des sacs et des baluchons, transformant ces passages en un labyrinthe d'obstacles, et élevaient la voix pour protester d'un ton querelleur contre l'effronterie des gamins, ne faisant qu'ajouter au vacarme.

Tout le monde savait déjà que des étrangers avaient été pris sur les terres des Xandims. La nouvelle s'était répandue comme un feu de forêt, attisant la curiosité. En plus de ceux qui s'abritaient dans le bastion, de nombreux autres Xandims étaient venus dans l'espoir de voir les étrangers et d'assister au procès qui devait avoir lieu le lendemain matin. Chiamh apprit ainsi que les étrangers avaient déjà été amenés là et qu'on les avait emprisonnés dans les cachots en attendant que le seigneur de la Horde rende la justice.

Ce fut avec un profond soulagement que Chiamh parvint finalement à retrouver ses appartements, après de nombreux détours déroutants. Mais lorsqu'il entra dans la première pièce, l'odeur de moisi lui fit froncer le nez. Visiblement, ses appartements n'avaient pas été nettoyés depuis sa dernière visite, plusieurs mois auparavant. Ses pieds laissèrent des traces dans la couche de poussière qui recouvrait le sol. L'Œil-du-Vent éternua, puis soupira. Une chose pareille ne serait jamais arrivée à sa mamie. Elle occupait d'ailleurs autrefois des appartements situés dans la partie externe du donjon, lesquels possédaient des fenêtres qui laissaient entrer la douce brise et la gaie lumière du jour. Lui, Chiamh, avait dû se contenter de ce trou à rats obscur, enfoui dans les entrailles de la falaise. Au moins se trouvait-il non loin des cachots – et, pour le moment, c'était exactement ce dont il avait besoin. Dès qu'il aurait réussi à contacter les prisonniers, il saurait sûrement ce qui les reliait aux Brillantes Puissances. Il espérait également obtenir un indice quant au rôle que Schiannath le paria devait tenir dans les événements à venir.

L'Œil-du-Vent, honteux, se souvint de celui qu'il avait joué, pour sa part, dans la cérémonie au cours de laquelle le guerrier et sa sœur avaient été bannis. Quand Schiannath n'avait pu gagner son défi, il avait été exilé, comme le voulait la tradition. Iscalda, totalement dévouée à son frère, avait insisté pour partager le même sort. Chiamh avait été obligé de faire appel à ses pouvoirs pour effacer leurs deux noms du vent et – prétendument – de la mémoire de la tribu.

Mais le seigneur de la Horde avait ajouté un détail supplémentaire et cruel à la punition d'Iscalda, sa promise, qui l'avait abandonné par loyauté envers son frère. Bien que les Xandims possèdent la capacité de se métamorphoser en cheval, et de passer à volonté de leur forme animale à leur forme humaine, ils ne pouvaient se reproduire qu'en tant qu'humains. Il existait cependant un antique sortilège qui se transmettait d'Œil-du-Vent en Œil-du-Vent et qui pouvait empêcher la métamorphose, piégeant la victime dans son corps de cheval. Le seigneur de la Horde avait exigé que ce sortilège soit lancé sur Iscalda, afin que son frère et elle ne puissent jamais avoir d'enfant ensemble.

Chiamh s'arracha à ce souvenir qui le remplissait de honte, même si c'était le seigneur de la Horde qui l'avait obligé à commettre cet acte. Il ne servait à rien de s'appesantir là-dessus car cela ne l'aiderait pas à trouver les prisonniers.

Chiamh avança jusqu'au mur et passa ses mains sur la pierre à la recherche d'une faille au sein de la surface lisse. Bien que le bâtiment eût été taillé dans un seul et même pan de roche, on trouvait ce genre de fissures un peu partout. L'Œil-du-Vent était persuadé que c'étaient ces minuscules fentes, disséminées dans la pierre, qui permettaient de ventiler la place forte. Ses yeux ne lui servaient pas à grand-chose en raison de sa myopie mais, au fil des ans, ses mains avaient développé une extraordinaire sensibilité aux courants d'air, véritables outils nécessaires à l'exercice de son pouvoir. Il lui suffisait de trouver le plus petit souffle d'air…

De nouveau, l'Œil-du-Vent éprouva l'impression familière de fondre dans la fraîcheur lorsque son Autre Vue prit le dessus. Cette fois, il était si concentré qu'il ne songea même pas à avoir peur. Ah, il tenait un courant d'air ! Il pouvait même le visualiser sous la forme d'une minuscule bande argentée… Chiamh déversa la conscience magique de son Autre Vue dans le ruban d'air en mouvement et commença à le suivre. Son esprit quitta alors son corps pour se glisser telle une anguille au sein de la toute petite fissure, poursuivant le courant d'air à travers un labyrinthe de passages minuscules.

Chiamh avança lentement en repérant son chemin à tâtons à travers les étroites fentes dans la roche. Il suivit les brusques changements de l'air en se déplaçant toujours vers l'humidité et le bruit. Enfin, après plusieurs fausses pistes qui le conduisirent dans des pièces et des cellules désertes, sa patience fut récompensée. Il éprouva une sensation de fourmillement lorsque l'air autour de lui se mit à vibrer au rythme de l'étrange bourdonnement de voix qui s'exprimaient dans une langue inconnue. Triomphant, l'Œil-du-Vent glissa sa conscience à travers une autre fissure et se retrouva au plus profond des cachots, face aux étrangers de sa vision.

Meiriel ne cessait de faire les cent pas dans l'espace restreint de sa cellule. Il n'y avait pas de lumière. Ils l'avaient jetée là-dedans et condamnée à subir la torture des ténèbres éternelles dans cette tombe souterraine dont la porte était verrouillée par magie. Ils, à savoir Eliseth et Bragar. La guérisseuse serra les poings si fort que ses ongles rentrèrent dans sa paume tandis qu'un grondement remontait dans sa gorge. Ils détenaient le pouvoir maintenant et le partageaient avec les créatures démentes et aveugles qui avaient tué Finbarr.

Les lèvres de Meiriel s'étirèrent en un grognement sauvage.

— Je te connais, Miathan, siffla-t-elle. Tu ne peux pas me tromper ! Je vois tout, ici, dans le noir. Je te vois te débattre pour échapper à la souffrance des trous noirs et fumants dans ta tête – mais ceux de ton âme sont plus noirs encore ! Je vois l'enfant que porte Aurian – le monstre que tu as créé, le démon que je dois détruire…

Au cours de son existence débridée et riche en événements, le maître de cavalerie avait découvert que toutes les prisons se ressemblaient beaucoup. Parric, qui avait bien connu les cellules de la garnison dans son jeune temps, se serait cru revenu des années en arrière en contemplant les murs de pierre humides, la torche crachotante qui menaçait de s'éteindre et le tas de paille fétide et infesté de vermines qui gisait dans un coin. Dieux merci, ils étaient tous ensemble. Si on l'avait enfermé seul, à se demander ce qui avait bien pu arriver à ses compagnons, il aurait sans doute laissé libre cours à sa peur. Mais en l'état, il pouvait regarder les autres pour la première fois depuis des jours, même si ce spectacle n'avait rien de rassurant. Sangra, le visage couvert de crasse et d'ecchymoses, paraissait sinistre mais résolue dans la faible lumière. Elewin, les yeux cerclés de noir, toussait du sang. Quant à Meiriel – dieux, si seulement elle voulait bien mettre un terme à ses allées et venues incessantes ! Elle n'arrêtait pas de parler entre ses dents de mort et de ténèbres et elle affichait un air défait et empreint de folie. Parric, pour sa part, était en colère. Pire encore, il se sentait furieux et frustré. Il en oubliait le danger qui le menaçait lui aussi, il ne voyait que la souffrance de ses compagnons.

— Laissez-moi sortir d'ici ! (Le maître de cavalerie tambourina sur la porte, qui ne voulait pas céder.) Bon sang, mais laissez-moi au moins parler à quelqu'un ! (Il fit volte-face et se jeta sur Meiriel.) Vous parlez leur langue ! Dites-leur, espèce de salope ! Dites-leur qu'on n'est pas des ennemis !

— Est-ce bien vrai ? fit une voix douce et insaisissable qui parut surgir de nulle part.

Parric en resta bouche bée. Le donjon, déjà glacial, venait brusquement de devenir plus froid encore. Un courant d'air balaya la cellule, chassant cette immonde odeur d'humidité. Là, dans un coin, se tenait un jeune homme tout à fait ordinaire – sauf que le maître de cavalerie pouvait très clairement voir à travers son corps la torche vacillante et les murs en pierre brute de la prison.

Parric en attrapa la chair de poule et recula, la bouche sèche tout à coup. Un fantôme ? Normalement, le maître de cavalerie aurait ri de pareilles sottises, mais le fait d'avoir survécu à la Nuit des Spectres, à Nexis, avait modifié ses croyances envers l'invisible. Il sentit son ventre se nouer et des frissons parcourir sa peau. Par réflexe, il se surprit à tendre la main vers l'épée que les geôliers lui avaient prise.

— Qui sont les Puissances Brillantes ? demanda l'apparition.

Parric, perplexe, eut l'impression que ces mots venaient d'être prononcés dans sa langue de septentrional. Pourtant, à regarder bouger les lèvres de la silhouette spectrale, il était évident que celle-ci parlait une tout autre langue. Parric fronça les sourcils. On aurait dit que les mots, en franchissant les lèvres du fantôme, se contractaient dans l'air pour entrer dans ses oreilles sous une forme qu'il pouvait comprendre. Mais l'apparition continuait à parler et Parric se força à oublier ce mystère afin de se concentrer sur ce qu'elle disait.

— Il faut que je sache, insista le spectre. Qui sont les Êtres Maléfiques qui chevauchent les vents du nord avec l'hiver sur leurs talons ?

— L'Archimage Miathan est maléfique.

Parric fut soulagé de constater que Meiriel était suffisamment revenue à la réalité pour enfin s'exprimer. Le surnaturel relevait du domaine des Mages, et puis le maître de cavalerie n'aurait pas pu formuler la moindre réponse pour le moment, c'était au-dessus de ses forces. Il vit l'apparition froncer les sourcils.

— Qui est l'Archimage Miathan ?

Parric fut trop heureux de laisser Meiriel parler de l'Archimage. Malheureusement, son exposé décousu des nombreuses perfidies de Miathan ne parut pas satisfaire le fantôme.

— Expliquez-moi ! s'impatienta-t-il. Vous venez de me parler des Êtres Maléfiques, mais qu'en est-il des Puissances Brillantes ? Qui sont les Brillants que vous êtes venus aider ?

— Je ne connais pas le moindre Brillant, mais je suis venu ici à la recherche de dame Aurian, répliqua Parric qui venait finalement de retrouver sa voix.

Il se tourna vers Elewin pour lui demander assistance, mais le vieil homme avait trop de fièvre pour répondre. Le maître de cavalerie fut donc obligé de prendre le fardeau du récit à sa charge, mais ce ne fut pas facile. Il se retrouva en proie à un sentiment d'irréalité grandissant, assis là au cœur de ce cachot étranger à discuter avec un fantôme de son amitié pour Forral, et pour Aurian qui portait l'enfant de ce dernier lorsqu'il avait été assassiné par Miathan. Butant sur les mots, il lui raconta comment Aurian et son serviteur, Anvar, avaient fui Nexis et se trouvaient sans doute ici, dans les royaumes méridionaux. Enfin, il expliqua au fantôme comment Vannor et lui avaient réuni leur bande de rebelles et comment il les avait quittés pour entreprendre cette quête insensée à la recherche d'Aurian.

Quand Parric eut fini, Sangra prit la parole à son tour.

— Maintenant qu'on a répondu à vos questions, si vous répondiez aux nôtres ? Qui êtes-vous ? Comment pouvez-vous passer à travers les murs ? Pourquoi…

Mais le fantôme avait disparu.

Tandis que Chiamh retournait vers ses appartements en suivant les courants d'air plus frais à travers les crevasses dans la pierre, il laissa ses pensées tourbillonner avec excitation. Même s'il n'avait toujours pas la moindre idée de ce que venait faire Schiannath dans cette histoire, il avait entendu pratiquement tout ce qu'il voulait savoir. Les Obscurs, les Brillants – enfin, tout était clair, et il savait maintenant, plus que jamais, qu'il lui fallait sauver ces étrangers de son propre peuple. Mais comment ?

Perdu dans ses pensées, l'Œil-du-Vent ne se concentrait plus sur ce qu'il faisait. Immergé dans une série de plans d'une complexité croissante, tous plus irréalisables les uns que les autres, il mit un moment avant de se rendre compte qu'il aurait déjà dû rejoindre ses appartements depuis longtemps. Chiamh sortit en sursaut de sa rêverie et découvrit qu'il s'était complètement perdu dans ce labyrinthe de crevasses dépourvu du moindre repère. Il ne savait pas du tout où il se trouvait et n'avait aucun moyen de retrouver son corps.

4

DES NOUVELLES DE WYVERNESSE

Quand l'Archimage s'en alla une fois plus superviser les agissements de ses pions dans le Sud, son départ apporta un immense soulagement à Eliseth. Bien que Miathan fût toujours présent physiquement au sein de l'Académie, l'absence de ses pensées morbides allégeait considérablement l'atmosphère, permettant enfin à la Mage du Climat de se détendre. À l'abri du sanctuaire de ses appartements, elle palpa son visage avec anxiété. Sa peau avait retrouvé sa texture soyeuse, ferme et lisse alors qu'elle semblait rêche et ridée une heure auparavant. Brusquement, Eliseth regretta d'avoir brisé tous ses miroirs. Quelle joie ce serait pour elle de revoir son vrai visage et non plus celui de cette horrible vieille folle ! Les dieux soient loués – mais, au fait, pourquoi les remercier ? C'était sa propre intelligence qui lui avait permis de sortir de ce mauvais pas.

Néanmoins, la Mage tint parole et ne tarda pas à restaurer l'hiver, un jeu d'enfant pour elle, bien que son dôme eût été détruit dans le cataclysme qui avait suivi la bataille contre Aurian. Ses sortilèges n'avaient pas eu beaucoup de temps pour se défaire, et elle n'eut qu'à fournir un petit effort pour les renforcer, en travaillant au sein du temple à ciel ouvert, au sommet de la Tour des Mages. On avait déjà ôté les cendres de Bragar. Sa mission accomplie, Eliseth redescendit l'escalier en savourant la souplesse de son corps à la jeunesse retrouvée, ainsi que la paix et le silence qui régnaient dans la tour. En passant devant la porte de Miathan, elle s'arrêta. Le corps de l'Archimage gisait au-delà de cette porte, vide et impuissant, pendant que son esprit se trouvait dans le Sud à œuvrer en vue de la capture d'Aurian.

Eliseth contempla le grain du bois dont était composé le battant. La tentation était presque trop forte. Ce serait si facile… Mais lorsqu'elle avança la main vers la poignée, un froid piquant lui brûla la main. Du coin de l'œil, Eliseth aperçut la brume illusoire et miroitante d'un sort de protection. Elle retira aussitôt sa main en jurant et frotta sa paume contre ses jupes. *J'aurais dû m'en douter*, pensa-t-elle. *Ce vieux renard n'a jamais eu assez confiance en moi ni en quiconque pour laisser son corps sans protection pendant son absence.* Elle se demanda quel était le sortilège qu'il avait placé à la porte et quel sort aurait été le sien si elle avait été assez bête ou imprudente pour actionner la poignée. Probablement quelque chose d'abominable, Eliseth en était persuadée, maintenant que Miathan avait à sa disposition les pouvoirs du Chaudron…

La Mage du Climat frissonna et s'éloigna rapidement avant de poursuivre sa descente. Elle passa alors devant les appartements d'Aurian. Après quelques instants d'hésitation, elle poussa la lourde porte. Les pièces étaient parfaitement propres, telles qu'Anvar les avait laissées la nuit où il avait fui Nexis en compagnie de sa maîtresse. Cependant, Eliseth plissa le nez à cause de l'odeur de moisi. Froids et humides, ces appartements sentaient le renfermé, comme tous les endroits à l'abandon. L'âtre, rempli de cendres, semblait bien gris et froid. Des toiles d'araignée et de la poussière recouvraient tous les meubles d'un voile fantomatique, et les souris avaient grignoté les coussins moisis.

La Mage du Climat sourit. Si l'Archimage parvenait à ses fins, la même désolation régnerait bientôt dans l'âme d'Aurian. *Je suis heureuse de ne pas t'avoir tuée, Aurian. Miathan te fera souffrir bien plus intensément que je n'aurais pu le faire !* Tournant les talons, elle sortit sans se retourner de ce lieu lugubre et regagna ses propres appartements, à l'étage en dessous.

Pendant que la Mage était occupée en haut de la tour, l'une des dernières domestiques, une gamine dépenaillée au visage pincé, avait nettoyé les lieux pour elle. Lorsque Eliseth entra, l'adolescente lui lança un regard effrayé par-dessous sa crinière de boucles brunes emmêlées. Puis elle esquissa une petite révérence en serrant très fort son chiffon entre ses doigts sales.

— J'ai... je vous ai préparé un bain, ma dame, chuchota-t-elle d'un air nerveux. J'espère que j'ai bien fait.

La petite souillon avait fait des miracles. Tous les débris de miroir s'étaient volatilisés et il ne restait pas le moindre morceau de verre sur le plancher reluisant. Elle avait également épousseté les meubles et rangé les verres et les bouteilles d'alcool. Les traces de vin avaient disparu du mur et une bonne flambée crépitait dans l'âtre débarrassé de ses cendres. Eliseth hocha la tête d'un air approbateur. *Enfin, une de ces souillons sait travailler !* se dit-elle. Elle congédia l'adolescente et l'envoya en cuisine demander qu'on lui prépare à manger.

Lorsque Eliseth entra dans sa salle de bains, son ravissement ne fit que croître. Un feu avait été allumé dans le gros poêle en fer, le baquet était rempli d'eau fumante, et on avait même sorti du savon et des huiles parfumées à son intention. Des serviettes fraîchement lavées avaient été mises à réchauffer près du poêle rougeoyant. *C'est ce genre de petites attentions qui fait toute la différence*, songea Eliseth, ravie. Sa servante avait été tuée par un Spectre lorsque ces monstres avaient échappé à Miathan. Depuis, l'Académie manquait tellement de personnel qu'elle n'avait pas réussi à en trouver une autre. Mais cette petite avait du potentiel… Eliseth sourit. *Peut-être que la chance tourne enfin pour moi…* Elle ôta la robe sous laquelle elle avait dissimulé son corps de vieille femme et se renfrogna à ce souvenir. Crachant un juron, elle roula le vêtement en boule et le jeta dans le poêle dont elle claqua la porte tandis que le tissu s'enflammait.

Lorsqu'elle se glissa dans l'eau parfumée, la douleur d'avoir perdu Davorshan s'insinua telle une lame de couteau dans l'âme d'Eliseth. Le Mage de l'Eau lui manquait réellement. Sous sa tutelle, il avait perfectionné plus encore ses talents, en matière de magie, bien sûr, mais aussi au lit. Il lui avait volontiers servi de pion et s'était avéré très utile jusqu'à ce que Miathan l'envoie tuer Eilin. Mais c'était Davorshan qui avait trouvé la mort. Eliseth était heureuse que l'Archimage lui demande de découvrir l'identité de l'assassin du jeune homme, car elle avait bien l'intention de le venger. En attendant, le Val d'Eilin demeurait un mystère et un lieu de tous les dangers. Comment découvrir ce qui s'y passait ? Tandis que la Mage réfléchissait, étendue dans l'eau, l'ébauche d'un plan commença à se former dans son esprit.

Un peu plus tard, Eliseth sortit du bain en se sentant enfin propre de corps et d'esprit. Puis elle revint dans sa chambre à coucher et enfila une ample robe de grosse laine blanche. Elle conjura une brise chaude pour ôter les dernières traces d'humidité dans ses cheveux, puis se pelotonna sur les coussins en velours blanc de son appui de fenêtre et commença à brosser ses longues mèches d'argent.

Un certain temps s'écoulerait encore avant que les sinistres nuages de son hiver ne reviennent prendre leur place au-dessus de Nexis. En attendant, les cieux semblaient profiter au mieux de leur chance. Un coucher de soleil spectaculaire inondait la cour de l'Académie d'une lueur mielleuse et d'une ombre bleu pâle, tout en allumant un véritable incendie au sein de la coquille brisée de son dôme du climat, qui apparaissait cramoisi tel du sang. *C'est le sang de Bragar.* Face au souvenir de son échec et de sa disgrâce, Eliseth prit une inspiration sifflante.

— Attends un peu, Aurian, gronda-t-elle. Un jour, j'aurai ma revanche !

La couleur topaze du soleil couchant dans toute sa gloire laissa la place aux teintes saphir et améthyste du crépuscule. Au grand soulagement d'Eliseth, la nuit jeta son voile d'ombre sur Nexis, dissimulant les ruines. Très haut dans la voûte des cieux qui ne cessaient de s'assombrir, les premières étoiles en pointes de diamant commencèrent à apparaître.

— Dame Eliseth, vous êtes là ? fit une voix tandis qu'on frappait timidement à la porte de sa chambre à coucher.

— Comment oses-tu m'interrompre ?

La Mage ouvrit la porte à la volée et découvrit l'adolescente en haillons sur le seuil.

— Mais, dame, votre dîner…

Ses mots s'achevèrent sur un cri lorsque Eliseth la gifla.

— Ne me réponds plus jamais, espèce de sale gamine ! siffla la Mage.

La petite serra les poings et ses yeux lancèrent un éclair de défi sous ses mèches graisseuses. Eliseth haussa un sourcil. De toute évidence, elle avait sous-estimé cette coquine ! *Comme cela va être amusant de l'obliger à se plier à mes caprices*, songea-t-elle.

— Quel est ton nom, petite ?

— Inella, ma dame, murmura la gamine.

— Parle plus fort, jeune fille ! Dis-moi comment se fait-il que je ne t'aie jamais vue auparavant ?

— Parce que j'étais pas là avant.

Eliseth mourait d'envie de la gifler de nouveau, mais elle se retint. De cette gamine, elle allait exiger la crainte et le respect, mais il lui fallait également s'attacher sa loyauté. Non sans effort, la Mage réussit à lui faire un sourire.

— As-tu faim, petite ?

L'intéressée acquiesça, ses grands yeux fixés sur les plats qui encombraient le plateau d'Eliseth. Celle-ci, un étrange petit sourire aux lèvres, partagea son contenu et se servit de généreuses portions de ragoût de bœuf et de légumes vapeur, tout en en laissant suffisamment dans les plats pour nourrir la petite affamée. Elle prit l'une des pâtisseries à la pomme épicées à la cannelle et au clou de girofle, et laissa la deuxième à Inella.

— Tiens, petite, dit-elle en lui rendant le plateau. Emmène ça dans un coin tranquille et mange. Rien qu'à te regarder, je devine que Janok ne te nourrit guère. Présente-toi ici à la première heure demain matin, afin que nous puissions remplacer ces guenilles dégoûtantes que tu portes.

Inella avait perdu son air morne et plein de ressentiment. Déjà, elle paraissait avoir oublié la gifle qu'Eliseth lui avait donnée dans un geste de mauvaise humeur.

— Oh, merci, ma dame !

La petite, les yeux brillants de gratitude, prit le plateau, lequel pencha dangereusement lorsqu'elle fit une nouvelle révérence. Eliseth redressa rapidement l'objet avant que les plats ne tombent par terre.

— Allez, va-t'en. Profite de ton dîner, petite, et, quand tu te présenteras devant Janok, dis-lui qu'à partir de maintenant tu es ma servante.

Lorsque l'adolescente s'en alla en continuant à balbutier ses remerciements, Eliseth s'attaqua à son premier repas consistant depuis que Miathan l'avait transformée en vieille sorcière. Il s'agissait là de mets bien solides qui n'avaient rien à voir avec les bouillons et les gruaux dont elle avait dû se contenter avec ses gencives édentées de vieille femme. La Mage mangea avec grand appétit mais, plus encore que la nourriture, elle savourait l'idée de disposer de nouveau d'un pion malléable tombé sous son charme facile et totalement factice. Eliseth sourit. Elle était sûre de pouvoir tirer profit de la petite servante. Les Mortels s'avéraient toujours très utiles au bout du compte.

Les riches couleurs du soleil couchant se nichaient au creux du Val d'Eilin telle une poignée de bijoux. Une licorne se baignait dans les eaux peu profondes du lac scintillant, projetant sous ses sabots des éclaboussures semblables à des étoiles tout en provoquant une pluie de gouttes d'eau pareilles à des diamants avec sa corne argentée. D'arvan sourit en observant ce spectacle. Dieux, elle était époustouflante ! Il s'agissait de la plus belle créature qui eût jamais vécu, et il était le seul à détenir le privilège de la contempler. Pourtant, il aurait volontiers échangé cette merveilleuse vision contre le retour de sa Maya, avec son rire chaleureux, son sens de l'humour, son bon sens aussi, qui allait de pair avec sa compassion pour les autres, et puis son corps mince et souple, avec ses membres puissants et brunis par le soleil, et sa chevelure noire et brillante, tressée à la manière des guerriers, ou libre de toute entrave, étendue telles des vagues noires sur un oreiller…

Comme s'il émergeait lui aussi des eaux du lac, D'arvan se secoua pour sortir de sa rêverie empreinte de désir. Pendant ce temps, la licorne s'approcha de lui, sa robe couleur de lune recouverte par les ombres bleutées et argentées du crépuscule. D'arvan passa les bras autour de son encolure, et ces deux êtres, le Mage et le Miracle, s'étreignirent en partageant un instant leur solitude. Combien de temps cette terrible séparation allait-elle encore durer ? se demanda D'arvan. Maya et lui faisaient tout ce que son père, le seigneur de la Forêt, leur avait demandé. Sa magie, soutenue par les anciens pouvoirs des Phées, empêchait le terrible hiver d'Eliseth de s'installer dans le Val, lequel rayonnait de vie bourgeonnante, telle une émeraude solitaire enchâssée dans le gris des terres alentour. Les arbres, conscients et vigilants, remplissaient le grand cratère d'un bord à l'autre et fournissaient abri, protection et subsistance aux ennemis de l'Archimage. D'arvan patrouillait le Val en compagnie des loups de dame Eilin, afin de protéger ses habitants de l'invasion et du danger. Maya gardait le lac et le pont en bois qui permettait d'accéder à l'île et à son secret – la légendaire Épée de Feu, le plus puissant des quatre Artefacts du Pouvoir, forgée par les Dragons en des temps immémoriaux.

D'arvan soupira. Sans cette maudite épée… Mais les regrets ne menaient nulle part. L'Arme de la Haute Mage existait bel et bien, et tant que l'Élu pour lequel elle avait été forgée ne viendrait pas la réclamer, ainsi que cela avait été prédit longtemps auparavant, Maya et lui devraient continuer leur veille solitaire. Le Mage se demanda, comme il le faisait souvent, qui serait l'Élu. *Tout ça, c'est bien joli, mais qu'est-ce qui nous dit que cette personne sera de notre côté ? Il pourrait s'agir de n'importe qui ! Que fera-t-on s'il s'avère que c'est l'Archimage ?* Rien qu'à cette pensée, D'arvan en eut l'estomac noué.

Maya – ou plutôt la licorne – lui donna un coup de naseaux dans le ventre, ce qui le fit chanceler et l'obligea à reprendre son équilibre.

— D'accord, lui dit D'arvan. Je sais. Je perds mon temps en réflexions stupides alors que tu veux voir une dernière fois ton ami Hargorn avant qu'il s'en aille.

La nuit tombait, et tout était silencieux, à l'exception des cris rythmiques des grenouilles dans les joncs. Des écharpes fantomatiques de brume argentée tourbillonnaient au-dessus de la surface lisse et noire du lac. D'arvan leva le bâton de la Dame, et les arbres s'écartèrent devant lui et lui rendirent hommage en inclinant leurs têtes feuillues par-dessus le chemin qu'ils venaient juste de créer. Ensemble, le Mage et la licorne quittèrent les abords du lac et disparurent dans l'ombre de la forêt comme les derniers souvenirs d'un rêve qui se dissipe.

Une courte distance séparait le lac du camp des rebelles de Vannor. Bien que D'arvan et la licorne fussent invisibles aux yeux des Mortels, ils restèrent cachés dans le fourré qui bordait la clairière. D'arvan avait bien essayé, une fois ou deux, d'entrer dans le camp, mais il n'avait pas supporté l'absence d'expression des fugitifs dont le regard passait à travers lui. C'était déjà suffisamment pénible d'être seul et invisible sans qu'on le lui rappelle, s'était dit le Mage.

Cependant, invisible ou pas, D'arvan s'était mis en quatre pour rendre le camp des rebelles confortable. Son père lui avait demandé d'abriter les ennemis de Miathan, et il avait fait de son mieux en matière de préparatifs avant l'arrivée des gens de Vannor. Avec pour priorité la protection des arbres, D'arvan avait pris toutes les précautions pour éviter aux fugitifs d'avoir besoin de couper du bois vivant. Les abris ronds qui se dressaient sur tout le pourtour de la clairière étaient composés d'arbrisseaux et d'arbustes ; le Mage de la Terre avait réussi à les convaincre de s'étreindre et d'entremêler leurs branches en laissant en leur sein un espace suffisant pour que des hommes puissent y vivre. D'arvan veillait également à ce qu'une pile de bois mort, issu des abords de la forêt les plus éloignés du camp, apparaisse chaque jour au moyen d'un sort que la dame Eilin lui avait appris au cours de sa brève période d'apprentissage. Des chemins se créaient quelle que fût la direction dans laquelle les rebelles souhaitaient se rendre. Les avelines et les arbres fruitiers qui florissaient près du lac avaient été particulièrement cajolés afin de produire plus tôt des récoltes. Puisque l'île et le jardin d'Eilin étaient interdits d'accès aux rebelles, D'arvan avait réuni la plupart des chèvres et des volailles de la Dame et les avait laissées à un endroit où les fugitifs n'avaient pas tardé à les trouver.

Le jeune Mage sourit en se rappelant combien ces prodiges avaient dérouté les rebelles au début, mais avec quelle rapidité ils s'y étaient finalement habitués.

Dulsina, la redoutable gouvernante de Vannor, avait bien entendu été la première à pointer du doigt le fait que, de toute évidence, on les aidait et on les protégeait, et que donc ils feraient mieux d'en profiter au maximum. Et de fait, ils avaient suivi son conseil. Le refuge de D'arvan valait apparemment infiniment mieux que leur cachette dans les égouts de Nexis !

Cependant, Vannor avait fini par souligner, non sans une grande réticence, que cette retraite idyllique dans la forêt n'amenait rien de constructif. Comprenant le besoin d'obtenir des nouvelles de leurs ennemis et souhaitant également augmenter ses forces et amener davantage d'habitants de la cité dans cet endroit sûr, il avait décidé que quelqu'un devait retourner à Nexis. Hargorn, à la grande surprise de Maya, avait été choisi pour cette mission.

— Tu es sûr d'avoir tout ce qu'il te faut ? demanda Dulsina à Hargorn.

Vannor, assis non loin de là, sur une bûche voisine, sourit de l'air dégoûté qui se peignit sur le visage du vétéran.

— Bonté divine, femme, protesta Hargorn, je préparais déjà mon sac pour partir en campagne quand tu n'étais qu'une petite fille dans les jupes de ta mère. Bien sûr que j'ai tout !

Vannor, alerté par une lueur familière dans les yeux de Dulsina, se pencha en avant, attendant la suite avec impatience.

De son côté, le vétéran soupira et leva les yeux au ciel.

— D'accord, j'ai pris des vivres, une gourde d'eau, des vêtements de rechange, une couverture, une pierre à briquet… (Il continua à énumérer la liste de ses divers habits, y compris ses bottes dans lesquelles il avait dissimulé une dague.) Ma cape… Il me faut autre chose ? Ou tu es prête à reconnaître ta défaite ?

Avec un sourire mielleux, Dulsina fouilla dans la poche de sa robe et en sortit une bourse en cuir, petite mais pleine à craquer.

— De l'argent ? À moins bien sûr que tu n'aies l'intention de chanter pour te payer à manger quand tu arriveras à Nexis ? Je t'ai entendu chanter, Hargorn – ça m'inquiéterait de savoir que tu dépends de ta voix pour te nourrir !

Vannor éclata de rire, car c'était lui qui avait donné la bourse contenant le reste de ses maigres économies à Dulsina pour qu'elle la transmette à Hargorn.

— Par les sept maudits démons ! s'écria l'intéressé avec chaleur avant de se retourner contre le marchand. Tout ça, c'est ta faute. C'est ta gouvernante !

— Comment ça, c'est ma faute ? protesta le marchand. C'est toi qui l'as amenée, tu n'as qu'à t'en prendre à toi-même. En plus, ça fait longtemps que je l'ai renvoyée, c'est elle qui refuse de partir.

— C'est exact, tu m'as renvoyée, et tu es revenu me chercher dix jours plus tard en me suppliant de revenir parce que la maison s'écroulait autour de toi, ricana Dulsina.

Cette fois, ce fut au tour d'Hargorn de rire en voyant l'air déconfit de Vannor.

— Ça se finit toujours de la même façon, confia Dulsina au guerrier. La vérité, c'est qu'il ne peut pas vivre sans moi.

— Silence, grommela Vannor en passant un bras affectueux autour de la taille de sa gouvernante, sinon je te flanquerai une correction pour t'apprendre à me respecter, comme j'aurais dû le faire depuis longtemps déjà.

Loin d'être impressionnée par cette menace, Dulsina se joignit à l'hilarité d'Hargorn.

— Arrête de rire, femme !

— Arrête de faire l'idiot, dans ce cas, gloussa Dulsina qui s'échappa avant qu'il ne puisse trouver une réplique.

— Tu as déjà réussi à avoir le dernier mot avec cette femme ? demanda Hargorn.

— Non, et pourtant je la connais depuis plus de vingt ans. (Vannor regarda sa gouvernante, partie à l'autre bout de la clairière vérifier le contenu du sac de Fional.) D'un autre côté, je lui confierais sans hésiter ma fortune, mes enfants, et ma vie. (Il haussa les épaules.) Pour être honnête, Hargorn, je ne sais pas ce que je ferais sans elle. Je suis content qu'elle ait réussi à te convaincre de l'emmener avec nous – mais ne va surtout pas le lui dire !

Hargorn pouffa.

— Je savais que tu finirais par te rendre à l'évidence. En tout cas, Dulsina m'avait assuré que tu le ferais.

Le vétéran sourit intérieurement en voyant l'expression contrite qui se peignit sur le visage mou et barbu du marchand. *Quel dommage que Vannor soit encore obsédé par le souvenir de cette sale petite garce qu'il a épousée. Quel gâchis ! Il aime bien Dulsina, ça se voit comme le nez au milieu de la figure, et je parie que de son côté ça fait des années qu'elle est amoureuse de lui. Vannor a besoin d'une femme comme elle, jolie, intelligente et sensible, et pas d'une satanée fille de meunier qui a la moitié de son âge et court après sa fortune.* Hargorn soupira. *Pauvre Dulsina, amoureuse d'un imbécile qui a même pas le bon sens de l'apprécier à sa juste valeur. Si j'avais dix ans de moins, je la courtiserais bien moi-même, mais je crois pas un seul instant qu'elle voudrait de moi.*

Au même moment, Fional approcha, et l'expression angoissée du jeune homme poussa Hargorn à revoir son jugement.

— Vannor, Dulsina vient de renverser le contenu de mon sac sur le sol, se plaignit le jeune archer en passant distraitement la main dans ses boucles brunes en bataille. Dis-lui d'arrêter.

Vannor l'envoyait porter un message aux Nightrunners. Il voulait faire savoir à Zanna qu'ils se trouvaient en sécurité dans le Val et souhaitait également que Yanis, le chef des Nightrunners, puisse contacter Hargorn à Nexis, car les contrebandiers y possédaient un agent. Depuis la fuite des rebelles, Miathan gardait la cité sous bonne garde. Les allées et venues étaient surveillées de près, c'est pourquoi, si Hargorn trouvait des gens désireux de partir à leur tour – et Vannor ne doutait pas qu'ils seraient nombreux –, il voulait s'assurer que les contrebandiers leur permettraient de s'échapper par le fleuve. Pour le moment, cependant, il avait l'impression que Fional aurait de la chance s'il pouvait ne serait-ce que sortir du camp.

— Tu étais censé empaqueter tout ça, Fional, pas le fourrer dedans n'importe comment, le réprimanda Dulsina en exhibant la tunique de rechange du jeune archer, qu'il avait jetée en boule au fond du sac.

— D'accord, il y a des plis, et alors, quelle différence ça fait ? se défendit le jeune homme. J'étais très occupé à préparer de nouvelles flèches, je n'avais pas de temps à perdre à plier mes vêtements.

Dulsina soupira.

— Ce ne sont pas les plis qui m'inquiètent. Si tu plies tes vêtements correctement, comme ça, tu vois, tu auras plus de place pour les vivres. Tu n'en as pas pris assez.

Fional soupira, avec l'air de quelqu'un qui sait déjà que c'est sans espoir.

— Je me disais que je pourrais toujours tirer des lapins et des oiseaux en chemin.

Le jeune archer était fier de son talent, à juste titre d'ailleurs, mais Dulsina n'eut pas l'air impressionnée par son sens pratique.

— As-tu oublié que c'est l'hiver, là-dehors ? Tu croiseras peu d'animaux sur ces landes, et en plus, tu n'auras pas de temps à perdre en chassant.

Le jeune homme rougit sous sa barbe, et Dulsina lui tapota le bras.

— Ne t'en fais pas, tu as juste oublié de penser à tout. Je vais aller te chercher d'autres provisions.

Vannor et Hargorn échangèrent un regard compatissant avec le jeune homme.

— Je sais ce que tu ressens, crois-moi, assura le marchand. Mais c'est comme ça, elle a toujours raison.

D'arvan, qui observait la scène depuis sa cachette, resta stupéfait. Il savait qu'Hargorn s'en allait, mais de là à imaginer que Fional partait lui aussi ! L'archer était devenu son ami, tout comme Maya, lorsque Aurian l'avait amené avec elle durant ses visites à la garnison. Ensemble, le Mage et le Mortel s'étaient découvert une passion commune pour l'archerie. Seul l'amour que D'arvan portait à Maya excédait cette passion, mais pour Fional l'archerie était tout ce qui comptait dans sa vie. Jusqu'à présent du moins, songea le jeune Mage en se rappelant combien la passion qu'il éprouvait pour la commandante en second de Forral l'avait pris par surprise.

Quand l'Archimage avait pris le contrôle de Nexis, D'arvan s'était beaucoup inquiété de la sécurité de Fional et avait été soulagé de le voir arriver sain et sauf avec les rebelles cherchant refuge dans le Val. Ici, au moins, le Mage était capable de protéger son ami. Mais l'imaginer parcourant seul les landes gelées, exposé à toutes sortes de danger... Malgré tout, Fional était un jeune homme à la tête froide qui savait plus qu'honorablement manier une épée et qui se montrait, bien entendu, redoutable avec son arc. Plus encore, il s'agissait d'un pisteur expérimenté qui ne risquait pas de se perdre sur la lande – et c'était bien la raison pour laquelle Vannor l'avait choisi. D'arvan, au fond de lui, était conscient de tout ça, mais ça ne l'empêchait pas de s'inquiéter. Oh, si seulement il pouvait quitter le Val et accompagner son ami pour veiller sur lui ! Mais cela voudrait dire abandonner Maya, sans compter que la licorne et lui ne pouvaient pas partir. Ils étaient les gardiens de cet endroit et avaient une mission à remplir.

Brusquement, D'arvan se raidit, alerté par une perturbation des arbres voisins. Projetant sa conscience au sein de la forêt, il capta le message d'alerte des gardiens sylvestres. *Intrus !* Des gens venaient de se présenter à l'orée du Val et tentaient d'y entrer. D'arvan se tourna vers Maya.

— Va te poster devant le pont, mon amour, vite !

En un éclair, la licorne disparut dans les bois. D'arvan prit la direction opposée et se hâta de gagner l'orée de la forêt pour voir qui ces intrus pouvaient bien être.

— Comment ça, elle est partie ?

Tarnal s'empressa de reculer face à la colère de Vannor. *J'ai déjà suffisamment enduré en essayant d'entrer dans cet endroit effrayant*, songea le jeune contrebandier. Remana et lui avaient été pris au piège pendant un moment, acculés contre un arbre par une meute de loups extrêmement menaçants. Puis, brusquement, le tronc contre lequel il s'appuyait avait tout simplement bougé en soulevant ses racines du sol. Quand Tarnal s'était de nouveau tourné vers les loups, la meute avait disparu, et une large avenue couronnée de feuilles s'était ouverte devant lui, s'enfonçant à l'intérieur du cratère. Tarnal soupira et maudit Yanis dans sa barbe. Si terrifiante que cette rencontre avec les loups ait pu être, ce n'était rien comparé au fait de devoir apprendre à Vannor que sa fille avait disparu.

— Putain, mais à quoi joue Yanis ? (Vannor poursuivit sa tirade sans relâche.) Comment Zanna a-t-elle pu filer sans qu'on la voie ? Quel imbécile je suis d'avoir confié ma fille à cet idiot ! Quant à vous… (Il tourna sa colère contre Remana.) Je croyais que vous étiez censée veiller sur elle. Je vous faisais confiance…

Remana paraissait dévastée. Tarnal soupira. Autant aller jusqu'au bout, se dit-il.

— C'est moi qui étais de garde cette nuit-là, dit-il en interrompant le marchand furieux. Je n'aurais jamais cru qu'elle… Et puis, elle m'a assommée…

Les mots moururent sur ses lèvres lorsque Vannor braqua sur lui un regard profondément méprisant.

— Elle avait déjà joué ce tour-là à Tarnal avant que vous ne veniez nous rejoindre, expliqua Remana en venant au secours du jeune homme. Honnêtement, Vannor, on ne pensait pas qu'elle recommencerait. Mais elle s'est disputée avec Yanis parce qu'elle pensait qu'il devrait vous aider davantage, et surtout, je crois, parce qu'il a refusé de l'emmener lorsqu'il est parti dans le Sud. Il a pris la mer ce même jour et Zanna ne nous a rien dit de cette dispute. Il est vrai que je l'ai trouvée bien silencieuse sur le moment. Elle est partie cette nuit-là. (Remana se mordilla la lèvre.) Si vous en voulez à Tarnal, il faut m'en vouloir à moi aussi. C'est moi qui ai appris à Zanna comment naviguer et comment sortir de la caverne. Yanis se trouve toujours en mer, quelque part dans le Sud, il n'est même pas au courant. Tarnal et moi avons pensé qu'il fallait tout de suite vous prévenir. Dieux, Vannor, je suis désolée. Dulsina, tu avais tort de me faire confiance, ajouta Remana, les larmes aux yeux. Elle a laissé un mot en expliquant ce qui s'était passé et ce qu'elle avait l'intention de faire. Elle est partie pour Nexis.

Vannor s'enferma dans un silence buté. Tarnal aurait préféré que le marchand réagisse, et même qu'il le frappe avec ces poings qu'il serrait si fort, au lieu de rester planté là avec cette expression de dégoût sur le visage. Dulsina s'avança et prit le bras du marchand.

— Vannor, ne sois pas trop dur avec eux. Tu connais Zanna, d'ailleurs elle tient ça de toi. On ne peut pas l'arrêter une fois qu'elle a une idée en tête.

— Qu'est-ce que ça change ? gronda Vannor en s'en prenant à Dulsina, cette fois. Ils auraient dû faire plus attention à elle.

— Mais il se trouve qu'ils ne l'ont pas fait. (Le ton brutal de la gouvernante coupa court au discours amer du marchand). Maintenant, la question est de savoir ce que nous allons faire. Tempêter contre Tarnal et Remana ne nous ramènera pas Zanna.

— Tu as raison. (Vannor semblait soulagé de pouvoir faire quelque chose de constructif.) Hargorn, changement de plan. Tu vas toujours à Nexis, mais je viens avec toi.

— Vannor, tu ne peux pas faire ça ! protesta Dulsina, suffoquée. Ta tête est mise à prix, tu risques d'être reconnu. Et les rebelles dans tout ça ? Tu es leur chef…

— Dans ce cas, ils feraient bien de se choisir un autre putain de chef ! (L'expression de Vannor ne laissait aucune place à la réplique.) Dulsina, prépare-moi un sac. Fional, tu vas toujours à Wyvernesse. Demande à ces idiots de te donner deux poneys. C'est le moins qu'ils puissent faire pour réparer leur faute. (Il braqua un regard dédaigneux sur Tarnal et Remana.) Et ramène-moi mon fils. Je préfère le savoir ici en sécurité auprès de Dulsina.

— Mais…, balbutia Tarnal.

— Ne discute pas ! Ce sont mes ordres, un point, c'est tout ! rugit Vannor. Dulsina, est-ce que mon sac est prêt ? Qu'est-ce que tu attends, femme ?

Tandis que Dulsina obéissait en hâte, pensant pour une fois qu'il valait mieux ne pas contrarier le marchand, Tarnal déglutit péniblement et s'en alla trouver Vannor.

— Je veux venir avec vous, lui dit-il d'un ton ferme.

Vannor se renfrogna plus encore.

— Tu veux m'accompagner ? Après ce que tu as fait ? Tu as un sacré toupet, gamin ! Hors de ma vue ! Je ne veux plus jamais vous revoir, toi et tes amis Nightrunners !

Lorsque les voyageurs eurent dit au revoir à leurs compagnons et sortirent de la clairière en suivant le chemin qui s'ouvrait devant eux, D'arvan ferma les yeux, incapable de les regarder quitter le refuge qu'il leur avait créé pour s'en aller au-devant du danger. Il aurait pu les en empêcher, il le savait. Quoi de plus simple, pour le fils du seigneur de la Forêt, que de modifier les chemins sous les arbres et d'interdire la sortie aux voyageurs en leur faisant décrire un cercle pour les ramener à la sécurité qu'ils venaient de quitter ? Mais il aurait eu tort de faire cela. Tout comme lui, ils avaient un rôle à jouer dans le combat contre Miathan, et il ne pouvait rien faire d'autre que prier pour les voir revenir sains et saufs.

Hargorn, dont le nez engourdi coulait, s'essuya sur sa manche.

— Par Chathak, j'avais oublié à quel point il peut faire froid là-dehors, marmonna-t-il à l'adresse de Fional.

Ce dernier les laisserait, lui et Vannor, et prendrait la route de Wyvernesse une fois qu'ils seraient sortis du bois. Remana et Tarnal le suivraient dès qu'ils auraient récupéré de leur périple ardu, mais Vannor avait refusé que l'archer les attende.

Une fois de plus, Hargorn regretta que les rebelles n'aient pas pu amener de chevaux dans cet endroit désolé. Mais en ces temps de famine, les chevaux se faisaient rares, car la plupart avaient été mangés depuis longtemps. À moins d'en trouver en cours de route, le marchand et lui allaient devoir se rendre à pied jusqu'à Nexis.

Devant les trois hommes, le morne paysage de la lande s'étirait à perte de vue. Tels des os érodés par le vent, ses rochers noirs surgissaient de son tapis de fougères et de bruyère flétries, rapiécé par endroits avec des plaques d'herbes grises, sèches et cassantes, recouvertes d'une pellicule de gel qui craquait sous les pas. Derrière les voyageurs, les arbres qui bordaient le sommet du cratère se blottissaient les uns contre les autres, comme à la recherche d'un peu de chaleur. Harcelées par le vent amer et plaintif, leurs branches nues et tordues se dressaient, menaçantes, vers le ciel plein de nuages.

L'archer hocha la tête, son habituel sourire remplacé par une grimace.

— C'était facile d'oublier tout ça dans la forêt.

Fronçant les sourcils, il se tourna vers ses compagnons plus âgés. Il ne servait à rien de s'adresser à Vannor qui, depuis leur départ, s'enfermait d'un air sombre dans le mutisme. En sa présence, les autres n'osaient laisser libre cours à leur inquiétude pour Zanna, si bien que Fional se tritura les méninges à la recherche d'un autre sujet de conversation.

— Hargorn, qu'est-ce qui nous protège au sein du Val, à ton avis ? Tu crois que c'est la mère d'Aurian ? Mais pourquoi est-ce qu'elle ne se montre pas ?

Le vétéran secoua la tête.

— J'en ai pas la moindre idée, fiston, même si je me souviens d'avoir entendu Aurian dire que sa mère était plutôt du genre solitaire. Malgré tout, après ce qui s'est passé, on aurait pu croire qu'elle se montrerait – à condition que ce soit bien la Dame qui prenne soin de nous là-dedans.

— Qui d'autre ?

— Les dieux seuls le savent… Mais ton ami le Mage D'arvan était supposé venir ici avec la pauvre Maya. J'arrête pas de me demander ces derniers temps ce qui a bien pu leur arriver.

— D'arvan et Maya ne se cacheraient pas s'ils savaient qu'on est là, protesta Fional d'un air indigné.

— Peut-être pas, soupira Hargorn. Mais il se passe de drôles de choses, dans ce Val, fiston. C'est facile, tant qu'on y est, de pas trop y penser. Mais quand on en sort, et qu'on y réfléchit… (Il se tourna vers le jeune homme et lui fit un clin d'œil.) Tu trouves pas ça curieux ? T'as pas envie de découvrir ce qui se passe là-dedans et ce qui est arrivé à D'arvan et à Maya ? Tu crois vraiment que Parric, s'il avait été là, se serait contenté de rester assis là sans chercher à découvrir le fin mot de l'histoire ? Tu crois que Forral aussi serait resté les bras croisés ?

Fional sourit.

— C'est vrai, maintenant que tu le dis. Après tout, il est de notre devoir de découvrir ce qui est arrivé à nos amis disparus.

— Bon garçon ! fit Hargorn en donnant une claque sur l'épaule de l'archer. Je vais te dire ce qu'on va faire – une fois qu'on aura rempli notre mission et qu'on sera de retour dans le Val, toi et moi, on essayera de résoudre ce mystère une bonne fois pour toutes.

— Entendu !

L'archer tendit la main et Hargorn tapa sa paume contre la sienne pour sceller ce marché.

— Bon, plus tôt on s'en va et plus tôt on sera de retour, ajouta-t-il d'un ton brusque. Prends soin de toi, jeune Fional, et va pas coucher avec toutes les jolies jeunes Nightrunners !

Même dans la pénombre, Hargorn vit le rouge monter aux joues du jeune homme, ce qui le fit sourire. Fional avait la réputation d'être extrêmement maladroit avec les femmes.

— Si seulement j'en avais l'occasion, répliqua l'archer. Porte-toi bien, vieux brigand, et ne t'en va pas boire toute la bière de Nexis !

Les deux guerriers, le jeune et le vieux, se séparèrent en se saluant d'un geste de la main, puis s'en allèrent dans des directions opposées sur la lande obscure et glacée. Vannor continua à marcher aux côtés d'Hargorn en restant drapé dans un impénétrable manteau de silence.

Hargorn bougea les épaules pour mieux ajuster la position de son lourd sac à dos, puis adopta la foulée régulière qui lui permettait d'avaler les kilomètres, acquise au fil des ans et de longues marches ardues. Il était impatient de couvrir autant de terrain que possible avant l'aube, car, bien qu'aucun ennemi ne soit entré dans le Val depuis le massacre d'Angos et de ses hommes, il ne savait pas du tout si des patrouilles parcouraient encore la lande. Il était rare qu'un soldat atteigne l'âge de cinquante-deux ans, mais le vétéran n'avait pas réussi à aller aussi loin sans une bonne dose de bon sens et de prudence – ainsi que de pur talent, songea-t-il en toute modestie. Dans ce métier, il était aussi important de savoir comment éviter les ennuis que d'apprendre à les gérer.

Vannor, malheureusement, était une source d'ennuis qu'il ne pouvait éviter. Hargorn, inquiet, lança un regard en coin au marchand. Le choc qu'il venait de recevoir expliquait cet étrange silence qui n'avait cependant rien d'étonnant. Pauvre Vannor, perdre à la fois sa précieuse épouse et sa fille adorée en l'espace de quelques mois. Hargorn redoutait la réaction du marchand une fois le choc passé.

Néanmoins, en dépit de l'inquiétude que lui inspiraient Vannor et sa pauvre fille, toute seule, en danger, parce qu'elle avait agi sans réfléchir, le vétéran s'aperçut qu'il était de meilleure humeur à l'idée d'aller au-devant de l'action. Le guerrier en lui s'était méfié de la vie facile du Val – c'était très bien de dire qu'une espèce de puissance mystérieuse aidait les rebelles, mais, pendant qu'ils flânaient à leur guise dans les bois, ils ne faisaient pas grand-chose pour arrêter l'Archimage. *En fait,* se dit le soldat, *je ne sais pas qui nous couve comme ça, mais il nous garde à l'écart du combat aussi sûrement que s'il nous avait emprisonnés.*

Quel soulagement d'avoir enfin trouvé un allié en Fional ! À l'intérieur du Val, Hargorn avait été forcé de marcher sur des œufs en gardant ses doutes pour lui. De toute évidence, quelqu'un, ou quelque chose, accordait son aide aux hors-la-loi, mais refusait de faire connaître son identité. Le soldat ne savait pas si on les surveillait, ses compagnons et lui, et avait donc préféré ne rien dire. Mais Parric, ou un vrai commandant comme Forral, ne se serait jamais contenté de rester assis au milieu d'un mystère sans enquêter davantage.

Maya non plus d'ailleurs, en y réfléchissant bien, ce qui ramena Hargorn à sa troisième source d'inquiétude, la plus importante. Il désespérait de ne pas avoir de nouvelles de la jeune femme. Il la connaissait depuis son entrée à la garnison, recrue timide qui sortait de la ferme de ses parents, dans le Sud. Il avait suivi l'évolution rapide de sa carrière avec tendresse et respect. Si elle était venue dans le Val avec D'arvan – et elle avait dû le faire, puisqu'elle allait toujours jusqu'au bout des choses qu'elle entreprenait –, alors où était-elle ? Et où se trouvait le jeune Mage ? Que leur était-il arrivé ?

— J'ai bien l'intention de le découvrir, marmonna le vétéran dans sa barbe, avec ou sans Vannor !

5

L'ÂME DE LA PIERRE

Le festin de Nereni était délicieux, impossible de le nier. Comme toujours, elle avait fait des miracles avec les ingrédients qu'elle avait sous la main. Des fines herbes rehaussaient le goût de sa venaison, déjà succulente. Quant à son ragoût aux effluves si alléchants, tout le monde fut surpris d'apprendre qu'il s'agissait de chèvre sauvage cuisinée avec de la mousse et le bulbe de certaines fleurs. Bohan était revenu de sa cueillette le visage enflé et couvert de piqûres en serrant dans ses mains un rayon de miel enveloppé dans des feuilles. Il avait également rapporté plusieurs truites d'une taille impressionnante, ce qui valut à Yazour un méchant regard de la part de la femme d'Eliizar.

— Alors, comme ça, le poisson ne voulait pas mordre, hein ? dit-elle en lançant un regard accusateur au jeune guerrier, tout penaud.

Heureusement pour lui, Raven revint à ce moment précis, ses ailes soulevant au moment de l'atterrissage des tourbillons de poussière et d'aiguilles de pin ainsi que des nuages de fumée et de cendres en provenance du feu. Les cris d'angoisse de Nereni qui redoutait la perte de son dîner s'éteignirent rapidement lorsqu'elle vit dans quel état revenait la jeune Ailée, sa petite préférée.

— Raven ! Que le Faucheur nous préserve, que s'est-il passé ?

Elle se précipita auprès de la princesse, qui la poussa gentiment à l'écart et se tourna vers les Mages en souriant.

— Par Yinze, je suis contente de vous revoir, leur dit-elle simplement.

— Que s'est-il passé, Raven ? Tu es rentrée dans un arbre ? demanda Aurian.

Raven soutint le regard pénétrant de la Mage et songea qu'il valait mieux rester sur ses gardes. Sur le chemin du retour, elle s'était nettoyée de son mieux dans un ruisseau, mais elle savait que ses ecchymoses et ses vêtements en lambeaux soulèveraient la consternation de ses compagnons. Heureusement, la question d'Aurian venait de lui donner le prétexte dont elle avait besoin.

— Tu es très perspicace, répondit-elle avec un sourire contrit. Nereni m'avait prévenue pourtant de ne pas voler dans le noir. J'aurais dû l'écouter. Le gibier n'était pas très abondant, ajouta-t-elle en exhibant son faisan solitaire et estropié. Je n'ai pas vu à quelle vitesse la nuit tombait et j'ai volé tout droit dans un arbre, comme tu l'as deviné !

Ainsi que l'espérait Raven, Nereni coupa court à toutes ces explications en lui apportant de l'eau chaude, du baume et des vêtements propres. La jeune Ailée sourit intérieurement de son propre subterfuge. *Tu n'as pas idée à quel point je me réjouis de ton retour, Aurian, car maintenant je peux mettre mes propres plans à exécution*, songea-t-elle tandis que les autres devisaient joyeusement autour d'elle.

Au cours du repas, la conversation dériva inévitablement sur l'avenir des compagnons. Eliizar commença à décrire ses plans pour bâtir un campement plus élaboré sur un site découvert par Yazour. Aurian écouta attentivement. À présent qu'elle s'était reposée et qu'elle avait mangé, elle réfléchissait déjà à la prochaine étape de son voyage, Anvar le savait.

— Tu as de bonnes idées, dit la Mage à Eliizar. Même si je déteste l'idée de m'attarder, nous devons nous préparer avant d'entamer l'ascension des montagnes. D'abord, les chevaux doivent se reposer. Nous n'avons pas assez de montures, puisque Anvar et moi avons perdu les nôtres dans la tempête de sable. En plus, il faut réunir des provisions et trouver un moyen de fabriquer des vêtements plus chauds.

— Voyons, rien ne presse, Aurian, l'interrompit Nereni. Comment pouvons-nous aller plus loin tant que ton enfant n'est pas né ?

— Comment ?

Aurian la dévisagea d'un air stupéfait. Anvar observa la scène en retenant son souffle.

— Tu n'y as donc pas réfléchi ? (Nereni paraissait choquée.) Aurian, comment peux-tu vouloir partir maintenant ? As-tu envie que le petit naisse entre deux congères ? (Elle baissa la voix et prit un ton persuasif.) Il reste moins de trois lunes, désormais. Tu peux sûrement attendre pour le bien de ton enfant ?

Aurian devint très pâle, ce qui serra le cœur d'Anvar. Telle qu'il la connaissait, ce discours devait profondément l'affecter. Dieux, ils venaient juste de survivre au désert, et maintenant ça. *Pourquoi faut-il que nous soyons toujours bousculés ?* se demanda-t-il. Il comprenait ce besoin urgent qu'elle avait d'affronter Miathan, mais l'enfant était son dernier lien avec Forral. Anvar balaya du regard le cercle que formaient leurs compagnons autour du feu. Yazour et Eliizar approuvaient Nereni d'un hochement de tête. Seul Bohan, toujours fidèle à sa chère Aurian, paraissait malheureux et déchiré. Seul Bohan – et lui-même. Comme si elle lisait dans ses pensées, Aurian tourna vers lui un regard troublé.

— Miathan sait que nous sommes là, lui dit-elle d'une voix dans laquelle il détecta de l'incertitude. Il pourrait nous attaquer ici.

— Il pourrait, c'est vrai. (Au souvenir de leur dernière confrontation avec l'Archimage, Anvar eut du mal à garder un ton égal.) Mais jusqu'ici, nous nous en sommes sortis. Il faut peser le pour et le contre. Si tu tentes l'ascension des montagnes maintenant, tu risques certainement de mettre l'enfant en danger. (Il se mordit la lèvre et détourna le regard, aux prises avec sa conscience.) Je voudrais te conseiller d'attendre, mais, chaque jour qui passe, l'avantage de Miathan ne cesse de grandir. Je t'aiderai comme je peux, Aurian, mais en fin de compte, c'est ta décision. Tu sais que je te soutiendrai, quelle qu'elle soit.

De son point d'observation, à côté du Puits des Âmes, Forral serra les dents en signe de frustration. Ce stupide gamin ne s'y prenait pas bien.

— Pourquoi ne l'aides-tu pas ? marmonna-t-il. Si seulement j'avais été là, j'aurais...

Forral hésita. Qu'aurait-il dit au juste à Aurian ? Pauvre petite, comme elle devait être déchirée entre le besoin de protéger son enfant et l'urgence de regagner le Nord pour lutter contre Miathan.

Forral, en tant que soldat, connaissait tout du devoir. En revanche, il ne savait rien de l'amour farouche et protecteur d'un parent pour un enfant, même à naître. Brusquement, le bretteur reconnut, honteux, qu'il était soulagé que la décision ne lui appartienne pas. Mais qu'allait donc décider Aurian ? Il regarda de nouveau dans le Puits en balayant impatiemment la forêt à la recherche d'une vision de son amour.

Aurian hésitait, malheureuse et terriblement indécise. Raven sentit l'occasion lui échapper et comprit qu'elle devait agir rapidement.

— Aurian. (Elle se pencha et toucha la Mage pour attirer son attention.) Je pense qu'il serait plus sage de partir le plus tôt possible.

— Comment ça ?

Aurian se tourna vers elle, les sourcils froncés. Raven prit une profonde inspiration. Elle était convenue avec Harihn de n'utiliser cette information que si tout le reste échouait, mais visiblement, elle n'avait pas le choix.

— J'ai découvert quelque chose aujourd'hui, pendant que je chassais. Harihn et ses gens campent ici eux aussi, à l'orée nord de la forêt.

— Comment ? s'écria Aurian, stupéfaite. Harihn est ici ? Comment peux-tu en être sûre ? Tu ne l'as jamais vu.

— Ce doit être le prince, répondit hâtivement la jeune Ailée. Ces gens portaient des vêtements similaires aux vôtres. Et puis, qui pourraient-ils bien être, sinon ?

— Raven, espèce d'idiote ! enragea Anvar. Bon sang, mais pourquoi tu ne nous l'as pas dit plus tôt ? Si Harihn nous retrouvait…

C'était exactement ce que Raven attendait.

— Anvar, ce n'est peut-être pas aussi grave que tu le penses, lui dit-elle d'un ton persuasif. Il existe un endroit dans les montagnes, une tour de guet bâtie il y a longtemps par mon peuple pour marquer la limite de leur royaume. À partir d'ici, il doit falloir... (Elle haussa les épaules.) Quinze à vingt jours de marche, j'imagine. Le bâtiment est sûr et robuste. On devrait y être à l'abri d'une attaque et des éléments, sans compter le taillis à proximité qui nous fournira du bois de chauffage. Si nous pouvons aller jusque-là, ce sera sûrement un meilleur endroit que la forêt pour qu'Aurian mette son enfant au monde, non ?

En voyant la lueur d'espoir qui illumina le regard d'Aurian, Raven sentit presque la culpabilité l'étouffer. *Pense à Harihn*, se dit-elle. *Pense à ton peuple !* Mais regarder les Mages droit dans les yeux et répondre calmement à leurs questions en sachant qu'elle s'apprêtait à les trahir était la chose la plus difficile qu'elle eût jamais faite.

— Qu'est-ce qu'on fait pour les provisions ? lui demanda Aurian.

La jeune Ailée haussa les épaules, ravie qu'Harihn et elle aient déjà discuté de ces problèmes.

— Il doit rester du gibier dans les montagnes, lagopèdes, chèvres, lièvres d'hiver et autres. Mais pour le voyage et l'installation, nous devrons prendre ici tout ce que nous pourrons emporter. Il suffira de laisser une cachette remplie de nourriture, ici, dans la forêt. Comme ça, si nous venons à manquer de provisions ou qu'en fin de compte il n'y a pas de gibier je pourrai facilement revenir les chercher. À vol d'oiseau, ce n'est pas loin.

— Et songez tous, renchérit Nereni, comme il serait rassurant pour Aurian de sentir des murs protecteurs autour d'elle lorsqu'elle mettra son enfant au monde.

L'intéressée acquiesça.

— Oh, je ne dis pas le contraire. Le problème, c'est que faisons-nous pour les montures ? Anvar et moi avons perdu les nôtres dans le désert, et, si nous voulons emporter suffisamment de provisions, nous aurons besoin d'un ou deux animaux de bât.

Tous se regardèrent. Juste au moment où Raven commençait à se demander si elle allait devoir tout suggérer par elle-même, Yazour vint à son secours.

— On pourrait toujours voler quelques bêtes à Harihn, proposa-t-il avec une lueur malicieuse dans les yeux. Pas maintenant, ajouta-t-il en devançant leurs protestations. Il ne faut surtout pas que les hommes du prince commencent à passer la forêt au peigne fin à la recherche de leurs chevaux perdus. Mais pourquoi ne pas agir au moment du départ, en utilisant Shia et Raven comme éclaireurs ?

Aurian sourit.

— Bien pensé, Yazour ! (Elle se tourna vers la jeune Ailée.) Raven, je te remercie du fond du cœur.

Il était tard quand tout le monde alla se coucher. À cause d'Harihn, ils avaient décidé d'organiser des tours de garde, mais Eliizar insista pour que seuls Yazour, Bohan et lui-même y participent cette nuit-là, afin de permettre à Aurian et à Anvar de prendre une bonne nuit de sommeil pour récupérer de leurs épreuves du désert. À compter du jour suivant, Shia et Raven surveilleraient les Khazalims pour s'assurer qu'ils restaient loin du campement des fugitifs.

Aurian se sentit profondément soulagée lorsqu'elle put enfin se rouler en boule contre Anvar à l'intérieur de l'un des abris d'Eliizar. Même ainsi, son esprit bouillonnait d'idées et elle eut du mal à trouver le sommeil.

— Tu crois qu'on sera bientôt capable de s'en aller d'ici ? demanda-t-elle à Anvar.

Ce dernier haussa les épaules.

— Qui sait ? Nos amis travaillent très dur depuis qu'ils sont arrivés ici, mais il y a encore beaucoup à faire.

— En attendant, il faut que quelqu'un garde un œil sur Harihn et ses gens pour s'assurer qu'ils ne viennent pas dans notre direction, ce qui signifie une personne de moins pour les préparatifs.

Anvar acquiesça.

— C'est une grande forêt, apparemment, et Raven dit qu'ils campent près de l'orée, au nord. Je suppose qu'ils vont partir dans cette direction, justement, et qu'ils ne reviendront donc pas par ici. (Il hésita en fronçant les sourcils.) Il y a quelque chose qui m'ennuie dans tout ça. Pourquoi sont-ils encore ici ? Ils avaient beaucoup d'avance sur nous et ont pris tout l'équipement et les provisions que contenait Dhiammara ; ils doivent donc déjà être bien équipés pour la traversée des montagnes. Pourquoi s'attarder ?

Aurian éprouva une désagréable sensation de picotements entre les omoplates.

— Anvar, se pourrait-il qu'ils nous attendent ? Je veux dire, Yazour s'est échappé en emmenant des chevaux, donc ils doivent savoir qu'on a finalement réussi à sortir de Dhiammara.

Anvar secoua la tête.

— S'ils voulaient nous tendre une embuscade, ils auraient posté des sentinelles dans toute la forêt, tu ne crois pas ? Et quel meilleur moment pour nous attaquer qu'au sortir du désert ? Les autres étaient distraits par notre arrivée, quant à nous, nous n'étions pas en état de nous défendre.

— Pour être honnête, je ne suis pas en meilleur état, pour le moment, confia Aurian en bâillant. Je suis si fatiguée que je n'arrive plus à réfléchir.

— Pauvre petite chose, la taquina Anvar.

— Tu parles, grommela Aurian.

Mais elle s'allongea contre lui en pouffant de rire.

Forral soupira en observant la scène. Même s'il savait sa réaction stupide et essayait de se montrer large d'esprit envers son amour perdu, il ressentait parfois comme une amère trahison le fait qu'elle se rapprochait de plus en plus d'Anvar. Le désir présent dans le cœur du bretteur ressemblait plus à de la douleur.

— Ça aurait dû être moi...

Ses mains s'avancèrent furtivement vers la surface de la mare...

— Assez !

Forral frémit lorsque les mains glacées de la Mort s'abattirent sur ses épaules pour l'écarter du Puits.

— Tu en as assez vu, lui dit le Spectre. Ne t'avais-je pas dit que cela te ferait souffrir ? Viens, maintenant. Tu sais qu'Aurian sera en sûreté pour un temps dans la forêt. Contente-toi de ça et laisse les vivants à leurs propres soucis.

De violents mots de protestation se formèrent sur les lèvres de Forral, jusqu'à ce qu'il se rappelle sa dernière vision d'Aurian, couchée auprès d'Anvar. Il s'était persuadé qu'il ne s'inquiétait que de la sécurité de la Mage, mais le Spectre avait raison. Il la savait en lieu sûr, à présent, et, s'il continuait à l'observer, ce serait comme l'espionner, ce qui n'amènerait rien de bon pour tous les deux. Forral, pleurant les années qu'Aurian et lui avaient perdues, laissa la Mort l'emmener loin du Puits.

Aurian, qui commençait à avoir de plus en plus de mal à garder les yeux ouverts, s'endormit enfin. Peut-être s'agissait-il du contrecoup de la bataille dans le désert, ou des conséquences naturelles d'une journée aussi chargée en émotions. Peut-être était-ce à cause de la relative fraîcheur de la forêt, ou du ragoût très épicé de Nereni. Toujours est-il que la Mage rêva d'Eliseth cette nuit-là. Mais peut-être y avait-il d'autres raisons à cela.

Aurian rêva que la Mage du Climat se tenait au sommet de la tour des Mages, à Nexis, les bras tendus vers le ciel de minuit, et qu'elle appelait la tempête, conjurant les nuages bouillonnants qui se rassemblaient au-dessus de la cité. D'une main, elle tenait une longue lance de glace étincelante. La neige qui tourbillonnait autour d'Eliseth se mêla aux longues mèches argentées de sa chevelure lorsqu'elle se hissa sur le petit parapet qui ceignait la tour, la froide perfection de son visage illuminé par l'excitation. Elle poussa un cri sauvage et strident, puis sauta. Les ailes glacées de la tempête l'emportèrent dans les airs et l'emmenèrent vers le sud. Le Sud, au-delà de l'océan, des terres des Xandims, tout droit vers les montagnes sur les ailes de l'hiver…

Aurian se réveilla brusquement en frissonnant, le cœur battant à tout rompre.

— Idiote, se dit-elle vivement. Ce n'était qu'un rêve. Rien qu'un rêve. Eliseth est morte… N'est-ce pas ?

Perdu hors de son corps dans les profondeurs de la forteresse, Chiamh paniqua et s'enfuit à l'aveuglette à travers le labyrinthe de fissures qui permettait de ventiler le bâtiment. Qu'arriverait-il à son corps s'il ne réussissait pas à retrouver le chemin du retour ? Risquait-il de mourir ? Et s'ils le trouvaient, et le croyaient mort, et…

— *Allons, allons ! Cette hypothèse est complètement ridicule !*

La première fois que Chiamh avait entendu cette voix mystérieuse, il avait failli avoir une attaque. Mais cette fois-ci, ce fut différent. Jamais il n'avait été aussi heureux d'entendre la voix d'un autre être vivant.

— *Qui êtes-vous ? Où êtes-vous ? Pouvez-vous m'aider à sortir d'ici ?* le supplia-t-il.

— *Si tu étais resté concentré, tu n'aurais pas eu besoin de mon aide,* le réprimanda la voix. *Cependant, puisque tu sembles être le seul représentant de cette race chétive à pouvoir m'entendre, je vais t'aider. Mais que cela te serve de leçon et t'amène à plus de prudence à l'avenir. Regarde l'air, petit Œil-du-Vent, et suis ma lumière !*

Un peu honteux, Chiamh reprit ses esprits et se concentra sur les fils d'argent de l'air en mouvement. Il les suivit jusqu'à une croisée des chemins et vit avec stupéfaction l'un de ces fils se séparer des autres. Brillant d'une lueur chaleureuse et dorée, le fil solitaire plongea au sein d'une fissure sur la droite. L'Œil-du-Vent le suivit tandis qu'il se contorsionnait, tantôt d'un côté, tantôt de l'autre, à travers le réseau de fissures jusqu'à ce qu'enfin, après une dernière contorsion et un dernier bond, l'esprit errant de Chiamh se retrouve dans le désordre poussiéreux et familier de ses propres appartements.

Faible mais soulagé, l'Œil-du-Vent retrouva la sécurité de son corps. Tout en massant ses membres froids et raides avec des mains tremblantes, il s'aperçut qu'il n'avait pas remercié son mystérieux bienfaiteur.

— Vous êtes encore là ? demanda-t-il timidement, quelque peu gêné de parler dans le vide à haute voix.

— *Je suis partout au sein de ces murs, et tu n'as pas besoin de parler à voix haute. Utilise ton esprit, comme tu le faisais tout à l'heure.*

— *Je… je voulais vous remercier de m'avoir sauvé*, balbutia Chiamh. *Je ne sais pas comment vous avez retrouvé le chemin, mais…*

— *Comment pourrais-je ne pas le connaître ?* répliqua la voix. *Mais il est vrai que, quand les Mortels commencent à ramper à l'intérieur de mon corps…*

— *À l'intérieur de quoi ?* se récria Chiamh, suffoqué.

De son côté, la voix laissa place à de grands éclats de rire.

— *Ton peuple a-t-il donc oublié toutes les histoires et les légendes, qu'il ignore même ce qu'il habite ? Le monde aurait-il déjà oublié les Moldaï ? Je suis Basileus, petit Œil-du-Vent – l'âme vivante de cette forteresse !*

Le temps passait à la fois lentement et très vite pour les Moldaï. Tel que les Mortels l'appréhendaient, le temps n'existait pas du tout pour ces antiques créatures de roche vivante. Une journée équivalait pour eux à un battement de paupières, et pourtant ces jours se succédaient en une éternité immuable. Les racines des Moldaï s'enfonçaient profondément au cœur de la terre, et leurs têtes, ornées de chapeaux de neige éblouissante et voilées de nuages, étaient couronnées par les étoiles elles-mêmes. Il n'existait pas de créatures plus vieilles que les Moldaï, les Premiers-Nés, aussi vieux que les os du monde eux-mêmes. Au cours des soubresauts de la naissance du monde, ils avaient vu le jour et n'étaient pas morts, à l'exception de ces parties de leurs corps arrachées par les haches des créatures inférieures et insouciantes.

— *Je n'arrive pas à le croire !* (Chiamh regrettait de ne pouvoir regarder un point spécifique lorsqu'il parlait à cette étrange entité, si bien qu'il était obligé de s'adresser à la pièce dans son ensemble.) *Jamais, dans mes rêves les plus fous, je n'aurais imaginé parler à un bâtiment.*

— Je ne suis pas un bâtiment. Les bâtiments, comme tu dis, sont des morceaux de notre chair que le genre humain nous arrache et assassine pour les empiler les uns sur les autres. Mes frères et moi sommes des entités vivantes et revêtons ces formes de notre propre volonté.

La colère de Basileus était terrifiante. Les parois de la chambre de Chiamh frémirent et les torches faillirent s'éteindre en raison d'un brusque courant d'air tourbillonnant. Une fine poussière tomba du plafond. L'Œil-du-Vent s'empressa de présenter ses excuses. Il avait déjà compris que son nouveau compagnon avait tendance à se montrer susceptible.

En tout cas, il vivait vraiment une journée pleine de surprises. D'abord, la vision qui avait conduit à la découverte des Brillants, puis l'arrivée des étrangers, et maintenant cela ! Chiamh avait la tête qui tournait. En revenant des cachots, il s'était frayé un chemin à tâtons jusqu'aux cuisines, car il n'avait pas mangé depuis la nuit précédente et avait ensuite voyagé vite et loin, à la fois sous sa forme physique et par l'intermédiaire de son Autre Vue. De retour dans sa chambre, l'Œil-du-Vent, épuisé, avait dormi un moment, mais dès son réveil il n'avait pas tardé à reprendre cette étrange conversation avec Basileus.

L'avantage de la communication mentale ? Il pouvait manger en même temps. Chiamh enfourna du pain et du fromage dans sa bouche.

— Tu as mentionné tes frères. Vous êtes donc nombreux ?

— Bien sûr. Toutes les montagnes autour de nous sont des Moldaï. Ton manque de ressenti me surprend,

surtout compte tenu du fait qu'il t'arrive de résider dans une autre partie de mon corps.

Une vision de sa flèche de pierre, avec le Chambre des Vents à son sommet, surgit dans l'esprit de Chiamh. L'Œil-du-Vent fronça les sourcils.

— *Mais comment peux-tu être la flèche quand tu es déjà la forteresse ?* demanda-t-il en désignant la pièce. *Comment peux-tu être en deux endroits à la fois ?*

Basileus soupira.

— *Lève ta main. Est-ce que cette main fait partie de toi ?*

— *Bien entendu !*

— *Bon. Maintenant, lève l'autre. Tu vois, tu as deux mains, chacune est distincte de l'autre, mais toutes les deux font partie de toi. Ma conscience réside dans tout le pic du Wyndveil. Les racines d'une montagne, et d'un Moldan, s'enfoncent très loin ! C'est le même principe que pour toi et tes deux mains. Cet endroit et la tour font tous deux partie de moi, tout comme les petites habitations sur le versant, au bas de la forteresse.*

— *Vraiment ?* fit l'Œil-du-Vent, sa curiosité piquée au vif, car il s'était interrogé pendant si longtemps au sujet de ces mystérieuses structures. *Pourquoi les as-tu bâties ?* demanda-t-il avidement. *S'agit-il vraiment d'habitations, comme ça en a l'air ? Qui vivait là à l'origine ?*

Mais la réponse du Moldan lui fit regretter sa curiosité. Chiamh laissa échapper un cri et porta ses mains à sa tête lorsqu'une vague de tristesse s'abattit sur lui. Il s'agissait d'un chagrin si grand que l'âme d'un Mortel avait peine à le supporter.

— *Arrête !* s'écria-t-il, le visage ruisselant de larmes. *Je n'en peux plus !*

— *Mais il faut en parler*, répondit le Moldan d'une voix grinçante. *Ce n'est que par ce biais que l'on obtient l'apaisement.*

D'une voix lourde de chagrin, il lui parla des Nailfes, le Petit Peuple, les compagnons sans qui les Moldaï se sentaient déchirés et incomplets.

— *Ils étaient nos frères*, soupira-t-il, *et nous leur avons fait des logis à partir de nos os. Nous les avons éduqués, nous qui étions forts et sages, mais enracinés et immobiles. En retour, ils prenaient soin de nous et de nos terres et nous protégeaient des tailleurs de pierre humains. En arrivant à l'âge de la maturité, chacun d'entre eux s'en allait de par le monde. S'ils revenaient, ils rentraient les bras chargés de cadeaux et la tête pleine d'histoires d'exploits et de nouvelles d'endroits éloignés.* (Le Moldan fit une pause.) *Cet arrangement a fonctionné parfaitement tout au long des âges, jusqu'à ce que les Sorciers – ceux que tu appelles les Puissances – interviennent.*

Chiamh dressa les oreilles. Les Puissances, encore ? Il ne devait sûrement pas s'agir d'une coïncidence, n'est-ce pas ?

— *Dans leur arrogance*, poursuivit Basileus, *les Sorciers créèrent le Bâton de la Terre. Quelle témérité de la part de ces créatures malingres ! Manipuler notre élément avec la Haute Magie !*

Le bâtiment frémit pour souligner la colère du Moldan, et Chiamh trembla aussi.

— *Qu'avez-vous fait ?*

— *Que pouvions-nous faire ? Nous avons envoyé des émissaires nailfes protester de notre part, mais en vain. Les Sorciers nous ont répondu de nous occuper de nos propres affaires. Puis…* (De nouveau, un frisson parcourut les pierres de la forteresse.) *Puis vint le jour le plus noir de notre histoire. Les Sorciers étaient en train de tester le Bâton lorsque Ghabal, le plus puissant d'entre nous, trouva le moyen de s'approprier la puissance de l'Artefact. Il l'utilisa pour échapper aux contraintes de sa chair de pierre. Il apparut alors sous les traits d'un géant, de forme humaine, mais à l'échelle d'une montagne !* (Basileus soupira de nouveau.)

» *Mais le pouvoir du Bâton s'avéra trop fort pour lui. Il devint enragé et violent. Il disait vouloir établir une barrière entre les Moldaï et les Sorciers. À l'époque, le Nord et le Sud ne formaient qu'une seule masse continentale, sans aucune mer au centre – jusqu'à ce que Ghabal brise les pierres de la terre et crée une faille entre les deux territoires, là où s'étendait autrefois un royaume vert et fertile.* (Le regret étouffa brusquement la voix du Moldan.) *Des milliers de vies furent perdues ce jour-là, lorsque les mers s'engouffrèrent dans la brèche, et je crois que Ghabal a ressenti chacun de ces décès comme un coup de poignard. Les Sorciers l'ont puni, évidemment. En unissant leurs pouvoirs, ils lui ont arraché le Bâton de la Terre, en ont repris le contrôle et l'ont utilisé pour le maîtriser. Il faut dire qu'ils possédaient déjà la prison parfaite, une grande colline artificielle, en pierre, qu'ils avaient construite au sein de leur cité et au sommet de laquelle ils avaient édifié leur citadelle. Ils y emprisonnèrent l'esprit torturé de Ghabal et le scellèrent au sein de la pierre sans vie. Puis ils vinrent ici et détruisirent son corps pour l'empêcher d'y revenir un jour.*

— *Les Griffes d'Acier !* s'exclama Chiamh, suffoqué, en songeant à cette montagne, également surnommée le Mont Hanté, qui se dressait derrière le Wyndveil.

Aucun Xandim n'y mettait les pieds, car la légende prétendait que quiconque passait une nuit sur les Griffes d'Acier en revenait fou, si jamais il revenait. La montagne elle-même suffisait à décourager les âmes les plus braves ou les plus téméraires, et Chiamh avait toujours su qu'un désastre inimaginable s'était abattu sur ce mont autrefois. La roche avait été fissurée et tordue, torturée et fondue presque jusqu'à ses fondations, ne laissant que trois moignons déchiquetés tendus telles des griffes vers le ciel. La seule vue de cette montagne suffisait à inspirer de la douleur à l'Œil-du-Vent.

— *Les Griffes d'Acier, effectivement*, répondit Basileus. *Les restes de Ghabal, autrefois le plus grand et le plus beau d'entre nous. Si seulement les Sorciers s'étaient arrêtés là… Mais, dans leur colère, ils nous punirent tous. Ils capturèrent les Nailfes, nos yeux et nos oreilles sur terre, et les seuls capables de nous entendre à part les Sorciers, et ils les emmenèrent de l'autre côté de la mer, dans un endroit d'où ils ne pouvaient revenir. Les Sorciers les envoyèrent sous terre et leur jetèrent un sort : si les Nailfes émergeaient à la lumière du jour, ils périraient. Sans eux, nous dépérissons dans cet isolement, prisonniers d'un rêve éveillé. Mais aujourd'hui, nous osons espérer de nouveau, car le monde change. Il y a peu, mon esprit a commencé à s'éveiller et à se tendre de nouveau vers l'extérieur – pour te trouver, même si tu n'étais pas la raison de ce réveil. Le Bâton de la Terre a refait surface. Je le sens se rapprocher.* (Le ton du Moldan trahissait son excitation.) *Ces Sorciers manigancent encore quelque chose, ou je ne suis qu'un vulgaire caillou ! Petit Œil-du-Vent, ne sais-tu donc rien à ce sujet ?*

Chiamh fronça les sourcils.

— *Peut-être. La nuit dernière, j'ai eu une vision, et maintenant des étrangers sont apparus sur nos terres…*

Rapidement, il expliqua à Basileus ce qui s'était passé.

— *De fait, ces événements ne peuvent pas ne pas être reliés entre eux*, approuva le Moldan lorsque Chiamh eut terminé. *Et tu penses que tes chefs vont exécuter ces étrangers ?*

— *J'en suis sûr, car telle est notre loi.*

— *Dans ce cas, nous devons agir rapidement pour les sauver.*

— *Pourrais-tu m'aider à les faire sortir ?* demanda Chiamh avec avidité. *Pourrais-tu nous ouvrir un passage hors du donjon, peut-être ?*

— *Hélas, ça nous prendrait trop de temps*, soupira Basileus, *et ça ne servirait à rien. Les prisonniers ont été emmenés ailleurs.*

— *Comment ?* s'écria Chiamh. *Mais leur exécution ne doit pas avoir lieu avant demain !*

— *Tu as perdu la notion du temps, petit Œil-du-Vent. Tu as longtemps erré au sein de mon corps pour trouver les cachots, et plus encore sur le chemin du retour. D'après la lumière des humains, il est déjà demain. Pour sauver les prisonniers, tu dois agir rapidement – s'il n'est pas déjà trop tard.*

6

LES GRIFFES D'ACIER

Contrairement à la pénombre qui recouvrait tel un linceul la Vallée des Morts de Chiamh, le plateau du Wyndveil était un endroit aéré et lumineux. Aux abords de son extrémité sud, le terrain se divisait en une série de rochers escarpés et de canyons qui s'élevaient vers les parois blanches du Wyndveil et de ses frères. Au nord, en revanche, le plateau laissait place à une pente recouverte de pins noirs qui descendait jusqu'aux plaines verdoyantes, et enfin jusqu'à la mer scintillante. Il s'agissait d'un perchoir balayé par les vents entre mer et montagne, n'appartenant ni au ciel, ni à la terre, un temple ouvert, façonné par la déesse pour la contemplation de son monde. Les Xandims y livraient leurs Défis et y tenaient justice. Ce n'était qu'ici, dans le temple aéré de la déesse, face au panorama époustouflant de sa création, que la tribu pouvait débattre des questions de vie ou de mort.

Cette fois, dans l'obscurité glaciale d'une fin de nuit d'hiver, le plateau couvert de neige évoquait le mystère et inspirait le respect et la crainte. Là, dans le goulet que formait la prairie, à côté des sinistres pierres levées qui gardaient le seuil de la Vallée des Morts, se tenait une silhouette, solidement campée face à la tempête. Il s'agissait d'un homme d'âge moyen, au visage sévère et au crâne chauve à l'exception d'une touffe de cheveux argentés coupés court sur la nuque. Il possédait un regard fier et intransigeant semblable à celui d'un faucon. Il portait bien son âge, avec son ventre plat et son corps aussi musclé que du temps de sa jeunesse, lorsqu'il avait gagné sa place de chef en remportant le Défi rituel. Il avait pour nom Phalihas et n'était autre que le seigneur de la Horde des Xandims.

Dans l'attente des prisonniers, le seigneur se tenait près des pierres creuses et n'affichait pas le plus petit mouvement, sauf lorsque le vent rageur s'en prenait à sa lourde cape. À une distance respectueuse se tenaient les curieux venus observer le procès des étrangers. Poussés à l'immobilité par l'atmosphère sacrée du site, ils se blottissaient les uns contre les autres pour se rassurer et chuchotaient doucement autour des feux de joie dont les flammes se couchaient presque sur le sol sous l'effet des bourrasques de vent. Phalihas regardait les ombres noires et agitées de leurs manteaux voler au vent telles des ailes de charognards ; de temps à autre, il repérait des lueurs vives lorsque les flammes vacillantes se reflétaient sur un torque ou un brassard martelé, ou sur les billes en pierre ou en os polis qu'ils enfilaient dans leurs tresses.

Sur le côté se trouvaient les Anciens, qui marmonnaient entre eux, mal à l'aise : hommes et femmes d'une grande sagesse mais pas nécessairement d'un grand âge. Même si chacun avait le droit de conseiller Phalihas, la décision finale lui revenait. Ils étaient présents ainsi que l'exigeaient la loi et la tradition, mais cette fois leur contribution n'était pas nécessaire. L'affaire présentée devant Phalihas ce jour-là était extrêmement limpide : les étrangers n'avaient pas le droit d'entrer sur les terres des Xandims, et le châtiment en cas de désobéissance était la mort. Aussi simple que ça.

Phalihas soupira et resserra son manteau autour de ses épaules dans un vain effort pour se protéger du vent glacial. C'était sa faute, se dit-il, s'il se gelait dans cet endroit au lieu de dormir au chaud dans son lit, au sein de la forteresse. Les Anciens avaient protesté en décrétant que ce procès était une perte de temps, mais il avait insisté pour respecter la loi et traîné tout le monde ici. Bien qu'il continuât à s'accrocher à sa conviction – les traditions devaient êtres observées pour le bien de la tribu –, Phalihas n'avait pas imaginé que ce procès soulèverait en lui les souvenirs vivaces et douloureux de la dernière fois où il avait rendu un jugement en ce même lieu.

Le visage d'Iscalda, son ancienne fiancée, était gravé dans la mémoire du seigneur de la Horde. Pâle, le regard fou de terreur, ses cheveux de lin – une caractéristique rare chez les Xandims, et dont elle était si fière autrefois – tombant emmêlés autour de son visage, elle s'était tenue très droite ici même. Le visage fermé et recouvert d'un masque de défi, elle avait répudié celui qui avait condamné son frère bien-aimé à l'exil. Phalihas laissa échapper une petite exclamation de colère, un grondement sourd venu du fond de la gorge, au souvenir de celui qui avait entraîné sa chère Iscalda dans sa chute. Schiannath ! *Si seulement j'avais pu le tuer quand j'en ai eu l'occasion !*

Hélas, selon les lois des Xandims, seuls les étrangers pouvaient être exécutés. Un Xandim ne pouvait en tuer un autre qu'au cours du Défi rituel pour le titre de seigneur de la Horde – et Schiannath avait déjà subi cette épreuve. Bien qu'il eût perdu, il avait survécu, et le Défi, toujours selon la loi, ne pouvait être répété. Cependant, Schiannath n'avait pas accepté sa défaite de bonne grâce. Mécontent et fauteur de troubles par nature, il n'avait cessé de miner l'autorité du seigneur de la Horde de toutes les façons possibles, et la tribu en avait subi les conséquences. Phalihas n'avait eu d'autre choix que de l'exiler, mais ça lui faisait mal de savoir ce transgresseur en vie, quelque part dans les montagnes. Et Iscalda – vivait-elle encore, elle aussi ? Se souvenait-elle un tant soit peu, à présent, de son existence humaine ? Était-elle morte de froid, ou dévorée par les loups, ou par les Noirs Fantômes qui hantaient les pics ? Ne restait-il rien d'elle qu'un tas d'os dénudés au fond d'un précipice ?

Le seigneur de la Horde proféra une insanité pour tenter d'échapper à ces terribles visions. Quelle importance si son ancienne fiancée vivait encore ? Elle l'avait rejeté. Mais, depuis ce jour où la rage et la souffrance l'avaient trahi en le poussant à la condamner à vivre sous sa forme animale, Phalihas était hanté par la culpabilité et le regret.

— La vérité, soupira-t-il, c'est que, si cela m'était permis, je déferais ce que j'ai fait ce jour-là. Mais c'est impossible.

Par-dessus la colère bouillonnante de la tempête, le soleil, couronne de la déesse, venait d'apparaître derrière les montagnes déchiquetées, et l'aube surgit furtivement, en traînant les pieds, pour baigner le plateau d'une faible lueur spectrale. De l'autre côté de la prairie, les étrangers approchaient, les mains liées et la mine désolée, encadrés par leurs gardes.

Phalihas, heureux que quelque chose vînt le distraire de ses pensées aussi tristes que ce jour naissant, étudia les étrangers tandis qu'on les forçait à s'agenouiller devant lui sur le sol dur comme de la pierre. Ils formaient un groupe étrange, avec le petit homme maigre et nerveux qui semblait le défier de par sa seule posture, la grande guerrière blonde dont les courbes promettaient d'innombrables plaisirs mais dont les yeux paraissaient aussi froids et durs qu'une lame nue, le vieil homme malade et fiévreux qui n'allait pas tarder à mourir, si le seigneur de la Horde ne se trompait pas, et l'autre – la femme décharnée aux yeux fous et inhumains. Le simple fait de la regarder donna des frissons au seigneur de la Horde. Il s'arracha à sa contemplation et s'obligea à parler, récitant en hâte leur condamnation tant il était pressé de s'éloigner au plus vite de ce regard brûlant et impitoyable.

— Vous êtes ici pour répondre de vos crimes, à savoir invasion et entrée non autorisée sur nos terres, leur dit-il.

Tout en parlant, il se demanda s'il n'aurait pas dû demander à l'Œil-du-Vent, ce misérable, de venir traduire la sentence aux prisonniers. En vérité, depuis que Chiamh avait prononcé les mots qui avaient transformé pour toujours Iscalda en cheval, Phalihas ne supportait plus la vue du devin à moitié aveugle. Il savait qu'il se montrait particulièrement injuste envers lui, car après tout Chiamh n'avait fait qu'agir sur son ordre, mais ça n'améliorait en rien son humeur. *Quelle importance*, songea-t-il. *Dans quelques heures, ces étrangers seront morts. Qu'ils comprennent ou non les raisons de leur exécution, cela n'entrera pas en ligne de compte.*

Redressant les épaules, Phalihas poursuivit en suivant la très vieille formulation :

— Inutile de parler, car vous ne pouvez vous défendre : mes guerriers vous ont surpris en train de commettre un acte illégal. Le châtiment concernant votre crime est la mort…

— Comment osez-vous !

La voix stridente qui l'interrompit brusquement priva Phalihas de ses phrases soigneusement préparées. Il s'agissait de la folle ! Comment avait-elle appris la langue des Xandims ? Elle écarquilla les yeux en poursuivant d'une voix de plus en plus stridente, et le seigneur de la Horde sentit ce regard incendier son âme…

Lorsque Chiamh, le souffle court, arriva en retard sur le plateau, il tomba au beau milieu d'une scène chaotique. Visiblement secoué, le seigneur de la Horde, le visage gris et tordu par la colère, se tenait au milieu des Anciens affolés qui gesticulaient en criant à pleins poumons. Que s'était-il donc passé ? L'Œil-du-Vent s'efforça de regarder autour de lui en dépit de sa myopie, mais ne vit aucune trace des prisonniers. Avaient-ils déjà été exécutés ? Avaient-ils réussi à s'échapper ?

— Gracieuse déesse, marmonna Chiamh. Iriana des Bêtes, fais que je n'arrive pas trop tard !

Il lança un regard en direction du seigneur de la Horde, mais renonça à lui parler, car Phalihas était de toute évidence très affecté. Il s'en alla plutôt trouver un vieillard qui se tenait sur le côté et observait le tumulte avec un intérêt avide tout en léchant ses mâchoires édentées.

— Que s'est-il passé ? demanda Chiamh en le tirant par la manche.

— Bonjour, jeune Œil-du-Vent ! Tu as manqué le procès ? Tu as raté un sacré spectacle ! confia le vieil homme sénile, visiblement ravi. Le seigneur de la Horde s'apprêtait à énoncer la sentence lorsque cette sorcière maigrichonne a soudain pris la parole et exigé qu'on la laisse passer sur nos terres ! Tu peux croire ça, toi ? (Il fronça les sourcils en s'efforçant de se rappeler les mots de la folle.) Elle a dit qu'elle avait à faire dans le Sud et ne pouvait s'en remettre aux caprices d'une bande de sauvages !

— Quoi ! s'exclama Chiamh, horrifié.

— Aussi vrai que je te vois. (Le vieillard opina de la tête avec componction, de toute évidence ravi d'avoir à lui annoncer des nouvelles aussi importantes.) Alors l'autre joli brin de fille lui a donné un coup de coude pour essayer de la faire taire, et le petit guerrier s'est mis à secouer la tête, comme s'il n'en croyait pas ses oreilles. Puis la sorcière a ajouté que, si notre seigneur de la Horde tentait de l'arrêter, elle lancerait une malédiction qui le poursuivrait jusqu'à la fin de ses jours ! Piqués au vif, qu'ils étaient, les Anciens ! Mais le seigneur de la Horde ne s'est pas laissé faire et il a envoyé les étrangers sur les Griffes d'Acier en ordonnant qu'on les attache sur le Champ de Pierres pour qu'ils servent de petit déjeuner aux Noirs Fantômes... Hé, reviens !

Chiamh entendit la voix plaintive diminuer progressivement derrière lui tandis qu'il s'élançait en courant. Il passa entre les pierres levées pour s'engouffrer dans sa vallée. Avec un peu de chance, les gardes n'oseraient pas prendre la route la plus directe, celle qui coupait à travers la Vallée des Morts. En tant qu'Œil-du-Vent, il avait accès à un raccourci...

Le Champ de Pierres n'en était pas vraiment un, il s'agissait plutôt d'une partie du flanc de la montagne inhabituellement plate et jonchée de ces rochers plats et creux qui semblaient servir d'habitations, même si les Xandims ne les avaient jamais utilisés comme telles, en raison de l'altitude trop élevée et du climat trop rude. En réalité, les seigneurs du Cheval avaient trouvé un usage bien plus sinistre à ces structures. Des menottes et des chaînes avaient été vissées au sommet de ces pierres aplaties, et les prisonniers étrangers, généralement des Khazalims capturés lors de raids, étaient attachés là en guise de sacrifices destinés à apaiser les terrifiants Noirs Fantômes des montagnes.

Le Champ, auquel les Xandims associaient les sinistres notions de mort et de sang versé, se situait sur un long éperon rocheux, en altitude, à l'endroit où le Wyndveil rejoignait son voisin, les Griffes d'Acier, par l'intermédiaire d'un col élevé connu sous le nom de Queue du Dragon. Tout comme la roche torturée des Griffes d'Acier, la pierre du col fin comme une lame de couteau était tordue et fracturée à mi-chemin, empêchant les humains d'accéder à l'autre sommet. Cependant, ça ne dérangeait nullement les Xandims, qui n'y mettaient jamais les pieds dans tous les cas. Les Griffes d'Acier étaient hantées par les effrayants Noirs Fantômes, qui se nourrissaient de chair humaine et savaient traverser le col sans aucune difficulté.

Le raccourci de Chiamh lui fit traverser sa propre vallée, ce qui lui permit de s'arrêter brièvement dans sa grotte pour enfiler une tunique supplémentaire et une cape plus chaude afin de se protéger de l'air glacial des hautes altitudes. Il roula en boule certaines de ses couvertures, en déposant soigneusement au milieu une flasque de liqueur, puis attacha ce ballot à son dos par le biais d'une corde. Enfin, prenant un bâton muni d'une pointe en fer pour l'aider à négocier les plaques de glace qui s'accrochaient par endroits au versant de la montagne, l'Œil-du-Vent partit secourir les étrangers.

Le chemin secret permettant de gravir les pentes du Wyndveil menait au-delà de l'endroit où le précaire pont de corde de la Chambre des Vents était attaché à la montagne. D'abord, il fallait négocier la corniche recouverte de glace qui allait jusqu'au pont, puis la roche paraissait se replier sur elle-même pour former une étroite et profonde ravine invisible du plateau en contrebas. Celle-ci escaladait alors le flanc de la montagne jusqu'à ce qu'elle rejoigne la piste principale qui serpentait depuis le plateau pour contourner une saillie rocheuse. Pour Chiamh, avec sa vue basse et hasardeuse, ce fut une terrible expédition. Bien qu'il fût habitué à parcourir ce sentier, il redoutait de glisser sur la corniche enfermée dans la glace. Cependant, la périlleuse escalade à travers les rochers glissants, avec le précipice à ses pieds, lui parut préférable à sa lente progression dans la ravine, dont les hautes parois de pierre assombrissaient le chemin. Il fut obligé d'avancer en pataugeant dans des congères qui lui arrivaient parfois jusqu'à la taille et en contournant péniblement les bosquets de sapins rabougris, enracinés dans les moindres fissures de la roche de cet endroit abrité.

Épuisé, le souffle court, les membres engourdis et douloureux à cause du froid, l'Œil-du-Vent arriva finalement à la jonction avec la piste principale et découvrit, comme il s'y attendait, que ça risquait d'être la pire partie de son ascension.

Les bourrasques de vent giflèrent Chiamh tel un poing géant lorsqu'il quitta l'abri de la ravine pour s'engager sur la piste glacée et presque invisible qui serpentait sur le versant exposé de la montagne. Sur sa gauche, la neige recouvrait la pente escarpée et désolée sur laquelle il n'existait rien, pas même un arbre, pour briser la force du vent. Sur sa droite… L'Œil-du-Vent frémit. Mieux valait ne pas y penser ! En s'égarant trop loin dans cette direction, il risquait de dévaler une autre pente qui, sans être à proprement parler un à-pic, était bien trop escarpée pour arrêter sa chute. S'il glissait à cet endroit, il risquait de faire un plongeon dont la vitesse ne cesserait de croître jusqu'à ce qu'il arrive au bas de la falaise et s'écrase sur les rochers. Pour la première fois depuis qu'il avait eu sa vision, Chiamh commença à nourrir de sérieux doutes sur sa mission. Il n'était pas très sûr que les étrangers vaillent la peine d'affronter tous ces dangers. Néanmoins… Proférant des insanités dans sa barbe, l'Œil-du-Vent enfonça la pointe de son bâton dans la glace et fit un premier pas hésitant sur le chemin périlleux.

Au bout de ce qui lui parut une éternité, la piste escarpée décrivit un virage serré vers la gauche pour contourner un affleurement de roche noire et brisée. Chiamh constata avec soulagement que d'autres rochers commençaient à apparaître de l'autre côté également, le protégeant du précipice sur sa droite. Comme le chemin commençait à se rétrécir, il entendit des voix, portées par le vent depuis le Champ de Pierres.

Louée soit la déesse ! Bien qu'il eût été obligé d'avancer lentement et prudemment sur le chemin glissant, Chiamh était arrivé au Champ de Pierres avant que les gardes chargés d'y amener les prisonniers n'en redescendent. La dernière chose dont il avait besoin, c'était de les croiser sur le chemin du retour, car comment leur expliquer ce qu'il faisait là ? Bénissant le raccourci qui lui avait permis de gagner ce temps précieux, l'Œil-du-Vent se glissa au milieu d'un amas de rochers, sur le côté de la piste. Puis il s'installa pour attendre, en espérant que ces maudits gardes allaient se dépêcher.

Heureusement, l'escorte n'avait aucune intention de rester là jusqu'à l'arrivée des Fantômes. La neige tombait de nouveau et le vent hurlant projetait des rafales de flocons tourbillonnants au visage des guerriers. Chiamh entendit des bruits de pas lorsque les gardes passèrent devant sa cachette. Il les entendit également jurer et marmonner à la manière des soldats lorsqu'ils s'engagèrent sur le dangereux chemin. Leurs lamentations lui parvinrent par-dessus le bruit de la tempête :

— À cause du seigneur de la Horde et de sa maudite loi, c'est nous qui risquons notre peau dans ce blizzard…

— Ouais, et tout ça pour quoi ? Je parie que ces satanés étrangers vont mourir de froid avant l'arrivée des Fantômes…

— Pourquoi on pouvait pas les passer au fil de l'épée sur le plateau, je vous le demande…

— Malgré tout, ce serait dommage de transpercer cette fille, enfin, avec une épée en tout cas ! On aurait pu s'amuser un peu avec elle, s'il avait pas fait aussi froid…

En entendant le ton autoritaire de Galdrus, l'Œil-du-Vent eut bien du mal à réprimer l'espoir que ces imbéciles tomberaient dans le précipice en redescendant. Dès qu'ils furent suffisamment loin, il sortit de sa cachette et s'aventura sur la piste rocailleuse qui conduisait au Champ de Pierres, jusqu'à ce qu'un chapelet d'injures et des cris le poussent à s'immobiliser. Oh, déesse, non, les Fantômes étaient-ils déjà là ? Avec des tremblements qui n'étaient pas seulement dus au froid glacial, Chiamh attendit que les bruits cessent. Puis il continua à avancer, lentement et furtivement cette fois, effrayé de ce qu'il allait découvrir sur le Champ de Pierres.

Parric gisait, impuissant, les bras en croix, en travers de la Pierre de la Mort. L'étreinte glaciale des menottes lui brûlait les poignets et les chevilles. *Par tous les dieux*, songea-t-il, *je ne savais pas qu'il pouvait faire si froid !* Déjà, la neige qui tapissait la pierre et qui avait fondu lors du premier contact avec son corps, avait gelé de nouveau, le collant à la roche. Déjà, tandis que l'effroyable température s'emparait de son être, Parric sentait sa colère contre les Xandims céder la place au désespoir. Pourtant, il aurait préféré la colère. Au moins, la colère lui donnait envie de se battre – mais comment se battre, dans tous les cas, gelé et enchaîné comme il l'était ?

Non loin de là, les autres étaient également attachés à de grandes pierres, comme lui. Sangra se trouvait quelque part derrière lui, hors de vue. Quant à Meiriel, il l'apercevait parfois du coin de l'œil, entre deux bourrasques de neige grise. Le maître de cavalerie ravala un accès de rage. En raison d'un étrange effet secondaire du sortilège que la Mage utilisait pour parler aux Xandims, il avait été capable de comprendre tout ce qu'elle disait et ne doutait pas qu'ils en étaient arrivés là à cause d'elle. Si seulement elle l'avait laissé s'adresser au souverain et lui expliquer qu'ils ne faisaient que passer sur ses terres, qu'ils ne voulaient rien d'autre et qu'ils seraient bientôt repartis ! Parric avait réfléchi à tout ce qu'il voulait dire, mais, au lieu de traduire ses paroles, Meiriel s'était lancée dans une de ces tirades dont les Mages avaient le secret. Sans compter que les Nightrunners les avaient abandonnés dans cet endroit pour la même raison ! L'arrogance de Meiriel allait provoquer leur mort à tous.

Elewin se trouvait à sa droite, le visage gris et le corps immobile. Il ne toussait même plus à présent. Parric redoutait que l'éreintante ascension de la montagne n'ait achevé le vieil homme.

— Comme ce froid nous achèvera bientôt.

Le maître de cavalerie comprit qu'il avait parlé à voix haute en entendant la voix stridente de Meiriel lui répondre depuis le rocher voisin :

— Oh non, stupide Mortel, ce ne sera pas le froid qui vous achèvera. Ce n'est pas pour ça qu'on vous a amenés ici. J'ai entendu les gardes discuter entre eux. Il existe des démons par ici, Parric, de Noirs Fantômes qui hantent cet endroit. Un sacrifice, voilà ce que vous êtes, vous et ces pathétiques Mortels que vous appelez vos amis ! Mais moi, ils ne m'auront pas !

Les chaînes qui emprisonnaient la Mage s'illuminèrent brusquement et brillèrent d'un éclat douloureux avant de tomber en poussière. Meiriel se releva péniblement en chantant victoire, mais le cri de joie de Parric mourut dans sa gorge lorsqu'il la vit tourner le dos à ses anciens compagnons et s'en aller précipitamment le long du col qui menait vers l'autre montagne, ses jupes déchirées battant au vent à la façon d'un épouvantail. En un rien de temps, elle disparut au sein de la tempête de neige.

— J'espère que vous pourrirez en enfer, maudits Mortels… Ils ne m'attraperont pas !

Son cri moqueur flotta sur les ailes du vent et parvint aux oreilles de Parric, qui se débattit violemment dans ses liens en jurant amèrement.

— Revenez, espèce de salope ! cria Sangra.

Puis le silence retomba, à l'exception des gémissements du vent entre les pierres.

Que Chathak la maudisse ! songea le maître de cavalerie. *J'aurais dû m'en douter, venant de Meiriel – c'est une Mage, après tout, et complètement folle par-dessus le marché. Elewin m'avait prévenu dès le début.* Pourtant, cette trahison lui fit l'effet d'une épée enfoncée dans son cœur. D'une certaine façon, cela mit la touche finale à sa peur et à sa misère. Quel imbécile il avait été de venir dans le Sud ! Non seulement il ne retrouverait jamais Aurian, mais en plus il avait entraîné Elewin et Sangra au-devant de la mort. Seul et misérable, Parric ferma les yeux et pleura jusqu'à ce qu'il découvre, horrifié, que ses larmes avaient gelé et qu'il n'arrivait plus à rouvrir ses paupières. *Au moins, je ne verrai pas arriver les Fantômes*, se dit-il avec ironie en se rappelant les paroles de Meiriel. Mais c'était une erreur. Comme il ne pouvait plus voir, son imagination prit le dessus.

Parric commença à entendre des bruits de plus en plus proches, comme le halètement rauque d'un souffle s'échappant d'une mâchoire pourvue de crocs, ou le frottement d'un corps imposant se déplaçant bruyamment parmi les rochers pour venir le dévorer… La créature se rapprochait – elle se rapprochait vraiment ! Parric laissa échapper un gémissement de terreur.

— Dieux tout-puissants, non ! (Puis quelque chose le toucha.) Non ! hurla-t-il en se débattant comme un diable au milieu de ses chaînes.

— Tout va bien, s'empressa de dire une voix dans une langue qui était la sienne sans vraiment l'être pourtant. Je m'appelle Chiamh. Je suis venu vous sauver.

— Espèce d'idiot purulent ! hurla Parric, au bord de l'hystérie. Je vous ai pris pour l'un de ces satanés Fantômes !

— Désolé, fit la voix d'un ton joyeux.

Un air chaud et humide, qui embaumait légèrement les herbes, picota le visage de Parric lorsque Chiamh souffla sur ses paupières pour faire fondre la glace. Le temps d'arriver à ouvrir les yeux, le maître de cavalerie n'avait plus le cœur au bord des lèvres, il avait même suffisamment repris ses esprits pour se sentir gêné de son éclat. Mais toutes ses pensées disparurent à la vue du jeune homme brun au visage rond qui se tenait devant lui. Il s'agissait de l'apparition qui lui avait rendu visite dans le cachot des Xandims, mais il paraissait tout à fait solide et réel cette fois.

Après tout ce qui venait de se passer, Parric avait les nerfs dangereusement à fleur de peau. Le « fantôme » cherchait quelque chose à tâtons sur le sol, comme un malvoyant, mais, pour une raison inconnue, la vue de son visage aimable et stupide ne fit qu'alimenter la colère du maître de cavalerie.

— Qu'est-ce que vous nous voulez, de toute façon ? gronda-t-il sans réfléchir.

Chiamh se leva brusquement et son sourire disparut tel le soleil derrière un nuage. Alors, Parric aperçut une pierre dans la main du jeune homme. Pendant quelques instants, le maître de cavalerie arrêta de respirer.

D'un brusque mouvement du poignet, Chiamh abattit la pierre sur les menottes de Parric. Ce dernier laissa échapper un cri en sentant le bord du fer mordre dans sa chair. Bien qu'il eût trop froid pour éprouver la moindre douleur, il sentit le sang chaud gicler sur sa main et comprit que ça risquait de lui faire un mal de chien par la suite.

— Elles ne sont pas verrouillées, espèce de crétin !

— Oh.

Chiamh ne prit pas la peine de s'excuser. Il s'efforça simplement d'ouvrir la menotte avec la pointe de sa dague, car le coup de pierre avait déformé le loquet.

— Tant mieux, ajouta-t-il lorsque la menotte céda enfin, parce qu'on dirait que les Fantômes nous ont repérés.

— Quoi ?

Lorsque son deuxième poignet fut libre, Parric se redressa brusquement en essayant frénétiquement d'ouvrir les fers qui emprisonnaient ses chevilles. Mais ses doigts gourds refusaient de lui obéir.

— Écartez-vous. (Chiamh repoussa ses mains et ôta rapidement les dernières chaînes.) Restez silencieux, mon ami, ils sont juste derrière vous.

Le maître de cavalerie, en proie à la chair de poule, se retourna pour suivre le regard de l'Œil-du-Vent. Non loin des pierres se tenaient deux de ces fameux Fantômes – non pas des spectres, mais d'énormes félins imposants. Parric déglutit péniblement en voyant la taille de leurs griffes, qui ressemblaient à des cimeterres d'acier, et de leurs grands crocs blancs qu'ils dévoilèrent en entamant un duo de grondements sourds et menaçants. La fourrure noire et brillante de l'un contrastait avec la neige, tandis que l'autre possédait en plus des taches dorées sur sa robe noire. Leurs yeux jaunes et flamboyants semblaient remplis d'une étrange et mystérieuse intelligence. Parric sentit son souffle se bloquer dans sa gorge.

— Vous savez, lui dit Chiamh d'un ton doux et tout à fait banal, je crois que ces félins sont plus que de simples animaux. Espérons, pour notre bien à tous, que j'ai raison.

Puis, sous les yeux horrifiés du maître de cavalerie, il parut devenir complètement fou. Parric, la vue brouillée par la terreur, le vit marcher droit sur les Fantômes en agitant les mains comme s'il nouait un nœud invisible dans l'air. Les deux panthères sursautèrent et écarquillèrent les yeux tandis que leur poil se hérissait. Puis, avec des hurlements à vous glacer le sang, elles s'enfuirent comme si la Mort elle-même était à leurs trousses.

— J'avais raison ! rit Chiamh. Il faut de l'imagination pour avoir peur d'une illusion.

Parric le dévisagea d'un air stupéfait.

— Pourquoi m'avez-vous sauvé ? chuchota-t-il. Que voulez-vous de moi ?

— Il vaudrait mieux poser cette question à la déesse, répondit vivement Chiamh. Car, en ce qui me concerne, je n'en sais rien. Mais Notre Dame des Bêtes a une mission pour vous, et c'est la vision qu'elle m'a envoyée qui m'a conduit jusqu'à vous. (Sa sévérité disparut lorsqu'il passa une épaule sous le bras de Parric pour l'aider à se lever.) Venez, allons libérer vos compagnons.

— Putain, il est bien temps ! s'exclama Sangra d'une voix faible.

Chiamh et Parric échangèrent un sourire en se tournant dans la direction de sa pierre.

— Là, tenez.

D'un haussement d'épaules, le jeune homme se débarrassa de son baluchon et le déplia avant de tendre au maître de cavalerie une flasque qui, à son grand ravissement, contenait une liqueur qui lui brûla la gorge tel un éclair.

— Ah, que c'est bon !

Voyant Chiamh déjà occupé à défaire les chaînes de Sangra, Parric jeta l'une des couvertures du jeune homme en travers de ses épaules et se rendit rapidement auprès d'Elewin.

Le vieil homme ne bougea pas à son approche. Il avait le visage creux et la peau d'un bleu-gris inquiétant. En défaisant ses menottes, Parric s'aperçut qu'Elewin ne respirait plus.

— Ah, dieux, non, marmonna-t-il. Pauvre vieux con. Faire tout ce chemin pour mourir ici.

— Laissez-moi l'examiner.

Chiamh repoussa Parric et pencha sa crinière brune en bataille sur la poitrine du vieil homme. Il écouta pendant une éternité – ce fut du moins l'impression qu'en eut Parric – puis rapprocha son visage de celui d'Elewin.

— Il n'est pas encore tout à fait parti, mais il s'en faut de peu, trop à mon goût. Malgré tout…

Chiamh posa les mains sur la poitrine du vieil homme, puis sur son visage, avant de les soulever de nouveau et de les agiter en une série de gestes fluides. On aurait dit qu'il dessinait des formes invisibles dans l'air, comme il l'avait fait pour chasser les énormes panthères. Sangra, enveloppée dans une couverture, s'approcha avec des larmes dans les yeux, et le maître de cavalerie passa un bras autour d'elle. Hypnotisés, ils regardèrent les mains de Chiamh se déplacer avec fluidité au-dessus du corps du vieil homme, comme s'il l'enveloppait des pieds à la tête dans une espèce de cocon invisible.

Au bout d'un moment, Chiamh leva les yeux, et Parric vit que, en dépit du terrible froid qui régnait sur la montagne, le visage du jeune homme était trempé de sueur. Chiamh s'essuya le front et tendit la main, sans un mot, vers la flasque de liqueur que Sangra tenait encore.

— Ça réussira peut-être à le maintenir en vie suffisamment longtemps, expliqua-t-il en avalant une longue gorgée. Votre ami est vieux, fatigué et très malade, et ce froid a bien failli l'achever. Mais ce que j'ai fait devrait continuer à faire entrer et sortir l'air de ses poumons pour l'instant. Si je peux maintenir sa respiration jusqu'à ce qu'on soit redescendu de la montagne et arrivé chez moi… Eh bien, ma mamie m'a beaucoup appris au sujet des herbes et des soins à donner à un malade. Il se pourrait qu'on arrive à le sauver, après tout. C'est dur de vous demander ça, mais si vous pouviez lui donner vos couvertures…

Parric regarda Sangra d'un air dubitatif. Livide et échevelée, elle tremblait et s'appuyait contre la pierre comme si le peu de forces qui lui restaient suffisaient à peine à la faire tenir debout. Et, pour être honnête, lui-même ne se sentait guère mieux.

— Que la vérole les emporte ! marmonna Sangra. (Elle soupira, ôta sa couverture en haussant les épaules et la tendit à Chiamh.) Allons-y, descendons de cette maudite montagne avant qu'on meure tous de froid !

Tandis qu'ils enveloppaient Elewin, toujours inconscient, en vue de ce nouveau périple, Chiamh leva brusquement les yeux en fronçant les sourcils.

— Qu'est devenue votre autre compagne, la folle ?

Parric se rembrunit et haussa les épaules.

— Oubliez-la, déclara-t-il.

Chiamh ne tarda pas à s'apercevoir qu'il allait être incroyablement difficile de faire descendre le vieil homme de la montagne. Le froid abrutissait ses compagnons, déjà handicapés par leur propre fatigue. À plusieurs reprises, tandis qu'ils suivaient la piste inclinée à travers le champ de neige, le cœur de l'Œil-du-Vent fit un bond dans sa poitrine en voyant l'un des étrangers glisser, manquant de les faire tomber dans le précipice avec leur compagnon évanoui.

Le temps s'étira lentement tandis qu'ils rampaient comme des mouches à travers l'immense étendue blanche, deux des voyageurs cheminant péniblement en portant le corps immobile du vieil homme tandis que le troisième se reposait. Ils fonctionnaient ainsi, à tour de rôle. Heureusement que leur route les emmenait tout droit vers le bas de la montagne. Déjà,

Chiamh ne tarda pas à s'apercevoir qu'il était constamment obligé de se charger d'Elewin, pendant que les deux autres se reposaient sur des périodes de plus en plus longues en suivant difficilement le cortège. Ils ne savaient pas du tout comment se déplacer sur une montagne, et leur imprudence donnait des sueurs froides à l'Œil-du-Vent. Au moins avaient-ils le bon sens de savoir qu'ils ne devaient pas s'arrêter, même si la fatigue creusait le visage de Parric et même si Sangra paraissait prête à s'effondrer. Néanmoins, elle trouva quand même la force de balancer une énorme gifle à Chiamh, ce qui faillit les faire tomber tous les quatre par-dessus le rebord, lorsque l'Œil-du-Vent, voyant que le bout du nez de la jeune femme devenait rose et risquait une possible engelure, lui colla une poignée de neige en pleine figure sans penser à la prévenir au préalable.

Le temps qu'ils arrivent à l'endroit où la piste se coupait en deux et s'enfonçait dans la ravine, une épaisse masse de nuages noirs s'amoncelait au-dessus de la montagne, annonciatrice d'une nouvelle tempête. Lorsque Chiamh s'arrêta, ses compagnons l'imitèrent, tels des pantins dont un dieu joueur aurait finalement coupé les ficelles. Posant le vieil homme dans la neige, ils s'appuyèrent l'un contre l'autre pour ne pas tomber.

Chiamh voyait bien que les deux étrangers étaient à bout de force. Comment arriveraient-ils à porter le vieil homme dans le défilé, où la progression était encore moins aisée ? S'ils ne réussissaient pas à redescendre avant le début de ce nouveau blizzard, ils risquaient d'y rester. Sangra, tremblante, les cheveux épars autour de son visage, lança un regard accusateur à l'Œil-du-Vent et proféra un juron amer.

— C'est encore loin ? chuchota-t-elle.

Chiamh acquiesça. Tous trois se regardèrent alors en silence. Finalement, ce fut Parric qui exprima à voix haute ce que chacun pensait. Il regarda Elewin et se mordit la lèvre.

— Vous êtes sûr de pouvoir le garder en vie jusqu'à ce qu'on arrive à destination ?

— Je le crois. (L'Œil-du-Vent hésita.) Mais si c'est le cas, je ne pourrai pas utiliser mes pouvoirs pour nous protéger de la tempête jusqu'à ce que nous trouvions un abri, ce que j'aurais pu faire autrement.

Le maître de cavalerie contempla de nouveau le vieil homme à ses pieds en refusant de croiser le regard de Sangra.

— Vous êtes sûr de pouvoir le sauver si nous arrivons bel et bien à le descendre de cette montagne ?

Pendant un moment, la confiance de l'Œil-du-Vent vacilla. Parric lui demandait de prendre une décision qui conduisait à la mort du vieil homme d'un côté, et probablement à leur mort à tous les quatre de l'autre. *Est-ce que ça en vaut la peine ?* se surprit-il à penser. *Faut-il vraiment préserver une vie fragile et épuisée au risque que nous mourions tous, ici, sur la montagne ?* Alors, une vision de sa mamie surgit brusquement dans sa tête – et la vieille dame lui lançait un regard extrêmement mécontent ! Chiamh frémit comme si elle l'avait giflé et se redressa de toute sa hauteur.

— Bien sûr que je peux sauver le vieil homme. Nous arriverons à le faire descendre, promit-il avec une assurance qu'il était loin d'éprouver.

Tout en parlant, il déroula la corde qui lui avait servi à l'origine pour attacher son ballot de couvertures.

— Aidez-moi à attacher ça autour de lui, leur demanda-t-il. La pente est très escarpée au fond de la gorge. Si on ne peut pas le porter, on arrivera peut-être à le tirer, comme une luge.

— Soyez pas stupide, mec ! Toutes les secousses finiront par venir à bout de ce pauvre vieux fou, protesta le maître de cavalerie.

Chiamh soupira. Parric avait raison, mais le jeune homme espérait justement éviter l'autre solution. Se transformer devant les étrangers, trahir le secret des Xandims… Sans parler du risque de se casser une jambe parmi ces rochers ! Mais s'il voulait sauver le vieil homme, il n'avait pas le choix.

— Écoutez-moi bien, dit-il à Parric. Ne soyez pas inquiet face à ce que vous allez voir dans quelques instants – je vais me transformer… (Il savait qu'il aurait dû donner une meilleure explication, mais les mots lui restaient en travers de la gorge. Il se hâta donc de poursuivre avant qu'ils ne puissent poser des questions :) Attachez le vieil homme sur mon dos, je l'emmènerai dans la ravine. Quand nous arriverons au bout, détachez-le, car j'aurai besoin de reprendre forme humaine pour la dernière partie de la descente.

Tout en parlant, il n'avait cessé de reculer en essayant de ne pas croiser leurs regards perplexes, de peur qu'ils ne posent des questions difficiles et inopportunes.

— Maintenant, faites ce que je vous dis, tous les deux… Reculez !

Et sur ce, l'Œil-du-Vent se transforma. Les cris de ses compagnons choqués résonnèrent bruyamment à ses oreilles de cheval, et leur odeur d'étranger lui brûla les naseaux. Son corps fut pris de tremblements. *Qu'ai-je fait ?* se demanda-t-il, affolé. Serrant les dents et bronchant violemment, il se dirigea nerveusement vers ses compagnons. Il venait de trahir le secret des Xandims, il ne pouvait plus revenir en arrière, à présent.

Sangra fut la première à récupérer du choc.

— Par les Sept Démons Infernaux ! souffla-t-elle avant de déglutir péniblement. D'accord, ajouta-t-elle sèchement. Allons, Parric, ne reste pas là les bras ballants ! Aide-moi à hisser Elewin et à attacher ces cordes – après tout, les chevaux, ça te connaît, non ?

Pour Chiamh, la descente dans la gorge fut un cauchemar. Il n'était pas habitué à transporter quoi que ce fût sous sa forme animale, et, même si le vieil homme ne pesait rien, il le déséquilibrait, rendant difficile sa progression sur le chemin glissant, surtout qu'il devait également veiller à ce qu'Elewin continuât à respirer. Enfin, sous cette forme, il pouvait sentir la tempête, qui lui donnait des picotements et l'emplissait d'un besoin instinctif et animal de se débarrasser de son fardeau et de s'enfuir. Ils n'avaient pas fait la moitié du chemin au sein du ravin que l'Œil-du-Vent, le regard fou et le corps frissonnant, était trempé de sueur en dépit de la température glaciale.

— Là, chut, tout va bien. On sera bientôt arrivé, lui promit Sangra d'une voix mélodieuse, douce et apaisante.

Une main lui flatta l'encolure et lui caressa les naseaux. Chiamh redressa brusquement la tête et s'ébroua, surpris, mais la voix de la jeune femme l'aidait à se calmer, et ses caresses lui semblaient étonnamment agréables.

— Sangra, bon sang, mais à quoi tu joues ? chuchota violemment Parric de l'autre côté de l'Œil-du-Vent. C'est pas un putain de cheval, tu sais !

Sangra n'en continua pas moins à chercher à apaiser Chiamh.

— Si, pour l'instant, c'en est un.

Chiamh bénit la compréhension dont elle faisait preuve à son égard.

Lorsqu'ils arrivèrent au bas de la gorge et lui enlevèrent son fardeau, il restait à peine assez de force à Chiamh pour retrouver sa forme humaine. Lorsque ce fut fait, il s'effondra dans la neige, tremblant de tous ses membres. Des points blancs dansaient devant ses yeux. Sangra drapa l'une des couvertures d'Elewin autour de ses épaules.

— Vous allez bien ? lui demanda-t-elle, les yeux pleins d'interrogations.

Il acquiesça.

— Merci pour votre aide. Quand je me transforme en cheval, j'ai du mal à réfléchir, expliqua-t-il avec un petit sourire honteux.

Parric secoua la tête.

— C'est le truc le plus incroyable…

Mais l'Œil-du-Vent l'interrompit.

— Nous en parlerons plus tard.

Des flocons de neige commençaient à tourbillonner autour d'eux tandis que le vent se levait de nouveau. Chiamh se remit debout.

— Venez, il faut s'en aller avant que la tempête n'éclate.

Mais en réalité, il ne savait pas du tout comment ils allaient pouvoir accomplir la dernière partie de la descente. À l'aller, lui-même avait déjà bien du mal à négocier la corniche glacée qui menaçait de s'effondrer, alors qu'il y était habitué. Mais pour des étrangers épuisés et inexpérimentés… Chiamh faillit céder sous le poids écrasant du désespoir. Dire qu'il les avait amenés jusque-là…

— *Courage, Œil-du-Vent, car je suis aussi la montagne. Soulève ton fardeau et fais-moi confiance. Je ne te ferai pas défaut.*

— Basileus ! s'écria Chiamh d'un ton joyeux.

De toute évidence, les autres croyaient qu'il avait perdu l'esprit. Seule l'imminence de la tempête réussit à les convaincre de le suivre lorsqu'il leur assura qu'il ne serait pas aussi difficile qu'il y paraissait de s'aventurer sur la corniche. Même avec ces explications, ils n'acceptèrent de le suivre que lorsqu'il souleva Elewin en travers de ses épaules et s'engagea seul sur l'étroit chemin en titubant sous le poids du vieillard. Derrière lui, il entendit les étrangers proférer d'horribles jurons en entamant la dernière descente.

Mais ce fut facile, ainsi que Basileus l'avait promis. On aurait dit que leurs pieds collaient à la pierre de la corniche, comme si une immense main invisible les abritait contre la paroi de la montagne. Le fardeau de Chiamh parut ne plus rien peser lorsque le Moldan déversa sa force en lui pour lui permettre d'accomplir les derniers mètres. Néanmoins, lorsqu'ils arrivèrent enfin aux abords de la flèche de pierre qui marquait la limite de sa vallée, l'Œil-du-Vent s'aperçut qu'il n'avait jamais été aussi heureux de revoir son foyer.

7

LE TOIT DU MONDE

Tandis que les sommets au-delà de la forêt passaient du rose à l'or flamboyant sous l'éclairage du soleil levant, Raven décrivit un virage incliné juste au-dessus du campement en évitant adroitement les arbres. D'en haut, elle disposait d'une excellente vue et constata qu'une grande activité régnait déjà en dépit de l'heure matinale. Yazour et Eliizar dépeçaient deux cerfs près du ruisseau, sous le regard attentif de Shia qui avait sans nul doute joué un rôle enthousiaste dans la capture des bêtes. De son côté, Bohan venait juste de sortir du couvert des arbres avec dans son énorme main les lapins qu'il avait pris au collet. Nereni, qui préparait le petit déjeuner près du feu de camp, leva les yeux et agita la main à l'intention de la jeune Ailée. Celle-ci remarqua, avec une certaine irritation, qu'Aurian et Anvar étaient absents – une fois de plus.

Raven atterrit. Les bourrasques de vent soulevées par ses ailes firent crépiter le feu, qui se mit à rougeoyer. Elle salua chaleureusement Nereni, qui le lui rendit bien, et lui tendit son gibier, deux faisans et un canard sauvage qu'elle avait surpris en train de dormir en amont du ruisseau.

— Où sont les Mages ? demanda-t-elle.

— Probablement à la pêche, à moins qu'ils ne s'occupent des chevaux. (Nereni donna à Raven une tasse de bouillon fumant en échange de ses oiseaux.) Par le Faucheur, je suis heureuse que nous partions demain. Plus tôt je sentirai des murs autour de moi et mieux je me porterai.

— Moi aussi, marmonna Raven en pensant à Harihn.

Comme il lui manquait, depuis qu'il était parti pour la tour ! Cela faisait près d'un mois que, de son côté, elle trimait comme une bête de somme afin de contribuer aux préparatifs de l'éreintante ascension des montagnes. Tout en gardant ostensiblement un œil sur le campement d'Harihn, elle avait aidé à construire les grossiers abris de branchages disséminés autour de la clairière, attrapé des oiseaux pour Nereni et servi d'éclaireur aux chasseurs afin de localiser les cerfs, les sangliers sauvages et les autres gibiers au sein des arbres. Ses mains meurtries et pleines de cals témoignaient du fait qu'elle avait transporté de l'eau et du bois comme si elle n'avait jamais été une princesse, ce qui ne l'avait pas empêchée de trouver encore du temps pour aider Nereni à venir à bout de ses interminables travaux de couture.

Au sortir de la chaleur étouffante du désert, le froid des montagnes posait problème, car les robes qu'ils portaient jusque-là étaient trop minces pour ces terres glaciales, d'autant qu'Harihn avait pris tous les vêtements entreposés à Dhiammara dans le but d'équiper les guerriers du Khisu lors de leurs raids dans le nord. Cependant, les fugitifs avaient eu de la chance. En bordure de la forêt, Bohan avait trouvé les tentes du désert, abandonnées là par le cortège du prince. Nereni, qui avait veillé sur sa boîte à aiguilles comme sur un trésor royal durant toute la traversée du désert, avait donc décidé de fabriquer de nouveaux vêtements à partir du tissu soyeux en le doublant avec la laine des chèvres sauvages, la fourrure des lapins attrapés par Bohan et le duvet des oiseaux de Raven.

Il s'agissait d'un travail fastidieux et pénible, qui occupait la majeure partie du temps de Nereni et le peu de temps libre que Raven parvenait à trouver. Les autres faisaient de leur mieux pour les aider. Bohan, à la surprise générale, faisait des miracles d'adresse et de couture délicate avec des doigts pourtant si épais qu'on ne voyait plus l'aiguille. Aurian, en revanche, avait démontré qu'elle ne savait absolument pas coudre, et, bien qu'elle fût à présent en état d'aider aux travaux manuels du camp, elle arrivait encore à trouver le moyen d'échapper à ces détestables corvées, pour le plus grand dégoût de Raven.

Les chasseurs, y compris Shia, avaient ramené autant de gibier qu'ils avaient pu en trouver. Ils en avaient mangé une partie, heureux de pouvoir se nourrir correctement après les privations du désert. Mais ils avaient fumé et fait sécher la plus grande partie de la viande en prévision du voyage. Même les chevaux avaient été très occupés à chercher de nouvelles pousses d'herbe tendre. Leur état s'améliorait visiblement de jour en jour, mais le temps s'était écoulé aussi rapidement que le débit des ruisseaux de la forêt. Enfin, juste au moment où la frustration de Raven était si grande qu'elle pensait ne plus pouvoir la supporter, les Mages avaient décidé qu'il était temps de partir.

— On doit sûrement en avoir assez maintenant.

Aurian contempla la pile de truites mouchetées qui scintillaient sur la rive et se redressa en grimaçant pour soulager son dos douloureux.

— C'est toujours mieux que la couture, n'est-ce pas ? plaisanta Anvar.

Aurian fit une deuxième grimace.

— Tout vaut mieux que la couture !

— Non, tout vaut mieux que ta couture à toi, pouffa Anvar. Non seulement ça a un effet terrible sur ton humeur, mais en plus je me suis dit que tes vêtements risquaient de tomber en pièces au beau milieu des montagnes.

— Parce que tu pourrais faire mieux ? rétorqua Aurian.

— Non. Nous, les Mages, nous possédons de nombreux talents, mais les travaux d'aiguille n'en font visiblement pas partie. Je ne sais pas pourquoi.

Aurian avait réussi à échapper à cette couture tant redoutée en se chargeant de la pêche, et c'était ainsi qu'Anvar avait finalement réussi à maîtriser l'art d'attraper une truite à mains nues, non pas en mer, mais dans les ruisseaux glacés de la forêt, avec Aurian pour mentor. Forral lui avait appris cette technique longtemps auparavant, dans le lac d'Eilin, ce qui ne manquait pas de déchirer le cœur d'Aurian lorsqu'elle se revoyait, plus jeune, gamine maigrichonne et échevelée, debout dans les eaux immobiles du lac qui lui arrivaient jusqu'au coude et s'efforçant de copier les moindres gestes du bretteur, les yeux remplis d'adoration, le visage illuminé par l'excitation. Ah, comme elle avait vécu des jours heureux à cette époque ! À présent, elle était adulte et avait bu jusqu'à la lie la coupe amère du chagrin et des épreuves. Une autre tête, blonde et non pas brune, se rapprochait de la sienne lorsqu'elle contemplait les ruisseaux ambrés de la forêt. Souvent, les yeux bleus étincelants d'Anvar se détachaient de l'eau pour la dévisager, le regard empreint de désir.

Pour le moment, le jeune homme, assis sur la rive, nettoyait les poissons avec efficacité et rapidité.

— Est-ce que tu viens avec nous ce soir ? lui demanda-t-il sur le ton de la conversation tandis qu'elle entassait leurs prises dans les paniers tissés par Nereni.

Aurian savait que cette question, loin d'être aussi banale qu'il le faisait croire, risquait de provoquer une nouvelle dispute, ce qui ne se produisait que trop fréquemment entre eux ces derniers temps. Depuis qu'ils avaient échappé au désert, l'attitude protectrice d'Anvar commençait à lui taper sur les nerfs. Mais Aurian savait qu'il existait à présent des limites à ce qu'elle était capable de faire.

— Comment ? s'exclama-t-elle d'un ton scandalisé. Tu veux que je m'en aille voler des chevaux ? Dans la forêt, au milieu de la nuit, dans mon état ? (Elle sourit en voyant le soulagement se peindre brièvement sur le visage du jeune homme.) Ah, je t'ai eu !

— Misérable !

Il lança un poisson dans sa direction, mais Aurian rattrapa la créature glissante avant qu'elle ne la touche.

— Dis donc ! protesta-t-elle. Nous sommes censés les manger, pas jouer avec. En fait, ajouta-t-elle en revenant au sujet de départ, j'espère que, quand vous quitterez le campement ce soir, je serai déjà endormie, alors évitez de faire du bruit.

— Ça, j'attends de voir, se moqua Anvar. Vraiment, tu es sincère, Aurian ? Ça ne te dérange pas ?

La Mage le regarda d'un air grave.

— Anvar, bien sûr que ça me dérange, plus que je ne saurais le dire. Mais à quoi vous servirais-je ? Je ne peux plus me déplacer rapidement et j'aurais bien du mal à me battre. Mais si c'était un piège ? Y as-tu songé ? Franchement, je ne comprends pas pourquoi Harihn et les siens restent ici aussi longtemps. Et je suis stupéfaite qu'ils ne nous aient pas trouvés.

Anvar secoua la tête.

— Comment pourrait-il s'agir d'un piège ? Ils ne savent pas qu'on va leur voler des chevaux, et puis Raven et Shia gardent notre campement, aucun Khazalim n'aurait pu s'en approcher suffisamment pour nous espionner. Si tu veux mon avis, je ne pense pas que le prince soit encore là.

— Pardon ? fit Aurian, tombant des nues.

— C'est vrai, penses-y. Raven n'avait pas la moindre idée du nombre de personnes qu'Harihn a emmenées avec lui, mais, quand Shia s'est rendue près de leur camp, elle a découvert que la moitié du groupe n'était plus là, et plus particulièrement les soldats. Tu sais à quel point Harihn peut se montrer insensible, rappelle-toi comment il nous a abandonnés. Je crois donc qu'il est parti avec ses soldats et qu'il a abandonné les civils parce qu'ils risquaient de le retarder dans la traversée des montagnes. Si ces gens essayent de s'installer ici, ça expliquerait pourquoi ils chassent et rassemblent des provisions, et pourquoi ils n'explorent pas le terrain.

— Dieux tout-puissants, je n'y avais même pas songé, reconnut Aurian en fronçant les sourcils. C'est vrai que ça ressemblerait bien à Harihn, un coup pareil. Si tu as raison, ça devrait faciliter l'expédition de cette nuit. Malgré tout… (Elle se pencha vers le jeune homme et lui posa la main sur le bras.) Anvar, pour l'amour du ciel, sois prudent.

— Bien sûr.

Il tendit les bras pour la serrer contre lui. Mais Aurian, avec un sourire malicieux, laissa tomber dans le dos de son compagnon le poisson qu'elle gardait justement en réserve pour un instant comme celui-là.

— *Shia, tu es prête ?*

Anvar jeta un coup d'œil entre les fourrés en direction des silhouettes obscures qui broutaient tranquillement dans la clairière sans se douter de rien.

— *Avec quelle rapidité crois-tu que je puisse bouger dans cet enchevêtrement ?* lui répondit Shia d'une voix sévère. *Tiens-tu vraiment à ce que j'effraie tellement ces stupides créatures au point qu'elles s'enfuient jusqu'au désert ?* (Il y eut quelques instants de silence, puis la panthère reprit :) *Je suis en position, à présent. Est-ce que tu les vois ?*

— *Ils sont juste en face de moi. Et toi, tu vois un garde de ton côté ?*

Parce que Anvar possédait la vision nocturne des Mages, il avait été choisi pour infiltrer le camp des Khazalims avec Shia et voler leurs montures.

— *Seulement un, exactement à l'endroit indiqué par Raven*, expliqua la panthère. *Cet imbécile dort à poings fermés !*

— *Parfait !* (Anvar sourit.) *Vas-y doucement, pour que les chevaux ne paniquent pas. On ne tient pas à le réveiller.*

— *Je sais, je sais !*

Anvar attendit dans les buissons. Quelque part de l'autre côté de la clairière, Shia devait être en train de s'approcher furtivement des bêtes des Khazalims. Elle se trouvait dans le vent par rapport à eux, si bien qu'à tout moment… L'un des chevaux leva la tête et broncha en repérant l'odeur du prédateur. Entravés comme ils l'étaient, ils ne pouvaient s'enfuir. Mais la sensation de malaise se répandit d'un animal à l'autre. Serrés les uns contre les autres, ils commencèrent à s'éloigner du danger. Ils sortirent de la clairière, loin du garde endormi, tout droit dans les bras d'Anvar qui les attendait avec un immense sourire.

— Venez, mes beautés, leur dit doucement le Mage en glissant une corde autour du cou du cheval de tête.

En temps ordinaire, les bêtes auraient eu tendance à avoir peur d'un étranger. Mais avec une panthère en vadrouille dans la forêt, les chevaux savaient que l'humain représentait pour eux une protection. Anvar siffla doucement et Yazour, Eliizar et Bohan surgirent du sous-bois pour l'aider. Coupant les entraves de quatre montures, ils les emmenèrent à travers la forêt pour rejoindre leur camp, où toutes leurs affaires avaient été empaquetées en vue du départ qui aurait lieu à l'aube, avant que les Khazalims ne découvrent la disparition de leurs chevaux.

Anvar ouvrait la marche, car il voyait mieux que les autres dans l'obscurité. Il veilla à choisir le meilleur chemin à travers le sous-bois très dense tout en réfléchissant, conscient d'un certain soulagement en lui du fait qu'il avait été si facile de dérober les montures. Cependant, un soupçon ne cessait de le tracasser. Certes, ça avait été facile – trop même ! *Bon sang, mais que se passe-t-il ?* se demanda Anvar. Tout bien réfléchi, il était content de pouvoir enfin quitter cette forêt.

Tandis que les chevaux suivaient le sentier de chèvres tortueux dans la pénombre tachetée de lumière qui régnait sous les arbres, Aurian regarda autour d'elle pour dire adieu à l'endroit qui lui avait servi de refuge pendant près d'un mois. Ironiquement, la Mage avait du mal à quitter la protection de la forêt, maintenant que l'heure du départ avait sonné. Cependant, ça n'avait rien à voir avec la beauté de l'endroit. Elle était tout simplement terrifiée.

Depuis que ses pouvoirs l'avaient désertée, Aurian se sentait vulnérable au point que ça la paralysait. Après des mois de fuite et de combats, son corps l'avait trahie, l'obligeant à marquer une pause dans sa lutte. Mais ses peurs ressurgissaient quand elle dormait, emplissant ses rêves de Spectres cauchemardesques, d'horribles visions des méfaits de Miathan à Nexis et des souffrances du peuple de Raven, les Ailés, si bien qu'elle se réveillait toutes les nuits, tremblante et trempée de sueur. La Mage était déchirée entre le besoin de poursuivre sa quête et celui de rester en sécurité dans la forêt jusqu'à la naissance de son fils. À présent qu'elle percevait les pensées de l'enfant, celui-ci était enfin devenu réalité pour elle, et elle se surprenait à l'aimer avec un instinct de protection farouche qui lui coupait le souffle. Elle était même incapable de se confier à Anvar qui, comme le reste de ses compagnons, ne savait pas qu'elle avait livré un terrible combat intérieur pour trouver le courage de quitter la forêt. Elle ne voulait pas reconnaître, même en son for intérieur, que sa peur et son indécision provenaient de la perte de sa magie.

Cependant, Aurian ne pouvait plus tergiverser, à présent. Il devenait vital qu'elle continue à lutter contre l'Archimage, et se rendre dans la tour mentionnée par Raven, c'était comme faire un pas dans cette direction. Quel autre choix lui restait-il ? Anvar et elle étaient obligés de remonter vers le nord. La Mage était ravie que la proximité du camp khazalim dans la forêt l'ait forcée à prendre cette décision, mais, par Chathak, elle n'avait guère envie d'entreprendre ce voyage !

Toute la journée, les compagnons suivirent une trajectoire quelque peu biscornue à travers la forêt et ils entamèrent l'ascension par le biais des sentiers qui zébraient les pentes de plus en plus rocailleuses. En début de soirée, ils atteignirent l'orée des arbres. En contemplant l'étendue désolée de rochers qui recouvraient les contreforts des montagnes hostiles, les voyageurs décidèrent de passer une dernière nuit à l'abri de la forêt. Déjà, l'air se faisait plus froid, si bien qu'ils se rassemblèrent volontiers autour d'un bon feu de joie, au-dessus duquel ils firent rôtir le lapin et le faisan qui dataient de la chasse de la veille, tandis que Shia dévorait en quelques coups de mâchoire un quartier de viande.

Après le dîner, Aurian proposa de prendre le premier quart, redoutant, si elle dormait, de voir revenir ses mauvais rêves. Son épée dans une main, elle s'assit près du feu et regarda danser les flammes qui projetaient des ombres rougeoyantes sur l'écorce des sapins. Elle se demanda comment allaient les amis et les ennemis qu'elle avait laissés à Nexis. Depuis qu'elle avait rêvé d'Eliseth, elle nourrissait certains doutes, et la vue de la neige qui continuait à recouvrir les lointains sommets ne faisait qu'ajouter à son malaise. Si Eliseth était bien morte, l'hiver aurait dû battre en retraite, non ? Au-delà du cercle réconfortant de la lumière du feu, elle pouvait sentir la présence imposante des montagnes, comme si ces dernières la couvraient d'un regard inamical. Comme si elles l'attendaient.

Au fur et à mesure que les Mages et leurs compagnons grimpaient à travers la succession de vallées conduisant aux cols de montagne, leur progression devint de plus en plus difficile alors même que le froid mordant ne cessait de s'intensifier. Le paysage nu et rocailleux, encadré de falaises déchiquetées et d'à-pics infranchissables, semblait profondément sinistre, même s'il leur arrivait parfois de tomber sur une vallée verdoyante, protégée des lamentations incessantes du vent par un caprice de la roche. Les voyageurs s'arrêtaient volontiers pour se reposer dans ces refuges, donnant aux chevaux la possibilité de brouter l'herbe et s'offrant par la même occasion un répit, une chance d'échapper au sentiment de désolation qui se dégageait du paysage. Mais plus ils montaient et plus le gel recouvrait le chemin d'une pellicule blanche glissante qui faisait trébucher les chevaux et les obligeait à adopter une allure d'escargot. Ils redoutaient pardessus tout que l'un d'eux ne subisse une chute sérieuse. Bohan se luxa une épaule lorsque sa monture s'effondra, mais, par miracle, la bête s'en sortit sans boiter. Souvent, ils se retrouvèrent obligés de grimper à pied en menant les animaux par la bride, un exploit éreintant qui laissait chacun épuisé, découragé et de mauvaise humeur à la fin de chaque journée de marche dans le froid glacial.

La fatigue se faisait sentir chez tout le monde. Ils rationnaient la nourriture, à la fois pour les chevaux et pour eux-mêmes, et n'en avaient jamais assez pour se rassasier et reprendre suffisamment de forces pour affronter les marches forcées et la terrible température. Tout ce petit monde commençait à être sur les nerfs, et même le gentil Bohan se renfrognait de plus en plus souvent. Il ne cachait plus l'antipathie que lui inspirait Raven, mais, sans la parole, ne pouvait en expliquer la raison à ses compagnons. Anvar, de son côté, s'inquiétait énormément pour Aurian. De jour en jour, elle devenait de plus en plus maigre et ses joues de plus en plus creuses, car le bébé lui prenait toute sa nourriture pour grandir, laissant sa mère tout en ventre et en os. N'ayant même plus l'énergie de parler, Aurian ne refusait plus l'aide du Mage désormais, tandis qu'elle se forçait à avancer, pas après pas, en s'appuyant sur le Bâton de la Terre qu'elle serrait entre ses doigts gourds et enveloppés de chiffons. La nuit, elle ne cessait de trembler, même si Bohan et Shia s'allongeaient près d'elle pendant qu'Anvar la serrait contre lui pour lui communiquer sa chaleur. La frustration du jeune homme ne cessait de croître, car il n'arrivait pas à trouver un moyen d'apaiser ses souffrances. Il aurait aimé, de tout son cœur, pouvoir mettre fin au tourment que Miathan infligeait à sa bien-aimée et à tant d'autres malheureux.

Tandis que les journées se succédaient et que les compagnons poursuivaient leur ascension dans la misère et le froid, cette idée ne cessa de revenir hanter Anvar. Pourquoi Aurian devrait-elle risquer sa vie et celle de son enfant ? Il possédait ses propres pouvoirs à présent, et la Mage lui avait fait subir un entraînement intensif avant de perdre les siens. Peut-être pourrait-il trouver un moyen de combattre Miathan tout seul ? S'il s'était confié à Aurian, elle l'aurait convaincu d'oublier cette idée courageuse mais stupide, car sans les Artefacts manquants, tous deux ne faisaient guère le poids face au Chaudron et risquaient de déclencher une guerre entre deux puissances égales susceptibles de détruire le monde. Mais Anvar garda ces pensées pour lui, et l'idée ne le quitta pas, rongeant son esprit tel un ulcère. Il était convaincu d'avoir trouvé le moyen d'expier auprès d'Aurian le rôle qu'il avait joué dans la mort de Forral.

Les compagnons voyageaient depuis une vingtaine de jours déjà quand le blizzard éclata. Toute la matinée, pendant qu'ils menaient par la bride leurs montures qui semblaient étrangement énervées, Aurian avait senti des flocons dans le vent, comme de minuscules grains durs qui piquaient ses mains et son visage déjà gercés et s'amoncelaient sans fondre dans les moindres crevasses entre les rochers. Le ciel devint noir et lourd comme si les nuages leur tombaient dessus. Le vent ne cessait de s'intensifier, et Raven, qui volait devant eux, atterrit brusquement à côté des Mages épuisés.

— Je crois qu'on devrait faire demi-tour. Il n'y a pas d'abri devant nous, nous approchons du sommet de la crête, et la situation n'a pas l'air brillante, là-haut.

Aurian proféra un juron. Tout autour d'eux, le paysage n'était qu'éboulis et terrain nu, et ça durait comme ça depuis des kilomètres.

— Même en faisant demi-tour, nous ne trouverons pas d'abri, dit-elle.

Tous échangèrent un regard, réticents à l'idée de parcourir en sens inverse une distance qu'ils avaient eu tant de mal à franchir. Mais avant même qu'ils ne puissent prendre une décision, l'air se remplit de gros flocons blancs qui les assaillirent avec une soudaineté choquante. La neige était si épaisse qu'ils se retrouvèrent isolés les uns des autres en ayant du mal à respirer.

— Restez où vous êtes ! s'écria Yazour.

Aurian agrippa la manche d'Anvar à l'aveuglette et sentit la main du jeune homme serrer fortement la sienne tandis que la grosse paluche de Bohan lui empoignait l'épaule. La Mage se prit à espérer que leurs autres compagnons avaient également réussi à se localiser les uns les autres au moyen du toucher.

La voix d'Eliizar se fit entendre par-dessus les hurlements du vent qui ne cessaient de s'intensifier.

— Restez groupés ! Attachez les chevaux en cercle et glissez-vous à l'intérieur.

Aveuglés comme ils l'étaient, ils eurent du mal à suivre son conseil, d'autant qu'ils avaient les mains engourdies par le froid et que les chevaux effrayés ne se laissaient pas faire. Après quelques tâtonnements, tandis que la neige s'accumulait autour d'eux, ils se retrouvèrent blottis au sein de l'abri minimaliste qu'offraient les bêtes réunies en cercle. Ils tendirent les mains pour compter si tout le monde était bien là et n'osèrent pas s'asseoir de peur de ne jamais se relever.

Ils restèrent ainsi, accrochés les uns aux autres pour mieux partager leur chaleur, qui ne manqua pourtant pas de s'évaporer rapidement à cause de l'impitoyable vent. Aurian avait perdu depuis longtemps toute sensation dans ses pieds gelés, et le froid s'insinuait à présent dans tout le reste de son corps engourdi, lui donnant envie de somnoler. Cela lui fit penser à son enfance, lorsqu'elle était partie à la recherche de Forral au cœur de la tempête de neige… Elle s'était réveillée dans la cuisine chaleureuse et lumineuse de sa mère, au sein de la tour, sur le lac, avec le visage angoissé du bretteur au-dessus du sien…

— Aurian, réveille-toi ! fit la voix d'Anvar.

Le rêve de la Mage fondit comme neige au soleil – ô, dieux tout-puissants, la neige ! Aurian ouvrit les yeux avec difficulté et se redressa en remarquant qu'Anvar la secouait.

— Dieux merci, tu vas bien ! Tu t'es endormie, espèce d'idiote ! Si je ne t'avais pas sentie tomber…

Aurian gémit.

— Je faisais un rêve merveilleux…

— J'espère, répliqua Anvar d'un air sombre, parce que ça a bien failli être le dernier.

Pour la première fois, la Mage remarqua, en dépit de ses idées embrouillées, qu'elle entendait tout à fait clairement la voix d'Anvar. Le vent était tombé. Les chutes de neige se poursuivaient, mais plus doucement à présent, et Aurian pouvait distinguer son environnement sur quelques mètres à la ronde. Non pas qu'il y eût grand-chose à voir… Seulement de la neige, encore et toujours, ainsi que ses compagnons, tellement recouverts de ces terribles flocons qu'elle avait du mal à les distinguer de la blancheur du paysage.

Raven paraissait la plus alerte du groupe, grâce à la résistance naturelle qu'avait développée sa race contre le froid.

— Nous ne devrions plus être très loin de la tour, à présent. Si vous voulez bien attendre, je vais m'envoler pour aller jeter un coup d'œil.

Nereni soupira.

— Si seulement nous pouvions faire du feu ! Nous aurions tous bien besoin d'avaler quelque chose de chaud.

Mais ça ne resterait qu'un souhait, car ils avaient épuisé leurs maigres provisions de petit bois ramassé dans la dernière vallée qu'ils avaient traversée quelques jours auparavant. Cependant, les compagnons n'eurent pas longtemps à attendre avant de voir revenir Raven.

— C'est bien ce que je pensais, leur dit-elle. La tour se situe à l'autre bout de la prochaine vallée. Nous devrions pouvoir l'atteindre avant la tombée de la nuit, sauf que… (Son visage se rembrunit.) Pour vous qui n'avez pas d'ailes, il risque d'y avoir un problème.

Sombres et silencieux, les voyageurs encouragèrent leurs montures épuisées et frigorifiées à grimper jusqu'au sommet de la crête en dépit de la neige qui leur arrivait jusqu'au poitrail. Cependant, plus ils montèrent et plus leur progression devint aisée, car le vent avait balayé la neige qui ne formait plus qu'une fine pellicule sur les rochers noirs. En arrivant sur la crête, les compagnons marquèrent une pause pour prendre le temps de contempler la prochaine étape de leur périple. En contrebas, le chemin s'ouvrait sur une vaste vallée engorgée de neige dans laquelle poussaient des sapins tordus comme des vieillards. Ployant sous leur fardeau hivernal, ils se détachaient tels de sombres bouquets sur la blancheur pure des flocons. Au-dessus d'eux, oppressants de par leur taille imposante, des pics semblables à des crocs déchiquetés se pressaient les uns contre les autres comme s'ils se disputaient le droit d'attaquer en premier leurs chétives victimes humaines.

La Mage sentit son cœur sombrer en contemplant l'étendue qu'il leur restait à parcourir. Maintenant qu'elle avait atteint le sommet, elle ne voyait que trop bien la situation que Raven avait qualifiée de problématique – et ce n'était pas peu dire. Le col qui devait leur permettre d'accéder à la vallée était bloqué par la neige.

— Exactement ce dont nous avions besoin, soupira-t-elle. Comment allons-nous réussir à nous creuser un passage à travers ces congères ?

Shia, qui était née et avait grandi dans les montagnes, contempla le col en question.

— Le chemin semble très escarpé. Une avalanche pourrait peut-être dégager le passage, du moins suffisamment pour nous permettre de descendre. Si seulement nous pouvions en déclencher une…

— Une quoi ? demanda Anvar en s'accroupissant à côté d'elle, ses mains froides enfouies sous sa cape.

La panthère lui parla alors de ces grandes plaques de neige qui dégringolaient parfois dans les montagnes en broyant tout sur leur passage. Le Mage fronça les sourcils en regardant le col.

— Tu crois qu'il serait possible d'en déclencher une ?

— Sans doute. (Shia marqua une pause.) *Tant que tu es prêt à sacrifier celui qui la déclenche, car le risque d'être emporté par la neige est extrêmement élevé.*

— *Oh.*

Anvar se rembrunit, déçu, mais les paroles de la panthère avaient fait réfléchir Aurian.

— Anvar, tu crois qu'on pourrait déclencher une avalanche grâce au Bâton de la Terre ?

Il se tourna vers sa compagne d'un air excité.

— Aurian, tu es brillante ! Mais... ça ne te dérange pas de me le prêter de nouveau ?

Aurian haussa les épaules.

— Si j'ai le choix entre ça et me geler le derrière au sommet de cette maudite montagne, alors la question ne se pose même pas. Mais Anvar, sois prudent, pour l'amour du ciel. Le Bâton est tellement puissant qu'il a tendance à prendre le dessus, et Shia vient juste de nous dire à quel point c'est dangereux, une avalanche. Réfléchis bien à ce que tu vas faire avant d'entreprendre quoi que ce soit, et...

— Je sais, je sais ! (Il lui sourit.) Ne t'inquiète pas, Aurian. Tout ira bien.

La Mage sortit le Bâton de sa ceinture et le tendit à Anvar. Ce faisant, elle fut assaillie par le doute. Les circonstances différaient de la première fois où il avait utilisé le Bâton au cours de la bataille dans le désert. Ce jour-là, il s'était battu pour rester en vie et avait eu la main d'Aurian pour le guider et contrôler un peu de cette incroyable énergie. *Moi et mes brillantes idées*, songea Aurian. Pendant un instant d'angoisse, elle vit en Anvar ce qu'il avait dû voir en elle lorsqu'elle avait commencé à porter le Bâton. Il lui parut soudain plus grand, le corps auréolé d'une aura de puissance. Ses yeux brûlaient d'un feu couleur saphir lorsqu'il se dirigea vers l'entrée du col, à l'endroit où la neige commençait à s'accumuler au bord du chemin qui descendait vers le fond de la vallée.

— Reste en arrière, lui conseilla-t-il gaiement.

Aurian proféra un juron tout bas. Elle savait ce qu'il ressentait, elle aussi avait connu cette même euphorie en tenant le Bâton pour la première fois. Par-dessus l'épaule du jeune homme, elle constata que son sortilège commençait déjà à faire effet. Un réseau de lignes vertes et luisantes serpentait à présent à travers la neige jusqu'à l'autre bout du col. Mais Shia avait dit qu'il suffisait de déloger un peu de neige tout en haut.

— Anvar, non, ne fais pas ça ! s'écria Aurian.

Les lignes de force s'illuminèrent brusquement d'un éclat émeraude aveuglant. Dans un grondement qui ne tarda pas à devenir un rugissement assourdissant, la neige commença à dévaler l'étroit défilé sous forme d'une vague inexorable broyant tout sur son passage tandis que le sol tremblait et se soulevait. De grands nuages de cristaux blancs poudreux s'élevèrent dans les airs, et la plaque de neige sur laquelle se tenait Anvar commença à bouger avant de glisser vers l'avant et de passer par-dessus le rebord de la crête. Le Mage, affolé, battit des bras pour tenter de reprendre l'équilibre puis poussa un cri vibrant de désespoir avant de disparaître.

8

LA TOUR D'INCONDOR

Le sol tremblait, et les voyageurs avaient les oreilles bourdonnantes à cause du rugissement de l'avalanche qui leur semblait de plus en plus lointain. La neige, projetée très haut dans les airs, retomba sur eux sous forme d'éclaboussures. Raven s'envola aussitôt tel un oiseau effrayé. Les chevaux terrifiés se cabrèrent et tentèrent d'arracher leurs rênes des mains de l'eunuque. L'un d'eux réussit à se libérer et s'élança avant de disparaître par-dessus le rebord de la coulée. Ses hennissements s'interrompirent brusquement dans un bruit écœurant. Bohan et Nereni tombèrent à terre sous les sabots des bêtes affolées, mais Aurian s'efforça de conserver son équilibre en s'accrochant farouchement à la bride de sa monture rebelle. Puis, miraculeusement, le monde commença à se stabiliser de nouveau autour d'elle.

— Anvar !

Malade d'angoisse, Aurian s'efforça de s'approcher du bord, mais des mains la retinrent. Après s'être débattue avec l'énergie du désespoir, elle s'aperçut que Yazour et Eliizar la tenaient par les bras.

— Aurian, attends ! s'exclama le jeune guerrier d'une voix pressante. On ne veut pas te perdre toi aussi !

Lorsque les derniers échos de l'avalanche se turent, Aurian, les poings crispés contre la bouche, s'avança en compagnie de Yazour et d'Eliizar pour contempler le col. Des nuages cristallins de poudre de glace restaient en suspension dans l'air, comme une espèce de brume argentée au-dessus de la coulée de neige, dissimulant ce qui se trouvait en dessous. Raven atterrit à côté d'eux. L'air sinistre, elle semblait avoir perdu tout son entrain.

— Il faut attendre jusqu'à ce que la couche de neige soit stabilisée. Je ne vois rien là en bas.

Aurian proféra un juron.

— Tu attends si tu veux, mais moi, j'y vais.

— *Non, laisse-moi descendre la première, je peux me déplacer plus vite que toi sur cette surface glissante*, lui dit la voix de Shia. *Suis-moi, mais fais attention, mon amie. Nous ne voulons pas assister à une autre chute aujourd'hui.*

Sur ce, la grande panthère s'élança.

Derrière la Mage, Bohan et Nereni se relevèrent. À l'exception d'une ou deux ecchymoses, l'eunuque semblait indemne et s'en alla en boitillant rassembler les rênes des chevaux. Mais Nereni était tellement secouée qu'Eliizar fut obligé de l'aider à se relever. Elle avait le visage strié de larmes et le front qui saignait à l'endroit où un sabot l'avait frappée. Aurian, tétanisée par la disparition d'Anvar – elle se refusait à appeler ça autrement – se surprit à penser que la malheureuse avait de la chance d'être encore en vie. Sur ce, la Mage tourna de nouveau ses pensées vers Anvar.

En haut du col, la piste rocailleuse n'était pratiquement plus recouverte de neige. L'avalanche avait tassé ce qui restait sous forme de plaques qui ressemblaient à du verre. Aurian éprouva un frisson de terreur. Par réflexe, elle porta la main à sa ceinture pour y prendre le Bâton de la Terre afin de s'appuyer dessus. Alors, elle se figea, les yeux écarquillés d'horreur. Dieux tout-puissants, et si le Bâton était de nouveau perdu ? Jetant la prudence par-dessus les moulins, elle s'élança dans la descente.

Heureusement, Yazour la rattrapa avant qu'elle n'ait fait plus d'un pas ou deux. Même ainsi, elle faillit bien se retrouver au bas du défilé, car le guerrier attrapa son bras au moment où elle perdait l'équilibre.

— Fais attention ! la réprimanda-t-il avant de lui tendre l'un des robustes bâtons de marche taillés par Bohan avant qu'ils ne quittent la forêt. Tu aurais dû attendre.

— Mais..., protesta Aurian.

Le guerrier la fit taire.

— Je sais, lui dit-il avec tristesse. Nous n'avons pas le choix, cependant. Nous devons descendre doucement si nous voulons arriver en bas du col en un seul morceau.

Bien qu'Aurian fût malade de peur au sujet d'Anvar, sans parler du sort du Bâton, il lui était impossible de descendre rapidement le col. La visibilité était quasi nulle entre le lourd ciel gris et les parois escarpées qui enserraient la piste glissante comme du verre. Il lui fallait tester le sol à chaque pas avant de pouvoir s'y appuyer. Enfin, pour compliquer plus encore les choses, elle se sentait continuellement déséquilibrée par le poids de l'enfant qu'elle portait.

À mi-chemin, ils retrouvèrent le cadavre du malheureux cheval gisant brisé et ensanglanté à côté de la piste, le cou et les membres formant des angles improbables. Aurian détourna le visage, la gorge et les dents serrées, incapable de s'empêcher de penser à Anvar. La main de Yazour se resserra sur son bras. Aurian comprit en voyant son visage pâle et sinistre qu'il partageait ses pensées.

— Peut-être devrions-nous attendre les autres ? lui dit-il d'un air hésitant.

La Mage secoua la tête.

— Il ne sert à rien de retarder l'inévitable.

Ce fut en cet instant, au plus fort de son désespoir, qu'Aurian entendit la voix de Shia envahir son esprit :

— *Anvar est vivant !*

Fort heureusement, l'avalanche était terminée, car Aurian laissa éclater sa joie, ce qui lui fit de nouveau perdre l'équilibre. Yazour la rattrapa et ils glissèrent ensemble sur plusieurs mètres avant de s'arrêter de façon incertaine le long de la paroi rocheuse du défilé. Le guerrier laissa échapper un chapelet d'insanités, mais Aurian le serra contre elle.

— Il va bien, Yazour ! Shia dit qu'il va bien !

Brusquement, Yazour s'arrêta de jurer.

— Ah, vous les sorciers ! Par le Faucheur, comment a-t-il réussi un exploit pareil ?

Anvar se posait à peu près la même question. Au bord de l'inconscience, il gisait étendu dans un tas de neige au bas de la piste. Shia l'examina avec angoisse en lui donnant de petits coups à l'aide de son grand museau noir.

— *Rien de cassé ?* lui demanda-t-elle d'une voix dure.

— *Je ne crois pas... Je peux bouger mes bras et mes jambes...*

— *Dans ce cas, je te suggère de les bouger avant que tu ne gèles !*

Anvar gémit. Il s'était accroché de toutes ses forces au Bâton durant sa longue et terrifiante chute et il s'en servit pour relever son corps douloureux. Shia, le voyant trébucher, s'avança aussitôt pour le soutenir de sa masse imposante.

— *Idiot !* gronda-t-elle. *Aurian t'avait prévenu de rester en arrière !*

Par-dessus son épaule, elle lui lança un regard flamboyant. Le Mage enfouit ses mains dans l'épaisse fourrure de la panthère et lui adressa un sourire penaud. Mais la voix de Shia ne possédait pas l'accent mordant de la véritable colère. Elle se montrait dure à cause du choc qu'elle avait reçu en le voyant disparaître, mais Anvar savait qu'elle se réjouissait de le voir en vie et entier. Cependant, la tête lui tournait encore, si bien qu'il fut obligé de s'asseoir brusquement dans la neige en serrant la panthère, et pas seulement pour sa chaleur.

— *Moi aussi, je suis content de te revoir*, lui dit-il avec sincérité.

Il fut plus heureux encore de voir apparaître Aurian en compagnie de Yazour dont le visage s'illumina d'un sourire de soulagement en le voyant. Le guerrier donna une tape sur l'épaule d'Anvar, faisant tressaillir ce dernier. Puis il fit preuve de tact en remontant aider Eliizar qui s'occupait de faire descendre les chevaux. Les deux Mages restèrent seuls avec Shia. Aurian paraissait misérable, livide et l'air sinistre. Anvar se prépara à faire face à sa fureur tempétueuse, certain qu'il la méritait cette fois-ci.

— Je suis désolé, lui dit-il. Tu m'avais prévenu et j'aurais dû t'écouter.

La Mage se laissa tomber à genoux dans la neige à côté d'Anvar. Elle aurait voulu l'insulter et le frapper à coups de poing pour le punir de lui avoir fait vivre une épreuve pareille. Mais elle en fut incapable. En le voyant assis là, tremblant, les lèvres bleuies, les vêtements déchirés et humides, elle ne put laisser éclater sa colère. Comment l'aurait-elle pu, quand elle était si heureuse de le savoir en vie ? Elle aurait voulu le serrer contre elle, elle faillit même pleurer de soulagement de le voir sain et sauf. Mais l'écœurant sentiment d'horreur qui l'avait envahie lorsqu'elle l'avait cru perdu refusait de s'en aller et formait comme une boule de plomb au fond de son ventre. Elle ne voyait plus son visage, mais celui de Forral, figé et dépourvu de vie après l'attaque du Spectre.

Aurian sentit ses mains commencer à trembler. Plutôt que d'affronter la désolante et horrible possibilité d'un nouveau deuil, elle se réfugia dans la brusquerie.

— Je comprends, Anvar. J'aurais dû le savoir – le Bâton est si puissant. Je me souviens de ce que ça m'a fait, à Dhiammara, quand je l'ai tenu pour la première fois et que la cité s'est effondrée autour de moi.

Anvar parut surpris.

— Mais ce n'était pas ta faute. Il s'agissait sûrement d'un sortilège déposé là par le peuple dragon.

— Peut-être, concéda Aurian, mais, même si j'avais été responsable de cette destruction, je n'aurais pas su l'empêcher. C'est ma faute, ce qui vient d'arriver, Anvar. Comme tu avais déjà utilisé le Bâton dans le désert, je me suis dit que tu t'en sortirais très bien, mais l'autre jour, nous avons canalisé la puissance de l'Artefact dans la bataille en guise d'exutoire. Quand tu as disparu dans cette avalanche… Dieux, j'ai cru…

Aurian sut qu'elle s'était trahie lorsque Anvar passa un bras autour de ses épaules.

— Et c'est moi que Shia traite d'idiot ? se moqua-t-il. Pourquoi vouloir endosser la responsabilité de ce qui s'est passé ? Tu m'as confié le Bâton et tu m'as prévenu de faire attention – comment tout cela pourrait-il être ta faute ? En fait, ajouta-t-il, c'est le Bâton qui m'a sauvé la vie, je crois. On aurait dit que sa puis sance m'entourait et me protégeait du gros de la chute. Je me souviens d'avoir glissé, puis d'être descendu très, très vite en faisant des roulés-boulés... Dieux merci, le gros de l'avalanche était déjà passé avant que je ne tombe, sinon je serais mort.

Anvar se tut en frissonnant. Aurian, de son côté, ne voulait plus y penser.

— Viens, lui dit-elle, toujours avec brusquerie. Tu ne dois pas rester assis là, tu pourrais attraper des engelures. On va te chercher des vêtements secs. Il faut vraiment qu'on se remette en route. On aura une meilleure chance de survivre à la nuit prochaine si on parvient à rejoindre la tour avant l'obscurité.

Elle aida le Mage, très secoué, à se relever, et lui retira des mains le Bâton de la Terre. Puis, sans se retourner, elle grimpa rejoindre Eliizar et les autres.

Pris au dépourvu, et blessé par ce brusque changement d'attitude, Anvar proféra un juron.

— Que les dieux me viennent en aide, je ne la comprendrai jamais.

Bien qu'il se fût adressé à lui-même, Shia plongea son regard dans le sien.

— *Moi, son attitude me paraît parfaitement claire.*

— *Tu parles ! Toi, tu peux lire dans son esprit !*

Marmonnant dans sa barbe, Anvar rejoignit les autres à son tour en boitant. Eliizar semblait inconsolable.

— Nous avons perdu un autre cheval en descendant, expliquait-il à Aurian lorsque Anvar s'approcha. Quand il a glissé, je n'ai pas pu le retenir.

— Le pauvre s'est cassé une jambe, ajouta doucement Yazour. Il a fallu mettre fin à ses souffrances, soupira-t-il.

— Ce n'était pas votre faute, les consola Aurian. Je me disais bien qu'on aurait du mal à faire descendre les chevaux. Vous avez fait des miracles en réussissant à préserver les autres.

— Et comment, répliqua Yazour d'un air sinistre en désignant les bêtes épuisées.

Anvar remarqua que l'une ne posait plus l'un de ses sabots par terre et qu'une autre avait des entailles aux genoux.

— On les aurait perdus aussi, si Bohan n'avait pas eu la force de les retenir.

Cependant, Eliizar se réjouit de revoir Anvar, et Nereni, le visage ensanglanté et bleui, poussa un cri de joie en serrant le Mage contre elle. Aurian, examinant les chevaux blessés, laissa à Nereni le soin de mettre du baume sur les blessures d'Anvar et de lui trouver des vêtements secs. De son côté, elle ne fit plus du tout attention à lui.

La descente à travers la neige accumulée au bas du défilé fut aussi éreintante que l'ascension du col, et les compagnons mirent un long moment à se frayer péniblement un chemin à travers les congères pour entrer dans la vallée. Le ciel commençait à s'assombrir, mais Anvar n'aurait su dire si c'était à cause de la nuit ou d'une autre tempête, car le blizzard lui avait fait perdre la notion du temps. En fait, il s'avéra qu'il s'agissait des deux à la fois.

La tour, située à l'autre bout de la vallée, était perchée au sommet d'une colline escarpée et couverte d'arbres. Lorsque les voyageurs arrivèrent au pied des pins tordus et virent la solide tour imposante se dresser au-dessus d'eux, l'air commença une fois de plus à s'épaissir de flocons. Songeant au froid dangereux qui régnerait cette nuit-là, chacun veilla à ramasser des branches mortes qui furent ensuite attachées sur le dos des montures épuisées. Puis ils entamèrent la dernière ascension, celle du chemin escarpé et glissant.

L'ancienne tour trapue et croulante se découpait sur le ciel telle une ombre menaçante. La porte était bloquée par le gel, si bien que Bohan dut rassembler toute la puissance de ses énormes muscles pour que l'épais panneau de bois consente enfin à s'ouvrir dans un grincement plaintif. Un noir d'encre régnait à l'intérieur. Les compagnons, ne sachant pas à quoi s'attendre, hésitèrent à entrer. Yazour tira sur la manche d'Anvar.

— Est-ce que tu peux faire apparaître une lumière ?

Frigorifié, épuisé, l'esprit encore engourdi par sa terrifiante chute, Anvar dut faire un effort de concentration pour comprendre les mots du guerrier. En fin de compte, il acquiesça et essaya de rassembler la force nécessaire à la création d'une boule de feu. Mais rien ne se produisit. Il jura et essaya encore en fermant les yeux et en se concentrant si fort que de la sueur apparut sur son front où elle gela immédiatement. Malgré tout, une fois encore, il ne se passa rien. Son esprit fatigué refusait tout simplement de lui obéir.

— Tiens.

Anvar ouvrit les yeux et vit qu'Aurian lui tendait le Bâton de la Terre. En raison de sa récente mésaventure et vu la froideur dont elle faisait preuve à son égard depuis, il fut surpris qu'elle accepte de lui confier le précieux Artefact de nouveau.

— Tu es sûre ? demanda-t-il, un millier d'autres questions sur les lèvres.

La Mage se contenta d'acquiescer et lui fourra le Bâton dans la main. Une fois de plus, Anvar sentit la puissance de l'objet le traverser comme un feu liquide tandis qu'un espoir insatiable renaissait dans son cœur. Il leva le Bâton et entendit les hoquets de stupeur étouffés de ses compagnons lorsqu'une flamme crépitante jaillit au sommet de l'Artefact, éclairant l'ouverture béante du bâtiment obscur.

Les voyageurs s'engouffrèrent à l'intérieur de la tour à la suite d'Anvar et parcoururent du regard l'unique pièce circulaire du rez-de-chaussée. Bohan détacha un fagot du dos d'un cheval et le jeta dans l'âtre béant de la cheminée. Anvar plongea alors le Bâton enflammé au cœur des branches et tout le monde se réjouit en voyant le bois mouillé se mettre à fumer, puis projeter des étincelles avant de prendre feu. Alors seulement, le Mage permit au Bâton de s'éteindre. Lorsqu'il voulut, à contrecœur, rendre l'Artefact à Aurian, celle-ci fit la grimace en secouant la tête.

— Garde-le, marmonna-t-elle, au moins pour l'instant. Il ne me sert à rien tant que je suis dans cet état.

Oh, il fut tenté d'accepter son offre, mais…

— Non, lui répondit-il. C'est toi qui l'as trouvé et recréé. Il te revient de droit. Tu seras très bientôt capable de t'en servir.

Mais elle s'était déjà détournée de lui. Avec un soupir, Anvar appuya soigneusement le Bâton contre le mur, dans un coin plongé dans l'ombre, où il ne pourrait rien lui arriver.

La pièce nue se réchauffa bientôt grâce au feu dans la cheminée et à la chaleur des chevaux et des humains entassés à l'intérieur. Nereni parut puiser une énergie nouvelle dans la présence de l'âtre et des murs rassurants autour d'elle, si bien qu'elle se mit en devoir de préparer l'un de ces ragoûts réconfortants dont elle avait le secret. Pendant ce temps, Yazour soigna les chevaux blessés et Eliizar et Bohan allumèrent des torches pour partir explorer leur nouveau logis. Ils revinrent rapidement en annonçant que la tour comportait trois autres niveaux. Au-dessus de la pièce en pierre brute se trouvait une autre salle circulaire. Une échelle fragile permettait d'accéder au toit de la tour par l'intermédiaire d'une trappe ouverte dans le plafond de la pièce. Enfin, sous le rez-de-chaussée, au bas d'une courte volée de marches, une cave humide mais solide avait été creusée au sein des fondations.

Le dîner se déroula en silence au sein du groupe épuisé et affamé, car chacun était trop pressé de manger pour parler. Cependant, à mesure que le temps passait et que les voyageurs renouaient peu à peu avec un certain degré de confort, tout le monde commença à se détendre – à l'exception des Mages. Nereni dut insister pour qu'Aurian acceptât de manger un peu, et encore, l'intéressée resta assise en silence. Visiblement préoccupée, elle refusa de prendre part à la conversation. Anvar ne valait guère mieux et ne rendit guère justice à l'excellent repas. Plus tard, après que les autres eurent sombré dans un sommeil réparateur, il s'aperçut qu'il n'arrivait pas à dormir. La frustration que lui inspirait Aurian se transformait à présent en colère. Qu'est-ce qui n'allait pas chez elle ? Elle ne lui en voulait tout de même pas pour cette maudite chute ? D'accord, il avait commis une imprudence, et cela avait failli leur coûter le Bâton, mais tout s'était bien terminé. Après s'être retourné sans arrêt pendant un moment, Anvar renonça finalement à dormir. Il alluma une torche et se rendit en silence sur le toit, cherchant le réconfort glacial d'une nuit enneigée pour apaiser ses pensées.

À cause des coups de pied incessants de l'enfant dans son ventre, Aurian s'éveilla d'un sommeil qui avait été long à venir. Maugréant d'une voix endormie, elle se retourna dans l'espoir de trouver une position plus confortable. Shia, dérangée par ce mouvement, ouvrit un œil.

— *Toujours à broyer du noir ?* demanda la panthère d'un ton lourd de sous-entendus.

Aurian s'assit en soupirant, regrettant de tout son cœur de ne pas avoir sous la main une bouteille de cette liqueur de pêche que Forral et elle aimaient tant. Oh, comme elle aurait aimé s'enivrer joyeusement afin d'échapper pour un temps à ces émotions conflictuelles et embrouillées qui la consumaient chaque fois qu'elle pensait aux deux seuls hommes qu'elle eût jamais aimé ! De son côté, Shia continuait à l'observer dans l'attente d'une réponse.

— *Très bien*, fit Aurian d'un air résigné. *Quand Anvar est tombé dans l'avalanche, aujourd'hui, j'ai cru qu'il était mort. Et ça m'a fait souffrir, Shia, comme quand Forral est mort. Je ne veux plus ressentir ça, plus jamais, pour quiconque. Une fois, c'était déjà trop.* (Elle déglutit péniblement, la gorge serrée.) *En plus*, poursuivit-elle d'un air obstiné, *je suis en train de laisser cette histoire ridicule me distraire du combat contre Miathan, et c'est lui mon principal souci. Je n'ai pas de temps à perdre avec ça, Shia. Cela pourrait nous coûter la vie.*

— *Tu préfères donc te couper d'Anvar et essayer d'enfouir tes sentiments tout au fond de toi*, résuma la panthère. *Désolée de te dire qu'au sein d'un groupe aussi petit que le nôtre, tu ne pourras pas l'éviter. Il te faudra le renvoyer, il me semble, ou toi-même t'en aller.*

Aurian contempla Shia d'un air horrifié. Quoi, poursuivre sa quête sans Anvar ?

— *Mais je ne peux pas faire ça !*

La grande panthère soupira.

— *Pourquoi les humains compliquent-ils toujours autant les choses ? Je suis persuadée que, lorsque tu arrêteras de combattre tes sentiments, ils cesseront de te distraire.* (Elle regarda Aurian droit dans les yeux.) *Écoute-moi, mon amie. Pourquoi te tourmenter ainsi ? Tu l'aimes au moins depuis le désert, même si je suis persuadée que les graines de cet amour ont été semées bien avant. Personne ne vit éternellement, Aurian. Moi non plus. Il me plaît à croire que ma mort te causerait une certaine tristesse – souhaites-tu donc renoncer à notre amitié ?*

— Bien sûr que non !

— Dans ce cas, pourquoi faire souffrir ce pauvre Anvar ? (Aurian eut l'impression que Shia lui envoyait l'équivalent mental d'un haussement d'épaules.) *Après tout,* poursuivit la panthère d'un ton rusé, *il y a de fortes chances qu'il vive plus longtemps que toi !*

Aurian réprima un éclat de rire en jetant un regard coupable en direction de ses amis endormis.

— Ma chère Shia, que ferais-je sans toi ? Tu as toujours le don de me réconforter tout en me montrant à quel point je suis bête !

— C'est que vous me donnez de l'entraînement, Anvar et toi ! répliqua Shia. *Va lui parler – il est sur le toit*, ajouta-t-elle obligeamment.

Aurian, qui n'avait plus eu le cœur aussi léger depuis longtemps, gravit presque en courant l'escalier de la tour. Elle était si préoccupée par son histoire avec Anvar qu'elle ne remarqua pas l'absence de Raven.

Serre-Noire se sentait mal à l'aise au cœur de la pinède qui s'étendait sous la tour. Les arbres l'entouraient de toutes parts, le coupant du ciel et le serrant de si près qu'il avait peine à respirer. En dépit de la résistance au froid qu'avait développée sa race, il frissonnait tout en essayant de voir ce qui se passait au-delà des rafales de neige et des branches emmêlées qui lui dissimulaient sa proie.

— N'est-il pas temps d'agir ? chuchota-t-il à l'adresse du prince. Mes guerriers s'impatientent à cause de cette interminable attente.

— Patience, idiot ! répliqua sèchement Harihn. Par le Faucheur, Haut-Prêtre, rappelez-vous notre plan ! La princesse viendra nous prévenir quand ils dormiront. Nous devons attendre son signal – ensuite, quand mes hommes attaqueront la tour, vos guerriers entreront par le toit. Mais n'oubliez pas, Serre-Noire, je les veux vivants !

Le Haut-Prêtre des Ailés hocha impatiemment la tête en ravalant son irritation. Par Yinze, son allié le prenait-il pour un imbécile ? Mais la peur l'empêcha de répondre vertement, car derrière l'expression stupide et vacante qui recouvrait le beau visage d'Harihn brûlait le regard dur et terrifiant de l'Archimage Miathan !

— Harihn ?

Raven trébucha parmi les buissons en regrettant que la nuit soit si sombre et l'empêche de s'envoler en toute sécurité. Dans les airs, ça aurait été plus facile de localiser le prince, et puis elle se serait fait moins mal, songea-t-elle en léchant le sang d'une nouvelle égratignure. Par les yeux de Yinze, où pouvait-il bien être ?

À son grand soulagement, les branches flexibles disparurent enfin, laissant place à une clairière. Raven fronça les sourcils, perplexe, et tapa du pied avec irritation. Harihn avait promis de la retrouver dans une clairière proche de la tour, mais visiblement, il ne s'agissait pas de celle-là… Pourtant… La jeune Ailée scruta la pénombre, les yeux plissés. Ne venait-elle pas d'apercevoir un mouvement, là-bas, dans les buissons de l'autre côté ? Et cette ombre, là, n'appartenait-elle pas à un homme grand et droit plutôt qu'à un arbre ?

— Harihn ?

Raven s'avança. Puis elle entendit, mais trop tard, un bruissement derrière elle et sur les côtés. Avant que la jeune fille n'ait le temps de s'envoler, un terrible poids s'abattit sur elle, la fit tomber et lui écrasa le visage dans la neige parsemée d'aiguilles de pin. Puis Raven sentit de nombreuses mains sur son corps, des mains qui s'efforçaient d'attraper ses bras, ses jambes et ses ailes. Elle tenta de se défendre et de résister en donnant des coups d'ailes et de griffes, mais elle céda sous le nombre. Elle n'eut pas le temps d'appeler à l'aide ; une main lui saisit la mâchoire et lui fourra un épais tampon de tissu dans la bouche avant de nouer un autre bâillon par-dessus. On lui attacha les ailes, les poignets et les chevilles avec des liens de cuir qui n'étaient pas aussi étroits que l'étau de peur qui lui enserrait le cœur. *Harihn, où es-tu ?* se demandait-elle désespérément.

Elle ne tarda pas à avoir la réponse. Un pied chaussé d'une botte la fit rouler sur le dos, et elle aperçut à travers ses larmes le visage de son ancien amant.

— Non !

Le bâillon réduisit son cri à un murmure étouffé, mais Raven hurla sa rage et son angoisse dans le silence de son esprit. Le prince l'avait trahie !

— Ah…

Le cœur de la jeune Ailée sursauta au son de cette voix sèche et familière qui avait hanté ses cauchemars pendant si longtemps. Drapé dans la noirceur poussiéreuse de ses ailes, le Haut-Prêtre Serre-Noire apparut derrière le prince.

— Enfin, elle est à moi !

Il s'agenouilla à côté d'elle et Raven ferma les yeux en frissonnant sous ses caresses.

— Bougez-vous, Serre-Noire, vous profiterez de votre jouet plus tard, ordonna Harihn d'une voix dure et froide. J'ai rempli ma part du marché, nous devons nous emparer des autres, avant que votre proie ne soit en sécurité.

— Faites attention à la façon dont vous vous adressez au nouveau roi du peuple du Ciel ! répliqua Serre-Noire avec raideur.

Néanmoins, il obéit et se releva aussitôt. Mais Raven eut un haut-le-cœur en entendant ces mots. Il était devenu roi ? Cela voulait forcément dire que sa mère était morte ! Tandis que les bruits de pas du prince s'éloignaient de la clairière, Raven, en proie au désespoir le plus complet, ferma les yeux et se mit à sangloter.

La Mage eut bien du mal à gravir l'échelle branlante permettant de monter sur le toit. Lorsqu'elle vit Anvar, recroquevillé à l'abri du vent dans une embrasure croulante, elle crut que son courage allait l'abandonner. Mais il leva les yeux, conscient comme toujours de sa présence, et la vue de son visage triste et fatigué renforça la résolution d'Aurian. Elle s'accroupit à côté de lui, mais ses paroles se noyèrent dans les hurlements du vent.

— Rentre avec moi, Anvar, cria-t-elle. Tu es gelé !

Il y avait une cheminée au premier étage, ainsi que quelques vieux meubles couverts de toiles d'araignées. Vu leur style particulier, ils devaient dater de l'époque où les Ailés se servaient encore du bâtiment pour protéger leurs frontières. Anvar brisa un grand tabouret contre le mur et jeta les morceaux dans l'âtre où il les enflamma à l'aide d'une boule de feu crépitant. Puis il s'attaqua aux restes d'une table aux pieds grêles, et Aurian recula malgré elle en voyant l'expression sinistre de son visage. Mais les premières paroles du jeune homme la prirent totalement au dépourvu.

— Aurian, tu es complètement folle de t'être risquée en haut de cette échelle pourrie. Si tu étais tombée, tu aurais pu perdre le bébé ! (Puis il parut se rendre compte de ce qu'il venait de dire et détourna le visage.) Non pas que ça me regarde, marmonna-t-il d'une voix lourde d'amertume.

Aurian prit une profonde inspiration et posa la main sur son bras.

— Si, ça te regarde, Anvar, lui dit-elle d'une voix douce. Enfin, si tu en as toujours envie.

Pendant un moment, il resta immobile. Puis il se tourna de nouveau vers elle.

— Que veux-tu dire ?

Aurian déglutit péniblement, car elle avait la bouche sèche tout à coup.

— J'aurais dû te parler plus tôt, en sortant du désert, peut-être, ou tout à l'heure, après l'avalanche. Mais j'avais peur. (Sa voix commença à trembler.) Oh, bon sang !

Elle renifla et s'essuya le nez sur sa manche. Elle tenta de s'écarter de lui, mais il la retint en disant :

— Tu sais, je crois que je n'arriverai jamais à te faire perdre cette habitude révoltante.

Cependant, la colère avait déserté son visage. Il conduisit Aurian près du feu et l'aida à s'asseoir par terre, à côté de l'âtre. Prenant des morceaux de la table cassée, il en nourrit les flammes mourantes, et Aurian continua sur sa lancée avant de perdre courage.

— Je t'ai fait croire que je ne t'aimais pas, mais j'ai menti. Je me suis menti à moi-même, aussi. J'avais peur, parce que, après la mort de Forral, je ne voulais plus jamais revivre cette douleur-là ! Et nous courons un tel danger…

— C'était ça, le problème ? Tu avais peur que je me fasse tuer, moi aussi ? Oh, mon cher amour…

Anvar passa les bras autour d'elle et la serra contre lui. Alors, enfin, Aurian lui rendit joyeusement son étreinte en se réjouissant de ce contact et de cette proximité. Les battements précipités du cœur de son compagnon firent joyeusement écho aux siens. Mais il demeurait un point essentiel dont elle n'avait pas encore parlé.

Elle avait enfoui son visage contre l'épaule d'Anvar, mais elle releva la tête pour le regarder.

— Je ne peux pas oublier Forral, tu sais, lui dit-elle doucement. Même si je le pouvais, je ne le voudrais pas.

Anvar secoua la tête.

— Je ne te demande pas de l'oublier, mon amour, car je ne le ferai pas non plus. Forral était un véritable ami pour moi, et j'honore sa mémoire. Les choses sont allées si vite depuis qu'il est mort… Je préférerais que tu viennes à moi tout entière plutôt que nourrie de doutes.

Aurian tendit la main pour lui caresser le visage.

— J'en ai assez de douter.

Elle fit courir ses paumes sur les larges épaules de son compagnon et se laissa de nouveau aller contre lui, dans ses bras. Puis elle se raidit lorsqu'un grincement au-dessus de sa tête fit voler en éclats le halo d'amour et de désir au sein duquel Anvar et elle s'abritaient.

— Anvar, tu as entendu ça ?

Le jeune homme avait les yeux écarquillés par l'inquiétude.

— C'est sur le toit…

La trappe du plafond s'ouvrit brusquement. Une plaque de neige s'écrasa par terre dans un bruit sourd tandis qu'une bourrasque de vent dissipait la faible chaleur. Aurian se releva péniblement en proférant un juron tandis que des jambes apparaissaient en haut de la frêle échelle. S'emparant de l'épée qui ne quittait jamais sa ceinture, elle donna un grand coup de taille et raidit ses poignets en sentant la lame mordre dans la chair, le bois et l'os. L'échelle se brisa tandis que l'homme tombait en hurlant, une jambe sectionnée à hauteur du genou et du sang giclant de l'autre. Aurian fit un bond en arrière et maudit son gros ventre qui la gênait dans ses mouvements. Anvar l'aida à retrouver son équilibre.

— Ce sont des Ailés ! s'écria-t-il en poussant la jeune femme à l'écart de sa victime agitée de soubresauts.

Un autre guerrier se laissa tomber dans l'ouverture, les ailes repliées pour pouvoir manœuvrer dans cet espace étroit. Aurian essaya d'engager le combat contre ce nouvel adversaire avant qu'il ne puisse se ressaisir, mais celui-ci avait déjà son épée à la main et la repoussa aisément, car il la savait désavantagée par le besoin de protéger son bébé à naître. Inexorablement, il gagna du terrain, libérant davantage d'espace pour permettre à d'autres ennemis de descendre dans la pièce.

Du coin de l'œil, Aurian vit Anvar plonger sous leurs épées étincelantes pour attraper l'arme du premier guerrier à terre. Puis son adversaire l'obligea à se concentrer sur leur combat jusqu'à ce qu'un cri de douleur glace le sang de la jeune femme. Elle jeta alors un coup d'œil en direction d'Anvar qui retirait justement son épée sanglante de la poitrine d'un autre guerrier. Mais un quatrième le suivait, qui dégagea le cadavre d'un coup de pied. Un autre encore se laissa tomber avec légèreté à travers l'ouverture.

Profitant de la distraction d'Aurian, son adversaire se fendit et faillit passer sous sa garde. Bizarrement, la Mage n'éprouvait aucune peur. Au contraire, elle enrageait de ne pouvoir aider Anvar à cause de ce guerrier qui lui bloquait le passage. Elle fit habilement voler l'épée de son ennemi grâce à la botte circulaire de Forral, puis se fendit dans la foulée et lui entailla la gorge, un geste qu'elle regretta aussitôt lorsque le sang de son ennemi lui gicla au visage. Prise de haut-le-cœur à cause de la puanteur métallique, elle libéra une main pour s'essuyer les yeux et bondit par-dessus le corps du guerrier, avant de s'arrêter brutalement lorsque les doigts de ce dernier se refermèrent autour de sa cheville dans un spasme d'agonie, enfermant le pied de la jeune femme dans une étreinte de fer.

Anvar faisait face à deux adversaires à présent, et ceux-ci l'attaquaient sans répit, le repoussant dans un coin de la pièce, entre la cheminée et le mur, un piège fatal s'il s'y laissait enfermer. Incapable de se libérer et n'ayant pas de temps à perdre, Aurian fit tomber un couteau de sa manche et le lança de la main gauche avec la terrible précision que lui avait enseignée Parric. Un grognement de douleur résonna lorsque l'arme s'enfonça jusqu'à la garde dans le dos de sa cible, entre les grandes ailes. L'autre guerrier regarda tout autour de lui lorsque son camarade s'effondra – erreur fatale. Il tomba à son tour en s'efforçant de retenir ses entrailles, mises à nu par l'épée d'Anvar.

D'un seul coup de lame, Aurian trancha le membre qui la retenait prisonnière. Tandis que la main tombait sur le carrelage, la Mage traversa la pièce en courant et entraîna Anvar en direction de la porte alors même que d'autres ennemis se laissaient tomber à travers la trappe. L'un d'eux était d'ailleurs en train d'élargir le trou à grands coups d'épée. La pièce se remplissait de plus en plus, si bien que les Mages furent obligés de reculer peu à peu en marchant sur les cadavres de leurs premiers adversaires tout en livrant un combat d'arrière-garde désespéré. Mais lorsque enfin ils atteignirent la porte, Aurian sentit le soulagement céder la place à l'horreur, car elle entendait également des bruits de combat dans la pièce en dessous. Ils étaient cernés !

Alors la Mage se souvint de Shia. Un fol espoir jaillit dans son cœur mais se brisa aussitôt lorsqu'elle effleura l'esprit de son amie. Celle-ci lui répondit brièvement, d'un ton sec, car elle aussi se battait pour survivre.

— *Bohan se bat... Eliizar est blessé... Peux pas vous rejoindre...*

— *Fuis, Shia !* lui dit Aurian. *Prends le Bâton et fuis !*

— *As-tu perdu l'esprit ? Je refuse de vous abandonner !*

— *Il le faut. Si nous perdons le Bâton, ce sera la fin de tout.*

Il y eut quelques instants de silence, puis :

— *Je l'ai. J'y vais !*

Aurian perçut en esprit une image brouillée de griffes et de sang tandis que la panthère se frayait un chemin vers la liberté à grands renforts de coups de pattes. Puis Shia disparut dans la tempête. Au même moment, quelqu'un attrapa la Mage par-derrière et la fit tomber à la renverse, tandis que d'autres assaillants qu'elle ne pouvait voir gravissaient les marches pour envahir la pièce à leur tour. Quelqu'un saisit une poignée de ses cheveux pour lui tirer la tête en arrière, et la jeune femme sentit le contact glacial de l'acier sur sa gorge.

— Jetez vos armes !

Aurian reconnut aussitôt la voix qui venait de résonner derrière elle. Harihn ! Il avait fait alliance avec les hommes du Ciel ? De rage, elle se raidit et sentit le poignard s'enfoncer dans la peau tendue à craquer de son cou, faisant couler un filet de sang chaud. Fulminant d'impuissance, elle laissa tomber son arme et vit la rage se mêler à la consternation sur le visage d'Anvar. L'épée de ce dernier heurta le sol avec fracas lorsque les guerriers ailés qui le cernaient s'emparèrent de lui et le traînèrent malgré lui pour le plaquer contre le mur opposé. Aurian vit les yeux du jeune homme briller d'une colère glaciale tandis qu'il rassemblait ses pouvoirs et...

— N'essaye même pas, Anvar, le prévint sèchement Harihn. Au moindre signe de magie, mes guerriers trancheront la gorge d'Aurian.

L'intéressée vit s'éteindre la flamme dans les yeux d'Anvar. Sur son visage, la colère céda la place à une expression d'amère défaite. Puis les hommes du prince tirèrent violemment les mains d'Aurian en arrière et les lui attachèrent dans le dos tandis que les Ailés qui avaient capturé Anvar lui faisaient subir le même sort.

— Comme c'est aimable de vous joindre à moi. (Harihn, un sourire sardonique aux lèvres, s'avança pour défier les Mages.) Grâce à la trahison de la petite Raven, vous êtes désormais mes prisonniers.

Il ordonna que soit retiré le couteau qui menaçait la gorge d'Aurian. Puis il gifla la jeune femme, qui s'effondra. Mais ses geôliers la rattrapèrent et la forcèrent à s'agenouiller. En dépit de ses oreilles bourdonnantes, elle entendit des sons de lutte.

— Laissez-la tranquille !

Le cri d'Anvar se termina abruptement par le bruit sourd et écœurant d'un coup de poing. Du revers de la main, le prince gifla de nouveau Aurian, dont la tête partit brutalement de côté. Ses dents s'enfoncèrent dans sa lèvre inférieure et le goût du sang envahit sa bouche.

— Je te préviens, Anvar, menaça Harihn. Encore un geste de toi et c'est elle qui en pâtira.

Mais cette voix n'était pas celle du prince. Aurian leva la tête pour le regarder et sentit son cœur se réduire en cendres. Le beau visage familier qu'elle entrevoyait à travers des larmes de souffrance était bien celui d'Harihn, mais la sinistre malveillance qui brûlait au fond de son regard ne pouvait appartenir qu'à une seule personne : l'Archimage !

9

SCHIANNATH

Le vent chargé de neige s'engouffra à travers l'étroit col de montagne à la manière d'une rivière en crue : puissant, inexorable et terriblement dangereux. Le col, un étroit corridor entre des escarpements incroyablement hauts, servait de porte d'entrée au royaume du peuple du Ciel. Au bout du défilé, au sommet d'un éperon rocheux, avait été érigée une tour où les Ailés montaient la garde autrefois. Au pied de l'éperon, une pinède obscure aux branches enchevêtrées fournissait du bois de chauffage.

Le vent poussa des lamentations stridentes en arrivant à la tour d'Incondor. Telle une bête vivante, il s'attaqua avec des griffes glaciales aux solides parois de pierres empilées par la main de l'homme, cherchant à atteindre les chétifs humains ayant trouvé refuge à l'intérieur. Au-delà de la tour, le col s'ouvrait sur une vaste vallée étranglée par la neige dont la blancheur virginale était entachée, ici et là, par de noirs bosquets d'arbres squelettiques qui, ployant sous leur fardeau hivernal, se courbaient tels des vieillards fatigués. Surplombant la vallée, oppressants de par leur hauteur, de grands pics déchiquetés semblables à des crocs brisés se pressaient les uns contre les autres comme pour se disputer le privilège d'attaquer le premier le bâtiment robuste et trapu qui se dressait bravement à leurs pieds.

L'homme qui se cachait derrière un éboulement de rochers à l'entrée du col n'accorda pas un seul regard aux montagnes menaçantes. Il s'inquiétait davantage des étrangers qui s'abritaient dans la tour. Sa cape en peaux de loups argentés lui servait de camouflage au sein du décor de neige et d'ombre qui l'entourait, et sa monture, Iscalda, n'était pas plus visible que lui. La jument à la robe blanche se tenait patiemment derrière son épaule et esquissait moins de mouvements que la neige tourbillonnante qui formait des congères autour de ses sabots.

Schiannath proféra d'amers jurons en contemplant la tour qui se découpait nettement en haut de son talus boisé. Quelle maudite, incroyable, impossible malchance ! Cet édifice abandonné était son meilleur refuge, le seul au sein duquel Iscalda et lui pouvaient s'abriter avec un certain confort loin de ce terrible hiver surnaturel. Ses autres repaires, trouvés au hasard de plusieurs mois de pérégrinations dans ces montagnes inhospitalières, consistaient en des sous-bois denses ou des grottes humides et pleines de courants d'air, les uns étant particulièrement inadaptés en cas de mauvais temps et les autres ayant une nette tendance à se remplir de fumée étouffante s'il allumait un feu. Iscalda et lui avaient accompli un long et périlleux voyage en plein blizzard pour arriver jusque-là, trempés, gelés et morts de fatigue. Mais ils avaient trouvé la tour déjà occupée.

Une fois de plus, Schiannath maudit les intrus. D'ailleurs, de qui pouvait-il bien s'agir ? Les Xandims ne s'aventuraient jamais si loin au sud. Ces terres se trouvaient bien au-delà de leur province, et c'était précisément la raison de sa présence. Le hors-la-loi frémit au souvenir de son procès et de son exil, lorsque le jeune Œil-du-Vent empoté et à moitié aveugle avait prononcé les sortilèges effaçant son nom du vent et de la mémoire de la tribu. Schiannath se mordit la lèvre pour ne pas crier sa honte et sa douleur à haute voix. *Oh, déesse, pourquoi ai-je fait ça ?* se demanda-t-il misérablement. *Pourquoi était-il si important à mes yeux de devenir seigneur de la Horde ?*

Comment était-ce arrivé ? Pourquoi avait-il toujours été l'exclu, le solitaire au sein d'un peuple pour qui la tribu comptait plus que tout, le type secret parmi des gens qui partageaient tout ? Maintes et maintes fois, son esprit acéré lui avait attiré des ennuis. Il était plus intelligent que toute la tribu réunie, et on le haïssait à cause de ça. Eh bien, que la peste les emporte ! Que sa mère soit maudite pour l'avoir abandonné lorsqu'elle s'était séparée de son père, le laissant avec ce dernier sur la côte alors qu'elle avait gardé les enfants de ses autres compagnons avec elle dans les collines ! Sans cela, Schiannath aurait grandi avec ses frères et sœurs au sein de la tribu. Mais il n'en avait pas eu la possibilité et, lorsqu'il était venu vivre dans la forteresse, après la mort de son père, il n'avait jamais pu s'y faire une place, se disputant constamment avec le seigneur de la Horde au sujet de son comportement sauvage et indiscipliné. Il lui avait alors semblé que le seul moyen de se débarrasser de Phalihas et de ses pénibles règles et restrictions consistait à devenir lui-même seigneur de la Horde. Seule sa sœur Iscalda se souciait de lui et avait fait de son mieux pour le dissuader d'entreprendre cette folie, avant d'insister pour partager son exil lorsqu'il avait perdu son défi.

Une fois de plus, le chagrin transperça le cœur de Schiannath plus sûrement qu'un poignard. Les Xandims ne condamnaient jamais à mort l'un des leurs, il s'agissait d'un sort réservé aux étrangers et aux espions. Mais ils avaient fait pire : ils lui avaient pris son nom et l'avaient chassé à coups de pierres et d'injures. Pour avoir défié Phalihas, Iscalda avait été obligée de revêtir sa forme animale, et l'Œil-du-Vent l'y avait emprisonnée pour toujours. À présent, elle ne différait plus d'un cheval ordinaire, avec les besoins, les instincts et l'intelligence d'une bête.

La gorge serrée par des larmes non versées, le hors-la-loi jeta un coup d'œil par-dessus son épaule en direction de la jument blanche et regretta de ne pouvoir échapper à ses douloureux souvenirs. Il avait parfois eu envie, dans son désespoir, d'en finir avec leur existence misérable, à l'aide de son épée, peut-être, ou tout simplement en les précipitant, Iscalda et lui, au fond d'un abîme. Mais il n'en avait jamais trouvé le courage. Au fond de son âme demeurait encore un minuscule espoir qui refusait de disparaître, l'envie de croire qu'un jour il parviendrait à lui rendre sa forme humaine.

La jument émit un petit bruit de gorge semblable à un gloussement et enfouit ses naseaux dans la paume de Schiannath en lui mordillant les doigts du bout des lèvres. Le malheureux soupira.

— Je sais, Iscalda. Moi aussi, j'ai faim. Viens, il est temps d'y aller.

Il possédait un autre repaire non loin de là, une petite grotte située en hauteur dans les imposantes parois qui encadraient le défilé. Il s'agissait d'un espace étroit et inconfortable, mais il y avait laissé une petite réserve de provisions en cas d'urgence, ainsi que des herbes sèches pour Iscalda, ramassées dans la vallée à l'époque où le temps était encore doux – une période depuis longtemps révolue.

Schiannath leva une dernière fois les yeux en direction de la tour et fronça les sourcils en voyant le ruban de fumée qui s'échappait de la cheminée en ruine. Qu'ils soient maudits ! Qui étaient ces gens ? Pourquoi se trouvaient-ils là ? Il hésita. S'il ne s'agissait pas de Xandims, ils n'avaient aucun moyen de savoir qu'il était un hors-la-loi. S'il prétendait n'être qu'un voyageur égaré, ils accepteraient sûrement de le laisser entrer !

Un espoir d'une intensité douloureuse naquit dans le cœur de Schiannath. Après des mois avec Iscalda pour seule compagnie, une envie soudaine de voir des humains, de contempler des visages aimables et de les entendre rire et parler le submergea et l'emplit d'une nostalgie désespérée. Tandis que son visage allongé et tanné s'illuminait de son premier sourire depuis des mois, il prit la jument par la bride et s'apprêta à sortir de sa cachette.

Mais un nouveau bruit le fit prestement revenir sur ses pas, comme un animal traqué qui se jette dans sa tanière. Avec l'acuité sensorielle d'une créature sauvage, il entendit des battements d'ailes portés par le vent. Schiannath se recroquevilla derrière les rochers, la jument abritée derrière lui. Il tremblait, mais pas à cause du froid. Serait-il devenu un Œil-du-Vent pour que la tempête lui inspire d'aussi terrifiants pressentiments ? Puis, risquant un coup d'œil au-delà des branches nues des arbres qui encerclaient la tour, le hors-la-loi vit des silhouettes ailées descendre du ciel. Horrifié, il retint son souffle. Par les Champs Paradisiaques, que venaient faire là ces abominations ?

Alors, au grand étonnement de Schiannath, un groupe de guerriers humains, qui devait être particulièrement bien caché pour avoir échappé à sa minutieuse observation, sortit de la pinède en entendant le même bruit que lui et passa brièvement dans son champ de vision en se déployant en direction de la tour. Schiannath entendit des voix marmonner dans une langue âpre et grossière et se raidit, plein de rage. Maudits Khazalims ! Que voulaient-ils ? Étouffant une imprécation, il se ratatina encore davantage derrière les rochers tandis que les Ailés passaient au-dessus du boqueteau puis disparaissaient hors de vue parmi ses branches.

Le bon sens dictait au hors-la-loi de s'en aller. Si les envahisseurs envoyaient des guerriers explorer les environs… Malgré tout, il s'attarda encore, poussé par la curiosité et le besoin irrésistible d'être de nouveau en présence d'humains – quelle que fût leur origine. Iscalda le préviendrait en cas de danger, et il lui serait facile d'échapper à toute poursuite grâce à sa connaissance du terrain environnant et à la neige qui tombait dru. Il resta donc et regarda les guerriers ailés atterrir sur le toit de la tour, tandis que ces mécréants de Khazalims qui semblaient de mèche avec eux assaillaient la porte du bâtiment. Une embuscade ! Schiannath ne savait pas qui étaient les gens réfugiés à l'intérieur, mais il se surprit à plaindre les pauvres malheureux.

Yazour se réveilla brusquement, dérangé dans son sommeil par un faible bruit non identifiable. Il ouvrit les yeux et promena son regard dans une pièce qui lui parut étrangement vide. Shia était étendue de tout son long à la manière d'un chat à l'endroit le plus chaud près de la cheminée. Bohan était allongé non loin de là, la tête appuyée contre le bord de l'âtre. Nereni et Eliizar dormaient enfouis sous un amas de couvertures emmêlées. Mais où se trouvaient les autres ?

Inquiet, Yazour se tendit, jusqu'à ce que des murmures provenant de l'étage lui indiquent la présence d'Aurian et d'Anvar. Yazour sourit. Ils profitaient visiblement de l'occasion pour se retrouver en tête à tête – qui pourrait les en blâmer ? Cela ne laissait plus que Raven – mais la jeune fille n'avait aucune raison de disparaître, elle. Il s'apprêtait à se lever pour enquêter sur cette absence lorsque la porte de la tour s'ouvrit à la volée et que les hommes d'Harihn jaillirent dans la pièce.

Yazour se redressa d'un bond en tirant l'épée.

— On nous attaque ! s'exclama-t-il. Réveillez-vous !

Le cœur serré par l'angoisse de la trahison, il reconnut chacun des visages qui l'entouraient. Avant qu'il ne quitte le service du prince, ces hommes loyaux se trouvaient sous son commandement. Mais désormais, il était leur ennemi, songea Yazour, la mort dans l'âme. Si Harihn le capturait, il n'aurait aucune pitié à attendre de lui. Puis ses adversaires se jetèrent sur lui et Yazour n'eut plus le temps de réfléchir davantage.

Shia se leva en grondant lorsque la porte vola en éclats. Les deux premiers guerriers tombèrent sous ses griffes avant même que Yazour ne sorte son épée du fourreau. Puis ses compagnons la rejoignirent et se défendirent les uns les autres contre les assaillants qui menaçaient de les submerger sous leur nombre. Du coin de l'œil, la panthère vit tomber Eliizar et s'avança pour le défendre. Mais Bohan la devança en se battant avec la force de trois hommes. Poussant un cri, Nereni s'élança également à la rescousse de son mari ; de son côté, Eliizar ne tarda pas à se relever et lutta d'une main tout en serrant de l'autre son flanc ensanglanté. Proférant des insanités d'un ton plein de colère, Nereni puisa des brandons enflammés dans l'âtre pour les lancer parmi les soldats d'Harihn qui continuaient à se bousculer sur le seuil.

Shia distribuait des coups de griffes de droite et de gauche avec une terrible économie de mouvements tout en infligeant de terrifiantes blessures à ses adversaires – mais ceux-ci étaient si nombreux ! Commençant à désespérer, elle jeta un coup d'œil en direction de l'escalier. Où se trouvaient Aurian et Anvar ? Pourquoi les Mages n'étaient-ils pas descendus les aider ? Établissant le contact avec l'esprit d'Aurian, la panthère observa la scène à l'étage à travers les yeux de son amie. Des Ailés. Aurian et Anvar capturés. Un frisson de peur traversa Shia qui craignit pour la vie de ses compagnons. Elle se taillait déjà un chemin vers les marches lorsqu'elle entendit la voix d'Aurian dans sa tête lui demander de fuir.

— *As-tu perdu l'esprit ? Je refuse de vous abandonner !*

— *Il le faut. Si nous perdons le Bâton, ce sera la fin de tout.*

Shia laissa échapper un grondement frustré. Abandonnant le combat avec réticence, elle bondit en direction d'un coin plongé dans l'ombre, près du manteau de la cheminée, dans lequel se trouvait le Bâton de la Terre. La grande panthère se tendit car il lui était difficile de refermer ses mâchoires sur cet objet magique tant haï. Puis :

— *Je l'ai. J'y vais !*

Bien que gênée par l'Artefact, long et peu facile à manier, elle avait bien l'intention de provoquer autant de dégâts que possible sur le chemin de la sortie.

Quand Shia entra en action, le Bâton coincé entre les mâchoires, Yazour réagit avec une rapidité instinctive et profita de la confusion. Leurs adversaires étaient bien plus nombreux qu'eux – il paraissait logique d'essayer de rester libre et de s'échapper pour mieux aider les autres. Faisant de grands moulinets avec son épée, il se tailla un chemin derrière la panthère. Il était si désireux de s'échapper qu'il ne se soucia plus du fait qu'il avait autrefois commandé ces mêmes soldats. La pièce bondée sombra alors dans le chaos. Les épées battaient l'air de toutes parts et les hommes se marchaient les uns sur les autres pour échapper aux terribles crocs et griffes du grand félin. Le sol glissait à cause du sang, mais Yazour, luttant pour rester en vie, parvint enfin à gagner la porte et s'élança dans la nuit glaciale.

Le froid lui brûla les poumons tandis qu'il foulait la neige épaisse et périlleuse. Yazour savait qu'il en serait fini de lui s'il tombait, mais il n'osait pas pour autant ralentir l'allure. Derrière lui, il entendit qu'on appelait des archers à la rescousse. Oh, Faucheur, non ! Gaspillant son souffle dans une imprécation, il trébucha légèrement, puis le sursaut de terreur lui donna de nouveau des ailes. Il commença alors à zigzaguer comme un lièvre en fuite pour offrir une cible moins facile aux archers. Des flèches se mirent à pleuvoir autour de lui et se fichèrent dans la neige sur laquelle il glissait à chaque détour qu'il effectuait. Il éprouvait des picotements entre les omoplates, s'attendant à tout moment à ressentir l'impact d'un de ces traits fatals.

Lorsque cela finit par se produire, le guerrier fut projeté en avant. Du feu envahit son épaule gauche et lui arracha un cri. Puis Yazour tomba en tournoyant encore et encore dans la neige.

Schiannath avait écouté avec consternation les bruits de combat qui s'échappaient de la tour, regrettant de tout son cœur de ne pouvoir se porter au secours des étrangers assiégés par ces maudits Khazalims et ces sales Ailés. Heureusement pour lui, son bon sens avait repris le dessus. Il ne savait pas du tout qui étaient les victimes de cette attaque, pourquoi risquer sa vie pour elles ? Cependant, s'il s'agissait également de fugitifs, n'avait-il pas un point commun avec eux ? N'éprouvait-il pas une certaine sympathie pour leur sort ?

Puis une terrifiante cacophonie de grondements et de rugissements ponctués de hurlements de douleur et d'effroi résonna dans le silence de la nuit. Iscalda, terrorisée, se cabra en tirant sur ses rênes pour essayer d'échapper à Schiannath. Ce dernier entreprit de calmer la jument avant qu'ils ne se fassent repérer. Il ne vit donc pas Shia sortir à toute vitesse de la tour pour disparaître dans la pinède. En revanche, lorsqu'il tourna de nouveau son attention vers les lieux du combat, il vit distinctement un homme s'enfuir et descendre la colline en zigzaguant en direction du col. Un archer khazalim apparut sur le seuil de la tour. N'osant avertir le fugitif, de peur d'attirer l'attention sur lui-même, le hors-la-loi regarda, impuissant, le trait s'envoler et se ficher dans l'épaule gauche du malheureux.

La victime tituba et perdit l'équilibre sous la puissance de l'impact avant de tomber face contre terre dans la neige. Schiannath retint son souffle en priant pour que l'homme se relève. L'archer le mit en joue une nouvelle fois car il formait une cible facile. Le fugitif se releva sur des jambes flageolantes, l'archer décocha son trait… qui passa très loin de la cible lorsque la longue flèche tirée par Schiannath entra dans l'œil du Khazalim avec une étonnante précision.

Schiannath se laissa retomber dans sa cachette en jurant, la main moite sur son arc. Qu'est-ce qui lui avait pris de faire ça ? Ce n'était pas son combat. Mais lorsque le fugitif passa en titubant juste devant lui, au point qu'il aurait presque pu le toucher, alors seulement le hors-la-loi réalisa la gravité de son erreur. L'homme était un Khazalim lui aussi. Schiannath laissa tomber la main qu'il s'apprêtait à tendre et se fondit parmi les ombres. Que la tempête et les loups s'occupent du misérable. Que ces maudits méridionaux traquent leur renégat et qu'il les conduise loin de Schiannath et d'Iscalda.

Aurian entendit quelqu'un gravir les marches de pierre d'un pas traînant. L'un des soldats d'Harihn entra dans la pièce avant de s'incliner devant le prince qui possédait le regard brûlant de Miathan.

— Nous avons sécurisé la tour, Altesse, et la princesse est aux mains du prêtre ailé. Les autres sont enfermés à la cave, mais la panthère nous a échappé, hélas, tout comme ce traître de Yazour. J'aurais juré que l'un de nos archers l'avait blessé dans sa fuite, mais nous l'avons perdu dans la tempête.

— Peu importe. Il ne survivra pas longtemps là-dehors.

Le prince haussa les épaules et congédia le soldat d'un brusque hochement de tête. Puis, le visage tordu en une expression sauvage et impitoyable – l'empreinte de Miathan –, il se fraya un chemin avec précaution entre les cadavres de ses guerriers pour venir se camper devant Anvar.

— À présent, sang-mêlé, gronda-t-il, je tiens enfin la chance de te priver de ta misérable existence. Mais inutile de nous presser – je veux qu'Aurian puisse apprécier chaque instant de ta lente agonie !

D'un geste brusque, il sortit le couteau d'Harihn de son fourreau et se baissa pour le plonger dans les braises jusqu'à ce que la pointe rougeoie. Puis, retirant la lame du feu, il l'approcha du visage d'Anvar. Livide et horrifié, le Mage eut un mouvement de recul, mais il fut incapable de détacher son regard du métal chauffé à blanc. La sueur qui striait son visage refléta la lueur cramoisie du poignard comme si du sang lui maculait déjà la peau. D'un mouvement preste, Miathan fondit sur Anvar et pressa le poignard contre sa joue. Le jeune homme poussa un hurlement horrible et se débattit dans l'étreinte de ses gardes.

— Miathan, arrête ! s'écria Aurian.

— Ah, tu m'as donc reconnu.

Avec un sourire triomphant, l'Archimage retira le couteau. Anvar, effondré dans les mains des soldats qui le tenaient fermement, leva la tête pour regarder Aurian. Une cicatrice livide lui barrait la joue et la douleur lui tordait le visage, mais il réussit à dire, les dents serrées :

— Ne regarde pas, la supplia-t-il d'une voix éraillée. Ne leur… donne pas cette satisfaction.

— Ô dieux, chuchota Aurian dont le chagrin éveillait en elle une atroce douleur physique, comme si elle partageait la souffrance de la brûlure d'Anvar.

L'Archimage remit le poignard dans le feu en regardant Aurian d'un air calculateur comme s'il se moquait de ses larmes. Il saisit ensuite Anvar par les cheveux et lui tira la tête en arrière en approchant la lame très près de son visage grimaçant.

— Voici le premier d'une longue série de règlements de comptes, Aurian. Te souviens-tu d'avoir brûlé mes yeux, voilà longtemps ? As-tu savouré ton insignifiant triomphe à ce moment-là ? J'ai bien l'intention de te le faire payer – œil pour œil. Mais pas tes jolis yeux, ma chère. Laissons plutôt Anvar souffrir à ta place.

Sa main se resserra sur la garde du poignard qui s'apprêtait à frapper le visage sans défense du Mage.

— Laisse-le ! enragea Aurian en essayant de se libérer.

Mais ses gardes la précipitèrent à terre avec une force insolente. Elle se débattit sauvagement si bien que l'un d'eux, proférant un juron, lui tira les bras en arrière jusqu'à lui arracher un hurlement de douleur.

— Ça suffit !

Miathan laissa tomber le poignard et traversa la pièce pour repousser le soldat avec colère.

— Vous ne devez lui faire aucun mal.

Au grand soulagement d'Aurian, la douleur dans ses bras disparut, lui permettant de nouveau de respirer et, plus important encore, de réfléchir. Elle savait qu'il ne lui restait guère de solutions, en dépit de la répugnance que lui inspiraient forcément les termes du marché qu'elle s'apprêtait à proposer. Elle se mit péniblement à genoux et leva les yeux vers le corps possédé d'Harihn en s'efforçant de contenir la haine que lui inspirait l'expression de Miathan sur le visage du prince.

— Miathan, je t'en supplie. Ne fais pas de mal à Anvar. C'est moi que tu veux. Si tu le laisses tranquille, je ferai tout ce que tu voudras. Je le jure.

L'Archimage tordit le visage d'Harihn en un ricanement méprisant, les yeux pleins d'amusement mêlé d'ironie. Un frisson parcourut Aurian lorsqu'elle s'aperçut à quel point elle était en son pouvoir.

— Oh vraiment ? se moqua-t-il. Je peux prendre tout ce que je désire, y compris la vie d'Anvar – ou toi tout entière. Mais j'ai l'intention de posséder bien plus que ton corps. (Sa voix se fit suave et caressante, et la Mage sentit son estomac se tordre tant il lui inspirait de l'aversion.) J'exige ton soutien pour la réussite de mon plan. Mets tes pouvoirs à ma disposition, et j'épargnerai la vie d'Anvar. De fait, ce misérable me sera fort utile en tant qu'otage pour assurer ta loyauté, ma chère.

L'horrible implication des paroles de Miathan traversa le brouillard de douleur qui régnait dans l'esprit d'Anvar.

— Non ! s'écria-t-il désespérément. Aurian, ne fais pas ça. Ne te mets pas en son pouvoir !

— Faites-le taire ! ordonna sèchement Miathan.

L'un des gardes donna un violent coup de poing sous les côtes d'Anvar et lui coupa le souffle. Tandis que le jeune homme, en proie à une douleur atroce, s'efforçait de reprendre sa respiration, l'Archimage se retourna vers Aurian.

— Eh bien ? Acceptes-tu ?

Livide, Aurian acquiesça.

— Je n'ai pas le choix, chuchota-t-elle. Ne lui fais plus de mal.

Miathan sourit.

— C'était la meilleure chose à faire, ronronna-t-il. Le sang-mêlé assurera ta loyauté jusqu'à la naissance de l'enfant, car il est trop tard à présent pour t'en débarrasser sans mettre ta vie en danger. (Miathan gloussa, un son effrayant qui rappela à Anvar le Spectre de la Mort qui avait tué Forral.) Plus important encore, il me permettra de continuer à exiger de toi une obéissance absolue une fois que je me serai débarrassé du marmot – car, quand tu le verras, tu me supplieras de mettre fin à ses souffrances. Ton enfant est maudit, Aurian – j'ai moi-même placé une malédiction sur sa tête, il y a longtemps, en utilisant les pouvoirs du Chaudron. Tu portes un monstre en ton sein.

Anvar vit le sang se retirer du visage d'Aurian. Celle-ci ouvrit la bouche, mais aucun son n'en sortit.

— Miathan, espèce de bâtard ! hurla le jeune homme. Je vous tuerai pour ça, je le jure !

L'Archimage rit de nouveau.

— Jure tant que tu veux, Anvar, tu n'es pas en position de me menacer. Tu es en mon pouvoir, et tu vas m'aider à manipuler cette salope renégate. Mon problème, c'est que je dois l'obliger à se servir de ses pouvoirs à mon profit une fois que j'aurai tué son enfant. Maintenant, ce sera facile, puisque de toute évidence, elle a transféré sur toi l'affection qu'elle portait à ce lourdaud de bretteur. (Miathan ricana grossièrement.) Ce doit être à cause de la salissure sur ton arbre généalogique – elle n'a jamais pu s'empêcher de s'avilir avec les Mortels.

Anvar s'horrifia de la simplicité cruelle du plan de Miathan. Il tourna les yeux vers Aurian et lut sur son visage de la consternation et de l'écœurement. Non, pas son enfant, ce dernier et précieux lien avec Forral. Il ne pouvait laisser une telle chose se produire, il pouvait au moins lui épargner la douleur du choix. Il avait fourni à Miathan un moyen de pression sur elle, mais celui-ci disparaîtrait s'il mourait. Aurian, dès qu'elle aurait récupéré ses pouvoirs, serait capable de protéger son enfant après sa naissance. En dépit de sa terreur croissante, Anvar sentit le soulagement le gagner, ainsi qu'un espoir naissant. Il devait renoncer à sa propre vie, mais cela en valait la peine puisque, ce faisant, il donnait une chance de survie à Aurian et à son enfant.

Anvar prit sa décision. Il ne servait à rien d'attaquer Miathan, il ne ferait que détruire le corps d'Harihn, trop proche d'Aurian. Le contrecoup du sort risquait de la tuer. Mais il lui restait une autre option, désespérée…

Miathan avait l'attention fixée sur Aurian. Un air sinistre et résolu se peignit sur le visage d'Anvar qui commença tout doucement, subrepticement, à rassembler ses pouvoirs pour la dernière fois. Il sentit ses yeux commencer à luire d'un éclat obscur et voilé à cause de toute la magie qu'il canalisait à l'intérieur de lui afin de se détruire. Une vague de chaleur torride le traversa, son cœur se mit à battre de plus en plus vite, avec difficulté, tandis que ses poumons en ébullition réclamaient de l'air à grands cris. Il sentit ensuite ses organes et ses sens vaciller et commencer à s'éteindre… Un brouillard rouge lui obscurcit la vue à cause de la puissance destructrice des forces contenues qu'il invoquait. Incapable de résister à la tentation, il chercha le regard d'Aurian avant qu'il fût trop tard, afin de lui faire comprendre, dans un dernier coup d'œil implorant, qu'il était désolé – et qu'il l'aimait.

Ce fut une erreur. À travers sa vision embrumée, il la vit écarquiller les yeux d'un air horrifié en comprenant brutalement ce qui se passait.

— Anvar, non ! s'écria-t-elle.

Miathan, alerté par ce cri de panique, fit volte-face en proférant un juron. Aussitôt, il abattit son poing sur le visage d'Anvar. Le choc et la douleur secouèrent le Mage, dissipant les énergies qu'il avait si soigneusement accumulées. Tandis qu'il se laissait aller contre ses gardes en crachant du sang, il prit vaguement conscience, dans son hébétude, que son corps se stabilisait et retrouvait ses fonctions normales. La mort dans l'âme, il comprit qu'il avait perdu. *Oh, Aurian,* se demanda-t-il avec désespoir, *pourquoi m'as-tu arrêté ?*

Miathan, de son côté, réprimanda les gardes en crachant sa rage.

— Imbéciles ! Je vous avais dit de le surveiller !

Anvar sentit l'étreinte des soldats se resserrer sur ses bras, provoquant l'apparition de nouvelles ecchymoses. Utilisant la douleur comme outil de concentration, il força sa conscience défaillante à rester éveillée, un véritable exploit dû à la puissance de sa volonté de Mage.

L'Archimage dirigea alors sa colère sur Aurian.

— Tout ça pour ça ! aboya-t-il. Qu'est-ce que tu veux que je fasse d'un otage qui tentera de se tuer à la première occasion ? (Puis il se ressaisit rapidement, son expression cruelle déformant le beau visage d'Harihn.) On dirait, ma chère, que je dois ajouter une nouvelle condition à notre accord. Tu sais que je ne peux transférer mes pouvoirs dans ce corps de Mortel. Tu es toi-même privée de magie jusqu'à la naissance de ton marmot, ce qui nous met à égalité – mais Anvar représentera toujours pour moi un risque qu'il me faut éliminer. C'est pourquoi, quand tu récupéreras ta magie, Aurian, tu lui prendras ses pouvoirs, comme je l'ai déjà fait par le passé.

L'angoisse tordit le visage d'Aurian qui lutta contre les larmes menaçant de la submerger. Anvar ne l'avait jamais vue aussi effrayée.

— Très bien, chuchota-t-elle, puisque c'est le seul moyen de le sauver.

— Non !

Dans un éclair de panique, Anvar se souvint de l'époque lointaine où Miathan lui avait arraché les pouvoirs dont il ignorait jusqu'à l'existence. Il se rappela la douleur atroce, le désespoir, et cette terrifiante impression de totale impuissance. Cela ne pouvait se reproduire – plutôt mourir.

Puis il surprit la lueur obstinée dans le regard d'Aurian et maudit sa propre stupidité. Bien entendu, elle ne ferait jamais une chose pareille. Distrait par la peur et la douleur, il venait seulement de comprendre qu'elle s'était engagée dans une partie de bras de fer désespérée afin de gagner du temps pour les sauver tous les deux. Pendant quelques instants, Anvar, envahi d'amour et de fierté, ne ressentit plus la moindre souffrance. En dépit de la terrible nouvelle qu'elle venait d'apprendre au sujet de son enfant, elle gardait la tête froide. Il espérait que l'Archimage s'y laisserait prendre.

— Quel sort nous réserves-tu, Miathan ? demanda Aurian d'une voix morne et désespérée qui fit comprendre à Anvar qu'elle essayait de détourner l'attention de l'Archimage.

Les yeux sombres d'Harihn étincelèrent.

— Anvar sera emprisonné ailleurs, un gage de sécurité pour exiger ta coopération. J'espère qu'il se gardera bien d'essayer une nouvelle fois d'attenter à sa vie, car, s'il réussissait à se suicider, je te ferais payer sa folie d'une façon qu'aucun d'entre vous ne saurait imaginer.

Anvar frémit. Miathan n'aurait pu trouver mieux pour le soumettre.

— Quant à toi, poursuivit l'Archimage, tu prendras un navire pour Nexis dès que ton enfant sera né et qu'on se sera occupé de lui. Une fois là-bas, tu te soumettras à moi, sinon je ferai démembrer Anvar sous tes yeux.

D'un geste vif, il se jeta sur Aurian, attrapa le devant de sa robe et la déchira en deux. Un violent désir se peignit sur les traits empruntés à Harihn tandis que l'un des gardes ricanait.

— Anvar, je ne vois pas pourquoi tu veux d'elle, laide et grosse du marmot d'un autre ! railla Miathan. Personnellement, je préfère attendre qu'elle soit en meilleur état avant de me servir d'elle. Mais peut-être te la rendrai-je quand j'en aurai fini avec elle – à condition que tu en veuilles encore. (Il marqua une pause calculée.) Cependant, pourquoi refuserais-tu ? Tu ne peux pas faire la fine bouche devant une marchandise usagée. Après tout, tu n'as pas eu d'objection à ramasser les restes de Forral.

Le cœur d'Anvar sombra à la vue d'Aurian agenouillée là, honteuse et dévastée. Ravalant des larmes de rage, il dévisagea froidement Miathan.

— C'est la jalousie qui parle, répliqua-t-il d'un air méprisant. Elle était trop fière pour vous accepter, pas vrai ? Faites donc ce que vous voulez, vous ne pourrez jamais salir cette dame, elle se trouve bien au-delà de la portée d'un être tel que vous. Vous parlez de marchandise usagée, mais vous vous leurrez. Si vous prenez de force ce qu'Aurian ne vous donnera jamais de son plein gré, alors c'est vous que vous couvrirez d'opprobre, et non elle. Vous pouvez posséder son corps, mais vous ne souillerez jamais son esprit courageux et vous n'atteindrez jamais son cœur. Quoi que vous fassiez, vous avez déjà perdu.

Les paroles d'Anvar parurent pétrifier l'Archimage tout en renforçant le courage défaillant d'Aurian. Détachant son regard de Miathan, elle leva fièrement le menton et s'adressa directement à Anvar comme s'il n'y avait qu'eux dans la pièce :

— Mon amour, lui dit-elle doucement. Tant que je t'ai, je garderai espoir.

Anvar lui rendit son regard en y dévoilant son cœur.

— Je serai toujours à toi, je te le promets.

Miathan cracha une insanité et fit un geste à l'attention des gardes. L'un d'eux sortit son épée du fourreau et assomma Anvar avec la garde de l'arme. Au même moment, les soldats qui le tenaient le lâchèrent et il s'effondra sans un bruit sur le sol.

— Tu as dit que tu ne lui ferais pas de mal ! protesta Aurian.

— Vraiment ? (L'horrible expression renfrognée de Miathan défigurait le visage d'Harihn. Aurian vit de la jalousie brûler au fond de ses yeux.) Je ne me souviens pas d'avoir dit une chose pareille. La bonne santé d'Anvar dépend entièrement de ta future conduite à mon égard.

Il approcha son visage de celui de la jeune femme et caressa son corps avec concupiscence. Même si ses attentions la rendaient malade, Aurian les supporta sans broncher en se concentrant sur les paroles d'Anvar.

Privé d'un peu de sport, Miathan cessa de la tourmenter ainsi. Poussant un grondement de rage, il la frappa jusqu'à la faire sangloter de douleur.

— Quand je reviendrai, j'espère te trouver d'humeur plus accommodante, pour le bien d'Anvar, déclara-t-il sèchement.

Puis il sortit avec raideur, suivi par ses hommes qui traînèrent le corps d'Anvar inconscient entre eux. Les gardes d'Aurian la jetèrent par terre sans lui délier les mains et la laissèrent seule avec son désespoir, allongée sur l'âtre froid dans lequel le feu se mourait.

Yazour titubait au sein du défilé. Affaibli par ses blessures et souffleté sans merci par le vent et la neige, il ne savait même plus s'il continuait à s'éloigner de la tour. Du sang coulait autour de la flèche qui lui perçait l'épaule gauche et pourtant, chose incroyable, il n'éprouvait plus de douleur à cet endroit, pas plus qu'il ne souffrait de l'ecchymose sur son crâne ou de l'entaille sur sa cuisse, reçue presque sans s'en rendre compte dans le feu de l'action, au moment où il s'efforçait de s'échapper. Bienveillante et douce neige qui faisait disparaître sa souffrance.

Qu'est-ce que je fais là dans la neige ? Pourquoi est-ce que je n'arrive pas à m'en souvenir ? Yazour avait l'impression qu'il aurait dû se rappeler quelque chose... un danger quelconque... N'essayait-il pas d'échapper à quelque chose, ou à quelqu'un ? Mais pourquoi s'en inquiéter ? Cette merveilleuse neige allait prendre soin de lui. Elle se drapait tout autour de lui, comme une couverture épaisse et douce, et allait le dissimuler, comme ses couvertures l'avaient dissimulé dans son enfance, quand des cauchemars menaçaient de surgir des coins assombris de sa chambre. Mais bien sûr ! Telle était la réponse. Il allait se cacher là et se reposer dans la douce et chaude neige... Se laissant tomber à genoux, le guerrier blessé partit en avant, s'abandonnant avec grâce aux ténèbres et à l'étreinte fatale de l'hiver.

Miathan dévala rapidement l'escalier en savourant la vigueur, la discipline et la jeunesse du corps du prince. Il sourit en son for intérieur et chassa de son esprit les troublantes paroles d'Anvar. Dans peu de temps, Aurian serait débarrassée du monstre qu'elle portait en son sein, et il pourrait alors la prendre, avec ce merveilleux nouveau corps qui lui promettait tant de plaisir...

Quand l'Archimage arriva au rez-de-chaussée, la scène de carnage qui l'accueillit n'atténua en rien sa bonne humeur, même s'il entendit, tout au fond de l'esprit qu'il contrôlait, Harihn protester faiblement. Visiblement, le grand félin s'était avéré un redoutable adversaire. La pièce ressemblait à un champ de bataille, le sol maculé de sang et jonché d'entrailles.

Les soldats étaient occupés à traîner les cadavres dehors ou à s'occuper des blessés gémissants. Miathan haussa les épaules. Tant qu'il restait assez d'hommes pour garder ses prisonniers, les maux de ces Mortels ne le concernaient pas.

Serre-Noire s'approcha dans un bruissement d'ailes. Son crâne chauve luisait à la lumière des torches et ses yeux brillaient de satisfaction sous ses paupières tombantes.

— Tout s'est bien passé, déclara-t-il. La princesse est déjà en route pour Aerillia, sous bonne escorte. (Il sourit.) Je me rappelle quand j'ai senti votre esprit m'effleurer, cette première nuit… Ce fut une rencontre sous les meilleurs auspices, pour l'un comme pour l'autre.

— En effet, répondit Miathan avec brusquerie en songeant que, lorsqu'il entreprendrait la conquête du Sud, il lui faudrait trouver un moyen d'éliminer son nouvel allié – dans le cadre d'une lutte pour le pouvoir, Serre-Noire risquait de s'avérer un dangereux adversaire. Mais en attendant…

— J'ai besoin d'une faveur, Serre-Noire, lui dit-il. Voulez-vous bien emmener ce misérable en Aerillia et le placer sous bonne garde ? (Il désigna Anvar d'un geste.) Il va me servir d'otage.

Serre-Noire haussa les épaules.

— Bien sûr. Les Ailés veilleront sur lui pour vous.

— Écoutez-moi bien, cependant, Haut-Prêtre. Il me faut souligner le risque et la responsabilité qu'implique la surveillance de ce renégat. Anvar est un sorcier. Il est capable de s'échapper aussi facilement qu'un…

— Tranquillisez-vous, mon ami, l'interrompit Serre-Noire. J'ai étudié d'anciens récits se rapportant à votre sorcellerie et je prendrai toutes les précautions qui s'imposent. Il existe une grotte à flanc de montagne, au-dessus d'un à-pic de plus de trois cents mètres. Croyez-moi, seuls les Ailés peuvent l'atteindre. (Il éclata d'un rire rauque.) À moins que les pouvoirs de ce sorcier ne s'étendent jusqu'à voler comme un oiseau, il ne pourra pas s'échapper. On lui descendra sa nourriture du sommet de la montagne, afin qu'aucun de mes guerriers n'ait besoin de s'approcher de lui.

Miathan sourit, trahissant son profond soulagement.

— J'ai bien fait de vous choisir pour allié, reconnut-il. Vous prendrez bien soin de mon prisonnier, n'est-ce pas ? N'oubliez pas, j'ai besoin de lui vivant – pour l'instant.

10

AERILLIA

Raven avait été ramenée dans la chambre aux murs de marbre rose qui avait été la sienne d'aussi loin qu'elle se souvenait, à l'intérieur de la vieille tourelle, dans la tour de la Reine. Rien n'avait changé, la pièce était restée dans l'état où elle l'avait laissée la nuit où elle s'était enfuie dans la tempête. Comme tout cela lui paraissait loin, à présent ! Il y avait là ses meubles familiers, avec son grand lit rond garni de fourrures où elle avait dormi si souvent, roulée en boule à l'abri de ses ailes tombantes, les tapis qui la protégeaient du sol froid et la table de nuit en bois rare et précieux avec son miroir d'argent poli. Dans un coin se trouvait le haut tabouret en fer forgé, surmonté d'un coussin, sur lequel elle passait des heures assise près de la fenêtre pour observer le ballet changeant des nuages et du soleil au-dessus des montagnes.

Les vieilles tapisseries effilochées qu'elle aimait trop pour les remplacer décoraient encore les murs avec leurs vols d'Ailés planant comme des aigles devant un décor de pics enneigés et de vallées verdoyantes. Dans les niches dissimulées derrière ces tentures, Raven retrouva les jouets favoris de son enfance, toujours à leur place. Ils étaient vieux et abîmés, mais elle les aimait trop pour les jeter. Les barreaux de fer à sa fenêtre constituaient le seul changement notable dans la pièce.

L'esprit encore engourdi, sous le choc de cette trahison, Raven balaya la chambre du regard avec un sentiment d'irréalité croissant. Sa fuite et toutes les aventures qui avaient suivi semblaient se dissiper tel un rêve au milieu de l'environnement familier de son enfance. À moins que sa brève expérience de la liberté ne soit la réalité, et que ceci ne soit qu'un rêve ?

La chambre était certes restée la même, mais Raven n'avait plus rien de la jeune fille naïve qui avait grimpé sur le rebord de cette fenêtre à peine trois lunes plus tôt. Depuis, elle avait mûri, et vieilli aussi, visiblement, pleine d'amertume et de regrets. Ô Yinze, comme elle se haïssait ! Comment avait-elle pu se montrer aussi aveugle, aussi crédule, et faire preuve d'une telle duplicité vis-à-vis de ses nouveaux amis ? Elle avait trahi les compagnons qui l'avaient aidée dans le désert et accueillie parmi eux comme l'une des leurs. Elle avait trahi cette pauvre Nereni, si maternelle, qui avait si bien pris soin d'elle – qui lui avait fait confiance. Elle s'était avilie, au-delà de toute rédemption, avec un étranger, un représentant d'une autre race, un de ces humains cloués au sol. Il s'était servi d'elle et l'avait ensuite rejetée comme le déchet sans valeur qu'elle était devenue. Et voilà qu'elle se retrouvait au point de départ, entre les griffes de Serre-Noire – et c'était là tout ce qu'elle méritait, à n'en pas douter.

Sa mère la reine était morte. En raison des événements terribles et terrifiants qu'elle avait subis, la jeune Ailée commençait tout juste à prendre conscience de ce fait brutal. Aile-de-Feu n'avait jamais été douce ou gentille, contrairement à Nereni, elle était reine après tout, avec de nombreuses responsabilités qui lui occupaient l'esprit en permanence. Elle avait dû élever sa fille à la dure afin de la préparer à porter ses futurs fardeaux. Au sein du peuple du Ciel, le souverain gouvernait et assumait seul la responsabilité du pouvoir. Néanmoins, Raven savait que sa mère l'avait aimée et le lui avait prouvé chaque fois qu'elle le pouvait. Aile-de-Feu avait été fière d'elle, et la princesse sentit son estomac se nouer en songeant à la façon dont elle avait abusé de cette fierté. Sa mère savait-elle ? Une fois passés dans l'Au-delà, les morts découvraient-ils tout, comme le prétendaient les prêtres de Yinze ? Raven se jeta sur son lit en pleurant :

— Mère, je suis désolée !

La jeune Ailée sanglota un long moment jusqu'à ce qu'enfin l'orage passe et qu'elle soit trop vidée et épuisée pour verser davantage de larmes. S'essuyant les yeux sur le couvre-lit en fourrure, Raven contempla une fois de plus la chambre devenue sa prison. On lui avait laissé des vivres, mais elle était trop écœurée pour manger. Elle se sentait salie, souillée, et ses larmes n'avaient pas réussi à laver sa conscience coupable. Il y avait du vin sur la table, dans une carafe en argent. Raven se remplit un verre à ras bord et le vida d'un trait en s'étranglant légèrement, la gorge brûlée par ce liquide peu familier. Elle se souvint, avec une nouvelle pointe de culpabilité, qu'Aile-de-Feu ne l'avait jamais laissée boire de l'alcool. Mais déjà, l'esprit de la jeune fille délaissait le passé pour envisager les terreurs de l'avenir. Bientôt, Serre-Noire viendrait la trouver. Mieux vaudrait alors avoir les sens aussi émoussés que possible.

Père des Cieux – se sentirait-elle un jour à nouveau propre ? Raven se reversa du vin et emmena le verre avec elle avant de franchir la porte voûtée, dissimulée derrière un rideau, qui menait à sa salle de bains. Une vasque avec un siphon avait été creusée dans le sol en marbre. Il suffisait de tirer sur une corde en soie pour faire tomber dans la vasque de l'eau puisée dans les grandes citernes installées en haut des pics qui recueillaient la pluie et la neige fondue. Raven vida son verre et le posa, puis ôta sa tunique en cuir usée et rapiécée à de nombreuses reprises – celle-là même qu'elle portait depuis le début de sa trop brève escapade. Elle retourna le vêtement entre ses mains en contemplant avec des yeux brouillés de larmes les rangées de points nets cousus par Nereni. Puis elle le jeta au loin en proférant un juron amer.

Raven resta un moment sous le jet d'eau glacée. Elle avait souvent entendu Aurian parler avec mélancolie des bons bains chauds qui lui manquaient, mais il s'agissait là de coutumes humaines saugrenues qui n'avaient rien à voir avec celles du peuple du Ciel. L'eau froide contribua à engourdir la douleur des ecchymoses laissées par les hommes d'Harihn, mais cela ne put en aucun cas soulager la souffrance qui lui étreignait le cœur. À l'intérieur, elle tremblait de peur et d'écœurement en pensant à Serre-Noire et à ce qu'il allait lui faire à présent qu'il la tenait en son pouvoir.

Dès qu'elle se fut séchée, Raven retourna dans sa chambre et passa un moment à remettre de l'ordre dans son plumage, lissant ses plumes ébouriffées à l'aide de ses ongles semblables à des serres, tout en s'arrêtant souvent pour boire davantage de vin. Elle n'avait pas mangé depuis longtemps et la boisson lui tourna la tête. Cette sensation l'inquiéta au début, mais la jeune Ailée ne tarda pas à s'y habituer, et même à l'apprécier au bout d'un moment. Pendant ce temps, elle commença à entrevoir l'ébauche d'un plan, oh, rien de bien élaboré, évidemment, mais enfin, ça lui donnait un mince espoir d'échapper après tout aux attentions de Serre-Noire. La tradition voulait que les Ailés se choisissent une compagne pour la vie, et aucun d'eux n'accepterait de toucher une femme ayant déjà couché avec un autre.

Raven était si profondément plongée dans ses pensées qu'elle fut lente à réagir lorsque Serre-Noire entra. Le cœur battant, elle se tourna pour lui faire face. Le Haut-Prêtre ne prononça pas un mot et se contenta de rester debout sur le seuil en couvrant le corps de la princesse d'un regard avide. Il était flanqué de deux gardes aux yeux exorbités, des prêtres-guerriers revêtus de l'uniforme du temple. *Des témoins*, se dit Raven. *Parfait.* Sans le vin, elle n'aurait jamais pu faire une chose pareille. Même si ça la révulsait de sentir leurs yeux posés sur elle, et même si le sang lui monta au visage, colorant ses joues du rouge de la honte, elle ne prit pas la peine de masquer sa nudité. Elle se força à relever la tête pour regarder effrontément le Haut-Prêtre, droit dans les yeux, bien que ce soit la chose la plus difficile qu'elle ait jamais faite.

— Vous arrivez trop tard, Serre-Noire, cracha la jeune Ailée. À moins bien sûr que vous n'ayez envie de vous avilir au contact d'une femme déjà souillée. Votre complice vous a devancé, Haut-Prêtre. L'humain m'a prise, non pas une fois, mais plusieurs.

Raven entendit le hoquet de stupeur que laissèrent échapper les gardes horrifiés et elle se força à rire au nez de Serre-Noire.

Mais le Haut-Prêtre se mit à rire à son tour, et Raven comprit qu'elle était vaincue.

— C'est ce que m'a dit Harihn, gloussa Serre-Noire en la couvant d'un regard concupiscent. Il m'a dit que vous étiez une élève douée, ma petite princesse, et qu'il espérait vous avoir appris suffisamment de choses pour me divertir durant les longues nuits froides en Aerillia.

Le rire de Raven s'éteignit abruptement, comme si son ennemi lui avait tranché la gorge.

— Pauvre idiote ! ricana Serre-Noire. Si vous aviez choisi un Ailé, les choses auraient peut-être été différentes, bien qu'avec le trône en jeu je me serais quand même forcé à vous prendre comme compagne. Mais un humain, quelle différence cela fait-il ? Ils ne sont pas de notre race. Vous auriez tout aussi bien pu donner votre virginité à un mouton des montagnes, cela aurait eu le même effet.

Il entra dans la chambre et se versa un verre de vin en jetant un coup d'œil au passage dans la carafe presque vide.

— À la honte, au dévergondage et à la boisson, railla-t-il. N'y a-t-il donc aucune limite aux vices que vous avez appris parmi ces insectes rampants ? (Il haussa les épaules.) Peu importe. C'est votre main que j'exige – même si je prendrai votre corps le moment venu. Le fait d'unir mon destin à celui de l'héritière du trône assoira ma prétention à la couronne au-delà de tout doute possible. Or la tradition veut que vous arriviez vierge à cette union, techniquement du moins. (Il ricana.) Comme je l'ai dit, les humains ne peuvent être pris en compte. Et puisque notre union ne saurait avoir lieu avant la prochaine lune, en raison de la période de deuil qui suit la mort de notre regrettée reine, je me dois de patienter jusque-là. Mais l'attente n'est pas nécessairement dépourvue de plaisirs.

L'horreur avait envahi Raven pendant qu'il parlait, mais, lorsqu'elle entendit Serre-Noire se moquer du souvenir de sa mère, elle sentit monter en elle une rage qui échappa à tout contrôle – et à toute sagesse.

— Espèce d'abomination ! (Elle jeta son verre de vin au visage du Haut-Prêtre.) Vous ne poserez jamais la main sur moi tant que je vivrai, je le jure. Et je vous verrai rôtir en enfer avant de m'unir à vous. Les membres de mon peuple ne sont pas tous loyaux envers vous, Serre-Noire, espèce de parvenu, traître et assassin ! Croyez-vous réussir à m'emprisonner avec vos barreaux et vos gardes ? Je me vengerai de vous…

Il lui donna un coup de poing qui fit voler la jeune Ailée à l'autre bout de la pièce.

— Pauvre petite sotte, vous vous bercez d'illusions ! (Serre-Noire se campa au-dessus d'elle en secouant la tête d'un air réprobateur.) Croyez-vous que je vais vous donner l'occasion de vous échapper de nouveau pour mener une insurrection ? lui demanda-t-il, le regard dur et sans pitié.

Raven, le corps parcouru par un frisson de terreur, se recroquevilla pour lui échapper. Mais le Haut-Prêtre continua à se rapprocher d'elle, jouant avec sa victime pour prolonger son tourment.

— Il existe des lois parmi les Ailés, ma princesse, que même vous ne sauriez contourner. Qui, au sein de notre peuple, voudra suivre une reine estropiée ?

Il fit signe à ses guerriers d'entrer. Alors seulement Raven s'aperçut qu'ils étaient armés de lourdes massues. Son cœur se glaça aussitôt.

— Non, murmura-t-elle tandis qu'ils avançaient sur elle. Non…

Serre-Noire observa la scène en buvant calmement son vin et en savourant le son de ses hurlements tandis que les lourdes massues en fer s'abattaient encore et encore de tout leur poids sur les os fragiles des ailes de Raven.

Par la suite, Anvar eut du mal à se souvenir de son voyage dans les airs jusqu'à la citadelle du peuple du Ciel. Il ne demeurait dans son esprit que de vagues impressions, comme ces silhouettes entraperçues, celles des quatre guerriers ailés qui tenaient le filet dans lequel il se trouvait et qui se découpaient sur le ciel telles des ombres plus noires encore que la nuit elle-même. Il se rappelait également le battement incessant et rythmique de leurs infatigables ailes, les vertiges et les nausées que lui donnait le balancement du filet, et le froid perçant qui lui brûlait le visage aussi sûrement que le couteau de Miathan. Les entrelacs de corde rêche s'enfonçant et s'imprimant sur sa peau. La douleur vive de la brûlure sur sa joue et les élancements sourds des ecchymoses dues aux coups que lui avaient donnés les gardes. Cependant, même si le Mage était encore à moitié sonné, la peur, la colère et le désespoir s'additionnaient pour permettre à sa conscience de refaire surface, de temps à autre.

Il garda comme seuls souvenirs limpides le fait de reprendre complètement connaissance, comme s'il émergeait d'un long et terrifiant cauchemar, et de découvrir Aerillia sous les lueurs de l'aube. Pendant un court moment, il ne pensa plus à sa terrible situation, tant cette première vision de la cité fut d'une beauté à couper le souffle. Une épaisse couche de nuages menaçants, couleur ardoise, recouvrait une grande partie du ciel, mais le soleil levant avait réussi à se glisser dans l'étroit interstice qui séparait le sombre linceul céleste de la chaîne de montagne avec ses capuchons blancs. La délicate architecture d'Aerillia réfléchissait les rayons de l'astre diurne et étincelait telle une couronne de perles en filigrane sur le front taillé à la serpe du pic montagneux. Les tours et les flèches de la cité prirent forme sous le regard émerveillé d'Anvar – structures incroyablement délicates, taillées dans une pierre des plus pâles, et aussi fragiles, vues de loin, que de la dentelle de verre laiteuse. À présent, Anvar savait d'où provenait la pierre étincelante avec laquelle avaient été construits les vieux bâtiments de l'Académie. La structure d'Aerillia était si étrangère à ce qu'il connaissait, et pourtant si belle et si parfaite... En dépit de sa peur, du péril qui le guettait et de l'angoisse désespérée qu'il éprouvait pour Aurian, le Mage se perdit dans son émerveillement.

Taillés à même la roche vivante, les tours et les pinacles offraient des formes et des structures fantastiques qu'aucun maçon terrestre n'aurait su créer. Des grappes d'habitations semblaient avoir poussé sur les parois rocheuses escarpées à la manière de ces coraux délicats qu'Anvar avait découverts sous l'eau dans la chaude baie méridionale où Aurian lui avait appris à nager. D'autres édifices aux formes diverses s'accrochaient comme des bulles, des gouttes d'eau, ou des glaçons sur le rebord de corniches suspendues au-dessus d'abîmes vertigineux. D'autres encore s'élançaient vers le ciel sous forme de spirales, d'hélices, ou de flèches fuselées et cannelées dont la pointe se dressait si haut que des nuages bas s'y accrochaient telles des bannières en lambeaux. La pierre qui les composait se teintait de lueurs roses, crème et dorées dans la lumière délicate de l'aube, avec le ciel d'ardoise sinistre et menaçant en toile de fond. Puis les nuages se refermèrent tel un couvercle sur le soleil et la cité ne fut plus que le spectre d'elle-même, esquissée en traits cassants sur fond de grisaille.

Le vent soufflait plus fort à présent. Le Mage, suspendu dans son filet entre les guerriers qui l'avaient capturé, perçut à l'approche de la cité un son dissonant et désolé, comme une lamentation, qui le fit grincer des dents et lui donna mal aux oreilles. Cette musique funèbre alla jusqu'à faire vibrer les os de son crâne et emplit son âme d'un sentiment d'oppression et de terreur. Elle se fit de plus en plus forte et stridente à mesure qu'ils s'approchaient de leur destination, jusqu'à ce que les nuages qui voilaient le sommet du pic d'Aerillia s'ouvrent tel un rideau. Anvar leva les yeux et resta paralysé par l'horreur et l'incrédulité.

Là, tout en haut de la montagne, se dressait une énorme et affreuse structure de pierre noire comme la nuit. Chaque pouce de cette monstruosité asymétrique était orné de sculptures représentant des gargouilles démoniaques crachant du feu, pourvues de becs, de cornes et de grandes ailes qui leur donnaient l'apparence de grands charognards, surtout avec les cadavres en décomposition que renfermaient leurs serres. Anvar lutta contre la nausée sans pouvoir détacher ses yeux de l'édifice voûté et tordu que couronnaient cinq flèches recourbées vers l'intérieur, véritables griffes d'ébène qui lacéraient le ciel. Il s'agissait de la source de la plainte déchirante qui faisait bourdonner les oreilles d'Anvar, éveillant en lui une douleur lancinante. Chacune des flèches était en effet percée d'une multitude de trous aussi noirs et ronds que les orbites d'un squelette. Ces orifices capturaient les vents, les emprisonnaient, les filtraient et les tordaient avant de les recracher sous une forme torturée et dénaturée afin qu'ils hurlent leur douleur à la face des pics insensibles.

Le Mage tremblant fut soulagé lorsque son escorte le fit descendre et que la structure grotesque sortit de son champ de vision, masquée par les parois d'un immense précipice. Malheureusement, les lamentations continuèrent à le suivre. Sous la cité, le flanc de la montagne se transformait en à-pic vertigineux.

Au bout d'un moment, Anvar aperçut une ouverture dans la roche, véritable gueule noire béante hérissée de stalactites semblables à des crocs. Les mailles s'enfoncèrent dans la peau du prisonnier lorsque les guerriers ailés rassemblèrent les quatre coins du filet et fondirent droit sur cette ouverture à une vitesse terrifiante. Anvar eut un mouvement de recul et ravala un hurlement lorsque les roches déchiquetées qui encadraient l'entrée de la grotte parurent se précipiter à sa rencontre. *C'est trop petit, bon sang ! On va se...*

Anvar retint son souffle lorsque le filet effleura le linteau de la grotte. Puis les Ailés le lâchèrent brutalement et il roula sur lui-même, encore et encore, emporté par son élan et si étroitement pris dans les mailles qu'il n'arrivait plus à respirer. Il heurta violemment la paroi au fond de la grotte et, pendant un instant, le monde se teinta d'une obscurité éblouissante.

Le Mage, le souffle coupé, entendit un bruissement de plumes lorsque les Ailés vinrent se camper au-dessus de lui, leurs ailes à demi déployées emplissant toute la caverne et bloquant la lumière du dehors.

— Il est conscient ? demanda l'un d'eux.

Tous replièrent leurs ailes. Anvar battit des paupières à cause de la lumière et vit apparaître au-dessus de lui un visage aux traits acérés. Celui-ci hocha la tête d'un mouvement brusque.

— Il se réveille.

— Dans ce cas, hâtons-nous.

Anvar sentit l'acier lui mordiller la peau lorsque les guerriers passèrent entre les mailles du filet pour trancher ses liens. Puis, un par un, ils s'élancèrent rapidement hors de la grotte, comme s'ils avaient peur de lui – quelle notion ridicule ! Ils le laissèrent se débrouiller comme il put pour sortir du filet tandis que le sifflement de leurs ailes battant l'air se dissipait dans le lointain.

Raide et engourdi comme il l'était à cause du froid, de la fatigue et de ses nombreuses blessures, Anvar mit un long moment à se libérer du filet étroitement emmêlé autour de lui. Les mailles étaient si serrées qu'il faillit plusieurs fois s'étrangler tout seul en se tortillant et en roulant sur le sol inégal de la caverne. À de nombreuses reprises, il fut obligé, dans un effort de volonté désespéré, de cesser de se débattre ainsi, malgré la panique, car il ne faisait que s'emmêler plus encore. Il se détendait alors, réfléchissait et essayait de se contorsionner autrement jusqu'à ce que les cordes mordant sa chair se ramollissent une fois de plus. Bien qu'il fît froid dans la grotte ouverte à tous les vents, le Mage ne tarda pas à être trempé de sueur. Celle-ci coulait en filets sur son visage et piquait la peau cloquée de sa joue brûlée. Mais, chaque fois, ses chances de se libérer s'amoindrissaient car il se fatiguait.

Quand le Mage trouva enfin la solution évidente, il eut honte de ne pas y avoir pensé plus tôt. Que faisait-il à se débattre ainsi comme un stupide lapin pris au piège ou comme n'importe quel Mortel impuissant et dépourvu de magie ? Qu'aurait dit Aurian si elle avait pu le voir ainsi ? Ô dieux, le fait de la savoir à la merci de Miathan lui était insupportable. Pas maintenant, se dit-il. Tu as besoin de toute ta concentration pour sortir de ce maudit filet.

Mais d'abord, il allait devoir se reposer un peu pour rassembler ses forces. Ce fut à ce moment-là seulement qu'Anvar prit vraiment conscience du froid perçant qui régnait dans la caverne. Il fit de son mieux pour l'ignorer et s'occupa l'esprit en réfléchissant à la meilleure manière d'utiliser ses pouvoirs pour se libérer.

À contrecœur, il décida d'employer le Feu, mais ce n'était pas son élément préféré et ça lui paraissait décidément dangereux de l'utiliser aussi près de sa peau. Après la torture que lui avait infligée Miathan, l'idée de subir de nouvelles brûlures le révulsait.

Néanmoins, il n'avait d'autre option que le Feu. Heureusement, il avait juste besoin d'une minuscule boule de cet élément. C'était tout ce qu'il avait la force de créer pour le moment. De plus, le contrôle de ses pouvoirs étant incertain, plus la flamme serait petite et moins il aurait peur de s'immoler. Tendant le cou, le Mage regarda sa poitrine autour de laquelle le filet s'était étroitement enroulé, faisant plus de trois tours. Afin de libérer ses bras, il allait devoir faire disparaître ce tas de mailles emmêlées.

Anvar se mordilla la lèvre – combien de fois avait-il vu Aurian faire ce geste en élaborant un sortilège ? – et puisa profondément en lui pour trouver la source de ses pouvoirs. Ah ! Comprimant la magie avec toute la force de sa volonté, il la broya jusqu'à former une minuscule étincelle d'énergie qui brillait farouchement. Le Mage la visualisa alors à l'endroit où il la voulait, là où les mailles s'entrecroisaient sur sa poitrine, puis il nourrit cette étincelle de toute la force de son amour pour la magie, l'encourageant à grandir et à s'épanouir, juste un petit peu au début, et puis encore un peu ensuite…

Une odeur de chanvre en combustion s'éleva alors, suivie d'un ruban de fumée. Sous les yeux d'Anvar, les mailles commencèrent à noircir et à rougeoyer avant de se séparer et de se défaire, fil après fil. Une petite flamme étincelait comme un œil de dragon à chaque bout cassé.

Puis le Mage se laissa emporter par son propre succès, à moins que la corde ne fût simplement très sèche. Tout d'un coup, une partie du filet de la taille de sa main s'enflamma pour de bon. Anvar roula sur le dos en poussant un cri et essaya d'éteindre le feu. Le filet se cassa alors vraiment. Le Mage avait pratiquement éteint toutes les flammes en se retournant ; les bras libres, il tapa frénétiquement sur les dernières étincelles jusqu'à ce qu'il soit sûr d'être venu à bout de l'incendie. Jurant et riant tout à la fois de soulagement, il s'assit et libéra ses jambes avec des mains tremblantes.

Enfin, il était libre, mais il avait été attaché pendant si longtemps que ses jambes ne supportaient plus son poids. Il rampa jusqu'à l'entrée de la grotte, où la neige amenée par le vent avait formé une congère sur le côté. Il ne s'était pas trop grièvement brûlé les mains en éteignant son propre feu, mais il les plongea dans la neige apaisante jusqu'à ce que toute sensation de chaleur disparaisse de ses paumes, puis il en répandit un peu sur la peau de sa poitrine, qui le picotait à l'endroit où les flammes l'avaient approchée de trop près.

Ensuite, Anvar regarda le paysage qui s'étendait au-delà de sa prison, mais la tempête se déchaînait une fois de plus et il ne vit que des nuages gris et d'épaisses rafales de neige obliques. Il ne savait pas à quelle distance se trouvait le sol, mais il était persuadé qu'elle devait être bien trop importante, sinon ils ne l'auraient pas emprisonné là ! Quoi qu'il en soit, il ne pouvait agir tant qu'il n'y verrait rien. Poussant un soupir amer, Anvar regagna sa prison en rampant et s'aperçut qu'elle était mieux approvisionnée qu'il ne s'y attendait.

De toute évidence, Serre-Noire avait envoyé un message pour avertir de son arrivée. Dans un coin se tenaient deux grandes cruches d'eau et un panier de vivres généreusement rempli. À côté, une grosse pile de bois de chauffage et d'allumage était empilée le long de la paroi qui fermait la grotte. Anvar ne perdit pas de temps pour allumer un feu de camp mais prit de grandes précautions, ne gardant que trop à l'esprit sa récente mésaventure. Il eut cependant droit à quelques essais malheureux, un brandon enflammé à la main, avant de trouver un endroit adéquat où les courants d'air feraient sortir la fumée de la caverne sans pour autant le faire mourir de froid. Au bout d'un moment, il repéra l'emplacement idéal, là où la paroi de gauche saillait pour former un éperon incliné qui lui arrivait à la taille. Derrière se trouvait un coin abrité d'où la fumée pourrait s'échapper en passant pardessus l'affleurement rocheux.

Le feu de camp mit un peu de baume au cœur d'Anvar. Les flammes couleur safran firent reculer la pénombre de la caverne et les craquements des bûches en pleine combustion contribuèrent à couvrir les lamentations stridentes et énervantes de l'horrible édifice perché sur le pic. Le feu dansait, parlait et avait besoin d'être nourri – on aurait dit un être vivant et un compagnon. Néanmoins, un froid intense continuait à régner dans la grotte. Anvar se demanda un instant pourquoi ses ennemis se donnaient toute cette peine tout en le laissant mourir de froid. Mais une exploration plus poussée de la caverne lui fournit la réponse à cette question, une réponse qui lui glaça le sang et l'emplit d'horreur.

Non loin des provisions, dans un coin obscur au fond de la grotte, gisait une épaisse pile de fourrures sombres qu'il n'avait pas vue jusqu'à ce que les flammes les éclairent. Grandement soulagé d'abord, Anvar s'empressa d'aller chercher l'une de ces peaux, mais retira aussitôt sa main en proférant un terrible juron. Il ne connaissait que trop bien cette fourrure, sa texture, son épaisseur et cette sensation lourde et soyeuse qu'elle procurait. Ces monstres assoiffés de sang voulaient qu'il se drape dans les peaux des congénères de Shia !

— Assassins ! hurla-t-il en tapant du poing contre la paroi de la caverne. Plutôt mourir de froid ! Ça vaudrait mille fois mieux que de porter les dépouilles de ce peuple assassiné !

Anvar pensa à Shia, à sa loyauté et son courage, sa compréhension et son sens de l'humour acéré, à la beauté agile et gracieuse de son corps au poil lustré et aux muscles d'acier, ainsi qu'à l'éclat glorieux de ses yeux d'or étincelants. Mais Shia, avec son calme et son inépuisable bon sens, aurait été la première à lui dire de faire preuve de pragmatisme pour ne pas mourir. Il n'avait pas d'autre choix.

Anvar s'arma de courage pour envelopper ses épaules avec l'une de ces fourrures, même si leur contact le révulsait, comme si elles étaient encore couvertes de sang. La peau pesait sur son dos comme le fardeau de la culpabilité qu'il éprouvait à l'idée de profiter de la mort de la pauvre créature. S'agissait-il d'un ami de Shia ? De son compagnon ? Pire encore, de son enfant ? Frissonnant, Anvar chassa cette pensée. Le pauvre félin était mort, et ses compagnons avec. Le Mage ne le ramènerait pas à la vie en se sacrifiant. Il devait survivre, trouver le moyen d'échapper à cette prison et de retourner aider Aurian. Ce faisant, s'il pouvait porter un coup à ceux qui avaient commis cette atrocité, alors, par tous les dieux, il vengerait au moins ces félins qui, en mourant, lui avaient sauvé la vie.

Anvar se cacha le visage dans les mains en ravalant ses larmes. Il avait été incapable, jusque-là, de penser à Aurian, car la douleur de l'avoir perdue était si insupportable que son esprit n'avait pu se résoudre à l'affronter. Le souvenir de Shia et les pitoyables restes de ses congénères assassinés avaient servi à libérer enfin tout son chagrin. Mais sa survie demeurait l'impératif le plus fort. Il n'aiderait pas Aurian en mourant de faim et de froid dans cette maudite grotte. Anvar s'essuya le visage sur sa manche, empruntant inconsciemment cette manie à son amour perdu, puis se leva pour remettre du bois dans son feu vacillant.

À présent, le Mage se sentait étourdi et malade de faim et de soif. Il trouva une tasse à côté des cruches et but longuement, remplissant la tasse à plusieurs reprises, avant de porter son panier près du feu pour y examiner son contenu. Il y trouva des galettes épaisses et humides, qui n'étaient de toute évidence pas à base de céréales. Mais bien sûr, aucune céréale ne devait pousser aussi haut. Peut-être s'agissait-il d'une espèce de tubercule, songea Anvar en l'engloutissant. Nereni avait elle-même tenté d'accommoder ce genre d'ingrédients dans la forêt. Il sortit également des gros morceaux de chèvre rôtie et une énorme volaille délicatement épicée et fumée. Il n'y avait ni fruit ni légume, mais, d'après Raven, Aerillia était prisonnière des griffes de l'hiver depuis trop longtemps pour y trouver de telles denrées. Au fond du panier, Anvar trouva également un fromage de chèvre et, mieux encore, une flasque de vin rouge.

Mais le Mage ne parvint pas à trouver beaucoup d'appétit. Il avait la gorge sèche et l'estomac barbouillé. Cependant, il réchauffa le vin avec un peu d'eau au-dessus de son feu, se fit un lit en peaux de félins dans son coin abrité et se roula en boule à l'intérieur. Même s'il avait chaud et tremblait de fièvre, Anvar s'endormit en un laps de temps relativement court, chérissant la pensée d'Aurian tel un talisman.

11

LES PAROLES DE LA DÉESSE

Après avoir passé une éternité en proie au tourment et au désespoir, Aurian entendit le bois grincer contre la pierre lorsque la porte de la prison s'ouvrit en tournant sur son unique charnière. Elle ignora le bruit, car que pouvaient-ils lui faire de plus ? Elle avait perdu Anvar, car elle ne savait pas où ils l'avaient emmené, et Miathan avait placé une malédiction sur la tête de son enfant. Elle frémit et lutta contre les nausées en se demandant quelle espèce de monstre elle portait en son sein. Son esprit meurtri n'arrivait pas encore à affronter son amère défaite. Qu'ils entrent ! Que Miathan fasse ce qu'il voulait d'elle – il ne pouvait faire pire que ce qu'il lui avait déjà infligé. Comment avait-elle osé espérer un jour le vaincre ?

Du fond de sa détresse, Aurian entendit un cri horrifié, suivi d'un chapelet de jurons presque inarticulés visant le prince, ses partisans, ses amis et ses ancêtres. Nereni ! C'était Nereni qui débitait des insanités qui, en temps ordinaire, l'auraient fait pâlir et se couvrir les oreilles. Aurian sentit un sourire se dessiner sur ses lèvres et eut honte, brusquement. Si cette timide petite femme était capable de puiser en elle autant de force et de combativité, elle-même, une Mage, une guerrière, ne pouvait s'abandonner au désespoir.

Aurian sentit le froid de l'acier contre ses poignets lorsque Nereni trancha les liens de cuir qui les retenaient. Elle étouffa un juron tandis que la circulation se rétablissait à l'intérieur de ses mains, lui donnant une sensation de brûlure. Non sans efforts, elle ouvrit ses yeux gonflés. Nereni avait le visage ravagé par les larmes, mais son regard brûlait de rage et d'indignation.

— Aurian ! s'exclama-t-elle en prenant la Mage dans ses bras. Qu'est-ce qu'ils t'ont fait ? Toi qui attends un enfant ! (Furieuse au point de ne plus penser à sa propre situation, Nereni s'en prit aux soldats qui l'avaient accompagnée.) Vous, allez me chercher de l'eau et du bois pour allumer un feu ! Et faites monter quelqu'un pour réparer cette trappe. Nous sommes peut-être vos prisonnières, mais nous refusons de mourir de froid – ou de faim. Et vous aussi, fils de chien ! Trouvez-moi de la nourriture pour cette pauvre dame.

L'un des soldats éclata de rire.

— On n'a pas d'ordres à recevoir d'une vieille sorcière comme toi ! ricana-t-il.

Nereni se redressa de toute sa hauteur, pourtant insignifiante. Puis au grand étonnement d'Aurian, elle avança droit sur le soldat d'un air irrité.

— Mais vous recevez les ordres du prince, qui vous a dit que vous deviez prendre soin de cette dame. Maintenant, bougez votre derrière de fainéant et ramenez-moi ce dont j'ai besoin, avant que j'informe Son Altesse de votre désobéissance !

Le soldat pâlit brusquement et s'empressa d'accéder à sa demande.

— Et pendant que vous y êtes, ajouta Nereni en criant, envoyez-moi quelqu'un pour nettoyer cette porcherie !

Après, tout alla très vite. Les cadavres des Ailés furent traînés hors de la pièce et des soldats vinrent laver le sol en pierre usée. Quelqu'un apporta du bois, et de joyeux crépitements ne tardèrent pas à retentir tandis que la flambée dans l'âtre commençait à dissiper le froid. Un soldat ramena un sac de provisions et des ustensiles que Nereni lui arracha des mains.

Lorsque les gardes furent partis, Aurian ôta sa robe déchirée avec un frisson de révulsion et se drapa dans les couvertures prises dans les affaires qu'on leur avait rendues. Nereni lui tendit un tissu trempé dans l'eau froide afin de le presser contre son visage contusionné, puis retourna à ses préparatifs près du feu. Grâce aux tendres soins de son amie, Aurian sentit se dissiper la terrible tension de son désespoir. Tandis que l'eau glacée apaisait la douleur de ses ecchymoses, elle chercha en elle les lambeaux de son courage et les réunit en un manteau de volonté inflexible. Jamais elle n'avait été aussi près d'abandonner, et elle n'avait pas l'intention de recommencer. Sans Nereni…

Aurian leva le menton, un geste d'entêtement habituel chez elle. Non, elle ne céderait pas au désespoir. Elle voulait garder ses esprits afin d'exploiter les moindres faiblesses du plan de Miathan. Il devait bien exister un moyen de les sauver, Anvar et elle. Ô, dieux, et son enfant aussi ! Comme pour lui rappeler sa présence et sa propre souffrance, le fils de Forral bougea en elle, et Aurian dirigea ses pensées vers lui dans un flot d'amour et de chagrin. Après tout ce qu'il avait traversé…

— Ne t'inquiète pas, chuchota-t-elle d'un ton farouche. Peu importe l'apparence que Miathan t'a donnée, tu es à moi et je t'aime. Je ne laisserai pas ce bâtard te tuer.

Au son de sa voix, Nereni se retourna et tendit à la Mage une tasse de liafa fumant.

— Tu as déjà une meilleure tête, lui dit-elle doucement. Aurian, est-ce qu'il... Quand je t'ai vue étendue là, j'ai cru...

Elle s'interrompit en se mordant la lèvre.

— Non, répondit Aurian d'un ton las. Je vais bien – pour le moment. Il ne veut pas courir le risque de faire naître le bébé trop tôt. Mais ensuite...

Elle but une gorgée du stimulant breuvage et fit la grimace lorsqu'elle se brûla la bouche, déjà bien abîmée. Ses mains tremblaient tellement qu'elle n'avait pas trop des deux pour tenir la tasse. Pour ne plus penser au souvenir des caresses de Miathan, qui lui laissaient une impression de salissure, elle demanda des nouvelles de leurs autres compagnons.

Nereni se rembrunit.

— Ta soi-disant amie la panthère s'est battue pour sortir de là et s'enfuir, et ce lâche de Yazour a profité de l'occasion pour la suivre, expliqua-t-elle d'une voix teintée de colère.

— Ne blâme pas Shia, c'est moi qui lui ai demandé de s'en aller, répondit Aurian d'un ton ferme. Le Bâton de la Terre est notre seul espoir de vaincre Miathan, et il fallait bien que quelqu'un l'emmène à l'abri. Et ne blâme pas non plus Yazour. Submergés sous leur nombre comme nous l'étions, c'était la seule chose à faire. Mais est-ce qu'Eliizar et Bohan vont bien ?

Aurian savait qu'il s'agissait de la véritable source de l'angoisse de Nereni et attendait anxieusement sa réponse.

— Ils ont enfermé Eliizar à la cave avec Bohan, avoua Nereni d'une voix tremblante. Il était blessé, mais ils ont refusé de me laisser le voir. Ils m'ont jetée par terre dans l'intention de me violer, ajouta-t-elle en frissonnant, mais le prince les a arrêtés. Il savait que la honte me pousserait à me tuer, et il me veut vivante, pour prendre soin de toi. C'est pour ça que les gardes n'osent pas me faire de mal. J'ai vu des Ailés s'envoler avec Anvar, et…

— Qu'as-tu dit ?

La tasse se brisa au bord de l'âtre et le liafa se répandit en sifflant dans les flammes. Aurian agrippa si fort les bras de Nereni que la petite femme laissa échapper un hoquet de douleur.

— Des Ailés ont emmené Anvar ? Sais-tu où ils allaient ?

— Aurian ! protesta Nereni dans un cri.

Mais la Mage ne desserra pas son étreinte pour autant.

— Où l'ont-ils emmené, Nereni ?

— Je n'en suis pas sûre, gémit la petite femme. Ils s'exprimaient dans la langue du peuple du Ciel, mais je les ai entendus mentionner Aerillia. Ensuite, ils ont mis Anvar dans un filet et se sont envolés avec lui. Aurian, tu me fais mal ! s'écria-t-elle avant d'éclater en sanglots.

— Oh, Nereni, je suis désolée ! (Aurian prit la femme en pleurs dans ses bras.) Tu t'es montrée si courageuse ! Je ne sais pas ce que j'aurais fait sans toi. Mais j'ai si peur pour Anvar, et je ne savais pas où ils l'avaient conduit.

— Je sais, renifla Nereni. Je ressens la même chose vis-à-vis d'Eliizar, blessé et enfermé dans ce terrible endroit. Si seulement ils voulaient bien que je le voie…

— Ne t'inquiète pas, on trouvera un moyen, la réconforta Aurian. Si Miathan veut bien laisser Harihn tranquille de temps en temps… (Elle hésita en se demandant comment expliquer le fait que le prince n'était pas ce qu'il semblait être.) Tu vois, Harihn n'est plus…

— Lui-même ? (Le visage de Nereni s'éclaira un peu en voyant l'air surpris d'Aurian.) Je sais, poursuivit-elle. Pourquoi crois-tu que mon peuple a si peur de la sorcellerie ? Les histoires de possession sont chose commune dans nos légendes. Quand il m'a sauvée de ses hommes, Harihn paraissait normal, mais soudain son visage est devenu méconnaissable et une autre créature, diabolique celle-là, m'a contemplée à travers ses yeux. (Le tremblement de sa voix démentait le calme de son attitude.) Le prince aurait-il vendu son âme à un démon ?

Aurian secoua la tête.

— Je t'ai déjà parlé de l'Archimage Miathan, qui a décidé d'user de ses pouvoirs pour faire le mal. Eh bien, il est de mèche avec Serre-Noire, mais il se sert aussi du corps du prince. Miathan n'aurait jamais pu réussir à prendre possession de lui sans l'accord d'Harihn, alors j'imagine qu'il a offert au prince le trône de son père. Il a besoin d'un allié dans le Sud pour mener à bien ses rêves de conquête. Mais Harihn n'avait sans doute pas idée de l'étendue de la duplicité de Miathan. Il n'est plus qu'une marionnette, désormais, obéissant aux moindres caprices de l'Archimage. Je n'éprouve pas la moindre compassion pour lui, mais ton peuple va souffrir, comme nous tous, si nous ne trouvons pas le moyen de sortir de là.

— Mais comment faire ? protesta Nereni. Il détient Eliizar et Bohan, et il les tuera si nous essayons de lui échapper.

— Je ne sais pas, reconnut Aurian. Du moins, pas encore. Il retient également Anvar en guise d'otage, mais grâce à toi, maintenant, j'ai une idée du lieu où il se trouve. Ne t'inquiète pas, Nereni. Si nous ne paniquons pas, nous finirons par trouver la solution.

Tout en rassurant son amie, Aurian analysait la situation comme Forral le lui avait appris. Elle devait reconnaître que les choses étaient désespérées. Elle resterait impuissante jusqu'à la naissance de l'enfant, qui lui rendrait ses pouvoirs – mais aurait-elle le temps d'agir avant que Miathan ne tue le bébé ? Et comment agir contre l'Archimage s'il n'existait aucun moyen de libérer Anvar, si loin en Aerillia ? Aurian commençait à avoir mal à la tête. Elle souffrait du choc subi, des coups reçus et se sentait complètement démunie, terrorisée jusqu'au plus profond de son être. Malgré tout, elle s'obligea au calme pour mieux réfléchir. Elle devait absolument trouver un plan.

— *Aurian !*

La voix qui retentit dans l'esprit de la Mage était teintée de désespoir, comme si sa propriétaire essayait d'attirer son attention depuis un moment. Aurian fut envahie par une joie si intense qu'elle en eut la gorge nouée.

— *Shia ! Je t'avais oubliée.*

— *J'avais remarqué*, répliqua sèchement Shia. *Idiote ! Ça fait des heures que j'essaye de pénétrer ce désordre que tu appelles tes pensées.*

— *Idiote toi-même*, riposta Aurian. *Je t'avais dit de t'en aller.*

— *Je suis bien cachée, et, si quelqu'un devait me trouver, que les dieux lui viennent en aide.* (Sa voix s'adoucit à cause de l'inquiétude.) *Aurian, comment pouvais-je te laisser sans savoir ce qui t'était arrivé ?*

Brièvement, la Mage expliqua à Shia ce qui s'était passé. La panthère cracha en apprenant la trahison de Raven.

— *Petite sotte ! Je ne lui ai jamais fait confiance. Ce n'est pas pour rien que les Ailés sont nos ennemis jurés depuis des lustres. Mais Aurian, comment peux-tu me demander de te laisser en si grand danger ? Ne puis-je donc rien faire pour t'aider ?*

Pendant un moment, Aurian se surprit à espérer. Puis elle se souvint d'Anvar, emprisonné en Aerillia, et son optimisme disparut. Même si Shia parvenait à la libérer et qu'elles réussissaient ensemble à échapper à l'Archimage, celui-ci devait être en contact avec Serre-Noire, d'une manière ou d'une autre. Si elle s'évadait, Anvar mourrait bien avant qu'elle ne puisse le rejoindre.

Aurian soupira. Quoi qu'elle fasse, Miathan la tenait.

— *Non, Shia*, dit-elle au félin. *Ils retiennent Anvar en otage et il mourra si tu me libères. Tout ce que tu peux faire, c'est emporter le Bâton et… Par Ionor le Sage ! Pourquoi n'y ai-je pas pensé plus tôt ?*

Aurian éclata de rire, ivre de soulagement. L'inspiration lui était venue dans un éclair aveuglant.

— *Quoi encore ?* demanda Shia d'un ton que l'exaspération rendait cassant.

Aurian fit un effort pour réprimer son rire et fit taire les protestations interloquées de Nereni.

— *Shia, écoute-moi bien. Nous pensons qu'Anvar est détenu en Aerillia. Retrouve-le aussi vite que possible et apporte-lui le Bâton. Il pourra s'en servir pour s'échapper !*

— *Et c'est tout ?* demanda Shia d'un ton acide. *Je n'ai qu'à traverser trente lieues dans les montagnes, en plein hiver, en portant ce maudit objet magique qui me fait grincer des dents. Ensuite, je pénètre dans l'inaccessible cita-*

delle des Ailés sans perdre le Bâton, je le donne à Anvar, en supposant qu'il s'y trouve réellement, et je prie pour que tu lui aies appris suffisamment de sorts et qu'il puisse nous sortir de là. J'ai oublié quelque chose ?

— *Non, je pense que tu as parfaitement résumé la situation*, répondit Aurian en souriant. *Si quelqu'un peut y arriver, Shia, c'est bien toi.*

La panthère soupira.

— *Très bien, si c'est ce que tu veux. Mais si je m'en vais secourir Anvar, qu'adviendra-t-il de toi ?*

Le côté désespéré de sa situation surgit de nouveau devant Aurian tel un nuage noir et étouffant.

— *Shia, je n'en sais rien. Les choses vont mal et ne feront certainement qu'empirer.*

— *Alors laisse-moi te sortir de là. Je sais que je peux y arriver.*

Oh, c'était tentant. Aurian pensa à Eliizar et Bohan, enfermés dans la cave froide et humide. Elle pensa à Miathan qui menaçait de détruire son fils, ainsi qu'au terrible contact de ses mains sur son corps. Puis elle songea à Anvar. Elle précipiterait sa mort si elle cédait à la peur.

— *Non*, insista-t-elle. *Va libérer Anvar, Shia, pour que Miathan n'ait plus de moyen de pression sur moi. Il ne me fera pas de mal jusqu'à la naissance de mon enfant, et, à ce moment-là, je récupérerai mes pouvoirs.* (Elle avait l'impression que ses mots sonnaient creux, mais elle s'arma de courage.) *Quoi qu'il arrive, je ne le supporterai que si Anvar peut être sauvé.*

Shia soupira de nouveau.

— *Très bien, nous le ferons à ta façon. Mais mon cœur saigne pour toi, mon amie. Sois prudente.*

— *Je te le promets. Mais sois prudente aussi. Je n'ai que trop conscience de la difficulté de la mission que je t'impose.*

— *Si je peux me mettre l'un de ces sales Ailés sous la dent, ça en vaudra la peine. Au revoir, Aurian. Je vais sauver Anvar, je te le jure, et nous reviendrons tous deux te chercher.*

— *Au revoir, mon amie*, chuchota Aurian.

Mais la panthère était déjà partie.

Dans le bosquet ravagé par l'hiver, au pied de la tour, un très vieil arbre était tombé, déraciné par le poids de son fardeau de neige. Shia, tous ses sens en éveil, se glissa furtivement hors de la petite cavité qui s'était formée entre les racines et le flanc de la colline. Elle éprouva un accès d'humour noir en se laissant glisser telle une ombre noire sur la neige obscure. Comme c'était malin de sa part de se cacher juste sous le nez de ces stupides humains. Aurian avait insisté pour qu'elle l'abandonne, ce qui fendait le cœur de la panthère – mais avant de partir, elle avait une petite chose à faire. L'endroit où ses ennemis cantonnaient leurs chevaux et leurs mules se trouvait non loin de là, derrière les arbres aux branches enchevêtrées. Shia s'en approcha furtivement, alléchée par la succulente odeur. La viande de cheval était son mets favori, mais elle avait été obligée de se restreindre en voyageant en compagnie d'Aurian. Sa queue se mit à battre sans relâche. *Ce n'est pas pour ça que tu es là !* se rappela-t-elle. La panthère déposa soigneusement le Bâton sous un buisson où elle n'aurait aucun mal à le récupérer, puis se ramassa pour sauter – avant de s'aplatir brusquement en étouffant un grondement de frustration.

Deux soldats venaient vers les chevaux et le vent portait le son de leurs voix geignardes si bien que Shia en comprenait chaque mot. Le fait de communiquer avec Aurian lui avait permis d'acquérir une certaine connaissance de la langue des hommes et, tandis qu'elle attendait tapie dans les fourrés le moment de passer à l'action, elle écouta attentivement dans l'espoir d'apprendre des informations utiles.

— Par le Faucheur, ce n'est pas juste ! grommela l'un des deux. Pourquoi est-ce qu'on doit se geler les miches ici dans la neige alors que les autres se la coulent douce devant un bon feu ?

— Il faut bien que quelqu'un s'occupe des bêtes, avança l'autre garde. En plus, je préfère rester dehors. Le prêtre des hommes du Ciel me donne la chair de poule.

— Moi, tous les hommes du Ciel me fichent la trouille, renchérit son ami. Pourquoi est-ce que le prince a fait alliance avec eux ? Et puisqu'il voulait tendre un piège à la sorcière du Nord, pourquoi ne pas lui passer une épée au travers du corps pour en finir une bonne fois pour toutes ? On pourrait être sur les terres des Xandims en ce moment au lieu de mourir de froid dans cette maudite vallée perdue. Si tu veux mon avis, Harihn a perdu l'esprit. Il n'est plus le même depuis qu'on a quitté le désert.

Son ami s'empressa de le faire taire.

— Fais attention à ce que tu dis, Dalzor ! Si on te surprend à parler de trahison, on te coupera la tête. Quoi qu'il en soit, on devrait décharger ces bêtes et les étriller. Que dira le capitaine s'il arrive et voit qu'on a même pas commencé ? Il fait trop froid, je tiens pas à perdre un bout de peau en recevant le fouet.

Il commença par l'extrémité de la ligne et défit péniblement les boucles avec ses doigts gelés avant de laisser tomber les fontes sur le sol. Tout en continuant à maugréer, son compagnon s'avança vers l'endroit où se trouvait Shia. Les animaux effrayés s'agitaient, leur robe maculée de sueur, car ils sentaient le félin à proximité.

— Mais qu'est-ce qui leur prend, à ces bêtes ? marmonna Dalzor.

Lorsqu'il approcha du premier cheval, celui-ci fit un violent écart en s'ébrouant et bouscula le soldat, qui s'étala de tout son long dans la neige piétinée. Dans un chapelet de jurons, il tenta de se remettre debout sur la surface humide, mais il était trop tard.

En un éclair, Shia se jeta sur lui ; la chaude extase du sang ennemi envahit sa gueule lorsqu'elle enfonça ses crocs dans la gorge de l'humain. Puis elle s'élança entre les chevaux et les mules en grondant et en distribuant des coups de griffes. Paniquées, les créatures hennirent et se cabrèrent, et la peur leur donna la force d'arracher les piquets auxquels leurs brides étaient attachées. Puis elles se dispersèrent. Certaines retournèrent dans la vallée, mais Shia remarqua que la plupart s'enfuyaient à travers le défilé. Elle allait pouvoir se nourrir de viande de cheval !

L'autre garde partit en courant et en appelant à l'aide. Un grand tumulte éclata alors au sein de la tour, et la neige qui recouvrait la colline se teinta d'une vilaine couleur jaune lorsque la porte s'ouvrit. À regret, Shia renonça à tuer le deuxième soldat et courut rechercher le Bâton. Puis elle partit en flèche à l'intérieur du défilé, non sans se féliciter au passage. Elle avait laissé les soldats décharger la plus grande partie des provisions, car elle n'avait aucune envie d'affamer ses amis, mais elle avait réussi à piéger ses ennemis au sein de la tour. Si Shia avait été humaine, elle aurait souri d'une oreille à l'autre. Le prince et ses hommes étaient coincés dans cet endroit hostile et désolé, et, lorsqu'elle reviendrait avec Anvar, elle saurait exactement où les trouver.

Bien qu'il fût déterminé à partir, Schiannath était resté près de la tour, incapable d'abandonner ce mystère derrière lui. Pourquoi les Khazalims se battaient-ils entre eux ? Et, au nom de la déesse, que venaient faire là-dedans ces bâtards d'Ailés ? Puisque de toute évidence le fugitif n'allait pas être poursuivi, le hors-la-loi, tapi derrière ses rochers, continua à épier les allées et venues, les yeux fixés sur la tour. Les bruits de combat s'éteignirent peu à peu. Au bout d'un moment, Schiannath vit les Ailés s'envoler en emportant avec eux un long paquet dans un filet. Ils prirent la direction du nord-ouest – Aerillia. Et ils emmenaient un prisonnier avec eux ! La forme du paquet en question n'était que trop familière. Schiannath secoua la tête. S'agissait-il de fugitifs appartenant au peuple des Khazalims, ou s'agissait-il au contraire d'hommes du Ciel ? Que se passait-il au juste ?

— Oublie ça, Schiannath, murmura-t-il pour lui-même. Tu as d'autres sources d'inquiétude autrement plus importantes. Comme survivre, et voler les provisions que les Khazalims ont laissées sur ces mules !

Le chaos qui se déclencha parmi les animaux prit Schiannath par surprise. Il avait décidé d'attendre avant d'agir, le temps qu'un calme troublé s'installe dans la tour. Il pensait bien que les Khazalims – maudits soient-ils – auraient besoin d'un peu de temps pour restaurer l'ordre à l'intérieur avant de se souvenir qu'il fallait décharger les chevaux. Il était justement sur le point de passer à l'action lorsque ces satanés gardes apparurent en bavardant dans leur langue fruste et commencèrent à décharger les bêtes. Schiannath jura amèrement. La chance de toute une vie, et il l'avait laissée passer. Qu'est-ce qui n'allait pas chez lui ? Toutes ces provisions – et elles avaient bien failli lui tomber entre les mains.

Le hors-la-loi sentit l'eau lui monter à la bouche. Qu'il soit pendu s'il renonçait aussi facilement ! Les gardes se séparèrent pour aller plus vite et l'un d'eux se rapprocha de la cachette de Schiannath et du fourré rabougri qui poussait au pied de la colline. S'il parvenait à franchir la distance qui l'en séparait et à se mettre à couvert pendant que l'homme était occupé avec les chevaux étrangement agités... Schiannath attendit le bon moment. Puis, laissant Iscalda, il s'élança, plié en deux, et plongea dans les buissons.

Au même moment, ceux-ci parurent exploser. Des branches lui cinglèrent le visage lorsqu'une énorme forme noire jaillit entre elles. Des rugissements et des grondements mêlés aux hennissements des chevaux assaillirent les oreilles du hors-la-loi. Ce dernier se redressa, le cœur battant la chamade. Il ne savait pas quelle était cette créature, mais elle était là, quelque part près de lui. Schiannath tendit fiévreusement la main vers son arc et s'aperçut qu'il l'avait perdu dans la neige. Ô déesse ! Comment allait-il survivre dans cette région désolée sans son arme ? Mais sa vie se trouvait précisément en danger, si bien qu'il tira son épée et se glissa furtivement jusqu'au bord du fourré. Là, il se figea, horrifié.

Le garde, la gorge et la moitié du visage arrachées, gisait mort dans une mare de sang qui ne cessait de s'agrandir. Parmi les chevaux, provoquant des ravages à grands coups de dents et de griffes, se dessinait la silhouette d'un démon aux yeux flamboyants. Schiannath prit une inspiration sifflante, les dents serrées. L'un des terrifiants Noirs Fantômes des montagnes du Nord. Et il avait perdu son arc !

Alors même que Schiannath observait la scène, la panthère bondit dans sa direction. Il plongea en arrière, tout en sachant qu'il était déjà mort ; mais la créature l'ignora, se jeta sur un objet qui gisait non loin de là et s'enfuit en direction du défilé. Schiannath sentit son sang se glacer. Iscalda ! Il se remit debout comme il put en osant à peine regarder, mais la jument avait disparu. Incapable d'affronter le monstre, elle s'était enfuie – dans la même direction que lui. *Ô, déesse, sauve-la !*

Maintenant que la terrifiante bête était partie, les soldats commençaient à sortir de la tour – mais oseraient-ils s'aventurer dans le défilé alors que le félin pouvait encore y être ? Schiannath en doutait. Lui-même n'était pas emballé par cette idée, mais il n'avait pas le choix. Certains chevaux continuaient à s'agiter autour de leurs piquets, fous de peur mais incapables de se libérer. Le hors-la-loi se précipita vers les bêtes les plus proches, un cheval et une mule qui portait encore son chargement. Il sauta sur le dos du cheval et trancha sa bride et celle de la mule d'un seul coup de couteau. L'animal se cabra violemment, mais aucun cheval ordinaire ne pouvait désarçonner un Xandim. Fouettant l'animal paniqué avec le bout de la bride, Schiannath s'élança vers l'entrée du col en espérant qu'il arriverait à temps pour sauver Iscalda du démon.

Il se pencha sur l'encolure du cheval en plissant les yeux afin de repérer des traces dans la neige piétinée. De gros nuages gris obscurcissaient le ciel, et les parois escarpées de chaque côté du chemin bloquaient les premières lueurs de l'aube. La piste était encore plongée dans les ténèbres que les yeux angoissés de Schiannath ne parvinrent pas à percer. Le hors-la-loi tendit l'oreille pour repérer des bruits de poursuite par-dessus le fracas des sabots de sa monture et de la mule que la roche renvoyait en écho déroutant.

Mais il n'y avait rien. La peur du félin avait empêché les Khazalims de le suivre – pour l'instant. Entraînant la mule effrayée derrière lui, Schiannath talonna sa monture afin d'adopter une allure plus soutenue tout en suivant les courbes tortueuses du chemin rocailleux. Puis il entendit un son qui le glaça d'effroi. Quelque part devant lui, un cheval visiblement fou de peur poussait des hennissements rauques et stridents.

Le hors-la-loi suivit ces cris étranglés et désespérés et trouva Iscalda dans un étroit ravin qui s'écartait du col. Les cris de la jument se répercutaient en écho entre les hautes parois. Les flancs assombris par la sueur, elle roulait de gros yeux affolés tout en se cabrant et en reculant pour tenter d'échapper à l'ombre grondante qui la guettait.

Non sans difficultés, Schiannath contrôla sa monture rétive avec les genoux tout en cherchant son arc à tâtons. Mais l'arme avait disparu ! Le hors-la-loi se rappela trop tard l'avoir perdue lorsque le monstre avait dispersé les chevaux. Les oreilles de la panthère frémirent – elle était consciente de sa présence. Schiannath fouetta sa monture en essayant de la forcer à avancer contre son gré. Puis il s'arma de courage car il courait un risque immense, à vouloir piétiner l'impressionnante créature. Mais son cheval se cabra et échappa à son contrôle, trop effrayé pour approcher le félin mais incapable de s'arrêter à cause des coups de Schiannath. La mule devint hystérique à son tour et tourna sur elle-même au bout de sa corde jusqu'à ce que les deux créatures soient inextricablement emmêlées. Le hors-la-loi eut à peine le temps de libérer ses jambes avant que le monde ne bascule lorsque le cheval s'effondra dans un bruit sourd. Schiannath s'éloigna de la mêlée dans une roulade et atterrit à quatre pattes, les yeux dans les prunelles flamboyantes du grand félin.

— Ordure purulente ! s'exclama-t-il, à peine un murmure dans sa gorge desséchée.

Il avança une main tremblante vers son épée, mais la panthère poussa un grondement sourd et menaçant. Schiannath se figea, le souffle coupé. Puis, brusquement, la terrifiante créature commença à reculer. Déesse toute-puissante, elle n'avait quand même pas peur de lui ?

Elle gronda de nouveau, plus doucement cette fois, et commença à donner de petits coups de pattes dans une forme noire et ballante que le hors-la-loi n'avait pas encore remarquée, étendue comme elle l'était à l'ombre de la roche. La bête avait donc une autre proie. Au souvenir du guerrier qui avait fui la tour, Schiannath éprouva un flot de soulagement teinté de honte. Si la panthère avait suffisamment à manger, peut-être le laisserait-elle partir. Pouvait-il lui sacrifier sa monture khazalim afin de trouver un moyen de sortir Iscalda de là ?

Toujours campée au-dessus du guerrier inconscient, l'immense bête poussa un feulement strident qui résonna presque comme de l'impatience aux oreilles d'un Schiannath extrêmement tendu. Puis, baissant la tête, elle attrapa quelque chose dans la neige et le souleva dans sa gueule. On aurait dit une branche ou une espèce de racine tordue qui étincelait d'une lumière émeraude, vibrante et éblouissante. Une fois de plus, la panthère plongea son regard brûlant dans les yeux du hors-la-loi. L'or et l'émeraude se mêlèrent pour former un tourbillon étourdissant, et Schiannath se mit à sombrer dans la lumière…

Il rouvrit les yeux. Une douleur sourde engourdissait la moitié de son visage à l'endroit où il avait pressé la neige, et des frissons lui secouaient tout le corps. Sa tête lui semblait sur le point d'exploser, mais le félin, dieux merci, avait disparu. La fidèle Iscalda se tenait au-dessus de lui, les narines frémissantes à cause de l'odeur du sang. L'autre cheval gisait à l'endroit où il s'était effondré, les jambes enchevêtrées dans la bride de la mule de bât, laquelle avait également disparu. Il n'en restait qu'une longue trace de sang, une ornière dans la neige à l'endroit où le corps avait été traîné au loin, et les fontes qui gisaient sur le sol non loin de là.

— *C'est une viande très filandreuse. J'aurais préféré le cheval.*

Schiannath bondit sur ses pieds et tira son épée. Mais la voix avait résonné dans son esprit et non dans les airs !

— *Même toi, tu aurais eu meilleur goût que cette vieille mule maigrichonne, mais je t'ai épargné pour une bonne raison. Prends bien soin de l'étranger, humain, car ta vie en dépend.*

Shia recracha le Bâton avec une grimace et, pour s'enlever le goût de la gueule, arracha une autre bouchée de la chair de la mule encore chaude. Elle était contente d'avoir découvert juste au bon moment qu'elle pouvait communiquer avec ce stupide humain grâce à l'Artefact. Mais qu'est-ce que la magie contenue dans ce misérable objet pouvait faire souffrir ses crocs ! Elle frissonna à l'idée de devoir le porter pendant des jours et des jours.

La panthère risqua un coup d'œil hors de sa cachette – un étroit renfoncement dans la roche, à l'endroit où le gel avait fissuré un grand pan de la paroi, qui avait fini par tomber et dont les débris empilés formaient une espèce de repaire au pied de l'escarpement. Que faisait donc cet humain à présent ? Oh, merveilleux, il parlait à son cheval ! Shia fit jouer ses griffes et laissa échapper un grognement de frustration. *Arrête de perdre du temps avec cette bête sans cervelle et aide Yazour.* Elle s'armait de courage pour ramasser le Bâton et le lui dire lorsqu'elle le vit abandonner le cheval pour s'agenouiller auprès du guerrier blessé. Ah, bien ! Elle le regarda s'occuper des plaies de Yazour et envelopper le malheureux dans une couverture. Puis elle tourna de nouveau son attention vers la mule qui n'était pas aussi filandreuse qu'elle avait voulu le faire croire. Elle allait avoir besoin de forces. À présent qu'on s'occupait de Yazour, elle pouvait se concentrer sur son propre périple.

Fou de rage, Harihn gravit quatre à quatre les marches menant au premier étage. Ignorant les gardes en haut de l'escalier, il ouvrit la porte si violemment qu'elle trembla sur ses gonds dans un bruit de ferraille.

— Maudite sorcière ! s'écria-t-il. Qu'avez-vous fait à mes chevaux ?

Assise près de l'âtre et drapée dans une couverture, Aurian se leva avec une grâce surprenante. Elle fit face au prince en se redressant de toute sa hauteur, avec un port de tête digne d'une reine.

— Bonsoir, Harihn, lui dit-elle aimablement. Je vois que vous êtes de retour parmi nous.

Cette pique toucha le prince et lui arracha une grimace. Aurian le remarqua et sourit.

— Nous pouvons peut-être vous offrir un peu de liafa ? proposa-t-elle.

— Offrez-moi plutôt des réponses ! cria Harihn en claquant la porte au nez de ses gardes qui souriaient d'un air narquois. Pourquoi avez-vous ensorcelé mes chevaux ?

Voyant qu'elle s'efforçait de réprimer un sourire, il laissa sa rage et sa frustration prendre le dessus. Oubliant les ordres de Miathan, il se précipita sur Aurian pour la frapper et effacer cet air suffisant de son visage. Trop tard, il découvrit son erreur. Au dernier moment, elle leva la main, lui attrapa le poignet et le lui tordit. Harihn ressentit une douleur déchirante au bras et tomba cul par-dessus tête avant d'aller heurter le mur.

— Vous devriez faire plus attention, prince. Miathan ne sera pas content si vous abîmez son nouveau corps.

Piqué au vif par le ton froid d'Aurian, le prince se releva d'un air incertain et se frotta le poignet, le visage déformé par la colère.

— Je vous le ferai payer ! cria-t-il.

— Votre nouveau locataire ne le permettra pas, répliqua Aurian. Je connais l'Archimage, à mon grand malheur. Je préfère vous avertir : mieux vaut ne pas le contrarier, ou il vous le fera regretter, autant qu'il me l'a fait regretter à moi. (Son visage refléta une souffrance amère et une expression proche de la pitié.) Que vous a-t-il offert ? Le trône de votre père ? Et vous l'avez cru. Vous l'avez invité à entrer, pauvre fou, et maintenant il vous contrôle. Il peut envahir votre corps quand il le souhaite et vous obliger à faire ce qu'il veut. Que vous le sachiez ou non, vous êtes son prisonnier, tout comme moi.

Ce discours remplit Harihn d'effroi.

— Vous avez tort ! balbutia-t-il. Nous avons un accord. Vous êtes ma prisonnière à moi, et c'en est fini pour vous de jouer les personnes autoritaires. Par le Faucheur, je vais vous remettre à votre place. Vous allez m'obéir, sinon…

— Mais bien sûr, Harihn, accepta Aurian d'un ton doucereux.

Le prince, ébahi par cette soudaine capitulation, la dévisagea en plissant les yeux.

— Vous mentez pour détourner mes soupçons, déclara-t-il sèchement. Vous croyez vraiment que je vais me faire avoir par cette pitoyable manœuvre et vous laisser vous en aller ?

Aurian lui rit au nez.

— Harihn, vous êtes plus bête encore que je ne le pensais. L'Archimage retient Anvar en otage, et vous détenez Eliizar et Bohan. Vous croyez vraiment que je laisserais Anvar se faire tuer et que Nereni mettrait la vie d'Eliizar en danger en m'aidant ? Si je sacrifiais mes amis, jusqu'où irais-je, sans un cheval ? Réfléchissez. Si j'avais l'intention de m'échapper, aurais-je fait prendre la fuite à vos bêtes ?

Harihn se rembrunit. Cette maudite sorcière avait l'art et la manière de jouer avec les mots ! Mais bien que cela le mît hors de lui, il fut bien obligé d'admirer son courage. Aurait-il pu réagir avec autant de calme s'il avait été à sa place ? Un court instant, il regretta leur amitié des premiers jours. Si seulement il avait eu le courage de prendre le trône qu'elle lui offrait ! Pourquoi avait-il refusé d'utiliser sa sorcellerie, pour ensuite accepter celle d'un autre, bien plus sinistre ? Enfin, Harihn admit la vérité. Ça l'aurait humilié de recevoir la couronne des mains d'une femme. Il leva les yeux et vit qu'Aurian le regardait d'un air grave et triste.

— Dans ce cas, qu'avez-vous l'intention de faire ? lui demanda-t-il d'un ton radouci.

Elle écarta les mains, un geste plus éloquent que des mots.

— Pour le moment, il n'est rien que je puisse faire.

Ses mots glacèrent le sang du prince.

— Comment ? Vous avez l'intention de laisser l'Archimage tuer votre enfant ?

— Ah, fit tristement Aurian. Je me suis demandé si vous étiez toujours présent lorsque Miathan possède votre corps. (Elle secoua la tête.) Oh, Harihn, cette situation me chagrine. Nous étions amis autrefois, et je n'ai pas oublié tout ce que je vous dois. Pourquoi les choses sont-elles allées de travers ainsi ?

À son grand étonnement, Harihn se sentit ému par son chagrin. Tandis que sa colère s'évaporait, il eut honte de ce qu'il avait fait. Il tendit la main vers Aurian et tenta de formuler des excuses. Mais une horrible sensation inquisitrice envahit son crâne, comme des griffes d'acier qui se seraient enfoncées dans son esprit. Dans un grand déchirement, sa conscience fut rejetée de côté et il ne fut plus qu'un observateur détaché et impuissant, disparu sans laisser de traces dans les tréfonds de son âme parce que l'Archimage était revenu prendre possession de son corps.

— Comment oses-tu corrompre mon pantin ?

La voix de Miathan, grondante, s'échappa d'entre les lèvres du prince. Ce dernier, prisonnier de lui-même, vit Aurian écarquiller les yeux d'un air consterné.

La grotte n'était pas très grande. Les deux chevaux, Schiannath et l'homme qu'il avait sauvé remplissaient entièrement l'espace à eux quatre. Au moins fournissait-elle une bonne ventilation pour la fumée grâce à sa voûte parsemée de fissures, sans compter qu'elle abritait un gros rocher juste en deçà de l'entrée, que l'on pouvait rouler, au prix d'un gros effort, pour obstruer partiellement l'ouverture. Et puis, aucune personne saine d'esprit n'irait escalader l'étroite corniche croulante qui permettait d'y accéder. Iscalda avait le pied sûr et négociait facilement la piste périlleuse, mais Schiannath avait bien failli se tuer en amenant jusqu'à la grotte le blessé et ce sac d'os vicieux que les Khazalims qualifiaient de cheval. Après ça, il avait dû redescendre encore pour effacer leurs traces.

Le hors-la-loi, l'esprit engourdi de fatigue, retourna dans la caverne, située haut dans la roche, et s'arrêta sur le seuil pour jeter un dernier regard en arrière. Sur sa gauche, le col s'ouvrait sur une crête qui redescendait jusqu'à une grande vallée, avec en arrière-plan les sommets enneigés des montagnes, imposantes dans leur grandeur désolée. C'était là, au nord, derrière cette muraille de pierre déchiquetée, que s'étendaient les terres des Xandims. Schiannath cracha dans la neige et détourna le regard. Sur sa droite s'ouvrait la gorge obscure du col. Alors même qu'il la contemplait, il entendit monter jusqu'à lui, dans le silence étouffé par les flocons, les voix rauques des Khazalims. Il avait fini juste à temps. Haletant à cause de l'effort, le hors-la-loi fit rouler la pierre devant l'entrée puis tomba à genoux, épuisé.

Schiannath était complètement vidé, mais il n'avait pas le temps de se reposer. Dans la faible lumière qui filtrait entre le rocher et le haut de l'entrée, il se rendit à tâtons jusqu'au fond de la grotte. Celle-ci était bien approvisionnée, comme toutes ses autres cachettes. Durant ses longs mois d'exil, Schiannath ne s'était guère occupé que de sa survie. Les montagnes abritaient de très nombreuses cavernes, et le hors-la-loi s'était aménagé une série de refuges à travers toute la chaîne, depuis le Wyndveil jusqu'à la tour. Chacune abritait du foin et des céréales sauvages pour Iscalda, récoltés dans les vallées au cours d'un été enfui depuis longtemps, ainsi que du bois de chauffage, des noisettes et des baies séchées et de la viande de mouton sauvage fumée. Leur laine et des peaux de loups hirsutes lui servaient à se protéger du froid.

Schiannath avait travaillé dur et sans relâche durant tout l'été et l'automne pour remplir ainsi ses refuges. Ce labeur lui avait permis de ne pas s'appesantir sur sa solitude, et la fatigue avait émoussé son désespoir. Désormais, au cœur de cet étrange hiver, les grottes lui permettaient de survivre – mais il venait seulement de découvrir la véritable raison pour laquelle il s'était acharné à accomplir un travail apparemment inutile. C'était la volonté de la déesse.

Le hors-la-loi était incapable de penser à autre chose en empilant du petit bois au cœur du cercle de pierres qui lui servait de foyer. Il y alluma un feu avec l'aisance de longues années de pratique, puis il répandit du foin par terre pour les chevaux et se tourna vers le guerrier inconscient. En contemplant la puissante ossature de ce visage khazalim, il laissa de nouveau l'émerveillement le gagner.

La déesse a parlé. Elle m'a parlé, à moi ! Schiannath chantait ces mots dans sa tête en s'occupant des blessures de l'étranger. Il lui ôta ses vêtements mouillés et l'enveloppa dans des peaux de moutons sèches. Puis il brisa la hampe de la flèche et fit sortir cette dernière, pointe en avant. Mais lorsqu'il cautérisa la blessure avec la pointe rougeoyante de son couteau, le guerrier ouvrit les yeux et commença à hurler. Le hors-la-loi plaqua une main sur sa bouche et se fit mordre les doigts pour sa peine, mais il tint bon jusqu'à ce que les hurlements s'arrêtent. Il doutait que le bruit puisse s'entendre au-delà de la grotte, mais il fut soulagé lorsque son patient sombra de nouveau dans l'inconscience. Profitant au mieux de l'occasion de travailler sans être dérangé, Schiannath appliqua un cataplasme de plantes guérisseuses sur la plaie et fit de même sur l'entaille qu'avait le guerrier à la cuisse.

— Un peu plus, mon ami, et ils te châtraient, marmonna-t-il.

Tout en pansant les blessures, Schiannath savoura l'odeur propre des plantes qui chassait la puanteur nauséabonde de la chair brûlée. Ce parfum lui fit penser au jour où il avait fui les terres des Xandims avec pour tout bagage ses armes et les vêtements qu'il avait sur le dos. Contusionné et saignant à cause des pierres qu'on lui avait jetées pour hâter son départ, il agrippait avec hébétude l'encolure d'Iscalda. En passant devant la pierre qui se dressait en bordure du chemin, sur la crête du Wyndveil, et qui marquait la frontière des terres xandims, il avait remarqué un étrange miroitement dans l'air. Chiamh, l'Œil-du-Vent tant haï, avait alors surgi.

Iscalda, dont les souvenirs humains étaient encore intacts, s'était cabrée en poussant un hennissement furieux. Schiannath avait pris son arc et tiré sur son ennemi, mais sa flèche avait traversé le corps de Chiamh pour venir se ficher dans la neige derrière lui.

— Je regrette profondément ce que j'ai fait aujourd'hui, avait chuchoté l'Œil-du-Vent d'un air honteux.

Puis il avait esquissé un signe de bénédiction dans l'air avant de disparaître.

Le devin n'était qu'une apparition, mais le baluchon que Schiannath avait trouvé au pied de la pierre n'avait rien d'éthéré, en revanche. Il contenait des vêtements, des couvertures, des vivres et, mieux encore, des petits sachets contenant les plantes de Chiamh, tous étiquetés avec des instructions rédigées en glyphes xandims. Certaines servaient à combattre la fièvre, d'autres les infections, d'autres encore soulageaient la douleur. Schiannath n'avait pu se résoudre à pardonner à l'Œil-du-Vent, mais il avait souvent eu l'occasion de se réjouir du cadeau que lui avait fait Chiamh.

Dans un sursaut, Schiannath revint au moment présent et déposa un tissu imbibé d'eau glacée sur l'ecchymose violette qui ornait la tempe du guerrier. Il s'agissait potentiellement d'une blessure plus dangereuse que les deux autres, mais il pouvait seulement obliger son patient à rester calme, en espérant que tout irait pour le mieux. Pour la première fois de sa vie, Schiannath était sûr que ses prières seraient exaucées. La déesse n'était-elle pas venue à lui sous la forme d'un Noir Fantôme des montagnes ? Ne l'avait-elle pas testé ? Et ne lui avait-elle pas parlé en personne pour lui dire de sauver la vie de cet homme qui aurait dû être son ennemi ?

Schiannath fut de nouveau submergé par un profond sentiment de ferveur religieuse. Peut-être existait-il une raison à son exil et à celui de la pauvre Iscalda ! Ô déesse, pouvait-il y avoir une raison à tout cela après tout ?

Yazour ouvrit les yeux en dépit de ses paupières collantes et découvrit le visage d'un ennemi. La panique lui noua aussitôt l'estomac. *J'ai été capturé par un Xandim !* Cherchant son épée à tâtons, il tenta de se relever mais laissa échapper un cri de douleur. On aurait dit que quelqu'un lui avait enfoncé un brandon enflammé dans l'épaule et un autre dans les muscles de la cuisse. Le seigneur du Cheval le repoussa gentiment sur sa couche en secouant la tête d'un air réprobateur.

— Non. Ne bouge pas.

Yazour comprit ces mots car tous les guerriers khazalims effectuant des raids en terre xandim apprenaient les rudiments de leur langue. Il plissa les yeux, ébloui par la lumière vacillante du feu qui dansait sur la roche inégale – visiblement la voûte d'une caverne. *Où suis-je ?* se demanda-t-il. *Qui est cet homme ?* À en juger par ses vêtements et ses armes, il s'agissait d'un Xandim, pourtant il semblait subtilement différent des gens de sa tribu. Il avait la peau pâle sous son hâle et possédait un visage aux traits fins, des pommettes hautes, un nez saillant et recourbé, des yeux gris méfiants dont les coins s'ornaient de ridules et une crinière de boucles noires parsemée de fils d'argent.

Il sourit et lui tendit une tasse remplie d'eau à ras bord. Yazour avait déjà compris que, s'il bougeait le bras, ça lui faisait un mal de chien à l'endroit où la flèche lui avait transpercé l'épaule. Il prit donc la tasse de sa main valide et but avidement tandis que son sauveur lui soutenait la tête avec des gestes empreints de douceur. L'eau était la bienvenue car Yazour avait très soif. Lorsqu'il eut fini de boire, le jeune guerrier, conscient de la terrible faiblesse provoquée par ses blessures, se rallongea dans le nid de fourrures douillettes qui l'enveloppait. Il aurait voulu poser un millier de questions à son compagnon, mais il sombra de nouveau dans le sommeil avant de pouvoir formuler la première.

Lorsqu'il se réveilla, une odeur savoureuse lui chatouilla les narines et lui mit l'eau à la bouche. L'étranger devait l'observer car il apparut à son chevet presque avant qu'il n'ait eu le temps d'ouvrir les yeux. Il lui tendit une tasse de bouillon et lui soutint de nouveau la tête pendant qu'il buvait, avec une telle sollicitude que Yazour pensa à sa mère qui l'avait bercé avec une tendresse identique lorsque, enfant, il était malade. Sa mère s'était suicidée lorsqu'il avait quinze ans, après que son guerrier de père eut été tué au service de Xiang par une lance xandim, lors d'une attaque xandim également.

Avec un juron, Yazour lutta pour s'éloigner de la main détestée. Du bouillon se répandit sur sa poitrine tandis qu'une douleur atroce lui étreignait l'épaule. Les dents serrées, il étouffa un gémissement de douleur avant de se laisser retomber sur sa couche, épuisé. Il sentit du sang poisseux s'échapper de nouveau de sa blessure et imprégner le pansement qui lui couvrait l'épaule. Un pansement ? Yazour ne l'avait pas encore remarqué. Sa cuisse aussi était bandée à l'endroit où une épée l'avait atteint lorsqu'il se battait pour s'échapper de la tour. Le guerrier fronça les sourcils. Cet ennemi l'avait sauvé, avait soigné ses blessures et tentait de le nourrir.

L'ennemi en question secouait la tête.

— Non, dit-il d'un ton ferme. Ne… (Il prononça un mot que Yazour ne connaissait pas et imita les gestes de protestation du guerrier.) Pas prisonnier…

Ah, prisonnier. C'était un mot xandim que le guerrier comprenait, mais il n'avait jamais entendu celui qui le suivait. Le Xandim fronça les sourcils d'un air songeur puis tendit la main pour serrer celle de Yazour en lui souriant chaleureusement.

Ami ? Était-ce là la signification de son geste et de ses paroles ? Mais Yazour n'était pas prêt à se lier d'amitié avec l'un de ces assassins qui avaient tué son père. Il recula en proférant un juron, puis se figea en se demandant, un peu tard, s'il n'avait pas commis une erreur fatale. Mais son sauveur poussa un simple soupir en lui présentant de nouveau le bouillon. Cette fois, le bon sens prit le dessus. Si Yazour voulait s'échapper pour secourir ses compagnons, il devait reprendre des forces. Il arracha la tasse des mains de l'étranger et le regarda en fronçant les sourcils lorsque ce dernier essaya de nouveau de l'aider.

C'était peut-être l'un de ses ennemis, mais par le Faucheur, qu'est-ce qu'il cuisinait bien ! Yazour mourait de faim. Il avala le bouillon rapidement en se brûlant la langue. Puis, même s'il en coûtait de demander une faveur à un Xandim, il tendit la tasse pour en avoir davantage. Mais l'étranger secoua la tête.

— Bâtard ! marmonna le jeune guerrier.

Il tourna le dos à son ennemi, rabattit les fourrures sur son visage et fit semblant de se rendormir. En réalité, il avait besoin de temps pour réfléchir.

Pourquoi ? Pourquoi ce Xandim était-il venu à la rescousse d'un ennemi ? Yazour détestait de tout cœur la race de cet étranger, et pourtant ce fils de chien lui avait sauvé la vie. Le guerrier, agité, ne cessa de se retourner, perturbé par la direction que prenaient ses pensées. La blessure qu'il avait à la cuisse lui causait une douleur lancinante. Elle lui avait été infligée par un soldat de son propre peuple, l'un de ses anciens compagnons et amis. Par la malédiction du Faucheur, quel imbroglio ! Yazour se demanda si c'était la raison pour laquelle cet individu l'avait secouru. Les Khazalims étaient les adversaires des Xandims, Yazour était donc une victime des ennemis de l'étranger… *Mais non*, se dit-il. *Même s'il ne m'a pas reconnu au début, il a dû découvrir que j'étais un Khazalim en arrivant ici. Et pourtant, il m'a soigné quand même. Au nom du Faucheur, pourquoi ?*

Yazour ne pouvait plus le supporter. Roulant sur le dos, il repoussa les fourrures pour regarder son bienfaiteur droit dans les yeux.

— Pourquoi ? demanda-t-il en xandim en regrettant de ne pas mieux connaître cette langue.

Il désigna le feu, la grotte, les pansements qui recouvraient ses blessures. L'homme sourit et lui tendit de nouveau la main.

— Ami, répéta-t-il.

Yazour était à la merci de cet étranger. De plus, ce dernier lui avait sauvé la vie. Le guerrier esquissa donc un sourire forcé et prit cette main qu'on lui tendait.

— Ami, approuva-t-il.

Pour l'instant du moins, espèce de bâtard xandim.

Le patient de Schiannath ne tarda pas à se rendormir, mais son état paraissait s'être grandement amélioré, et le hors-la-loi décida qu'il pouvait à présent se reposer, après avoir passé des heures à le veiller. Il se leva prudemment, car il n'existait qu'un seul endroit dans la grotte où il pouvait se redresser sans se cogner la tête contre la voûte. Puis il s'étira pour détendre ses muscles. Ensuite, il s'occupa du feu, se prépara une infusion de feuilles et de baies cueillies lors de mois plus cléments, et mangea un maigre repas.

Iscalda hennit doucement depuis l'espace qu'elle occupait, près de l'entrée de la grotte. Schiannath alla caresser son encolure soyeuse.

— Eh bien ? lui demanda-t-il. Que penses-tu de notre nouveau compagnon ?

La jument s'ébroua, un geste si étrangement opportun que le hors-la-loi dut étouffer son éclat de rire pour ne pas réveiller son patient.

— Je n'aurais pas mieux dit, lui avoua-t-il. Un ami, tu parles ! C'est l'un de ces mécréants de Khazalims !

Mais la déesse lui avait ordonné d'aider cet homme et c'était ce que Schiannath allait faire – pour le moment du moins.

12

LE CHIEN IVRE

Le Chien Ivre, une taverne portuaire typique, était l'établissement le plus insalubre et le plus sordide de tout Nexis. Ses fenêtres, brisées à maintes reprises au cours d'innombrables rixes, avaient été condamnées et recouvertes d'un improbable patchwork de planches. La salle commune empestait la fumée, la graisse et les corps mal lavés. Le sol glissait, recouvert d'un vilain mélange de sciure, de bière et souvent même de sang. Quand le fleuve était au plus bas, l'air se chargeait de l'odeur infecte des ordures et du poisson mort. L'emplacement de la taverne, située parmi les entrepôts sur les quais de la rive nord, suffisait à faire pâlir les costauds et fuir les plus avisés. Le Chien avait mauvaise réputation, y compris dans cette partie la plus violente de la ville, et en tirait une grande fierté.

Seuls les désespérés osaient s'aventurer à l'intérieur de la salle obscure et nauséabonde où le guet de la cité se risquait rarement. Il s'agissait des plus misérables, ceux qui hantaient les ruelles sombres et gagnaient leur vie en donnant de rapides coups de couteau dans le dos des victimes qu'ils voulaient détrousser. On y trouvait également les épaves puantes aux yeux injectés de sang, privés de foyer et dépendants à la bière, ou les putains éreintées, en piteux état, souffrant de la vérole et couvertes de cicatrices, qui faisaient le trottoir depuis trop longtemps pour vendre leurs charmes à de meilleurs clients. Ne venaient là que ceux qui avaient déjà sombré si bas qu'ils n'avaient plus rien à perdre – ceux-là et Jarvas.

Il était assis dans son coin, près de l'âtre regorgeant de cendres, le dos au mur, avec un espace dégagé entre lui et la porte de derrière. Il s'agissait du meilleur emplacement de la taverne, à portée du comptoir pour pouvoir redemander davantage de bière aigre mais disposant d'un point de vue imprenable sur toute la salle. Il s'agissait de son endroit favori, et personne n'était disposé à le lui disputer.

Jarvas avala une gorgée du breuvage infect et trouble que contenait sa chope graisseuse et fit la grimace. C'était le genre de boisson qui rendait malade à coup sûr. Mais ça ne l'empêchait pas de boire, comme tous les autres clients. Il était un habitué du Chien Ivre, et pourtant, lui, rien ne l'obligeait à fréquenter cet endroit. En temps ordinaire, il n'était pas du genre à perdre son temps en se demandant pourquoi il venait là. Il se connaissait bien et n'était pas très porté sur les examens de conscience. Mais ces derniers jours, depuis que la vie à Nexis, déjà difficile pour beaucoup de gens, avait empiré et surtout depuis la disparition de son frère, il se retrouvait en proie à une humeur de plus en plus maussade et pensive. Il venait là pour plusieurs raisons : d'abord parce qu'il s'agissait d'un endroit sûr – les mercenaires au service de ces satanés Mages n'avaient investi les lieux qu'une fois et avaient chèrement payé cette imprudence. Il venait aussi parce qu'il le pouvait – il était costaud et ne cherchait pas les ennuis, mais ceux qui avaient la mauvaise idée de s'en prendre à lui finissaient tôt ou tard par le regretter. Les gens par ici avaient tendance à le respecter car ils savaient que Jarvas était un ami sûr ou un ennemi impitoyable. Enfin – et ça en disait long qu'il puisse l'admettre – Jarvas venait ici parce qu'il se sentait seul.

La vie est dure lorsqu'on est laid et gros par-dessus le marché. Jarvas évitait les miroirs. De toute évidence, les dieux étaient pressés quand ils l'avaient fait, car ils lui avaient donné ce qu'ils avaient à portée de la main sans se soucier du résultat. Son corps était donc un assemblage de diverses parties mal coordonnées et mal assorties. En dépit de sa forte carrure, ses mains et ses pieds étaient trop grands pour lui et son torse trop étroit par rapport à ses larges épaules et à ses longues jambes. Quant à son visage… un vrai cauchemar. Il avait le nez trop long et les oreilles décollées. Son menton pointu n'allait pas avec son large front et ses sourcils épais. Ses yeux tiraient sur le gris-vert des eaux boueuses et sa chevelure noire et filasse paraissait toujours mal peignée en dépit de tous ses efforts. En résumé, son physique était un vrai désastre. Les hommes avaient tendance à le considérer comme une menace et les femmes… mieux valait les oublier. Un seul regard leur suffisait pour prendre la fuite. Compte tenu de son apparence, il était difficile pour Jarvas de se faire des amis, et pourtant il en avait, grâce à son grand cœur.

Jarvas possédait son propre logement près des quais. Il s'agissait de deux entrepôts décrépits et d'une foulerie à l'abandon qui se côtoyaient sur un bout de terrain. Autrefois, on y trouvait également des taudis, mais lors de la Grande Sécheresse, trois ans plus tôt, tous avaient été rasés sur l'ordre de l'Archimage qui les considérait comme un foyer potentiel de peste. C'était à peu près à cette même époque que Jarvas et son frère Harkas avaient hérité de l'ensemble à parts égales.

Ce legs avait surpris Jarvas, car les hommes de sa famille gagnaient péniblement leur vie comme bateliers sur le fleuve grâce à leur vieille barge qui prenait l'eau. Certes, on lui avait parlé d'un grand-oncle qui se serait éloigné à cause d'une querelle de famille et qui possédait des biens en bordure du fleuve. Mais croyant que ses parents prenaient leurs désirs pour des réalités, il n'avait jamais accordé beaucoup de crédit à cette histoire. En plus, ça n'avait aucun sens. Qui aurait voulu posséder des biens sur la rive nord du fleuve ? Autrefois, peut-être, quand le port prospérait, avant que les barrages ne soient construits et que les navires ne puissent venir directement de Norberth, mais maintenant ? Les choses avaient changé, voilà tout.

Jarvas approchait de la trentaine lorsque son oncle était mort. Il avait déjà renoncé à la vie de batelier depuis près d'une décennie et vivait en ville en acceptant tous les boulots qui se présentaient à lui. En travaillant comme directeur d'un entrepôt pour le compte du président de la guilde des marchands, il avait réussi à acquérir un peu d'éducation. Vannor croyait aux formations et veillait à ce qu'elles soient disponibles pour tous ceux qui désiraient s'instruire.

Le marchand était un homme bon en dépit de son impressionnante réputation. Ayant lui-même connu la pauvreté, il aidait toujours avec beaucoup d'enthousiasme les travailleurs qui voulaient progresser et réussir. Il avait accompagné Jarvas et Harkas lorsqu'ils étaient allés inspecter leurs nouveaux biens – heureusement pour eux. Quand Jarvas avait posé les yeux sur les bâtiments à l'abandon qui se dressaient au milieu du terrain noirci et dévasté et qu'il avait découvert les murs tachés de suie, les toits réparés à la diable qui fuyaient encore et les fenêtres béantes comme le regard vide d'un cadavre, il avait senti son cœur s'alourdir. Son oncle n'avait jamais été riche, aucun doute là-dessus, car ces ruines ne valaient rien. Harkas, de son côté, avait juré amèrement, mais Vannor n'avait rien dit. Le front plissé, l'air songeur, il s'était simplement rendu jusqu'à la foulerie et avait regardé à l'intérieur, écrasant ou déplaçant au passage des débris et des gravats.

Jarvas sourit au souvenir du grand marchand, en se rappelant les mots qu'il avait prononcés et qui avaient changé la vie de deux jeunes hommes.

— C'est de la pierre solide et de la bonne maçonnerie – ça ne s'effondrera pas de sitôt. Les boiseries ont certes besoin d'être remplacées, elles sont pleines de vers, mais quel bâtiment ! Regardez-moi l'épaisseur de ces murs et la robustesse de la structure ! Et je parie que les entrepôts sont du même acabit. Les garçons, ça ne paye peut-être pas de mine, mais je dirais que vous avez eu de la chance.

Il avait souri à Jarvas, lequel avait ouvert des yeux ronds, étonné. Mais Harkas, l'aîné des deux frères, était loin d'être impressionné.

— Que voulez-vous dire, monsieur ? À quoi ces vieilles ruines vont-elles bien pouvoir servir ?

La lueur joyeuse qui brillait dans les yeux de Vannor s'était éteinte et le marchand avait regardé Harkas bien en face.

— Réfléchis, Harkas. J'ai beau faire partie du conseil des Trois, je ne trahis aucun secret en disant que la situation dans cette ville ne cesse d'empirer. La sécheresse, la famine et les émeutes qui s'en sont suivies devraient nous servir de leçon à tous. Grâce à cet endroit, vous pourriez être à l'abri de tout, avait-il expliqué en tapotant la pierre tachée de suie. Oui, les garçons, en bossant dur, vous pourriez transformer ces bâtiments en forteresse. Et l'incendie est la meilleure chose qui pouvait arriver à ce terrain. Regardez ! Déjà, il commence à prospérer.

Il avait désigné les jeunes plantes et les mauvaises herbes dont la pousse avait été accélérée par les récentes pluies torrentielles.

— Vous pourriez clôturer le terrain et construire une palissade. Les dieux savent qu'il reste suffisamment de pierres provenant des masures incendiées, et plein de bois dans les entrepôts. Vous allez devoir remplacer ces poutres, de toute façon, alors autant trouver une utilité à tout ce bois. La foulerie puise sa réserve d'eau directement dans le fleuve et je suis sûr qu'avec un peu d'efforts les vieilles cuves de teinture pourront être transformées en porcherie. Avec les légumes que vous pouvez faire pousser et quelques poulets…

— Juste une minute, monsieur ! l'avait interrompu Harkas. Vous voulez qu'on devienne des fermiers ? Au beau milieu de cette foutue ville ?

— Pourquoi pas ? (Les yeux de Vannor brillaient de malice.) Savez-vous comment j'ai bâti ma fortune ? J'ai osé penser différemment de mes camarades et faire des choses à cause desquelles ma famille et mes amis m'ont taxé de fou. Mais, par tous les dieux, ça a marché. Vision et imagination, voilà ce dont vous avez besoin, les garçons.

— Et d'argent, aussi, avait reniflé Harkas avant que Jarvas puisse l'en empêcher.

Vannor avait souri alors.

— Ne t'inquiète pas de ça, Harkas, je veillerai à ce que vous en ayez assez pour démarrer.

Le marchand s'était ensuite tourné vers Jarvas et lui avait tapé sur l'épaule.

— Quand tu travaillais pour moi, tu m'as impressionné, mon gars, et même si ça m'ennuie de perdre un bon contremaître, tu mérites de faire quelque chose de ta vie. En plus, cet endroit regorge de possibilités et ça m'intrigue. Considère ça comme un prêt à échéance indéfinie… (Il était devenu songeur tout d'un coup.) À une condition cependant. Cet endroit est trop grand pour vous, même en comptant vos familles – ne me regarde pas comme ça, Jarvas, tu trouveras quelqu'un un jour. Vous n'arriverez pas à tout restaurer tout seuls.

» Avez-vous vu comme les pauvres souffrent dans cette ville ? avait-il ajouté en regardant les deux frères. Leur seul recours, s'ils tombent trop bas, c'est la servitude. (Il s'était rembruni.) On dirait que je n'arrive pas à y mettre un terme, mais il existe peut-être un moyen de contourner la loi. Si les pauvres disposaient d'un endroit où aller, où ils seraient à l'abri et soutenus, jusqu'à ce qu'ils parviennent à reprendre leur vie en main…

Cette idée avait aussitôt emballé Jarvas.

— Mais oui, par tous les dieux ! Ils pourraient nous aider à créer un potager et à remettre les lieux en état et puis faire des petits boulots en ville pour qu'on puisse acheter ce qu'on ne peut pas faire pousser. Dans ces entrepôts, il doit y avoir de la place pour des dizaines de familles. Vannor, quelle brillante idée !

Il avait fallu convaincre Harkas, plus pragmatique, mais le rêve de Vannor avait fini par prendre forme. L'héritage apparemment sans valeur des deux frères était devenu une forteresse sûre et inviolable au sein des murs de la ville, une petite ferme indépendante qui offrait nourriture, abri et la promesse d'un avenir.

Ils en avaient fait un endroit sûr où les gens perdus et sans foyer, les plus démunis et les désespérés étaient les bienvenus…

Jarvas sentit le chagrin lui nouer la gorge. Sur les trois hommes qui avaient permis à ce rêve de se réaliser, il ne restait plus que lui. Vannor avait disparu lors de la Nuit des Spectres pour réapparaître, de façon tout à fait inattendue, à la tête des rebelles qui s'étaient juré de mettre un terme au règne du maléfique Archimage. Jarvas et son frère avaient fait de leur mieux pour les aider, en leur fournissant des vivres, par exemple, jusqu'à ce que la base des rebelles soit attaquée par les mercenaires de Miathan, qui avaient remplacé le guet de la cité. Angos, leur capitaine, prétendait que tous les rebelles avaient été massacrés jusqu'au dernier. En tout cas, leur base avait bel et bien été découverte et vidée – Jarvas avait vérifié.

Suivant le choc de la perte de Vannor, Harkas avait été capturé et faisait partie de ces nombreux disparus dont le sort inconnu terrifiait tous les habitants de Nexis. Cette nuit-là, comme à son habitude, il était parti chercher pour ses cochons adorés de la nourriture avariée, quelque chose qui devenait de plus en plus rare en ville ces derniers temps. Il n'était jamais revenu. On savait que les disparus étaient emmenés à l'Académie, mais il était plus sage de ne pas poser trop de questions. Ceux qui s'y étaient risqués avaient disparu à leur tour.

À cause des Mages, deux hommes bons avaient disparu pour toujours et il ne restait plus qu'un Jarvas en deuil pour poursuivre leur mission. Mais combien de temps cela durerait-il avant que l'Archimage ne s'en prenne à lui ? En attendant, le Chien restait l'un des endroits où il recrutait – un lieu aussi bon qu'un autre. C'était pour ça qu'il continuait à venir, nuit après nuit, pour recueillir les nécessiteux dans son propre royaume.

Le Chien Ivre n'était pas le genre d'endroit qu'Hargorn aurait choisi d'ordinaire. Venir boire dans un trou à rats comme le Chien, c'était chercher les ennuis, mais le bretteur ne s'en souciait plus guère. Il avait traversé toute la ville en s'arrêtant dans chaque taverne afin de collecter des informations sur ce qui se passait à Nexis. Plus important encore, il cherchait la moindre piste qui pourrait le conduire à Vannor ou à sa fille disparue. À présent, il commençait à manquer de possibilités à explorer, sans parler d'argent pour payer son séjour. Le peu d'or que lui avait fourni Vannor n'avait pas duré longtemps. *Au moins, ce cloaque ne doit pas être cher*, se dit le vétéran en entrant.

Seuls le feu et quelques chandelles à mèches de jonc éparpillées dans la pièce fournissaient de la lumière. Mais la pénombre fétide qui régnait dans la salle commune était une bénédiction, d'une certaine façon, car l'obscurité masquait les chopes qui n'avaient pas été lavées, les toiles d'araignées qui décoraient les coins de la pièce basse de plafond, les tables fendillées et les murs tachés et marqués de coups de couteau. L'atmosphère enfumée jetait un voile miséricordieux sur les buveurs, car il s'agissait de la taverne la plus mal famée des quais, et ses clients comptaient parmi les plus violents.

Dans le silence absolu qui suivit son entrée, Hargorn lança un regard noir aux occupants de la salle bondée et caressa du doigt la poignée de son épée d'une manière qu'il espérait menaçante. C'était généralement le meilleur moyen d'éviter les ennuis, et de fait les conversations reprirent très rapidement, comme il s'y attendait, les gens faisant semblant de s'intéresser de nouveau à ce qu'ils faisaient avant son arrivée.

Le soldat retint un sourire. *Ça marche à tous les coups*, se dit-il. *Pourquoi aller chercher les ennuis ?* Il connaissait ces gens, il avait rencontré leurs semblables dans toutes les villes qu'il avait été amené à visiter. Il s'agissait du rebut de la cité : dockers, porteurs, pilleurs de poubelles, mendiants, chapardeurs, pick-pockets, et prostitués des deux sexes, fanés et vieillissants. Leur existence sordide ne leur laissait guère d'attentes. Il faisait plus chaud à l'intérieur du Chien que sur les quais et ils y étaient un tout petit peu plus en sécurité que dans les ruelles étroites et sombres où la vie d'un homme ne valait qu'une ou deux pièces de cuivre, et la vertu d'une femme encore moins que ça. La bière aigre et coupée d'eau y était bon marché, et la liqueur maison, qui avait mauvais goût mais se répandait dans les veines tel du feu liquide, comme Hargorn ne tarda pas à le découvrir, coûtait encore moins cher. *Que peuvent-ils demander de plus ?* se demanda amèrement le guerrier. *Qu'est-ce qu'ils pourraient bien vouloir de plus ?*

Quoi, en effet ? Moi, je sais ce que je veux, songea Hargorn, chagriné. *Je veux découvrir ce qui a bien pu arriver à cet imbécile de Vannor.* De nombreux jours s'étaient écoulés depuis qu'ils étaient entrés en ville et s'étaient séparés, sur l'insistance du marchand. Le vétéran n'avait cessé de lui répéter qu'il commettait une erreur mais Vannor, distrait par la disparition de sa fille rebelle, avait refusé de l'écouter.

— Nous la retrouverons plus facilement si nous divisons nos efforts, avait-il avancé.

Puis, au moment où Hargorn s'y attendait le moins, Vannor avait disparu sans laisser de traces dans le labyrinthe des quais du nord de la ville.

— Satané imbécile, marmonna Hargorn dans sa barbe en achetant une nouvelle chope d'eau de vaisselle brune à l'avorton au visage revêche et pincé qui jouait les serveurs.

Il aurait préféré boire encore un peu de liqueur, mais la bière se buvait moins vite. Une fois dépensé son dernier sou d'argent, il aurait du mal à en trouver d'autres, en tout cas à Nexis, car sa réputation devait déjà être faite. Après avoir dépensé tout l'argent de Vannor, il s'était enrôlé dans la garde personnelle d'un marchand dénommé Pendral. Il s'agissait d'un sale petit bâtard obèse, cupide et pingre qui possédait des habitudes très perverses. Pendral avait également été l'un des nombreux membres de sa guilde à se rallier à la cause de Miathan afin d'extorquer rapidement des bénéfices sur le dos des pauvres habitants de la cité tant qu'il restait de l'argent à gagner.

Hargorn soupira. *Quel espion minable je fais. Vannor aurait dû envoyer quelqu'un de plus calme et de plus sensé. Je m'énerve trop vite.* Face à la cupidité obscène qu'affichait Pendral, le guerrier avait eu bien du mal à tenir sa langue et il avait pris l'habitude de noyer son chagrin plus qu'il ne l'aurait dû, étant donné le côté périlleux de sa situation. Il n'avait surtout pas besoin d'attirer l'attention sur lui, mais ce jour-là Pendral l'avait renvoyé pour avoir gardé un entrepôt alors qu'il était ivre, et le vétéran n'avait pas pu supporter les insultes de ce gros lard arrogant. Certes, il avait probablement eu tort de jeter ce con tête la première dans un tas d'ordures, mais... Pendant quelques instants, un sourire vint alléger la mauvaise humeur d'Hargorn. Par tous les dieux, ça en avait valu la peine !

Aux yeux de Tilda, la taverne apparaissait, en cette nuit d'hiver noire et glaciale, comme un havre de confort. Les affaires marchaient mal depuis que l'Archimage avait pris le contrôle de la cité, mais c'était encore pire ce soir-là, car il y avait très peu de gens dehors à cause du temps pourri. Un épais brouillard givrant recouvrait les rues étroites et sinueuses de Nexis, un brouillard qui la prenait à la gorge et déclenchait la toux sèche qui n'avait cessé de la harceler tout l'hiver. Tilda avait donc décidé que ça suffisait – pourquoi se geler les miches en plein courant d'air pour des prunes ?

En arrivant devant le Chien Ivre, la prostituée fit une pause pour ajuster ses jupons trempés à l'ourlet et ébouriffer ses boucles humides teintes en roux. Elle serait bien mal inspirée de proposer ses charmes à l'intérieur du Chien, chasse gardée de Dellie, car celle-ci était une amie – qui n'hésiterait pas à deux fois avant de lui flanquer une volée si elle empiétait sur son terrain. Malgré tout, dans ce métier, mieux valait être toujours prête. Parfois, il suffisait juste d'un peu de chance… Et en tant que prostituée vieillissante avec un fils de dix ans à nourrir, elle avait besoin de toute la chance qu'elle pouvait récolter.

Mais dès qu'elle entra, Tilda comprit que ce ne serait pas sa nuit de chance, après tout. Visiblement, elle n'était pas la seule prostituée de Nexis à s'être lassée du mauvais temps, car on aurait dit que le Chien abritait toutes les putains et les mignons de la ville. Pour ce soir-là seulement, une trêve avait été déclarée, et la plupart des prostitués bavardaient amicalement autour des tables en profitant au mieux de ce rare moment de détente. *Si seulement ça pouvait toujours être comme ça*, se dit Tilda. *Nous sommes tous dans le même bateau, on devrait s'entraider.* Mais elle savait qu'il valait mieux ne pas s'appesantir sur des idées aussi stupides. Tous devaient gagner leur vie et la compétition faisait rage, même dans une ville comme Nexis qui comptait de nombreux clients.

Pour se rendre jusqu'aux tables, Tilda fut obligée de jouer des coudes à travers la foule compacte qui encombrait la salle. En plus des prostitués et des habitués, un groupe de bateliers jouait aux dés près de la cheminée. Elle détecta également un mouvement obscur dans le coin le plus sombre et entendit le léger bourdonnement d'une conversation à voix basse. Tilda détourna rapidement le regard. Après avoir passé des années dans la rue, elle savait reconnaître quand quelque chose de pas très net se préparait. Si on voulait survivre, il fallait savoir à quel moment fermer les yeux.

Le client le plus intéressant, pour autant que Tilda pût en juger, était un homme hâlé et grisonnant emmitouflé dans une lourde cape de soldat. Il était assis seul, aveugle à tout ce qui l'entourait, le nez dans sa chope. Pendant un moment, Tilda sentit ses espoirs renaître, mais en se rapprochant du guerrier elle s'aperçut que sa cape était rapiécée et usée jusqu'à la corde par endroits. Il fixait sa bière d'un air renfrogné, avec une intensité qui glaça la prostituée. *Oublie ça*, se dit-elle. *Tu peux te passer de ce genre d'ennuis.* Parfois les soldats devenaient comme ça, tout chamboulés à l'intérieur, les pauvres gars. Mais après quelques verres, ils s'en prenaient à la personne la plus proche et on n'arrivait plus à les arrêter une fois qu'ils avaient commencé. Dieux, une de ses amies avait fini estropiée à cause d'un soldat ivre. *Non merci, mec.* Elle s'apprêtait à emmener son verre de liqueur jusqu'à une table près des joueurs de dés, aussi loin que possible du guerrier menaçant, lorsqu'elle vit brusquement son visage s'éclairer du plus malicieux des sourires.

Comme cela changeait sa physionomie ! Tilda, charmée par ce sourire bref et contagieux, s'approcha de l'étranger avec curiosité. Allons, ça ne faisait pas de mal de bavarder un peu, pas vrai ?

— Monsieur ? fit-elle en posant une main hésitante sur son bras.

Il fit brusquement volte-face, un juron sur les lèvres, puis se détourna comme si elle avait cessé d'exister et recommença à fixer sa bière d'un regard noir. Ensuite, il se passa une main sur les yeux d'un geste si incroyablement las que Tilda en eut le cœur brisé. *Mais à quoi penses-tu, ma fille ?* se ressaisit-elle. *Tu es aussi cinglée que lui.* Elle avait déjà vu des hommes adultes pleurer dans leur bière avant ce soir-là – ça ne voulait jamais rien dire. Malgré tout, ça valait la peine de tenter le coup.

— On dirait que vous avez besoin d'un peu de compagnie, lui dit-elle doucement. Est-ce que je pourrais faire l'affaire ? Juste pour ce soir ?

Cette fois, une expression nostalgique se peignit sur le visage du soldat.

— Ah, fillette ! s'exclama-t-il d'une voix légèrement pâteuse à cause de la boisson. Tu ferais tout à fait l'affaire, mais... (Il haussa les épaules et fouilla au fond de la poche de sa tunique en cuir avant d'en sortir quelques pauvres piécettes de cuivre.) Dans l'état actuel des choses, je ne peux même pas t'offrir une bière.

— Oh !

Tilda s'éloigna, étrangement déçue et en colère contre elle à cause de ça. Cela faisait des années qu'elle n'avait pas regardé un homme comme un être humain ! Un gagne-pain, voilà tout ce qu'ils représentaient pour elle, rien de plus.

Tilda, tu es folle, se dit-elle farouchement. *Ne va pas t'attendrir maintenant !*

Elle se tourna plutôt vers les joueurs de dés, mais ces derniers avaient empoché leurs gains et étaient partis pendant qu'elle gaspillait son temps avec un étranger sans argent.

— Que la vérole emporte tous ces maudits soldats, marmonna Tilda.

Eh bien, elle n'avait plus qu'à s'en aller puisqu'elle n'avait pas les moyens de s'offrir un autre verre.

Au même moment, la porte de la taverne s'ouvrit à la volée, laissant entrer les volutes bouillonnantes du brouillard nauséabond. Douze de ces mercenaires qui avaient remplacé le guet de la cité s'engouffrèrent dans la pièce, suivis d'un petit homme obèse. Revêtu de la robe rebrodée d'or d'un marchand, il était affligé d'un strabisme.

— C'est lui ! glapit-il en désignant du doigt l'étranger de Tilda. C'est l'homme qui a essayé de me noyer. Arrêtez-moi immédiatement cette fripouille !

Un silence de mort s'abattit dans la pièce tandis que le marchand Pendral donnait des ordres à ses troupes. En réponse au brusque hochement de tête de leur capitaine, les gardes se déployèrent pour approcher le soldat. Cela rappela à Tilda l'horrible scène dont elle avait été témoin un jour au milieu des taudis branlants, lorsqu'une meute de chiens des rues avait poursuivi et tué un enfant sans défense. Sauf que le guerrier n'avait rien d'un enfant. Il se leva sur des jambes incertaines et fit grincer l'acier en sortant son épée du fourreau.

Tilda remarqua du coin de l'œil un exode général vers la porte de derrière, alors même que les rôdeurs qui se trouvaient dans un coin de la salle sortaient furtivement les premiers. La pièce se vida comme par magie – même le serveur s'éclipsa. Le bretteur était de toute évidence surpassé en nombre. Tilda songea qu'il valait mieux qu'elle s'en aille, elle aussi, tant que les gardes étaient occupés ailleurs. Silencieusement, elle se leva de sa chaise et se glissa en direction de la porte.

Elle n'avait jamais eu l'intention de se retourner. Mais en dépit de son instinct de survie, elle ne put s'empêcher de regarder par-dessus son épaule pour suivre le déroulement de la scène. Les gardes se rassemblèrent et se précipitèrent sur leur proie. Leurs épées s'abattirent… et s'enfoncèrent dans le plateau de la table dans un déluge de bière tandis que l'étranger plongeait et faisait un roulé-boulé, entraînant deux de ses assaillants à terre avec lui dans un enchevêtrement de bras et de jambes. Tilda releva ses jupes pour courir, mais un hurlement de douleur la cloua sur place. L'un des adversaires du soldat se tordait en hurlant sur le sol, un couteau dans le ventre. Tilda laissa échapper un hoquet de stupeur. Qui était cet homme ? Même ivre, il bougeait si vite qu'elle avait peine à suivre ses mouvements.

De toute évidence, il avait effrayé les autres gardes. Aucun ne voulait être le premier à l'approcher. Ils formèrent un vague demi-cercle autour de l'étranger aux abois, acculé au comptoir.

— Eh bien ? les railla-t-il. Lequel de vous, espèce de bâtards, a envie d'être le prochain ?

C'était du bluff. Le soldat paraissait ivre, mais à en juger par la rapidité de ses réactions, Tilda en doutait. Puis elle aperçut une ombre fugitive derrière le comptoir. C'était le serveur, un glaive à la main. Il était tapi derrière l'étranger, prêt à faire le boulot des gardes à leur place, dans l'espoir, sans doute, de toucher une récompense. Il leva le bras…

— Derrière vous ! hurla Tilda.

L'étranger se baissa juste à temps. L'épée lui assena un coup oblique sur le côté de la tête avant de fracasser le comptoir dans une pluie d'échardes. Le soldat fit volte-face puis disparut du champ de vision de Tilda car les gardes se jetèrent sur lui. Mais la prostituée aussi avait des problèmes. Elle venait de faire la seule chose qu'elle s'était juré de ne pas faire – attirer l'attention sur elle. Des mains l'attrapèrent par-derrière et lui tirèrent les bras dans le dos.

— Alors comme ça, on fait obstruction au guet de la cité ? Tu es en état d'arrestation, salope ! fit une voix rauque à son oreille, suivie d'un jet de salive qui l'atteignit sur le côté du visage et se mit à dégouliner, chaud et visqueux, sur sa joue.

On lui tira les bras en arrière jusqu'à la faire crier de douleur, puis, soudain, elle surprit un mouvement du coin de l'œil et entendit un poing fracasser un os. L'étau qui lui maintenait les bras se relâcha si abruptement qu'elle tituba, mais d'autres bras la rattrapèrent, avec douceur cette fois, et la soutinrent. Tilda leva les yeux sur le visage le plus laid qu'elle eût jamais vu.

— Jarvas ! s'exclama-t-elle avec gratitude.

Le garde qui avait tenté de la capturer titubait en s'étouffant, du sang giclant entre ses doigts crispés sur son visage.

— Ce type ne fera plus de mal aux femmes pendant quelque temps, expliqua Jarvas en guidant Tilda vers un tabouret, dans un coin sûr.

La prostituée, bouche bée, le regarda s'emparer d'une lourde bûche dans la pile près de la cheminée. Puis il se jeta dans la mêlée.

L'étranger parvenait encore à se débrouiller, mais à grand-peine. Le sang coulait à flots de sa blessure à la tête – son oreille gauche avait presque été arrachée – et dégoulinait le long de ses côtes, tachant sa robuste veste en cuir. Bien que le combat se fût déplacé dans la pièce, il restait aux abois, le dos tourné vers un coin de la salle. Mais les gardes, au nombre de douze environ, se rapprochaient de lui et Tilda voyait bien qu'il faiblissait. Déjà, ses yeux se faisaient vitreux et il titubait. À tout moment maintenant…

Puis Jarvas surgit parmi les gardes en maniant sa grosse bûche à deux mains. Les mercenaires situés sur l'extérieur, ne sachant pas que le géant allait s'abattre sur eux, s'effondrèrent aussitôt sous l'impact de ses coups. Les autres se retournèrent, l'épée levée pour ne faire qu'une bouchée du dément qui osait les attaquer avec une simple branche alors qu'ils étaient armés de longues lames en acier. Ce fut une erreur. Voyant qu'on lui portait secours, l'étranger parut trouver de nouvelles forces en lui et se jeta sur ses agresseurs en poussant un cri sauvage et en tournoyant comme un derviche.

Jarvas ressemblait à un homme possédé, frappant violemment sa bûche sur les bras et les visages, évitant les coups d'épée et provoquant des ravages parmi les gardes. Contre toute attente, on aurait dit que ce duo mal assorti allait remporter la victoire lorsque Tilda vit ce gros crapaud de marchand se glisser furtivement vers la porte, dans l'intention sans doute d'aller chercher de l'aide. L'excitation du combat était montée à la tête de la prostituée. Sans prendre le temps de réfléchir, elle souleva son tabouret et s'avança sur la pointe des pieds derrière Pendral avant de le frapper violemment à la tête. Le bois, peu solide, explosa à cause de l'impact, mais le gros homme s'effondra comme un arbre abattu. Tilda laissa échapper un cri de victoire. Complètement déchaînée, elle s'empara d'un autre tabouret et se dirigea vers les derniers gardes. Elle attendit qu'ils lui tournent le dos avant de les assommer.

Ce fut facile, jusqu'à ce qu'ils commencent à s'apercevoir que leur agresseur n'était ni un géant, ni un guerrier, mais une petite femme inexpérimentée. Comme un seul homme, ils se tournèrent alors vers elle. Tilda recula, glacée à l'intérieur, car elle savait qu'elle avait eu les yeux plus gros que le ventre.

— Nom de dieu, mais à quoi tu pensais ? (Un bras puissant l'attira sur le côté alors même qu'une lame s'abattait en sifflant à l'endroit où elle se tenait juste auparavant.) Recule, idiote, et reste en dehors de ça, bon sang !

Jarvas la poussa si violemment de côté qu'elle tomba, puis il assena sa matraque fendillée et raccourcie sur le poignet de l'homme qui l'avait attaquée. Tilda se releva en proférant un juron et en frottant les bleus qu'elle venait de récolter. Elle était reconnaissante au géant de l'avoir sauvée, mais, de façon absurde, elle lui en voulait de s'être montré si brutal et méchant. *Je m'en sortais très bien, jusqu'à maintenant*, se dit-elle avec colère. *Je vais lui montrer !* Elle regarda autour d'elle à la recherche d'un autre tabouret, mais le combat était déjà terminé. L'étranger sourit à Jarvas par-dessus la pile de cadavres.

— Jolie bagarre ! s'exclama-t-il avant de s'évanouir.

— Oh, putain, maugréa Jarvas. Est-ce que tu peux m'aider… (Il fronça les sourcils un moment, puis son visage s'éclaircit.) Tilda, c'est bien ça ? Il faut que je le ramène chez moi. Les rues ne seront pas sûres pour nous ce soir dès qu'on apprendra ce qui s'est passé ici. (Il marqua une pause, le temps de la dévisager.)

J'ai peur que ça ne soit également valable pour toi, ma fille. Tu aurais dû t'enfuir quand tu en avais l'occasion. Maintenant, tu es dedans jusqu'au cou, comme nous.

Tilda sentit de nouveau son sang se glacer.

— Je ne peux pas vous accompagner, protesta-t-elle, refusant d'admettre la vérité. Et mon fils ? Il a besoin de moi. En plus, il faut que je gagne ma vie.

Jarvas la regarda d'un air grave et secoua la tête.

— Plus à Nexis, en tout cas. Plus maintenant.

13

LA COMPLAINTE D'INCONDOR

La grande panthère traversait en boitant les rochers brisés qui jonchaient la vallée. Ses pattes chancelantes laissaient des traînées de sang sur les cruelles pierres. Son corps massif, qu'éclipsait l'immensité désolée des montagnes, parut pitoyablement frêle aux yeux d'Anvar. L'ombre et la lumière jouaient à cache-cache entre ses côtes saillantes, sur sa fourrure terne et emmêlée qui pendait sur ses flancs amaigris. Des cloques et des escarres recouvraient son museau dont les mâchoires serraient avec détermination le Bâton de la Terre, et de la salive dégoulinait de sa gueule en longs filets poisseux.

— Shia ! Grands dieux, Shia ! s'exclama Anvar, incapable de supporter la vue des souffrances du grand félin.

L'intéressée leva vers lui des pupilles dorées éteintes et vitreuses.

— *Que veux-tu ?* lui demanda-t-elle sèchement tout en continuant à avancer d'un pas lourd, douloureux et monotone.

— Shia ! Où es-tu ? Est-ce que tu vas bien ? Grands dieux, que t'est-il arrivé ?

La panthère gronda sans pour autant lâcher le Bâton.

— *Est-ce que tu trouves que j'ai l'air d'aller bien ?* le rabroua-t-elle. *Pour répondre à ton autre question stupide, ce qui m'arrive, c'est que le truc que je porte essaye de me tuer à petit feu. Mais il ne réussira pas à m'avoir, quoi qu'il en pense. Et il pense bel et bien, mais pas dans le sens habituel du terme. Ça ressemble plus à de l'instinct. Puisque je ne peux pas l'utiliser, le Bâton essaye de me détruire. Vous les Mages devriez être au courant de ce genre de détails.* (Elle tituba en grognant de douleur et se remit à parler en reprenant sa route, lentement, péniblement.) *Quant à savoir où je me trouve… Je suis en chemin. Aurian m'a demandé de t'apporter ce maudit objet, pour que tu puisses t'évader d'Aerillia et venir lui porter secours…*

La vallée parut se remplir d'une brume argentée qui roulait sur le sol telles des vagues impatientes. Anvar eut la sensation de perdre Shia… Elle disparaissait sous ses yeux…

— *Qu'est-ce que tu fais là, toi, de toute façon ?* répliqua-t-elle. *Arrête tout de suite ces bêtises et retourne dans ton corps. Tu parles si j'aurais l'air d'une imbécile en traînant cet horrible Artefact jusqu'à Aerillia alors que tu es déjà mort. Tu n'as pas intérêt à laisser tomber Aurian. Elle a besoin de toi…*

Shia et la vallée disparurent. Il ne restait plus que ce brouillard argenté et tenace… qui s'éclaircit soudain pour lui montrer Aurian, blottie près du feu dans la sordide petite pièce à l'étage de la tour d'Incondor. Les épaules affaissées, elle était l'image même de l'abattement. Le cœur d'Anvar fit un bond dans sa poitrine.

— Aurian, l'appela-t-il, mourant d'envie de la réconforter.

Mais sans ses pouvoirs, elle ne pouvait l'entendre. Au bout d'un moment, elle leva la tête en battant des paupières et il découvrit sur son visage les ecchymoses jaunâtres laissées par la main de Miathan. La colère bouillonna en lui. Il fallait absolument qu'il s'échappe pour venir à son secours – mais comment ? Qu'avait dit Shia ? *Retourne dans ton corps... Tu parles si j'aurais l'air d'une imbécile en traînant cet horrible Artefact jusqu'à Aerillia alors que tu es déjà mort...*

Anvar en eut le souffle coupé.

— C'est donc ça qui m'arrive ? Mais je ne peux pas mourir maintenant !

Paniqué, il se mit à courir à travers le brouillard visqueux en cherchant un moyen de regagner son corps. Son angoisse augmentait à chaque seconde. *Aidez-moi, s'il vous plaît, quelqu'un... Ô, dieux, je ne peux pas sortir... Aidez-moi, je vous en prie...*

— Viens, fiston, ressaisis-toi.

Cette voix douce et bourrue, qui apportait avec elle les souvenirs rassurants de gentillesses passées, coupa tel un couteau à travers la peur d'Anvar, lui réchauffa le cœur et lui rendit son courage plus sûrement qu'une lampée de tord-boyaux. La terreur du jeune homme disparut, remplacée par une explosion de joie intense.

— Forral ! Mais tu es...

— Oui, je suis mort, et toi aussi, ou presque, c'est pour ça que je peux t'atteindre.

Anvar pouvait presque le voir à présent, sous la forme d'une silhouette obscure et large d'épaules, perdue dans la brume tourbillonnante. Il entrevit aussi le scintillement fantomatique de son sourire bref et éclatant.

— Viens, fiston, on doit te ramener, et vite, avant qu'ils découvrent ce que je manigance. Je ne suis pas censé faire ça, tu sais !

Anvar entendit le gloussement malicieux et familier qu'il n'avait pas oublié. Inutile de voir Forral pour deviner qu'une petite lueur brillait dans ses yeux, comme à l'époque où Vannor et lui s'efforçaient de se montrer plus malins que l'Archimage. Une main calleuse engloutit la sienne. *Comment puis-je sentir ça, si nous sommes censés être mort ?* se demanda le Mage, affolé.

Il éprouva la sensation d'être pris dans un tourbillon, puis il se retrouva dans la grotte, au-dessus de son enveloppe physique, contemplant son propre visage, gris, pincé et luisant de fièvre. Son corps s'agitait sous les fourrures et une personne aux ailes blanches était agenouillée à son chevet, les sourcils froncés, une main sur son cœur.

— Tu ferais bien de retourner très vite dans ton corps – il ne te reste plus beaucoup de temps, lui conseilla la voix de Forral.

Bien qu'il ne puisse pas voir le bretteur, Anvar sentit la pression des bras de son ami autour de ses épaules, comme s'il le serrait très fort.

— Pour l'amour de tous les dieux, fiston, prends soin d'Aurian, le supplia la voix de Forral.

Anvar éprouvait des maux de tête lancinants et avait la bouche sèche et remplie d'un mauvais goût. Il se sentait nauséeux et avait le corps douloureux comme s'il s'était bagarré. Ce ne fut que lorsqu'il s'efforça de se relever qu'il découvrit la voûte basse et inégale de la caverne et le visage juvénile aux traits fins qui le contemplait en fronçant les sourcils sous une masse de cheveux argentés et soyeux. L'inconnu avait pour manteau ses ailes blanches repliées. Derrière lui, à l'entrée de la grotte, se tenait un garde armé et vêtu de noir.

— Qu'est-ce que…

Anvar avait la bouche si sèche que les mots restèrent coincés dans sa gorge. Il avait la poitrine oppressée et ne pouvait aspirer que de petites goulées d'air. Il toussa et la douleur fut comme un coup de poignard dans les côtes. On présenta une tasse à ses lèvres et il sentit un bras osseux lui soulever la tête. Anvar but avidement, en s'étranglant parfois, sans réfléchir au-delà des nécessités du moment, jusqu'à ce que sa terrible soif soit apaisée. Il ouvrit alors la bouche pour parler de nouveau, mais fut interrompu.

— Chut, chut. Il faut garder des forces. Vous aviez de la fièvre, à cause de votre voyage jusqu'ici et des privations que vous aviez endurées auparavant. (L'Ailé fronça de nouveau les sourcils et parut plus vieux, tout à coup.) La maladie a gagné vos poumons, poursuivit-il. Vous étiez à une plume de vous en aller arpenter les chemins du ciel…

Anvar frémit. Peu importe la façon dont on la présente, la mort reste la mort. Quelque chose le tracassait au fond de son esprit, mais l'homme du Ciel parla de nouveau, chassant toutes ces pensées.

— Je dois partir, à présent, mais j'ai ranimé le feu, et je vous ai laissé du bouillon à côté, et du bois à portée de la main. Vous devez à tout prix rester au chaud. La flasque que voici contient des médicaments pour votre toux. Je reviendrai dès que possible.

Sur ce, il disparut, laissant Anvar bouche bée.

Il n'existait plus que la douleur uniquement. Celle-ci englobait le monde entier. Raven gisait broyée sous le poids terrifiant de la douleur qui l'engloutissait sous forme de vagues vibrantes. Elle ouvrit les yeux et aperçut une partie du sol, le pied de sa table de nuit et du sang – tellement de sang – éclaboussé sur la moindre surface de son minuscule champ de vision. Des paquets de plumes noires emmêlées étaient pris dans la masse poisseuse qui contenait également de minuscules esquilles d'os. Raven vomit puis recula, un geste éprouvant pour ses nerfs, comme si on l'avait frappée avec des couteaux enflammés. Elle essaya de repartir dans l'inconscience pour échapper au souvenir des coups qui avaient plu sur elle ainsi qu'à la douleur atroce de sa chair déchirée et de ses os brisés. L'oubli avait été le bienvenu alors. Souhaitant mourir, elle avait accueilli les ténèbres comme elle étreignait Harihn autrefois : à corps perdu. Un rire moqueur, aussi amer que de la bile, s'échappa des lèvres de Raven qui frémit parce que ça faisait mal. Serre-Noire l'avait bien menée en bateau en la dupant de nouveau. Compte tenu de la cruauté raffinée de son geôlier, elle aurait dû se douter que la mort était bien la dernière chose qu'il lui réservait, le dernier d'une longue liste de tourments.

Mais aucun tourment ne pouvait être pire que celui qu'elle subissait actuellement et qui avait déjà conduit Incondor à sa perte. Plus jamais elle ne volerait. La liberté exubérante des cieux lui était interdite désormais. Oh, mais cette canaille de prêtre était rusée ! En l'épousant, il deviendrait prince consort, ce qui lui permettrait de s'emparer plus sûrement du pouvoir. Mais cela n'empêcherait pas Raven d'être la reine, et une menace constante pour lui. Il ne pouvait décemment la garder prisonnière, sa mère et elle devaient encore avoir des partisans au sein de la Citadelle. En revanche, de cette façon, il allait tout avoir. Elle était la dernière de la lignée d'Aile-de-Feu, mais, avec un tel handicap, on ne lui permettrait jamais de régner. Cela allait à l'encontre des lois de son peuple. Du moment que Serre-Noire réussissait à lui faire un enfant, il pourrait passer son existence à jouer les régents auprès d'un héritier fantoche. Et le peuple le lui permettrait pour préserver la lignée royale. À ce moment-là, bien sûr, le prêtre n'aurait plus besoin d'elle mais déciderait peut-être de la garder en vie pour son propre amusement.

Raven frissonna. Vivre ? Comme une estropiée, objet de dérision, ou, pis encore, de pitié ? Puis la solution lui apparut clairement, et son rire strident – mais un rire de triomphe cette fois – résonna à travers la pièce. Oh, elle pouvait encore le battre à son propre jeu. Comme il allait être doux de réaliser son dernier vœu en contrecarrant les plans de son ennemi !

Même le plus petit mouvement semblait lui prendre une éternité. *Oh, mère, ça fait mal ! Fais que ça s'arrête !* La pièce commença à se dissiper autour d'elle, et Raven se mordit la lèvre en battant des paupières et en respirant aussi profondément que possible jusqu'à ce que sa vision se stabilise de nouveau. Dans le lointain, elle pouvait entendre les lamentations du vent à travers les flèches du temple. La complainte d'Incondor, comme disait son peuple. L'édifice cauchemardesque avait été bâti pour rappeler sa chute – et son destin.

La complainte d'Incondor… À présent, Raven comprenait l'angoisse qu'exprimait ce chant terrifiant, celle d'une âme tourmentée. Avec un détachement rêveur, elle regarda sa main, semblable à une araignée blanche striée de sang rouillé, ramper douloureusement, centimètre par centimètre, vers le pied fin de la table de nuit. Enfin ses doigts effleurèrent le métal lisse et froid, puis se refermèrent autour de lui. Bien. Les pieds avaient toujours été déséquilibrés, elle se rappelait avoir harcelé sa mère pour faire réparer le meuble. Raven s'arma de courage et serra les dents. *Ne t'évanouis pas !* se harangua-t-elle. *Princesse du peuple du Ciel, ne va surtout pas t'évanouir.* Alors elle tira, aussi fort qu'elle le put.

Un hurlement se heurta à ses dents serrées et franchit ses lèvres sous forme d'un gémissement qui se noya dans le fracas du cristal brisé. Puis le son reflua tandis que la vision de la jeune Ailée s'obscurcissait. *Putain, Raven, reste consciente !* La princesse réussit à s'arracher aux griffes de l'abîme qui lui tendait les bras en marmonnant tous les jurons qu'elle avait appris au contact d'Aurian, jusqu'à ce que la douleur revienne à un seuil un tout petit peu plus supportable. Alors elle ouvrit de nouveau les yeux et constata qu'elle avait réussi. Le haut de sa coupe en cristal s'était brisé en mille morceaux, mais le pied, plus épais, s'était cassé net, comme elle l'espérait, ne gardant qu'un rebord pointu et déchiqueté.

Elle aurait voulu se l'enfoncer dans le cœur. Mais, tandis qu'elle gisait là, tremblante, tous ses muscles et ses os en miettes, Raven comprit qu'elle n'en aurait pas la force. De plus, le cœur des Ailés était difficile à trouver, protégé par le sternum qui servait d'ancrage aux muscles de leurs puissantes ailes.

Ô, Père des Cieux, pourquoi m'ont-ils pris mes ailes ? Enfin, Raven permit à ses larmes de couler, pleurant toutes ces gloires qu'elle ne connaîtrait plus jamais : la joie exubérante de la chasse, le fait de planer au-dessus des nuages toujours changeants et de se laisser tomber entre des lambeaux gris et froids pour voir les montagnes majestueuses tournoyer en dessous d'elle… Et la lumière, pure et chatoyante, qui changeait à chaque heure de la journée…

Enivrée par le souvenir glorieux d'un soleil couchant oublié depuis longtemps, Raven ramassa à tâtons le pied de la coupe et creusa à l'aide du cristal déchiqueté un sillon dans les veines de son bras tendu...

Cygnus lisait, perché sur l'unique tabouret de sa minuscule cellule, située dans les caves, sous le temple de Yinze. Ou du moins essayait-il de lire. Le vent soufflait toujours autant et la complainte stridente qu'émettaient les flèches au sommet du bâtiment pénétrait facilement les couches de pierre solide qui se succédaient entre le jeune prêtre-médecin et la source de cet horrible bruit. Cygnus poussa un gémissement qui se noya dans le vacarme général. Maudite complainte d'Incondor ! Non seulement ces sinistres hurlements l'empêchaient de se concentrer, mais en plus ils lui mettaient les nerfs à vif depuis quelque temps. *Si je suis obligé de supporter ça encore longtemps,* songea-t-il, *je jure que je vais devenir fou.* Bien que cela relève de la plus haute hérésie, Cygnus aurait aimé que le créateur du temple prenne en considération les pauvres prêtres obligés de vivre sous l'édifice.

En dehors de la torture que lui infligeait la complainte, le jeune prêtre-médecin avait trop de choses à l'esprit pour se concentrer. La médecin-chef, Elster, s'était elle aussi occupée de la reine au cours de sa dernière maladie, et Cygnus savait qu'elle avait dû reconnaître les effets du poison qu'il avait administré à Aile-de-Feu sur ordre de Serre-Noire. Seuls le regard brûlant d'Elster et les doigts de fer qu'elle avait enfoncés dans le poignet de Cygnus avaient trahi le fait qu'elle connaissait son crime. Mais la profondeur du respect que lui inspirait son vieux professeur avait empêché le jeune prêtre-médecin d'avouer toute la vérité. En parlant, il aurait signé l'arrêt de mort de son mentor, car Serre-Noire possédait des espions dans toute la Citadelle et des oreilles dans chaque pièce.

C'était à cause d'Elster que Cygnus avait renoncé à sa carrière de garde du temple pour emprunter le chemin de la lumière, comme disaient les Ailés en parlant d'étudier l'art de la guérison. Par un seul acte, la médecin-chef avait changé la vie de Cygnus pour toujours. En ce temps-là, rejeton insouciant d'une famille très en vue, il possédait un tempérament enjoué et un corps et un esprit vifs. Comme il fallait s'y attendre au sein de la société du peuple du Ciel, régie par un système de castes, il avait rejoint la Syntagma, la garde d'élite des prêtres, et il s'y était épanoui – jusqu'au jour où il avait bien failli causer la mort de Plume-de-Soleil, son ami le plus proche.

L'accident, une violente collision au beau milieu des airs, avait eu lieu au cours d'un entraînement. Cygnus en était entièrement responsable à cause de son inattention. Il avait lui-même échappé aux conséquences de son imprudence car il disposait de suffisamment d'espace pour interrompre sa chute et rectifier sa trajectoire. Mais Plume-de-Soleil, inconscient à cause du choc, avait plongé tout droit avant de heurter le flanc de la montagne. Muet de chagrin, Cygnus avait rejoint ses camarades à la mine sombre juste à temps pour voir son ami cesser de respirer. Alors, maîtresse Elster était apparue. Fragile, âgée et échevelée parce qu'on l'avait appelée de toute urgence, Elster s'était rapidement frayé un chemin à travers la foule à l'aide de quelques mots vifs. Un réseau de rides parcourait son visage aux traits fins et au front plissé sous une crinière de cheveux argentés spectaculairement striés de fils blancs et noirs. Son corps maigre et anguleux se drapait dans ses ailes repliées au plumage audacieusement bariolé. Cygnus, en proie à un sentiment d'incrédulité grandissant, l'avait observée tandis qu'elle frappait d'un grand coup la poitrine de Plume-de-Soleil avant d'insuffler dans les poumons de ce dernier son propre souffle de vie, et ce jusqu'à ce que le malheureux respire de nouveau par lui-même. Cygnus avait été extrêmement impressionné.

Plume-de-Soleil avait survécu à cette chute et Cygnus avait cru à un miracle. Non seulement Elster lui avait épargné un grand chagrin, elle l'avait aussi libéré du fardeau d'une culpabilité qu'il aurait traînée toute sa vie. Son admiration pour la vieille médecin-chef s'était alors muée en une espèce de vénération. Comment avait-elle réussi ce miracle de ramener un mort à la vie ? Brusquement, Cygnus avait décidé qu'il valait bien mieux sauver des vies plutôt que d'y mettre un terme comme on l'avait entraîné à le faire.

Mais il lui avait fallu un certain temps pour convaincre Elster que ses nouvelles ambitions étaient tout à fait sérieuses. Pour le prouver, il avait quitté la Syntagma, provoquant la colère de sa famille, qui l'avait renié. Alors seulement avait-elle accepté, à contrecœur, de le prendre pour apprenti. Elle était persuadée qu'il ne supporterait jamais les longues années d'études complexes et ardues. Mais Cygnus avait tout fait pour lui prouver le contraire, gagnant au passage son admiration et son affection – jusqu'à ce que, avec l'arrivée de cet hiver surnaturel, il l'abandonne pour un autre mentor, plus sinistre celui-là.

Lorsque la Mort Blanche avait refermé ses crocs autour de leurs montagnes, les Ailés avaient commencé à périr. Autour d'un Cygnus aux abois, la population d'Aerillia succombait lentement à la mort à cause du froid, des maladies et des privations. Le jeune médecin ne pouvait vaincre le monstre – l'art dont il était si fier ne pouvait rien contre le climat. Cygnus commença à douter de lui et de ses dons, et la futilité de ses actes lui apparut clairement, laissant son esprit à la dérive au sein d'un océan de ténèbres.

Se noyant dans un marasme de désespoir et d'amertume, Cygnus s'était accroché de toutes ses forces à la dernière et toute petite étincelle d'espoir. Parce qu'il n'existait plus rien d'autre en quoi il puisse croire, Cygnus avait fini par accepter, petit à petit, l'idée que, si le Haut-Prêtre parvenait à restaurer les pouvoirs magiques que la race ailée avait perdus, alors il lui serait enfin possible d'accomplir ces légendaires exploits de guérison dont parlaient les annales. Avec réticence au début, puis de plus en plus volontiers, il avait fini par adhérer aux principes de Serre-Noire – et à ses méthodes pour parvenir à ses fins.

Un certain temps s'était écoulé depuis que Cygnus avait mis toute son énergie au service des projets ambitieux et impitoyables de Serre-Noire, mais par Yinze, comme la mort d'Aile-de-Feu avait pu lui donner la nausée ! Elle avait lutté bec et ongles pour survivre, endurant au passage plus de souffrances qu'elle n'aurait dû en subir normalement. Cygnus se souvenait d'elle à la fin, le visage noirci tandis qu'elle vomissait et s'étouffait, les bras et les jambes tordus et convulsant presque jusqu'à se briser dans son effroyable agonie. Malgré cela, elle avait encore trouvé la force de maudire Serre-Noire dans son dernier souffle.

Plus tard cette nuit-là, dans la confusion qui avait suivi la mort de la reine, il s'était éclipsé, volant en plein cœur de la tempête qui venait tout juste de revenir, jusqu'à ce qu'il se retrouve suffisamment loin d'Aerillia. Là, tremblant au sommet d'un pic solitaire, il avait finalement commencé à remettre en question son allégeance à Serre-Noire. Pourtant, alors que de nombreux jours s'étaient écoulés depuis cette terrible nuit, il n'avait toujours pas de réponse à offrir à sa conscience.

Cygnus fronça les sourcils. En dépit des tentatives du Haut-Prêtre pour y mettre un terme, les rumeurs florissaient toujours au sein de la Citadelle. L'histoire du sorcier captif – et de sa compagne emprisonnée dans la tour d'Incondor – avait dû être répandue par ceux qui avaient assisté à leur capture. Néanmoins, Cygnus était resté bouche bée lorsque maîtresse Elster était arrivée en toute hâte dans sa cellule pour lui dire qu'il devait se rendre au chevet du prisonnier.

— J'irais bien moi-même, avait ajouté la vieille médecin-chef d'un ton froid, mais le Haut-Prêtre me l'a interdit.

Ses ailes bariolées, avec leurs entrelacs de plumes chatoyantes blanches, bleues, vertes et noires en forme d'éventails étaient à demi déployées en signe de colère tandis qu'elle lançait au jeune homme un regard significatif par-dessous ses sourcils broussailleux striés de blanc.

— Quoi qu'il en soit, fais ce que tu peux, avait-elle conclu avant de lui lancer un autre regard plein de sous-entendus.

Le jeune homme avait senti sa gorge se nouer. La désapprobation d'Elster était tangible et cela lui faisait encore mal de se dire qu'il l'avait trahie.

En tout cas, Cygnus avait fait de son mieux pour son vieux professeur. Mal à l'aise sous le poids de la culpabilité, il avait dit à Serre-Noire que la maladie du prisonnier dépassait de loin ses piètres talents de médecin et que l'on avait besoin d'Elster pour le soigner. C'était le mieux qu'il puisse faire pour assurer sa sécurité car, depuis la mort de la reine, il s'inquiétait de son sort. Qui sait ce qui lui arriverait si elle commençait à remettre en question les causes du décès d'Aile-de-Feu ?

Cygnus sursauta lorsque la porte de sa cellule s'ouvrit à la volée et qu'un garde du temple au visage livide apparut.

— Venez vite, fit ce dernier en l'obligeant à se lever. La princesse… Maîtresse Elster a besoin de votre aide de toute urgence !

Cygnus en aurait pleuré lorsqu'il découvrit Raven gisant si frêle, si petite et si seule au beau milieu de la chambre aux murs éclaboussés de sang. Elle avait la peau d'une pâleur mortelle et une plaie béante et déchiquetée au bras gauche. Quant à ses ailes – ô Père des Cieux ! Ce n'étaient plus que des débris broyés et enchevêtrés de plumes et d'os ensanglantés. Un désir meurtrier s'empara de Cygnus qui eut envie d'aller trouver le Haut-Prêtre pour lui tordre son cou maigre et ridé.

— Ressaisis-toi ! Je ne peux pas maintenir ce garrot beaucoup plus longtemps. (Les paroles laconiques d'Elster lui firent l'effet d'une douche glacée.) Aide-moi à la soulever. Nous devons la bouger et la manipuler tant qu'elle est encore inconsciente.

Elle s'exprimait en professionnelle, d'un ton brusque, mais il suffit d'un regard à Cygnus pour comprendre, en voyant son visage gris et figé, qu'Elster avait surtout besoin de se rendre tout droit à la fenêtre pour vomir.

Au grand soulagement du jeune médecin, la princesse ne fit pas un bruit pendant qu'ils l'amenaient vers son lit.

— Couvre-la du mieux possible, marmonna Elster, les sourcils froncés, en examinant le bras blessé. Le choc et le sang perdu sont nos principaux ennemis – nous devons la réchauffer. (Elle fit un geste en direction du petit brasero qu'elle utilisait pour faire bouillir de l'eau pour ses aiguilles et ses lames.) Alimente-le autant que possible – ça ne dégage pas beaucoup de chaleur, mais… (Elle palpa la plaie de Raven.) En temps normal, je te laisserais t'occuper de ça, mais elle a terriblement endommagé ses veines, et le temps joue contre nous.

Cygnus, occupé à mettre du bois dans le petit brasero, se redressa brusquement, les yeux agrandis par l'horreur.

— La princesse a tenté de mettre fin à ses jours ?

— Qu'est-ce que tu crois ? riposta Elster en nettoyant la plaie à l'aide d'une infusion de plantes. Regarde ce que ces brutes ont fait à ses ailes.

Elle avait toujours eu les mains calmes d'un maître et d'un chirurgien. Cygnus ne les avait encore jamais vues trembler jusqu'à présent. Elster inspira profondément.

— Qui plus est, ce n'est pas notre princesse, mais notre reine, et nous ferions bien de garder ça à l'esprit pendant que nous travaillons, ajouta-t-elle avec hargne.

Comme un vrai maître, Elster avait réussi à reprendre le contrôle de ses émotions. Cygnus aurait aimé pouvoir en dire autant.

— Maintenant…, murmura Elster en se penchant sur le bras de Raven. Cygnus, tu veux bien commencer à nettoyer ses ailes avant que la pauvre fille ne se réveille ? Ce serait gentil de ta part. Veille à recoller tous les morceaux avec le plus grand soin. La reine ne volera peut-être plus jamais, mais que l'on me jette du haut du temple de Yinze si je décide de l'amputer. La pauvre enfant a déjà été bien assez mutilée comme ça.

Cygnus ne put en supporter davantage. La vision d'une enfant du Ciel – la reine en personne, par-dessus le marché – affligée de deux moignons à la place des ailes vint à bout de sa résistance. Au moins réussit-il à courir jusqu'à la fenêtre avant de vomir.

— Allons, mon garçon ! Tu es médecin, oui ou non ? aboya Elster.

Cygnus fit un effort surhumain pour se ressaisir. Il avala une longue gorgée à la gourde d'eau de sa maîtresse, versa davantage d'infusion nettoyante dans un bol pour se laver les mains, puis se pencha d'un air déterminé pour entreprendre le travail sinistre et minutieux qui consistait à reconstituer les ailes brisées de Raven.

— Beau travail, mon garçon ! Je n'aurais pas fait mieux moi-même.

Cygnus battit des paupières, essuya son front en sueur et leva la tête – ou du moins, il essaya. Sa nuque et son dos lui semblaient bloqués dans cette position recourbée. Quelqu'un avait rempli ses yeux de sable brûlant et des crampes lui rigidifiaient les doigts. Une armée de bougies et de petites lampes à huile brûlaient autour de lui, leurs flammes étincelantes dansant dans la pénombre de la pièce devenue obscure. Derrière la fenêtre, le ciel avait ce bleu vif et profond qui n'était pas encore – ou plus tout à fait – la nuit. Alors, dans un sursaut de stupeur, Cygnus comprit qu'il ne s'agissait pas du crépuscule, mais de l'aube !

Ses os craquèrent comme du petit bois lorsqu'il s'étira. Elster, le visage hagard et les yeux rouges, le regardait d'un air rayonnant tout en désignant l'aile étendue devant lui. Cygnus la contempla à son tour et secoua la tête d'un air incrédule. Brusquement, sa fatigue disparut, remplacée par la fierté et la satisfaction. *Père des Cieux*, s'émerveilla-t-il, *est-ce vraiment moi qui ai fait ça ?* Ce qui n'était plus auparavant qu'un amas de plumes et d'os ensanglantés ressemblait de nouveau à une aile dont la structure principale était fermement soutenue par des éclisses. Quant aux petits os fragiles qui reliaient l'ensemble, ils étaient reliés les uns aux autres comme un puzzle de débutant et maintenus en place par un réseau complexe de minces allumettes en bois – les plus légères qu'il ait pu créer. Les muscles endommagés et la peau arrachée avaient été remis en place et recousus à l'aide de centaines de points minuscules.

Oui, cette aile ressemblait de nouveau à une aile – ou presque. Cygnus, revoyant son labeur en pensée, se souvint d'os ébréchés et brisés impossibles à réparer, ainsi que d'autres qu'il n'avait pas réussi à retrouver. Il y avait également les bouts de tendons glissants qu'il n'avait pu rattacher et des muscles qui resteraient toujours faibles s'ils se remettaient à fonctionner un jour. Enfin, seul le temps pourrait dire si la circulation avait été rétablie dans les vaisseaux endommagés. Son pénible travail pouvait encore n'avoir servi à rien. Cygnus sentit sa satisfaction se transformer en cendres et tourna la tête en proférant un juron.

— Quelle différence ça fait, au bout du compte ? demanda-t-il amèrement. Elle ne volera plus jamais.

Elster, qui avait accompli un miracle similaire sur l'autre aile, soupira.

— Tu as raison, reconnut-elle doucement. Nous aurions tout aussi bien pu nous épargner cette peine en amputant ces ailes devenues inutiles. La reine est déjà estropiée – quelle différence cela fera-t-il à ses yeux si elle est déformée par-dessus le marché ?

Cygnus rougit d'un air honteux.

— Je n'y avais pas pensé, confessa-t-il.

Elster haussa un sourcil.

— C'est pour ça que je suis la maîtresse et que tu es l'élève. Il existe deux qualités dont un vrai médecin ne saurait se passer. Le talent et la compassion. Surtout la compassion.

Cygnus hocha la tête en reconnaissant la sagesse des paroles d'Elster.

— Mais, maîtresse, que se passera-t-il quand elle se réveillera et apprendra la vérité ?

Elster passa une main distraite dans ses cheveux blancs striés de noir, et désigna d'un air désolé le pansement sur le bras de Raven.

— Tu crois qu'elle ne le sait pas déjà ?

Cygnus acquiesça.

— C'est ce que je pensais. Pendant que je travaillais sur cette aile, je me disais : et si c'était moi ? Et j'ai su alors que, si je me retrouvais dans le même état que la reine et que les cieux m'étaient à jamais interdits, je n'aurais plus aucun désir de vivre. Il m'est alors apparu que, pour lui sauver la vie, je devais réparer cette aile afin qu'elle puisse l'utiliser de nouveau, sinon tous mes efforts auraient été vains.

La maîtresse passa un bras autour des épaules du jeune homme.

— Je sais, lui dit-elle gentiment. Je t'ai regardé faire pendant que je travaillais – tu œuvrais sur ces minuscules fragments avec une telle détermination sur ton visage – et j'en ai eu le cœur qui saignait en songeant à la souffrance que tu allais devoir affronter. Mais tous les médecins, tôt ou tard, doivent en passer par là, quand ils ont beau faire de leur mieux et que ça ne suffit pas. Mon garçon, Yinze lui-même ne pourrait pas faire en sorte qu'elle vole de nouveau. Il aurait été plus clément de la laisser mourir, comme elle le souhaitait sûrement. Mais elle doit vivre. (Sa voix se durcit.) Maintenant qu'Aile-de-Feu est morte, cette frêle petite fille estropiée est notre reine, et nous allons avoir besoin d'elle si… (Le souffle court, elle se reprit aussitôt.) Si notre peuple doit avoir un souverain. Malheureusement, quelqu'un va devoir le lui faire comprendre – et c'est à nous qu'incombe cette tâche.

Cygnus ouvrit la bouche, mais, après le meurtre d'Aile-de-Feu et la mutilation de sa fille, il ne trouva rien à dire. Bien qu'il eût agi sur les ordres de Serre-Noire, il avait le sang d'Aile-de-Feu sur les mains. C'était à cause de lui que Raven allait devoir vivre dans cet état : orpheline, estropiée… et reine.

Brusquement, la vue du corps mutilé de Raven disparut derrière un rideau de larmes. Cygnus enfouit son visage entre ses mains tremblantes.

— Je suis désolé, chuchota-t-il. Ô, dieux, je suis désolé.

— Il y a de quoi – mais ça ne suffit pas, répondit sévèrement Elster. Seul Yinze sait ce qui t'a pris, Cygnus. Toi, un guérisseur, mon élève le plus doué, prendre part à de telles vilenies. Pourquoi, avec un don pareil, as-tu décidé de détruire plutôt que de soigner ?

Comme des vannes qui se seraient ouvertes, Cygnus déversa tout ce qu'il y avait en lui, ses doutes, son désespoir ; le sentiment de ne pas être à la hauteur face à cet hiver maléfique s'était abattu sur son peuple.

— Vous dites que j'ai un don, s'écria-t-il avec amertume, mais, si j'avais servi à quelque chose, j'aurais pu les sauver. Je les ai trahis, Elster – je n'ai pas su aider mon peuple quand il a eu besoin de moi. Et puisque la voie que vous m'aviez enseignée ne menait nulle part, alors que restait-il ? Je voulais si désespérément accomplir quelque chose, et Serre-Noire semblait détenir le seul espoir.

Cygnus regarda Elster dans les yeux et vit des larmes y briller faiblement dans la lumière morne de l'aube.

— Oh, pauvre fou, chuchota-t-elle. Pauvre sot aveugle. Pourquoi n'es-tu pas venu me parler pour partager tes doutes avec moi ? Mon cher enfant, il n'existe pas un guérisseur dans toute l'histoire du monde qui n'ait nourri d'aussi sombres pensées à un moment donné. (Elle secoua la tête.) Il existe des maux en ce monde que nous ne pouvons guérir, même si nous le souhaitons, mais ce n'est pas une raison pour les embrasser.

On aurait dit qu'un gouffre béant venait de s'ouvrir sous les pieds du jeune médecin, comme si rien, dans son monde, ne serait plus jamais solide ou sûr.

— Je ne savais pas, chuchota Cygnus. Maîtresse, je n'ai pas partagé mes doutes avec vous parce que vous étiez si réticente à l'idée de me prendre pour apprenti, au début. Je ne savais pas que vous comprendriez.

Cygnus se laissa tomber à genoux à ses pieds et lui tendit sa dague d'une main tremblante.

— Maîtresse, je me suis conduit comme un imbécile, et pire encore, déclara-t-il d'une voix qui lui parut lointaine et fêlée. Ôtez-moi la vie, je vous en conjure, car rien ne pourra réparer le mal que j'ai causé ni laver cette tache de mon âme.

Fermant les yeux et inspirant profondément, il attendit que son mentor prenne la dague pour mettre fin à sa misérable existence.

— Oh, non, mon garçon. Voilà un geste bien théâtral, mais ça ne suffit pas !

En entendant le gloussement dépourvu d'humour d'Elster, le jeune médecin rouvrit les yeux, choqué. Elster ramassa la dague et la jeta par la fenêtre d'un simple mouvement du poignet.

— Ce serait trop facile de mourir. Tu n'as qu'à vivre et souffrir afin d'assumer la responsabilité de tes actes, comme tout un chacun. (Secouant la tête, Elster dévisagea sévèrement son élève qui se tenait bouche bée.) Une vie entière ne suffira pas à t'amender auprès de cette pauvre fille, alors tu ferais mieux de commencer tout de suite. (Obligeant un Cygnus réticent à se lever, elle le regarda droit dans les yeux.) Enfin, à supposer que tu veuilles vraiment réparer les fautes que tu as commises. (Son expression se durcit.) Cygnus, si tu éprouves encore le moindre lambeau de loyauté vis-à-vis du Haut-Prêtre après ce qu'il vient de faire, alors tu devrais à l'avenir rester aussi loin que possible de la reine. Je sais reconnaître un poison quand j'en vois un, mon garçon. Je sais que tu es responsable de la mort de la reine Aile-de-Feu, et je ne peux supporter l'idée de savoir l'assassin de sa mère au chevet de cette pauvre petite. Cela dit, si tu soutiens toujours Serre-Noire, alors tu n'es plus digne d'approcher aucun être humain décent, et encore moins la reine du peuple ailé.

Le jeune médecin, frissonnant de honte, fut incapable de soutenir le regard brûlant de son mentor.

— J'en ai fini avec Serre-Noire, jura-t-il. Je ferai tout ce que vous estimerez nécessaire pour vous en convaincre.

Elster le dévisagea d'un air grave.

— Ce sont là des paroles courageuses, mon garçon, mais peux-tu les transformer en actes ? (Ses yeux se mirent à briller.) Je veux que tu prennes soin de la reine Raven. Deviens son compagnon de tous les instants, son réconfort, son soutien. Elle refuse de continuer à vivre, Cygnus, alors ça va être à toi de la convaincre du contraire.

Le jeune médecin en eut le souffle coupé.

— Je ne peux pas faire ça ! Elster, je vous en prie, demandez-moi autre chose. Que puis je lui dire ? Je ne peux pas lui faire face, pas avec le sang de sa mère sur les mains.

— Tant pis, répliqua Elster d'un ton inexorable. Plus tu trouveras ça difficile et plus tu auras une chance d'expier ton crime. Si jamais tu en viens à trouver la souffrance intolérable, Cygnus, essaye donc de te mettre à sa place.

Ces paroles brutales interrompirent tout net les protestations de Cygnus. Vaincu, le jeune médecin baissa la tête.

— J'essayerai, Elster, chuchota-t-il.

— N'essaye pas – fais-le ! répondit brutalement sa maîtresse. La vie de cette fille repose entre tes mains, Cygnus, ne gâche pas tout. Tu as déjà fait assez de dégâts comme ça. (Elle tempéra la dureté de son discours en lui offrant l'ombre d'un sourire.) Si ça peut te consoler, mon garçon, j'ai foi en toi.

— Je ne vois pas pourquoi. (Cygnus contempla Raven une fois de plus et redressa les épaules.) Mais je vous promets, maîtresse, de faire de mon mieux pour me montrer digne de votre confiance.

— Yinze soit loué, j'ai retrouvé mon élève.

Elster serra le jeune médecin contre elle. Bien qu'affligée par les souffrances qu'il endurait, elle était quelque peu rassurée par sa crise de conscience. Elle avait été consternée de le voir épouser les ambitions bizarres de Serre-Noire et horrifiée de découvrir le rôle qu'il avait joué dans le meurtre de la reine. *Je devrais le détester*, s'était dit la médecin-chef, mais sa compréhension de la nature des Ailés et de la fragilité de leur esprit avait réussi à la convaincre que les choses n'étaient pas si simples. Elle était persuadée que Cygnus n'avait pas irrémédiablement sombré dans le mal et que, si tel était le cas, elle devait le sauver et lui redonner le sens des valeurs. La pensée de tout le bien qu'il pourrait accomplir grâce à son don suffisait à justifier l'effort. En plus, même si elle aurait préféré mourir plutôt que de l'admettre, elle l'aimait bien.

Mettant fin à leur étreinte, Elster repoussa son élève et le tint à bout de bras.

— Maintenant, va manger un morceau et demande qu'on me porte un repas à moi aussi. Et il faut à tout prix que tu restes loin de Serre-Noire jusqu'à ce que tu puisses dissimuler tes sentiments. Tu as fait du bon travail, cette nuit, mais hélas, il n'y a jamais de repos pour un médecin. Ton autre patient t'attend dans la grotte en dessous de la cité.

Cygnus laissa échapper un hoquet de stupeur.

— J'avais oublié le sorcier !

— Chut, mon garçon, lui conseilla hâtivement Elster. Pas si fort.

— Mais, maîtresse, j'ai oublié de vous dire. (Prudemment, il baissa la voix.) J'ai dit à Serre-Noire que la maladie du sorcier dépassait le cadre de mes compétences, de peur que le Haut-Prêtre ne décide de vous tuer parce que vous savez ce qui est arrivé à la reine Aile-de-Feu.

— Tu as pensé à moi ? s'exclama Elster, suffoquée.

Elle était étonnée que cela représente autant pour elle. *Vieille folle sentimentale !* se reprocha-t-elle. Puis elle se ressaisit et accorda de nouveau son attention à son élève.

— Est-ce que c'est vrai ?

— Quoi donc ? demanda Cygnus, visiblement perplexe.

— Que son cas dépasse le cadre de tes compétences pourtant considérables, évidemment !

— Non, même si, pendant un moment, j'ai cru le contraire. Il souffrait d'une fièvre contractée sans doute à cause du froid, des privations et des mauvais traitements que lui ont infligés les gardes. Pendant un moment, j'ai désespéré de le sauver, mais il va bien maintenant.

Pour la première fois au cours de cette longue nuit éreintante, Cygnus se permit un sourire qu'Elster lui rendit.

— Va donc t'occuper de ton patient, dans ce cas. Ensuite, prends un peu de repos, puis reviens ici pour veiller sur la reine pendant que j'irai rendre une petite visite à notre mystérieux prisonnier. (Elle haussa les sourcils.) N'ayant jamais rencontré d'humain, et encore moins de sorcier, je dois avouer que j'éprouve une certaine curiosité. Un sorcier venu d'un pays lointain et possédant des pouvoirs qu'on ne saurait imaginer… (Elle haussa les épaules.) Oh, peu importe. Veille simplement à ne pas oublier ce qu'il est et fais bien attention. Oh, et pour l'amour de Yinze, mon garçon, ajouta-t-elle dans un murmure, gagne-le à notre cause.

Cygnus acquiesça, puis hésita en contemplant la reine. Le chagrin et la rage lui tordirent les entrailles comme sous l'effet d'un coup de poignard.

— Maîtresse, vous pensez qu'elle ira mieux ?

En cet instant, Elster parut prendre un tel coup de vieux que le jeune médecin regretta d'avoir posé cette question.

— Son corps ? Oui, il survivra. Son esprit ? Seul Yinze sait ce qu'il en adviendra.

14

DUEL DE REINES

Le chemin tortueux qui partait de la tour d'Incondor traversait une série de vallées qui s'élevaient toujours plus haut jusqu'au cœur des montagnes. Au fur et à mesure de son ascension, Shia rencontra de plus en plus de difficultés à cause de la couche de neige de plus en plus profonde et du froid mordant qui ne cessait de s'intensifier. Elle se trouvait au beau milieu d'un paysage aride et menaçant, avec ses imposants rochers escarpés semblables à des crocs et ses gorges obscures et sans fond à travers lesquelles le vent s'engouffrait en poussant des hurlements identiques à ceux d'un millier de chats égorgés.

Au début, Shia trouva parfois à s'abriter dans des grottes et des crevasses qui la protégeaient un peu du vent impitoyable et de son fardeau de neige cinglante. Elle s'arrêta volontiers dans ces refuges pour s'y reposer, profitant au mieux d'un répit qui était le bienvenu dans son incessante bataille contre les montagnes. Parfois, il lui arriva de trouver du gibier, lièvres des neiges, lagopèdes, chèvres ou moutons des alpages, ce qui lui permit d'apaiser son inextinguible faim. Mais à mesure qu'elle continuait à grimper, les abris se firent de plus en plus rares et la neige continua à s'entasser sur les sentiers rocailleux et les saillies rocheuses, réduisant son allure à celle d'un escargot et faisant de chaque pas une torture plus grande encore.

Shia avait mal au cou et aux mâchoires à force de porter le Bâton de la Terre. Sa magie la brûlait et ses courants d'énergie la picotaient et tourbillonnaient à travers son corps, l'affaiblissant et mettant à mal son sens de l'orientation. Autour de l'Artefact, sa gueule n'était plus qu'une masse de cloques et de plaies, si bien qu'elle avait du mal à présent à chasser et à manger lors des rares occasions où elle dénichait une proie. La nourriture était en effet peu abondante et difficile à trouver sur ce toit du monde où régnait un froid mortel. Jour après jour, la grande panthère devint de plus en plus maigre. Avec ses yeux caves, elle ressemblait à un épouvantail noir tout ébouriffé qui n'avait plus que la peau et les os. N'ayant même plus l'énergie de penser, elle se traînait vers les sommets, pas après pas, avec le Bâton prisonnier de ses mâchoires serrées et figées. La nuit, elle creusait un trou dans la neige pour conserver sa chaleur, mais elle n'arrêtait jamais de trembler, regrettant que Bohan et Anvar ne soient pas allongés près d'elle et qu'Aurian ne puisse pas la serrer contre elle pour réchauffer leurs deux corps.

Le temps passant, les souffrances et la détresse de Shia augmentèrent au point qu'elle s'imagina à l'agonie. Un jour, alors qu'elle titubait en état de rêve éveillé, elle crut voir Anvar marcher à ses côtés, et lui était bel et bien mourant. Néanmoins, il trouva quand même le temps de lui poser un tas de questions stupides bien dignes d'un humain, ce qui ne manqua pas d'irriter la panthère au-delà du supportable. Elle lui répondit, en termes bien sentis, d'arrêter ses bêtises et de retourner dans son corps, ce qu'il avait dû faire – du moins l'espérait-elle.

Quand Anvar disparut, les pattes de Shia cédèrent sous elle et elle resta étendue dans la neige un moment, tremblant sous le choc et se demandant si ce qu'elle avait vu était réel. Les Mages possédaient d'étranges pouvoirs, comment savoir ce qu'ils pouvaient faire ou non ? Une chose était sûre, en tout cas : si Anvar était vraiment sur le point de mourir, alors elle avait été capable de le voir parce qu'elle se trouvait dans le même état.

Non sans effort, Shia ouvrit la gueule pour lâcher le Bâton, puis leva les yeux vers le ciel de plomb. *Suis-je vraiment à l'agonie ? Mais je ne peux pas mourir. J'ai fait une promesse à Aurian.* Des points noirs dansaient devant ses yeux. Mais lorsqu'un cri rauque résonna au-dessus d'elle, elle comprit, en dépit de son cerveau embrumé, que ces points étaient bien réels. Des aigles ! Et s'ils décrivaient des cercles comme ça… La grande panthère ramassa le Bâton et se remit à avancer d'un pas chancelant. Elle avait déjà l'eau à la bouche.

Seule la peur qu'éprouvèrent les gigantesques rapaces à la vue du Bâton étrangement luisant permit à Shia de les disperser si facilement. Sans cela, elle aurait très bien pu rejoindre le corps brisé et gelé du mouton pour leur servir de dîner. Grimaçant de douleur à cause de ses mâchoires en sang, Shia recracha une boule de laine huileuse et emmêlée et arracha une bouchée de viande glacée qui fondit dans sa bouche. La nourriture, bien que filandreuse, lui parut succulente. Après les premières bouchées difficiles, la panthère sentit une nouvelle énergie exploser en elle comme une fontaine de feu. Elle s'attaqua alors pour de bon à son repas, bénissant sa chance et la stupidité de ces herbivores qui s'aventuraient souvent sur des corniches étroites à la recherche d'un peu de verdure et qui se retrouvaient coincés, incapables d'avancer ou de faire demi-tour. Apparemment, ils ne savaient pas non plus marcher à reculons, alors ils paniquaient et tombaient, à moins de se laisser mourir de faim sur place et de basculer ensuite, ce dont Shia, pour le moment, leur était infiniment reconnaissante. Après s'être rempli la panse, elle trouva une niche au cœur des rochers brisés, au pied d'un pan de montagne, et traîna le Bâton et les restes du mouton à l'intérieur, puis elle s'y installa à son tour. Elle avait suffisamment mangé pour pouvoir supporter le froid et prendre un repos digne de ce nom, le premier depuis des jours.

Tandis qu'elle perdait toute notion de l'endroit où elle se trouvait, son esprit se mit à dériver... passa en revue les souvenirs de son enfance de chaton, de son premier accouplement, du combat titanesque qui lui avait permis de devenir première femelle de la Colonie... Il la ramena à ce jour maudit où les Khazalims avaient attaqué avec leurs arcs et leurs lances et où elle s'était sacrifiée pour sauver ses petits et son peuple... Elle revécut également sa captivité, avec son cortège de frustration, de colère et de haine, et la torture des combats dans l'arène... Puis il y avait eu le combat avec Aurian, et l'indicible soulagement qui l'avait envahie en découvrant un esprit capable de communiquer avec le sien, et enfin les joies de l'amitié et de la liberté retrouvée...

Si Shia trouva la force de continuer à avancer dans les jours qui suivirent, ce fut uniquement à cause du danger qui menaçait ses compagnons. Il était vital qu'elle trouve un moyen de sauver Anvar, sans quoi Aurian ne pourrait jamais s'échapper. Le méchant tuerait l'enfant de son amie, qui resterait alors à jamais en son pouvoir ou mourrait le jour où elle refuserait de le servir – et la grande panthère savait bien que ce jour arriverait.

Shia était partagée. Elle ne connaissait aucune route directe par le nord-ouest mais ne s'y serait pas risquée de toute façon : dans cette direction, les montagnes s'élevaient plus haut, les chemins devenaient plus escarpés et de moins en moins praticables. En réalité, seul le peuple du Ciel pouvait coloniser ces terres qui abritaient la majeure partie des leurs. Les Ailés étaient de longue date les ennemis jurés du peuple de Shia, elle n'osait donc pas prendre cette direction-là. Cela ne lui laissait que la route qu'elle connaissait, le col à l'ouest du pic ravagé des Griffes d'Acier, un chemin d'accès plus détourné qui traversait en plein cœur le territoire des grands félins.

Au cours de ses voyages avec Aurian, Shia avait rêvé de rentrer chez elle. Elle adorait son amie, ainsi qu'Anvar, mais les siens lui manquaient malgré tout. En tant qu'unique félin de la bande, elle se sentait seule. Et voilà qu'elle se trouvait enfin aux portes de son foyer, de retour d'exil, et pourtant elle ne pouvait pas rester. Oh, elle aurait pu oublier sa quête, jeter le Bâton au fond du gouffre le plus proche – il n'en manquait pas dans les environs – et passer son chemin. Mais elle n'aurait jamais pu vivre avec ça sur la conscience.

Le problème principal, songea la panthère avec ironie, concernait son peuple. Elle n'avait d'autre choix que de traverser ses terres pour se rendre en Aerillia, mais les félins gardaient jalousement leur territoire, y compris contre les incursions des Chuevah, les vagabonds solitaires appartenant à leur propre espèce mais ne faisant pas partie de la Colonie.

Ces parias menaient une existence pitoyable et solitaire dans les montagnes, mais ça ne durait généralement pas très longtemps. Ils représentaient les rebuts de la Colonie, les faibles, les vieux et parfois même les plus jeunes lorsque les temps étaient extrêmement durs. Les femelles qui tentaient de s'emparer du pouvoir et échouaient devenaient des Chuevah, tout comme ceux qui transgressaient les lois de la Colonie ou les créatures inférieures qui se faisaient expulser quand la nourriture se faisait rare. *Ils doivent être nombreux, maintenant*, songea Shia. Ce terrible et mystérieux hiver devait mettre à mal la Colonie, tout comme il faisait souffrir le peuple du Ciel. À l'origine, on en chassait les membres les plus encombrants pour le bien de tous, éliminant les faibles et les inutiles afin que la Colonie demeure vigoureuse et suffisamment forte pour survivre malgré les conditions difficiles. Mais peut-être cette coutume était-elle allée trop loin. *C'est vrai, moi aussi, je suis une Chuevah, maintenant !* se dit Shia, désagréablement surprise. *J'ai rejoint les rangs de ces pauvres charognards solitaires, moi qui étais autrefois première femelle.*

La panthère savait que, selon les coutumes de son peuple, elle allait devoir combattre la première femelle actuelle si elle voulait réussir à traverser les terres de la Colonie pour rejoindre Anvar. Malheur à elle si elle échouait, car, même si elle survivait à ce duel, on ne la laisserait pas passer. *Mais regardez-moi*, se dit Shia avec désespoir. *Je suis bel et bien une Chuevah ! Épuisée et à moitié affamée, combien ai-je de chances de vaincre un adversaire aussi fort – la femelle la plus puissante de la Colonie ?*

Shia voyageait depuis plus de la moitié d'une lune et s'était contentée jusque-là de contourner prudemment la frontière orientale du territoire des Ailés lorsqu'elle arriva finalement devant les hauts cols qui permettaient de traverser la chaîne de sommets septentrionaux. Le vent, à cette altitude, soufflait si fort qu'elle avait du mal à garder l'équilibre, et la neige tombait si dru que la panthère distinguait à peine le bout de ses moustaches. Elle hésita. Personne ne pouvait traverser cet enfer en espérant y survivre, pas vrai ? Pourtant son instinct lui disait que la tempête dévalait graduellement le flanc de la montagne et qu'elle ne trouverait aucun abri si elle rebroussait chemin, d'autant qu'elle venait de traverser un terrain particulièrement accidenté, parsemé de fissures et de brusques dénivelés qui risquaient de la tuer puisqu'elle n'y voyait rien.

— *Bouge !* gronda Shia, surprise par sa propre véhémence. *Si tu restes là, tu vas mourir de froid. Qu'adviendra-t-il alors de tes amis humains ? Tout repose sur toi.*

Aveuglée et enivrée par la neige, la grande panthère se remit à avancer en trébuchant à chaque pas. Elle ne pensait plus à rien en dehors de mettre une patte épuisée devant l'autre. Si seulement elle pouvait continuer à avancer, elle aurait peut-être une chance de s'en sortir.

Les heures passèrent au sein d'un cauchemar qui demeurait le même. Pas à pas, Shia progressait au cœur de la tempête sans même savoir, en dépit de la montée, si elle suivait toujours la bonne direction. Son endurance l'aidait à maintenir son emprise sur le Bâton, et son instinct de conservation, ou du moins ce qu'il en restait, l'obligeait à faire chaque pas avec prudence pour ne pas tomber aveuglément dans une crevasse. En dehors de ça, Shia n'était plus consciente de rien. Elle ne pensait plus ni à elle, ni à son peuple, mais à Aurian, à Anvar et à son ami Bohan qui l'avait toujours comprise sans qu'il y ait besoin de mots entre eux. Pour eux, Shia continua à avancer, marchant sur une corde raide entre la vie et la mort, dans des conditions qui risquaient de la tuer au moindre faux pas.

Le blizzard prit fin si brusquement qu'il la surprit. Shia n'avait aucune idée du temps qu'elle avait bien pu passer ainsi, cheminant péniblement mais avec détermination dans la neige qui s'élevait jusqu'à son poitrail, les yeux aveuglément fixés sur ses pattes, le corps gelé et épuisé. Brusquement elle leva la tête et découvrit à travers ses paupières battantes et encroûtées de givre que la neige était partie et qu'elle pouvait enfin voir de nouveau. Mieux encore, elle était arrivée au bout du col. Le pic tronqué et brisé des Griffes d'Acier se dressait devant elle, et les terres de son peuple s'étendaient alentour. En voyant surgir la silhouette familière des Griffes d'Acier, le cœur de Shia fit un bond dans sa poitrine. Elle avait tant de souvenirs ici. Elle était enfin de retour chez elle, mais elle n'en restait pas moins une exilée.

— *Halte, étrangère !*

Shia se figea au beau milieu d'une foulée, une patte suspendue au-dessus du chemin. Les sentinelles apparurent en bondissant ; la première sauta à bas d'une corniche située assez haut dans le flanc de la montagne, au-dessus du défilé, et l'autre surgit derrière une crête brisée et jonchée de rochers. Shia laissa tomber le Bâton et renifla l'air, toutes moustaches dehors, pour connaître la température et la direction du vent. Cela l'aiderait également à découvrir l'identité de ses deux adversaires.

Les deux femelles, qui possédaient une robe lisse et noire et un corps bien musclé, s'approchèrent sans la quitter des yeux, la fourrure hérissée de manière menaçante. La première était une jeune panthère totalement inconnue de Shia. Délicate et nerveuse, elle se déplaçait avec la grâce et la légèreté d'une danseuse. La seconde, bien plus vieille, possédait une plus forte carrure, avec des muscles puissants et un épais collier de fourrure autour du cou, presque comme un mâle. Shia dissimula le sentiment de joie qui l'envahit en reconnaissant la panthère plus âgée et la regarda droit dans les yeux – un défi délibéré.

— *Tu ne me reconnais donc pas, Hreeza ? Toi qui partageais la tanière de ma mère ?*

Le puissant vieux félin fronça son museau tacheté de gris et dévoila ses crocs en grondant.

— *Ma compagne de tanière a eu beaucoup de belles portées. Crois-tu que je me rappelle tous ses chatons ? Tu pourrais être n'importe qui, étrangère.*

— *Comment ? J'ai du mal à croire qu'une panthère comme toi pourrait oublier un chaton qu'elle a aidé à élever.* (Les oreilles de Shia s'aplatirent.) *Ne me mens pas, Hreeza, pas même pour sauver ta peau.*

— *Tu vas la laisser te parler comme ça ?* demanda la jeune panthère, le regard flamboyant de colère, en s'adressant à Hreeza. *Et puis, quel est cet objet maléfique ?*

Elle renifla prudemment le Bâton scintillant en veillant à ne pas le toucher. Au même moment, Hreeza s'en prit à elle, une patte levée en signe de menace.

— *Reste en dehors de ça*, siffla-t-elle. (Puis elle s'avança vers Shia d'un air hésitant et baissa la tête pour qu'elles puissent se frotter le museau.) *Je n'aurais jamais cru te revoir un jour*, avoua-t-elle, sa voix mentale chargée d'émotion.

— *Moi non plus.*

Shia ronronnait d'allégresse, mais la vieille panthère paraissait mal à l'aise. Shia comprit que le Bâton était la principale cause de méfiance de Hreeza. Et de fait, l'ancienne compagne de tanière de sa mère leva vers elle des yeux inquiets.

— *Quelle est cette chose ?*

Shia fit de son mieux pour répondre d'un air insouciant.

— *Sacré objet, pas vrai ?* dit-elle gaiement. *C'est un truc d'humains absurde, bien entendu. Bientôt, il ne sera plus là, Hreeza, je te le promets. Inutile d'inquiéter notre peuple avec ça. Qui est première femelle à présent ?* demanda-t-elle doucement.

— *Gristheena !* répondit l'autre d'un ton sifflant. *Shia, cherches-tu à t'emparer du pouvoir ? Dans ton état ?*

Shia répliqua par l'équivalent mental d'un haussement d'épaule.

— *Pourquoi serais-je revenue sinon ?*

— *Shia, tu n'y songes pas !*

La grande panthère soupira, une mauvaise habitude empruntée à ses amis humains.

— *Ce ne sera peut-être pas nécessaire. Je l'espère en tout cas car, comme tu l'as fait remarquer, je ne suis pas en état de me battre. Mais j'ai une promesse à tenir, une dette d'honneur envers une amie qui m'a sauvé la vie. Tout ce dont j'ai besoin, c'est d'un sauf-conduit pour traverser vos terres, si Gristheena veut bien me l'accorder.*

Hreeza gronda de nouveau.

— *Tu sais bien qu'elle refusera. Par ton courage et ton sacrifice, tu nous as tous sauvés des chasseurs humains, Shia. Pour Gristheena, tu seras toujours une rivale et une menace. Quelle meilleure chance pour elle que de t'achever maintenant, tant que tu es dans cet état de faiblesse et d'épuisement ? Retourne d'où tu viens, je t'en prie, avant qu'elle ne découvre ta présence en ces lieux.*

— *Trop tard*, répondit Shia en lançant un regard éloquent par-dessus l'épaule de Hreeza.

La jeune panthère avait disparu.

Bien que le cataclysme qui avait détruit les Griffes d'Acier ait également brûlé toute la végétation au pied du pic, de nouvelles plantes vigoureuses avaient fini par prendre sa place. Avant ce long hiver, le bas de la montagne baignait dans un tapis vert luxuriant de trembles, de pins et de sorbiers. Des cerfs à la robe tachetée buvaient au sein des forêts dans des mares limpides, et des saumons étincelaient comme des fragments d'arc-en-ciel à travers l'écume argentée des ruisseaux tumultueux. Le chant des oiseaux animait les sous-bois, et les écureuils sautaient de branche en branche avec aisance et fluidité.

À présent, Shia avait du mal à reconnaître l'endroit. Hreeza lui fit gravir une partie du versant, entre les troncs brisés dévorés par le gel et recourbés comme des cannes noires et mortes gémissant sous leur fardeau de neige. Une prison de glace scellait les ruisseaux et les mares, et aucune créature ne bougeait dans les fourrés figés et cassants ou les branches tendues à se rompre. Tout était silencieux, immobile et mort. L'hiver étranglait toute couleur, toute vie, tout espoir dans son poing ganté de blanc. Inutile de rechercher la furtivité sur ces pentes, car plus aucun félin ne chassait là à présent – à quoi bon ? Shia et Hreeza auraient pu être les seules créatures vivantes au monde. La détermination de la panthère avait parfois flanché, mais l'idée même de renoncer disparut pour de bon à ce moment-là. Agrippant plus fermement le Bâton de la Terre entre ses mâchoires, elle laissa échapper un grondement sourd et jura de se venger de ceux qui avaient fait ça à ses terres.

Le pic tronqué des Griffes d'Acier abritait un véritable labyrinthe de canyons et de cavernes. Des crevasses et des galeries trouaient la roche en remplacement des épaisses veines de minerai qui avaient fondu et s'étaient écoulées hors de la montagne à cause de la chaleur intense ayant accompagné sa destruction. Les félins n'étaient pourtant pas au courant de l'histoire troublée des Griffes d'Acier – ils considéraient simplement le pic comme un endroit sûr, parfait pour y élever leurs petits.

Hreeza vivait toujours dans la même vieille tanière, une caverne surplombant les ombres jonchées de rochers d'un gouffre étroit. Shia était née et avait grandi dans cet endroit. Lorsqu'elle franchit le seuil d'un pas chancelant, les souvenirs lui revinrent à flots, ceux de sa mère, Zhera, morte depuis longtemps aux mains des chasseurs ailés, et de son frère et de sa sœur qui avaient tous deux péri au cours de l'attaque khazalim qui avait fait d'elle une prisonnière. Avec fermeté, Shia chassa ces pensées de son esprit. Elle n'avait pas le temps de s'apitoyer sur elle-même.

Hreeza se mit à creuser dans une pile de terre et de pierres à l'arrière de la tanière et en émergea au bout de quelques minutes en traînant derrière elle la carcasse entière d'une chèvre des montagnes.

— *Tiens, mange !* ordonna-t-elle. *Tu n'as pas beaucoup de temps devant toi.*

Shia regarda la chèvre d'un air ébahi, puis, comme Hreeza insistait, elle s'y attaqua avec voracité.

— *Tu es bien approvisionnée. Je craignais que les temps ne soient très durs pour la Colonie, à cause de cet hiver.*

Hreeza se mit à lécher l'une des pattes lacérées de Shia.

— *Nous vivons effectivement des moments très durs*, répondit-elle d'un ton brusque. *Gristheena a chassé un grand nombre des nôtres, principalement ses propres ennemis, et fait d'eux des Chuevah.* (La panthère cracha.) *En plus de cela, les Ailés nous ont attaqués à plusieurs reprises pour notre fourrure, jusqu'à ce qu'il ne reste plus qu'une poignée d'entre nous.*

— *Mais alors comment se fait-il que tu aies ça ? Une chèvre entière !* s'étonna Shia en désignant la carcasse qui s'amenuisait.

Elle sentit Hreeza lui répondre par l'équivalent mental d'un haussement d'épaules.

— *Nous avons eu de la chance*, répondit le vieux félin. *Il y a quelques jours, une avalanche sur le versant ouest de la montagne a tué un troupeau entier de ces stupides bêtes. Nous n'avons eu qu'à creuser dans la neige pour les récupérer. Pendant un bref moment, tout le monde a eu suffisamment à manger.*

Elle se tut quelques instants, faisant la toilette de Shia pendant que celle-ci mangeait, rétablissant la chaleur et la circulation dans le corps de la grande panthère à grands coups de langue râpeuse.

— *Shia, comment se fait-il que tu nous reviennes ?* demanda-t-elle enfin. *Comment t'es-tu échappée ?* (D'un signe de tête, elle montra le Bâton qui brillait, mince serpent vert dans un coin de la grotte.) *Et comment t'es-tu retrouvée en possession de cet effroyable objet ?*

Shia, repue à présent, commençait à se sentir somnolente.

— *C'est une longue et incroyable histoire*, commença-t-elle rêveusement.

Soudain, au même moment :

— *Sors de là, espèce de lâche, et viens te battre !*

Ce cri de défi – un long feulement à vous glacer le sang – résonna à l'extérieur de la tanière.

Shia gronda et sa fourrure se hérissa le long de son échine.

— *Je savais qu'il ne lui faudrait pas longtemps pour réagir !* dit-elle doucement. (Elle se leva avec raideur.) *J'arrive, usurpatrice !* rugit-elle.

Quand les Griffes d'Acier avaient été foudroyées, la violence de cette destruction avait creusé un trou au centre du pic, ne laissant que des débris de roches semblables à des griffes vainement pointées vers le ciel. À l'ombre de ces griffes gisait un creux formant la paume de cette grande main tendue dont le fond était cabossé et tordu par endroits à cause des coulées de lave noire, lisse et figée.

Passant inaperçu sur son perchoir haut placé, Khanu léchait ses blessures, assis sur un promontoire au-dessus de ce cratère qui servait depuis d'innombrables générations de lieu de rencontre pour les femelles de la Colonie. Il n'aurait pas dû se trouver là, bien entendu, car ce n'était pas un endroit pour les mâles, surtout jeunes et insignifiants comme lui. Mais ce petit acte de rébellion apaisait l'orgueil extrêmement blessé de Khanu. Le jour même, il avait essayé, l'ambitieux, de s'accoupler avec Gristheena, la première femelle, dont le mâle avait été massacré au cours de la dernière attaque des Ailés. À sa grande consternation, il s'était fait ignominieusement et douloureusement rejeter par la femelle elle-même alors qu'il avait réussi à vaincre une mêlée de prétendants plus âgés et surtout plus expérimentés que lui. Khanu frémit et se lécha la patte pour nettoyer les marques cuisantes laissées par les griffes de Gristheena.

Le crépuscule étendait son ombre sur l'arène enneigée du cratère, mais Khanu, qui avait déjà bien froid, ne fit pas mine de bouger. Il avait d'autres choses à remâcher en plus de son humiliation. Non contente de le rejeter, Gristheena s'était ouvertement moquée de lui, ce qui avait permis à Khanu de s'apercevoir, accablé, qu'il n'était pas aussi important pour la Colonie qu'il le croyait jusqu'alors.

— *Mais je ne comprends pas*, marmonna le félin d'un air boudeur. *Les mâles sont plus gros, plus forts. Nous prélevons notre part les premiers dans le butin de la chasse et les femelles restent à l'écart jusqu'à ce que nous ayons mangé.*

Pendant que les jeunes célibataires vivaient en groupe et tissaient des liens plus ou moins étroits jusqu'à ce qu'ils réussissent à conquérir une compagne, chaque mâle plus âgé et plus fort choisissait et servait sa propre meute de femelles – ou du moins, c'était ce que croyait Khanu jusqu'à aujourd'hui. À présent, il avait l'impression que son univers avait été complètement chamboulé.

Les mâles ne chassaient pas, ne fournissaient rien à manger à la Colonie. Les mâles ne venaient pas s'asseoir dans le lieu de réunion pour faire les lois qui régissaient leur bien-être à tous. Les mâles ne jouaient aucun rôle utile dans l'éducation et les soins apportés aux petits. Et enfin, les mâles, de toute évidence, ne choisissaient même pas leurs compagnes, un souvenir qui fit grimacer Khanu. Oh, ils se disputaient le privilège âprement, mais le choix final revenait toujours à la femelle, comme le lui avait fait comprendre Gristheena avec force.

Suivant ce rejet, Khanu était allé trouver son géniteur, Hzaral. Vieux, couturé de cicatrices et pratiquement édenté, Hzaral avait participé à de nombreux combats de mâles avant de décider, depuis longtemps déjà, de ne plus livrer des batailles aussi féroces que celles où les prétendants se disputaient la première femelle. Il se contentait avec bonheur de ses deux compagnes vieillissantes, dont l'une n'était autre que la mère de Khanu. Pour le reste, il ne s'occupait de rien.

— *Est-ce que c'est vrai ?* avait demandé Khanu, le poil hérissé de colère avant de déverser toute cette amère histoire.

Hzaral avait secoué son lourd collier parsemé de fils d'or et détourné son énorme tête pour nettoyer les taches dorées sur ses flancs – caractéristiques physiques dont son fils avait hérité.

— *Et alors ?* avait-il répondu avec indolence en se tournant de nouveau pour transpercer le jeune félin de son regard topaze. *Réfléchis. Nous sommes des mâles. Pourquoi prendre la peine de chasser quand les femelles le font pour nous ? Pourquoi perdre notre temps à discuter de leurs lois ridicules ou nous épuiser afin de mater des petits indisciplinés et braillards ? Si les femelles croient que de telles idioties les rendent plus importantes, qui sommes-nous pour vouloir changer les choses ? On s'en sort très bien comme ça.*

— *Mais on ne fait rien du tout !* avait protesté Khanu. *Surtout compte tenu des difficultés que nous traversons actuellement, nous devrions…*

D'un geste si vif que Khanu ne l'avait même pas vu venir, Hzaral avait levé sa grande patte et donné un coup puissant qui l'avait fait rouler plusieurs fois sur lui-même.

— *Apprends la sagesse, jeune félin*, avait grondé Hzaral. *Les mâles sont heureux comme ça, et les femelles aussi, j'imagine. Tu vois Gristheena te laisser contester son autorité ? Je ne pense pas. Chacun sa place – comment oses-tu vouloir changer l'ordre des choses ? As-tu envie de finir Chuevah ?*

Khanu, perché sur sa corniche, retournait tout ça dans sa tête d'un air malheureux lorsqu'il entendit le feulement de défi rauque et discordant de Gristheena. Quelques instants plus tard, le lieu du conseil commença à se remplir de femelles. Au sortir du tunnel triangulaire ouvert dans la paroi méridionale du cratère, elles dévalèrent les flancs rocheux en bondissant avec une grâce fluide et obscure avant de parcourir avec une hâte pleine de dignité le sommet de l'éperon qui surplombait l'excavation. Telle une vague s'échouant sur le rivage, cette gigantesque concrétion de lave noire et brillante dévalait toute la pente nord de cette arène naturelle avant de s'arrêter abruptement au centre même du cratère. Là, perchées sur chaque niche et chaque corniche qu'abritaient les replis de lave, les femelles s'assemblèrent en réponse à l'appel strident de Gristheena. Même s'il ne distinguait pas la plupart des mots qu'elles échangeaient, Khanu percevait leur excitation au travers de leurs murmures qui ne cessaient de s'enfler. Une phrase, cependant, revenait tout le temps dans leurs conversations :

— *Shia !* disaient-elles. *Shia est de retour !*

Khanu était sur le point de s'en aller furtivement, de peur d'être découvert par les femelles dans un endroit qui n'appartenait qu'à elles. Mais en entendant ces mots, cependant, il changea brusquement d'avis.

— *Elles n'ont pas le droit de me tenir à l'écart*, marmonna-t-il d'un air révolté. *Cette affaire me concerne autant qu'elles.*

Il s'accroupit donc sur sa corniche plongée dans l'obscurité, ramassé sur lui-même pour ne pas être vu et tremblant d'excitation. Voilà un duel auquel il avait bien l'intention d'assister !

On rejoignait le lieu du conseil au moyen d'un tunnel obscur et tortueux qui serpentait à travers la roche pour déboucher à l'extrémité sud du cratère. Shia le traversa d'un pas majestueux, sans se presser, pour conserver ses maigres énergies, la tête penchée de façon peu confortable pour faire passer le Bâton dans l'espace étroit qui séparait les parois. Hreeza la suivait en marmonnant des imprécations dans sa barbe.

La lumière grise de cette fin de crépuscule éblouit Shia lorsqu'elle émergea dans le lieu du conseil. Des femelles de la colonie, drapées dans l'obscurité naissante, elle ne vit que les yeux qui brillaient comme des têtes d'épingle dorées en réfléchissant les dernières lueurs du jour. Bien que le silence soit de mise lors des duels, elle entendit un murmure de stupéfaction, mais aussi, si elle ne se trompait pas, de ravissement. Cependant, leur joie laissa rapidement place aux protestations et à la consternation lorsqu'elles remarquèrent l'étrange lueur vibrante du Bâton de la Terre. *J'aurais pu me passer de ça, et de tout le reste*, songea Shia avec lassitude. Vivement, elle déposa son fardeau aux pieds de Hreeza.

— *Prends soin de ça pour moi*, dit-elle doucement.

Hreeza regarda le Bâton de travers.

— *Je garderai cette horrible chose pour toi, Shia, tant que je n'ai pas à la toucher.*

Puis Gristheena arriva à son tour. La première femelle, en pleine forme, musclée et aussi lourde et carrée qu'un mâle, marcha jusqu'au centre du cratère sans quitter sa proie des yeux. Shia se souvint que la panthère, plus jeune qu'elle, était une brute fanfaronne depuis l'enfance. À l'époque, elle ne se souciait guère des autres et possédait un très mauvais caractère. D'après Hreeza, ça n'avait guère changé.

En tant que Chuevah qui défiait les lois de la Colonie, Shia aurait dû être la première à prendre la parole. Mais elle n'en fit rien, se murant au contraire dans un silence obstiné sans jamais quitter des yeux l'imposante première femelle et soutenant le regard noir de Gristheena avec une expression tout aussi menaçante. De longues minutes s'écoulèrent. Les deux grandes femelles, le poil hérissé, se faisaient face en se lançant des regards de rapace.

Comme Shia s'y attendait, Gristheena fut la première à céder.

— *Chuevah !* cracha-t-elle avec mépris. *Tu n'as rien à faire sur les Griffes d'Acier, le territoire et le foyer de la Colonie ! Bats-toi ou va-t'en !*

Intérieurement, Shia riait. En rompant le silence, Gristheena avait perdu la face devant toutes les autres femelles. Ignorant la panthère fanfaronne comme si celle-ci n'était pas digne de son intérêt, Shia leva la tête et s'adressa à ses spectatrices invisibles sur l'éperon de lave.

— *Je ne suis pas venue ici pour me battre, et je ne suis pas une Chuevah, car on ne m'a jamais chassée de la Colonie. Vous me connaissez toutes, sauf les plus jeunes d'entre vous. Je suis Shia, la première femelle, revenue d'entre les morts.*

— *Garde ton souffle, Chuevah, et bats-toi.*

Gristheena s'élança. Shia essaya de l'esquiver, mais son corps affaibli la trahit. L'autre lui tomba dessus lourdement et elles roulèrent ensemble sur le sol de l'arène, enfermées dans une étreinte mortelle, griffant, grondant et mordant tout ce qu'elles trouvaient, chacune se retrouvant tour à tour sur l'autre. Des plaques de poils s'envolèrent tel du duvet de chardon noir, mais aucune des deux panthères ne parvint à trouver une prise solide, si bien qu'elles se séparèrent et commencèrent à se tourner autour en marchant de biais, les yeux dans les yeux, la fourrure hérissée et la queue fouettant l'air. Shia avait une entaille au flanc qui saignait et la piquait à l'endroit où l'autre félin l'avait griffée. Gristheena avait le museau ouvert. Elle éternua, projetant des éclaboussures de sang partout. À l'instant même où son ennemie ferma les yeux, Shia lui donna un nouveau coup de patte en travers de la tête, de gauche à droite, et lui arracha une oreille. La face figée en un masque démoniaque, Gristheena gronda, souleva une patte menaçante et poussa un feulement aigu surgi du fond de sa gorge.

Shia se ramassa sur elle-même en s'attendant à ce que son adversaire, plus lourde qu'elle, se jette de nouveau sur elle. Mais Gristheena se méfiait à présent. De nouveau, elles se tournèrent autour.

— *Écoute-moi, imbécile*, dit Shia. *Ce combat est inutile. Si tu avais bien voulu m'écouter… Gristheena, je ne veux pas redevenir première femelle. Mon destin est ailleurs…*

— *Oui, c'est bien vrai*, cracha Gristheena. *Ton destin est de tomber dans l'oubli, Chuevah, si je parviens à mes fins !*

De nouveau, elle bondit. Shia n'avait pas le temps d'esquiver et elle se campa fermement sur ses pattes. Mais Gristheena, plus lourde, la renversa. Shia, clouée à terre en dépit de ses efforts pour se débattre, sentit une haleine chaude et humide sur son cou tandis que les crocs de son adversaire cherchaient sa gorge pour la broyer et la déchirer. Mais Gristheena avait laissé une ouverture. Haletante, Shia enfonça les griffes de ses pattes arrière dans la chair tendre du ventre de son ennemie. Puis elle s'apprêta à l'éviscérer, mais Gristheena n'était déjà plus là.

Shia roula sur elle-même et se releva péniblement pour la poursuivre. Gristheena fit aussi volte-face – un tout petit peu trop tard. Les crocs de Shia s'enfoncèrent dans sa queue. Gristheena se retourna en sifflant et en poussant des cris stridents, comme un aigle blessé, mais, avec sa queue entre les mâchoires de Shia, elle ne pouvait atteindre le corps de son adversaire – pas plus que Shia d'ailleurs. Cette dernière replia les pattes de derrière et enfonça ses griffes dans la pierre friable du cratère, mais elle savait qu'elle risquait de lâcher prise à tout instant, à cause de la force et du poids de son adversaire, supérieurs aux siens. À regret, elle choisit son moment et lâcha la queue.

Déséquilibrée, Gristheena fit plusieurs roulés-boulés et s'immobilisa juste à l'endroit où gisait le Bâton de la Terre. La grande panthère feula comme si on l'avait ébouillantée et s'empressa de reculer, les moustaches tremblantes et le regard flamboyant. La route de l'ouest qui permettait de sortir du cratère en gravissant d'abord l'éperon puis en redescendant de l'autre côté du cratère se retrouva brusquement ouverte, car, tant que le duel n'était pas fini, les autres panthères n'interviendraient pas. Shia saisit aussitôt l'occasion, attrapa le Bâton et s'enfuit.

Le désespoir lui donnait des ailes, si bien qu'elle arriva au sommet de l'éperon en trois grands bonds, éparpillant ses congénères à coups de griffes. Mais Shia s'était trompée en pensant que le Bâton intimidait son adversaire. Gristheena se jeta sur elle, parderrière, avec la puissance d'une avalanche, lui coupa le souffle et la renversa. Le Bâton s'échappa des mâchoires de Shia et s'en alla heurter la lave avec fracas.

Les griffes de Gristheena entaillèrent les flancs de Shia comme des tisons, laissant des plaies sanglantes. Une grande patte lui racla le visage, manquant ses yeux de peu. Le sang envahit le museau et la gorge de Shia, menaçant de l'étouffer. Elle sentit les énormes mâchoires de Gristheena, avec leurs crocs ivoire étincelants, se refermer sur sa trachée…

Jusque-là, Khanu avait observé le combat avec intensité. Il ne se souvenait pas très bien de la légendaire Shia, il n'était qu'un chaton lorsqu'elle avait été capturée, mais, en la voyant, ses yeux dorés s'étaient écarquillés en signe d'admiration. La panthère était maigre et dépenaillée, mais toujours musclée. Et comme elle paraissait féroce ! Plus vieille que lui, elle n'en était pas moins dans la force de l'âge, au sommet de ses capacités de combat et de son potentiel sexuel. Khanu, suspendu à un angle périlleux au rebord de sa corniche pour mieux regarder le duel, en avait oublié, dans son anxiété, qu'il n'avait pas le droit d'être là. De tout son cœur, il souhaitait que Shia gagne.

Malheureusement, épuisée et à moitié morte de faim, Shia ne pouvait vaincre Gristheena. Lorsque la lourde panthère cloua son ennemie à terre sur l'éperon de lave, Khanu sentit son cœur sombrer. C'était fini. Personne ne fut plus surpris que lui-même lorsqu'il s'élança.

Aurian, je suis désolée. J'ai échoué. Shia savait sa mort très proche à présent. Des griffes bleues comme l'acier piquaient la peau tendre de son ventre, prêtes à l'éviscérer… Alors, une silhouette imposante, une ombre plus noire que la nuit qui tombait, emboutit Gristheena de côté dans un tourbillon de crocs et de griffes et la précipita, en sang, par-dessus le bord de l'éperon. Mal remise du choc, elle s'écrasa sur le sol rocailleux du cratère.

Les feulements furieux des femelles spectatrices s'élevèrent crescendo. Une voix explosa dans l'esprit de Shia :

— *Cours ! Elles vont nous tomber dessus d'une seconde à l'autre !*

— *Le Bâton !* s'écria Shia en cherchant à tâtons avec ses pattes parmi les blocs de roche friable qui jonchaient le sommet de la concrétion.

— *Ici*, répondit une autre voix. *Je l'ai. Maintenant, fuyons !*

C'était Hreeza. Le cœur de Shia bondit de joie.

Sans perdre plus de temps, les trois félins s'enfuirent : Hreeza, Shia et l'étrange mâle qui lui avait sauvé la vie. Sautant par-dessus des gouffres, passant dangereusement vite et près entre les rochers qui parsemaient le versant ouest ravagé de la montagne, ils coururent comme ils ne l'avaient encore jamais fait, la horde de femelles grondantes sur les talons.

Hreeza effectua en titubant les derniers pas douloureux qui la séparaient du sommet de l'à-pic et balaya de son regard acéré les pentes accidentées qu'ils venaient juste de gravir avec tant de difficulté.

— *Je crois qu'on les a enfin semées.*

Khanu ne répondit pas et s'arrêta simplement parmi les quelques pins pliés par le vent qui couronnaient l'à-pic. Avec un soupir de gratitude, il se laissa tomber sur le sol tacheté de neige pour reposer ses membres douloureux. Puis il lança un regard plein d'espoir en direction de Shia, les mâchoires étroitement serrées autour de l'objet luisant qu'elle avait repris à Hreeza le premier jour et qu'elle n'avait cessé de porter depuis. Khanu savait que seule sa volonté avait permis à l'ancienne première femelle d'arriver aussi loin.

Shia poussa un soupir de soulagement qui venait du fond du cœur.

— *Je l'espère sincèrement*, *Hreeza*, marmonna-t-elle. *Je ne peux pas aller plus loin.*

On aurait dit la mort personnifiée, et la vieille Hreeza ne valait guère mieux. Khanu, qui en tant que mâle ne chassait jamais et n'était donc pas habitué à de tels efforts, reconnut en son for intérieur qu'il se trouvait lui aussi dans un état lamentable.

Pendant une journée et une nuit, les panthères furieuses de la Colonie n'avaient pas lâché la piste des fugitifs et les avaient poursuivis sans répit le long des pentes ravagées des Gouffres d'Acier et à travers les canyons et les cols qui reliaient les deux pics à l'ouest. Tous trois avaient fait de leur mieux pour rester sous les niveaux enneigés, afin de ne pas laisser de traces à leurs poursuivantes. Depuis le lever du jour, ils avaient recommencé à grimper et s'étaient aventurés dans des territoires inconnus de Khanu. Au-dessus d'eux se dressait une autre montagne, à la silhouette bien différente de celle que Khanu avait eu l'habitude de voir toute sa vie, ce qui le perturbait. Sous ses yeux, des nuages lourds de neige assombrirent le sommet. On aurait dit d'énormes rochers gris dévalant la montagne pour l'écraser.

Khanu était intervenu dans le duel des reines par amertume envers Gristheena, qui l'avait humilié, par admiration et respect pour la légendaire Shia et son défi courageux et sans espoir, et à cause d'un besoin désespéré de prouver sa valeur. Il n'avait pas pris le temps de songer que cette impulsion lui coûtait son avenir au sein de la Colonie. À présent, lui aussi était devenu un Chuevah, une idée qui le faisait frémir.

— *Je ne veux pas y penser, pas maintenant*, marmonna Khanu pour lui-même. (Il secoua sa lourde crinière de bronze mêlé de noir comme pour chasser ces réflexions terrifiantes.) *Tu es sûre qu'on les a semées ?* demanda-t-il à Hreeza qui lui lança aussitôt un regard méprisant.

— *Tu crois que je me serais arrêtée, sinon ?* répliqua-t-elle violemment. *Garde tes stupides questions de chaton pour toi, jeune félin.* (Ses yeux étincelèrent de colère.) *Pourquoi nous as-tu suivies ?*

Khanu avait suffisamment de bon sens pour comprendre que la faim et la fatigue rendaient Hreeza hargneuse, mais il était épuisé lui aussi, et l'attitude condescendante de la vieille panthère le blessait. Soulevant la tête, il lui rendit son regard.

— *Je vous ai accompagnées, et non suivies, parce que c'était mon souhait. Je suis venu à cause de Shia, parce que je veux l'aider.*

— *Tu veux l'aider*, ricana Hreeza. *Toi ? Un mâle ? À quoi vas-tu bien pouvoir servir ? Shia n'a aucune envie de s'accoupler, elle doit s'occuper d'affaires bien plus importantes. Pourquoi devrions-nous nous encombrer de toi ? Tu ne sais même pas chasser !*

Khanu serra les dents en grondant.

— *Je peux apprendre*, se hérissa-t-il.

— *Pah !* fit Hreeza en crachant son mépris.

— *Taisez-vous, tous les deux !* (Non sans efforts, Shia ouvrit ses mâchoires en sang et déposa l'Artefact par terre. Puis elle regarda tour à tour Khanu et Hreeza.) *Il ne sert à rien de vous disputer*, leur dit-elle en employant un ton mental des plus fermes, *parce que aucun de vous deux ne vient avec moi.*

— *Comment ?* s'écria Hreeza, visiblement abasourdie.

— *Tu m'as bien entendue.*

Pendant un instant, Khanu eut droit à un aperçu de la puissante et sévère volonté qui avait fait de Shia une reine légendaire parmi son peuple. Hreeza, en revanche, se laissa moins facilement impressionner.

— *Oh vraiment ?* (La vieille panthère agita la queue avec dédain.) *J'ai dit que je venais avec toi. Si tu veux m'en empêcher, prépare-toi à combattre !*

L'attitude hautaine de Shia disparut brusquement. Au grand étonnement de Khanu, elle soupira et posa la tête sur ses pattes.

— *Hreeza, pour le moment, je ne pourrais même pas me battre contre un lièvre des neiges, comme tu le sais très bien. Mais tu devrais écouter ce que j'ai à dire avant de prendre ta décision.* (Elle inspira profondément puis se lança.) *Je vais en Aerillia avec le Bâton de la Terre pour sauver la vie d'un humain et affronter nos vieux ennemis, les Ailés.*

On aurait dit que la foudre venait de s'abattre sur eux. Dans le silence assourdissant qui s'ensuivit, Khanu, l'esprit pratiquement paralysé par l'horreur, put simplement se dire que Shia était devenue folle pendant son long exil. Escalader le pic d'Aerillia, dont l'ascension était justement réputée impossible ? S'aventurer seule dans le bastion de leurs ennemis jurés ? Et tout cela pour sauver un humain ?

Il vit Hreeza se passer la patte sur le museau, comme si Shia l'avait frappée. Pour une fois, la vieille panthère ne savait pas quoi répondre, et Khanu fut choqué de découvrir l'ombre du doute dans son regard, elle qui avait toujours été le soutien le plus fidèle de Shia. Bizarrement, les réserves de Hreeza ne firent que renforcer la détermination de Khanu.

Il prit une inspiration lui aussi, car, dans son étonnement, il avait oublié de respirer.

— *Moi, j'irai avec toi, Shia. Mes frères et sœurs ont été tués par ces monstres ailés – j'ai donc quelque intérêt dans cette affaire.* (Khanu avança les moustaches en un sourire félin.) *J'ai toujours voulu goûter de la viande d'Ailé.*

— *Tu n'iras pas, stupide petit ! Et Shia non plus.* (Les mots de Hreeza, folle de rage, explosèrent en fleurs cramoisies dans l'esprit de ses interlocuteurs.) *Aerillia ! Des humains ! Je n'avais encore jamais entendu des sottises pareilles. Vous n'arriverez même pas à franchir les contreforts du pic d'Aerillia. Alors vous n'irez pas ! Je vous tuerai d'abord !*

Shia battit l'air de sa queue.

— *Dans ce cas, tu vas devoir me tuer, Hreeza,* répondit-elle calmement. *Mais pourquoi te donner cette peine ? Comme tu l'as fait remarquer, les Ailés le feront sûrement eux-mêmes – pourquoi faire peser cet acte sur ta conscience quand tu peux les laisser assumer la responsabilité de ma mort ?*

Hreeza, blessée et déconcertée, eut un mouvement de recul.

— *J'aimerais seulement comprendre*, expliqua-t-elle d'un ton brusque. *Quel est ce Bâton de la Terre ? Qui est cet humain, pour que tu veuilles risquer ta vie pour lui ? Ton exil t'a changée, Shia. Que t'est-il arrivé pendant que tu étais au loin ?*

— *Je t'expliquerai tout, ma vieille amie, pendant que nous nous reposerons et que nous mangerons – car, bien que nous soyons épuisés, il nous faut manger. Donc, s'il te reste suffisamment d'énergie pour me combattre, tu ferais mieux de t'en servir pour nous trouver de la nourriture.* (Ses yeux brillèrent de malice.) *Enfin, si tu t'en sens encore capable, vieille femelle !*

— *Pah !* répliqua Hreeza, nullement décontenancée. *Je trouverai plus de nourriture que toi – moi qui chassais et cueillais avant même ta naissance !* (La vieille panthère plissa son museau et retroussa ses babines pour goûter l'air.) *Nous devons nous hâter. La neige arrive.* (Elle se tourna vers Khanu.) *Jeune félin, tu ferais bien de nous accompagner – si tu souhaites vraiment apprendre à chasser.*

Lorsque les panthères se glissèrent furtivement entre les arbres, Hreeza, toujours hérissée, prit la tête du groupe. Khanu, profitant au mieux de l'occasion, se rapprocha de Shia.

— *Elle ira avec toi, tu sais*, lui dit-il doucement. *Hreeza t'accompagnera et moi aussi. Quoi que tu puisses dire, tu ne me feras pas changer d'avis.*

Shia le regarda.

— *Je sais*, répondit-elle d'une voix lasse. *Mais vous faites une bêtise en refusant de m'écouter !* (Puis son ton s'adoucit et prit une lueur chaleureuse.) *Mais, en réalité, je suis heureuse de votre compagnie, même si c'est honteusement égoïste. J'ai passé trop de temps en exil loin des miens. Mais sache ceci, Khanu. L'affaire est si pressante que, si je dois vous sacrifier tous deux aux Ailés, je n'hésiterai pas une seconde.*

L'échine de Khanu se hérissa tandis qu'un frisson le traversait.

— *Il faudra d'abord que les Ailés m'attrapent*, répliqua-t-il d'un air entêté.

15

LE REFUGE

— Je sais que Remana s'inquiète au sujet de la fille, Yanis, mais j'aime pas beaucoup l'idée de risquer nos navires si près de Nexis, grommela Idris.

Yanis chercha Fional du regard et fit la grimace. Le jeune chef des Nightrunners n'avait jamais aimé le vieux capitaine au visage pincé, avec son mauvais caractère. Il était donc inévitable, supposait-il, qu'Idris tente de s'opposer à son intention de se rendre à Nexis en secret pour y chercher Zanna et son père.

Yanis serra les poings sur la table en bois du conseil. Frottée avec soin et striée de marques de couteau, elle servait d'ordinaire des causes bien moins exaltantes puisqu'elle trônait dans la grande cuisine souterraine du repaire des Nightrunners. La caverne rutilante, avec sa rangée de grands feux, était l'endroit le plus chaud de la cachette des contrebandiers, et la réunion se tenait là pour permettre à Fional de finir de dégeler. Le matin même, l'archer à moitié mort de froid avait surgi en titubant d'un blizzard hurlant pour leur annoncer de sombres nouvelles : après tout ce temps, ni Vannor, ni Hargorn n'étaient retournés dans le Val.

Yanis lança un regard noir à Idris qui s'indignait.

— Nos navires ? répéta le chef des Nightrunners. Depuis quand s'agit-il de tes navires, Idris ?

Le vieux capitaine tout desséché se leva d'un bond et tapa du poing sur la table.

— Pas de ça avec moi, espèce de jeune rustre ! J'ai navigué sous les ordres de ton père, oui monsieur, et même de ton grand-père. C'étaient des hommes bien, tous les deux, et ils savaient qu'on forme une communauté. C'est pas parce que tu es le fils de ton père que tu peux pas être remplacé.

— Oh vraiment ?

Remana s'exprima d'une voix douce, mais son ton dissimulait de l'acier empoisonné. Idris croisa son regard et se tut abruptement avant de se laisser de nouveau tomber sur sa chaise. Aucun Nightrunner n'osait affronter Remana et le vieux capitaine le savait. Au grand étonnement de Yanis, sa mère lui fit un clin d'œil avant de se tourner vers l'archer.

— Fional, as-tu la moindre idée de ce qui se passe à Nexis en ce moment ?

Fional secoua la tête et prit le pichet de tailin sur la table pour s'en verser une autre tasse. Il prit le temps d'apprécier une gorgée du breuvage fumant avant de répondre :

— Après avoir rendu le fils de Vannor à Dulsina, il m'a fallu une éternité pour revenir jusqu'ici depuis le Val, avec toute cette neige. Avant ça, on est restés isolés pendant un moment. Je pensais que vos informations seraient plus récentes que les nôtres.

— Je ne crois pas, répliqua Yanis. Lorsque l'Archimage a pris le contrôle de la ville, j'ai fait revenir mes agents. Ça devenait trop dangereux pour risquer la vie d'hommes valeureux. Mais il est vrai, ajouta-t-il, que je commence à me raviser. Cet hiver en plein cœur de l'été et les tempêtes en haute mer ont pratiquement mis un terme à nos activités et nous sommes presque à la limite de nos ressources. Il va bientôt falloir agir.

— À ce point-là ? dit Fional d'un air compatissant. Vous savez, si vous tombez à court de vivres, vous pouvez toujours envoyer un messager au Val. Nous avons bien plus qu'il nous faut.

Remana secoua la tête.

— Je ne comprends pas. Tu nous as dit que l'hiver ne semble pas s'étendre au val. Mais comment cela se peut-il ?

— Dulsina pense que nous sommes protégés d'une certaine façon – sûrement par dame Eilin, répondit Fional en haussant les épaules. Mais on ne comprend toujours pas pourquoi elle refuse de se montrer. D'après Vannor, Aurian a toujours décrit sa mère comme quelqu'un de très solitaire, mais je trouve quand même ça bizarre.

— Eh bien, quelle qu'en soit la raison, je suis contente que vous n'ayez pas à subir les rigueurs de l'hiver, commenta Remana. Mais ça ne nous dit pas comment aider Vannor et Zanna. (Elle fronça les sourcils.) Je me sens si responsable. Si seulement j'avais surveillé cette misérable de plus près…

Yanis posa une main sur le bras de sa mère pour la réconforter.

— Ne t'en veux pas, m'man. C'est ma faute si Zanna est partie, et nous le savons tous. Si seulement j'avais accédé à sa demande d'utiliser nos navires pour aider Vannor, au lieu d'écouter Gevan et Idris… (Il se rembrunit en regardant le vieux capitaine.) Le moins que nous puissions faire, c'est aider à la retrouver, et ce n'est pas un sujet ouvert à discussion. (Il marqua une pause pour regarder les visages qui l'entouraient.) Mais sans nos agents à Nexis, comment procéder ?

Idris paraissait toujours mécontent.

— Très bien, s'il le faut, on va y aller, ne serait-ce que pour éviter de perdre le partenariat avec Vannor qui nous a si bien réussi. Mais y a-t-il un moyen d'y arriver sans mettre les nôtres en danger ?

Yanis secoua la tête.

— Je ne vois pas comment…

Remana, jusqu'alors plongée dans ses pensées, l'interrompit brusquement :

— Moi, je sais ! Nous avons besoin d'un contact à l'intérieur de Nexis et il se trouve que j'en connais un : Jarvas, le vieil ami de ton père, qui dirige un refuge pour les pauvres gens de la ville. (Elle les regarda, les yeux brillants d'excitation.) L'endroit en question se trouve juste au bord du fleuve, il nous sera donc facile de nous y rendre furtivement, à la nuit tombée, et…

— Eh là, attends un peu ! s'énerva Yanis. Comment ça, « nous » ? Si tu crois que je vais t'emmener avec moi affronter les dangers de Nexis !

Remana sourit d'un air mielleux.

— Mais Yanis, Jarvas ne te connaît pas. Il ne fera jamais confiance à un étranger, surtout compte tenu de la situation actuelle. (Une lueur malicieuse apparut dans son regard.) Cependant, moi, il me connaît.

De l'autre côté de la table, Fional souriait.

— Vous savez, Remana, que vous ressemblez énormément à votre sœur ?

Yanis enfouit son visage dans ses mains en gémissant.

Le trajet à travers les ruelles couvertes de neige fondue se déroula de manière rapide et furtive. Même si Jarvas portait seul l'étranger, alors que Tilda ne faisait qu'empêcher le manteau du malheureux de traîner dans la gadoue tout en tenant son épée et son tapis de couchage, récupérés dans les décombres de la salle commune, la prostituée avait du mal à suivre l'allure imposée par le géant. Dieux, elle serait contente quand ils arriveraient en lieu sûr. Les conséquences de sa folle action commençaient tout juste à lui apparaître.

— *Qu'est-ce que j'ai fait ?* gémit-elle en son for intérieur. *Pourquoi est-ce que j'ai agi comme ça ?*

Certains gardes n'étaient que blessés, mais d'autres étaient sûrement morts. Dès que Pendral ferait circuler sa description et celle de Jarvas, il leur serait impossible d'échapper très longtemps à une arrestation.

Tilda jura tout bas. Faire le trottoir n'avait rien d'agréable, mais c'était toujours mieux que d'être une fugitive. En l'espace d'une heure seulement, son monde s'était écroulé. L'amertume inscrite sur le visage, elle continua à suivre péniblement Jarvas à travers le labyrinthe de ruelles qui conduisaient à sa maison.

La robuste et imposante palissade qui entourait le refuge apparut brusquement devant Tilda qui se laissa impressionner, en dépit de sa consternation grandissante. Elle n'avait encore jamais mis les pieds dans cet endroit – elle pouvait se débrouiller toute seule, merci beaucoup, et elle en était fière. Mais évidemment, elle en avait entendu parler. *Jarvas et ses bonnes œuvres !* songea-t-elle. *Voyez un peu où ça l'a mené !* Lorsqu'ils arrivèrent devant le solide portail, le géant siffla une série de trilles complexes. Un grincement sourd résonna de l'autre côté, indiquant que l'on venait de soulever les lourdes barres en bois qui fermaient les battants. Le portail s'ouvrit alors et le halo flamboyant des torches fit monter les larmes aux yeux de Tilda, tandis qu'une silhouette encapuchonnée surgissait du brouillard.

— Tu rentres tôt. (Puis la voix de la femme s'éteignit brusquement à la vue du fardeau que portait Jarvas.) Dieux tout-puissants, que s'est-il passé ? (Tilda vit l'inconnue de petite taille se redresser en reprenant ses esprits.) Je vais tout de suite chercher Benziorn, ajouta-t-elle d'un ton brusque avant de tourner les talons.

— Brave petite ! lui lança Jarvas tandis qu'elle s'en allait. Dis-lui qu'on a là une blessure qui a besoin d'être recousue !

— D'accord.

La femme disparut dans la brume.

Jarvas porta l'étranger blessé jusqu'à l'entrepôt le plus proche. Tilda le suivit et laissa échapper un hoquet de stupeur après s'être glissée dans l'entrebâillement de l'immense porte. De l'extérieur, le brouillard l'avait empêchée d'évaluer la taille du bâtiment, mais une fois dedans, le plain-pied lui apparut comme une immense caverne pleine d'échos. Sur les murs dansaient les ombres des torches attachées aux huit piliers en pierre qui soutenaient la voûte et se répartissaient deux par deux sur toute la longueur de la salle. La chaleur et la lumière furent les deux premières impressions qui assaillirent Tilda. Des lampes et des bougies brûlaient dans des niches et sur des étagères accrochées aux murs de pierre blanchis à la chaux et l'on avait allumé des feux de camp à intervalles réguliers des deux côtés de la pièce spacieuse. La fumée s'en élevait en volutes paresseuses et emplissait l'air d'une brume étouffante qui piqua les yeux de Tilda et la prit à la gorge, faisant repartir sa toux de plus belle. Elle aperçut brièvement des gens s'attrouper autour d'elle et de Jarvas et entendit un bourdonnement de voix interrogatrices, mais ses yeux larmoyaient tellement qu'elle n'arrivait plus à distinguer clairement son environnement à travers la fumée.

— Dégagez, j'amène un blessé, rugit Jarvas. Que les dieux soient cléments envers nous, quel est l'idiot qui a fermé les fenêtres ? Eh, toi là ! (Il attira l'attention d'un gamin efflanqué au visage maculé de saleté qui surgit à toutes jambes de la fumée.) Tu sais grimper, petit ?

— Bien sûr ! répondit le môme débraillé en hochant la tête avec enthousiasme.

— Tant mieux. Près du mur, tu vas trouver une échelle. Grimpe jusqu'à l'une des hautes fenêtres et ouvre les volets. Quand tu auras fini, fais pareil avec la fenêtre d'en face. Un bon petit courant d'air devrait nous débarrasser de cette fumée en un rien de temps.

— D'accord, Jarvas.

L'enfant s'éloigna en courant en appelant ses amis pour venir l'aider.

— Et ne va pas faire l'idiot avec cette échelle ! (Jarvas se tourna vers la prostituée avec un sourire contrit.) Je gaspille ma salive en disant ça à un gamin de son âge. Tu vas bien ?

— La fumée ! réussit à expliquer Tilda d'une voix rauque.

— Désolé, ça va bientôt s'arranger. Que quelqu'un fasse bouillir de l'eau et me trouve des chiffons propres quelque part ! demanda-t-il à la cantonade.

Il se rendit ensuite tout au bout de la salle, suivi par Tilda qui s'accrochait aveuglément à l'ourlet de sa cape, et déposa le blessé sur une paillasse près d'un feu.

— Benziorn ferait bien de se dépêcher, marmonna-t-il tandis que Tilda couvrait l'étranger d'une couverture. Il perd beaucoup de sang

Tilda entendit l'échelle grincer et les gamins se chamailler de leurs voix stridentes. Leurs jurons ne la choquèrent pas, elle avait grandi dans la rue au milieu de cette vulgarité-là. Au bout de quelques minutes, l'air frais commença à apaiser sa gorge. La fumée se dissipait, mais les fenêtres étaient si hautes (plus que trois hommes de haute taille réunis) qu'elles empêchaient une grande partie du froid d'entrer dans la pièce.

— D'accord, qu'est-ce que je dois rapiécer cette fois-ci ? fit une voix profonde et douce comme du velours, mais sur un ton grincheux et épuisé. Encore la victime idiote d'une quelconque bagarre d'ivrognes ?

Tilda leva les yeux vers un homme de taille moyenne et d'âge indéterminé, dont les cheveux blonds étaient parsemés de fils d'argent. Son visage expressif, bien que tiré et hagard à cause de la fatigue, était agréablement mince et bien proportionné, mais une lueur d'irritation brillait dans ses yeux clairs. Sans attendre de réponse, il écarta brutalement la couverture qui protégeait l'étranger et proféra un juron à la vue des dégâts.

— Melisanda nous protège ! Quels dégâts épouvantables ! Bande de crétins, vous êtes donc si bêtes que vous n'avez même pas pensé à lui faire un simple bandage ? Vous auriez aussi bien pu laisser ce pauvre bougre se vider de son sang, le résultat aurait été le même et ça m'aurait permis d'avoir une bonne nuit de sommeil, pour changer. Au moins, il est inconscient, il ne va pas me rebattre les oreilles avec ses hurlements.

Tout en parlant, Benziorn ouvrit la sacoche qu'il avait apportée avec lui et tendit ses instruments à la jeune fille qui était allée le chercher. Celle-ci se défit de sa cape volumineuse et apparut comme une enfant délicate aux cheveux blond pâle. Mais elle plongea les instruments et les bandages dans l'eau bouillante avec une redoutable efficacité pendant que le médecin nettoyait les blessures de l'étranger sans s'arrêter de bougonner :

— Sa poitrine n'est pas un problème, il s'agit juste d'une entaille en travers des côtes, et son pourpoint l'a protégé. Mais il est en état de choc à cause de l'hémorragie. Bande d'idiots, vous ne pouviez pas le garder au chaud ? Par contre, il a une vilaine blessure à la tête… Si je fais vite et qu'on a de la chance, on arrivera peut-être à sauver son oreille… Qu'est-ce qui te retient, Emmie ?

— Je suis prête, Benziorn.

— Toi, qui que tu sois ! aboya le médecin. Apporte-moi de quoi m'éclairer, des lampes, des bougies, n'importe quoi, mais dépêche-toi !

Tilda se redressa en sursaut en comprenant qu'il s'adressait à elle. Poussée à agir par ce ton péremptoire, elle s'empressa d'aller chercher ce qu'il lui demandait. Lorsqu'elle revint les mains pleines de bougies et qu'elle les déposa, comme il le lui avait ordonné, autour de la tête de l'étranger, Benziorn recousait déjà les plaies avec habileté et une économie de gestes. En l'approchant, Tilda reconnut à son haleine une odeur familière et comprit, choquée, que le médecin avait bu. *Dieux tout-puissants*, pensa-t-elle, *dans quel endroit suis-je tombée ?*

Jarvas parcourut des yeux son petit royaume, survolant du regard des scènes de pauvreté et de misère noire. Quelque trois douzaines de familles campaient dans la salle. Elles avaient divisé l'espace au moyen de tapis, de sacs ou de tout ce qu'elles avaient à portée de main. Les enfants dormaient tous ensemble comme des chiots dans des nids de couvertures enchevêtrées, pendant que leurs mères cuisinaient ou rapiéçaient sans espoir des vêtements dont la couleur d'origine s'était perdue sous les multiples empiècements multicolores. De vieilles gens, enveloppés dans des capes et des châles, ronflaient dans un coin ou se battaient, leur lessive fumante à la main, pour avoir une place près du feu. Pendant ce temps-là, les hommes, assis par groupes, les jambes croisées, jouaient aux osselets avec des cailloux à la lueur des lampes. Les yeux topaze de plusieurs chats étincelaient dans la lumière que dégageaient les feux. Quelque part au sein des ombres, un bébé pleurait. Tous les visages étaient affligés de cicatrices et avaient cet air hagard que donnent la faim et les privations.

Jarvas sentit une présence à ses côtés. Tilda contemplait ses protégés avec horreur et pitié.

— Au moins, ils ne meurent plus de faim, maintenant, dit-il sur un ton défensif. Au moins, ce soir, ils ne se gèlent pas dehors dans les rues.

— Il y en a tant, murmura Tilda. (Pinçant les lèvres, elle détourna les yeux.) Ton précieux médecin est ivre ! ajouta-t-elle.

Jarvas acquiesça.

— Généralement, il l'est toujours. Autrefois, c'était le meilleur médecin de Nexis. Il gagnait confortablement sa vie en traitant les marchands et les gens de la haute société, jusqu'à la nuit où ces horribles monstres ont attaqué. (Il soupira.) Benziorn était au chevet d'un patient quand l'une des créatures s'est introduite dans sa maison et a massacré sa femme et ses enfants. Depuis, il boit. Ça lui a coûté sa maison et son travail, et il n'était plus qu'un débris puant et affamé lorsque je l'ai sorti de la rue. (Jarvas haussa les épaules.)

On a de la chance de l'avoir, malgré tout. Sobre ou ivre, il reste le meilleur.

— Contente de l'apprendre, ironisa Tilda avec une pointe d'amertume. Je détesterais penser qu'on a mis notre vie en danger pour un étranger, tout ça pour qu'un médecin bourré l'achève. Mais pourquoi on a fait ça ? C'était de la folie ! s'écria-t-elle d'une voix que le désespoir rendait stridente.

Jarvas secoua la tête.

— Que je sois pendu si je sais ce qui m'a pris.

Sur le moment, ça lui avait paru la seule chose à faire, mais il savait qu'en aidant cet homme-là, il avait probablement condamné tous les autres à perdre leur refuge.

— Pendral mettra peut-être un jour ou deux à découvrir qui je suis, poursuivit-il d'un air sombre, mais après ça, ils viendront nous trouver, on peut en être sûr. (Il soupira.) Va te reposer un peu, Tilda. Demain, dès l'aube, j'enverrai Emmie chercher ton fils. Ensuite, il faudra songer à partir d'ici.

La maison de Tilda se situait au cœur d'un dédale de ruelles sordides en aval du grand pont blanc qui enjambait le fleuve à côté du promontoire de l'Académie. Emmie, que Jarvas avait envoyée chercher le fils de la prostituée, marchait d'un pas vif à travers ce labyrinthe déconcertant en tremblant de froid dans la lumière grise d'une aube humide. Aujourd'hui, le solide bâton qu'elle emportait toujours pour se protéger lui servait de canne, comme c'était prévu à l'origine, car ses pieds pourtant chaussés de souliers robustes ne cessaient de glisser dans l'épaisse couche de neige fondue et glaciale qui recouvrait les pavés. Les ruelles empestaient la moisissure et des déchets et des déjections humaines pourrissaient à même le sol.

Emmie ne connaissait que trop bien cette puanteur, c'était celle de l'extrême pauvreté.

Les sombres carcasses des bâtiments humides et croulants avec des planches clouées en travers des fenêtres se dressaient de part et d'autre de son chemin, bloquant la plus grande partie de la lumière matinale plombée et transformant les étroites venelles en tunnels obscurs et menaçants. Des ouvertures apparaissaient de temps en temps, certaines avec des portes à la peinture moisie et craquelée qui pendaient de guingois sur leur unique charnière rouillée et d'autres qui n'étaient que des trous noirs et béants pouvant dissimuler n'importe quel danger.

Emmie pressait chaque fois le pas en passant devant ceux-ci, les nerfs à vif, en maudissant tout bas Jarvas pour lui avoir confié une mission pareille. C'était l'heure la plus sûre pour visiter ces antres assaillis par la pauvreté, car la plupart de leurs habitants dormaient après les actes désespérés qu'ils avaient dû commettre la nuit précédente, mais Emmie n'en restait pas moins mal à l'aise. Bien que les ruelles soient désertes, elle imaginait des regards hostiles à chaque pas de porte béant. Regardant prudemment alentour et vérifiant la présence du couteau à sa ceinture, elle rabattit sa capuche plus bas encore sur ses boucles d'or pâle emmêlées pour dissimuler ses traits et poursuivit son chemin en se répétant encore et encore les instructions de Tilda. *Les dieux nous préservent !* se dit-elle. *Quel endroit horrible pour élever un enfant !*

Brusquement, Emmie entendit un grondement qui lui glaça le sang. L'une des portes de guingois s'ouvrit brusquement juste devant elle sur une énorme forme blanche et hirsute dont les babines retroussées dévoilaient de sauvages crocs jaunis et des mâchoires dégoulinantes de bave. Sans jamais la quitter de ses yeux rouges dans lesquels couvait un feu menaçant, le chien descendit dans la rue, visiblement nerveux mais déterminé. Bloquant le passage, il se lança dans un torrent d'aboiements gutturaux.

Emmie s'immobilisa tout net, le cœur battant à tout rompre, et serra plus fermement encore son bâton. Le temps lui parut s'étirer en longueur tandis qu'elle détaillait les os qui saillaient de la fourrure blanche, sale et emmêlée de la bête et la rangée de mamelles qui pendait de son ventre creux. En dépit du danger, elle eut le cœur serré et plaignit cette pauvre mère affamée qui avait une portée à nourrir.

Emmie comprenait l'instinct maternel. Elle avait un enfant, et un autre en route, lorsque son mari, Devral, un jeune conteur, avait été capturé par les soldats de l'Archimage et avait disparu de sa vie. Le choc et le chagrin liés à ce deuil lui avaient fait perdre le bébé, et, au cours des mois difficiles qui avaient suivi, sa petite fille avait été emportée par la fièvre. Brusquement, elle fut assaillie par une vague de sympathie vis-à-vis de la pauvre bête qui se tenait devant elle.

En dépit de sa taille imposante, la chienne était jeune, trop pour être déjà mère, songea Emmie en remarquant son air empoté et ses énormes pattes, présage d'une croissance pas encore achevée. Il s'agissait probablement de sa première portée. En dépit de son physique sale et squelettique, elle avait les yeux clairs et la fourrure épaisse et ne laissait paraître aucun signe de gale ni de folie. Dans l'aumônière qui pendait à la ceinture d'Emmie se trouvaient des vivres, du pain, du fromage et de la viande, destinés au fils de Tilda. L'animal avait sans doute senti l'odeur de ces provisions et le désespoir l'avait poussé à attaquer.

— Pauvre créature, murmura Emmie.

Bon, elle était persuadée que le môme de Tilda allait pouvoir attendre qu'elle le ramène au refuge pour manger. Furtivement, elle avança sa main libre vers l'aumônière, mais ce n'était pas une idée judicieuse. Un grondement enfla dans la gorge de l'animal qui attaqua d'un bond avant de laisser échapper un jappement de douleur lorsque le bâton d'Emmie s'abattit sur ses côtés dans un bruit sourd. Vaincue, gémissante, la chienne repartit vers son pas de porte, la queue entre les jambes, non sans jeter de fréquents regards par-dessus son épaule, comme si elle essayait de trouver le courage d'attaquer de nouveau.

— Oh, merde ! marmonna Emmie, tremblante et en proie à un sentiment de culpabilité irrationnelle.

D'un geste vif, elle sortit le paquet de provisions et arracha le tissu qui les enveloppait.

— Tiens, ma fille, dit-elle en lançant ses provisions à l'animal affamé.

La chienne sauta dessus en bavant, puis releva brusquement la tête et dévisagea sa bienfaitrice avec des yeux brillants. Elle remua une fois la queue, comme pour la remercier, puis, soudain, attrapa la nourriture et s'en fut. À l'intérieur du bâtiment, un cœur strident de voix aiguës s'éleva lorsque la mère rejoignit sa portée.

Se moquant intérieurement de son cœur trop tendre, Emmie s'en alla de son côté en prenant le temps de s'essuyer les yeux à l'aide de sa cape.

— Espèce d'idiote, se dit-elle à haute voix. Tu n'as pas vu assez d'humains souffrir, il faut encore que tu te mettes dans le pétrin pour un animal qui meurt de faim ?

Elle imaginait sans mal ce que Jarvas dirait s'il découvrait qu'elle avait donné des vivres d'une grande valeur du fait de leur rareté à un foutu chien.

Néanmoins, l'apparente gratitude de la bête lui avait réchauffé le cœur – et Emmie savait que, si c'était à refaire, elle recommencerait.

— Grince ? Grince, tu es là ? Ta mère m'a envoyé te chercher.

Emmie tapa plusieurs petits coups secs à la porte, qui lui paraissait peu solide, et frémit intérieurement en appelant le pauvre garçon par son fâcheux prénom. (*Je l'ai appelé comme ça d'après son père*, avait expliqué Tilda, sur la défensive. *Enfin, je suis presque sûre que c'était son père.*) Emmie secoua la tête d'un air résigné et frappa de nouveau.

Elle tambourinait depuis plusieurs minutes sur le battant qui refusait de s'ouvrir lorsqu'elle entendit un grincement, comme si on tirait un objet lourd de l'autre côté. La porte s'ouvrit très légèrement et un œil noir et méfiant apparut dans l'entrebâillement.

— Ma mère, elle m'a toujours dit de jamais ouvrir cette putain de porte !

La jeune femme eut juste le temps de glisser son bâton dans l'ouverture avant de se faire claquer la porte au nez. Le garçon de dix ans se lança alors dans un tel chapelet d'injures qu'Emmie fit la grimace, elle qui se croyait pourtant immunisée face au langage du caniveau. En dépit de son air bravache, elle sentait que l'enfant était très effrayé, non sans raison, puisque sa mère n'était pas rentrée à la maison.

— Ne sois pas bête, lui dit-elle sèchement. Tilda a eu quelques ennuis hier soir et c'est pour ça qu'elle n'est pas rentrée. Mais ne t'inquiète pas, elle va bien, elle est avec des amis. Je m'appelle Emmie. Elle m'a demandé de venir te chercher pour te conduire en sécurité toi aussi.

Sur ce, elle ouvrit la porte d'une violente poussée.

— Va-t'en ! hurla l'enfant. Je refuse de venir avec toi. Je veux ma maman !

Il se tenait recroquevillé dans le coin opposé de l'unique pièce, sur un tas de chiffons pleins de vermine qui, de toute évidence, lui servait de lit. Sous sa frange de cheveux noirs coupés à la diable, il lui lança un regard noir.

— Allez, Grince, lui dit Emmie d'un ton cajoleur. Écoute, on n'a pas de temps à perdre. Ta mère s'inquiète à ton sujet.

Elle contempla avec pitié le petit garçon efflanqué et maudit Tilda en silence. C'est vrai, l'enfant avait l'air aussi négligé, sauvage et mal nourri que ce pauvre chien perdu.

— Allez, viens, tout de suite.

Elle se rapprocha de son lit, s'agenouilla… et se figea, horrifiée, en voyant étinceler un couteau dans la main du petit garçon.

— Va te faire voir ! hurla-t-il d'une voix stridente. N'approche pas ou je t'étripe !

Il le ferait, à n'en pas douter. Emmie frissonna. Quelle sorte d'existence pouvait bien amener un enfant à devenir comme ça ? Elle se tritura les méninges. Si seulement elle arrivait à gagner sa confiance… L'espace d'un instant, elle regretta d'avoir donné ses provisions à la chienne affamée. Mais oui, bien sûr, la chienne ! Emmie adressa au gamin son plus brillant sourire.

— Oh, très bien, tant pis pour la vieille Tilda. Elle peut attendre. Est-ce qu'à la place, tu aimerais bien voir des chiots ?

Le visage de Grince s'illumina comme un phare.

— Des chiots ? Pour de vrai ? Ils sont à toi ? Je peux en avoir un ? (Puis il se rembrunit de nouveau.) Mais ma mère refusera que je le garde, ajouta-t-il d'un air renfrogné.

Emmie sourit et décida d'adopter le langage du petit garçon.

— Qu'elle aille se faire voir, répondit-elle vivement. Si tu poses ce couteau pour venir avec moi, tu pourras avoir toute la foutue portée !

Au début, Emmie craignit que la chienne ne se montre hostile. Lorsqu'elle s'approcha du bâtiment, l'enfant excité sur les talons, elle lui dit d'attendre dehors et se glissa dans la masure, en proie à une vive agitation. Mais elle n'aurait pas dû s'inquiéter. La chienne blanche fut ravie de la voir, sans doute, se dit Emmie, parce qu'elle espérait recevoir davantage de nourriture.

— Brave bête, dit-elle doucement en tendant la main pour lui grattouiller ses douces oreilles blanches.

La chienne la récompensa en se pressant contre elle et en lui léchant la main avec force battements de queue. *Elle a une bonne nature*, se dit la jeune femme, ravie d'avoir aussi bien évalué l'animal. Avant, elle devait avoir un gentil propriétaire. Mais que lui était-il arrivé ? Une fouille rapide de la pièce lui apporta la réponse. Le malheureux était mort dans la masure, de vieillesse ou de maladie, sûrement, et la chienne avait survécu en se nourrissant du cadavre.

Eh bien ? se demanda Emmie. *Qu'est-ce qu'elle était censée faire, avec des chiots à nourrir ?*

Néanmoins, elle eut du mal à ne pas vomir en recouvrant le tas d'os rongés d'une vieille couverture avant de faire entrer l'enfant.

Grince s'extasia à la vue des chiots qui formaient un groupe disparate. L'un était blanc comme leur mère tandis que les autres étaient tachetés de noir. Quand

Emmie se pencha pour prendre les petites créatures, la chienne, affaiblie par la faim, réagit avec une confiance qui toucha la jeune femme au plus profond de son être. Lorsqu'ils sortirent de la masure, Grince se mit à danser autour d'elle, incapable de contenir son excitation.

— Ils sont à moi ? lui demanda-t-il, les yeux écarquillés. Est-ce que je peux les avoir tous ?

— Bien sûr, répondit imprudemment Emmie.

Elle posa la main sur la grosse tête de la chienne qui marchait à ses côtés et sourit.

— Mais leur mère est à moi, ajouta-t-elle d'un ton ferme.

Brusquement, elle se sentit plus à l'aise et le cœur plus léger, choses qui ne lui étaient plus arrivées depuis la mort de Devral.

Midi n'allait pas tarder à sonner lorsqu'elle arriva, épuisée, devant le refuge, avec les cinq chiots encore aveugles qui se tortillaient dans le sac fruste qu'elle avait confectionné de toutes pièces avec son jupon. Grince, extrêmement impressionné par son ingéniosité et le fait qu'elle avait tenu sa promesse, s'accrochait à sa main libre, tandis que la grosse chienne blanche la suivait en toute confiance. *Dieux tout-puissants, Tilda va recevoir un choc*, songea Emmie en imaginant la réaction de la prostituée. *Et que va bien pouvoir dire Jarvas en voyant toute cette ménagerie ?*

L'expression horrifiée qui se peignit sur le visage de l'intéressé à la vue de la chienne n'avait rien d'encourageant.

— Qu'est-ce que c'est que ce bordel ?

Grince, nerveux, se blottit derrière les jupes d'Emmie, qui lui pressa la main et leva le menton d'un air de défi. Cependant, le petit garçon sentit qu'elle tremblait.

— Ce n'est qu'un chien, pour l'amour des dieux !

— Un chien ? On dirait plutôt un putain de cheval ! protesta Jarvas. Emmie, tu es plus maligne que ça, tu sais que tu n'aurais pas dû amener cette bête ici. Tu crois qu'on n'a pas assez de soucis après ma bêtise de la nuit dernière ? Tu crois qu'on n'a pas assez d'ennuis ? Et comment, au nom des dieux, penses-tu qu'on va nourrir ce maudit animal ? On n'en a déjà pas beaucoup pour tout le monde.

Et mes chiots ? se demanda Grince en déglutissant péniblement, la gorge nouée. Jamais, de toute sa courte vie, il n'avait possédé quelque chose qui n'appartenait vraiment qu'à lui et il n'avait jamais désiré quelque chose autant que ces cinq petites étincelles de vie. Au-dessus de sa tête, la dispute se poursuivait.

— Je la nourrirai avec mes rations, expliqua Emmie d'un ton ferme.

— Certainement pas ! cracha Jarvas. Merde, tu ne manges déjà pas assez, alors tu ne vas pas en plus partager avec une espèce de chien galeux. Tu m'entends, Emmie – je refuse !

Grince vit sa nouvelle amie plonger son regard dans les yeux confiants de la chienne avant d'inspirer profondément, en tremblant.

— Très bien, répondit-elle sèchement. Si on n'est pas les bienvenus ici, on ira ailleurs.

— Non ! (Ce hurlement de protestation s'échappa des lèvres de Grince.) Tu peux pas t'en aller. Et mes chiots, alors ? (Avant qu'Emmie pût réagir, il sortit de ses jupes, donna un violent coup de pied dans les tibias de Jarvas et plongea de nouveau à l'abri derrière elle.) Laisse-la tranquille, espèce de vieux porc ! cria-t-il d'une voix stridente. C'est son chien, ce sont mes chiots, et on les garde, point final !

Le géant tendit son long bras et fit sortir de force Grince des jupes d'Emmie. Le petit garçon se tortilla en proférant des jurons, mais ne parvint pas à échapper à cette poigne douloureuse. Les yeux de Jarvas brillaient de colère.

— Ce n'est rien, fiston, fit alors une nouvelle voix, douce, profonde, ferme et rassurante à la fois. Jarvas, est-ce vraiment nécessaire ?

Jarvas lâcha le gamin et fit face à l'individu aux cheveux d'or parsemés d'argent qui venait d'apparaître sans bruit à côté de lui car la neige qui recouvrait le sol devant la palissade avait étouffé le bruit de ses pas.

— Tu n'as aucun droit, Benziorn..., commença le géant avec colère, mais l'autre le prit par le bras et l'entraîna hors de portée de voix.

Grince leva les yeux vers Emmie et s'aperçut, à son grand étonnement, qu'elle souriait en coin.

— Benziorn est un bon médecin, expliqua-t-elle au garçon, et nous avons besoin de lui ici. Si quelqu'un peut convaincre Jarvas de changer d'avis, c'est bien lui.

Grince regarda les deux hommes discuter en tête à tête et se mordit la lèvre anxieusement. Il était ravi que Benziorn soit intervenu et espérait que le médecin serait capable de convaincre Jarvas de garder ses chiots. Visiblement, Emmie pensait la même chose. Elle s'agenouilla et passa les bras autour du cou à la fourrure épaisse de la chienne blanche.

— Tout va bien, l'entendit murmurer le garçon. Tu resteras avec moi, quoi qu'en dise Jarvas.

Après ce qui parut une éternité à Grince, Jarvas s'éloigna en trépignant et en grommelant tandis que Benziorn revenait auprès d'Emmie en secouant la tête d'un air ironique.

— On dirait que je possède encore une certaine force de persuasion. Vraiment, si tu n'étais pas une aussi bonne assistante..., fit remarquer le médecin sur un ton faussement réprobateur.

— Benziorn, comment te remercier ? s'écria Emmie, pleine de gratitude. Je savais que Jarvas se ferait tirer l'oreille, mais de là à penser que...

— Ne lui en veux pas trop, Emmie, soupira le médecin. Jarvas a bien trop de soucis aujourd'hui pour s'inquiéter du sort d'un chien abandonné. Il...

— Y a pas que le chien qui est en jeu, putain ! intervint Grince, indigné. Et mes chiots, alors ?

— Grince ! le réprimanda Emmie. Il va vraiment falloir faire quelque chose au sujet de ton langage !

— Quel langage ? demanda le garçon d'un air innocent.

Benziorn s'accroupit à côté de lui en fronçant les sourcils.

— Je pense que tu sais très bien de quel foutu langage elle parle, petit misérable. Vois-tu, Jarvas n'autorise personne à jurer ici et surtout pas devant les dames comme Emmie. Alors tu ferais mieux de lui présenter des excuses, sinon elle pourrait bien décider de reprendre ces chiots.

Il avait l'air si féroce que Grince déglutit nerveusement.

— Je... je suis désolé, Emmie, dit-il d'une petite voix.

— Voilà qui est mieux. (Benziorn sourit en ébouriffant les cheveux du petit garçon.) Maintenant, rentrons, il faut trouver un endroit où installer tes chiots – pendant qu'on a encore le temps, ajouta-t-il d'une voix si basse et si inquiète que le gamin excité les entendit à peine.

Puisque c'était la faute d'Emmie, après tout, Jarvas la laissa gérer la réaction hystérique de Tilda face aux cinq chiots et traversa l'entrepôt plein d'échos pour se rendre au chevet du soldat blessé qui avait provoqué tant d'ennuis. Il le contempla d'un air maussade et sursauta lorsqu'une voix résonna derrière lui :

— Tu sais, la blessure à la tête de notre mystérieux étranger est peut-être plus sérieuse que je ne le pensais. Il aurait déjà dû reprendre conscience.

— Tu as décidé de me filer une crise cardiaque, aujourd'hui, ou quoi ? protesta sèchement Jarvas.

Mais son irritation s'évanouit à la vue du visage hagard et de l'expression inquiète du médecin. Pour la première fois depuis qu'ils se connaissaient, Benziorn était sobre.

— C'est sérieux à ce point-là ? demanda Jarvas qui sentit son sang se glacer. Par tous les dieux, s'il meurt alors que j'ai mis tout le monde en danger pour le sauver…

Le médecin s'agenouilla auprès de son patient.

— Son pouls me paraît un peu plus vaillant, déclara-t-il plein d'espoir. C'est peut-être simplement dû à son âge et à l'hémorragie, sans parler du trajet depuis la taverne par ce froid de canard ! (Benziorn se releva péniblement et posa la main sur le bras de Jarvas.) Est-ce que je peux t'aider ? demanda-t-il doucement.

— M'aider ? Comment ? répliqua le géant d'une voix rauque et amère. À cause de moi, on est dans la merde jusqu'au cou, Benziorn. Regarde ces gens. Qu'est-ce qui va leur arriver quand les soldats viendront ? Jusqu'ici, on avait réussi à échapper à l'attention des officiels – qu'est-ce qu'on possède ici qui vaudrait la peine qu'on vienne nous embêter ? Mais maintenant ! (D'un geste, il engloba son petit groupe d'indigents.) Ce n'est plus qu'une question de temps avant que les soldats de Pendral découvrent qui je suis. Un visage comme le mien est facilement reconnaissable.

— Et de là à ce qu'ils considèrent cet endroit comme un foyer de dissension, il n'y a qu'un pas. Or on sait ce que ça signifie. (Benziorn regarda Jarvas droit dans les yeux.) Mon ami, je pense que nous devrions nous préparer à évacuer les lieux.

Le géant tressaillit.

— Mais… (Ses protestations moururent sur ses lèvres lorsqu'il vit le médecin hausser les sourcils. Alors il soupira.) Tu as raison. Je sais bien qu'on devrait. Je ne suis pas si bête. Mais voir tous nos efforts ruinés, comme ça…

Il balaya de nouveau du regard la salle bondée, enfumée et bruyante. Les vieilles gens blotties dans un coin savouraient la sécurité retrouvée, le toit au-dessus de leurs têtes et leur premier repas depuis longtemps tandis que les petits s'amusaient entre les feux, loin de la crasse, de la famine et des maladies, ce qui leur donnait l'énergie de se fourrer dans les jambes de tout le monde avec leurs jeux très animés. Était-ce donc la fin du rêve de Vannor et du sien ? Non, pas tant qu'il lui restait un souffle de vie. Il se tourna vers Benziorn d'un air déterminé.

— Il existe une alternative, expliqua-t-il doucement. Je pourrais me rendre aux autorités.

— Non, fou que tu es ! Tu ne peux pas faire ça ! (Benziorn, les yeux agrandis par l'inquiétude, saisit Jarvas par le bras comme pour l'en empêcher par la force.) As-tu pensé à Tilda ? Et à l'étranger pour lequel tu as pris tant de risques ? Pendral sait sûrement que tu n'as pas fait ça tout seul. (Il enfonça douloureusement ses doigts dans le bras du géant.) Ils te tortureront, Jarvas, pour découvrir où se cachent les autres, et en fin de compte tu n'auras d'autre choix que de les trahir. Crois-moi, ta suggestion ne résout rien.

— Que faire, alors ? s'écria Jarvas. On ne peut pas quitter Nexis sans autorisation ces jours-ci – vais-je donc devoir chasser ces pauvres gens pour qu'ils retournent dans leurs taudis ?

— Ils y seront peut-être plus en sécurité qu'ici pour le moment, lui rappela gentiment Benziorn. Dès que la situation sera calmée, ils pourront revenir – mais je crois que tu devrais leur dire de commencer à réunir leurs affaires dès maintenant. Ils doivent se tenir prêts à partir, au cas où. Si j'étais toi, je jetterais également un coup d'œil à mes fortifications, et j'enverrais les gamins les plus raisonnables dans les rues pour nous avertir à l'avance de l'arrivée des soldats. Ensuite, à la tombée de la nuit, il serait bon de commencer à évacuer le refuge.

Jarvas savait que le médecin avait raison. Mais jamais depuis son enfance il n'avait eu autant envie de pleurer. Cependant, les précautions de Benziorn s'avérèrent rapidement nécessaires. Lorsque la nuit tomba, il y avait des soldats devant le portail.

Des gardes, vêtus de l'uniforme douloureusement familier de la garnison, traînèrent Vannor en haut de l'escalier en colimaçon en faisant bruyamment claquer leurs bottes sur le marbre froid des marches. Cependant, même dans la tour, il semblait faire chaud comparé au froid glacial qui régnait dehors. Le marchand se surprit à sombrer dans une espèce de somnolence et lutta pour rester éveillé et se débattre. Mais il avait les mains attachées, et trop engourdies, dans tous les cas, pour lui obéir. Il était totalement impuissant – et à la merci de Miathan.

Vannor fut conduit dans les appartements de l'Archimage où on le força à se mettre à genoux sur la riche moquette cramoisie. D'un geste, Miathan fit signe aux gardes de se poster sur le côté, puis il contempla le prisonnier en silence à l'aide des gemmes étincelantes et dénuées d'expression qui remplaçaient ses yeux. Vannor frissonna. Le visage de Miathan s'était altéré – ses traits sévères et hautains avaient été comme remodelés par l'amertume et la cruauté qui avaient laissé sur sa peau des marques plus profondes. Il avait le teint cireux et maladif et des cicatrices violettes sous ses yeux crevés. Seules ses mains, semblables à des serres, trahissaient sa jubilation en se frottant l'une contre l'autre. Le marchand connut alors le véritable sens du mot peur, ce qui ne lui était encore jamais arrivé. Même le Spectre qui avait tué Forral ne lui avait pas inspiré pareille terreur – un sentiment qui se moquait de l'espoir et qui drainait son courage comme si on aspirait son sang hors de ses veines.

— Enfin, murmura Miathan. Enfin, je te tiens.

— Pas pour longtemps, espèce de bâtard ! répliqua Vannor en crachant aux pieds de l'Archimage.

— Vannor, tu serais amusant si tu n'étais pas aussi pitoyable, se moqua l'Archimage. Tu as raison, cependant, je ne m'encombrerai pas très longtemps de ta présence. Pour toi, la fin viendra bien plus tôt que tu ne l'imagines, car qui peut encore t'aider à présent ? (Il sourit avec froideur.) Nous revoilà au point de départ, sauf que Forral n'est pas là pour t'aider cette fois-ci, et qu'Aurian ne peut pas s'interposer non plus. Tes amis de la garnison sont morts ou dispersés. Tu n'as personne, Vannor. Personne, sauf moi. Et tu me supplieras de te tuer un bon millier de fois avant que j'en finisse avec toi. Mais d'abord, j'exige des réponses, comme par exemple les noms de tes compagnons et l'endroit où ils se cachent.

Cette voix sifflante et ce visage malveillant donnaient des frissons à Vannor. Il serra les dents et ferma les yeux, mais il ne pouvait bloquer les paroles insidieuses de Miathan, qui lui donnèrent la nausée et remplirent son âme de dégoût. Ce n'était pas tant son propre sort qui l'horrifiait (cela, se promit-il en essayant d'y croire, il pouvait encore le supporter) mais le fait de savoir que, tôt ou tard, il dirait à l'Archimage tout ce qu'il voulait entendre.

Vannor frissonna de nouveau. Aveuglé par son amour pour sa fille, il avait trahi ses amis. Il pouvait faire face à des Mortels comme lui, mais ce monstre possédait des pouvoirs qui dépassaient ses pires cauchemars. Il fut pris de nausées au souvenir de l'horrible créature qui avait tué son vieil ami Forral. Seul le noyau dur de ce courage qui l'avait soutenu tout au long d'une existence rude et difficile l'empêcha de trembler. Sauf miracle, sa survie ne se mesurait plus qu'en journées tout au plus. Et Vannor savait que les jours en question risquaient effectivement d'être terribles.

Néanmoins, il avait bien l'intention de se battre jusqu'au bout. Il se renfrogna en regardant dans les yeux vides d'expression de Miathan.

— Pourquoi ? demanda-t-il, les dents serrées. Vous êtes le foutu Archimage. Vous savez très bien que vous pouvez sortir ces informations de mon esprit aussi facilement que vous prendriez un fruit, là-bas, dans ce plat. En fait… (Un autre frisson lui parcourut le corps.) En réalité, vous l'avez peut-être déjà fait. (Était-ce vrai ? Réellement ? Le souffle court, Vannor tenta de reprendre le contrôle de ses pensées qui défilaient à toute vitesse.) Alors pourquoi brandir la menace de la torture ?

— Pour me venger. (Le sourire de Miathan rappela à Vannor les grondements du loup qu'il avait vu si longtemps auparavant dans le Val.) Oui, me venger de toutes ces années au conseil où tu as contrecarré et entravé mes plans. Et tes souffrances ne feront que grandir quand tu entendras les mots franchir tes propres lèvres, car alors tu sauras que tu as trahi tes compagnons. (De nouveau, il eut ce sourire vorace.)

» Mais il n'y a pas que la vengeance, mon cher Vannor. Réfléchis à la source des pouvoirs magiques. Le fait de renoncer au Code des Mages m'a apporté certaines… opportunités. Garde à l'esprit, pendant que tu mourras dans la souffrance, que ta terreur, ta douleur et ton angoisse serviront à alimenter ma magie et à augmenter mon pouvoir.

Sur ce, il leva la main. Tous les nerfs et tous les muscles du corps de Vannor se crispèrent alors tandis qu'une douleur atroce consumait la colonne vertébrale du marchand tel un feu blanc. Il s'effondra tel un arbre déraciné et convulsa sur la moquette cramoisie tandis que sa colonne s'arquait en arrière tel un arc bandé. Même s'il se mordit la langue pour ne pas crier, la dernière chose qu'il entendit avant de perdre conscience, ce furent ses propres hurlements de douleur.

16

UNE OMBRE SUR LE TOIT

Tandis que Yazour récupérait lentement de ses blessures, il continua à apprendre la langue des Xandims. Ce n'était pas aussi difficile qu'il l'avait craint, car il possédait déjà quelques notions, celles que l'on apprenait à tous les officiers de Xiang en vue des missions de repérage qui précédaient les attaques contre ces idiots de Xandims. Il existait certaines racines communes aux deux langues, ce qui facilitait l'apprentissage. En plus, les deux hommes n'avaient personne d'autre à qui parler et ne pouvaient rien faire que discuter. Or chacun mourait d'envie de savoir ce que faisait l'autre dans cet endroit sinistre et isolé.

Au bout de quelques jours très frustrants, Yazour réussit à expliquer dans un xandim hésitant, en recourant abondamment au mime et aux images qu'il dessinait à l'aide d'un brandon noirci sur le sol lisse de la caverne, que ses compagnons et lui fuyaient la colère du roi khazalim et que leur geôlier, qui occupait la tour, était le fils de ce dernier. En apprenant la nouvelle, Schiannath se mit à débiter un flot de paroles en xandim qui laissèrent Yazour complètement perdu. Après beaucoup de répétitions et de nombreuses tentatives pour convaincre son étrange compagnon de ralentir un peu, le guerrier finit par comprendre que Schiannath était lui aussi un hors-la-loi exilé par son peuple, même si la nature du crime commis par le seigneur du Cheval restait floue.

Yazour soupçonnait Schiannath de s'être montré délibérément vague sur ce point, ce qui le mit mal à l'aise jusqu'à ce qu'il se souvienne que cet homme l'avait secouru, soigné et nourri. *Après tout,* songea Yazour, *je ne lui ai pas dit pourquoi nous avons été obligés de fuir le Khisu. Schiannath éprouve peut-être autant de soupçons que moi, et pourtant, il s'occupe de moi sans réserve.* Cela le fit réfléchir.

Dès que le hors-la-loi apprit que Yazour était un exilé comme lui, il se montra bien plus chaleureux à son égard. Le jeune guerrier se surprit alors, en dépit de son hostilité, à lui rendre un peu de cette gentillesse. Même si le fantôme de son père assassiné lui apparaissait parfois pour l'invectiver parce qu'il pactisait avec l'ennemi, Yazour, pragmatique, ne pouvait s'empêcher de remarquer que cet ancien adversaire le traitait mieux que les soldats d'Harihn, ses anciens camarades qui lui avaient infligé ces blessures que Schiannath se donnait beaucoup de mal pour soigner. En effet, Yazour ne guérissait pas bien. Parfois, quand les plaies s'infectaient, Schiannath préparait des cataplasmes apaisants et rafraîchissait le visage brûlant du guerrier avec de l'eau glacée. Quand l'ecchymose sur sa tempe le faisait souffrir, le Xandim lui donnait des infusions de plantes pour calmer la douleur. Dans ces moments-là, la confusion de Yazour était si grande qu'il avait l'impression que sa tête, ou peut-être son cœur, allait se briser.

Cependant, si Yazour s'angoissait autant, ce n'était pas pour lui mais pour les compagnons qu'il avait laissés dans la tour en s'enfuyant. Qu'était-il arrivé à Aurian et à Anvar ? Et Bohan, Eliizar, Nereni ? Qu'était devenue Shia, toute seule dans cette région désolée prise dans la tourmente de l'hiver ? Pire encore, pourquoi était-il ici, alité et impuissant comme une tortue sur le dos, quand il aurait dû être dehors pour les aider ?

À mesure que les jours passaient, la frustration du guerrier se mit à pourrir lentement à l'intérieur de lui. Ses blessures apparentes guérissaient lentement, mais celles de son esprit ne faisaient qu'empirer. Yazour devint de plus en plus brusque et grincheux, mais il n'avait ni l'envie ni la possibilité d'expliquer à Schiannath que cette colère n'était pas dirigée contre lui. Le lien fragile qui avait commencé à se tisser entre eux en vint presque à se rompre, car Yazour en voulait à Schiannath pour l'expression perplexe et blessée qui se peignait sur son visage chaque fois qu'il essayait de répondre aux besoins non exprimés de son compagnon et qu'il se faisait repousser, encore et toujours.

Les choses finirent par devenir critiques entre les deux hommes lors d'une nuit sauvage et amère où le dernier d'une longue série de blizzards se déchaînait sur les montagnes environnantes. Schiannath dormait près de sa jument adorée, mais Yazour s'agitait, en proie à une sinistre insomnie qui refusait de le lâcher et de le laisser se reposer. Tourmenté par d'effroyables visions dans lesquelles Harihn torturait ses amis à l'intérieur de la tour et violait Aurian, il ne pensait plus qu'à ses compagnons.

Tout d'un coup, c'en fut trop pour le guerrier qui se sentait coupable.

— Que le Faucheur m'emporte, je ne peux pas rester ici plus longtemps, marmonna-t-il. Je dois parvenir à surmonter cette faiblesse et redevenir assez fort pour me lever.

Le moment était idéal. Schiannath dormait d'un profond sommeil. Si Yazour ne faisait pas de bruit, il arriverait à se lever et à se déplacer avant que le Xandim ne se rende compte de quoi que ce soit et n'essaye de l'en empêcher.

Yazour s'assit et retint son souffle à cause de la douleur, semblable à un coup de poignard, qui envahit son épaule gauche, celle où il avait reçu une flèche. Mais il y avait de l'amélioration. Quelques jours plus tôt, il n'aurait même pas été capable de bouger le bras. Pendant qu'il attendait que la douleur se réduise à un simple élancement, Yazour balaya la grotte du regard à la recherche d'un objet qui l'aiderait à supporter le poids de sa jambe. Il avait d'abord pensé à son épée, mais Schiannath, prudent, avait caché toutes les armes hors de sa portée. Son plan semblait voué à l'échec, mais le jeune guerrier n'avait aucunement l'intention de renoncer aussi facilement. Les parois de la caverne étaient suffisamment rugueuses et raboteuses pour y trouver des prises. Yazour tendit son bras valide, agrippa fermement un rebord visiblement solide et commença lentement à se hisser.

Que le Faucheur me prenne en pitié ! Je ne savais pas que ça ferait mal comme ça ! Yazour s'accrocha à la pierre tandis que les parois de la grotte se mettaient à tourbillonner autour de lui. De la sueur inonda son visage et lui piqua les yeux. Les muscles affaiblis de sa cuisse blessée formaient un nœud de douleur atroce.

Sois maudit, espèce de mauviette geignarde, se dit-il. *Et tu te prétends guerrier ? Toi, le seul espoir de tes pauvres amis !*

Serrant les dents, il lâcha prise et tenta d'avancer en traînant les pieds. Il fit un pas, puis deux… Et sa jambe blessée céda sous lui comme si ses os s'étaient transformés en eau. Devant ses yeux, la grotte s'inclina de manière folle, puis se renversa carrément avant qu'il n'ait le temps de reprendre son équilibre. Il s'étala sur le sol de la caverne, une main dans les braises éparses du feu de camp. Choqué, il la retira aussitôt en poussant un cri de douleur, mais ses vêtements brûlaient en une vingtaine d'endroits différents. Les chevaux paniqués se mirent à hennir en tirant sur leurs brides, puis Schiannath se leva, le regard fou et l'air furieux, en proférant des insanités en xandim. Il traîna le guerrier hors de danger et vida sa gourde sur Yazour et sa couche fumante. Le feu s'éteignit dans un nuage de fumée et de cendres étouffantes et les ténèbres envahirent la grotte.

Le guerrier entendit le cliquetis de la pierre à briquet sur le fer. Une minuscule flamme s'épanouit telle une fleur au bout d'une torche et éclaira le visage cireux et maculé de suie de Schiannath. Le Xandim coinça la torche dans une fissure de la roche et rejoignit Yazour tant bien que mal car le sol boueux glissait sous ses pieds.

— Idiot ! Tu n'étais pas prêt. (Schiannath souleva le guerrier tremblant dans ses bras.) Es-tu gravement blessé ?

Yazour détourna la tête et sanglota comme s'il avait le cœur brisé.

Schiannath mit un long moment pour remettre de l'ordre dans la caverne. Pendant ce temps, Yazour, qui ne pouvait rien faire pour l'aider, but de l'infusion contre la douleur, enveloppé dans des peaux de loups. Le jeune guerrier, brûlant d'humiliation, venait de toucher le fond. À quoi servait-il, handicapé comme il l'était ? Il était même devenu un poison et un fardeau pour l'homme qui lui avait sauvé la vie. Il évitait le regard de Schiannath car il ne savait pas quoi dire.

Finalement, il sentit une main se poser gentiment sur son épaule. Regardant autour de lui, Yazour vit que le sol avait été lavé et que le feu brûlait de nouveau gaiement. Un nouveau bol de neige fondait au bord des flammes, près d'un pichet de bouillon fumant qui restait de leur dernier repas. Schiannath, les traits tirés, était assis à côté du guerrier et lui tendait une tasse du liquide savoureux.

— Allez, dit doucement le Xandim, parle. Quel est donc ce grand besoin qui t'anime et qui te pousse à te lever trop tôt ?

Yazour prit une profonde inspiration.

— Mes amis dans la tour, avoua-t-il. Ils sont peut-être morts, ou blessés. Il faut que je sache.

Schiannath acquiesça d'un air grave.

— Je comprends ton tourment. J'aurais dû y penser plus tôt. Mais pourquoi n'en as-tu pas parlé avant ? Tranquillise-toi, Yazour. J'irai moi-même, demain soir, et je rapporterai des nouvelles de tes amis.

— Allons, allons, laissez-moi porter ça, dit Jharav.

Avec soulagement, Nereni lui donna son lourd panier. Elle l'avait tissé à partir des brins d'osier que ce même homme, désormais capitaine des troupes en remplacement de Yazour, avait ramassés pour elle aux abords du boqueteau. De tous les soldats d'Harihn, c'était Jharav qui s'était montré le plus gentil et le plus serviable en les approvisionnant régulièrement, Aurian et elle, en bois de chauffage et en faisant fondre bassine de neige après bassine de neige pour qu'elles puissent se baigner. Nereni était persuadée à présent que Jharav n'avait pas bonne conscience. Au début, elle l'avait méprisé autant que les autres hommes du prince, mais, au fil des jours, son ressentiment vis-à-vis du soldat grisonnant et trapu s'était dissipé jusqu'à ce qu'elle ne le voie plus sous le même jour que les autres membres de la troupe. Jharav était un homme décent, et Nereni le soupçonnait d'avoir soutenu la bataille incessante qu'avait menée Aurian pour qu'on la laisse s'occuper d'Eliizar et de Bohan. Quatre jours plus tôt, Harihn avait fini par céder et Nereni avait été un peu apaisée par le contact quotidien avec son mari. Depuis, elle avait l'impression d'avoir une dette envers Jharav.

Ce dernier souleva le panier comme s'il ne contenait que des plumes et contempla l'œuvre de Nereni d'un air approbateur.

— C'est du beau travail. Votre mari doit beaucoup apprécier vos talents.

— Mon mari appréciera davantage mon ragoût s'il a la possibilité de le manger chaud ! répliqua sèchement Nereni.

La gentillesse était une chose, mais cette dernière remarque ressemblait à un flirt. La petite femme, indignée, en avait le souffle coupé. Voyons, cet homme avait une épouse qui l'attendait !

Jharav gloussa.

— Me voilà remis à ma place, ma dame, dit-il d'un ton qui ne semblait pas du tout contrit.

Prenant Nereni par le coude, il l'aida à descendre l'étroit escalier glissant qui s'enfonçait dans les fondations de la tour.

La porte bardée de fer s'ouvrit lentement en grinçant et une silhouette dépenaillée surgit de la pile de fourrures déposées dans un coin comme un rat des sables de son trou.

— Eliizar !

Nereni traversa en courant la pièce au sol crasseux pour étreindre son mari. En sentant les côtes saillantes du malheureux sous sa chemise en lambeaux, elle eut l'impression que son cœur allait remonter dans sa gorge. *Mais il récupère maintenant,* se dit-elle fermement. *Chaque jour depuis qu'ils me laissent lui rendre visite, ses blessures vont mieux.*

— Nereni, tu vas bien ?

Eliizar l'écarta de lui et la tint à bout de bras pour la dévisager avec angoisse. Bien qu'elle n'ait qu'une seule envie – enfouir sa tête au creux de l'épaule de son mari et pleurer –, Nereni s'obligea à être courageuse, pour lui.

— Je vais bien, mon chéri. (Quelque part en elle, elle trouva la force de sourire.) Aurian aussi va bien, elle s'arrondit de jour en jour.

Elle savait ce qu'il allait lui demander ensuite et redoutait cette question. *Pourquoi se torturer ainsi ?* se demanda-t-elle.

— A-t-on des nouvelles de Yazour ? demanda-t-il à voix basse.

Nereni secoua la tête, sans voix devant la douleur qui se peignit sur le visage de son mari. Il avait aimé Yazour comme un fils. Par le Faucheur, ça lui déchirait le cœur de le voir aussi désarmé par le chagrin.

— Viens, dit-elle d'un ton ferme en le prenant par le bras pour le ramener vers son tas de fourrure. Allez, Eliizar, mange un peu de ragoût.

Tandis que Nereni examinait la blessure d'Eliizar – une longue entaille peu profonde en travers des muscles de son ventre – et qu'elle y appliquait un baume avant de refaire un pansement propre, elle remercia le Faucheur pour ces fourrures. Tout en sortant de son panier deux bols, deux cuillères et la marmite de ragoût, elle se dit que ces peaux avaient probablement sauvé la vie des deux hommes enfermés dans ce cachot glacial et humide. Les Ailés les avaient apportées deux ou trois jours après que les compagnons avaient été capturés, lorsqu'elle s'était plainte au prince qu'il faisait trop froid pour Aurian dans la chambre de la tour. Mais lorsque les fourrures noires et brillantes étaient arrivées, Nereni avait senti son sang se glacer et imploré la clémence du Faucheur en regrettant d'avoir parlé. Il s'agissait des peaux de grandes panthères comme Shia ! Elle avait essayé d'empêcher la Mage de les voir, mais trop tard.

Aurian s'était mise dans une colère si terrible que Nereni avait craint qu'elle n'entre prématurément en travail. Elle s'était jetée sur Harihn avec une telle violence qu'il avait fallu plusieurs gardes pour les séparer, bien qu'elle ne soit armée que de ses mains nues. Encore avait-elle eu le temps de leur infliger quelques blessures sérieuses.

À la vue de ces maudites fourrures, quelque chose s'était brisé en Aurian. Depuis l'effroyable nuit de leur capture, elle était restée aussi froide et ferme qu'une forteresse de pierre, et Nereni avait pris exemple sur son courage. Mais après l'arrivée des peaux, la petite femme avait été tenue éveillée toute la nuit par les pleurs amers et éperdus de la Mage.

Nereni s'en voulait. Elle avait repris toutes les fourrures, les avait descendues pour les donner à Eliizar et à Bohan et n'avait plus jamais parlé de l'incident. Le jour suivant, Aurian était apparue pâle et sévère, mais calme comme à son habitude. Cependant, à présent, lorsque Nereni la regardait, elle voyait l'ombre d'une douleur supplémentaire dans les yeux de la Mage et savait qu'elle était responsable de son apparition.

Lorsqu'elle fut sûre qu'Eliizar avait repris le contrôle de ses émotions et qu'il mangeait bien, elle remplit un autre bol de ragoût et l'emporta dans le coin où l'eunuque se blottissait d'un air misérable sous sa propre pile de fourrures. Il n'avait pas pu venir à elle car ses geôliers, effrayés par sa force phénoménale, l'avaient attaché à un anneau dans le mur au moyen de longues et lourdes chaînes. Bohan était sorti indemne du combat de la première nuit, à l'exception des nombreux bleus récoltés lorsque les soldats avaient enfin réussi à le terrasser, mais il avait désespérément essayé de se libérer de ses chaînes, et ses poignets, aussi épais que le haut du bras de Nereni, s'étaient mis à saigner en raison du frottement contre les lourdes menottes. À cause de l'humidité et de la saleté du cachot, ils ne formaient plus qu'une masse putride de plaies suppurantes.

Bohan, qui possédait autrefois un visage rebondi, avait le teint gris et les joues creuses à présent. Même s'il avait gardé son énorme corps, il avait perdu tant de poids que sa peau dévastée lui pendait sur les os comme les guenilles d'un mendiant. Même si les blessures de l'eunuque étaient moins sérieuses que celles d'Eliizar au départ, il avait l'air beaucoup plus mal en point. Nereni savait pourquoi, elle avait vu la même chose arriver à des prisonniers du cirque. Enchaîné, impuissant, avec le sentiment d'avoir failli à sa mission envers Aurian, Bohan avait tout simplement perdu l'envie de vivre.

Remerciant le Faucheur d'avoir épargné à la Mage la vue de son ami dans cet état effroyable, Nereni laissa l'eunuque manger son ragoût d'abord – comment pouvait-elle le lui refuser, le pauvre homme ? Pendant qu'il mangeait, elle le réconforta en lui donnant des nouvelles et un message d'Aurian, ce qui parut lui donner un peu de baume au cœur. Puis, serrant les dents, elle entreprit de nettoyer ses plaies, un travail qui lui donnait la nausée.

Ça faisait terriblement mal chaque fois. La douleur de Bohan se voyait à la rigidité de son expression et à la façon dont il roulait les yeux. Pourtant, il resta assis là à souffrir patiemment et ne tressaillit ni ne bougea tant que Nereni n'avait pas fini. *Qu'est-ce que ça fait,* se demanda la petite femme, *d'éprouver une douleur pareille et de ne même pas avoir le soulagement de crier ?* Néanmoins, elle s'obligea à être méthodique. Lorsqu'elle eut terminé et qu'elle commença à bander les poignets lacérés, chose difficile avec les menottes, Bohan et elle tremblaient tous les deux.

Nereni lança un regard glacial à Jharav qui montait la garde à côté de la porte et avait observé toute la scène sans dire un mot.

— C'est cruel de l'enchaîner comme ça, déclara-t-elle sèchement. Comment peut-il guérir, avec ces menottes en fer qui irritent et infectent ses blessures ?

Le capitaine de la garde d'Harihn ne parvint pas à soutenir son regard.

— Ma dame, faites part de votre colère au prince, car ce n'est pas de mon fait, répondit-il abruptement. (Il lança un coup d'œil gêné en direction d'Eliizar et se mordit la lèvre.) Pour ma part, je suis d'accord avec vous, murmura-t-il. Mais je tiens à la vie. Il n'y a rien que je puisse faire et vous ne devez rien attendre de moi de ce côté-là.

— Allons, Nereni, il a raison, renchérit Eliizar avec sévérité. Tu ne peux pas lui en vouloir d'obéir aux ordres – sinon, il faudra aussi me blâmer pour toutes les atrocités qu'ont subies les pauvres malheureux que je gardais au cirque.

Nereni frissonna et détourna le regard.

Pendant que Nereni rendait visite à Eliizar et à Bohan dans l'étroit cachot creusé dans les fondations de la tour, Aurian profita de son absence pour prendre un peu d'air frais sur le toit. D'ordinaire, les protestations de la petite femme concernant l'état de l'échelle suffisaient à convaincre la Mage de renoncer à monter là-haut, mais elle avait atteint le point où, si elle passait une journée de plus à contempler les murs de cette pièce miteuse et oppressante, elle risquait de sombrer dans la folie furieuse.

Aurian était donc assise, enveloppée dans sa cape et dans une couverture, à côté du parapet de la tour, protégée en grande partie du vent par le mur qui s'effritait. De temps en temps, lorsqu'elle se lassait de ses réflexions, elle jetait un coup d'œil entre les créneaux pour contempler le paysage peu enthousiasmant qui s'étendait en contrebas. Même si elle n'avait pas assisté au coucher du soleil à cause des gros nuages, elle voyait bien que la lumière déclinait rapidement, aplatissant les pentes vertigineuses et les rochers escarpés jusqu'à donner l'impression qu'un gigantesque drap gris et sale avait été rabattu sur le monde.

De nombreux jours s'étaient écoulés depuis la capture de la Mage, quinze ou seize, peut-être plus, elle ne savait plus très bien à présent. Aurian ne s'était jamais sentie aussi désespérée et impuissante, pas même lorsqu'elle récupérait des blessures reçues dans l'arène et qu'elle n'avait pas pu participer aux recherches pour retrouver Anvar. Mais alors, bien que limitée par ses blessures, elle savait qu'Harihn cherchait à sa place.

Le fait de penser au prince raviva la colère d'Aurian. *Quel bâtard perfide ! Quel prodigieux imbécile ! J'aurais dû lui planter un couteau dans le dos il y a longtemps, quand j'en ai eu l'occasion, et tenter ma chance toute seule.* La Mage lutta contre le désespoir qui menaçait de la submerger. *Pourquoi a-t-il fait ça ?* se demanda-t-elle. *Pourquoi nous a-t-il trahis ? Je lui ai sauvé la vie alors que son père voulait le tuer. Qu'ai-je fait pour qu'il se retourne comme ça contre moi ?*

Pourtant, tout au fond de son cœur, au-delà de la rage et du ressentiment, Aurian éprouvait un peu de pitié pour Harihn. Il avait fait son choix en succombant aux flatteries de Miathan et maintenant il était autant prisonnier qu'elle, comme elle le lui avait dit. Si elle ne s'était pas trouvée, ainsi qu'Anvar et son enfant, dans une situation aussi désespérée, elle aurait presque pu lui pardonner. Mais dans l'état actuel des choses, elle aurait aimé lui arracher le cœur à mains nues et le lui faire avaler.

La Mage aurait aimé savoir ce qui était arrivé à ses compagnons disparus, et à Shia, embarquée dans un long périple solitaire. Oh, comme le cœur d'Aurian avait fait un bond dans sa poitrine à la vue de ces maudites peaux ! L'idée que l'une d'entre elles puisse appartenir à son amie... *Mais non*, se dit fermement Aurian. *Si Shia avait été tuée, Harihn n'aurait pas pu s'empêcher de s'en vanter.* Elle songea alors à Yazour. Était-il toujours vivant ? Et Anvar, emprisonné dans la citadelle d'Aerillia... La Mage se mordit le poing pour ne pas pleurer. *Oh, Anvar, comme tu me manques.* Comme pour aggraver les choses, elle n'avait pas réussi à trouver un plan pour sauver Anvar et son enfant, bien qu'elle se soit trituré les méninges durant toutes les nuits d'insomnie qui avaient suivi sa capture.

La Mage se figea lorsque la réponse de son enfant parvint dans son esprit. Après tout ce temps, cela la surprenait encore, et elle se sentait à la fois inquiète et consternée de découvrir que son désespoir affectait le bébé. Aurian soupira.

— Je vais bien, chéri…

Elle lui envoya des ondes rassurantes et pleines d'amour. Mais pendant ce temps, son esprit fonctionnait à plein régime. Plus le moment de sa naissance s'approchait et plus les pensées de son fils devenaient fortes et distinctes – mais aussi plus sensibles, malheureusement, aux tumultueuses émotions de sa mère.

Aurian fronça les sourcils. Que pouvait-elle lui dire ? Comment lui expliquer, avec des termes qu'il serait à même de comprendre, pourquoi elle lui transmettait tant de souffrance depuis quelques jours ? Même si elle savait qu'il avait accès à ses sentiments, elle avait toujours essayé de lui dissimuler ses pensées les plus intimes. Le petit misérable aurait-il décidé d'écouter aux portes ? *Il va falloir que je sois plus prudente à l'avenir.*

Aurian se demanda si ce lien mental continuerait à exister entre eux après la naissance de son fils. *Il reste moins d'une lune à présent avant que je puisse le tenir dans mes bras. Moi, je vais devenir maman ! Dieux tout-puissants, je ne crois pas que je m'habituerai un jour à cette idée. Il reste moins d'une lune, mais tu n'auras même pas l'occasion de le prendre dans tes bras,* se rappela-t-elle, *si tu n'arrêtes pas de rêvasser au lieu de réfléchir à un plan pour le sauver.*

Mais quel était ce bruit ? Aurian se tendit en entendant un nouveau son à proximité, qui couvrit un instant les gémissements sourds du vent. On aurait dit des espèces de grattements semblables au frottement de bottes en cuir sur la pierre. Ils furent suivis d'un bruit de cailloux qui tombent et d'un juron étouffé. La Mage retint brusquement son souffle. Quelqu'un escaladait la tour.

Le crépuscule tombait rapidement. Dans les dernières lueurs du jour, Aurian vit apparaître une petite buée blanche au-dessus du parapet. Aussitôt, elle se leva et recula en direction de la trappe, avant de s'immobiliser en se traitant d'idiote. La personne qui essayait de s'introduire dans la tour à l'insu d'Harihn ne devait pas faire partie des amis du prince ou de l'Archimage. Pendant un instant, le cœur d'Aurian s'emballa dans un regain d'espoir absurde et désespéré. Anvar ! Avait-il réussi à s'échapper ? Mais son bon sens la rappela à l'ordre : *Ne sois pas ridicule. Anvar est un otage d'une trop grande valeur, il n'a pas pu s'échapper sans aide, et il est trop tôt encore pour que Shia l'ait rejoint.* Aurian fronça les sourcils. Pourrait-il s'agir de Yazour ? Son cœur bondit de nouveau à cette idée. Néanmoins la Mage n'avait pas d'arme et ne pouvait se battre à mains nues puisqu'il lui fallait protéger son enfant. Mieux valait donc faire preuve de circonspection. Silencieuse comme un fantôme, Aurian s'accroupit derrière la souche de cheminée branlante qui abritait les conduits de la tour. Heureuse de sentir la chaleur réconfortante des pierres rugueuses sous ses mains glacées, elle risqua un coup d'œil en direction du parapet désert.

Elle remercia tous les dieux de lui avoir laissé sa vision nocturne et sa connaissance des langues – les deux seuls pouvoirs qui n'avaient pas disparu avec sa grossesse. La nuit enveloppait le toit dans son linceul. Puis, brusquement, une ombre plus noire encore se détacha de l'obscurité et se laissa tomber à bas du parapet avec légèreté. Aurian se raidit car un seul regard lui suffit pour comprendre que l'homme aux mouvements furtifs ne faisait pas partie du peuple d'Harihn. Plus grand, bien que pas autant qu'elle, il possédait un corps souple, maigre et nerveux et des cheveux noirs parsemés d'argent qui retombaient en boucles autour de ses épaules. Ils scintillaient faiblement à cause de la neige miroitante qui recouvrait le paysage sur des kilomètres à la ronde et empêchait la nuit d'être totalement obscure.

Osant à peine respirer, la Mage observa l'inconnu avec une curiosité grandissante tandis qu'il s'avançait furtivement vers la trappe et s'agenouillait pour jeter un coup d'œil dans la chambre qui lui servait de prison. Aurian savait qu'il allait la trouver sombre et vide, car elle avait oublié d'allumer une torche avant de monter sur le toit, et Nereni se trouvait toujours en bas avec Eliizar. L'homme s'arrêta et pencha la tête de côté comme pour écouter.

— Dame Aurian ? appela-t-il à voix basse. Dame, êtes-vous là ? N'ayez pas peur de moi, je viens de la part de votre ami Yazour.

Avec des gestes vifs et silencieux, la Mage sortit de sa cachette et s'approcha de lui par derrière.

— Je suis Aurian. Qui êtes-vous ? chuchota-t-elle.

L'homme, visiblement très surpris, sursauta en proférant un juron. Mais Aurian le fit taire rapidement. Avant qu'il ne puisse saisir son épée, elle le prit par le coude et l'entraîna derrière la souche de cheminée. Tout en continuant à lui tenir le bras d'une main ferme, elle scruta l'inconnu à l'aide de sa vision nocturne. Il ne possédait pas un visage propre à inspirer la confiance, avec ses traits osseux et anguleux, ses joues et son menton mal rasés, son nez saillant et les pattes-d'oie aux coins de ses yeux gris clair aux paupières tombantes. Les pupilles écarquillées par le choc, il essayait de dévisager la Mage dans ce qui était pour lui une obscurité quasi complète.

De façon absurde, Aurian sentit ses lèvres trembler et esquisser leur premier sourire depuis de nombreux jours. *Dieux tout-puissants*, pensa-t-elle, *pas étonnant qu'il me regarde comme s'il avait vu un fantôme.*

Si quelqu'un était arrivé derrière moi par surprise comme ça...

— Je suis désolée, lui dit-elle, surprise d'entendre des mots à consonance étrangère, ceux d'une nouvelle langue, sortir de sa bouche. Je n'avais pas l'intention de vous surprendre. Je suis Aurian.

— Louée soit la déesse, souffla l'individu. Je m'appelle... (Pendant un instant, il hésita.) Je m'appelle Schiannath. Yazour m'a envoyé vous aider, si possible.

— Yazour va bien ?

Les inquiétudes d'Aurian s'en trouvèrent brusquement allégées.

— Il est blessé, mais il récupère, expliqua gravement Schiannath. La déesse elle-même m'a demandé de l'aider. Je l'ai trouvé dans le col, il s'était fait attaquer par une grande panthère et...

Aurian eut brusquement une inspiration qui la ravit.

— La déesse vous a-t-elle paru, disons, plus irascible que ce que vous imaginiez avant de lui parler ? l'interrompit-elle.

L'individu fronça les sourcils.

— Mais oui, tout à fait ! Comment le savez-vous ? Vous a-t-elle parlé à vous aussi, ma dame ?

— On peut dire ça, répondit Aurian avec humour en ravalant un gloussement.

Je me demande comment Shia s'y est prise pour arriver à lui parler ? Puis, au grand étonnement de la Mage, Schiannath se laissa tomber à genoux devant elle.

— Alors, ma dame, vous êtes vraiment bénie, lui dit-il. Dans mon pays, nous vénérons les femmes enceintes qui sont les élues de la déesse. Je fais le serment de vous protéger car ce doit être ce que la déesse avait réellement en tête lorsqu'elle m'a demandé de secourir Yazour. (Il hésita.) Mais comment puis-je vous aider, ma dame ? Je ne peux évidemment pas m'emparer d'une tour pleine de gardes, mais peut-être si vous pouviez descendre le long de la façade…

Il s'interrompit en contemplant les formes arrondies d'Aurian d'un œil dubitatif.

— Non, c'est impossible, répondit rapidement la Mage. L'un de mes compagnons est retenu ailleurs en otage et il mourra sûrement si je m'échappe maintenant. Mais il y a bien une chose que vous pouvez faire pour moi, Schiannath, et qui m'aiderait énormément. Auriez-vous une arme à me prêter ? Un poignard peut-être ? Quelque chose que je pourrais facilement dissimuler ?

— Bien sûr.

Schiannath sortit une longue dague fine de sa ceinture. En la prenant, Aurian fut traversée par un frisson d'excitation. Enfin, elle n'était plus désarmée et impuissante. Quand son enfant naîtrait, elle pourrait le protéger.

— Schiannath, lui dit-elle d'un air grave, je ne saurais assez vous remercier. Mais où se trouve Yazour ? Ses blessures sont-elles si importantes qu'il ne peut pas venir lui-même ? Pouvez-vous lui transmettre un message de ma part ?

— Bien sûr, répondit Schiannath avec empressement. Il désespérait de venir vous voir, au point de mettre en péril sa guérison, alors je lui ai proposé de venir à sa place et de lui ramener de vos nouvelles si c'était possible.

Ô, dieux ! songea Aurian. *Je me demande jusqu'à quel point Yazour comprend la langue de cet homme ? Je parie que le pauvre n'a pas la moindre idée de la situation dans laquelle il s'est fourré.*

On aurait dit que le Xandim lisait dans ses pensées.

— J'ai vraiment l'impression d'assister à un miracle. Yazour m'avait promis que vous sauriez parler ma langue, mais il lui manquait les mots pour m'expliquer ce prodige, et j'ai le regret d'admettre que je ne l'ai pas cru. Dame, nous n'avons jamais vu de gens comme vous chez les Xandims, ça j'en suis sûr. Comment se fait-il que vous connaissiez si bien notre langue ?

La Mage se mordit la lèvre au souvenir de la méfiance qu'éprouvaient les Khazalims vis-à-vis des sorciers. Les Xandims ressentaient-ils la même chose ? Si elle lui disait la vérité, allait-elle perdre ce bienfaiteur inattendu ? *Dis-lui la vérité*, lui conseilla son instinct. *Si tu mens, il finira par le découvrir et cela détruira tout autant la confiance qu'il place en toi.*

Aurian inspira profondément puis se lança.

— Schiannath… Vous rappelez-vous, vous avez fait le serment de me protéger ? Est-ce que ça tient toujours, peu importe ce que je suis sur le point de vous révéler ?

L'homme aux cheveux noirs fronçait les sourcils.

— Dame, vous me demandez beaucoup. Comment puis-je vous répondre sur la foi de révélations que je n'ai pas encore entendues ? (Il hésita.) Malgré tout, j'ai fait ce serment, et il me reste un semblant d'honneur, malgré ce que peuvent dire certains. En plus, la déesse m'a parlé. Je sais qu'elle voulait que je vous aide, vous, l'une de ses élues. Parlez sans crainte. Quel est donc ce terrible secret qui vous fait tant hésiter ?

Aurian le regarda droit dans les yeux.

— Je connais votre langue parce que je suis une sorcière.

Elle s'arrêta brusquement de parler et fronça les sourcils. Le mot qui venait de franchir ses lèvres était très différent du mot khazalim signifiant « sorcier » et semblait avoir une signification légèrement différente. Elle ne pouvait traduire le terme qu'elle venait de prononcer – « Windeye » – que par Œil-du-Vent. Que diable cela pouvait-il bien signifier ?

Le visage de Schiannath s'éclaira aussitôt en signe de compréhension. Il émit un son étranglé, et Aurian, stupéfaite, vit la joie éclairer les traits de son bienfaiteur.

— Un Œil-du-Vent ! Généreuse déesse ! Maintenant, je comprends ton plan. Oh, merci. Merci !

Aurian trouva cette joie tout à fait hors de propos et sentit son cœur sombrer. *Oh, non*, se dit-elle. *Dieux, je vous en prie, faites qu'il ne soit pas comme Raven et qu'il n'ait pas besoin de mes pouvoirs pour l'aider. C'est trop cruel.*

— Attendez, lui dit-elle. Qu'est-ce que Yazour vous a raconté de notre histoire ?

Schiannath secoua la tête.

— Pas grand-chose en vérité. Il est en train d'apprendre ma langue, mais il lui manque encore beaucoup de mots. J'espérais que vous pourriez éclaircir les choses, ma dame.

— Oui, soupira Aurian, je crois que je devrais. Vous avez le droit de savoir dans quoi vous mettez les pieds.

Elle s'assit, le dos contre les pierres chaudes de la cheminée, et ramena les pans de la couverture déchirée sur ses épaules.

— Bon, fit-elle d'un air résolu, voilà ce qui s'est passé…

Même si les heures qui s'écoulèrent jusqu'au retour de Schiannath furent les plus longues que Yazour ait jamais connues, les nouvelles que lui rapporta le Xandim compensèrent largement cette attente. Aurian était indemne, pour le moment du moins, et Schiannath était visiblement tombé sous le charme de la Mage, s'aperçut Yazour non sans ironie. Le guerrier n'avait jamais vu son bienfaiteur aussi excité. Heureux d'apprendre qu'Aurian allait bien, il n'en fut pas moins très alarmé en entendant le reste de l'histoire. Shia disparue. Raven traîtresse. Eliizar et Bohan, blessés et emprisonnés. Anvar aux mains du peuple du Ciel. Schiannath n'avait pas encore fini de parler que déjà Yazour cherchait un moyen de se lever et réclamait son épée.

— Non. (Schiannath secoua la tête et l'obligea à rester allongé avec douceur mais aussi insistance.) Aurian nous demande d'attendre.

— Attendre ? répéta Yazour, horrifié. Mais comment, quand je sais que mes amis souffrent ? Ils ont besoin d'aide. Maudit sot, tu l'as mal comprise !

Ce ne fut qu'en voyant les sourcils froncés et la perplexité de Schiannath que le guerrier comprit qu'il avait crié dans sa propre langue.

Les yeux de Schiannath étincelèrent.

— Elle nous demande d'attendre. Quand l'enfant sera né, alors nous combattrons ! (Sa voix se durcit et ses doigts s'enfoncèrent dans l'épaule de Yazour au point de lui faire mal.) Mais avant, tu dois guérir.

Yazour céda à contrecœur.

— Mais comment saurons-nous quand l'enfant sera né ?

— Chaque jour, je monterai la garde. Elle nous enverra un signal en mettant une bougie à la fenêtre. Alors nous agirons ! s'écria-t-il, les yeux brillants d'excitation.

Yazour soupira. Encore de l'attente ! Cependant, Aurian avait raison. Ils étaient grandement inférieurs en nombre, mais, si elle attendait de récupérer ses pouvoirs, elle pourrait se battre à leurs côtés. Entre-temps, il allait visiblement devoir s'astreindre à la patience – tout en essayant de se remettre sur pied aussi vite que possible.

17

LE DÉFI

Parric était de nouveau ivre. Il avait atteint le stade où il était parfaitement conscient de son état mais s'en fichait. La boisson avait été son seul réconfort au cours des longues journées monotones qui s'étaient écoulées depuis que l'Œil-du-Vent l'avait sauvé de la montagne. Le maître de cavalerie, assis sur une bûche enneigée à l'extérieur de la grande flèche en pierre couronnée par la Chambre des Vents, regarda par-dessus son épaule en direction de l'imposant Wyndveil et frissonna au souvenir de la descente cauchemardesque. Il s'était toujours cru assez résistant pour gérer n'importe quelle crise, mais il n'avait encore jamais affronté une montagne jusqu'à cette nuit-là. Ô, dieux, quel périple… Pataugeant dans la neige qui recouvrait tout, ployant sous le poids d'un vieil homme mourant, avec la tempête sur les talons et la peur constante de voir revenir ces monstrueux félins… Luttant contre la fatigue et l'engourdissement, mais aussi le fait de savoir qu'un seul faux pas pouvait l'envoyer mourir au fond d'un précipice, pensée paralysante entre toutes…

— Dieux tout-puissants, marmonna Parric. Et on s'étonne que je sois bourré ?

Pour la première fois de son existence, le maître de cavalerie ne s'était pas trouvé à la hauteur de la situation et il le prenait très mal.

— Qu'est-ce que je fais là ? marmonna-t-il pour la centième fois. Je suis un guerrier franc et honnête, ça oui. Qu'on me donne une épée et un bon cheval, et je peux affronter n'importe quoi. Mais quand il s'agit de montagnes, de chats géants, et de types effrayants à moitié aveugles qui parlent au vent et se transforment en putain de cheval juste sous vos yeux... (Il ferma un œil et colla l'autre au goulot de la flasque en cuir qu'il avait à la main, examinant son contenu d'un air critique.) D'accord, c'est pas un méchant petit gars – et il fait un sacré bon hydromel. Un peu trop sucré à mon goût, mais ça vous fouette le sang comme si vous étiez sur le dos d'un cheval de guerre au galop. Maya aurait aimé, elle aussi.

Et c'était là, bien sûr, la véritable raison de sa beuverie. Parric avait la nostalgie de Nexis telle que la ville était autrefois et ne serait jamais plus. La garnison lui manquait, tout comme ses responsabilités d'officier. Il regrettait de ne plus pouvoir utiliser ses talents ou de les enseigner à de nouvelles recrues. Et surtout, il regrettait ses compagnons, l'ambiance mouvementée des entraînements, la camaraderie qui existait entre soldats lors des patrouilles ou des manœuvres et les nuits d'ivresse à la Licorne Invisible avec Maya, Forral et Aurian. Parric était ivre parce qu'il était furieux, frustré et, pour le moment, impuissant. Même s'il s'inquiétait énormément du sort d'Aurian et qu'il souhaitait désespérément la rejoindre, le maître de cavalerie était forcé d'attendre la nouvelle lune et le règne de l'obscurité, comme l'avait si poétiquement formulé l'Œil-du-Vent.

— Attendez, avait conseillé Chiamh. Vous ne pouvez pas traverser les montagnes tout seuls. Attendez seulement le bon moment. De cette façon, vous pourrez aller aider votre amie à la tête d'une armée de Xandims. J'ai un plan.

Il n'y avait rien de mauvais dans ce plan, admettait Parric à contrecœur. Ou du moins, il l'espérait. Le maître de cavalerie ne connaissait rien aux coutumes des Xandims et avait été obligé de croire Chiamh sur parole, tout comme il devait faire confiance à la vision de l'Œil-du-Vent selon laquelle il trouverait Aurian dans la tour d'Incondor.

En dépit de sa frustration, Parric sourit en songeant au plan de Chiamh. Par Chathak, ce gamin ne manquait pas de cran. Le maître de cavalerie se souvint de cette soirée où le jeune Œil-du-Vent et lui avaient discuté de ce plan dans la grotte au pied de la flèche. (Si on pouvait appeler ça une grotte. Pour Parric, une grotte, c'était un trou dans une falaise, ou un creux abrité sous les rochers, pas un endroit où les meubles – lit, bancs et table – semblaient avoir surgi de la pierre vivante.) De par son incroyable audace, l'idée de Chiamh avait littéralement coupé le souffle au maître de cavalerie.

— Il ne faut pas compter sur l'aide des Xandims, avait expliqué l'Œil-du-Vent en agitant vaguement la flasque d'hydromel en direction de Parric. (Il plissait légèrement ses grands yeux myopes en raison de son ébriété.) Même si mon peuple n'hésite pas à se défendre farouchement contre les maraudeurs khazalims, l'agression n'a jamais fait partie de notre philosophie.

Parric avait rattrapé la flasque avec adresse – le fruit d'une longue pratique – et bu une grande gorgée tandis que Chiamh continuait :

— D'après la vision dont je vous ai parlé, je sais que vos amis les Brillants doivent être secourus. Il n'existe qu'un seul moyen d'obliger les Xandims à se battre pour vous, c'est de devenir vous-même leur chef.

— Quoi ?

Parric s'était étranglé avec le breuvage et en avait recraché une partie. Des hautes flammes bleues s'étaient élevées lorsque les éclaboussures d'hydromel étaient tombées dans le feu. Toujours serviable, Chiamh lui avait donné de grandes tapes dans le dos.

— À la nouvelle lune, quand l'obscurité régnera, vous devrez défier le seigneur de la Horde pour lui arracher le pouvoir, comme le veulent les coutumes de notre tribu. Il y aura sûrement des difficultés, bien sûr, car vous êtes un étranger, d'une nature différente de la nôtre. Mais notre loi stipule que n'importe qui peut lancer ce défi et que le gagnant doit être accepté comme chef – jusqu'à la nouvelle lune suivante, du moins, où quelqu'un d'autre peut alors le défier à son tour. Mais entre-temps, sa parole a force de loi.

— Mais, Chiamh, avait protesté Parric, j'ose dire que je me bats aussi bien que n'importe qui, mais si…

— Oui, je sais. Phalihas a l'avantage de pouvoir se changer en cheval. Mais si vous êtes bon cavalier, comme vous dites, avait poursuivi Chiamh, que ce mot faisait frémir, alors c'est vous qui aurez un avantage sur lui. Voyez-vous, la tradition exige que le défi se fasse sous forme équine, alors si vous arrivez à sauter sur le dos du seigneur de la Horde et à le maîtriser, le pouvoir vous reviendra.

Parric avait froncé les sourcils.

— C'est pas un combat à mort, alors ?

L'Œil-du-Vent avait secoué la tête.

— Pas nécessairement. Mais dans votre cas, ça le sera. Comme vous êtes un étranger, le seigneur de la

Horde essayera sûrement de vous tuer. Méfiez-vous. Mais pour gagner le défi, vous n'avez pas besoin de tuer Phalihas, seulement de l'obliger à vous concéder la victoire.

— Oh, super, avait soupiré Parric.

Mais en son for intérieur, il pensait : *C'est la chose la plus folle que j'aie jamais entendue. Demain matin, ce jeune idiot sera sobre et aura tout oublié de la discussion…*

Mais Chiamh n'en avait rien fait.

Le maître de cavalerie revint en sursaut à la réalité en voyant Chiamh et Sangra marcher dans sa direction. L'Œil-du-Vent semblait joyeux, comme à son habitude, mais la guerrière avait dans les yeux cette lueur dure qu'elle réservait à Parric depuis qu'il s'était mis à boire comme un trou. Mais ne comprenait-elle pas, cette bonne femme, que cette attente interminable suffisait à pousser un homme à rechercher la compagnie de la bouteille ? Parric lui fit face, déterminé à se montrer amical malgré tout.

— Comment va Elewin ? demanda-t-il.

L'expression de Sangra s'adoucit un peu.

— Il est assis dans son lit, a mangé du ragoût et s'est plaint amèrement du confort, répondit-elle en souriant. Que les dieux nous sauvent, ce vieux bougre est sacrément résistant ! Mais je ne saurai jamais comment Chiamh a réussi à l'arracher des griffes de la mort.

Elle sourit tendrement à l'Œil-du-Vent, lequel lui rendit son sourire sous la crinière noire qui lui tombait sur les yeux. Puis il se tourna vers Parric.

— Venez. (Avec une fermeté inattendue, il ôta la flasque des doigts serrés du maître de cavalerie.) Il est temps de dessoûler, mon ami. La nouvelle lune est dans trois jours.

Meiriel, qui frissonnait dans sa cachette au sein des rochers brisés à l'entrée de la vallée, fut réveillée en sursaut par le cri de joie du maître de cavalerie. Grondant comme une bête et marmonnant de terribles injures, elle risqua un coup d'œil par-dessus un rocher pour voir ce qui se passait. Alors, elle jura encore, dégoûtée. Rien de nouveau. Comme toujours. Tous les trois, Parric, la guerrière et le petit Xandim, se tenaient réunis et agitaient les bras en parlant avec excitation. Parler, parler, parler, voilà tout ce qu'ils faisaient. Imbéciles ! Meiriel cracha sur les rochers gelés. À quoi cela servait-il d'avoir suivi ces incapables de Mortels au bas de cette maudite montagne, s'ils ne faisaient rien ? Elle avait besoin qu'ils la conduisent à Aurian – et au monstre maudit par Miathan qui se cachait dans le sein de la Mage…

La guérisseuse se réveilla et battit des paupières. Par tous les dieux, la nuit était presque tombée – que s'était-il passé ? Elle avait les membres engourdis par le froid et il n'y avait plus personne sur l'étendue de neige piétinée devant sa cachette. Un brusque accès de panique rétablit la circulation et la chaleur dans ses veines. Les aurait-elle perdus ? Étaient-ils partis sans elle ? Mais non. À l'entrée de l'abri du Xandim, au pied de la flèche, brillait un rai de lumière dorée et vacillante à l'endroit où le feu de camp se réfléchissait sur la neige. Le soulagement lui fit tourner la tête. Comme toujours, ils n'avaient pas bougé. Mais cette fois, cela valait mieux.

Rampant sur les mains et les genoux jusqu'à ce que la grotte soit hors de vue, Meiriel retourna furtivement dans son triste abri parmi les rochers brisés. Grâce à l'habitude qu'avait le Xandim d'enfouir ses provisions dans des cachettes, afin que la terre gelée les garde au frais, elle avait trouvé suffisamment de vivres et de fourrures pour assurer sa survie. Elle pouvait attendre que ces misérables Mortels se décident enfin, même si ça leur prenait une éternité. Tôt ou tard, ils repartiraient à la recherche d'Aurian – et lorsqu'ils le feraient, elle les talonnerait de près. Quelqu'un devait faire le nécessaire. Dans l'obscurité fétide de son repaire, Meiriel se mit à mâchonner un morceau de viande crue en souriant. Demain matin, elle recommencerait à les surveiller.

— Alors, qu'est-ce qu'on fait maintenant ?

Parric savait qu'il bavardait à tort et à travers pour ne pas céder à sa nervosité grandissante. Il se méprisait pour ça, mais il ne pouvait pas s'en empêcher. Le vent balayait l'immensité obscure du plateau du Wyndveil en se lamentant comme une âme tourmentée. Les langues enflammées des feux de joie crépitants semblaient se tendre vers Parric, et l'hostilité palpable de la foule de Xandims qui l'entourait formait un mur de haine et de rage qui s'ajoutait à la présence noire et attentive de la pierre levée qui se dressait au-dessus de lui. Parric n'était pas homme à imaginer des choses, mais cet endroit lui donnait la chair de poule.

— On fait une veillée, répondit Chiamh à la question que Parric avait déjà oubliée. Posez toutes vos questions maintenant, parce que, lorsque le soleil disparaîtra derrière l'épaule du Wyndveil, il faudra garder le silence jusqu'à l'aube, sinon le défi sera annulé. Et lorsque l'aube se lèvera, vous combattrez !

Parric frissonna.

— Comment saurons-nous que le soleil est couché ? Il est invisible derrière les nuages.

L'Œil-du-Vent haussa les épaules.

— Nous sommes les Xandims – on le sait, c'est tout.

Parric renifla d'un air méprisant.

— Tout ça, c'est des sornettes, si vous voulez mon avis, marmonna-t-il dans sa barbe.

Mais Elewin l'entendit et pouffa de rire. Le vieil intendant avait tenu à venir, en dépit des protestations de Sangra, et était assis près du feu où il ressemblait à un ballot informe, emmitouflé dans plusieurs fourrures. *Pas étonnant qu'Elewin se sente un peu grisé*, songea Parric, *avec tous les médicaments que Chiamh lui a donnés pour empêcher sa toux de briser le silence de la veillée. Quel vieux schnoque ! J'aurais jamais dû le laisser venir. S'il fout tout en l'air en se mettant à tousser…*

Aussitôt, il eut honte de lui. Parric savait que l'énervement le rendait irritable, mais il n'y pouvait rien. Ce n'était pas comme ça qu'il aurait choisi de passer la nuit à la veille d'une bataille, sans dormir, ni manger, ni parler – et encore moins boire. Il repensa au bon vieux temps, quand Maya, Forral et lui se retrouvaient dans une taverne avant un combat, ou s'asseyaient autour d'un feu de camp identique à celui-là pour partager une gourde de vin – plusieurs, même, si possible. Parric soupira au souvenir de son commandant. *Oh, Forral*, songea-t-il. *Où que tu sois, quel que soit l'endroit où vont les guerriers après leur mort, j'espère que tu me vois ce soir. Aide-moi demain si possible, parce que j'aurai besoin de toute l'aide qu'on veut bien me donner et surtout parce que je fais ça pour Aurian…*

Le son chatoyant d'un cor résonna sur le plateau. L'Œil-du-Vent, jetant un coup d'œil vers les cieux, donna un coup de coude à Parric et posa un doigt sur ses lèvres pour montrer que la veillée silencieuse venait de débuter. Le maître de cavalerie soupira et essaya de penser à des choses plus positives. Jusqu'ici, tout s'était passé comme prévu. La veille, l'Œil-du-Vent était descendu sur ce même plateau porter son défi au seigneur de la Horde, qui l'avait relevé, comme la loi l'y obligeait.

— Ça n'a pas été une décision populaire, avait confié Chiamh à son retour. Aucun étranger n'avait encore défié notre chef, et les gens étaient fous de rage. Si le seigneur de la Horde n'avait pas encouragé son peuple à se moquer de moi plutôt qu'à protester, je n'en serais pas sorti vivant. On me surnomme déjà Chiamh le traître.

Il avait secoué la tête d'un air triste. Parric, en le regardant, s'était dit que l'Œil-du-Vent avait eu de la chance de s'en sortir, en effet. Il était revenu couvert de crottin de la tête aux pieds, mais aussi avec d'innombrables bleus et coupures à cause des pierres qu'on lui avait jetées. Sangra, en le voyant, avait presque pleuré de rage et d'indignation, sentiments qui faisaient écho à ceux de Parric.

Cependant, Chiamh avait ramené de la forteresse une surprise qui avait un peu allégé le cœur de Parric. Il était revenu dans la vallée bien après la tombée de la nuit, titubant sous le poids d'un long paquet enveloppé de cuir. Ignorant les protestations de Sangra face à ses ecchymoses et au crottin qui le recouvraient, il avait laissé tomber son fardeau dans les bras de Parric.

— J'aurais aimé retrouver vos propres armes, s'était excusé l'Œil-du-Vent, mais elles étaient trop bien gardées. Malgré tout, avec ça, vous ne serez pas obligé de combattre le seigneur de la Horde à mains nues.

Lorsque le maître de cavalerie avait ouvert le paquet, il avait trouvé deux épées, une pour lui et une autre pour Sangra. Elles n'étaient pas du tout de la qualité de sa propre lame, car les Xandims formaient un peuple champêtre peu doué pour le métier de forgeron. Néanmoins, il était quand même content de pouvoir brandir cette longueur d'acier cassant et mal trempé, tout juste acéré, entre lui et les sabots et les dents du seigneur de la Horde. Si seulement les Xandims n'avaient pas trouvé les poignards qu'il cachait sur sa personne… Mais peut-être arriverait-il à s'en sortir, malgré tout. Se tournant vers l'Œil-du-Vent avec un grand sourire, Parric lui avait demandé :

— Est-ce que par hasard vous auriez une meule à aiguiser et des lames que je pourrais transformer en couteaux de jet ?

Le maître de cavalerie revint brutalement au moment présent en éprouvant une sensation de picotements entre les omoplates, comme s'il était la cible d'un regard inamical. Il regarda de l'autre côté du terrain, au pied de l'autre pierre, où Phalihas et ses compagnons veillaient. Dans la lumière du feu de camp, ses yeux croisèrent ceux du seigneur de la Horde. Le maître de cavalerie se renfrogna tandis que Phalihas soutenait son regard, une lueur de colère dans les yeux. On aurait dit que la bataille avait déjà commencé.

Le son métallique d'un cor coupa à travers l'épais brouillard comme un rayon de soleil, mais ce fut là le seul signe annonçant la venue de l'aube. Parric étira ses bras et ses jambes engourdis et frotta ses yeux collés par le manque de sommeil. *Par les couilles de Chathak, c'était la nuit la plus longue de toute ma vie.* Jusqu'à ce que la brume opaque recouvre le camp de son adversaire, le maître de cavalerie avait passé la nuit à s'affronter du regard avec Phalihas, et jusque-là tous deux en étaient sortis à égalité. Chiamh tendit à Parric une gourde d'eau. L'intéressé en but une gorgée – c'était la seule chose qu'il avait le droit d'ingérer avant le combat. Mais l'Œil-du-Vent lui avait dit qu'un festin était en préparation à la forteresse pour honorer le vainqueur. *Bah,* se dit Parric, *j'ai bien l'intention de prendre part à ce festin.* Ragaillardi par cette pensée, il renversa le reste de l'eau sur son crâne qui commençait à se dégarnir, dans l'espoir de se réveiller un petit peu, et s'essuya le visage sur sa cape. Chiamh lui donna un coup de coude.

— Il est temps de commencer.

Parric trouva cela étonnant, lui qui s'attendait à un discours, ou à une espèce de rituel.

— Qu'est-ce que je fais ? demanda-t-il.

— Marchez jusqu'au centre du plateau. Le cor sonnera de nouveau pour indiquer le début du combat, alors tenez-vous prêt.

— Quoi ? On fait sonner le cor et je me bats contre le seigneur de la Horde ? C'est tout ? Vous croyez pas que quelqu'un devrait au moins dire quelque chose ?

Chiamh sourit.

— C'est ce que j'ai fait pour vous hier. Aujourd'hui, vous vous battez. Maintenant, dépêchez-vous, et que la chance vous accompagne.

Parric avait à peine fait une douzaine de pas en maudissant le brouillard lorsque le son discordant du cor perça la grisaille une fois de plus.

— Damnation !

Le maître de cavalerie porta aussitôt la main à son épée, mais, avant même que le cri strident ne s'éteigne, il entendit le martèlement des sabots sur l'herbe et vit surgir une énorme forme noire sur sa droite.

Son adversaire se jeta sur lui avant même qu'il n'ait eu le temps de libérer complètement son épée. Parric entraperçut un œil cerclé de blanc, puis esquiva le cheval et roula sur lui-même, s'attendant à être broyé d'une seconde à l'autre par les sabots de l'animal bondissant. Il entendit le bruit du tissu qui se déchire et ressentit une douleur brûlante dans l'épaule à l'endroit où les dents de la bête venaient de lui arracher un morceau de chair. Quelque chose s'enfonça dans son flanc – grand Chathak, il venait de rouler sur son épée ! Et où était ce démon de cheval ?

Parric se releva d'un bond et tituba parce que, bizarrement, il avait les genoux qui tremblaient tout à coup. Son adversaire avait de nouveau disparu dans la brume, jouant au chat et à la souris. Il avait l'avantage, reconnut Parric avec amertume. Lui ne pouvait pas le voir alors que le cheval, avec ses sens plus aiguisés, pouvait l'entendre et sentir le sang qui coulait de son épaule. Le maître de cavalerie laissa échapper un gloussement amer. Son ennemi était venu de la droite pour le désarmer, mais il n'avait pas remarqué que Parric était gaucher. Rapidement, il porta la main à son épée et sentit son sang se glacer. En roulant dessus, il avait plié la lame – et cette saloperie, coincée, refusait de sortir du fourreau !

Il n'avait plus le temps de réfléchir. Déjà le fracas de sabots résonnait dans le brouillard. Le son était trompeur, Parric n'avait aucune idée de quelle direction il provenait. Il eut à peine le temps de plonger lorsque l'étalon noir surgit en soulevant des mottes de terre sous ses jambes. Un sabot s'écrasa dans le genou du maître de cavalerie, lui arrachant un juron. Mais en même temps, il cherchait à tâtons dans sa manche un couteau qu'il lança d'un geste vif en direction de la silhouette qui déjà s'éloignait dans la brume. Un hennissement lui apprit qu'il avait atteint sa cible. Un sourire illumina le visage de Parric. Les heures passées à retailler et à rééquilibrer les lames avec la meule de Chiamh s'avéraient payantes.

— Un point pour moi ! marmonna-t-il en jubilant.

Avant que la bête ne s'en prenne de nouveau à lui, Parric se baissa et sortit un autre poignard de l'une de ses bottes. En faisant couler le sang de son ennemi, il avait repris confiance en lui. Comme toujours au combat, l'adrénaline prit le dessus, chantant dans ses veines, détendant ses muscles et aiguisant ses sens. Il ne prêta plus du tout attention à son genou contusionné qui enflait rapidement ni à son épaule déchirée et douloureuse qui dégoulinait de sang. Couteau en main, le maître de cavalerie, scrutant avec intensité l'obscurité grise et aveugle, attendit le prochain assaut de son ennemi.

— Ô, dieux, que se passe-t-il en ce moment ? s'inquiéta Sangra en tirant sur la manche de Chiamh.

Distraitement, l'Œil-du-Vent écarta sa main et la prit dans la sienne.

— Je n'y vois pas plus que vous, lui dit-il, mais j'imagine que le seigneur de la Horde se sert de la brume pour masquer ses attaques. D'après le hennissement que nous avons entendu, je dirais que Parric l'a au moins blessé, mais quant à savoir si notre ami est blessé lui aussi… (Il haussa les épaules.) Qui pourrait le dire ?

Sangra grommela un effroyable juron et, de sa main libre, se mit à faire jouer son épée dans son fourreau.

— Je déteste ce sentiment d'impuissance, marmonna-t-elle. Si seulement on pouvait voir quelque chose…

— Même si on pouvait voir, on ne pourrait rien faire, lui rappela Chiamh. Mais je me sentirais mieux, moi aussi, si je savais ce qui se passe. En plus, Phalihas utilise ce brouillard à son propre avantage.

Il s'interrompit en entendant de nouveau le grondement des sabots. À côté de lui, Sangra se raidit et sa main forte et calleuse de guerrière faillit pratiquement broyer celle de l'Œil-du-Vent tant elle serra fort. Le fracas des sabots diminua tandis que le bruit sourd d'un impact résonnait clairement à travers la brume. Un homme poussa un cri de douleur auquel répondit presque aussitôt un autre hennissement de souffrance enragée. Sangra bondit sur ses pieds, entraînant Chiamh avec elle dans son élan. Du côté des partisans du seigneur de la Horde, près de l'autre pierre levée, s'éleva le tintement de l'acier lorsque les silhouettes obscures se levèrent d'un bond elles aussi en réponse au brusque mouvement de la guerrière.

— Asseyez-vous ! siffla Chiamh entre ses dents en obligeant la jeune femme folle d'angoisse à se rasseoir près de lui.

— Quelle plaie, ce putain de brouillard ! grommela Sangra avant de se tourner brusquement vers Chiamh, les yeux écarquillés. Chiamh, vous faites une espèce de magie avec le vent, pas vrai ? Vous ne pourriez pas l'obliger à chasser cette maudite purée de pois ?

L'Œil-du-Vent parut aussi choqué que si elle l'avait frappé avec une pierre.

— Moi ? souffla-t-il. Sangra, vous ne comprenez pas. Je peux travailler avec le vent, mais je ne peux pas l'obliger à apparaître !

— Vous avez raison, je ne comprends pas. (Sangra le dévisagea, le regard noir.) Mais par la culotte de Chathak, Chiamh, vous ne pouvez même pas essayer ?

Une fois de plus, l'Œil-du-Vent entendit le bruit des sabots se rapprocher, mais à un rythme plus hésitant cette fois, comme si Phalihas se méfiait. Au sein de la brume s'éleva le son de la respiration de Parric sous forme de grands halètements rauques, comme si le guerrier avait mal et qu'il arrivait au bout de son endurance. *Le seigneur de la Horde est blessé,* songea Chiamh, *mais Parric aussi. Phalihas lui tourne autour en attendant le bon moment… Ô, déesse Iriana, aide-moi… Aide-moi à apporter le vent…*

Sans la moindre brise avec laquelle travailler, son Autre Vue ne fonctionnerait pas. Chiamh ferma les yeux et tenta d'étendre ses autres sens. L'air turgide et humide, épais et extrêmement froid, lui résista comme un objet lourd et mort. En esprit, l'Œil-du-Vent poussa dessus de toutes ses forces. C'était comme essayer de pousser le Wyndveil. Chiamh sentit son cœur s'emballer et son corps trembler de fatigue. La sueur se mit à dégouliner sur son visage et le long de son torse, lui chatouillant les côtes. *Ô, Iriana, déesse, aide-moi. J'ai besoin d'un miracle.* Et la déesse l'entendit.

Un très faible soupir s'éleva, comme une voix de femme qui murmurerait son nom dans le lointain. Chiamh sentit la douce caresse d'une brise, comme des doigts frais effleurant sa joue. Son cœur bondit dans sa poitrine comme un saumon au printemps dans une rivière. Plus, il en fallait plus… De toutes ses forces, l'Œil-du-Vent poussa… et vit, en ouvrant les yeux, la brume se dissiper sous forme d'écharpes virevoltantes.

— Chiamh, vous avez réussi !

Il sentit la pression douce et ferme d'une bouche sur la sienne lorsque Sangra l'embrassa. Alors, pendant un moment, Chiamh oublia complètement le défi.

Parric secoua la tête et battit des paupières. *Le brouillard s'éclaircit ?* se demanda-t-il. *Sûrement… Mais oui, par tous les dieux, il se dissipe.* Le vent qui se renforçait refroidit la sueur sur son corps blessé et épuisé. Le maître de cavalerie reprit alors courage en voyant disparaître la lugubre obscurité. Son adversaire aussi devait se fatiguer, sans compter que, lors du dernier assaut, Parric l'avait estropié.

Surgissant hors du brouillard, l'étalon avait chargé droit sur lui et Parric s'était retrouvé sous ses sabots en un clin d'œil. L'animal s'était cabré au-dessus de lui dans l'intention de lui fracasser le crâne avec ses sabots colossaux, mais le maître de cavalerie s'était protégé avec son couteau, lui entaillant l'intérieur d'une jambe et visant vers son ventre, particulièrement exposé. Le cheval avait henni et s'était aussitôt jeté sur le côté, donnant un coup oblique dans les côtes de Parric et l'éclaboussant avec le sang de sa jambe blessée. Le maître de cavalerie n'avait pas réussi à lui trancher les tendons comme il l'espérait car son coup était quelque peu parti de travers, mais l'étalon boitait très fort.

Depuis, le seigneur de la Horde le traitait avec davantage de respect. Pendant un moment, ils s'étaient tournés autour à l'aveuglette dans la brume, mais à présent… Là, tout près, se tenait la silhouette imposante de l'étalon noir, tête basse, haletant, qui le regardait d'un air menaçant avec ses yeux furieux et bordés de blanc tandis que des bouffées de vapeur s'échappaient de ses naseaux rouges.

Parric en eut le souffle coupé. C'était la première fois qu'il voyait clairement son ennemi et il en oublia, pendant un instant, qu'il ne s'agissait pas d'un animal et qu'il était capable de prendre forme humaine. En tant que cheval, c'était la créature la plus belle que

Parric ait jamais vue. Impressionné, le maître de cavalerie contempla les membres élégants et puissants, la tête délicatement sculptée, avec ses yeux noirs, sauvages et intelligents, l'extraordinaire et majestueuse courbe de son encolure, le jeu liquide de ses muscles fins sous la robe couleur de nuit que ternissaient à présent la sueur et le sang à cause du premier couteau de Parric qui s'était logé dans les épais muscles des hanches.

Dieux soient loués, je suis heureux de ne pas avoir réussi à l'estropier ! Qui voudrait détruire une bête pareille… Cavalier de toute la fibre de son être, Parric sentit fondre son cœur assailli par une vague de joie et de désir – jusqu'à ce que la magnifique créature se ramasse sur elle-même dans un dernier effort désespéré. Dévoilant ses grandes dents blanches, l'étalon chargea.

Parric s'attendait à quelque chose de ce genre et laissa son instinct prendre le dessus. Lorsque le cheval arriva sur lui, il fit rapidement un pas de côté en ignorant la douleur de son genou blessé, attrapa à pleines mains la crinière de l'étalon et bondit. Ce ne fut pas un saut très propre, car son genou céda sous lui et le maître de cavalerie se retrouva suspendu à une poignée de crins, une jambe à moitié passée sur le dos du cheval et l'autre battant follement l'air. Les secondes lui parurent alors durer une éternité. Parric, raidissant ses bras jusqu'à ce que ses muscles hurlent leur désaccord, se hissa petit à petit pour ne plus rester ainsi dangereusement suspendu au-dessus du sol. Enfin, il réussit à trouver son assiette et son équilibre. Alors, le cheval sous lui devint fou.

Le corps puissant parut parcourir le plateau dans une explosion de puissance et une série de terribles ruades qui ébranlèrent la colonne vertébrale de Parric et firent s'entrechoquer ses dents. Plongeant les mains dans la longue crinière qui flottait au vent, le petit homme planta ses jambes maigres dans les flancs de l'animal et s'accrocha au dos de l'étalon en furie comme une puce sur un chien.

L'étalon continua à se cabrer en exprimant sa colère sous forme de hennissements stridents, mais Parric tint bon, refusant de se laisser désarçonner. La bête tenta de courir et fit d'incroyables efforts en dépit de ses blessures. Le maître de cavalerie serra les dents et se concentra sur son objectif : rester sur le dos de sa monture. Du coin de l'œil, il entrevit vaguement, dans une succession de visions floues et vertigineuses, le plateau, les montagnes et les centaines de Xandims que le brouillard lui avait dissimulés jusqu'à présent.

Dieux tout-puissants, songea Parric avec incrédulité, *à quelle vitesse irait-il s'il n'était pas blessé ?* Jamais, de toute son existence, le maître de cavalerie n'avait chevauché une bête pareille. Même si les foulées abruptes et arythmiques de l'étalon donnaient d'effroyables secousses à ses propres blessures, le maître de cavalerie ne sentait plus la douleur. Dans son euphorie, il laissa même échapper un cri de triomphe :

— Père des dieux ! Quelle chevauchée !

Mais l'étalon se fatiguait rapidement. Ses pas se firent plus hésitants et ses flancs se soulevèrent avec effort tandis que son souffle s'échappait en sifflant de ses naseaux. Finalement, il s'arrêta brusquement au terme d'une série de petits sauts. Le cœur lourd, Parric se raidit ; de son côté, le cheval baissa la tête et se laissa tomber avant de rouler sur le dos en battant follement l'air de ses longues jambes noires. Le maître de cavalerie eut juste le temps de bondir sur le côté avec maladresse pour éviter de se retrouver coincé sous la bête. Il atterrit lourdement sur son genou abîmé et éprouva une douleur atroce. Merde ! Il roula rapidement sur le côté, hors de danger, mais le temps de se relever, il comprit que, de toute évidence, son adversaire était vaincu.

Parric sentit sa gorge se nouer en voyant les efforts pathétiques que faisait l'étalon pour se relever.

— Mince ! marmonna-t-il. Je ne voulais pas que ça finisse comme ça !

Mais son attention fut attirée par la foule de spectateurs et les vilains murmures rageurs qui s'en échappaient. Le maître de cavalerie jura et tenta une fois de plus de libérer son épée, mais cela ne servit à rien. Cette maudite lame était bel et bien coincée. Alors, une silhouette jaillit des rangs de la foule mécontente et traversa l'herbe en courant dans sa direction. Derrière l'Œil-du-Vent, les Xandims s'élancèrent à leur tour, leurs armes à la main.

Chiamh ignora complètement Parric, à la grande surprise de ce dernier. Au contraire, l'Œil-du-Vent s'arrêta en haletant devant son seigneur déchu et leva les mains en une série de gestes fluides et complexes tout en prononçant quelques mots dans la langue déliée des Xandims. La foule s'arrêta alors brusquement, comme si elle se heurtait à une barrière invisible. Tous ses membres s'arrêtèrent jusqu'au dernier, l'air incrédule et horrifié.

Parric regarda par-dessus son épaule en direction de l'Œil-du-Vent et sentit son estomac se révulser. Les yeux de Chiamh avaient horriblement changé, passant de la couleur noisette à l'éclat dur et brillant du vif-argent, ce qui donnait à son expression plutôt vide d'ordinaire un aspect démoniaque et surnaturel. Parric frissonna. Fichtre, que se passait-il donc ?

Enfin, l'Œil-du-Vent arriva au bout de sa terrifiante incantation. Des larmes coulaient sur son visage et on aurait dit qu'il venait de prendre cent ans d'un seul coup. Il rejoignit le maître de cavalerie, les épaules tombant de fatigue, et Parric fut soulagé de voir que l'argent semblait quitter ses yeux, leur rendant leur couleur habituelle et rassurante. Avec ses côtes abîmées qui lui donnaient l'impression de recevoir un coup de couteau chaque fois qu'il respirait et son genou blessé qui s'engourdissait, Parric n'aurait pas pu s'enfuir même s'il l'avait voulu – et il ne le voulait pas, se dit-il fermement. L'Œil-du-Vent lui prit la main droite (Parric eut bien du mal à se retenir de frémir à son contact) et la leva dans les airs.

— Oyez, oyez, peuple xandim ! s'écria l'Œil-du-Vent. En ce jour, un défi a été lancé et relevé selon notre loi très ancienne. Ô Xandims, voici Parric, votre nouveau seigneur de la Horde !

Des huées et des insultes s'élevèrent au sein de la foule. Chiamh battit des paupières d'un air anxieux.

— Silence ! rugit-il en renonçant à son discours digne et majestueux.

Au grand étonnement de Parric, la foule se tut aussitôt.

— Vous avez tous vu ce que je viens juste de faire, poursuivit l'Œil-du-Vent. J'ai prononcé les mots qui emprisonnent Phalihas sous sa forme animale jusqu'à ce que le sortilège soit retiré. Je le regrette, mais c'était le seul moyen d'assurer ma propre sécurité et celle du nouveau seigneur de la Horde et de ses compagnons. Pour le moment, je n'ai pas d'héritier à qui confier mes pouvoirs, ajouta-t-il en rougissant d'un air timide, alors je suis le seul qui puisse rendre à Phalihas sa forme humaine – ce que je ferai, je vous le promets… un jour. Entre-temps, ceux qui refuseront d'accepter le nouveau seigneur de la Horde connaîtront le même sort que l'ancien.

De nouveau, les gens se mirent à marmonner d'un air mécontent, mais Chiamh les tenait, à présent. Cette fois, il n'eut plus qu'à lever la main pour obtenir le silence. Parric, tremblant sous l'effet combiné de la douleur, de la faim et de la fatigue, souhaitait de tout cœur que l'Œil-du-Vent se contente de la fermer afin de le laisser s'en aller dans un endroit calme où il pourrait poser ses pieds sur un tabouret et boire un coup bien mérité pendant qu'on s'occuperait de ses blessures. Mais lui aussi fut obligé d'écouter attentivement, comme s'il était ensorcelé par les paroles de l'Œil-du-Vent.

— Mon peuple, reprit Chiamh avec tristesse, vous pensez que je suis un traître pour m'être ainsi allié avec des étrangers, et pourtant je n'aurais pas fait une chose pareille sans raison. (Il se redressa, les yeux lançant des éclairs, sa longue chevelure brune volant dans la brise.) Ô Xandims, vous devez vous préparer au combat. Les Khazalims ont traversé le désert et forgé une alliance avec de noirs sorciers et nos autres ennemis, les belliqueux Ailés. Je l'ai vu au cours d'une vision et je vous jure que c'est vrai !

Les paroles qui suivirent se noyèrent dans le furieux rugissement des protestations de son peuple, si bien que Chiamh fut de nouveau obligé de beugler pour obtenir le silence.

— Nous ne sommes pas un peuple agressif, reprit-il dans le calme qui s'ensuivit. Même si nous sommes capables de nous défendre farouchement au besoin, il nous manque le sens de l'organisation et les talents martiaux qui ont permis à ces mécréants de Khazalims de nous attaquer en toute impunité dans le passé. Mais cette fois, ce sera différent !

L'Œil-du-Vent se tourna vers Parric qui le regardait d'un air stupéfait.

— Cet étranger peut nous conduire au combat et nous enseigner ces talents qui nous font défaut. Il cherche ses compagnons, capturés par les Khazalims, et nous offre son aide jusqu'à ce que ses amis soient libérés et que nos terres aient été nettoyées de tous nos ennemis. À ce moment-là, il promet qu'il libérera le seigneur de la Horde et nous rendra à notre isolement en protégeant le secret de notre peuple de toute éternité. Ô Xandims, pour le bien de nos terres et l'avenir de nos enfants, l'acceptez-vous ?

Cette fois, le rugissement d'approbation faillit bien faire tomber Parric à la renverse.

— Chiamh, vous avez l'art de la parole, dit-il au jeune homme d'un air reconnaissant.

L'Œil-du-Vent haussa les épaules d'un air modeste.

— Je serais bien le dernier à l'avoir cru.

La foule vint les entourer en dévisageant Parric avec curiosité. Certains, plus audacieux que d'autres, tendirent la main pour toucher ses étranges vêtements. Sangra, qui était restée pendant tout ce temps dos à la pierre levée avec son épée à la main pour défendre Elewin, se fraya un chemin avec l'intendant au sein de la foule et apparut, le visage rayonnant de soulagement.

— Bien joué, Chiamh ! s'exclama-t-elle en lui donnant une tape sur l'épaule.

Certains Xandims s'étaient rassemblés autour de l'ancien seigneur de la Horde. Au grand soulagement de Parric, ils aidèrent la bête blessée et épuisée à se relever.

— Maintenant qu'on dirait que votre peuple m'a accepté, vous allez rendre sa forme humaine à Phalihas ? demanda-t-il l'Œil-du-Vent.

Chiamh secoua la tête.

— Non, ce serait trop dangereux, répondit-il franchement. Tout le monde n'est peut-être pas convaincu et, dans cet état, Phalihas assure notre sécurité, car, s'il pouvait parler, il s'opposerait à votre règne. Notre ancien seigneur a une âme fière et opiniâtre. (Une grimace, comme le souvenir d'une vieille douleur, assombrit son visage. Puis celui-ci s'éclaira de nouveau, avec un petit effort.) Il sera suffisamment temps de lui rendre sa forme humaine quand nous aurons achevé notre mission – mais pour l'instant, ô seigneur, une fête nous attend.

— Et j'en remercie les dieux, répondit Parric de tout cœur. (Puis il se rembrunit.) Chiamh, il va pas falloir que je fasse un discours, pas vrai ?

— Où est le problème ? le taquina Sangra. Dès que tu vides une ou deux gourdes de vin, on a généralement du mal à te faire taire !

Chiamh, qui se retint à grand-peine de sourire, s'empressa de réconforter le maître de cavalerie, visiblement consterné.

— Ne vous inquiétez pas, Parric. Je pense avoir dit tout ce qui était nécessaire. (Enfin, son sourire lui échappa.) Qu'est-ce que vous feriez sans moi ?

— Ça, c'est bien vrai, reconnut Parric. Et demain, j'aurai encore besoin de vous, mon ami, quand on se préparera pour la bataille !

Meiriel observait la scène depuis sa cachette derrière les pierres levées tandis que les derniers Xandims quittaient le plateau pour accompagner le nouveau seigneur de la Horde à son festin.

— Seigneur de la Horde, tu parles ! renifla-t-elle d'un air méprisant.

Mais au moins, ce misérable Mortel agissait enfin. La Mage sourit. Si Parric avait l'intention de se servir des Xandims pour secourir Aurian, cela signifiait qu'il la ramènerait ici, en même temps que le monstre auquel elle aurait donné naissance.

— Eh bien, merci, Parric, dit-elle d'une voix suave, tu viens juste de m'épargner un long et dur périple à travers les montagnes. Quand tu reviendras avec Aurian, je serai là – à vous attendre.

18

L'ESPRIT DE LA MONTAGNE

— Et voilà toute l'histoire, du moins jusqu'à maintenant, conclut Anvar en buvant une gorgée de vin pour rafraîchir sa gorge sèche.

Elster le regardait attentivement, la tête légèrement penchée de côté, ses yeux sombres et brillants fixés sur le visage du jeune homme.

— Je comprends à présent pourquoi il vous a fallu si longtemps pour me confier tout ça, dit-elle en fronçant les sourcils.

Anvar acquiesça.

— Il fallait d'abord que je sois sûr de pouvoir vous faire confiance.

— Et c'est le cas désormais ? demanda Elster en plissant les yeux.

— Dieux, il faut bien que je fasse confiance à quelqu'un ! s'écria Anvar. Elster, je dois sortir d'ici !

La médecin-chef soupira. Depuis que Cygnus et elle avaient commencé à rendre visite à ce fascinant prisonnier étranger, elle n'avait cessé d'éprouver une sympathie de plus en plus grande envers lui, ce qui ne manquait pas de l'étonner. Mais à sa grande honte, elle n'avait tout simplement pas le courage de l'aider à réaliser ses plans d'évasion qui devenaient de plus en plus tordus.

— Hélas, Anvar, que puis-je faire ? (Elle fit bruisser ses ailes en haussant les épaules.) Ma propre vie ne tient qu'à un fil, et, si je n'étais pas aussi douée dans mon domaine, Serre-Noire m'aurait fait assassiner depuis longtemps. Mais il a besoin de moi pour guérir la reine Raven…

— Comment va-t-elle ? l'interrompit Anvar.

Elster déploya ses ailes en un geste d'impuissance.

— Elle vit, mais elle refuse de parler, et nous sommes obligés de la forcer à se nourrir. Quand nous entrons dans sa chambre, elle tourne son visage vers le mur. Je vois votre regard se durcir quand je parle d'elle, et pourtant, vous la verriez, je suis certaine que vous auriez pitié d'elle. Même si c'est difficile à dire puisqu'elle refuse de nous parler, je suis persuadée qu'elle regrette amèrement ce qu'elle a fait.

— En ce qui me concerne, je trouve qu'elle a bien cherché ce qui lui arrive, répliqua Anvar d'une voix dure. Ne me demandez pas de la plaindre, Elster. Même si je suis écœuré par ce qu'on lui a fait, je ne pourrai jamais lui pardonner sa trahison.

— Pourtant, si vous pouviez voir la pauvre enfant, votre cœur s'adoucirait peut-être. (Elster secoua la tête d'un air triste.) Je ne peux imaginer l'effet qu'aurait votre histoire sur elle. Peut-être que ça lui ferait plus de mal que de bien d'apprendre que l'esprit de son amant était sous le contrôle de votre vieil ennemi.

— Alors vous me croyez ? (Anvar se détendit légèrement.) Je n'étais pas sûr que vous le feriez.

Elster lui prit des mains le verre qu'il avait oublié et vida d'un trait le vin restant.

— Oh, je vous crois, Anvar. Il y a trop de choses dans votre histoire qui ont l'accent de la vérité. (Elle se retourna et chercha à tâtons la carafe de vin dans un coin sombre derrière le feu. Puis elle emplit de nouveau le verre et le rendit au Mage.) Je veux bien croire également que le Haut-Prêtre s'est allié avec un sorcier maléfique, poursuivit-elle. Il n'a qu'une envie, retrouver la magie perdue du peuple du Ciel, ce qui peut être compréhensible, mais Serre-Noire est allé trop loin et il a sombré dans la démence. (Elle fit la grimace.) À présent, il est convaincu d'être la réincarnation d'Incondor le maudit.

— Comment ? (Anvar, surpris, écarquilla les yeux.) Aurian m'a parlé d'Incondor, elle m'a raconté comment il a déclenché le Cataclysme. (Il secoua la tête.) Pas étonnant que Serre-Noire et Miathan se soient choisis. Tous deux ont franchi depuis longtemps les limites de la raison, dans leur quête du pouvoir absolu. (Anvar se pencha et agrippa le poignet de la médecin-chef.) Elster, vous devez m'aider à m'évader.

— Anvar, c'est impossible, répondit Elster. Pas maintenant. Je vous aiderais bien, tout comme Cygnus, mais Serre-Noire surveille constamment nos mouvements. En plus, que pourrions-nous faire ? Le seul moyen de s'en aller d'ici, c'est par les airs, et Cygnus et moi n'avons pas assez de forces à nous deux pour vous porter suffisamment loin et échapper aux guerriers que le Haut-Prêtre enverrait à notre poursuite.

— Et les autres Ailés ? demanda Anvar. Il y en a sûrement qui sont contre la politique du Haut-Prêtre ?

— Personne n'ose s'opposer à lui. La cité est paralysée par la peur et la suspicion, Anvar. Serre-Noire a des espions partout, et il est impossible de savoir qui ils sont. Vous devez comprendre qu'il y en a beaucoup parmi nous qui aimeraient voir le peuple du Ciel retrouver son ancienne puissance – à n'importe quel prix. (Elster soupira.) Bien sûr, il y en a d'autres qui voudraient sûrement vous aider, j'en suis persuadée, mais ils n'oseront pas se faire connaître. Anvar, je souhaite sincèrement vous aider, mais vous devez être patient. Le moment n'est pas encore venu de s'attaquer à Serre-Noire. Si Cygnus et moi devions vous libérer maintenant, nous serions incapables de rallier l'opposition contre lui, pas sans la reine. Et il saurait tout de suite qui aurait fait ça. Nous perdrions la vie pour rien.

— Mais vous pourriez venir avec moi, objecta Anvar. Les dieux savent qu'on aurait bien besoin de votre aide.

Les plumes d'Elster frémirent.

— Comment ? Et abandonner notre reine légitime ? Sans nos soins, à Cygnus et à moi, Raven mourra. (Voyant une étincelle de colère traverser le regard d'Anvar, elle se leva.) Vous ne vous souciez peut-être pas de la survie de la reine, Anvar, mais moi, si. Il le faut. (Le voyant sur le point de protester, elle prit rapidement congé.) Je reviendrai dès que possible, promit-elle avant de s'élancer hors de la grotte avec une hâte peu digne d'un maître et d'un docteur.

Il faisait encore nuit, même si une faible lueur annonciatrice de l'aube commençait à éclairer le ciel austère au-delà des montagnes. Elster s'éleva plus haut encore et sentit le vent glacial passer en sifflant entre ses plumes lorsqu'elle décrivit une large courbe qui l'éloigna de la paroi du pic. Au grand soulagement de la vieille médecin-chef, quelques lumières éparses étaient encore visibles au sein des tours de la cité, ce qui lui permit de retrouver ses repères. Elle détestait voler de nuit – on ne saurait jamais assez en surestimer les dangers – mais c'était le seul moment où elle pouvait rendre visite à Anvar en cachette, pendant que les autres Ailés se reposaient.

Elster habitait dans une tourelle croulante qui s'accrochait au flanc d'un ancien bâtiment situé dans la partie la plus basse d'Aerillia. Du vivant d'Aile-de-Feu, elle possédait des appartements plus somptueux proches du palais lui-même, mais désormais elle préférait vivre dans l'obscurité et l'anonymat. Elle pouvait bien supporter quelques fuites et courants d'air tant qu'elle ne se retrouvait pas en travers du chemin du Haut-Prêtre.

Atterrissant avec prudence sur son porche enneigé, Elster ouvrit la porte et hésita, une main sur la clenche, en scrutant son logis plongé dans la pénombre. *Je croyais pourtant avoir laissé une lumière allumée*, se dit-elle en fronçant les sourcils. Puis elle haussa les épaules. La bougie s'était peut-être éteinte durant sa longue absence, à moins que l'un des courants d'air sifflants ne soit le responsable. La doctoresse n'avait pas fait trois pas à l'intérieur de la pièce lorsque des mains s'emparèrent d'elle.

— Pour quelle raison m'a-t-on arrêtée ?

Attachée, couverte de bleus et gardée comme elle l'était, Elster devait lutter pour garder une voix calme. *Il sait*, songeait-elle désespérément. *Ô, dieux, il a dû tout découvrir !* La doctoresse n'était jamais entrée à l'intérieur de la haute tour du prêtre dans le temple de Yinze, et la noirceur des murs d'obsidienne polie, semblable à celle d'un tombeau, mettait ses nerfs à rude épreuve. Au-dehors, la complainte stridente d'Incondor résonnait autour de la tour, secouant de frissons le corps de la médecin-chef et l'empêchant de se concentrer pour trouver un moyen de se défendre.

Serre-Noire haussa les sourcils d'un air sardonique.

— Pensiez-vous vraiment être la seule préparée à voler dans le noir ?

Elster étouffa un hoquet de stupeur et lutta pour conserver une expression parfaitement neutre.

— Que voulez-vous dire, Haut-Prêtre ? Un docteur doit souvent voler dans le noir en cas d'urgence…

Serre-Noire éclata d'un rire sans joie – le son le plus glacial qu'Elster eût jamais entendu.

— Elster, mon espion se cachait juste à côté de l'entrée de la grotte. Il a tout entendu. La prochaine fois, si vous voulez vraiment jouer les innocentes, je vous conseille de jeter un coup d'œil au-dehors de temps en temps pendant que vous complotez avec un prisonnier. (Ses yeux se mirent à briller.) Non pas qu'il y aura une prochaine fois pour vous, bien entendu. Il me reste Cygnus pour garder Raven en vie, même si vos paroles imprudentes l'ont également condamné. (Il haussa les épaules.) Pour le moment, cependant, je lui permets de rester en vie – tant que j'aurai besoin de lui.

De nouveau, il esquissa un sourire sans joie. Elster fut alors traversée par un regain de rage en comprenant que Serre-Noire savourait sa peur ; ce fut d'ailleurs la seule chose qui l'empêcha de s'effondrer, jusqu'aux paroles suivantes du Haut-Prêtre :

— J'ai appris que vous négligiez quelque peu vos dévotions religieuses, Elster. Je ne vous ai jamais vue assister à un sacrifice au sein du temple. (Sa voix se durcit.) Ce soir, au coucher du soleil, nous remédierons à cela. Vous participerez à la prochaine cérémonie… en tant que victime !

Même pour un Immortel, cela faisait longtemps. Une éternité s'était écoulée depuis le dernier éveil de la Moldan du pic d'Aerillia. Elle évaluait le passage des siècles grâce aux différences subtiles qui existaient au sein de la société des Ailés, ces êtres qui habitaient sur et à l'intérieur de son corps. Elle repérait les altérations de culture, de mode et surtout de langue. La Moldan était habituée à de tels changements. Pour elle, quelques siècles équivalaient à un battement de paupières. Désormais, seuls des événements d'une grande importance la réveillaient, lors des périodes de conflits et de changements.

Qu'est-ce qui l'avait réveillée cette fois ? La Moldan étendit ses sens, passant en revue le domaine qui était son corps, parcourant en esprit les flancs de la montagne qui étaient sa chair, ses os et sa peau.

Ah, quelque chose de signifiant. Non loin de son sommet, le temple dont on coulait tout juste les fondations lorsqu'elle était repartie dans les brumes du sommeil était devenu une structure imposante. La roche torturée en forme d'une main tendue aux doigts recourbés comme des serres faisait penser à des os fondus et tordus. La Moldan frémit au souvenir du cadavre déchiré de son frère, loin à l'est. Quel esprit dément avait bien pu créer un édifice aussi horrible ?

Sous le temple, la cité avait grandi et prospéré. La délicate beauté dont la Moldan se souvenait comme étant typique de l'architecture des Ailés s'était épanouie sous de nombreuses formes nouvelles et incroyables. Autrefois, la Moldan n'avait fait preuve que d'indifférence vis-à-vis du peuple du Ciel qui l'avait colonisée après le départ de ses Nailfes car elle les considérait comme des êtres éphémères et triviaux. À présent, pour la première fois, elle éprouvait une espèce de fierté face à leurs réussites. À l'exception de l'horrible temple à son sommet, leurs travaux avaient grandement contribué à orner et accentuer sa beauté naturelle.

À regret, la Moldan s'arracha à la contemplation de la cité d'Aerillia. Ce fut alors qu'elle sentit autre chose : la progression lente et erratique d'une source de pouvoir incroyable.

Des plats s'entrechoquèrent dans la partie supérieure de la cité et des objets tombèrent des étagères lorsqu'un frisson de terreur et de ravissement mêlés parcourut le corps imposant de la Moldan. Dans sa tour solitaire, la reine prisonnière remua dans son sommeil et poussa un cri de douleur. À l'intérieur du temple de Yinze, Serre-Noire fronça les sourcils en levant les yeux du sacrifice qu'il s'apprêtait à terminer lorsque l'édifice noir et menaçant trembla sur ses fondations massives. Dans le vieux quartier de la cité, un parapet tombant en ruine s'écroula et s'en alla s'écraser sur le versant de la montagne dans un nuage de neige.

La Moldan n'accorda aucune pensée aux êtres chétifs qui infestaient ses pentes. Son attention tout entière était fixée sur le Bâton de la Terre qui se rapprochait d'elle.

— *Anvar ? Anvar, tu m'entends ? Pour la dernière fois, vas-tu répondre ?*

L'espace de plusieurs battements de cœur, Shia attendit, la tête penchée de côté, mais ne reçut aucune réponse. Découragée, la panthère se tourna vers ses compagnons.

— *L'humain doit être endormi*, soupira-t-elle. *Je n'arrive pas à le réveiller.*

Khanu secoua sa crinière.

— *Alors, qu'est-ce qu'on fait maintenant ?* demanda-t-il.

Hreeza lui donna un coup de sa lourde patte pour le faire taire. Il se tourna aussitôt vers elle, le regard menaçant, mais Shia l'empêcha de riposter en lançant un ordre bref. Elle savait que, même si la vieille panthère faisait un vaillant effort pour tenir bon, Hreeza était consternée, comme ils l'étaient tous, par ce qu'ils avaient trouvé au bout de leur voyage.

Si Shia avait été humaine, elle aurait sans doute invectivé les dieux contre cette injustice. La longue ascension des contreforts rocheux et des pentes enneigées du pic d'Aerillia avait été difficile et épuisante, leur coûtant plusieurs journées pénibles au cours desquelles ils avaient dû cheminer, la faim au ventre, sous couvert de l'obscurité pour tromper la vigilance de leurs ennemis ailés à la vue acérée. Tandis que les félins poursuivaient leur lente ascension, les cultures en terrasses des Ailés avaient laissé la place à des vallées escarpées tapissées d'épicéas et de sapins-ciguë, une végétation qui s'était peu à peu clairsemée pour dévoiler une terre austère et solitaire avec des à-pics vertigineux et des rochers étouffés par la neige.

Shia et ses compagnons avaient poursuivi leur chemin vers le sommet, ralentissant encore davantage l'allure à cause de la neige de plus en plus profonde et des vents sifflants de plus en plus glaciaux. En dépit de leur épaisse fourrure, les félins étaient accablés par le froid et la faim, car toute vie animale avait depuis longtemps déserté les pentes inhospitalières du sommet. Avec détermination, ils avaient continué, Khanu et Hreeza poussés par la menace qu'avait proférée Shia de les laisser sur place s'ils s'écroulaient.

Ce jour-là, l'aube avait trouvé les félins cheminant péniblement en file indienne dans les mâchoires d'une gorge étroite et étranglée par la neige. En arrivant à son extrémité, les rochers escarpés sur leur droite avaient disparu, dévoilant en contrebas les montagnes de la chaîne du nord, moins élevées que le pic d'Aerillia. Leurs sommets déchiquetés et couronnés de neige semblaient flotter comme des îles au sein d'une mer de nuages couleur de sang. Le disque rougeoyant du soleil tout juste levé se tapissait derrière les épaules courbées des montagnes, brillant d'une lueur menaçante sous les nuages bas qui encombraient le ciel.

Hreeza, très sensible au temps, avait laissé échapper un grondement sourd.

— *Je n'aime pas la tête qu'a le soleil ce matin*, avait-elle marmonné.

— *Dans ce cas, je te suggère de jeter un coup d'œil dans la direction opposée*, avait répliqué Shia dont la voix mentale paraissait étranglée.

La vieille panthère s'était détournée du lever de soleil inquiétant et avait retenu son souffle. Levant les yeux, elle avait contemplé les imposantes parois rocheuses qui se dressaient toujours plus haut…

— *Bon, qu'est-ce qu'on fait, maintenant ?* répéta Khanu en gardant une distance respectueuse entre Hreeza et lui. *Je ne vois pas comment on pourrait grimper là-haut.*

— *Je ne sais pas.*

Shia lança un regard noir en direction du Bâton de la Terre qui gisait sur le sol enneigé et lutta contre une furieuse envie, née de la plus pure frustration, de réduire ce satané Artefact en morceaux avec ses dents. Son souffle forma un nuage cristallin lorsqu'elle soupira.

— Je suppose qu'il faut attendre qu'Anvar se réveille. Peut-être connaît-il un moyen de grimper.

Hreeza leva de nouveau les yeux en direction des parois rocheuses lisses et abruptes qui se dressaient vers le ciel et disparaissaient dans les nuages. Shia percevait une étrange réticence dans l'attitude de sa vieille amie et se demanda ce que pensait celle-ci.

— *Alors ?* dit-elle enfin. *Vas-tu continuer à remâcher tes pensées comme on ronge un vieil os pendant le reste de la journée, ou vas-tu finir par cracher le morceau et partager tes inquiétudes avec nous ?*

La vieille panthère refusa de croiser son regard.

— *Es-tu si sûre,* demanda-t-elle lentement, *que l'humain est simplement endormi ? Et s'il était mort ?*

Une flamme s'alluma au fond des yeux de Shia.

— *Je refuse d'accepter une chose pareille*, répondit-elle d'une voix lourde de menaces silencieuses. *Les ennemis d'Aurian ont besoin d'Anvar comme otage. Pourquoi iraient-ils le tuer ?*

— *Pourtant, je sens tes doutes*, insista Hreeza. *Il a pu lui arriver n'importe quoi, un accident, un changement de plan... Rester ici, exposés aux vicissitudes du climat et à la vue de nos ennemis, c'est de la folie.*

— *Anvar n'est pas mort !*

Shia dévoila ses crocs et avança d'un air menaçant vers la vieille panthère.

— *Pourquoi ne pas attendre un moment ?* intervint Khanu pour briser la tension entre les deux femelles à la fourrure hérissée. *Après tout,* ajouta-t-il, *on n'a pas fait tout ce chemin pour abandonner aussi vite. Et pendant que nous attendons que l'humain de Shia se réveille, nous pouvons toujours explorer le bas de cet à-pic. Peut-être existe-t-il un endroit plus facile à escalader.*

Shia le regarda d'un air reconnaissant. Khanu commençait à développer à la fois l'esprit plus acéré d'une femelle en chasse et le bon sens d'une bête plus âgée et plus expérimentée. En tout cas, elle appréciait son intervention. Il était impératif de libérer Anvar avant la naissance de l'enfant d'Aurian, afin de donner à la Mage la liberté d'agir pour sauver la vie du petit. Le long et difficile périple jusqu'à cet endroit avait plongé la grande panthère dans une fièvre d'impatience et d'anxiété, mais ce n'était pas une excuse pour s'être énervée ainsi sans raison contre Hreeza. Celle-ci l'avait suivie jusque-là avec une loyauté sans faille, pour ne s'avouer vaincue, au bout du compte, que devant ce dernier obstacle infranchissable. *Même si Khanu et moi trouvons un moyen d'escalader cet à-pic,* songea Shia, *Hreeza n'y parviendra pas et elle le sait. C'est la véritable raison de son attitude. Elle ne supporte pas l'humiliation d'être abandonnée ici.*

— *Tu crois qu'il existe un chemin plus facile ailleurs ?* demanda Hreeza à Khanu.

Sois béni, pensa Shia, *pour avoir rendu espoir à ma vieille amie, même pour un court moment.*

Khanu fit trembler ses moustaches avec l'équivalent félin d'un grand sourire.

— *Pourquoi pas ?* répondit-il gaiement. *Je l'espère en tout cas, parce que tu es peut-être capable d'arriver à escalader cette paroi, mais moi pas.*

— *Allons-y, alors, jeune félin, et tentons de trouver un endroit à ta portée !*

Les yeux de Hreeza brillaient de nouveau. Avant de reprendre son fardeau dans sa gueule, Shia frotta brièvement son museau contre celui du jeune mâle, pour lui exprimer ses remerciements du fond du cœur.

— *Shia ? C'est vraiment toi ?* demanda Anvar dont la voix mentale vibrait de joie et de soulagement mêlés.

Cependant, la panthère était persuadée que personne au monde n'était plus soulagé qu'elle d'entendre enfin le Mage. Sentir l'espoir de ce dernier renaître lorsqu'elle lui apprit qu'Aurian l'avait envoyée à sa recherche avec le Bâton de la Terre la récompensa de tous les efforts fournis au cours de ce long voyage éreintant.

— *Dieux tout-puissants,* s'écria-t-il, *je t'ai vue en rêve pendant que tu traversais les montagnes, mais je croyais que c'était juste une hallucination due à la fièvre.*

Mais Anvar s'angoissait pour Aurian et ne voulut rien écouter d'autre tant que Shia ne lui eut pas raconté le peu qu'elle savait. En raison du lien plus puissant qui l'unissait à la Mage, elle espérait établir de nouveau un contact mental dès qu'Aurian aurait récupéré ses pouvoirs, tout comme Anvar. Quant à savoir si cela serait possible sur une telle distance, seul le temps le leur dirait.

Malheureusement, Anvar ne pouvait apporter aucune aide à la panthère face à la difficulté de sa situation.

— *La paroi est complètement abrupte aussi loin que porte mon regard*, lui dit-il. *Sur ma gauche, il y a une cascade, à environ un jet de pierre de la grotte, mais ça ne te sera pas d'une grande aide. Le courant est très rapide et on ne dirait pas qu'on puisse passer derrière.*

— *Au moins, cela nous indique où trouver l'humain*, fit remarquer Khanu à Shia.

Bien qu'il puisse entendre Anvar, il n'avait pas encore trouvé en lui la confiance de s'adresser directement à cette créature inconnue.

— *Ton ami a raison*, approuva Anvar quand Shia lui fit part de la remarque du jeune félin.

— *Certainement*, reconnut-elle. *Nous cherchons depuis le lever du soleil et n'avons trouvé aucun moyen de grimper. J'espérais tomber sur un tunnel, peut-être, mais…*

— *Non, ce ne sera pas aussi facile qu'à Dhiammara. J'ai exploré minutieusement cette grotte et il n'y a pas d'autre issue.* (Les pensées d'Anvar étaient saturées de frustration.) *Dieux, Shia, tu es sûre de ne pas pouvoir escalader la paroi ?*

— *Ne t'inquiète pas, on va continuer à chercher*, promit Shia. *Ces nuages bas nous protègent de la vue de nos ennemis.*

— *Ces nuages bas sont également prêts à déverser d'autres paquets de neige sur nos têtes*, fit remarquer Hreeza, mais personne ne lui prêtait attention.

Secouant la tête avec consternation, la vieille panthère suivit les autres en boitant, les pattes raides.

Une heure plus tard, Shia se prit à regretter de ne pas avoir écouté l'avertissement de Hreeza. Les panthères avaient suivi la base des à-pics jusqu'à trouver l'imposante cascade et c'était à ce moment-là, alors qu'ils exploraient le bassin aux eaux vertes et bouillonnantes au pied de la chute, que la neige s'était mise à tomber.

Les gros flocons arrivaient de plus en plus vite et de plus en plus épais. Sous l'effet du vent qui se levait et commençait à souffler en bourrasques, ils s'accumulaient très haut dans l'angle au pied des parois, au point qu'il devenait extrêmement dangereux de chercher à y trouver refuge. De fait, le seul refuge sur ce plateau balayé par la tourmente se trouvait derrière les félins – il s'agissait de la gorge d'où ils étaient sortis à l'aube.

— *Bon, il ne sert à rien d'y retourner maintenant*, souligna Hreeza. *On mourrait bien avant de l'atteindre.* (En dépit de son épaisse fourrure hirsute, elle tremblait violemment, son pelage noir déjà recouvert d'une couverture de neige tenace.) *Autant continuer et essayer de trouver un abri quelque part au pied de la paroi.*

Shia regarda d'un air dubitatif les congères qui ne cessaient de s'élever de plus en plus haut.

— *Même en supposant qu'un tel endroit existe, on ne le verra pas, il sera enfoui sous la neige.* (Elle resserra son emprise sur le Bâton de la Terre.) *Il n'y a plus qu'une chose à faire. Je dois escalader l'à-pic pour rejoindre Anvar maintenant, avant que ce froid sape le reste de mes forces.*

— *Shia, non ! Personne ne peut espérer escalader une telle paroi*, protesta Hreeza. *Veux-tu donc mourir pour rien ?*

— *Loin de là*, répondit Shia en soutenant sans broncher le regard de la vieille panthère. *Hreeza, ce problème nous dépasse tous. Anvar doit récupérer le Bâton, sinon, non seulement mes compagnons perdront la vie, mais le monde entier périra lui aussi.*

La détermination tranquille de Shia priva Hreeza de mots. Elle détourna alors le regard.

— *Très bien*, grommela-t-elle d'une voix mentale étouffée par l'émotion. *Fais ce que tu as à faire, mon amie. Mais, Shia, sois prudente. Si tu meurs, il faudra que je te venge, et tes nouveaux ennemis sont trop forts pour une vieille panthère solitaire comme moi.*

— *Shia, je viens avec toi*, proposa Khanu avec enthousiasme.

La grande panthère lança un regard noir au jeune mâle.

— *Certainement pas !*

— *Et pourquoi pas ?* demanda Khanu, boudeur. *Si tu peux y arriver, moi aussi, et tu auras besoin de moi en arrivant au sommet. Anvar n'est pas seul sur cette montagne, il y a aussi de nombreux ennemis.*

Elle soupira.

— Tu as peut-être raison. Mais écoute-moi bien. J'ai de bonnes raisons de vouloir que tu restes là, car, si je venais à tomber, tu devrais prendre ma place et apporter le Bâton à Anvar.

Khanu écarquilla les yeux mais ne souffla mot. Shia, prenant son silence pour de l'assentiment, tourna le dos à ses amis en leur disant doucement au revoir et entama l'escalade.

Anvar s'affolait dans sa grotte à l'abri du blizzard. Il proféra un juron et se frotta les yeux d'une main épuisée. Durant sa maladie, le Mage avait perdu la trace du temps passé dans ce maudit trou à rats, mais il était persuadé que la naissance de l'enfant d'Aurian devait être imminente. Seul l'entêtement légendaire des Mages l'avait empêché de renoncer à tout espoir ces derniers jours, si bien que la soudaine apparition de Shia avec le Bâton tenait du miracle. Cependant, il avait l'impression que les dieux capricieux lui avaient présenté le verre de l'espoir avant de le lui arracher une fois de plus.

Les pensées que lui envoyait Shia n'avaient cessé de devenir de plus en plus faibles à mesure que les félins progressaient au cœur de la tempête, d'autant que les bourrasques glaciales du vent faisaient s'accumuler la neige de plus en plus haut en travers de leur chemin. Faisant les cent pas sur le sol de la grotte, Anvar tempêta contre son impuissance. *Dieux, si seulement je pouvais les aider ! Il doit bien y avoir quelque chose que je puisse faire.* Alors, comme pour ajouter à son tourment, la vieille voix bourrue d'une étrange panthère s'introduisit dans son esprit avec un message qui lui glaça le sang :

— Humain, nous n'avons pas réussi à trouver de chemin. Shia a décidé de grimper jusqu'à toi, alors ce serait

bien de ne pas essayer de lui parler pendant quelque temps. Elle va avoir besoin de toute sa concentration pour réussir.

— *Non, arrête-la ! Elle ne doit pas faire ça !* s'écria Anvar. *Il est impossible d'escalader cet à-pic !*

Dans son esprit, il entendit la panthère émettre un petit gloussement sec et sans joie.

— *Trop tard, elle a déjà entamé l'ascension. Mais garde à l'esprit que ce qui est impossible pour un humain ne l'est peut-être pas pour un félin. Ses griffes peuvent s'infiltrer même dans les fissures les plus petites, et elle peut étirer ses membres plus loin qu'un simple humain ne saurait le faire.* (Cependant, Anvar entendit le doute s'insinuer dans la voix de la vieille panthère.) *Enfin, si elle tient le coup physiquement.*

Les paroles de Hreeza laissèrent la place à un silence chagriné.

Anvar se précipita alors à l'entrée de la grotte et se pencha dangereusement par-dessus le rebord en essayant de distinguer quelque chose à travers les couches de nuages et les voiles tourbillonnants de la neige. Mais c'était sans espoir. La tempête obscurcissait tout. Comprenant qu'il faudrait un moment à Shia pour parvenir au terme de son ascension et qu'il ne servait à rien de rester là au froid, Anvar retourna près du feu. Engourdi par l'horreur, il s'assit et commença à prier en contemplant sans les voir les flammes bleues vacillantes.

Au pied de l'à-pic, la vieille panthère termina sa conversation avec l'humain affolé et s'aperçut qu'elle était seule. Au-dessus de sa tête, elle repéra un mouvement fugace et vit la queue de Khanu disparaître dans le blizzard. Hreeza fouetta l'air avec la sienne en signe de colère.

— *Reviens, jeune imbécile*, rugit-elle. *Shia t'a ordonné de rester en bas.*

La voix de Khanu lui parvint alors, tendue et manquant de naturel, car il luttait pour conserver sa prise sur la roche escarpée.

— *Shia avait tort*, répondit-il franchement. *Je ne doute pas qu'elle atteigne la grotte et, lorsqu'elle le fera, elle aura besoin de mon aide.* (Sa voix se teinta de ruse.) *Bien sûr, si tu devais lui dire ce que je suis en train de faire, ça pourrait la distraire et provoquer sa chute, mais ça, c'est entre toi et ta conscience, ma vieille. Maintenant, laisse-moi tranquille. Cette ascension est plus difficile qu'il n'y paraît.*

Hreeza, grondant de frustration, se détourna de la terrible paroi. Elle n'avait aucun dieu à invoquer et ne pouvait, contrairement aux humains, se soulager en proférant des jurons. Ses compagnons, la considérant trop vieille et trop fatiguée pour envisager l'escalade, n'avaient même pas songé à l'inclure dans leurs plans. Poussés par l'urgence de leur quête, ils l'avaient abandonnée, la laissant seule pour survivre face au blizzard. La rage et le ressentiment envahirent Hreeza qui sentit un flot de sang chaud se répandre dans ses pattes déjà raides et engourdies. Alors comme ça, ils la laissaient mourir dans la neige, hein ? Eh bien, on allait voir ça. Il restait encore une étincelle de vie en elle, et la vieille panthère avait bien l'intention de vendre chèrement sa peau, à ses propres conditions.

Depuis combien de temps grimpait-elle ? Shia ne s'en souvenait plus. Le temps semblait s'être étiré au point qu'elle avait l'impression d'avoir passé une éternité accrochée à cette paroi glacée avec la force du désespoir. Son univers ne se réduisait plus qu'à quelques petits pouces de roche et au moindre éclat, à la moindre fissure pouvant servir de prise à ses griffes émoussées et cassées.

Shia avait la tête qui tournait à cause de la fatigue. Le Bâton emprisonné entre ses mâchoires douloureuses l'empêchait de respirer normalement et obstruait son champ de vision. Elle écartait les pattes de façon peu naturelle afin de pouvoir rester plaquée contre la paroi, mais elle était restée si longtemps dans cette position qu'elle avait l'impression que ses muscles étaient en feu et que cet incendie remontait dans tout son corps pour prendre en étau ses poumons harassés. Faisant peser tout son poids sur ses griffes, Shia n'osait pas penser au plongeon interminable qui l'attendait si elle faiblissait même un seul instant. Elle faisait également très attention à ne pas s'avouer qu'elle s'était donné une mission quasiment impossible. Elle continuait simplement à avancer en refusant d'abandonner, livrant une interminable succession de petits combats à chaque nouveau souffle brûlant. Elle se déplaçait de manière laborieuse, une patte à la fois, petit à petit, comme une petite mouche noire le long de ce gigantesque mur de pierre.

— *Shia ?*

La voix timide d'Anvar fit voler en éclats la concentration de la panthère plus sûrement qu'un coup de fouet. Arrachée en sursaut à sa transe de souffrance, d'épuisement et d'endurance, la grande panthère sentit sa volonté faillir. Son poids parut doubler et ses pattes grattèrent désespérément la surface lisse de la roche. Elle se mit à glisser sur plusieurs centimètres et faillit lâcher le Bâton tandis que ses griffes laissaient de profondes rainures dans la pierre friable et que son cœur remontait dans sa gorge. Enfin, elle atteignit un endroit où la paroi penchait légèrement vers l'intérieur, ce qui lui permit de retrouver une prise.

Le cri horrifié d'Anvar résonnait toujours parmi les rochers au-dessus d'elle. Quand le battement du sang dans ses oreilles s'apaisa, Shia l'entendit se maudire lui-même en lâchant une bordée de jurons ininterrompus d'une voix qui tremblait plus qu'un peu. La grande panthère, fatiguée, appuya sa tête contre la pierre glacée et attendit, le temps pour sa respiration de se calmer et pour ses membres d'arrêter de trembler. Entre-temps, pour ne plus penser au fait qu'elle venait de frôler la mort, elle se divertit en expliquant à Anvar ce qu'elle pensait de lui. Ça lui prit un moment, si bien que, lorsqu'elle eut fini, Shia se sentait prête à repartir.

De nouveau consciente à présent de ce qui l'entourait, la panthère remarqua que le blizzard se calmait et comprit également pourquoi Anvar avait été obligé de courir le risque de la distraire.

— *Il faut te déplacer sur la gauche maintenant, Shia*, lui dit-il. *Tu allais complètement rater la grotte.*

Shia lui pardonna aussitôt. Au-dessus d'elle, la falaise s'élevait encore et encore au-dessus du point noir qui marquait l'entrée de la grotte. Shia frémit en songeant qu'elle aurait pu continuer à grimper ainsi sans relâche jusqu'à ce que ses forces l'abandonnent et qu'elle tombe…

— *Arrête ça !* (D'un ton ferme, Anvar mit un terme à ces réflexions sinistres.) *Viens, Shia*, ajouta-t-il d'une voix cajoleuse, *tu peux y arriver. Regarde, tu y es presque.*

Ses encouragements redonnèrent courage à la panthère épuisée. Anvar avait raison, bien sûr. Comparés à la distance déjà parcourue, ces quelques derniers mètres n'étaient rien du tout !

— *Dans des moments comme ça, je comprends pourquoi Aurian est si attachée à toi*, avoua-t-elle au Mage avec reconnaissance.

Rassérénée par la chaleur de son amitié pour cet humain, Shia rassembla ses dernières forces défaillantes et recommença à escalader la roche.

Dans un dernier effort, en dépit de la fatigue, la grande panthère se hissa par-dessus le rebord de l'entrée avec l'aide d'Anvar qui lui prêta main-forte en lui prenant les pattes avant. Alors, elle lâcha enfin son précieux fardeau qu'elle laissa tomber aux pieds du Mage avec un immense sentiment de triomphe avant de s'effondrer, à bout de forces, sur le sol de la grotte.

Shia resta étendue ainsi, haletante, la vue obscurcie par l'épuisement, tandis que les mains d'Anvar chassaient doucement la douleur de ses membres tremblants parcourus de crampes. Ses massages ramenèrent de la chaleur et des fourmillements dans ses muscles tendus et éreintés, et Shia se sentit mieux, son énergie renouvelée. Lorsque son champ de vision s'éclaircit de nouveau, elle découvrit un halo bleu miroitant autour des mains de son ami. Elle comprit alors qu'il utilisait la magie pour lui rendre des forces, comme Aurian l'avait fait dans le désert. Au bout de quelques minutes, Shia s'étira voluptueusement et s'assit. Anvar cessa alors de lui prodiguer ses soins et posa une main douce sur le large front lisse de la panthère.

— *Tu as réalisé un exploit impressionnant, ma courageuse amie*, lui dit-il doucement d'un ton ému. *Shia, je ne sais pas comment te remercier.*

— *Eh bien, tu ferais mieux de trouver un moyen*, répliqua l'intéressée avec aigreur, *parce que je n'ai pas l'intention de recommencer.*

Riant de soulagement, Anvar se jeta au cou de la grande panthère et la serra très fort contre lui. Shia roula alors sur le dos comme un chaton joueur et l'enveloppa de ses grandes pattes en frottant sa tête contre son épaule tandis que ses ronronnements sonores retentissaient dans la caverne.

— *Aidez-moi...*

Sans ce cri angoissé qui résonna dans son esprit, Anvar n'aurait jamais remarqué le faible et pitoyable miaulement qui allait avec. Ce tout petit bruit aurait pu passer inaperçu au milieu de ses joyeuses et bruyantes retrouvailles avec Shia.

— *C'était quoi, ça ?* demanda le Mage en se libérant de l'étreinte de la grande panthère.

— *Il vaudrait mieux que ce ne soit pas celui à qui je pense*, marmonna Shia d'un ton courroucé en se précipitant vers l'entrée avec Anvar.

— *Que les dieux nous sauvent !* s'exclama ce dernier. *Une autre panthère !*

Shia jeta un coup d'œil à son tour.

— *C'est Khanu*, dit-elle.

Anvar vit que le jeun félin était suspendu par ses pattes de devant juste en dessous de la caverne. Il avait des ennuis car il se trouvait visiblement à bout de forces. Déjà, il commençait à lâcher prise.

— *Anvar, peux-tu l'atteindre ?* s'écria Shia.

Le Mage se trouvait déjà à plat ventre, penché pardessus le rebord.

— *Merde, je n'y arrive pas... je le touche presque mais pas tout à fait... Attends un peu ! J'ai une idée !*

Il se releva péniblement, rentra en courant dans la caverne et en ressortit avec le Bâton de la Terre. Tenant fermement l'extrémité surmontée du cristal, il tendit l'autre au jeune félin terrifié.

— *Attrape ça et tiens bon*, recommanda Anvar.

Tandis que Khanu prenait le Bâton entre ses mâchoires, le Mage relia son esprit aux impressionnants pouvoirs de l'Artefact et tira comme s'il sortait un poisson d'une rivière avec une canne à pêche.

Khanu, propulsé par la force d'Anvar et surtout par la puissance démesurée du Bâton, parut alors franchir d'un bond les derniers mètres qu'il lui restait à parcourir.

Malheureusement, le Mage avait surestimé le niveau de puissance nécessaire. Lâchant le Bâton, le félin fut projeté à l'intérieur de la grotte et fit un roulé-boulé sur le sol de la caverne, manquant de peu le feu, avant de s'arrêter brutalement contre le mur du fond, au pied duquel il resta étendu, sonné, contusionné et le souffle coupé, tandis que les deux autres accouraient vers lui.

— *Espèce de misérable ! Jeune imbécile !* grondait déjà Shia. *Ne t'avais-je pas dit de rester en bas ?*

Khanu, qui n'était pas encore en état de se défendre, paraissait complètement malheureux, mais, alors même qu'Anvar commençait à éprouver de la compassion pour le jeune félin, il entrevit du coin de l'œil une ombre qui passait devant l'entrée brillamment éclairée de la grotte. Mince ! Des Ailés ! Réfléchissant rapidement, Anvar ramassa la pile de fourrures qui gisaient près de son lit et les jeta sur Shia et Khanu dans le coin obscur où ils se trouvaient déjà.

— *Ne bougez pas ! Et pas un bruit !* les prévint-il.

Au même moment, il se rappela juste à temps de cacher le Bâton. De son côté, Shia mit un terme à ses protestations furieuses et choquées en entendant les Ailés entrer dans la grotte. Puisque la tempête était terminée, les gardes d'Anvar venaient lui apporter sa ration de vivres quotidienne. Le Mage s'en voulut de l'avoir oublié. *Heureusement qu'ils ne sont pas passés plus tôt*, se dit-il.

Dès que les geôliers d'Anvar furent partis, Shia et Khanu émergèrent de la pile de fourrures comme si celle-ci les avait ébouillantés. Tous deux tremblaient de colère et de révulsion, mais Anvar les comprenait. Lui aussi se serait senti très mal si on l'avait obligé à se cacher sous une pile de cadavres humains. Tombant à genoux, il passa un bras autour du cou de chaque panthère.

— *Je suis désolé*, leur dit-il doucement, *mais c'était le seul moyen de dissimuler votre présence.*

Khanu se laissa tomber dans un coin et vomit, mais Shia contempla la pile de peaux d'un œil noir.

— *À ton avis, il y en a combien là-dedans ?* demanda-t-elle à Anvar d'une voix où tintait la morsure de la glace et de l'acier.

— *Dix ou douze, peut-être*, répondit le Mage. *Pour être honnête, j'en avais besoin pour survivre, mais j'étais tellement horrifié en les voyant que je n'ai jamais voulu les examiner de près. Je ne peux pas supporter de les regarder*, ajouta-t-il en frissonnant.

La grande panthère le dévisagea avec gravité.

— *Tu es un ami des félins, Anvar. Ceux qui portaient autrefois ces fourrures ne t'en voudraient sûrement pas de les utiliser à présent. Mais quant à leurs assassins...* (Son regard brûlait comme un feu glacial.) *Tu as le Bâton, maintenant, Anvar. Quand commençons-nous ? J'ai envie de tuer aujourd'hui. Les Ailés vont payer cette atrocité de leur sang.*

Anvar n'avait rien à redire contre les sentiments de Shia. Il avait perdu suffisamment de temps à faire les cent pas dans cette maudite grotte et il avait des dettes à faire payer, lui aussi.

— *D'abord, il faut que Khanu et toi, vous mangiez et vous reposiez un peu. Quand j'aurai commencé, j'ai l'intention d'aller jusqu'au bout.*

Pendant que Shia et son compagnon se partageaient la viande apportée par les Ailés, Anvar ramassa le Bâton de la Terre et s'assit à côté du feu avec le mince Artefact orné de serpents sculptés. Au contact des doigts du Mage, le cristal vert emprisonné dans les mâchoires des serpents s'illumina d'une lueur vert émeraude qui ne cessa de croître. Le bois gorgé de magie se mit à vibrer et à bourdonner avec une telle puissance qu'Anvar dut faire appel à toute sa volonté pour contenir l'énergie et l'atténuer jusqu'à ce qu'il puisse la canaliser comme il se devait. Le Bâton était un cadeau d'Aurian et la clé de sa liberté, que Shia lui avait apportée contre toute attente grâce à son périple héroïque. Motivé par son amour, Anvar commença à élaborer son plan d'évasion et de vengeance.

Elster n'avait peut-être pas osé l'aider ouvertement, mais lui avait donné de très nombreuses informations. Anvar n'avait aperçu le bâtiment que de loin, mais il savait que la structure menaçante qui couronnait le pic d'Aerillia était le siège du pouvoir de Serre-Noire et l'endroit où il le trouverait sûrement. Avec les terribles pouvoirs du Bâton à sa disposition, Anvar allait être capable de frapper directement le temple en passant par le cœur même de la montagne.

Le Mage esquissa le plus sinistre des sourires. Aurian et lui étaient restés trop longtemps impuissants et emprisonnés. Maintenant, il était temps de rendre coup pour coup à leurs ennemis. Et par tous les dieux, il avait hâte d'y être.

19

RETOUR À NEXIS

Eliseth leva les yeux du parchemin qu'elle était en train d'étudier lorsque l'Archimage entra en coup de vent dans ses appartements. Pendant un instant, Miathan vit l'ombre d'une ride apparaître entre les yeux de la Mage, comme si elle s'apprêtait à froncer les sourcils. Mais elle dissimula rapidement son irritation sous un masque de sociabilité. Repoussant le rouleau de parchemin par terre à côté de sa chaise, elle se leva pour accueillir son visiteur et fit signe à sa servante, qui cousait dans un coin, de leur verser du vin.

— Que se passe-t-il ? demanda la Mage du Climat. Je suppose, au vu de ton entrée précipitée, qu'il doit s'agir d'une nouvelle importante.

— Vannor a été capturé.

Miathan fit volte-face en entendant le fracas du cristal qui se brise. La petite servante, les yeux agrandis par l'horreur, se tenait près du vaisselier et se mordait un poing en contemplant les éclats scintillants qui jonchaient le sol. Le vin cramoisi avait éclaboussé sa jupe et formait comme une mare de sang à ses pieds.

— Misérable petite maladroite ! (Eliseth attrapa l'infortunée jeune fille par l'épaule et lui donna une violente paire de claques.) Ce verre faisait partie d'une paire assortie ! Dépêche-toi de nous reverser du vin et de nettoyer les dégâts. Tu recevras une correction pour ce que tu viens de faire.

— Et toi, tu seras ravie de la lui donner. (Miathan sourit d'un air cruel tandis qu'Eliseth revenait vers lui.) Comme c'est gentil de sa part de te fournir une excuse.

La Mage du Climat haussa les épaules.

— Qui a besoin d'une excuse ? Heureusement d'ailleurs, car elle ne m'en fournit pas beaucoup. Il faut rendre justice à cette gamine, c'est la meilleure servante que j'aie jamais eue.

— Peu importe. (Miathan écarta d'un geste ces considérations triviales.) Eliseth, je viens juste de faire la plus utile des découvertes.

Il poursuivit en lui racontant sa confrontation avec le marchand capturé et lui fit part de son excitation lorsqu'il avait découvert la quantité d'énergie magique que l'on pouvait tirer de la douleur et de la peur d'un Mortel.

Eliseth jura d'un air dégoûté.

— Quoi ? Alors, ça veut dire que tous ces sacrifices humains n'étaient pas nécessaires ? Nous aurions pu nous épargner la peine de trouver toujours plus de victimes en gardant une poignée de prisonniers en vie et en les torturant ?

— Jusqu'à un certain point, répondit judicieusement l'Archimage. Pour des sorts exigeant un apport massif de puissance, comme posséder quelqu'un à distance, j'imagine qu'un sacrifice reste requis. Néanmoins, cette découverte nous offre des possibilités intéressantes. Il va falloir réaliser certaines expériences, je pense – et quel meilleur sujet d'étude que Vannor en personne ? (Sa voix se réduisit à un ronronnement.) Le bonhomme est solide psychologiquement parlant et costaud sur le plan physique. Si nous prenons soin de lui, je pense qu'il tiendra un bon moment.

La Mage du Climat acquiesça avidement.

— Où l'as-tu mis ?

— J'ai fait nettoyer les appartements d'Aurian pour lui. (Miathan sourit en voyant son air étonné.) Nous le voulons à portée de main et nous devons le dorloter pour qu'il tienne plus longtemps. En plus, le seul autre endroit où nous aurions pu l'enfermer, ce sont les archives sous la bibliothèque, mais il serait plus facile pour lui de s'en évader ou même d'y être secouru. Non, cette fois, je le tiens, et il ne m'échappera pas !

Vannor ouvrit les yeux et se demanda un instant où il se trouvait. Puis la terreur lui noua le ventre lorsqu'il se rappela sa capture et la confrontation avec l'Archimage. Le marchand subissait encore les contrecoups de l'attaque de Miathan : il se sentait faible comme un nouveau-né et éprouvait une douleur lancinante dans tout le corps. Cependant, il oublia son inconfort en découvrant avec surprise son nouvel environnement.

Il s'attendait à un cachot et voilà qu'il se trouvait dans un lit moelleux au cœur d'une chambre agréable, avec des tapisseries vert et or suspendues aux murs et un bon feu qui brûlait dans l'âtre. Les meubles délicatement ouvragés possédaient des lignes simples et élégantes et affichaient leur richesse dans le doux éclat du sombre bois poli. Vannor frissonna. Que fabriquait donc l'Archimage ? En toute franchise, le marchand aurait préféré un cachot.

— Au moins, les choses auraient été claires, marmonna-t-il pour lui-même.

Il y avait une tasse sur la table de nuit à côté du lit. Après avoir bu une gorgée du bout des lèvres, Vannor se rendit compte qu'elle contenait du taillin encore chaud et arrosé de liqueur. Il sentit sa chaleur descendre à l'intérieur jusqu'à son estomac. Tout son corps réclamait ce chaud breuvage au point qu'il vida la tasse avant même de s'inquiéter si elle contenait autre chose de plus dangereux. Le taillin parut lui insuffler une nouvelle vie. Alors le marchand se traîna hors du lit en jurant, ses membres engourdis et douloureux portant encore par endroits la marque des cordes avec lesquelles on l'avait attaché. Bénissant l'énorme feu qui flambait dans la cheminée, il s'avança en titubant jusqu'au seuil de la pièce voisine, le séjour.

Là aussi brûlait une bonne flambée. Tout était net, propre et accueillant comme dans son souvenir, même si cela faisait très longtemps qu'il n'était pas venu là. Le décor familier ramena le passé en mémoire de façon si vivace que Vannor, vaincu, vacilla contre le chambranle. Un gémissement monta des profondeurs mêmes de son être et s'échappa de ses lèvres. Il se rappelait avoir dîné avec Aurian – et Forral – à plusieurs reprises dans cette pièce qui avait appartenu à la Mage autrefois. *Où se trouve-t-elle à présent ?* se demanda Vannor. *Comment va-t-elle ? La pauvre ne doit pas être loin de mettre son enfant au monde. Et où est Zanna ?* En dépit de tous ses efforts, elle se trouvait toujours quelque part au sein de cet antre du vice et de l'iniquité qu'était devenue la cité. Par les dieux, s'il parvenait un jour à remettre la main sur la misérable, il… Mais au même moment, ses yeux s'embuèrent. Vannor se frotta énergiquement les paupières en se disant qu'il souffrait des répercussions de l'attaque de Miathan.

Puis il fouilla l'appartement de fond en comble en se déplaçant comme un somnambule. La porte d'entrée était fermée, bien sûr, et il ne pouvait s'approcher des fenêtres à cause des sortilèges de Miathan. Chaque fois qu'il essayait de toucher l'un des panneaux de cristal, un éclair de lumière surgissait et une douleur brûlante envahissait sa main et remontait le long de son bras. Vannor avait alors l'impression, pendant un instant, d'avoir plongé la main dans un brasier. Les feux des cheminées des deux pièces étaient protégés par un sortilège identique. Le marchand découvrit à ses dépens qu'il pouvait jeter des bûches dans les flammes en restant à courte distance, mais qu'il ne pouvait aller plus loin que l'âtre lui-même. Il pouvait donc éliminer le feu comme arme, et il n'y avait rien d'autre dans cet appartement qui pouvait lui servir. Même les couvre-lits avec lesquels il pensait se pendre en dernier recours se dénouaient dès qu'il essayait de faire un nœud.

Jurant copieusement, les doigts parcourus de picotements, le marchand se laissa tomber dans un fauteuil près de la cheminée, enfouit son visage entre ses mains et se traita d'imbécile. L'inquiétude qu'il éprouvait pour Zanna avait dû lui émousser l'esprit lorsqu'il était parti à sa recherche. Pourtant, son plan lui avait paru si simple au départ : retourner à Nexis sous un déguisement et reprendre discrètement contact avec quelques-unes de ses vieilles relations bien placées parmi les marchands. Ça aurait dû être assez simple de retrouver la trace d'une seule jeune fille égarée. Mais il avait oublié de prendre en compte le fait qu'au moins l'une de ses vieilles connaissances n'était plus digne de confiance.

Vannor jura de nouveau. Lequel de ces bâtards l'avait trahi ? La cité avait tellement changé en son absence – encore une chose à laquelle il n'avait pas songé. De nouvelles opportunités étaient apparues sous le règne de Miathan, de nouvelles occasions de prospérer et de s'enrichir, si l'on n'était pas trop regardant quant aux méthodes employées. Le fossé entre les riches et les pauvres de Nexis se creusait de plus en plus, et le marchand avait été touché jusqu'au plus profond de son âme par la pauvreté, les maladies et la misère noire dont il avait été témoin. D'autres, visiblement, avaient une conscience plus élastique. La nature impitoyable, égoïste et amorale de Miathan se répandait tel un chancre maléfique à travers la cité de Vannor, mais celui-ci ne pouvait rien faire pour l'en empêcher. C'est vrai, il ne pouvait même pas se sauver lui-même ! Bien qu'il n'ait jamais été homme à abandonner tout espoir, Vannor ne voyait aucun moyen de sortir de cette situation fâcheuse.

Toute activité cessa lorsque l'Archimage entra dans la cuisine. Janok, occupé à réprimander un malheureux sous-fifre, s'arrêta au beau milieu de sa tirade, son visage trahissant à la fois l'étonnement et la peur. Qu'est-ce que Miathan venait faire là ? Il ne s'abaissait jamais à descendre en cuisine.

— Oui, monsieur ? En quoi puis-je vous aider ?

Janok s'inclina très bas en se mettant pratiquement à plat ventre. Le chef cuisinier n'avait jamais oublié ce jour terrible, voilà bien longtemps, où il avait laissé le serf Anvar s'échapper et tomber aux mains d'Aurian. Il n'avait pas oublié non plus comment Miathan l'avait puni pour cette erreur.

— Janok, aboya l'Archimage, j'ai besoin d'un serviteur pour une mission spéciale et délicate. Abrites-tu parmi cet assortiment peu recommandable de fainéants et de souillons quelqu'un qui soit sérieux, digne de confiance et surtout discret ?

— Moi, je peux le faire, monsieur, fit une petite voix au sein des ombres.

Janok se rembrunit. Par tous les dieux, sans la protection de dame Eliseth, il y a longtemps qu'il aurait flanqué à cette sale petite arriviste une leçon qu'elle n'aurait pas été près d'oublier.

L'Archimage fronça les sourcils en dévisageant la jeune fille aux cheveux emmêlés.

— Ne serais-tu pas la servante de dame Eliseth ?

— Si, monsieur. (Elle esquissa une nouvelle révérence.) Mais je peux trouver le temps pour cette nouvelle mission, d'ailleurs la dame fait toujours remarquer à quel point je suis efficace. (Sous ses cheveux en bataille, elle fronça les sourcils à son tour.) Enfin, je crois que c'est bien le mot qu'elle emploie.

Malgré lui, Miathan se surprit à sourire. Quelle drôle de petite créature.

— Eh bien, si tu es sûre de pouvoir le faire sans que cela incommode ta maîtresse…

— Oh, je peux y arriver, monsieur, je vous le promets. Je travaillerai très dur.

Janok serra les dents. Sale gamine arrogante ! Toujours à lécher les bottes des Mages et à se mettre en avant.

— Très bien, fit Miathan. Je dois dire que c'est rafraîchissant de voir un enthousiasme pareil. Janok, prépare un plateau avec un repas et du vin – le meilleur que tu aies. Toi, jeune fille, tu me l'apporteras en haut dès que possible.

Quand l'Archimage fut parti, Janok se tourna vers la servante.

— Espèce de sale petite…

— Si vous me touchez, j'le dirai à dame Eliseth ! s'écria la fille d'une voix stridente en lui échappant avec adresse.

Janok la maudit, mais il s'avoua vaincu pour le moment. Dame Eliseth le terrifiait, comme elle terrifiait les autres serviteurs. Mais un jour, cette petite garce ferait un faux pas, et ce jour-là… Nourrissant de sombres pensées de revanche, Janok s'en alla préparer le plateau.

Vannor, épuisé, frustré et souffrant, avait fini par s'endormir dans son fauteuil près du feu. Mais il eut l'impression qu'il venait à peine de fermer les yeux lorsqu'il fut réveillé par l'ouverture de la porte et le tintement de la vaisselle. Miathan entra, suivi d'une petite silhouette menue qui titubait sous le poids d'un plateau bien rempli. Le marchand se leva d'un bond, soulagé au premier abord de voir qu'aucun garde n'accompagnait l'Archimage. Cependant, avec Miathan, cela ne faisait qu'une toute petite différence.

— Que voulez-vous de moi à présent ? gronda le marchand.

L'Archimage haussa les épaules.

— Je suis simplement venu vous apporter de quoi manger. (Il afficha un sourire sans joie.) Nous devons prendre soin de vous, mon cher Vannor. Ce serait tragique de vous perdre trop tôt.

Il se tourna vers la servante et lui fit signe de déposer le plateau sur la table. La petite se tenait jusqu'alors derrière Miathan en gardant la tête baissée. Puis Vannor entrevit un peu mieux ses traits. Même si ses cheveux coupés à la diable lui obscurcissaient la majeure partie du visage, il y avait là quelque chose de si familier… Le marchand laissa échapper un hoquet de stupeur. Rapidement, il tourna le dos à l'Archimage pour lui dissimuler le choc qu'il venait de recevoir. De son côté, la servante déposa violemment le plateau sur la table, manquant au passage de renverser son contenu, puis lança un regard effrayé en direction de l'Archimage avant de s'enfuir de la pièce comme un lièvre aux abois.

— Si vous êtes uniquement venu me menacer, Miathan, je ne suis pas intéressé, gronda Vannor pour couvrir la retraite précipitée de la jeune fille.

— Très bien. Mais lors de ma prochaine visite, préparez-vous à recevoir davantage que des menaces.

Miathan sortit avec raideur et referma la porte à clef derrière lui.

Dès que son ennemi fut parti, Vannor traversa la pièce en coup de vent et souleva avec des doigts tremblants les plats qui se trouvaient sur le plateau. De fait, comme il s'y attendait, il trouva sous une assiette une note pliée en deux, gondolée et humide à cause de la chaleur du repas. Le marchand l'ouvrit prudemment en réprimant son impatience. L'encre commençait à couler en lignes indistinctes, mais le mot griffonné à la hâte était encore lisible.

« Papa, ne t'inquiète pas. Je te sortirai d'ici dès que possible mais ça risque de prendre un moment, le temps que je trouve un plan. Sois patient, je t'en supplie. Et surtout ne fais rien qui puisse me trahir. Zanna »

Sous la signature se trouvait une dernière phrase ajoutée rapidement, dont l'encre était floue et tachée de larmes : « Je t'aime. »

Vannor se sentit alors soulagé d'un grand poids. Rapidement, il relut la note puis la jeta dans le feu. *Eh bien, tu parles d'un culot ! De toutes les idées folles, ridicules et dangereuses…* Puis son visage s'illumina à contrecœur d'un sourire réticent. Zanna ! Cette petite maligne était venue espionner les Mages sous leur nez, au sein même de l'Académie.

Vannor secoua la tête, partagé entre l'admiration et l'horreur.

— C'est bien ma fille, reconnut-il pour lui-même. Béni soit son courage, et que le diable l'emporte !

Sur ce, Vannor s'attaqua à son repas de bon cœur, ce qu'il n'aurait jamais cru possible.

Le navire élancé et rapide des Nightrunners avec ses voiles grises obscures se glissa dans le port de Norberth bien après la tombée de la nuit et s'amarra à une jetée en ruine sur le côté sud de la rade. Le mauvais temps de cette année-là avait pratiquement mis un terme au commerce, et la ville paraissait silencieuse et presque éteinte, avec quelques rares fenêtres allumées. Il n'y avait pas le moindre signe d'activité sur les vaisseaux ancrés au nord et le silence régnait sur les quais déserts. Remana, debout à la proue du navire de contrebande, se blottit davantage sous son épaisse cape et frissonna. Déjà, l'automne approchait, même si cette année ils n'avaient jamais eu d'été.

Remana songea avec nostalgie au Val sur lequel cet hiver surnaturel n'avait pas d'emprise. Sur le pont, elle entendit des cliquetis et des grattements étouffés, ainsi que les grincements des cordes qui permettaient d'abaisser la chaloupe à la mer, ce qui fut fait avec une rapidité trahissant une longue pratique. Soudain, une silhouette surgit de la pénombre pour se matérialiser à côté d'elle. Remana, qui s'attendait à voir apparaître Yanis, fut surprise d'entendre la voix de Tarnal, le jeune Nightrunner dévoué qui avait appris l'équitation à Zanna.

— Vous êtes prête à y aller, m'dame ?

Remana, en proie à l'excitation, hocha la tête avant de se rappeler que Tarnal ne pouvait pas la voir dans le noir.

— Je suis prête, chuchota-t-elle. Où est Yanis ?

— Il attend dans la chaloupe – il n'apprécie toujours pas que vous veniez avec nous, répondit Tarnal. Si Gevan ne s'était pas autant plaint en disant qu'on emmenait une femme pour faire le travail d'un homme, vous auriez eu des problèmes. Mais vous savez à quel point Gevan tape sur les nerfs de notre chef. (Il pouffa de rire.) Maintenant, Yanis veut vous emmener juste pour le faire enrager.

— Ça n'est pas à Yanis de décider, pas plus qu'à cet imbécile de Gevan, répliqua Remana d'un ton acerbe.

Elle descendit tant bien que mal dans la chaloupe, profondément soulagée d'avoir pensé à mettre un pantalon plutôt qu'une jupe, même si ses vêtements avaient fourni une autre pomme de discorde à Gevan. Elle soupira, ennuyée à l'idée que tout le monde pensait que Yanis avait accepté de l'emmener uniquement pour irriter son irascible second. Depuis que son cher Leynard s'était noyé, tout le monde voulait l'envelopper dans du coton comme un bébé.

— Dépêche-toi, m'man, grommela Yanis entre ses dents serrées. Qu'est-ce qui t'a retenue comme ça ?

Ces paroles ne firent rien pour améliorer l'humeur de Remana. Cependant, elle inspira profondément et ravala le commentaire acide qui lui vint spontanément aux lèvres. Ce ne serait que par ses actions qu'elle parviendrait enfin à prouver aux hommes sa valeur de Nighrunner.

Avec Tarnal et Yanis aux avirons et Remana à la barre – elle l'avait expressément demandé –, la chaloupe longea les quais sous couvert de l'obscurité qui régnait sur les jetées et prit la direction du grand pont blanc qui marquait l'embouchure du fleuve.

Les lumières éparses de Norberth ne tardèrent pas à disparaître derrière les contrebandiers. Des écharpes de brume se levaient au-dessus des eaux sombres et semblaient recouvrir le fleuve d'un linceul de soie scintillante. Scrutant la pénombre devant elle, Remana coinça le bout de sa langue entre ses dents pour mieux se concentrer sur la barre. Si jamais elle échouait la chaloupe ou heurtait une pierre, elle n'aurait pas fini d'en entendre parler. Ces maudits bonshommes ne se priveraient pas d'en faire des gorges chaudes – surtout Gevan.

À en juger par les halètements rauques des deux hommes, il n'était pas facile de remonter le fleuve contre le courant. Cela prit également plus de temps que Remana n'aurait cru. Lorsque enfin elle entendit le rugissement de l'eau par-dessus le barrage, elle en fut grandement soulagée. Yanis lui expliqua à quoi elle devait s'attendre. Suivant les conseils de son fils, Remana amena la chaloupe dans les eaux calmes le long de la rive, loin du courant tumultueux. Les deux hommes s'efforcèrent alors de maintenir l'embarcation à flot tandis que Remana débarquait sur la terre ferme. Avec des grognements et des jurons étouffés, ils sortirent ensuite la chaloupe de l'eau et la portèrent à bout de bras pour gravir la rive en pente et contourner le barrage, avant de la remettre à l'eau à un endroit qui ne subissait plus la féroce attraction du courant.

Remana perdit complètement la notion du temps tandis que Yanis et Tarnal faisaient avancer la chaloupe à coups de rames rythmés en direction de Nexis. En dépit des gants chauds que l'une des grands-mères nightrunners avait tricotés pour elle, sa main qui tenait la barre était gelée, presque autant que ses pieds et son visage. Elle fut très heureuse de voir surgir à travers le brouillard les premiers bâtiments de Nexis. Puis Remana se redressa en sursaut à la vue de la scène qui s'offrit à elle au détour du fleuve. La chaloupe fit alors une brusque embardée lorsqu'elle resserra inconsciemment la main sur la barre.

— Au nom de tous les dieux, qu'est-ce que c'est que ça ? s'écria-t-elle.

Yanis cracha un juron et rattrapa la rame que le mouvement brusque de la chaloupe lui avait arrachée des mains. En voyant la mine renfrognée de son fils, Remana comprit qu'il avait été sur le point de faire un commentaire cinglant sur sa façon de barrer. Heureusement pour lui, il s'était ravisé. Tarnal, quant à lui, jeta un coup d'œil par-dessus son épaule et poussa un cri de surprise qui détourna l'attention du chef des Nightrunners.

— Yanis, regarde ! Ils ont rebâti le vieux mur d'enceinte !

La cité de Nexis avait depuis longtemps débordé les limites contraignantes de ses anciens remparts. Leurs restes croulants existaient encore au nord et à l'est de la ville, où le paysage inégal et escarpé avait découragé la poursuite des constructions, mais des générations de marchands avaient pris l'habitude de bâtir leurs maisons sur les terrasses en pente sur la rive sud du fleuve, et la cité bourgeonnante s'était également agrandie vers l'ouest, à l'endroit où le terrain descendait de manière moins abrupte à cause de l'élargissement du fleuve et de l'ouverture de la vallée. Mais depuis la dernière fois où Remana était venue à Nexis, quelqu'un avait entrepris de réparer et d'étendre les anciennes fortifications avec du mortier grossier et des blocs de pierre imposants qui s'élevaient jusqu'à trois fois la hauteur d'un homme.

Un nouveau pont enjambait le fleuve et prolongeait le nouveau rempart qui gravissait le versant sud de la vallée en une série de marches allongées pour contourner les demeures des marchands. Une énorme herse encastrée sous la voûte du pont barrait l'accès à la ville par le fleuve. Quant au bâtiment trapu qui couronnait le pont lui-même, il abritait probablement le mécanisme permettant de relever la herse afin de laisser passer les embarcations fluviales autorisées à entrer.

— Comment ont-ils pu bâtir ça si vite ? demanda Yanis, suffoqué.

Rapidement, en quelques coups de rame, il emmena sa petite embarcation à l'abri des arbres de la rive nord, hors de vue des gardes qui devaient être postés sur le pont.

— Ce sont les Mages qui ont fait ça, affirma Tarnal. Il faut de la magie pour soulever des blocs de pierre pareils. (Il fronça les sourcils.) Mais pourquoi ont-ils fait ça ? C'est vrai, avec les pouvoirs dont dispose Miathan, il redoute quand même d'être attaqué ?

Remana secoua la tête.

— Peut-être que ce mur a été construit non pas pour empêcher les gens d'entrer à Nexis mais pour les empêcher d'en sortir.

Quelle que fût la raison de sa construction, ce nouveau mur leur posait problème. Remana fronça les sourcils, complètement perdue.

— Comment allons-nous pouvoir entrer pour voir Jarvas, à présent ?

— Les Nightrunners peuvent entrer et sortir de Nexis sans qu'on les voie, assura Yanis avec ce sourire malicieux qui rappelait tant celui de son père.

Il attacha le canot dans sa cachette et sortit un objet d'un tas de sacs dans le fond de l'embarcation. Remana s'aperçut, à son grand étonnement, qu'il s'agissait de la lanterne sourde dont les contrebandiers se servaient pour envoyer des signaux. Yanis guida sa mère et Tarnal le long de la rive en direction du nouveau pont qui barrait le fleuve. Parvenu près de l'édifice, il descendit en bas du talus escarpé. Heureux que l'ombre tachetée des arbres les dissimulent, ses compagnons le suivirent avec difficulté en s'accrochant aux touffes d'herbe pour ne pas glisser sur le sol raboteux et boueux.

Même si elle entendait depuis un moment le bruit de l'eau qui dégouline, Remana ne comprit où les emmenait Yanis que lorsqu'une odeur abominable faillit lui faire tourner la tête.

— Oh, non ! (Avec quelque difficulté, elle pressa le pas pour attraper son fils par l'épaule.) Yanis, tu n'es pas sérieux ! Tu veux nous emmener dans les égouts ?

— Pourquoi pas ? gloussa Yanis. Dis-toi que tu marches sur les traces de papa.

Riant toujours, il les guida vers le trou rond et noir qui s'ouvrait dans la rive et qui n'était autre que le déversoir de l'ouest de la cité de Nexis.

— Que la peste m'emporte ! Pourquoi ne t'ai-je pas écouté, Benziorn ? se lamenta Jarvas. Si j'avais renvoyé ces gens plus tôt, ils seraient déjà à l'abri à l'heure qu'il est !

Risquant un coup d'œil par une fissure au sein du bois solide de sa palissade, il vit la lumière des torches se refléter sur les épées et les lances des troupes de Pendral qui avaient encerclé son refuge. Déjà, le capitaine avait lancé son ultimatum. Si on ne lui remettait pas Tilda, Jarvas et l'étranger blessé avant l'extinction de la torche qu'il tenait à la main, ses archers mettraient le feu aux bâtiments qui se trouvaient derrière ces murs en bois.

— Tu as essayé, tu te rappelles ? répliqua Benziorn. Même en sachant les risques qu'ils encouraient, ils n'ont pas voulu partir. Ils ont refusé de croire qu'il pouvait leur arriver quelque chose ici, tellement ils sont habitués à penser que cet endroit est sûr. (Il haussa les épaules.) Que pouvais-tu faire de plus ? Ils ont décidé de rester et de tenter leur chance, c'est leur choix. (Le médecin secoua la tête.) Jarvas, tu as trop bien fortifié cet endroit. N'y a-t-il donc aucune autre issue ?

— Seulement par ce satané fleuve ! répliqua Jarvas. Mais les eaux sont trop profondes et le courant trop rapide pour la plupart de ces gens. (Jurant amèrement, il tapa du poing dans sa paume.) Benziorn, il va falloir que je me rende. Il n'y a pas d'autre solution.

— Attends. (Le médecin le prit par le bras.) Ne précipite pas les choses. Pendral est à la solde des Mages et nous savons tous que l'Archimage est responsable des disparitions qui ont eu lieu partout en ville ces derniers mois. Rien ne nous garantit que ta reddition sauvera tous les autres. En plus, il n'y a pas que toi qu'ils veulent – que comptes-tu faire pour Tilda et l'étranger ? Par tous les dieux, on doit bien pouvoir faire quelque chose.

Dans l'entrepôt, les gens s'étaient regroupés par famille et se blottissaient les uns contre les autres, terrifiés. En dehors des braillements des nourrissons qui semblaient extraordinairement réceptifs à la tension ambiante, le silence le plus complet régnait dans le bâtiment. Lorsque Jarvas entra, tous les regards se tournèrent vers lui avec espoir, comme s'ils attendaient une réponse – comme s'il pouvait les sauver. Emmie accourut vers lui, le chien blanc sur les talons.

— Jarvas, dit-elle d'un ton pressant, vous devriez partir d'ici, toi, Tilda, l'étranger et Benziorn. C'est vous qu'ils veulent. Peut-être qu'avec votre départ, ils nous laisseront tranquilles.

Le géant fronça les sourcils.

— Je n'aime pas ça…

Mais Benziorn l'interrompit :

— Elle a raison, Jarvas. C'est la seule solution. Le problème, c'est de savoir par où s'en aller.

— Par les égouts, bien sûr.

Tous les trois se retournèrent au son de cette voix inconnue. Jarvas laissa échapper un hoquet de stupeur.

— Par toutes les choses sacrées ! Mais c'est la femme de Leynard ! D'où sortez-vous comme ça ?

La femme ôta une mèche de cheveux de son visage à l'aide d'une main boueuse et fit un signe en direction de son compagnon :

— Voici mon fils, Yanis, le nouveau chef des Nightrunners. J'ai entendu ce que vous disiez. Nous pouvons vous faire sortir de Nexis de la même façon que nous y sommes entrés, et nous avons un navire ancré à Norberth qui peut vous conduire en lieu sûr.

Elle s'exprimait d'un ton brusque et très terre à terre qui faisait penser à Emmie, se dit Jarvas en admirant son résumé perspicace de la situation.

— Je vais aller chercher Tilda et le petit.

Emmie disparut dans les profondeurs de l'entrepôt, toujours suivie comme une ombre par la chienne.

— Nous devons emmener un blessé avec nous, expliqua Jarvas à Yanis. Pouvez-vous m'aider à le porter ?

Remana pâlit en découvrant le visage de l'étranger.

— Hargorn ! Que lui est-il arrivé ? Est-ce qu'il va s'en remettre ?

Au même moment, une pluie de coups s'abattit dans un bruit de tonnerre sur le portail. Des flèches enflammées traversèrent le ciel en sifflant comme des étoiles filantes. Certaines tombèrent, brûlant encore, sur le sol à l'intérieur de la palissade. D'autres se fichèrent avec un bruit sourd dans les colombages des bâtiments ou se logèrent entre les tuiles des toits, communiquant leurs flammes aux poutres de la charpente. Une réserve à bois prit feu à l'intérieur du complexe et les gens se mirent à courir en hurlant. Comme l'avaient prévu les gardes, ce ne fut qu'une question de temps avant que quelqu'un panique suffisamment pour ouvrir la porte.

Emmie avançait à l'aveuglette, étouffant à cause de la fumée qui s'épaississait. Mais elle faisait confiance à la chienne pour la guider. À cause du danger, l'animal allait retourner tout droit auprès de sa portée – or, là où se trouvaient les chiots, Grince y était aussi, ainsi que Tilda avec un peu de chance. C'était la seule façon de les retrouver à présent. Les yeux piquants et larmoyants, Emmie continua à se frayer un chemin dans la foule de gens paniqués qui ne cessaient de la bousculer dans leur fuite précipitée vers la porte. Sans la présence imposante et rassurante de la chienne blanche qu'elle tenait par l'épais collier de fourrure qui entourait son cou, Emmie aurait été renversée en un rien de temps. La panique était contagieuse. Tandis qu'elle continuait à avancer vers le fond de l'entrepôt, Emmie sentit la peur lui nouer la gorge et se resserrer autour de son cœur qui battait la chamade.

— Emmie ? C'est toi ? (Tilda parut pratiquement surgir du sol aux pieds d'Emmie, les yeux écarquillés et le visage rendu pratiquement méconnaissable par la peur.) Est-ce que Grince est avec toi ?

— Non, je pensais qu'il était avec toi !

Emmie lutta pour libérer son bras de l'étreinte de la prostituée hystérique.

— Non, je l'ai envoyé te chercher. Ensuite, tout ce boucan a commencé et puis les incendies…

Emmie jura si crûment et avec une telle sauvagerie que Tilda, sous le choc, en resta bouche bée.

— Par où est-il parti ?

— Je sais pas, je l'ai perdu de vue…

Elle fut interrompue par un terrible hurlement de la chienne. Le cœur d'Emmie chavira. Là, près des braises éparses du feu, la pauvre bête gémissait de manière pitoyable au-dessus d'un amas de fourrures et de sang – les restes piétinés de ses chiots.

— Je n'ai pas pu les en empêcher, bafouilla Tilda. Une véritable foule est passée en courant par ici – je ne pouvais rien faire.

— Stupide garce ! (Emmie la gifla si fort que Tilda trébucha.) Tu ne peux donc rien faire correctement ?

Elle s'en voulut aussitôt de passer ses nerfs angoissés sur la prostituée et se baissa pour passer les bras autour du cou de la chienne gémissante qui reniflait d'un air confus et pathétique les petits corps sans vie.

— Viens, lui dit-elle doucement. Ça ne sert à rien maintenant.

Le chagrin de l'animal lui brisait le cœur. Chassant ses larmes, elle tira la chienne en arrière. Après quelques instants d'hésitation, la pauvre bête accepta d'abandonner sa portée morte pour la suivre avec confiance.

— Allons-y. (Emmie attrapa Tilda par le bras et l'obligea à venir avec elle.) Il faut qu'on retrouve Grince.

Ils le trouvèrent auprès de Jarvas, à côté des portes de l'entrepôt.

— Vite ! s'exclama le géant. Les Nightrunners sont partis en avant. Restez près de moi.

Au moment où ils sortirent dans la cour, le portail s'ouvrit en grand et les gardes surgirent à l'intérieur telle une énorme vague implacable. Par-dessus les hurlements, Emmie entendit Jarvas jurer. Il s'arrêta et fit mine de se retourner comme s'il voulait rebrousser chemin.

Courant jusqu'à lui, Emmie tira sur sa manche.

— Non, Jarvas, ne fais pas ça. Il n'y a rien que tu puisses faire pour eux à présent.

Benziorn et Remana attendaient sur le seuil du bâtiment caverneux qui servait autrefois de foulerie.

— Dépêchez-vous, les pressa Remana. Yanis et Tarnal sont déjà partis avec Hargorn.

Alors, à la grande consternation d'Emmie, Grince s'aperçut que ses chiots adorés n'étaient pas là.

— Mes chiots ! hurla-t-il. On peut pas les laisser.

S'arrachant à la main de sa mère, il traversa la cour en courant et disparut dans la foule.

— Grince ! s'écria Tilda qui s'élança à sa poursuite avant que quiconque puisse l'en empêcher.

Mais elle fut immédiatement reconnue. Emmie, figée par l'horreur, vit deux soldats se jeter sur la prostituée et l'entraîner en dépit de ses hurlements et de ses efforts pour se libérer. Tilda réussit à dégager l'une de ses mains et tenta de crever les yeux de l'un des gardes. L'autre lui plongea alors son épée dans le ventre. Emmie se couvrit les yeux en poussant un cri d'angoisse. Remana passa un bras solide et réconfortant autour de ses épaules.

— Tu pleureras plus tard, murmura la Nightrunner. Pour l'instant, ça pourrait te coûter la vie.

Emmie acquiesça et redressa les épaules, même si ces larmes qu'elle refusait de verser lui serraient la gorge.

Jarvas venait de faire un pas en avant, le visage transformé en un masque de douleur rigide, lorsque les soldats se déployèrent au sein de la foule terrifiée qui courait en tous sens. Ils s'attaquèrent à eux avec la hampe de leur lance ou à grand renfort de coups de poing et de pied botté sans se soucier de la douleur qu'ils infligeaient à ces pauvres gens, jeunes ou vieux, hommes ou femmes. Ils cherchaient uniquement les fugitifs. Emmie vit Benziorn pincer les lèvres et se mettre en travers du chemin du géant.

— Pas toi, Jarvas, s'écria-t-il. Tu es un homme recherché. Je vais retrouver le gamin et je montrerai aux autres comment sortir d'ici.

— Non, revenez ! protesta Remana qui rattrapa Emmie alors qu'elle s'apprêtait à le suivre. Non ! Vous êtes tous devenus fous ou quoi ? Tu es l'assistante de ce médecin. Hargorn a besoin de toi.

À elles deux, Emmie et Remana parvinrent à convaincre et à entraîner un Jarvas hébété à l'intérieur de l'ancienne foulerie qui servait à présent d'étable. Mais elles faillirent tomber à la renverse à cause du vacarme que provoquaient les chèvres et les cochons effrayés et les poulets qui voletaient dans tous les sens. Les flammes dans la cour éclairaient le bâtiment obscur d'une lueur dansante et infernale. Remana se baissa près de l'une des grandes cuves à teinture.

— Voilà l'entrée des égouts. (Elle tira sur la manche de Jarvas.) Cherchez l'échelle à tâtons. Vous la sentez ? Maintenant, descendez là-dedans, vite.

Regardant par-dessus l'épaule de la femme plus âgée qu'elle, Emmie aperçut l'ouverture carrée et obscure du conduit d'évacuation, avec une grille en fer posée à côté. Sur l'insistance de Remana, Jarvas commença à descendre. Emmie, priant pour que la chute ne soit pas trop grande, poussa la chienne réticente dans l'ouverture, puis chercha à son tour les barreaux rouillés et friables de l'échelle. Fort heureusement, la descente fut courte. En arrivant en bas, Emmie vit briller de la lumière.

Yanis se tenait avec le jeune Nightrunner blond sur le trottoir qui bordait l'égout. Il portait une lanterne sourde qui projetait des ombres semblables à un crâne sur son visage livide. Lorsque Remana descendit à son tour, Yanis fourra la lampe dans les mains d'Emmie et saisit sa mère par les épaules.

— Où diable étais-tu passée ? cria-t-il d'une voix rauque. Bons dieux, j'ai cru que tu avais été capturée !

— Ne sois pas idiot, répliqua sèchement sa mère avant de le serrer très fort contre elle. Je suis désolée, Yanis. Mais je vais bien, je t'assure. Est-ce que Tarnal a réussi à conduire Hargorn jusqu'à la sortie ?

Yanis acquiesça puis regarda durement sa mère en serrant les mâchoires.

— Je compte sur toi pour prendre soin d'eux, m'man. Dès qu'on aura amené les réfugiés jusqu'au fleuve, Tarnal et moi on reviendra en ville par les égouts pour chercher Zanna et Vannor.

La réponse de Remana choqua Emmie. Dieux, cette femme de contrebandier jurait exactement comme un homme ! Pendant un instant, elle crut que Remana allait s'opposer à la décision de Yanis, au lieu de quoi elle s'arrêta au beau milieu d'une injure et hocha la tête.

— Je comprends, Yanis. Prenez bien soin de vous, les garçons, et ramenez-nous cette pauvre Zanna. (Elle pinça la bouche d'un air qui ne présageait rien de bon.) J'ai deux mots à lui dire.

Yanis sourit.

— S'il en reste quelque chose une fois que nous en aurons fini avec elle, Vannor et moi. (Il se tourna vers

Emmie et lui offrit un sourire éclair.) Venez, jeune fille, sortons d'ici.

Emmie fut surprise de le voir sourire après tout ce qu'il avait vécu cette nuit-là. Jarvas et elle n'avaient plus de raison de sourire pour le moment et sans doute pour longtemps encore. La chienne blanche sur les talons, elle suivit ses compagnons dans les égouts obscurs et nauséabonds en pleurant pour ceux qu'elle laissait derrière elle à Nexis.

Grince rentra en courant dans l'entrepôt plongé dans la pénombre et envahi par la fumée. Plié en deux, il se fraya un chemin à travers la mêlée de gens qui se battaient et ne prêtèrent pas la moindre attention à un enfant égaré. Ce n'était pas la première fois de sa jeune vie que Grince remerciait les dieux de l'avoir fait petit et rapide. Seule sa capacité à se glisser entre les grands corps d'adultes l'empêcha de se faire piétiner sous leurs pieds.

À l'intérieur de l'entrepôt, les flammes venaient du plafond et léchaient les murs de leurs langues avides. L'air épais était suffocant et la chaleur formait comme un mur brûlant et palpable. Grince, à moitié étouffé, réussit à retrouver le petit nid qu'Emmie avait confectionné avec des couvertures, mais il recula d'un air horrifié face au carnage qui l'accueillit.

— Non !

Il frappa le sol de ses poings en sanglotant et en déversant un flot d'injures. Ses chiots adorés, tous piétinés et réduits à un tas de fourrure emmêlée ! La chaleur continuait d'augmenter, il devenait de plus en plus difficile de respirer. Un grondement menaçant résonna au-dessus de la tête de Grince qui leva ses yeux larmoyants et vit les flammes commencer à consumer les poutres soutenant le toit. La panique s'empara alors de lui. Il se releva péniblement et vit un coin de la couverture bouger.

Grince l'attrapa et se mit à courir. Il courut pour sauver sa peau alors que les poutres commençaient à céder… Il courut essoufflé, haletant et aveugle en s'en remettant à son instinct pour le guider jusqu'à la porte à travers la fumée. Des étincelles et des débris enflammés tombèrent dans ses cheveux et lui brûlèrent le crâne, mais il y fit à peine attention.

Dans un rugissement de triomphe, le plafond de l'entrepôt s'effondra. Le garçon jaillit dans la cour sans une seconde de trop, un nuage de fumée aux trousses et les flammes sur ses talons. Le souffle court, il tomba sur le sol et, instinctivement, se roula en boule pour protéger son précieux fardeau. Puis, avec le peu de forces qui lui restait, il rampa à l'écart de la chaleur en serrant d'une main contre sa poitrine le précieux chiot – vivant ou mort, il l'ignorait encore.

Grince s'assit alors en toussant de manière convulsive et s'essuya les yeux. Les entrepôts ne formaient plus qu'un gigantesque brasier, et la cour avait été désertée – du moins par les vivants. Pris de nausées, le garçon détourna le regard des corps tordus et noircis dont la plupart étaient encore reconnaissables et qui avaient tous vécu dans le bâtiment ayant servi de sanctuaire à Hargorn. Avec détermination, Grince tourna son attention vers la boule de fourrure qu'il tenait toujours dans ses bras. C'était le chiot blanc, son préféré. Le cœur du garçon fit un bond dans sa poitrine, mais il savait qu'il valait mieux ne pas se réjouir trop vite. La minuscule créature blottie dans ses bras tremblait et paraissait bien faible et misérable. Elle avait besoin de nourriture, de chaleur et de soins. Grince jeta des regards éperdus autour de lui. Où était

Emmie ? Elle saurait quoi faire. Où était tout le monde ?

Grince mit le chiot à l'intérieur de sa chemise noircie et déchirée, trop inquiet vis-à-vis de la petite créature pour se soucier de son confort. Puis, redressant les épaules, il entreprit de traverser la cour ensanglantée pour retrouver Emmie. Qu'elle puisse faire partie des cadavres épars qui jonchaient le sol était une éventualité qu'il n'était pas prêt à accepter. En revanche, il découvrit le corps de sa mère.

Tilda gisait dans la boue, les entrailles à l'air comme un cochon à l'abattoir, et fixait le ciel empli de fumée avec des yeux vitreux et un air horrifié. Incapable de détacher son regard de cette horrible scène, Grince se figea, pris de vertige et trop choqué encore pour pleurer. Au bout d'un moment, le chiot s'agita contre sa peau en le griffant de ses minuscules pattes, ce qui ramena le garçon à la réalité. Cette… cette horreur n'était pas la réalité, justement. Il ne s'agissait pas de sa mère. C'était impossible. Elle devait se trouver ailleurs, perdue quelque part dans la cité… Il savait qu'il allait la retrouver. En attendant, il devait prendre soin de son chiot.

Grince tourna le dos au sinistre carnage à l'intérieur de la palissade qui avait protégé Hargorn et franchit le portail d'un pas lent, à la manière d'un somnambule. N'étant lui-même guère plus qu'une ombre, le jeune garçon disparut sans laisser de trace dans les taudis obscurs de Nexis.

20

LE TEMPLE DU DIEU DU CIEL

— Laissez-moi tranquille !

Voilà les premières paroles que Raven avait prononcées depuis la destruction de ses ailes. Cygnus soupira avec impatience et se détourna d'elle. Pendant des jours, il était resté à son chevet en lui parlant pour tenter de l'amadouer et de la réconforter – n'importe quoi pourvu qu'il parvienne à briser la coquille de désolation au sein de laquelle la reine s'était réfugiée. Comme par hasard, c'était justement maintenant, au moment où il avait lui aussi des ennuis, qu'elle réagissait finalement à sa présence. Quelques minutes plus tôt, il avait reçu la visite du Haut-Prêtre, et les paroles prononcées par ce dernier continuaient à lui donner le vertige.

— Quels imbéciles nous avons été, gémit-il pour lui-même.

Elster, capturée, allait être exécutée. Lui-même se retrouvait prisonnier des appartements de la reine Raven en attendant de subir un sort identique lorsque Serre-Noire n'aurait plus besoin de ses services. Brusquement, Cygnus ne voulait plus d'une guérison rapide pour Raven. Dès qu'elle n'aurait plus besoin de lui, l'espérance de vie de Cygnus ne se compterait plus qu'en minutes.

— Je vous ai demandé de me laisser seule !

La sécheresse du ton de Raven sortit brutalement Cygnus de ses pensées sinistres. Le jeune médecin se laissa envahir par une colère irrationnelle.

— Volontiers, si seulement je le pouvais ! répliqua-t-il violemment. Ne me dites pas que vous n'avez pas entendu Serre-Noire. Je suis prisonnier autant que vous, ici, alors vous feriez mieux de vous faire à cette idée. Mais à votre place, je ne m'inquiéterais pas, ajouta-t-il. Je doute de vous encombrer de ma présence très longtemps. Vous avez devant vous une vie plus longue que la mienne.

Piquée au vif par l'amertume de cette réponse, Raven tourna la tête afin de dévisager pour la première fois le jeune médecin qui s'était occupé d'elle avec tant de patience.

— Mais je veux mourir, protesta-t-elle avec une franchise brutale. Auriez-vous envie de vivre comme ça ? Pourquoi ne m'avez-vous pas laissée mourir, comme je le souhaitais ?

Sa voix s'éleva en un gémissement enfantin, et les larmes lui montèrent aux yeux tandis qu'elle s'apitoyait sur son sort. Mais ces mêmes larmes s'envolèrent dans les airs lorsque Cygnus la gifla brutalement.

— Espèce de petite idiote égoïste ! cria-t-il. Vous croyez que vous êtes la seule à souffrir ? Et votre peuple, alors ? Et moi ? Et Elster, qui a sauvé votre misérable existence et va mourir au coucher du soleil ? Vous êtes notre reine. Au lieu de rester allongée là à pleurer comme une lâche, pourquoi n'essayez-vous pas de vous venger de ce monstre aux ailes noires ?

— Soyez maudit ! Comment osez-vous me frapper ? Comment osez-vous me parler comme ça ? Avez-vous la moindre idée de ce que ça fait d'être estropiée comme ça ? s'écria Raven d'une voix aiguë.

Folle de colère, elle essaya de se lever pour le frapper en retour, luttant contre les lourdes attelles qui maintenaient l'ossature de ses ailes. Aussitôt, l'horreur remplaça la rage sur le visage du médecin.

— Non ! Pour l'amour de Yinze, restez tranquille.

Fermement, il l'obligea à s'allonger de nouveau sur ses oreillers en évitant les petites mains qui se tendaient pour lui griffer les yeux. Raven se débattit encore pendant quelques instants, puis le désespoir la submergea et elle s'affaissa dans les bras de Cygnus qui la lâcha comme si ce contact le brûlait. Les deux Ailés, haletants, s'affrontèrent alors du regard.

— Dieux, je vous hais ! cracha Raven.

— Je ne vous tiens pas non plus en très haute estime, assura Cygnus. Mais Elster et moi avons travaillé dur pour réparer ces ailes et je refuse que vous gâchiez notre œuvre à cause d'une crise d'hystérie. Essayez encore un truc comme ça et je vous attache.

— Vous n'oseriez pas. Vous… (La rage faisait bafouiller Raven.)

— Oh vraiment ?

Cygnus s'exprima doucement, mais la jeune Ailée vit briller une lueur obstinée dans son regard, si bien qu'elle se tut brusquement.

— Au moins, vous vous battez, poursuivit le médecin avec ironie. Si j'avais su que ce serait si efficace, je vous aurais giflée plus tôt.

— À quoi ça sert de se battre ? (Le désespoir revint submerger Raven, qui s'arma de courage et regarda Cygnus droit dans les yeux.) Je ne volerai plus jamais, n'est-ce pas ?

Le jeune médecin secoua la tête, les yeux débordants de compassion.

— Hélas, Serre-Noire s'est montré trop minutieux. Nous avons sauvé vos ailes, mais… (Les yeux flamboyants de colère, il prit la main de la reine et la serra très fort.) Votre Majesté, vengez-vous, je vous en conjure. Accrochez-vous à la vie jusqu'à ce que Serre-Noire paye pour ses crimes.

— Vous ne savez pas ce que vous me demandez là, pleura Raven. Que puis-je faire contre le Haut-Prêtre ? Je suis estropiée, impuissante ! J'ai été trahie…

— D'après Anvar, vous avez eu ce que vous méritiez, répliqua brutalement Cygnus.

Raven frémit de honte sous le poids de son regard accusateur. Impossible d'échapper au fait qu'il avait raison. Elle avait causé sa propre perte en trahissant les Mages… Puis l'implication de ce qu'il venait de dire lui apparut clairement et elle le dévisagea, les yeux agrandis par l'horreur, pendant que le temps paraissait rester en suspens.

— Comment ? suffoqua-t-elle. Anvar est ici ?

Cygnus acquiesça.

— Emprisonné sous la cité. Peut-être les dieux vous ont-ils offert une dernière chance de vous racheter, ajouta-t-il à voix basse.

Raven ferma les yeux. Comment aider Anvar ? C'était impossible. Pourtant, pour la première fois depuis sa capture, elle sentit germer une minuscule graine d'espoir, enfouie au plus profond de son être.

— Vous avez raison, chuchota-t-elle. Il n'y a peut-être plus d'espoir pour moi, mais au moins je peux essayer de réparer les dégâts que j'ai causés. (Ouvrant les yeux, elle regardait Cygnus comme si elle le voyait pour la première fois.) Peut-être arriverons-nous à trouver un moyen de vous sauver la vie, à vous aussi, ajouta-t-elle avec l'ombre d'un sourire fugitif.

Linotte avançait furtivement sur le rebord du parapet et agrippait la pierre froide et friable avec les orteils de ses pieds nus tout en battant légèrement de ses ailes marron afin de garder l'équilibre sur l'étroite corniche. Risquant un coup d'œil au détour de la vieille tourelle, elle balaya du regard l'étendue de ciel qui séparait son perchoir des hautes tours très élaborées du palais royal. Bien. Comme elle s'y attendait, il n'y avait que de l'air entre elle et le palais. Elle avait parfaitement choisi son moment pour tenter cette aventure interdite, pendant que les grandes personnes étaient toutes trop occupées à préparer la grande cérémonie prévue au temple par Serre-Noire pour surveiller une enfant solitaire. Linotte sourit, le visage éclairé par la malice. L'étrange forêt de style rococo que formait l'architecture sauvagement élaborée du palais offrait un spectacle mystérieux et fascinant, une tentation irrésistible pour une enfant active et aventureuse. Car, d'aussi loin qu'elle se souvienne, Linotte avait toujours voulu voler jusque là-haut afin d'explorer cette contrée interdite. Cependant, la demeure royale était d'ordinaire si bien gardée qu'elle ne pouvait s'en approcher. Aujourd'hui, enfin, la chance était avec elle.

Tournant la tête de l'autre côté, Linotte fit signe à son compagnon d'avancer. Mais Moineau resta en retrait d'un air renfrogné, visiblement mal à l'aise au sujet de cette expédition. Linotte se mordit la lèvre d'un air vexé. Elle essaya de faire la part des choses en se disant que son frère avait carrément une année de moins qu'elle, mais honnêtement, qu'est-ce qu'il pouvait être bouché parfois !

— Viens, chuchota-t-elle. Dépêche-toi tant qu'il n'y a personne !

Moineau la rejoignit à contrecœur et en boudant.

— Nous allons avoir des ennuis à cause de ça ! la prévint-il.

— Oh, arrête de geindre, exigea Linotte d'un ton brusque, ou je ne jouerai plus avec toi.

Sans se retourner pour vérifier si sa menace avait fait effet, elle s'élança de la tourelle et descendit en piqué vers les toits qui la tentaient tellement. Elle songea que son frère ferait mieux de la suivre, mais elle ne s'en souciait pas vraiment. Parfois, elle avait l'impression qu'il la suivait partout depuis six ans – depuis le jour où il était venu au monde.

Se glissant sur le côté de la première tour qu'elle atteignit, l'enfant ailée se mit en quête d'une niche pratique pour s'y cacher. Découvrant une alcôve voûtée dans l'ombre d'un arc-boutant, elle se glissa à l'intérieur et recula d'un bond avec un cri de surprise en voyant surgir de la pénombre un visage horriblement déformé qui la dévisageait d'un air peu amène. Battant frénétiquement l'air de ses ailes, Linotte interrompit sa chute et lança un regard noir à la gargouille extrêmement laide mais inoffensive qui l'avait tant surprise.

— Père des Cieux ! jura-t-elle.

— Je vais dire à maman que tu as encore juré, s'écria Moineau d'un ton mutin et railleur.

Linotte se retourna et jeta un regard mauvais au petit démon qui l'avait suivie, finalement.

— Et moi, je lui dirai ce que tu faisais quand tu m'as entendue jurer, répliqua-t-elle avec un sourire suffisant en voyant le visage de son frère se décomposer et ses yeux s'embuer.

— Je te déteste, renifla Moineau, et je rentre à la maison. Et je vais dire tout ce que tu fais, tu vas voir…

Sa voix diminua peu à peu tandis qu'il s'éloignait.

— Espèce de sale bébé pleurnicheur ! cria Linotte.

Cette menace ne l'impressionnait pas du tout car son frère savait qu'elle se vengerait s'il caftait.

En attendant, elle avait une exploration à mener. Haussant les épaules, Linotte oublia Moineau et plongea au cœur de cette mystérieuse forêt de tours.

Cependant, elle ne tarda pas à reconnaître un peu plus tard qu'explorer était moins amusant quand elle ne pouvait pas fanfaronner devant son petit frère. Linotte était fatiguée et couverte de poussière et surtout elle mourait de faim, sans compter qu'elle avait les nerfs à vif à force de regarder par-dessus son épaule pour vérifier qu'aucun garde ne l'avait repérée. Elle se percha sur un rebord de fenêtre et regarda tout autour d'elle une dernière fois en admettant à contrecœur que le palais n'était pas aussi excitant qu'elle l'aurait cru.

— Il doit être presque l'heure de dîner, se dit-elle pour se consoler, et puis je peux toujours revenir un autre jour.

Linotte s'aperçut qu'elle avait parlé à voix haute lorsqu'une voix s'éleva à la fenêtre au-dessus de sa tête.

— Qui est là ? Yinze en haut d'un arbre, mais c'est une enfant !

Un long bras apparut entre les barreaux et attrapa Linotte par le dos de sa tunique alors qu'elle s'apprêtait à s'envoler.

— Je suis désolée, brailla-t-elle en se triturant les méninges à la recherche d'une excuse. Je ne l'ai pas fait exprès !

— Tout va bien, répondit la voix d'un ton apaisant. Arrête de te débattre, petite, je ne te veux aucun mal. En fait, je suis très content de te voir.

— C'est vrai ?

Linotte se tordit le cou pour regarder par-dessus son épaule l'homme qui l'avait attrapée. À son grand étonnement, elle découvrit qu'il lui souriait. Elle trouva qu'il possédait un gentil visage et que cette crinière de fins cheveux blancs qui retombait sur son front était bien plus jolie que ses propres boucles brunes.

— Écoute, lui dit-il, j'ai un peu de fruits ici. Si tu acceptes de me rendre un petit service, je te donnerai tout et je ne dirai à personne que tu es venue ici.

Linotte sentit l'eau lui monter à la bouche en pensant aux fruits. Elle n'en avait pas vu un seul depuis le début de cet horrible hiver.

— D'accord, lui dit-elle rapidement, qu'est-ce qu'il faut que je fasse ?

— Veux-tu bien porter un message de ma part à ton père ?

— Impossible. (La lèvre supérieure de l'enfant se mit à trembler.) Le Haut-Prêtre l'a sacrifié.

— Je suis désolé, s'empressa de dire le jeune homme. Veux-tu bien donner ce message à ta mère, alors ?

Linotte se décomposa.

— Je vais avoir de terribles ennuis si elle découvre où je suis allée.

— Non, bien au contraire, tu seras une véritable héroïne. Écoute, petite, la reine est ici, avec moi, et nous sommes enfermés dans cette chambre.

— Ne soyez pas stupide, répliqua Linotte d'un ton méprisant. La reine Aile-de-Feu est morte.

Elle avait beau n'être qu'une petite fille, même elle le savait ! Mais l'homme secoua la tête.

— Pas la reine Aile-de-Feu, mais la reine Raven, sa fille. Le Haut-Prêtre l'a capturée et elle court un très grave danger, mais, si les gens découvrent qu'elle est ici, quelqu'un sera peut-être capable de la sauver. (Il lui offrit un sourire éblouissant.) Toi, tu deviendras une héroïne et la reine te donnera une récompense.

— Quel genre de récompense ? demanda Linotte d'un air peu convaincu.

— Tout ce que tu voudras.

— Vraiment tout ?

Elle n'était pas sûre de le croire, mais il lui répéta tant de fois cette promesse qu'elle finit par se laisser convaincre. L'Ailé lui tendit les fruits à travers les barreaux ; il les avait enveloppés dans du tissu et y avait ajouté une note pour sa mère. Puis, tandis que résonnaient encore à ses oreilles les recommandations de prudence de cet homme qui lui demandait également de se dépêcher, Linotte s'envola pour retourner chez elle en nourrissant de profonds doutes. Peut-être devrait-elle juste manger les fruits et jeter le billet dans le vide, car une chose était certaine : en dépit de l'assurance de l'Ailé, sa mère allait la punir si elle découvrait où sa fille s'était rendue.

Anvar se tenait au fond de la grotte et prenait de profondes inspirations en obligeant ses mains à ne pas trembler. Celles-ci serraient d'ailleurs si fort le Bâton de la Terre que ses jointures avaient blanchi.

— *Es-tu prête ?* demanda-t-il à Shia.

L'espace d'un instant, il se rappela la dernière fois où il lui avait dit ces mots, lorsqu'ils s'apprêtaient à voler les chevaux d'Harihn dans la forêt.

— *Oh, bonté divine, allons-y !* répliqua brusquement la grande panthère, trahissant par là même sa nervosité.

Elle était blottie avec Khanu à l'entrée de la grotte, à l'abri de la formation rocheuse derrière laquelle le Mage avait protégé son feu.

— *Courage !*

Anvar leva le Bâton et sentit sa puissance le traverser comme les pulsations d'un autre cœur alors même qu'il s'apprêtait à se tailler un chemin au creux de la montagne. L'excitation et l'euphorie lui fouettèrent le sang. Enfin, il tenait une occasion d'échapper à cet endroit – si son plan fonctionnait. Le Mage déglutit péniblement et redressa les épaules en rejetant toute idée d'échec. Qu'est-ce qui pouvait bien l'arrêter alors qu'il tenait le Bâton de la Terre ?

Anvar lança le bras en arrière et rassembla sa volonté pour libérer les énergies du Bâton, mais au dernier moment quelque chose le fit hésiter. Un frisson le parcourut lorsqu'il se rappela brusquement l'avalanche qu'il avait provoquée par méconnaissance de la puissance dont il disposait. Il avait frôlé la mort ce jour-là en tombant au fond du col en même temps que la plaque de neige. Si, grâce au Bâton, il essayait de se tailler un chemin jusqu'au cœur du temple en agissant aussi aveuglément... Le Mage frémit. Il pouvait très bien faire s'écrouler la montagne au-dessus de sa tête. Pourtant quel autre choix avait-il ?

— *Lâche !* se dit-il pour se stimuler.

Une fois de plus, il leva le bras, et la main qui tenait le Bâton se mit à trembler. Dans son esprit apparut une vision saisissante d'Aurian, les sourcils froncés et l'air inquiet qu'elle avait eu le jour de l'avalanche. Elle l'avait supplié alors de se montrer prudent, mais il avait refusé de prêter attention à son avertissement. Lentement, Anvar baissa le bras. Cette fois, il devait faire mieux. Il n'aiderait pas Aurian s'il mourait. Il fronça les sourcils en réfléchissant intensément. Comment Aurian s'y prendrait-elle ?

D'abord, elle chercherait sûrement à en apprendre davantage sur les forces auxquelles elle avait affaire. Se rappelant le peu que la Mage lui avait enseigné sur l'art de guérir, Anvar étendit sa conscience sur une courte distance au-delà des limites de son corps. Puis il palpa la roche avec son sixième sens de guérisseur, exactement comme l'avait fait Aurian avec la porte en cristal qui leur barrait le chemin sous la cité dragon de Dhiammara.

Telle une sonde, sa volonté se glissa entre les couches interdépendantes de la structure interne de la roche, comme un serpent s'insinue entre les branches enchevêtrées d'une forêt pétrifiée. La pierre était composée de strates obliques qui s'étaient fissurées et avaient glissé par endroits, laissant des faiblesses dans la structure. Anvar les nota toutes une à une puis revint dans son corps et fit appel aux pouvoirs du Bâton.

Des ombres jaillirent autour du Mage tandis qu'une lueur verte aveuglante illuminait la caverne. La force démesurée de la Haute Magie balaya Anvar à la manière d'une grande vague déferlante, exactement comme l'avalanche qui avait bien failli le tuer. Anvar serra les dents et lutta pour contenir cette puissance. Un fin voile de sueur apparut sur son front. Libérant l'énergie un petit peu à la fois, il canalisa un étroit rayon de lumière émeraude sur le point faible de la paroi du fond de la grotte, là où les strates s'étaient affaissées.

De la fumée s'échappa sous forme de volutes de l'endroit où flamboyait la lumière du Bâton. La roche commença à reluire et à crépiter et des morceaux de pierre luisante se cassèrent dans un grand craquement. Tremblant sous l'effet de la tension qu'il fallait pour contenir et contrôler autant de magie, Anvar poussa avec toute sa volonté sur le mur qui s'effritait, en essayant d'élargir les fissures qui venaient d'apparaître. Petit à petit, la roche commença à se fracturer et l'ouverture ne cessa de croître sous les yeux d'Anvar. L'intérieur de la grotte commença à s'assombrir à cause du crépuscule, mais le Mage, creusant telle une taupe au cœur de la montagne, oublia tout ce qui n'était pas la lueur vibrante et scintillante du Bâton de la Terre et le tunnel qu'il créait peu à peu.

Dans le cœur secret de la montagne, la Moldan était réveillée et suivait le parcours du Bâton de la Terre qui ne cessait de se rapprocher d'elle. Au début, pendant que Shia escaladait ses flancs, elle avait perçu la présence de l'Artefact comme une légère irritation, comme si une mouche rampait sur sa peau. Puis elle l'avait senti entrer en elle lorsque la panthère avait atteint la grotte. La Moldan avait alors attendu avec une certaine excitation non dénuée de peur, se demandant ce qui allait arriver ensuite. Lorsque Anvar leva le Bâton, alors seulement la Moldan prit conscience de la présence d'un de ces Sorciers tant haïs.

— Non !

La rage de la Moldan fit trembler la montagne. Anvar, trop préoccupé par la nécessité de contrôler et de guider la puissance du Bâton, n'y prêta pas attention, pensant simplement qu'il était à l'origine de cette perturbation et qu'il devait se montrer encore un peu plus prudent. Shia et Khanu, tremblant sous les assauts de la magie, avaient d'autres sujets d'inquiétude. Enfin, tout en haut du pic, dans la cité d'Aerillia, les Ailés surpris s'envolèrent comme une volée d'oiseaux pris pour cible par des chasseurs tandis que les bâtiments tremblaient et se fissuraient et que les secousses faisaient dégringoler des rochers et des plaques de neige. Mais les tremblements de terre n'étaient pas inhabituels dans cette région. Les montagnes s'étaient déjà retournées dans leur sommeil par le passé, et ça se reproduirait encore, à n'en pas douter. Raven et Cygnus, terrorisés, s'accrochèrent l'un à l'autre, oubliant momentanément leur animosité partagée pour se réconforter mutuellement. Elster, emprisonnée dans l'une des cellules sous le temple, espéra que les murs allaient se fissurer et qu'elle pourrait s'échapper, mais en vain. Elle appela également la mort de ses vœux afin de priver le Haut-Prêtre d'une victime à sacrifier, mais ses prières restèrent sans réponse. Serre-Noire, qui se préparait justement en vue de ce sacrifice à l'intérieur de l'enceinte sacrée, prit ces secousses pour un signe favorable de Yinze.

La Moldan, quant à elle, se tordait de douleur. Le Bâton pénétrait son corps comme une lame qu'on aurait enfoncée profondément dans ses entrailles. Luttant pour reprendre le contrôle, elle finit par se ressaisir en utilisant sa connaissance innée de la Magie Antique pour isoler et supprimer la douleur. La rage envahit alors la très vieille créature. Que faisait donc ce Sorcier ? Comment osait-il ? Elle retraça en pensée le chemin oblique, marqué par un reste de douleur résiduelle, qui allait très loin en elle à présent. S'il continuait comme ça, le monstre allait finir par tailler un tunnel jusqu'au sommet de la montagne.

— C'est ce qu'on va voir !

La Moldan ne se souciait nullement du sort des Ailés ni de celui de quiconque. Plus rien ne comptait que l'invasion de son corps par l'un de ses ennemis jurés. De plus, elle voulait le Bâton de la Terre, elle en rêvait depuis la chute de Ghabal, mais elle n'aurait jamais cru qu'un jour il passerait à sa portée.

La Moldan du pic d'Aerillia se tendit. Après tous ces siècles interminables, elle serait peut-être celle qui libérerait son peuple et les Nailfes des entraves des Sorciers. Il lui suffisait juste de s'emparer du Bâton... Mais, sans lui, elle ne pouvait échapper à la prison que constituait son corps de pierre. Or, sous cette forme, comment atteindre son but ?

Les pouvoirs de la Magie Antique lui fournirent la réponse. Elle ne pouvait peut-être pas s'occuper du Sorcier pour le moment, mais elle pouvait toujours modeler et manipuler une créature inférieure. Rétrécissant sa vision afin d'observer les êtres les plus minuscules, la Moldan chercha en son sein une créature qui pourrait convenir à ses besoins.

Avec une assurance grandissante, Anvar se creusait un chemin au cœur de la montagne. De temps en temps, il faisait une pause et s'efforçait de restreindre la puissance du Bâton pendant qu'il sondait la roche avec sa volonté, cherchant ses faiblesses naturelles afin d'endommager le moins possible la structure du pic. Il conservait son énergie en faisant le tunnel juste assez grand pour qu'il puisse s'y tenir debout. En revanche, l'espace avait tendance à être plus large qu'il ne l'aurait souhaité à cause du sens latéral des strates. Grâce à une des particularités du Bâton, Anvar était conscient de sa progression et se voyait monter de plus en plus haut, se rapprochant sans cesse du temple.

Ce tunnel étroit ne ressemblait en rien au labyrinthe de catacombes qui abritait les archives de l'Académie ni aux larges tunnels en spirale bien éclairés sous la cité dragon de Dhiammara. Au moins, ces deux endroits étaient sûrs et bien achevés, et l'épreuve du temps avait prouvé leur sécurité et leur solidité. Pour la première fois depuis longtemps, Anvar se surprit à songer à Finbarr. Par les dieux, comme il aurait aimé que l'archiviste soit à ses côtés ! Son humour ravageur et son insatiable curiosité lui auraient donné du courage et lui auraient permis de se distraire des dangers qui se pressaient tout autour de lui, car la pierre torturée grinçait et geignait autour du Mage. Le sol grossièrement creusé était inégal et les parois de guingois. Des pierres et de la poussière s'effondraient continuellement de la voûte sous pression qui menaçait de s'affaisser. De l'eau suintait de la roche par endroits et l'air semblait mort et lourd de l'odeur putride de l'âge et de la pourriture. Le seul éclairage provenait de la lueur émeraude déconcertante du Bâton de la Terre ; autrement, d'épaisses ombres noires se pressaient dans les ténèbres.

Au début, Anvar n'entendit rien d'autre que le bourdonnement du Bâton et les crépitements et les craquements de la roche qui se désintégrait. Le petit bruissement d'une multitude de pieds et le raclement sifflant des écailles contre la roche nue échappèrent à son attention. Seuls Shia et Khanu, qui suivaient le Mage à distance respectable, aperçurent l'ombre imposante qui se dressa brusquement entre eux et la lueur verte du Bâton de la Terre.

Heureusement pour Anvar, la Moldan n'avait pas songé à prendre les panthères en compte, car, pour elle, de telles créatures n'étaient pas dignes de son attention. Le Mage ne prit conscience du danger qu'au moment où le cri de Shia envahit son esprit :

— *Anvar, derrière toi !*

Instinctivement, Anvar fit volte-face en cherchant de sa main libre l'épée qu'Elster, à son corps défendant, avait réussi à lui passer en cachette. Mais lorsqu'il découvrit l'horrible créature qui lui faisait face, Anvar reçut un choc et la lame se transforma en glace dans sa main soudain privée de vie.

Une véritable abomination bloquait l'entrée du tunnel derrière le Mage. Sur toute la longueur de son corps noir et segmenté se trouvaient une multitude de pattes dont chacune se terminait par une terrible pince hérissée de barbes. Ses noires écailles presque visqueuses absorbaient la lueur émeraude du Bâton et la réfractaient sous forme d'éclairs malsains. Ses yeux brillaient telles des têtes d'épingle vertes, au-dessus du niveau de la tête d'Anvar. Des antennes à plumes s'agitèrent follement, et des mandibules hérissées de piques cliquetèrent et s'entrechoquèrent en fendant l'air tandis que la créature se redressait de toute sa hauteur en sifflant de manière malfaisante et en dévisageant le Mage d'un air mauvais. Anvar déglutit péniblement, la gorge soudain sèche, le cœur terrifié et battant à tout rompre. Involontairement, il commença à reculer, mais c'était trop tard. Avec une vitesse foudroyante, le monstre se jeta sur lui.

Anvar fit un bond de côté et s'aplatit contre la paroi du tunnel. La gueule pourvue de crocs en dents de scie ne fit que le frôler tandis que l'imposante créature, emportée par son élan, poursuivait inexorablement sa charge vers le fond du tunnel. Le Mage lui donna un coup d'épée au passage, et une pluie d'étincelles vertes illumina les ténèbres lorsque la lame glissa sur l'armure noire sans faire de dommages. Anvar, le bras engourdi par ce premier choc, frappa de nouveau à l'aveuglette, en direction cette fois des innombrables membres du monstre. Mais cela ne servit à rien. La créature était trop solide pour être tuée par une lame, mais elle était également trop maladroite pour manœuvrer dans l'étroit tunnel, crut Anvar au début. Mais en voyant sa sinistre queue fourchue s'agiter à côté de lui, le Mage comprit que la créature avait disparu dans la paroi en se déplaçant aussi aisément au sein de la roche qu'elle l'aurait fait à l'air libre ! Cela signifiait qu'elle était probablement en train de tourner et qu'elle pouvait surgir de n'importe quelle direction…

Anvar, sa peau humide parcourue de fourmillements, attendit, attentif au moindre souffle d'air ou au moindre bruit qui pourrait trahir la présence du monstre. Shia et Khanu le rejoignirent en se déplaçant sans bruit sur des pattes de velours. Il se réjouit de leur arrivée mais n'y puisa guère de réconfort : les pensées du jeune félin n'étaient plus qu'un maelström bouillonnant de terreur, et Shia, pour une fois, semblait elle aussi secouée et sans voix. De façon irrationnelle, Anvar s'adressa à eux en réduisant sa voix mentale à un murmure :

— *Mettons-nous dos à dos. Il pourrait venir de n'importe quelle...*

Dans un effroyable craquement de roche mise à mal, le monstre surgit du sol sous les pieds du Mage. Projetés de côté par les pans de roche qui venaient de se soulever, Anvar et les panthères esquivèrent la terrible étreinte des mâchoires de la créature qui s'entrechoquèrent dans le vide. En revanche, le Mage se retrouva pris au piège de tentacules chitineux lorsque le monstre essaya de se retourner et de le mordre avec sa gueule tranchante comme un rasoir. En désespoir de cause, Anvar s'attaqua à lui avec le Bâton, mais la magie ne fit que rebondir sur les écailles glissantes avant de déloger une pluie de rochers des parois et de la voûte. Anvar, emporté par l'élan de la créature, se retrouva plaqué contre l'un des murs du tunnel tandis que son adversaire dépassait sa cible et disparaissait de nouveau dans la roche solide.

— *Khanu ? Shia ?*

Étourdi et désorienté, Anvar s'avança à tâtons dans les ténèbres. Une douleur lancinante l'envahit tandis que des bleus apparaissaient sur son corps et qu'il prenait conscience de la sensation cuisante provoquée par de nombreuses coupures et égratignures.

— *Je t'entends, humain.* (La voix peu familière du jeune félin résonna dans l'esprit du Mage.) *Shia est juste ici – donne-lui un moment pour se ressaisir…*

Presque aussitôt, la voix de Shia retentit sèchement dans l'oreille interne du jeune homme :

— *Anvar, il faut trouver un moyen de combattre cette chose.*

— *J'ai déjà essayé mon épée et le Bâton. Je suis ouvert à toutes les suggestions, mais tu ferais mieux de te dépêcher.*

Pendant un instant, il n'entendit que le silence, puis :

— *Si ses écailles sont inattaquables, il faut s'en prendre à ses yeux. Ils sont peut-être plus vulnérables, enfin je l'espère.*

Le Mage n'eut pas le temps de répondre que déjà la créature rugissante se laissait tomber de la voûte au-dessus de lui.

— Meurs, putain !

Anvar ne savait pas qu'il venait de hurler ces mots à haute voix. Il n'eut pas non plus conscience de faire appel au Bâton et pourtant l'Artefact s'anima dans sa main et s'illumina d'une lueur incandescente. Un hurlement aigu et déchirant retentit dans le tunnel et de la fumée surgit des yeux de la créature qui versa des larmes d'ichor vert. Ses antennes à plumes s'affaissèrent et ses pattes s'agitèrent faiblement sur la pierre. Puis l'horrible créature ralentit et finit par s'immobiliser en laissant retomber sa tête contre la paroi du fond du tunnel.

Cependant, Anvar savait qu'il n'avait fait que la handicaper. Levant son épée, il s'approcha du monstre en courant et enfonça sa lame jusqu'à la garde dans l'un des yeux qui luisaient obscurément.

La créature imposante convulsa et projeta le Mage sur le côté, mais ses soubresauts d'agonie ne durèrent pas. Bientôt, elle se retira en se tortillant tout au fond du tunnel – envolée, sa capacité à se mouvoir au sein de la roche. Dans la lueur mourante du Bâton, un énorme œil brilla d'une lueur menaçante puis s'éteignit à jamais. La queue fourchue racla le mur puis s'immobilisa. Alors, Anvar, vidé de son énergie, laissa le Bâton s'éteindre à son tour.

— *Il est mort ?* demanda Khanu, visiblement secoué.

— *Dieux, il vaudrait mieux !* s'exclama Anvar, haletant. *Je ne crois pas que je pourrais livrer un autre combat de sitôt.* (Il s'assit, le dos appuyé contre la paroi visqueuse du tunnel.) *Shia, tu es là ? Tu vas bien ?*

Il tremblait de froid à cause de l'air ambiant et de ce qui venait de se passer.

— *Oui, je suis là et je vais bien.*

La grande panthère semblait avoir perdu tout son entrain. Au bout d'un moment, Anvar, ayant récupéré suffisamment d'énergie, ralluma le Bâton. Khanu se tenait non loin de lui, près du mur opposé, mais il fallut encore quelques minutes avant que Shia n'apparaisse, grimpée sur les tentacules du monstre.

— *J'espère sincèrement*, marmonna-t-elle, *qu'il n'y a pas d'autres créatures comme celle-ci au sein de la montagne.*

Cette pensée fit frémir Anvar, mais il n'allait pas renoncer maintenant, alors qu'il avait déjà réussi à venir jusque-là. Rassemblant ses dernières forces, il se remit debout et leva une fois de plus le Bâton.

La Moldan d'Aerillia fut à la fois consternée et folle de rage en constatant que son attaque avait aussi lamentablement échoué. Elle avait consacré toute son énergie à la création de ce monstre et n'avait plus la force d'en agrandir un autre, pas pour le moment en tout cas.

De toute évidence, elle avait sous-estimé la puissance de ce Sorcier. Elle frémit tandis que la souffrance lui mordait de nouveau les entrailles. Ce misérable avait-il l'intention de creuser jusqu'à atteindre l'horrible édifice à son sommet ? Pour la première fois, la Moldan commença à se demander pourquoi. Au fil des âges, depuis le Cataclysme, elle n'avait pas daigné prêter attention aux batailles et aux querelles des chétifs Ailés. Depuis qu'ils avaient perdu leurs pouvoirs magiques, ils n'étaient guère plus pour elle que des puces ou des poux. Mais à présent qu'un Sorcier était impliqué, sans parler du Bâton de la Terre…

Que voulait donc ce Sorcier, et comment pouvait-elle tourner ça à l'avantage des Moldaï ? La Moldan d'Aerillia réfléchit en essayant d'ignorer le douloureux pilonnage dans ses entrailles qui menaçait de disperser ses pensées. Une chose était sûre, cependant. Si elle l'ignorait, le Sorcier resterait une menace pour elle aussi longtemps qu'il posséderait le Bâton de la Terre. Son problème principal résidait dans le fait que l'Artefact de Haute Magie le rendait bien plus puissant qu'elle. Sans le Bâton, elle ne pouvait le lui reprendre par la force – une situation ridicule et apparemment insoluble.

La Moldan tourna de nouveau son attention vers ce qui se passait à l'intérieur de son corps et la créature malingre qui manipulait tant de puissance. Très bien. Soit. Pour le moment, elle allait observer et attendre jusqu'à ce qu'elle découvre les plans du Sorcier. Si elle ne pouvait user de la force, alors elle allait devoir s'emparer du Bâton par la ruse.

La complainte d'Incondor couvrait les murmures mécontents et étouffés de la foule assemblée dans le temple. Serre-Noire jeta un coup d'œil entre les rideaux noirs derrière l'autel, surpris et fier de voir l'immense salle se remplir vite et de bonne heure. Les Ailés se pressaient dans la nef spacieuse et remplissaient même les tribunes à l'étage. Enfin ! songea le prêtre. Enfin le peuple du Ciel acceptait de le voir régner. La mort d'Aile-de-Feu avait fini par faire pencher la balance en sa faveur, comme il l'espérait.

Serre-Noire attendit dans l'étroite antichambre derrière les rideaux rebrodés d'or tandis que ses subordonnés conduisaient le service de l'adoration du Père des Cieux. Sa lourde robe de cérémonie couverte de broderies bruissait avec raideur et tirait sur ses épaules tandis qu'il faisait les cent pas dans l'espace restreint. L'incantation et les chants qui lui répondaient paraissaient interminables et il lutta pour réprimer son impatience face à tant de sottises. Le pouvoir était la seule chose qui comptait, mais si la superstition permettait d'apaiser les Ailés, alors il supposait que la fin justifiait les moyens.

Enfin arriva le moment où Serre-Noire devait prendre part à la cérémonie. Il ouvrit la porte en bois au fond de l'antichambre et fit entrer deux gardes du temple qui soutenaient la médecin-chef entre eux. Elster, le visage livide et les mâchoires serrées, traînait les pieds, refusant d'aider ses geôliers à l'amener au bout de cette marche jusqu'à l'autel et au couteau. En passant devant Serre-Noire, le visage de marbre d'Elster s'anima de nouveau.

— Puisse Yinze te précipiter dans l'oubli ! gronda-t-elle, les yeux lançant des éclairs, avant de lui cracher au visage.

Elster eut la satisfaction de voir le Haut-Prêtre esquisser un mouvement de recul. Mais il ne pouvait perdre la face devant les gardes en affichant son dégoût, si bien qu'il dut rester planté là, le regard noir, tandis que le crachat laissait une trace visqueuse sur son menton. Elster sourit d'un air sombre. Compte tenu du sort qui l'attendait, cette victoire paraissait bien mesquine mais n'en restait pas moins satisfaisante.

Tandis que les gardes la traînaient au-delà des rideaux et l'amenaient au sein du temple proprement dit, elle fut encore plus encouragée par la réaction de la foule qui se leva comme un seul homme pour l'acclamer. Elster battit des paupières, perplexe. Depuis que Serre-Noire avait pris le pouvoir, elle avait toujours mis un point d'honneur à éviter le temple, mais, d'après les histoires qu'elle avait entendues, cet accueil était sans précédent. Cependant, il fut surpassé par la réaction de la foule à l'apparition de Serre-Noire. La médecin-chef ne put réprimer un sourire en voyant la fureur qui envahit le visage de son ennemi lorsque les Ailés le sifflèrent et le huèrent.

Sans attendre les ordres du Haut-Prêtre, les gardes du temple se déployèrent au sein de la foule en cherchant à identifier et à isoler les fauteurs de troubles. L'assistance agitée se tut mais il n'en demeurait pas moins derrière son immobilité une tension palpable faite de colère et de ressentiment. Cette ambiance pesait lourdement sur le temple telle une tête d'orage. Alors même que les gardes l'attachaient sur l'autel, Elster vit l'expression stupéfaite et consternée qui se peignit sur le visage de Serre-Noire.

Renonçant à toute cérémonie, le Haut-Prêtre s'avança au-dessus d'elle, le poignard levé. Pour Elster, le temps se ralentit brusquement et le monde lui apparut plus clairement, son cerveau enregistrant les moindres détails. Les pores du visage de Serre-Noire, chaque ride d'ambition et de mécontentement sur sa peau, tout cela se détachait comme sur un parchemin qu'on aurait déroulé devant elle pour lui permettre de lire. Elster sentait également l'agitation de la foule se heurter à elle. Les pulsations de tous ces cœurs qui battaient à l'unisson pour la même cause vibraient à travers le temple comme les cordes d'une harpe. Puis le monde s'étrécit et s'obscurcit tandis qu'elle concentrait son attention avec une intensité quasiment hypnotique sur la lame étincelante qui planait au-dessus d'elle, prête à frapper. Le poignard décrivit un arc de cercle…

— Lâche !

— Traître !

— Où est la reine Raven ?

— Nous voulons la reine !

Elster fut stupéfaite de découvrir qu'elle était toujours vivante, et plus étonnée encore d'apprendre que les Ailés avaient découvert la présence de Raven en Aerillia. Comment Cygnus avait-il réussi pareil exploit ? Elle ouvrit les yeux et vit le poignard osciller, tremblant, à quelques centimètres à peine au-dessus de son cœur. Les yeux de Serre-Noire irradiaient la colère.

— Sois maudite ! souffla-t-il. Comment ont-ils su ? (Il souleva le couteau une fois de plus.) Cette fois, il n'y aura pas de répit pour toi.

Elster vit son bras s'abaisser de nouveau et referma les yeux…

— *Nous sommes tout près*, annonça Anvar en se tournant vers les félins qui attendaient derrière lui à distance respectable du Bâton de la Terre.

— *Dans ce cas, finissons-en !* répliqua Shia d'une voix tendue.

Le Mage acquiesça d'un air compréhensif, car il savait la gêne que lui causait l'Artefact. Cependant, elle s'en sortait mieux que Khanu, qui demeurait tendu et silencieux depuis quelque temps, souffrant de l'étrange inconfort que lui procurait la magie du Bâton.

Au moins, ils avaient atteint leur but. Seule une mince paroi de roche empêchait encore Anvar d'accéder au temple des Ailés. Et le prêtre était là, il le sentait ! D'une certaine façon, le Bâton l'avait rendu sensible à la présence du mal qui formait comme un ruisseau d'eaux usées et fétides suintant à travers la roche au-dessus de sa tête. Anvar fut alors submergé par une envie irrésistible de faire voler en éclats la roche qui lui barrait le passage. Il leva le Bâton et…

Une pluie de dangereux fragments de pierre s'abattit dans l'espace restreint tandis que la paroi explosait devant lui. Shia et Khanu se recroquevillèrent en grondant. Voyant le trou au-dessus de sa tête, Anvar bondit et chercha à agripper le rebord de pierre. Se hissant par l'ouverture, il se retrouva suspendu, les yeux au niveau du sol d'une vaste salle.

Des Ailés paniqués couraient ou s'envolaient en hurlant, se cognant les ailes les uns contre les autres dans l'espace plein à craquer. Le Haut-Prêtre se tenait debout au-dessus d'une victime attachée sur l'autel. Anvar vit le poignard descendre à toute vitesse… Surgissant alors du trou, il lança un éclair de feu vert en direction de la voûte du temple. Celle-ci se fissura et se craquela dans une pluie de pierres. Serre-Noire jura, leva les yeux… et dans cet instant de distraction, son coup de couteau fut dévié et ne fit qu'entailler l'épaule de sa victime.

Deux gardes ailés fondirent en piqué sur Anvar. Shia se ramassa sur elle-même et s'élança dans les airs d'un bond puissant, emportant au passage l'un de ses adversaires qu'elle déchira de ses griffes dès qu'il heurta le sol. Surgit alors dans l'esprit d'Anvar une image très nette du pathétique tas de fourrures dans sa grotte. Khanu se jeta sur l'autre garde au moment où celui-ci atterrit et referma ses mâchoires sur sa gorge. L'air était plein de sang et de plumes. Tandis que Shia faisait volte-face à la recherche d'une autre victime, les gardes restants reculèrent en hâte et s'enfuirent, uniquement pour se retrouver nez à nez avec une autre ombre aux yeux flamboyants qui se tenait, grondante, en travers du seuil de la salle. Hreeza. Tandis qu'il courait vers le Haut-Prêtre choqué, Anvar entendit résonner dans son esprit la voix triomphante de la vieille panthère :

— *Ah ! Il existait bien un moyen plus facile de grimper, après tout !*

Serre-Noire lança un regard terrifié à Anvar illuminé par la puissance du Bâton de la Terre, puis il fit demi-tour et s'enfuit derrière le rideau. Anvar le suivit et atteignit l'antichambre à temps pour voir la porte claquer tandis que son adversaire s'échappait. Fou de rage, il poursuivit le Haut-Prêtre en manquant d'arracher la porte dans sa hâte. Grâce au Bâton de la Terre qui éclairait son chemin, il dévala un étroit escalier et courut à travers le labyrinthe de catacombes en suivant le bruit de cavalcade qui le précédait.

Mais en arrivant à l'intersection de deux couloirs, le Mage hésita. Par où était parti Serre-Noire ? Il crut entendre un faible écho sur sa droite et prit cette direction-là. Aussitôt, le passage se remit à grimper et Anvar se retrouva très vite dans un interminable escalier en colimaçon. Il continua à gravir les marches très étroites jusqu'à en avoir mal aux jambes et le souffle court. Il n'avait pas vu ni entendu Serre-Noire depuis plusieurs minutes et il commençait à se demander s'il avait pris le bon chemin après tout. Le fracas d'une porte qui claque effaça tous ses doutes.

La fenêtre qui éclairait le dernier palier permit à Anvar de découvrir qu'il était arrivé au sommet d'une haute tour. Comme le Mage s'y attendait, la porte en haut de l'escalier était verrouillée. Jurant avec impatience, il lança un éclair d'énergie grâce au Bâton et fit exploser le panneau de bois dans une pluie d'échardes. Il se précipita à l'intérieur avant que les fragments n'aient eu le temps de retomber et réalisa trop tard son erreur en voyant un poignard fendre les airs dans sa direction. Le choc de cette vision glaça Anvar qui eut l'impression que le temps, brusquement, ralentissait. La lame flottait dans sa direction en tournoyant lentement sur elle-même... et elle tomba sur le sol avec fracas lorsqu'il activa juste à temps un bouclier. Haletant, Anvar leva les yeux et vit le Haut-Prêtre courbé sur un socle sculpté et occupé à hurler au-dessus d'un cristal scintillant :

— Archimage, Archimage, le prisonnier s'est échappé... Répondez-moi, bon sang !

Bizarrement, cela paraissait lâche et mal d'utiliser le Bâton pour tuer cette créature diabolique. Dans un tintement d'acier, le Mage sortit son épée du fourreau. Tandis qu'Anvar se dirigeait droit sur lui, Serre-Noire s'éloigna du cristal toujours muet et tourna les talons pour s'élancer vers la fenêtre, ses ailes déjà à moitié déployées. Alors même que ses mains se tendaient vers la corniche, la lame d'Anvar s'abattit sur son cou. Le corps de Serre-Noire s'effondra aux pieds du Mage. Sa tête, quant à elle, roula un peu plus loin, les yeux grands ouverts et les traits figés à jamais dans l'horreur de ses derniers instants.

Anvar essuya sa lame sur un pan de la robe du Haut-Prêtre et lui tourna le dos en haussant les épaules. Voilà pour Serre-Noire. À présent, il fallait passer à Miathan. Si imprudent que cela puisse sembler, il voulait annoncer son évasion à son ennemi, parce qu'il savait que Miathan le dirait à Aurian. Remettant son épée au fourreau, il prit le cristal du Haut-Prêtre et appela l'Archimage.

La gemme s'illumina d'un éclat éblouissant qui laissa brusquement la place au visage de Miathan. L'étonnement de ce dernier se transforma en rage horrifiée en découvrant le visage de celui qui l'avait appelé :

— Anvar ! Comment…

— Serre-Noire est mort, Archimage, répondit Anvar d'une voix mentale aussi dure que la glace. Maintenant, je vais venir m'en prendre à vous.

Sans laisser à Miathan le temps de répondre, il jeta le cristal par la fenêtre et tourna les talons pour sortir de la pièce.

Durant tout ce temps, la Moldan n'avait cessé de l'observer. À présent que le Sorcier était seul dans la haute tour à son sommet, elle pouvait enfin saisir sa chance ! Brusquement, la géante élémentaire fit trembler sa peau en se concentrant sur les rochers qui soutenaient cette mince flèche de pierre. La montagne tout entière frémit tandis que la tour de Serre-Noire oscillait et se fissurait avant d'aller s'écraser dans un grondement de tonnerre sur les rochers en contrebas.

21

LA NUIT DU LOUP

Tandis que la lune croissait et décroissait de nouveau, Schiannath s'aperçut qu'il lui était impossible de rester loin d'Aurian, et ce à la grande consternation de Yazour. Même si le hors-la-loi aurait dû se contenter d'observer la tour de loin par mesure de sûreté, souvent il s'y rendait furtivement aux heures les plus noires de la nuit et escaladait ses murs croulants afin de parler de nouveau à la Mage. Schiannath niait l'existence de ces visites, mais Yazour savait toujours quand l'une d'entre elles avait eu lieu, parce que le hors-la-loi revenait à la grotte les yeux brillants d'excitation et n'arrivait pas à trouver le sommeil alors qu'il aurait dû se reposer avant de retourner monter la garde.

Quelle folie ! Yazour avait du mal à cautionner une attitude aussi imprudente. Schiannath se mettait lui-même en danger, sans parler de la Mage, et risquait de compromettre tous leurs plans. Cependant, tant qu'il ne pourrait pas marcher, le guerrier ne pouvait rien y faire. Ce qui l'inquiétait le plus, c'était le fait que Schiannath mentait au sujet de ses agissements. Pour Yazour, cela ne présageait rien de bon. Mais tout ce qu'il pouvait faire en retour, c'était protéger son propre secret, car, dès que le hors-la-loi s'en allait, le guerrier faisait travailler les muscles de sa jambe blessée et cherchait sans cesse à repousser les limites de la douleur. Il s'était taillé une béquille à partir d'une solide branche fourchue trouvée dans la pile de bois de chauffage et déjà il arrivait à faire lentement le tour de la grotte d'un pas traînant. Mais sa frustration ne cessait de grandir car la longue route qui traversait le col pour rejoindre la tour restait encore au-delà de ses forces. Puis il trouva la solution, par une nuit calme et baignée de lune où la neige scintillait tel un diamant tandis que les cris solitaires des loups en chasse se répercutaient en écho entre les pics étincelants.

Schiannath retournait à la tour. Même si le hors-la-loi l'avait nié, comme toujours, Yazour avait senti son excitation tandis qu'il s'en allait. Le guerrier avait eu bien du mal à ne pas recourir à la violence. Oh, l'imbécile ! Il avait complètement perdu la tête ! Escalader la tour sous couvert du linceul noir d'un ciel de plomb était une chose, mais là ! Sur ce paysage brillamment éclairé, le moindre mouvement serait visible à des kilomètres à la ronde.

Pourquoi Schiannath était-il donc autant fasciné par Aurian ? Le hors-la-loi refusait de le dire, mais Yazour avait du mal à croire que la Mage puisse encourager pareille folie. Malheureusement, elle ne pouvait l'empêcher de venir sans trahir sa présence. Yazour maudit le hors-la-loi en se disant que, d'une façon ou d'une autre, il fallait l'arrêter. Se tournant vers sa couche, il chercha sa béquille à tâtons sous ses couvertures.

Ce soir-là, Iscalda se sentait à la fois d'humeur irritable et inquiète. Schiannath l'avait laissée dans la grotte en préférant se rendre à la tour avec l'autre cheval, non sans l'avoir au préalable – humiliation suprême ! – attachée de peur qu'elle n'essaye de le suivre. Elle savait qu'il avait peur de la mettre en danger. De plus en plus de loups chassaient dans les environs, attirés, en cette période de grande famine, par l'odeur des provisions des soldats cantonnés dans la tour. Schiannath redoutait également la présence du Fantôme Noir dans le col, même si Iscalda, si elle avait pu parler, aurait pu lui dire que la grande panthère était partie depuis longtemps.

Les hommes et leur folie. La jument blanche s'ébroua. Que pouvait-il bien fabriquer avec cette femme dans la tour, celle dont il prétendait qu'elle était une espèce d'Œil-du-Vent ? Pour sa part, Iscalda en doutait. Ça paraissait trop beau pour être vrai. Elle n'osait pas espérer qu'un jour elle retrouverait peut-être sa forme humaine, même si, de toute évidence, Schiannath y croyait. Et si l'excitation de son frère n'avait fait que croître au fil des jours, il en avait été de même pour l'inquiétude d'Iscalda. Était-il réellement fasciné à ce point par cet Œil-du-Vent à cause de ses pouvoirs ? Ou s'agissait-il plutôt de la femme elle-même ? Était-elle réellement un Œil-du-Vent ? Avait-elle ensorcelé Schiannath ? Pour quelle autre raison cet idiot se serait-il risqué à lui rendre visite ce soir-là, quand il ne pouvait même pas se cacher à la faveur de l'obscurité ?

Pour se distraire, Iscalda tourna son attention vers Yazour. Les Xandims avaient tort de croire que, lorsque l'un des leurs se retrouvait piégé sous sa forme animale, il devenait une bête privée d'intelligence. Elle le savait désormais. Certes, l'instinct du cheval prenait le dessus quand un danger le menaçait, comme lors de l'attaque de la grande panthère. Iscalda n'avait alors eu que la fuite à l'esprit. Mais dans l'ensemble, ses pensées demeuraient les mêmes.

Seulement, sous cette forme, elle ne possédait aucun moyen de communiquer. Et puis, il était plus facile pour le pauvre Schiannath de penser à elle comme à un animal. Au moins, il n'avait qu'à s'inquiéter de lui, sans se ronger encore davantage au sujet de l'angoisse qu'elle pouvait éprouver.

Iscalda aurait aimé pouvoir communiquer à Schiannath la confiance que lui inspirait le jeune guerrier khazalim qu'il avait secouru. En l'occurrence, elle bénissait son instinct animal, car les chevaux savaient reconnaître un homme bon d'un méchant, un ami d'un ennemi. Or celui-ci, elle le savait sans le moindre doute, possédait une grande bonté d'âme, en dépit du fait qu'il s'agissait d'un ennemi des Xandims. Il l'intéressait de plus en plus. Tandis qu'il s'efforçait de retrouver sa mobilité, elle n'avait cessé d'observer ses progrès d'un regard approbateur car elle savait que l'attitude de Schiannath l'inquiétait lui aussi et qu'il était horrifié à l'idée que le hors-la-loi escaladait la tour par une nuit de lune.

La jument blanche regarda attentivement le jeune guerrier traverser la grotte d'un pas chancelant en s'appuyant toujours sur sa béquille. Sa jambe commençait à le porter, mais, au vu de sa grimace et de la sueur qui couvrait sa peau blafarde, la jument voyait bien que la douleur était encore intense. Même s'il voulait suivre Schiannath, il n'avait guère de chances de descendre de la grotte et encore moins de traverser le col.

Ce fut alors qu'Iscalda eut une idée. Pourquoi pas ? Elle aussi voulait suivre Schiannath, et Yazour pouvait défaire son licou. Ils pouvaient s'aider l'un l'autre. Malgré tout, la jument blanche frémit en songeant à ce qu'elle s'apprêtait à faire. Il était rare pour un Xandim sous sa forme humaine d'en chevaucher un autre sous sa forme animale. C'était un acte qui relevait de la plus grande intimité et qui n'arrivait qu'en cas de besoin extrême, comme lorsque l'un des deux sujets concernés était blessé ou qu'ils avaient une relation très proche. De là à laisser un étranger – un humain – la monter ! C'était impensable.

Pourtant Yazour était-il vraiment un étranger après tout ce temps passé ensemble, enfermés dans la caverne ? Ne s'était-elle pas aperçue, à sa grande surprise, qu'elle appréciait le jeune guerrier ? Et les circonstances n'exigeaient-elles pas ce sacrifice ? Iscalda s'arma de courage. *Je peux le faire*, se dit-elle. *Il faut que je le fasse, pour Schiannath.* Précisément, Yazour se rapprochait d'elle, se dirigeant vraisemblablement vers l'entrée de la grotte. Iscalda hennit pour attirer l'attention du jeune guerrier et se laissa tomber à genoux afin qu'il puisse monter sur son dos.

Elle entendit Yazour pousser une exclamation de surprise et se demanda ce qu'il avait dit, car il s'était exprimé dans sa propre langue. Au hasard, il venait peut-être de traiter Schiannath de menteur, car le Xandim lui avait dit qu'elle était la monture d'un seul cavalier et l'avait averti que, s'il s'approchait d'elle, ce serait à ses risques et périls. Puis Iscalda sentit sa main sur son cou et frémit en luttant contre l'envie instinctive de fuir ou de lutter qui la submergea. Yazour s'adressa alors à elle d'une voix douce et pressante. Même si elle ne pouvait pas le comprendre, Iscalda se concentra de toutes ses forces sur cette voix apaisante.

Cependant, lorsqu'elle sentit le poids du guerrier sur son dos, seul le licou la retint car elle broncha violemment. Yazour tira douloureusement sur la corde pour la rappeler à l'ordre. La béquille qu'il portait heurta les flancs d'Iscalda, qui sentit le poids de son cavalier osciller vers l'avant tandis qu'il se baissait pour éviter la voûte de la grotte, basse de plafond. Elle l'entendit jurer violemment. Puis il parla de nouveau d'une voix basse et gentille. Il flatta de la main son encolure couverte de sueur. Alors, tremblante, la jument blanche se soumit.

Au bout d'un moment, elle sentit Yazour se détendre lui aussi. Enfin, il lui fit suffisamment confiance pour défaire sa bride. La colère envahit Iscalda lorsqu'il passa la longueur de corde autour de son cou pour l'attacher de l'autre côté de sa muserolle, formant ainsi des rênes rudimentaires. Ne lui faisait-il donc pas confiance ? Puis elle se souvint des chevaux des Khazalims près de la tour et se rappela que ces humains drapaient toutes sortes de couvertures et de lanières sur leurs pauvres montures. *Très bien, Yazour. Garde cette maudite corde si ça te rassure. Mais si tu commences à me tirer la tête en arrière, je te ferai tomber sur la tienne.* Sur ce, elle fit un premier pas hésitant pour s'habituer à cette présence peu familière sur son dos. Yazour semblait aussi nerveux qu'elle, elle allait donc devoir se montrer prudente parce qu'il ne pouvait s'agripper à elle avec sa jambe blessée. Battant des paupières, la jument blanche émergea sous l'éblouissant clair de lune avec son nouveau cavalier et prit le chemin de la tour.

Aurian avait fini par sombrer dans un sommeil troublé. Elle avait du mal à dormir ces derniers jours car son enfant, sentant venir le temps de sa naissance, s'agitait de plus en plus. Il s'était retourné à présent et Aurian souffrait depuis un jour ou deux de crampes et de maux de tête lancinants. Cela signifiait-il que le bébé allait enfin arriver ? N'ayant aucune expérience d'un accouchement, Aurian n'en avait pas la moindre idée. Avec entêtement, elle refusait de se confier à Nereni car elle ne supportait plus les tracasseries incessantes de la petite femme. La Mage savait que cette attitude était surtout due au souci que Nereni se faisait au sujet d'Eliizar et de Bohan, mais ça n'arrangeait rien. Aurian avait elle aussi suffisamment de soucis car plus son terme approchait et plus se limitait la marge de sécurité dont elle disposait pour Anvar et elle – sans parler de son fils.

Ces derniers temps, la Mage devenait de moins en moins patiente vis-à-vis de sa grossesse, de Nereni, de son incapacité à trouver un plan utile et aussi de cet idiot de Schiannath qui insistait pour lui rendre visite, la privant d'un repos nécessaire pour parler toute la nuit, même si elle n'avait cessé de souligner les dangers de ces rencontres et lui avait interdit de revenir, mais en vain.

Cette nuit-là, cependant, lorsqu'elle avait contemplé le paysage baigné de lune depuis le parapet sur le toit de la tour, Aurian s'était dit avec certitude qu'il ne viendrait pas. Elle avait alors fini par s'endormir, peut-être parce que, pour une fois, elle ne craignait pas d'être dérangée. Elle ne put donc tout simplement pas en croire ses oreilles lorsqu'elle fut réveillée par un grattement familier à la trappe du toit. Avec un juron, la Mage se retourna maladroitement dans ses couvertures et se leva péniblement.

— A-t-il perdu l'esprit ? se demanda-t-elle.

— N'ouvre pas ! siffla Nereni dans son coin. Laisse-le se débrouiller seul s'ils le découvrent !

Elle n'aimait pas Schiannath et ne lui faisait pas confiance parce qu'il s'agissait d'un Xandim – d'un ennemi. La Mage savait que la petite femme redoutait les représailles qui ne manqueraient pas de suivre si on trouvait Aurian en sa compagnie. Nereni avait peur qu'Eliizar n'en fasse les frais.

— Oh, ne sois pas stupide, protesta Aurian avec lassitude. Schiannath est notre lien avec Yazour et notre seule chance de recevoir une aide extérieure. Il ne faut pas qu'il soit capturé. J'aimerais seulement pouvoir lui faire entendre raison, ne serait-ce qu'à coups de poing sur la tête ! Rends-moi service, Nereni, et monte la garde à la porte le temps que je me débarrasse de lui.

Non sans effort, elle grimpa maladroitement sur l'échelle grinçante, tâtonna pour ouvrir le loquet de la trappe et sentit l'étreinte ferme et puissante de la main de Schiannath autour de son poignet lorsqu'il l'aida à monter sur le toit.

Le ciel était si clair qu'il faisait un froid mordant dehors et qu'un voile de givre scintillant recouvrait les pierres grises de la tour. La Mage entendit les cris sinistres de la meute de loups qui ne cessait de se rapprocher.

— Qu'est-ce que vous fichez ici ? demanda sèchement Aurian dans un murmure furieux en attirant Schiannath derrière la souche de cheminée. Surtout cette nuit ! Si les Ailés viennent, vous serez repérable à des kilomètres.

— Mais, dame Aurian, les Ailés ne volent que durant la journée, c'est vous-même qui me l'avez dit, protesta-t-il avec un sourire désarmant qui fit étinceler ses dents blanches au clair de lune.

— J'ai dit qu'ils ne volent pas dans le noir, espèce de crétin ! Il fait aussi clair qu'en plein jour, ce soir, et je sais qu'Harihn est à court de provisions. Au nom des dieux, mais qu'est-ce qui vous a pris, Schiannath ?

Aurian l'aurait volontiers étranglé. Elle connaissait déjà la réponse qui allait suivre et ne fut d'ailleurs pas déçue.

— Dame, vous êtes mon seul espoir de rendre forme humaine à ma sœur Iscalda ! (Ses doigts s'enfoncèrent dans le poignet de la Mage.) Votre terme est si proche à présent. Vous refusez de me laisser vous secourir, mais comment pourrais-je rester au loin sans savoir si vous êtes en danger...

— Je le serais bien moins si vous arrêtiez de me harceler et si vous attendiez au loin que je vous envoie un signal comme convenu, répliqua la Mage, les dents serrées. Schiannath, allez-vous-en et ne revenez pas jusqu'à ce que...

Un murmure pressant l'interrompit :

— Aurian, quelqu'un vient ! l'avertit Nereni.

La Mage jura et se libéra brusquement de la poigne du Xandim.

— Restez tranquille jusqu'à son départ, ordonna-t-elle à Schiannath d'une voix sifflante avant de se diriger péniblement vers l'échelle.

Maladroite dans sa hâte, elle sentit son pied glisser sur un barreau usé et eut à peine le temps de se rattraper d'une main, dans une violente secousse, au bois glissant de l'échelle. Quelque part en elle, la Mage éprouva une douleur terrible, mais la signification de cette souffrance se perdit dans la vague d'horreur qui la submergea lorsqu'elle se tourna vers la porte.

Miathan arrivait ! Elle reconnaissait le bruit sinistre de ces pas et, bien qu'elle ait perdu ses pouvoirs, elle sentait, même à travers la porte fermée, les vibrations d'un esprit enflammé par une effroyable colère. Au-dehors, les loups étaient en train de se rassembler. Leurs plaintes stridentes et solitaires résonnèrent tout autour du bâtiment tandis que les pas se rapprochaient.

La porte s'ouvrit à la volée. Sur le seuil, habitant le corps d'Harihn comme on porte un vêtement mal coupé, se tenait l'Archimage.

Une série de creux et de rides sinistres et sévères défigurait le beau visage du prince dont les yeux noirs brillaient d'un éclat furieux et ardent.

— Dehors ! aboya-t-il à l'intention de Nereni.

Livide, la petite femme jeta un regard terrifié à Aurian avant d'obéir avec empressement. Refermant la porte d'un coup de pied, Miathan se tourna lentement vers la Mage.

— Comment Anvar s'est-il échappé ?

Sa voix trahissait une fureur telle qu'Aurian se mit à trembler, même si son cœur bondit de joie à cette nouvelle. Anvar était libre ! Son plan avait dû marcher ! Inspirant profondément, elle essaya de se calmer et de remettre de l'ordre dans son esprit en ébullition. En revanche, elle ne put absolument pas empêcher son visage de refléter sa joie.

Un véritable brasier parut s'allumer au fond des yeux de Miathan.

— Sois maudite ! Tu le savais !

Il se jeta sur elle tête la première et, dans son élan, l'emporta avec lui de l'autre côté de la pièce. Sans se soucier de son état tant il était furieux, il la plaqua contre le mur et l'y maintint, ses doigts repliés telles des serres s'enfonçant douloureusement dans les épaules d'Aurian. Une fois de plus, elle éprouva cette violente douleur semblable à un coup de poignard et laissa échapper une exclamation étouffée.

— Comment Anvar a-t-il fait pour s'évader ? (Miathan la gifla si brutalement que la tête de la Mage partit sur le côté.) Dis-moi ! Comment a-t-il pu faire s'écrouler le temple d'Incondor ? Qu'avez-vous trouvé au cours de votre périple qui a bien pu augmenter ses pouvoirs à ce point-là ?

Il la dévisagea de son regard flamboyant, mais Aurian aperçut, tout au fond de ses yeux, comme une lueur de doute – un soupçon de peur. Miathan la frappa de nouveau et lui saisit une poignée de cheveux pour lui tirer cruellement la tête en arrière. Aurian serra les dents. Bien qu'elle ait la vue brouillée par des larmes de souffrance, elle refusait de crier. Au contraire, elle éclata d'un rire dur et strident, car la tension qu'elle éprouvait exigeait d'être libérée sous une forme ou une autre. Puis elle lui cracha au visage.

— Serait-ce de la peur que je vois là ? le railla-t-elle. Le grand Archimage Miathan aurait-il peur d'un modeste serviteur au sang mêlé ? Ta seule erreur consiste à sous-estimer Anvar, ce qui me surprend puisque tu l'as toi-même engendré.

En lui jetant cette vérité au visage, elle le vit pâlir.

— Menteuse ! hurla-t-il. Je connais l'étendue des pouvoirs d'Anvar ! Je les ai moi-même eus en ma possession pendant assez longtemps. Qu'avez-vous trouvé au cours de votre périple qui puisse égaler le pouvoir du Chaudron ?

Aurian était littéralement dos au mur et poussée par le besoin désespéré de protéger le secret du Bâton de la Terre.

— Rien du tout ! cria-t-elle. Anvar n'avait besoin de rien à l'exception de sa haine de toi. Et c'est tout ce que tu obtiendras jamais de moi, Archimage. Rien que de la haine et un éternel mépris !

Miathan lui parut alors se ratatiner devant elle. Depuis qu'il avait perdu ses yeux, les subtilités de ses expressions étaient devenues encore plus difficiles à déchiffrer, mais la Mage fut surprise de voir des rides de souffrance creuser les traits de son ennemi.

— Ça fait mal, tu sais, reconnut-il à voix basse. Tu n'as pas idée à quel point ça fait mal quand tu te détournes de moi et que tu frémis à mon contact.

Cet aveu ébranla Aurian.

— Tant mieux, répliqua-t-elle sèchement. Maintenant, tu sais ce que ça fait. Tu ne t'es jamais soucié du mal que tu m'as fait en assassinant Forral et tu ne te soucies pas non plus de la souffrance que tu m'infliges encore maintenant, après ce que tu as fait à Anvar et à mes amis et ce que tu menaces de faire à mon enfant. Il ne t'est jamais venu à l'esprit que je puisse te mépriser pour tous ces crimes ? As-tu donc perdu la raison à ce point ?

Aurian s'arma de courage pour faire face à sa fureur lorsqu'il se déchaînerait sur elle. Mais cela n'arriva pas. Tristement, Miathan secoua la tête.

— Tu m'as aimé autrefois, quand tu étais plus jeune – souviens-t'en. Et malgré tout ce que j'ai pu faire, Aurian, je n'ai jamais cessé de t'aimer.

La Mage fut aussitôt prise de vertige à l'idée qu'à sa façon tordue et écœurante, Miathan éprouvait toujours des sentiments pour elle. Des images de sa jeunesse lui traversèrent l'esprit et elle se souvint de l'époque où elle considérait l'Archimage comme un père, comme un mentor bien-aimé. Avant que Forral ne revienne s'interposer entre eux. Était-ce à ce moment-là que la part de bien qu'abritait Miathan avait commencé à se flétrir ? Ou cette maladie avait-elle commencé bien plus tôt ? La Mage se languissait de ces premières bonnes années, mais cela ne changeait en rien ses sentiments actuels. Penser à son enfant et au souvenir du visage de Forral mort étouffait toute pitié vis-à-vis de Miathan.

— Et moi, je n'ai jamais cessé de te haïr depuis le jour où tu as assassiné Forral, siffla-t-elle entre ses dents serrées. Et je te haïrai jusqu'à ma mort.

L'expression de Miathan se durcit de nouveau.

— C'est ce qu'on va voir ! (Sa main se referma en étau autour de la gorge d'Aurian.) Bouge ne serait-ce qu'un muscle et je chasserai ton souffle de ton corps.

Avec une certitude glaçante qui se logea telle une pierre en son sein, Aurian comprit qu'elle l'avait poussé trop loin.

De sa main libre, Miathan agrippa l'ample tunique de la jeune femme et tira dessus jusqu'à la déchirer. Puis tordant cruellement le bras d'Aurian, il la jeta sur la mince paillasse qui lui servait de lit. De nouveau, un spasme traversa le corps de la Mage, mais il fut pire cette fois et lui arracha un cri. Miathan profita de ce moment d'impuissance pour s'agenouiller au-dessus d'elle, une main autour de sa gorge, en la clouant à terre avec toute la force du jeune corps puissant d'Harihn.

Aurian étouffait. Le cœur battant à tout rompre, elle fouilla frénétiquement à tâtons le tas de couvertures emmêlées sous elle. Sa main se referma sur la longue lame froide de la dague de Schiannath avec laquelle elle visa aussitôt la gorge de Miathan. Mais en cet instant, un autre spasme la fit se tordre et s'arquer entre les mains de son ennemi.

Le coup partit de côté et la dague ne fit qu'entailler la clavicule de Miathan avant de s'enfoncer dans son épaule. L'Archimage poussa un cri de douleur et desserra son étreinte autour de la gorge d'Aurian, mais celle-ci n'était pas en état d'en profiter. Pliée en deux, le souffle court, elle sentit un liquide chaud inonder les couvertures sous elle.

Miathan se leva d'un bond en proférant un épouvantable juron, puis arracha le couteau de son épaule et contempla la Mage d'un regard dur et impitoyable.

— L'heure est enfin venue, grinça-t-il. Crois-moi, Aurian, je ne fais que retarder l'échéance, mais pas pour longtemps ! (Il se précipita vers la porte et l'ouvrit à la volée avant de beugler dans l'escalier :) Femme, rejoins-nous ! L'enfant arrive !

Yazour n'aurait jamais cru que cela prendrait si longtemps de traverser le tortueux col de montagne. Brûlant d'impatience, il essaya de pousser la jument blanche à avancer plus vite, mais Iscalda ne voulut rien entendre. Bien que cela paraisse absurde, il avait l'impression qu'elle faisait attention à ses blessures en se frayant un chemin au sein du défilé enneigé. Yazour, qui tremblait à cause d'un froid auquel il n'était plus habitué, enfouit ses mains sous sa cape usée et se demanda ce qu'il allait faire lorsqu'il atteindrait la tour. Bien qu'il soit impatient de revoir Aurian, il n'avait aucun moyen d'escalader les murs croulants avec sa jambe blessée. En supposant que Schiannath se trouvait toujours là-haut, comment convaincre le hors-la-loi de descendre du toit ? *C'était stupide de ma part de vouloir le rejoindre*, admit le jeune Khazalim en son for intérieur. Néanmoins, il ne tenta même pas de faire demi-tour. Yazour avait le sentiment indéfinissable mais puissant qu'on allait avoir besoin de lui à la tour cette nuit-là.

Lorsque le guerrier repéra le talus brillamment éclairé au-delà des parois obscures du col, Iscalda commença à presser le pas. Bientôt, Yazour ne tarda pas à voir apparaître la pente couverte d'arbres qui lui parut si familière et pourtant si étrange après sa longue absence. Il aperçut le sommet de la tour jaillissant au-dessus des arbres rabougris, mais ne put distinguer aucun détail d'aussi loin. Puis, d'un mouvement brusque qui faillit désarçonner son cavalier, Iscalda redressa les oreilles et s'élança. Agile et silencieuse comme une ombre sur la neige, la jument sortit du col qui la dissimulait jusque-là et couvrit au galop la distance qui la séparait des arbres accrochés à flanc de colline sous la tour.

Oh, le frisson de cette chevauchée sauvage sous la lune éblouissante ! Quand cette course jubilatoire prit fin, Yazour revint lentement à lui. Des égratignures dues aux branches qui l'avaient giflé lui piquaient le visage. Ses doigts tremblants toujours agrippés à la crinière de la jument, il jeta un coup d'œil entre les arbres couverts de neige au sommet de la colline et parcourut du regard la clairière piétinée qui s'étendait devant la porte de la tour, soigneusement fermée pour ne pas faire entrer le froid. Aurian se trouvait à l'intérieur, ainsi qu'Eliizar, Bohan et Nereni. Yazour entortilla encore la crinière d'Iscalda entre ses doigts et fit un effort surhumain pour se contrôler et se conduire comme un guerrier raisonnable, quand il n'avait qu'une envie : tirer l'épée et envahir cette tour bien gardée comme un imbécile qui ne savait pas s'y prendre.

Mais les gardes n'étaient pas l'unique problème de Yazour. Rompant brutalement le silence nocturne, le sinistre hurlement de la meute de loups s'éleva une fois de plus. Iscalda frémit et racla le sol de son sabot d'un air agité. Yazour, de son côté, ravala un juron. Les loups étaient trop près à son goût. Et où se trouvait donc Schiannath, par le Faucheur ?

La chanson des loups avait dû couvrir le battement des ailes. Avant que Yazour n'ait le temps de comprendre ce qui se passait, il fut plongé dans l'obscurité lorsque de grandes silhouettes ailées s'interposèrent entre lui et la lune.

— Que le Faucheur nous sauve !

Une bourrasque d'air glacial lui arracha ces mots de la bouche tandis qu'Iscalda ruait et reculait à l'abri des arbres. Pendant ce temps, les Ailés entamèrent leur descente vers la clairière. Luttant pour conserver son assiette sur le dos de la jument affolée, Yazour leva les yeux à temps pour voir l'un des Ailés pousser un cri sec en désignant le toit de la tour. Il avait dû apercevoir Schiannath ! Le guerrier jura de nouveau. Cet idiot de hors-la-loi devait se trouver là-haut, parfaitement visible sous les rayons de la lune.

L'un des Ailés lâcha le paquet qu'il portait avec son compagnon et décrivit une courbe en direction du sommet de la tour. L'autre se mit à tomber en piqué, lutta pour retrouver son équilibre puis, après avoir jeté un regard inquiet en direction du toit, laissa tomber son fardeau. Celui-ci s'effondra en tournoyant puis s'ouvrit en heurtant la neige tassée qui recouvrait le sol de la clairière, projetant des quartiers de venaison et autres provisions dans toutes les directions. Pendant que le guerrier ailé s'élevait de nouveau dans les airs pour aller aider son compagnon sur le toit, Yazour ne put que regarder la scène avec impuissance et consternation. Comment allait-il pouvoir aider Schiannath maintenant ?

Une fois qu'Aurian l'eut laissé, Schiannath s'accroupit près de la trappe. Les nerfs à vif, il tendit l'oreille au cas où viendrait le moment où elle aurait besoin de son aide. Horrifié, il entendit des voix se disputer dans une langue inconnue ainsi que les bruits d'une violente lutte. Comme il concentrait toute son attention sur ce qui se passait à l'intérieur, il n'entendit pas les battements d'ailes. Le hors-la-loi s'apprêtait justement à ouvrir la trappe lorsqu'un souffle d'air froid le balaya. Puis quelque chose de dur et de lourd vint le heurter par-derrière, le projetant au sol. Des bras maigres et nerveux s'emparèrent de lui et il aperçut du coin de l'œil l'éclat froid d'une lame.

Suffoquant sous l'étreinte d'une main qui se resserra sur sa gorge telle une serre, Schiannath roula sur lui-même pour essayer de déloger son adversaire. D'un grand geste du bras, il réussit à repousser l'autre main de son agresseur qui s'apprêtait à enfoncer une dague dans sa poitrine. Bien qu'instinctivement il ait envie de se débarrasser de la poigne qui l'étranglait, il tendit le bras en arrière, par-dessus son épaule, et enfonça ses doigts dans les yeux de son ennemi. Le guerrier ailé le relâcha en poussant un cri et Schiannath fit péniblement volte-face pour le frapper. Mais il glissa sur le toit gelé et son coup n'atteignit pas sa cible. L'Ailé, cependant, titubait, les mains plaquées sur les yeux, tandis que la dague qu'il avait laissé tomber recrachait des étincelles de rayons lunaires. Schiannath retrouva son équilibre, ramassa la lame et plongea. Dans un autre cri déchirant, l'Ailé bascula à la renverse et disparut par-dessus le parapet peu élevé, laissant derrière lui une trace de sang noire sur les pierres glacées. Schiannath se précipita pour regarder au bas de la tour et comprit trop tard son erreur lorsqu'une ombre noire tomba en travers de lui, masquant l'éclat virginal de la lune. L'homme du Ciel n'était pas seul !

Pour Aurian, il n'existait plus que la souffrance, une mer cramoisie dans laquelle elle se débattait en essayant désespérément de ne pas s'y noyer. Régulièrement, une vague de douleur atroce l'emportait, la soulevait avec force hurlements et finissait par la rejeter haletante sur le rivage, uniquement pour qu'une autre vague de souffrance la reprenne de nouveau et l'emporte une fois de plus vers des sommets de tourment. Son seul lien à la réalité, semblait-il, était le fil ténu de la voix calme de Nereni qui l'apaisait et lui répétait des conseils – tout cela sous le regard brûlant de l'Archimage dont la présence rôdait au-dessus d'elle comme un nuage noir et menaçant au-dessus de cette mer cramoisie. Une fois, durant un bref interlude de répit que lui laissa la douleur, Aurian aperçut dans son champ de vision embrumé l'éclat glacial de la dague qu'il tenait prête pour l'arrivée de l'enfant.

Mais un accouchement n'était jamais facile pour une Mage, d'autant plus que ce bébé-là ne voulait pas venir. L'esprit de l'enfant avait capté la terreur d'Aurian et il luttait contre son destin avec tout l'entêtement de son héritage de Mage.

— Aurian, pour l'amour du Faucheur, pousse !

Mais la voix de Nereni se perdit avec la marée tandis que la Mage se faisait emporter par une nouvelle grande vague de souffrance. Elle revint à elle sous l'effet d'une paire de claques cuisantes et aperçut entre ses larmes le visage livide et paniqué d'une Nereni échevelée.

— Aurian, tu dois l'aider. Aide-le à venir au monde ou vous allez mourir tous les deux !

— Non. (Aurian tourna la tête pour ne plus voir Nereni.) Je refuse.

L'esprit de la Mage s'enfuit hors de son corps, à travers une étendue grise et sans fin à la recherche de Forral. Il l'avait toujours aidée et rassurée.

— Forral, cria-t-elle désespérément. Forral…

Quelque part devant elle, Aurian crut entendre le faible écho d'une réponse. Elle se tendit vers ce son lointain et se vit brusquement barrer le chemin par une immense ombre noire.

— Tu ne peux pas venir le chercher ici. C'est interdit.

Avec un frisson, elle reconnut la voix morne et poussiéreuse de la Mort.

— Laissez-moi aller à lui, s'écria Aurian en luttant vainement contre le nuage de noirceur glaciale qui la retenait.

— Aurian, retourne d'où tu viens, lui dit la Mort d'une voix inflexible mais pas dépourvue de gentillesse. Ton heure n'est pas encore venue, pas plus que celle du bébé que tu portes. Retourne dans ton monde, courageuse petite fille, va et fais naître ton enfant.

Sur ce, l'ombre la repoussa sans effort et Aurian s'enfonça en tournoyant dans les ténèbres.

Yazour se mordilla la lèvre en cherchant désespérément un moyen de sauver Schiannath. Mais blessé comme il l'était, comment aurait-il pu atteindre le sommet de la tour ? Puis un cri strident et plaintif déchira la nuit et une silhouette noire passa par-dessus le parapet avant de s'écraser dans la neige. Le jeune guerrier, au bord de la nausée, s'effondra sur l'encolure d'Iscalda et fut extrêmement soulagé de voir un nuage de plumes noires s'élever lorsque le corps heurta le sol. Puis Yazour se raidit de nouveau tandis que le hurlement strident se poursuivait inlassablement. Surgissant des bois qui entouraient l'éperon rocheux, la meute de loups jaillit dans la clairière, attirée et enragée par l'odeur du sang.

La première pensée paniquée du guerrier fut pour la jument, mais les loups affamés avaient largement de quoi s'occuper. La file de corps hirsutes se divisa en deux, certains s'arrêtant pour déchiqueter le cadavre de l'Ailé, d'autres se précipitant vers les contenus du paquet qu'il avait laissé tomber, à savoir les quartiers de venaison éparpillés dans la neige. Yazour vit un rai de lumière apparaître lorsque quelqu'un entrebâilla la porte de la tour avant de la refermer aussitôt. Le guerrier sourit. Ainsi, les gardes n'avaient pas la moindre envie de combattre la meute de loups ? Voilà qui lui donnait une…

Le sourire de Yazour s'évanouit brusquement lorsqu'un hurlement s'éleva à l'étage de la tour. Aurian ! Oubliant Schiannath, Yazour enfonça ses talons dans les flancs de la jument et l'obligea à sortir du sous-bois épineux avant de traverser la clairière au grand galop en piétinant les loups qui se tenaient en travers de son passage. La meute enragée sur les talons, Yazour lança la jument à pleine vitesse contre la porte de la tour. Les vieilles planches cassantes se brisèrent sous le poids d'Iscalda, qui bondit à l'intérieur en sautant avec légèreté par-dessus les planches brisées, Yazour couché sur son encolure pour éviter le linteau. Derrière eux, les loups entrèrent en nombre dans la tour et s'en prirent aux humains qui s'y trouvaient. Tirant son épée, le guerrier se laissa tomber à bas du dos d'Iscalda et pataugea en boitant parmi les gardes stupéfaits, se taillant un chemin en direction de l'escalier. Cependant, les loups étaient plus mobiles que lui. Yazour, luttant pour sauver sa peau, aperçut du coin de l'œil de grandes formes grises qui gravirent l'escalier en bondissant. Il ravala un juron. Les loups allaient atteindre Aurian avant lui !

Aurian plongea encore et encore en hurlant pour atterrir dans la mer de souffrance. Elle revint à elle à cause des cris terrifiés qui s'élevèrent du rez-de-chaussée et se noyèrent dans les grondements et les hurlements des loups. Au même moment, sa douleur culmina – elle était en train de se noyer au sommet de la vague cramoisie ! Puis, brusquement, la grande mer reflua, laissant la Mage épuisée et haletante. Il n'y avait plus de cramoisi désormais que le sang qui battait derrière ses paupières closes. Dans le lointain, elle entendit Nereni s'écrier :

— C'est un garçon !

Puis Aurian entendit son amie pousser un hurlement terrifié et Miathan proférer un juron. Dans un violent effort, la Mage parvint à ouvrir les yeux et vit un flot de silhouettes grises se déverser dans la pièce. Puis, pendant un instant, le monde se déchira dans un éclair aveuglant d'énergie noire et brillante, comme si la réalité venait d'être projetée en l'air comme les jonchets d'un enfant avant de redescendre pour former un tout nouveau dessin.

Les loups terrifiés hésitèrent sur le seuil. Nereni, terrifiée, hurla de nouveau et laissa tomber l'enfant dans les fourrures comme si elle s'était brûlée à son contact. Miathan, distrait un instant par la vue des animaux, se tourna de nouveau vers le bébé impuissant, invisible parmi les draps, et leva sa dague…

Aurian s'aperçut alors qu'elle était enfin libre. Réagissant rapidement, elle fit appel à ses pouvoirs, perdus depuis si longtemps, et invoqua la meute de loups. Tout juste libérée de ses entraves, sa magie jaillit en elle comme une fontaine de feu glorieux. À sa demande, la grande forme grise du chef de la meute s'élança et cloua au sol le corps possédé d'Harihn. La dague s'envola et décrivit un arc de cercle dans les airs tandis que les autres loups se précipitaient à leur tour sur leur proie. Aurian eut le temps d'apercevoir une dernière fois le visage d'Harihn et lut dans ses yeux la terreur pure qui l'habitait à présent que son âme lui appartenait de nouveau. Dans un grondement de rage, la silhouette désincarnée de Miathan s'échappa de la chambre tandis que le loup déchirait la gorge d'Harihn dans une fontaine de sang. En bas de l'escalier, Aurian entendit diminuer les hurlements de ses derniers gardes tandis que le reste de la meute les achevait. Nereni se recroquevillait dans un coin en sanglotant et en se cachant le visage.

Aurian, tremblante et écœurée par ce carnage, se redressa, poussée par un dernier besoin impérieux – voir si l'enfant de Forral avait survécu à son horrible naissance. Osant à peine respirer, elle écarta doucement les couvertures… et ce qu'elle découvrit lui arracha un hurlement de désespoir venu du tréfonds de son âme.

Son esprit refusa d'accepter la réalité de ce qui gisait devant elle. Sa vision se brouilla puis s'obscurcit tandis qu'elle s'effondrait et sa conscience s'enfuit en gémissant dans les ténèbres.

22

LA ROUTE LA PLUS SOMBRE

Il venait de rêver que les montagnes avaient pris vie. Anvar ouvrit les yeux en gémissant et se retrouva au sein d'une obscurité totale que même sa vision de Mage ne parvenait pas à percer. Que diable s'était-il passé ? se demanda-t-il. En un instant, alors qu'il se dirigeait vers la porte de la tour, tout s'était désintégré autour de lui… Les souvenirs lui revinrent en masse et le Mage, paniqué, se redressa – ou du moins, il essaya. Il ne pouvait pas bouger. Il était étendu face contre terre sur une surface inégale, raboteuse et inclinée, si bien que sa tête se trouvait plus bas que ses talons. Son bras gauche, coincé sous son corps, était complètement engourdi. Anvar espérait que cette absence de sensation était uniquement due au fait que la circulation avait été coupée. Son bras droit était étendu devant lui et il serrait toujours dans sa main le Bâton de la Terre.

Rassuré de ne pas avoir perdu le précieux Artefact, le Mage étendit sa volonté et invoqua les pouvoirs du Bâton jusqu'à ce qu'une faible lueur verte éclaire son environnement. Sous le choc, Anvar retint son souffle et ne parvint plus à réfléchir avec cohérence pendant quelques instants. Tout autour de lui se trouvait une masse de roche brisée qui le piégeait de tout son poids.

Enfin, Anvar parvint à retrouver son bon sens en dépit de la panique et s'aperçut que, loin d'être écrasé, il ne ressentait aucune pression. Alors il se souvint de la chambre dans la tour, du poignard du Haut-Prêtre se précipitant dans sa direction… et de son bouclier. Il était si pressé de tuer son ennemi qu'il avait oublié de faire disparaître le sort protecteur. Une vague grisante de soulagement envahit le Mage. Proche de l'hystérie, il se mit à rire, puis frissonna en songeant combien il était passé près de la mort. Si Serre-Noire ne lui avait pas lancé ce couteau… Puis il songea que ce soulagement était peut-être un peu prématuré. Le bouclier empêchait l'éboulement de l'écraser, mais il n'en restait pas moins coincé sous la tour en ruine, sous un tas de roche bien solide. Et sa réserve d'air devait certainement diminuer de plus en plus…

Non sans effort, Anvar s'obligea à rester calme. C'était ridicule de paniquer. Grâce au Bâton de la Terre, il allait pouvoir se sortir aisément de ce mauvais pas. Le plus tôt serait le mieux. Inspirant une profonde bouffée d'air confiné et stagnant, il concentra sa volonté…

— *Sorcier, attends !*

Anvar battit des paupières et secoua la tête. Voilà qu'il se mettait à entendre des voix ? Peut-être sa réserve d'air s'épuisait-elle plus vite qu'il ne le pensait. *Je ferais mieux de me dépêcher*, songea-t-il. Reprenant ses esprits, il essaya de nouveau et la lueur verte grandit tandis que le Bâton libérait sa puissance en vibrant.

— *Attends ! Il existe un meilleur moyen.*

Le Mage sursauta violemment. Une conversation télépathique était bien la dernière chose à laquelle il s'attendait, mais il ne pouvait y avoir d'erreur. Cette voix, bien que n'appartenant vraiment pas à un humain, possédait une tonalité féminine parfaitement distincte.

— *Qui est là ?* demanda-t-il sèchement.

— *Ce n'était pas un rêve, Sorcier. Tu vois, il est vrai que les montagnes peuvent se réveiller !*

Même si la voix lui parvenait seulement dans son esprit, elle semblait étrangement résonner à travers les rochers qui l'entouraient. Le cœur d'Anvar se mit à battre la chamade.

— *Qui êtes-vous ?* demanda-t-il. *Qu'êtes-vous ?*

— *Je suis l'esprit élémentaire de ce pic.*

Tandis que la Moldan expliquait sa nature au Sorcier, elle sentit grandir l'étonnement de celui-ci et eut bien du mal à réprimer sa colère à l'idée que les humains avaient si rapidement oublié la race autrefois fière et puissante qu'ils avaient soumise. Sa détermination n'en fut que renforcée ; elle devait absolument lui arracher le Bâton.

— *Pardonnez-moi*, l'interrompit Anvar. *J'aimerais beaucoup entendre la fin de votre histoire, mais d'abord je dois sortir de là. Les humains ont besoin d'air…*

— *Mais bien sûr.* (La Moldan jubilait. Cet idiot se jetait dans la gueule du loup !) *Peut-être puis-je t'aider.*

Grâce à la Magie Antique, elle allait pouvoir l'attirer hors du monde réel, dans lequel elle ne possédait pas de forme physique en dehors de la roche lente et contraignante, et l'entraîner dans une autre dimension, cet Ailleurs où vivaient les êtres élémentaires comme les Moldaï et les Phées. Là-bas, elle pourrait se mouvoir et user librement de ses pouvoirs.

Anvar, surpris, écarquilla les yeux lorsqu'une lumière pâle et terne commença à délimiter l'espace où se trouvait son corps. Les rochers autour de lui s'évanouirent peu à peu, se retirant lentement au sein de cette lueur grise et froide jusqu'à disparaître entièrement. Le Mage ne vit alors plus rien autour de lui, juste un brouillard argenté dépourvu du moindre repère.

— *Tu peux te lever à présent.*

Et sur quoi vais-je tenir ? se demanda Anvar en baissant les yeux avec un frisson. Il n'y avait rien sous lui que ce néant gris. Non sans effort, il se ressaisit. De toute évidence, il était allongé sur quelque chose qui le soutenait…

— *En effet, cela supportera ton poids*, fit la Moldan d'un ton sec mais visiblement amusé.

Incrédule, Anvar se releva péniblement, énervé par le fait qu'en dépit de son bouclier, elle avait réussi à lire aussi facilement dans ses pensées les plus intimes. Pendant un moment intensément douloureux, il s'occupa de rétablir la circulation dans ses membres engourdis. Puis :

— *Où sommes-nous ?* demanda-t-il. *Quel est cet endroit ?*

— *Il s'agit de l'Ailleurs*, répondit doucement la Moldan d'une voix froide et dure qui donna la chair de poule à Anvar. *Nous ne sommes plus dans le monde que tu connais.*

Anvar se raidit, brusquement conscient de la menace sous-jacente dans le ton de l'élémentaire.

— *Pourquoi m'avez-vous amené ici ?* demanda-t-il en s'efforçant de garder sa voix mentale sous contrôle – ce serait une grave erreur de montrer à cette créature qu'il avait peur.

— *Tu ne devines donc pas ?* (Le ton glacial se fit sifflant et sarcastique, comme pour mieux souligner la menace.) *En ce monde, je possède un autre corps, libéré des entraves de la roche. Ici, je peux bouger, et tuer, et surtout te reprendre le Bâton de la Terre !*

Le néant gris disparut. Anvar se retrouva au sommet d'une haute pelouse mordorée et inclinée qui semblait miroiter en ondulant comme un champ de maïs sous l'effet du vent – sauf qu'aucune brise ne venait rafraîchir le visage du Mage. Le silence, ou plutôt une absence oppressante de son, pesait comme un suaire sur le paysage. Aucune trace de la Moldan. Anvar était complètement seul. Prêt à engager un combat qui ne s'était pas matérialisé encore, il se sentait perdu. Où était la Moldan ? Quelle forme allait-elle prendre ? De quelle direction viendrait-elle ? Il jura en jetant des regards éperdus tout autour de lui.

Il se trouvait très haut sur une prairie de montagne inclinée et pouvait voir en contrebas une rivière dont l'eau possédait une drôle de teinte, laiteuse et verdâtre. Dotée d'un courant rapide, elle traversait le fond de la vallée avant de disparaître dans un précipice à l'entrée de cette même vallée, sur la gauche du Mage. Sur sa droite, la prairie se terminait au pied d'une grande pinède obscure. Au-dessus des arbres se dressait une masse brisée de rochers et d'à-pics. Devant le Mage, de l'autre côté de la vallée, se trouvait une colline couverte de bruyère qui s'élevait jusqu'à une imposante crête. Derrière lui dominaient des escarpements très élevés au-dessus desquels trônait le sommet de la montagne, à une hauteur vertigineuse.

La luminosité en ces lieux avait quelque chose de perturbant. Anvar battit des paupières, leva les yeux vers le ciel puis baissa la tête pour contempler de nouveau la vallée en contrebas. Le ciel sans nuages possédait une teinte dorée particulière et inondait le paysage d'une lumière ambrée, comme si le Mage regardait à travers du verre fumé. Il n'y avait pas de soleil et donc aucune ombre pour ajouter de la profondeur. Au lieu de quoi, la terre elle-même était baignée d'une lueur faible mais brunie, chaque pierre, chaque brin d'herbe se détachant clairement et étincelant de sa propre lumière intérieure – à l'exception notoire de la pinède. Les troncs blottis les uns contre les autres ressemblaient à un nœud palpitant d'obscurité enfumée. Anvar frissonna. Pourtant, au sein de cet étrange paysage, la forêt et les à-pics qui la surmontaient étaient son seul espoir de trouver une cachette lorsque la Moldan déciderait enfin d'arrêter de jouer avec lui et d'attaquer.

Cette pensée brisa le sortilège semblable à un rêve qu'exerçait sur lui ce sinistre paysage et le poussa à agir. Il ferait mieux de trouver un plan – et vite ! Agrippant fermement le Bâton, Anvar redressa les épaules et commença à gravir le flanc de la vallée en direction du bois. Mais il n'avait pas fait une douzaine de pas lorsque…

BOUM ! Le bruit résonna comme un coup de tonnerre à travers la vallée, brisant le silence plus sûrement qu'un coup de bélier. La terre trembla sous les pieds d'Anvar et une avalanche de petites pierres dévala les à-pics au-dessus de lui.

BOUM ! Anvar eut l'impression que son cœur remontait d'un bond dans sa gorge et y restait coincé. Il fit volte-face d'un air éperdu en essayant de localiser la source de ce bruit terrifiant.

BOUM ! Au sein de la pinède, il entendit craquer des branches. Les arbres s'agitèrent follement, comme sous l'effet d'un violent coup de vent.

BOUM ! Quelque chose émergea de la forêt, en écartant des pins brisés comme s'il s'agissait de vulgaires brindilles… Le Mage leva les yeux et un cri de terreur s'étrangla dans sa gorge.

La créature, debout sur deux lourdes jambes musclées, était immense. Recouverte d'une épaisse peau d'un gris-vert, elle était plus haute que la tour des Mages à Nexis. Deux grandes pattes qui ressemblaient de façon très perturbante à des mains humaines se croisaient sur sa poitrine au bout d'avant-bras courtauds. Dotée d'une longue et épaisse queue dressée au-dessus du sol, la créature possédait une tête ronde, massive et plus large que le corps d'Anvar ainsi que de grandes mâchoires contenant deux rangées de crocs blancs acérés. Deux yeux brillants et malicieux, débordant d'une intelligence obscure, balayèrent la vallée avant de se poser sur le Mage.

— *Je te vois, petit Sorcier !*

Cette voix familière et exultante provenait non pas de ces horribles mâchoires, mais de l'intérieur de l'esprit d'Anvar. Il s'agissait de la voix de la Moldan.

Il ne servait à rien de courir, car il n'y avait nulle part où s'enfuir. Pendant une seconde d'indécision, Anvar resta cloué sur place. Puis il se rappela l'existence du Bâton de la Terre. Rassemblant sa volonté plus rapidement qu'il ne l'avait jamais encore fait, il invoqua les pouvoirs du Bâton et lança une décharge d'énergie sur le monstre…

Mais rien ne se produisit. Sa volonté parut ne pas répondre et le Bâton resta noir et mort dans sa main. Stupéfait et incrédule, le Mage essaya de nouveau. Toujours rien. Il aurait aussi bien pu tenir un simple bout de bois. Et qu'était-il arrivé à ses propres pouvoirs ?

Les mâchoires immenses du monstre s'ouvrirent en grand sur un sourire de néant. Dans son esprit, Anvar entendit résonner l'horrible rire moqueur de la Moldan.

— *Voudrais-tu essayer de nouveau ?* railla l'élémentaire. *Le Bâton de la Terre appartient à ton propre monde, Sorcier. Comme ta magie, il n'a aucun pouvoir ici, où les forces de la Magie Antique prévalent.*

BOUM ! Une grande jambe s'avança et le pied massif qui se trouvait au bout s'enfonça profondément dans la terre sous le poids de la créature. Anvar tourna les talons et s'enfuit. Mais, avec une rapidité terrifiante, le monstre s'élança à sa poursuite. Anvar sentait chacune des foulées de son adversaire faire trembler le sol dans un bruit de tonnerre, ses grandes jambes dévorant plusieurs mètres à la fois tandis que la distance entre eux diminuait rapidement.

La terreur lui donnant des ailes, Anvar dévala la colline en direction de la rivière en sachant malgré tout qu'il était condamné. Il n'y avait là aucun abri où se dissimuler et il lui serait impossible de battre de vitesse la Moldan sous sa forme monstrueuse. Devant lui s'étendait uniquement cette étrange rivière verte, avec un plongeon fatal qui l'attendait au bout de la vallée à l'endroit où les eaux bouillonnantes disparaissaient dans un nuage d'écume. Eh bien, soit. Plutôt choisir une mort rapide sur les rochers au bas de la cascade qu'une lente agonie entre les mâchoires du monstre. Au moins, comme ça, la Moldan ne pourrait mettre la main sur le Bâton de la Terre.

Alors qu'Anvar n'était plus très loin de la rivière, il entendit que le monstre se rapprochait de plus en plus. Son souffle chaud l'environnait d'un nuage fétide… Dans une dernière accélération désespérée, Anvar arriva sur la rive et sauta. Le flot vert bouillonnant l'emporta, l'arrachant de justesse aux mâchoires de la créature. Un cri de rage retentit dans la vallée tandis que le Mage s'en allait en tournoyant, porté par le courant.

Dieux, comment cette eau pouvait-elle être aussi froide sans être de la glace ? Même si Anvar avait été bon nageur, il n'aurait eu aucune chance de s'en sortir, à cause du courant rapide et glacial. S'étouffant et s'étranglant, il était violemment ballotté par les eaux. Il prenait une inspiration chaque fois que sa tête refaisait surface et s'efforçait désespérément de garder cet air dans ses poumons dès qu'il était de nouveau attiré vers le fond. Heureusement, la rivière était profonde et il n'y avait pas beaucoup de rochers. Déjà, Anvar avait les membres douloureusement engourdis. Pendant un moment, sa tête resta au-dessus de l'eau, mais, à sa grande horreur, il aperçut la silhouette imposante de la Moldan qui courait très vite le long de la rive pour ne pas se laisser distancer par lui. Ses yeux brûlants de rage ressemblaient à deux têtes d'épingle brillantes au sein d'un visage blindé et dépourvu d'expression. Mais c'était bien la moindre des inquiétudes d'Anvar qui perdait peu à peu sa bataille pour respirer dans la rivière glaciale…

Aurian ! Il pensa à elle avec nostalgie tandis que l'eau glacée lui brûlait les poumons. Il y eut un moment de confusion obscure, puis… Anvar s'aperçut qu'il ne se noyait pas, mais qu'il respirait ! Un peu tard, il se souvint qu'Aurian lui avait raconté comment elle avait échappé au naufrage lorsque ses poumons s'étaient adaptés à l'eau. Lui-même ne disposant pas de ses pouvoirs à l'époque, il avait été incapable de produire ce changement, mais cette fois-ci, heureusement, cela s'était réalisé.

Trop tard, malheureusement. Le courant devint de plus en plus rapide tandis que la rivière se rétrécissait entre deux rives de pierre. Devant lui, il entendit comme un grondement tonitruant. La cascade ! En arrivant au bord, le Mage eut le temps d'entrapercevoir l'interminable chute qui l'attendait, avec au fond un lac qui ressemblait, vu de si haut, à un petit œil vert. Puis il bascula dans le vide…

Une patte semblable à une grande main couverte d'écailles le rattrapa au bord même du précipice et fit sortir l'eau de ses poumons en le serrant trop fort. De nouveau, Anvar connut quelques instants de douleur et d'obscurité puis, respirant de l'air une fois de plus, il sentit qu'on le soulevait. Il se retrouva alors devant la grotte béante et pourvue de crocs qui servait de gueule à la créature. Ses yeux brillèrent, inhumains et impitoyables. Une fois de plus, Anvar entendit la voix de la Moldan :

— Enfin, petit Sorcier, je te tiens !

Dans le royaume éthéré des Phées, la Mage de la Terre Eilin était assise à l'intérieur du château du seigneur de la Forêt et contemplait à travers sa fenêtre magique ce qui se passait dans le monde des humains. Elle y voyait le sous-bois dense et obscur de la forêt sauvage qui avait remplacé la vallée dont elle s'occupait si soigneusement autrefois. Son regard se posa sur le pont qui traversait son lac et suivit cette mince étendue de bois posée au-dessus des eaux miroitantes jusqu'à sa chère île. Mais celle-ci était déserte et désolée à présent. Disparue, sa tour, remplacée par l'énorme cristal qui contenait l'Épée de Feu.

Tristement, Eilin ramena son regard au bord du lac et aperçut, grâce à la magie de la fenêtre, la belle licorne de lumière qui était invisible à d'autres yeux que les siens. Elle poussa un soupir en songeant à Maya, la courageuse guerrière qui avait vécu avec elle durant un laps de temps bref mais heureux avant d'être transformée en cette créature éblouissante dont la mission était de protéger l'Épée.

Le regard d'Eilin poursuivit son chemin à travers la forêt pour rejoindre le jeune Mage D'arvan, l'amant de Maya et le fils du seigneur de la Forêt, qui observait discrètement le petit camp de rebelles venus chercher refuge dans les bois. Puis ce regard repartit plus loin encore, en direction de Nexis, le foyer des Mages, où Aurian avait vécu pendant quelques années.

Brusquement, Eilin sursauta en poussant une exclamation étouffée et scruta la fenêtre avec plus d'intensité encore. Que fabriquait donc l'Archimage à l'intérieur de la cité ? Tout autour des anciens remparts, les habitants travaillaient dur sous la surveillance de gardes cruels armés de fouets et d'épées. De grandes arches équipées de herses pour interdire l'accès du fleuve avaient été construites en travers des eaux qui coupaient Nexis en deux.

La Mage de la Terre grommela un juron qui aurait étonné sa fille si Aurian avait été là pour l'entendre. Miathan faisait rebâtir les remparts de la cité ! Qu'est-ce que cette créature diabolique pouvait bien avoir derrière la tête à présent ? Rapidement, elle tourna son regard vers l'Académie...

— Eilin ! Ma dame, venez vite !

Dans un bruit semblable à un coup de tonnerre, Hellorin, seigneur des Phées, apparut à l'intérieur de la chambre. Eilin fit volte-face, surprise par cette brusque intrusion, si contraire aux manières des Phées, et plus étonnée encore devant l'extrême agitation du seigneur de la Forêt.

— Vite ! répéta-t-il en lui prenant la main. Il faut que vous veniez avec moi. Il est arrivé quelque chose.

— Comment ?

Eilin fronça les sourcils et voulut s'éloigner de lui, mais elle n'était pas de taille à lutter contre son hôte.

Il l'entraîna loin de l'embrasure de la fenêtre et l'amena au centre de la pièce.

— Je perçois la présence de la Haute Magie, expliqua-t-il d'une voix tendue par l'excitation. D'une façon ou d'une autre, un Mage a réussi à entrer en ce monde !

— Aurian ? s'écria Eilin tandis que l'espoir jaillissait en elle telle une flamme.

Hellorin lui serra la main.

— Allons tout de suite vérifier, lui dit-il.

Dans un éclair aveuglant, la grande salle des Phées disparut autour de la Mage de la Terre. Hellorin et elle parurent alors traverser en volant les cieux ambrés, le paysage en contrebas n'étant plus qu'une image floue et étourdissante. Le cœur d'Eilin se mit à battre plus vite. Elle serra la main du seigneur de la Forêt de façon convulsive, déglutit péniblement et ferma les yeux, ce qui l'aida.

— Est-ce… Est-ce loin ? demanda-t-elle d'une voix défaillante.

Mais ils allaient si vite que le vent lui arracha ses paroles dès qu'elle les eut prononcées, si bien qu'elle répéta sa question, mais mentalement cette fois.

— *Près ou loin…* (Elle sentit qu'il haussait les épaules.) *Dame, en ce monde, les lois de la distance humaines ne s'appliquent pas. Je cherche des résidus de cette magie étrangère et, dès que je les aurai repérés, nous serons arrivés.*

Eilin eut l'impression qu'une éternité s'était écoulée avant qu'on ne la dépose sur la terre ferme aussi doucement qu'une feuille qui tombe. Dès que ses pieds touchèrent le sol, elle entendit de nouveau – le fracas de pieds énormes, suivi par une horrible cacophonie de grondements qui lui glacèrent le sang. Poussant un cri de surprise, la Mage de la Terre ouvrit les yeux…

et aperçut un monstre, une abomination énorme, terrifiante et dotée de crocs, qui se tenait debout sur ses pattes de derrière et se dressait très haut jusque dans le ciel… Dans sa grande patte avant se trouvait une minuscule silhouette humaine dont il était impossible de deviner l'identité à cette distance. La bouche d'Eilin s'assécha brusquement. S'agissait-il d'Aurian ?

— Non ! s'écria-t-elle avant de bondir en direction du monstre.

Elle ne savait pas ce qu'elle ferait lorsqu'elle l'atteindrait, mais elle était consciente de devoir agir. Cependant, une main la rattrapa et la ramena brutalement en arrière.

— Restez ici, dame. Je vais m'en occuper ! s'exclama Hellorin, une lueur dangereuse dans les yeux.

Il disparut brusquement pour réapparaître sur la rive face au monstre, abandonnant toutefois au passage sa chétive forme humaine. À présent, il s'élevait très haut, bien plus que la créature, les épaules couvertes d'une cape d'ombre et de nuages tandis que les étoiles scintillaient comme des joyaux dans les grands bois de cerf qui couronnaient sa tête. Impressionnée, Eilin laissa échapper un hoquet de stupeur. C'était la première fois qu'elle voyait le seigneur de la Forêt dans toute sa puissance et sa majesté. Des éclairs dansaient dans ses yeux pleins de colère et sa voix tonitruante résonna comme le tonnerre à travers la vallée :

— Moldan, comment oses-tu ?

Le monstre eut un mouvement de recul. Il répondit par télépathie, mais ses pensées étaient si puissantes qu'Eilin n'eut aucun mal à les entendre clairement.

— Reste en dehors de ça, seigneur de la Forêt. Que les Phées aillent chercher ailleurs une autre proie ! Ce Sorcier est à moi !

— Je ne pense pas, répondit doucement Hellorin.

Involontairement, Eilin recula d'un pas, le cœur glacé par la profondeur de la menace contenue dans ces quelques mots.

— Souhaites-tu mesurer ton pouvoir contre la puissance des Phées ? poursuivit le seigneur de la Forêt. Donne-moi le Sorcier, Moldan, et retourne dans ta montagne si tu ne veux pas que je t'expédie dans l'au-delà !

— *Cette proie est à moi !* protesta la créature, mais Eilin perçut une soudaine note de doute dans sa voix.

Hellorin sourit.

— Dans ce cas, pose-la par terre, Moldan, et bats-toi pour la conserver.

— *Jamais !* répliqua le monstre dans un grondement avant de porter la minuscule silhouette en direction de sa gueule ouverte sur ses terribles crocs…

Alors jaillit de la main d'Hellorin un grand éclair de feu blanc bleuté qui atteignit en crépitant la Moldan juste entre les deux yeux. Dans un cri, le monstre laissa tomber sa proie. Eilin poussa un cri horrifié, mais la grande main du seigneur de la Forêt se tendit pour rattraper le Sorcier et le déposa gentiment sur l'herbe, à l'écart du danger.

Pendant ce temps, le monstre parut se ratatiner peu à peu. De la fumée et des flammes bleutées s'échappèrent de ses yeux. Un hurlement d'agonie interminable jaillit de ses mâchoires tandis que sa grande queue convulsait sous l'effet de la douleur. De brillants éclairs rampèrent sur son corps tel un filet fatal, brûlant tout ce qu'ils touchaient sur leur passage. Dans un dernier cri, la Moldan bascula dans la rivière au courant si rapide. Les eaux vertes et glacées s'en emparèrent avec avidité et la précipitèrent par-dessus le rebord de la cascade.

Alors, comme libérée d'un sortilège, Eilin se précipita et se jeta à genoux à côté du Sorcier étendu sur le ventre. Pendant un instant, la flamme de l'espoir brilla très fort en elle... Mais il ne s'agissait pas d'Aurian. Perplexe, la Mage de la Terre fronça les sourcils en découvrant les cheveux blond cendré et les yeux bleus qui s'ouvrirent au même moment, les pupilles agrandies par la terreur.

— Je ne vous connais pas, protesta Eilin d'un ton accusateur.

Anvar avait mal, il était couvert de bleus et glacé jusqu'aux os à cause de son plongeon dans la rivière. Son corps meurtri refusait de s'arrêter de trembler et sa tête tournait à cause du choc reçu. Son esprit refusait tout simplement d'admettre la réalité de ce qui venait d'arriver. Cette grande silhouette obscure et la main géante qui l'avait rattrapé avant de le déposer en lieu sûr... C'était sûrement un rêve, une espèce d'hallucination née de sa terreur extrême. Les paroles de cette étrange femme lui parurent si incongrues, si... si ordinaires après cette dernière épreuve bizarre et terrifiante qu'Anvar éclata d'un rire hystérique. L'expression furieuse de la femme et son exclamation impatiente ne firent qu'empirer les choses. Serrant contre lui le Bâton auquel il s'était accroché désespérément même lorsque le monstre s'était emparé de lui, Anvar rit jusqu'à en pleurer ; jusqu'à en avoir mal aux côtes ; jusqu'à ne plus pouvoir respirer.

Une ombre apparut dans son champ de vision brouillé par les larmes. Quelqu'un d'autre venait de rejoindre la femme. S'essuyant les yeux avec sa manche, Anvar leva la tête et reconnut le géant, revenu à présent à des dimensions presque normales, qui avait vaincu la Moldan. Le rire du Mage s'éteignit brusquement.

— C'était réel..., souffla-t-il.

Au-dessus de la tête de l'inconnu planait, comme une ombre illusoire, l'image d'une couronne en bois de cerf. Puis les yeux du Mage se posèrent sur la main qui l'avait sauvé et qui faisait la même taille que la sienne à présent. Pourtant, un peu plus tôt, elle était assez large pour soutenir son corps tout entier... Lentement, il leva la tête et plongea son regard dans des yeux inhumains d'une profondeur insondable.

— Qui êtes-vous ? chuchota-t-il.

L'homme ne répondit pas et se tourna vers la femme.

— Je suis désolé, ma dame. J'espérais tellement pour vous... Mais si ce n'est pas Aurian, dans ce cas, qui...

— Aurian ? (Anvar oublia aussitôt sa peur.) Que savez-vous d'elle ?

La femme lui prit brusquement le bras et ses doigts s'enfoncèrent telles des serres dans la peau du Mage.

— Et vous, que savez-vous ? demanda-t-elle d'une voix rauque, les yeux brillant d'une intensité sauvage. Hellorin dit que vous êtes un Mage, mais je les connais tous et vous n'êtes pas l'un d'entre eux. Comment connaissez-vous ma fille ?

— Vous êtes Eilin ? s'exclama Anvar, suffoqué. La mère d'Aurian ? Mais alors, où diable suis-je donc ?

— Dans mon royaume, répondit l'homme de sa voix profonde. (Il regarda Eilin.) Je crois que nous ferions mieux de le ramener chez nous.

Sur ce, il posa la main sur le front d'Anvar, et le Mage perdit connaissance.

Lorsque Anvar se réveilla, il était blotti dans un profond fauteuil moelleux près d'une bonne flambée. Une couverture au tissu particulier, léger mais chaud, était drapée autour de lui, et il était vêtu d'une chemise et d'un pantalon de même tissu, d'un ton vert grisâtre chatoyant et changeant, avec un pourpoint en cuir par-dessus. Pendant un instant, il paniqua et jeta des regards éperdus autour de lui à la recherche du Bâton de la Terre. Mais, à son grand soulagement, celui-ci était appuyé contre le fauteuil, juste à côté de lui. Alors seulement, il remarqua la nourriture et les boissons posées sur la table basse devant la cheminée, ainsi que la présence de ses deux sauveteurs, assis en face de lui. Regardant derrière eux, Anvar écarquilla les yeux avec stupéfaction.

— Ça alors, on dirait le réfectoire de l'Académie ! souffla-t-il.

L'homme pouffa de rire.

— Exactement ce qu'a dit D'arvan en découvrant les lieux ! Doutez-vous encore, ma dame, qu'il puisse s'agir d'un Mage ?

— D'arvan ? l'interrompit Anvar d'un air perplexe. D'arvan est ici ?

Cela devenait de plus en plus évident à ses yeux qu'il devait s'agir d'un rêve.

— Vous connaissez mon fils ?

— Que savez-vous d'Aurian ?

Les deux inconnus venaient de parler en même temps. Anvar les dévisagea, notant leur expression avide.

— Je ne sais plus si je connais encore quoi que ce soit, soupira-t-il.

Une expression empreinte de pitié vint adoucir le visage sévèrement sculpté du sauveur d'Anvar.

— Tenez. (Il tendit au Mage un verre en cristal rempli de vin à ras bord.) Buvez, mangez, rafraîchissez-vous. Vous n'êtes pas encore tout à fait remis du choc de l'attaque de la Moldan. Je vous dirai ce que vous voulez savoir et ensuite… (Son expression se durcit de nouveau.) Vous répondrez à nos questions, Mage. Je suis en particulier impatient d'apprendre comment l'un des Artefacts du Pouvoir s'est retrouvé en votre possession.

— Et moi d'apprendre où se trouve ma fille, ajouta Eilin d'un ton pressant.

Toutes ces explications prirent du temps. Désespérément impatient de rejoindre Aurian, Anvar fut cependant forcé de puiser du réconfort dans les dires du seigneur de la Forêt qui l'assura que le temps n'avait pas de prise dans cet Ailleurs où vivaient les Phées. De plus, en toute franchise, il avait également envie de savoir ce qu'avait fait l'Archimage à Nexis en son absence.

Si le Mage fut stupéfait d'apprendre les circonstances de la mort de Davorshan, et ce qui était ensuite arrivé à D'arvan et à Maya, il fut plus choqué encore d'apprendre qu'Eliseth était toujours en vie.

— Vous êtes sûre ? Aurian et moi étions certains de l'avoir tuée.

Eilin acquiesça.

— Je l'ai vue dans la fenêtre magique d'Hellorin, celle-là même qui me permet de contempler ce qui se passe dans notre monde. J'imagine que vous avez dû sentir le trépas de Bragar – j'ai vu l'Archimage conduire la cérémonie de ses funérailles. (Elle se pencha en avant d'un air anxieux.) Mais dites-moi, comment en êtes-vous venus à croire que vous aviez tué Eliseth ? Parlez-moi de vous à présent, et d'Aurian aussi.

La Mage de la Terre étouffa un cri de stupeur lorsque Anvar lui apprit qu'il était le fils de Miathan et donc un Mage au sang mêlé. Il expliqua qu'il avait démarré en tant que serviteur d'Aurian, qu'il s'était enfui avec elle dans les royaumes méridionaux et qu'il avait ensuite récupéré ses pouvoirs. Anvar regretta cependant de ne pas s'être souvenu qu'Eilin ignorait tout de la grossesse d'Aurian et de la malédiction qu'avait lancée Miathan sur l'enfant. Il ne songea pas du tout à la préparer et lâcha brutalement ces nouvelles. Mais en voyant le choc et la détresse que causèrent ces paroles maladroites, il se traita d'imbécile.

Le seigneur de la Forêt offrit du vin à Eilin et la réconforta. Lorsqu'elle eut suffisamment récupéré pour permettre à Anvar de continuer son récit, le Mage raconta tout ce qui s'était passé jusqu'aux événements les plus récents – sa victoire sur Serre-Noire en Aerillia et le piège que lui avait tendu la Moldan.

— Et maintenant, conclut-il en regardant d'un air implorant le seigneur des Phées, si seulement vous vouliez bien me ramener dans mon monde, afin que je puisse rejoindre Aurian… L'enfant doit sûrement être né, et elle… (L'expression qui se peignit sur le visage d'Hellorin le poussa à s'interrompre au beau milieu de sa phrase. Brusquement, la pièce lui parut très froide.) Vous pouvez me renvoyer là-bas, n'est-ce pas ?

Hellorin soupira.

— Hélas, non, ce n'est pas en mon pouvoir. Mais… (Une lueur éclaira les profondeurs insondables de ses yeux noirs.) Je peux vous envoyer au-delà. Le long de la route la plus sombre, l'Entre-Mondes, jusqu'à la Dame des Brumes. Je vous préviens, le chemin est semé d'embûches, mais elle a le pouvoir de vous renvoyer chez vous si elle le veut bien – sans compter qu'elle détient la Harpe des Vents, l'un des Artefacts que vous cherchez.

L'excitation fouetta le sang d'Anvar. La Harpe ! Un autre Artefact. Déjà, il savait qu'il braverait le danger pour emprunter la route la plus sombre. Mais lorsqu'il hocha la tête en réponse au regard interrogateur d'Hellorin, ce n'était pas la Harpe qui occupait ses pensées. C'était l'idée de rejoindre Aurian aussi rapidement que possible.

Si seulement je pouvais pleurer. Mais quand Aurian a détruit mes yeux, elle m'a également privé de la possibilité de verser des larmes bienfaisantes. Miathan, fatigué, le dos courbé devant son feu, ressentait brusquement le poids de chacune des deux cents années qu'il avait vécues. Jusqu'à leur dernière confrontation, l'Archimage avait réussi à se leurrer concernant l'ampleur de la haine d'Aurian. Mais ce n'était plus possible à présent. La lueur dans les yeux de la jeune femme lui avait transpercé le cœur plus sûrement qu'une lance. Comment la reconquérir, face à une animosité aussi profonde et terrible ?

À présent qu'on l'obligeait à regarder la vérité en face, Miathan était horrifié par l'étendue de ses erreurs. *Je n'aurais jamais dû tuer Forral. Ce fut ma première et ma plus grande erreur, le premier pas sur le chemin qui nous a menés jusqu'à ce jour maudit. Le commandant était un Mortel, et, même si cela me mettait en rage, je n'avais qu'à attendre… S'il ne s'était pas enfui avec Aurian, Anvar n'aurait jamais récupéré ses pouvoirs. Il serait resté ici, un simple serviteur sous mon contrôle. Et l'enfant – s'il était né avec les pouvoirs d'Aurian, il aurait pu devenir un grand Mage, un atout au sein de nos rangs clairsemés…* Mais là, son âme se révolta. Il ne pouvait tout simplement imaginer le bâtard au sang mêlé d'Aurian rejoignant les Mages de haut rang, pas plus qu'il ne pouvait supporter l'existence d'Anvar…

Malgré tout, Miathan fut bien obligé d'affronter la vérité en serrant les dents : Aurian et Anvar étaient pratiquement les seuls Mages qui lui restaient. À cause de ses faux pas lors de la Nuit des Spectres, il avait perdu Finbarr et Meiriel. Quant à D'arvan, eh bien, il ne lui avait pas servi à grand-chose au départ, mais il était bel et bien perdu lui aussi. Davorshan était mort et Eilin avait disparu sans laisser de traces. Eliseth était la seule Mage qui demeurait sous sa coupe, mais il ne lui faisait pas confiance.

Aurian restait désormais son seul espoir, la seule Mage au sang pur sur laquelle il espérait encore exercer une certaine influence. En plus, il la désirait depuis le début. *Je dois la reconquérir*, songea désespérément Miathan. *Il le faut – mais comment ?* Pas en tuant Anvar, c'était certain, même s'il parvenait à retrouver le Mage. Cela ne ferait qu'aggraver la situation. Non, même si l'idée lui répugnait, il devait épargner Anvar, du moins pour le moment. Cela lui vaudrait la gratitude d'Aurian. Ensuite, il pourrait toujours trouver le moyen de s'interposer entre eux. Et l'enfant ? Miathan frissonna, puis se ressaisit. Il lança un regard à l'autre bout de la pièce, où il avait caché les restes ternis et corrompus du Chaudron derrière le mur. Existait-il un moyen d'annuler la malédiction ? Le trouverait-il à temps ?

— Sois maudit mille fois et plus encore ! Comment as-tu pu la laisser t'échapper !

La porte heurta violemment le mur, trembla puis rebondit sur ses charnières. Eliseth se tenait debout sur le seuil, pâle de colère.

— Sois maudit ! cracha-t-elle. J'aurais dû savoir que tu avais l'intention de me trahir et de me supplanter !

Les années parurent s'effacer du visage de Miathan comme un manteau dont on se débarrasse d'un coup d'épaule. Se redressant de toute sa hauteur, il lança sur la Mage du Climat un éclair d'énergie qui claqua sur son visage tel un coup de fouet et y laissa une vilaine marque violette.

— Silence ! En dépit de toutes tes machinations, je suis encore l'Archimage de ces lieux !

Eliseth trébucha et se détourna à moitié, les bras levés devant le visage. Lorsqu'elle les baissa, il y avait des larmes de douleur dans ses yeux, mais elle se ressaisit et lui fit face franchement, son beau visage tordu par la colère.

— Archimage de quoi ? le railla-t-elle. As-tu regardé par la fenêtre récemment, Miathan ? As-tu jamais songé, au cours de tes interminables voyages astraux, à baisser les yeux pour contempler ce qui se passe dans ta ville ? Sur les terres que tu gouvernes à présent ? Tu es l'Archimage d'une poignée de Mortels ignorants et crasseux qui meurent de faim, qui se morfondent et n'éprouvent que de l'amertume et du ressentiment à ton égard. Est-ce là le pouvoir que tu recherchais si avidement et à un tel prix ? (Elle éclata d'un rire strident.) Pendant que tu perds ton temps à rêvasser au sujet de cette garce comme un odieux vieillard gâteux qui bave, ton nouvel empire s'écroule autour de toi !

Intérieurement, Miathan frémit à cause du venin contenu dans la voix d'Eliseth. Il veilla cependant à ne rien laisser paraître de sa consternation. La rage, qui laissait d'ordinaire la place à une explosion de colère, montait en lui comme une lente marée rouge, durcissant sa volonté et enflant ses pouvoirs. Pendant un moment, il resta ainsi, savourant cette sensation.

La Mage du Climat devait visiblement s'attendre à ce qu'il morde rapidement à l'hameçon, comme à son habitude, car elle parut prise au dépourvu. Cet instant de doute et d'hésitation signa sa défaite. Miathan captura son attention avec son regard de serpent étincelant et la maintint ainsi, immobile et horrifiée, tandis qu'il entonnait les premiers mots d'un sortilège d'une voix chantante et chuchotante.

— Non !

Même si Miathan contrôlait sa volonté, Eliseth réussit à arracher ce mot, guère plus qu'un murmure, des profondeurs de sa gorge. Les yeux fous et agrandis par la terreur, elle serra et desserra ses minces doigts blancs le long de son corps. Tandis que Miathan la contemplait en souriant froidement, son visage se modifia. Ses traits clairs et parfaits commencèrent à se chiffonner, se brouiller puis s'affaisser, jusqu'à ce que, brusquement, Miathan interrompe le sortilège.

Eliseth, libérée de son emprise, s'affaissa et chancela. Elle dut se rattraper au montant de la porte pour rester droite. Lorsqu'elle eut retrouvé son équilibre, elle porta les mains à son visage et son expression s'altéra. Le souffle court, elle traversa la pièce en un clin d'œil pour se planter devant le miroir le plus proche.

Miathan pouffa de rire.

— Dix ans, Eliseth – dix petites années. Une goutte d'eau dans l'immense océan de l'immortalité des Mages. Mais quelle différence ces dix ans peuvent faire sur ton visage parfait ! Ton corps est peut-être un tout petit peu moins ferme ? Un peu moins droit et mince ? (Il ricana.) C'est presque pire que d'être vieille, n'est-ce pas, de découvrir ces signes implacables de la désintégration et du passage du temps ?

Eliseth lui fit face, tremblante et sans voix, et Miathan sut qu'il la tenait.

— La dernière fois, quand je t'ai fait vieillir, tu m'as défié, parce que tu n'avais plus rien à perdre. Mais j'ai retenu la leçon, ma chère. Cette fois, ce sera différent. (Sa voix devint dure comme de la pierre.) Chaque fois que tu transgresseras mes volontés, j'ajouterai dix années de plus à ton âge. Je te suggère de réfléchir très attentivement aux conséquences avant de me défier de nouveau. Et, Eliseth – laisse Aurian tranquille. Si tu devais ne serait-ce que lever le petit doigt contre elle, je ne te tuerais pas, mais tu souhaiterais mille et mille fois que je le fasse.

Alors qu'Eliseth, vaincue, s'apprêtait à s'en aller la tête basse, il lui lança une fleur, délibérément, avec malice et fourberie.

— Soit dit en passant, je ne t'ai pas rejetée au profit d'Aurian, quoi que tu puisses en penser. En dépit de ces dix années supplémentaires, tu es encore très belle.

Traversant la pièce, il prit le visage d'Eliseth entre ses mains. Celle-ci lui lança un regard noir, mais il vit dans ses yeux une lueur de doute transpercer brusquement le mur d'acier de sa haine. L'Archimage sourit intérieurement.

— Oui, murmura-t-il, tu es vraiment très belle. J'ai beau vouloir qu'Aurian augmente les rangs de notre race en voie d'extinction et avoir besoin de ses pouvoirs pour mener à bien mon plan, elle restera toujours rebelle et obstinée. Je ne pourrai jamais lui faire confiance, Eliseth, c'est pour ça qu'elle devra rester prisonnière – alors que toi, tu es libre d'aller et venir et d'œuvrer à mes côtés. (Délibérément, il afficha un sourire sur son visage.) Tu ferais une épouse tout à fait appropriée pour un Archimage – à condition de prouver que je peux avoir confiance en toi.

Sur ce, il la lâcha.

— Menteur, souffla Eliseth – mais il y avait une nouvelle lueur dans ses yeux.

L'Archimage haussa les épaules.

— Le temps nous le dira – pour tous les deux.

Lorsqu'il entendit la porte se refermer doucement après le départ d'Eliseth, Miathan gloussa. Avait-elle mordu à l'hameçon ? Le temps le dirait, en effet.

Lorsqu'elle entendit la Mage du Climat sortir avec fracas des appartements de l'Archimage, la petite servante s'enfuit en silence au détour de l'escalier. Elle franchit d'un bond la porte ouverte d'Eliseth, attrapa son chiffon et commença à cirer assidûment la table en inspirant profondément. Puis elle s'efforça de composer ses traits en un masque de neutralité alors même que des bulles d'allégresse se formaient en son sein. Elle était venue nettoyer les appartements d'Eliseth comme à son habitude lorsque, entendant des voix à l'étage, elle était montée sur la pointe des pieds pour écouter. Par les dieux, elle ne regrettait pas les risques encourus !

Eliseth entra d'un pas lourd, une main sur le visage.

— Inella ! (La Mage eut un mouvement de recul à la vue de la servante qu'elle avait oubliée, puis elle se ressaisit.) C'est tout ce que tu as fait, espèce de souillon fainéante ?

Elle voulut frapper la jeune fille, qui évita le coup adroitement. Eliseth se renfrogna mais elle n'avait visiblement pas envie d'aller plus loin.

— Sers-moi un peu de vin, demanda-t-elle sèchement avant de disparaître dans sa chambre à coucher.

— Oui, ma dame.

La jeune fille fit une petite révérence bien que la Mage lui tourne le dos, puis s'empressa de faire ce qu'on lui demandait. Même si son visage restait neutre, son cœur chantait. Dame Aurian s'était échappée. Par les dieux, une telle nouvelle valait bien le risque d'être ici !

23

LE PONT D'ÉTOILES

Iscalda, terrifiée par les loups voraces, s'enfuit de la tour. Même son amour pour Schiannath ne put venir à bout de son instinct d'animal, qui était d'échapper à autant d'ennemis. Elle dévala la colline, les oreilles plaquées pour ne plus entendre les cris des gardes stupéfaits qui se battaient contre les loups. Des mains se tendirent pour l'attraper lorsqu'elle passa au galop à côté des hommes assaillis, mais elle allait trop vite pour qu'ils puissent l'attraper. Sur le terrain plat, puis à travers l'étroit portail en pierre du col, Iscalda galopa comme si elle avait des ailes. La jument blanche n'avait aucune idée de ce qu'elle faisait. Elle savait simplement qu'elle devait fuir, aussi vite que possible, loin de la meute hurlante et de l'odeur du sang. Le bruit creux de ses sabots se répercutant en écho dans l'étroit espace entre les parois rocheuses, Iscalda gravit le col, franchit le sommet qui se dressait au-delà et descendit dans la vallée de l'autre côté.

Uniquement habitée par la peur, elle ne pensait pas aux autres dangers possibles. Aucun son n'atteignait ses oreilles par-dessus le fracas de ses sabots. C'est ainsi qu'Iscalda, au détour d'un affleurement rocheux qui s'enfonçait profondément dans le sol de la vallée, se jeta tête la première au sein de la troupe de cavaliers.

Des Xandims ! Ces gens-là faisaient partie de son peuple ! Alors même qu'elle se cabrait pour essayer d'éviter les chevaux de tête, Iscalda reconnut de vieux amis et compagnons. Honteuse de son exil et de sa peur irraisonnée, elle fit volte-face sur ses postérieurs et essaya de repartir au galop par où elle était venue. Mais un cheval aussi noir qu'une nuit sans lune se détacha du groupe de cavaliers et se lança à sa poursuite. Iscalda jeta un regard terrifié par-dessus son épaule et découvrit qu'il s'agissait de Phalihas. Son pire cauchemar ! Consternée à la vue de son ancien fiancé, elle n'accorda pas la moindre pensée à l'étrange silhouette perchée sur le dos de celui-ci.

La jument tremblait d'épuisement à présent. Tandis que la panique la quittait peu à peu, ses pattes ruisselantes de sueur commencèrent à s'engourdir à cause du froid de cette nuit en haute montagne. Le cheval noir gagnait du terrain, elle entendait le bruit de ses sabots se rapprocher de plus en plus. Du coin de l'œil, elle vit son grand corps noir arriver au niveau de son épaule.

Brusquement, une main apparut et attrapa la corde que ce maudit Khazalim avait passée autour de sa tête. Le cou cruellement tiré en arrière, Iscalda s'arrêta en glissant et en ruant au milieu des éclaboussures de neige.

— Ho ! Holà ! Doucement, ma belle. C'est bien, brave fille !

Le cavalier qui chevauchait le seigneur de la Horde sauta à terre en continuant à tenir fermement la bride d'Iscalda. Puis il s'avança pour lui flatter les naseaux. Iscalda recula d'un bond avec un hennissement de surprise. Ce petit individu maigre et nerveux n'était pas un Xandim ! Pourquoi Phalihas avait-il consenti à porter une telle créature ? L'étranger continua à la caresser doucement et la jument s'immobilisa, tremblante, en agitant les oreilles, sensible au son de cette voix bourrue qui murmurait de façon apaisante dans une langue inconnue. Elle roula un œil bordé de blanc en direction du seigneur de la Horde et se demanda, dans un accès de colère, pourquoi Phalihas n'avait pas repris forme humaine.

— Il ne peut pas. Il est prisonnier du même sortilège que toi.

Iscalda laissa échapper un nouveau hennissement, mais de rage cette fois, lorsque l'Œil-du-Vent apparut. L'étranger qui servait de cavalier à Phalihas fit un bond de côté lorsqu'elle se cabra et que ses antérieurs lui frôlèrent les oreilles. Iscalda, d'un mouvement brusque, lui arracha la corde des mains et se précipita tout droit sur Chiamh, les yeux flambant de colère. L'Œil-du-Vent ne broncha pas. Au contraire, il leva la main et commença à réciter un sort…

Alors Iscalda s'affala tête la première dans la neige lorsque ses quatre jambes se transformèrent brusquement en deux. Stupéfaite, elle se redressa tant bien que mal en s'appuyant sur ses coudes et contempla ses mains, ses deux mains humaines, avant de verser des larmes de joie. Lorsqu'elle releva la tête, elle vit qu'on lui tendait une main, justement, pour l'aider à se relever. Chiamh la regardait d'un air à la fois désolé et plein de compassion.

— Phalihas n'est plus seigneur de la Horde, expliqua-t-il doucement. J'ai longtemps attendu ce moment, tu sais. Ton sort a pesé sur ma conscience depuis que tu es partie en exil. Bienvenue de nouveau parmi les Xandims, Iscalda.

Celle-ci ignora la main tendue et le dévisagea froidement.

— Et Schiannath ? demanda-t-elle.

L'Œil-du-Vent hocha la tête.

— Son exil est terminé aussi. (Plissant ses yeux myopes, il regarda autour de lui.) Où est-il ?

— Lumière de la déesse ! s'exclama Iscalda en se relevant péniblement. Je l'ai laissé dans la tour en compagnie de cette femme.

— Quelle femme ? demanda Chiamh dont le regard s'intensifia brusquement. Une prisonnière ?

Iscalda acquiesça.

— Comment le sais-tu ?

Mais l'Œil-du-Vent ne la regardait plus.

— Parric ! s'exclama-t-il. Je crois que nous l'avons trouvée.

Schiannath, sous sa forme animale, rencontra l'armée xandim en haut du col. Il avait finalement réussi à vaincre son deuxième adversaire ailé mais n'avait pu qu'assister impuissant à la fuite éperdue d'Iscalda dont il avait vu disparaître la silhouette blanche sous les arbres tandis que les loups massacraient les gardes d'Harihn. En jurant, il était redescendu de la tour tant bien que mal, oubliant dans son angoisse tout ce qui n'était pas sa sœur bien-aimée – y compris Aurian et Yazour. Loin des gardes et des loups, il s'était transformé en cheval et s'était lancé au galop à la poursuite d'Iscalda, suivant les traces qui marquaient la longue et nette étendue de neige séparant le bas de la colline du col.

En arrivant en haut du défilé, Schiannath s'arrêta pour contempler avec stupéfaction le groupe de chevaux et leurs cavaliers occupés à gravir le flanc de la vallée. Alors qu'il hésitait encore, ne sachant pas s'il devait rester ou s'enfuir, il entendit une voix claire l'appeler, une voix adorée qu'il croyait ne plus jamais entendre.

— Iscalda ! s'écria-t-il, oubliant, dans sa joie, qu'il se trouvait toujours sous sa forme animale.

Son cri s'échappa de sa bouche sous forme d'un long hennissement aigu. Schiannath s'empressa de reprendre forme humaine en voyant sa sœur courir à sa rencontre.

Il se passait trop de choses pour qu'il puisse tout appréhender en même temps. Schiannath, n'étant plus un hors-la-loi désormais, regarda tout le monde d'un air incrédule tandis que l'Œil-du-Vent lui expliquait tous les changements qui s'étaient produits chez les Xandims pendant son exil. Le sourire d'Iscalda, blottie au creux de son bras, ne cessa de s'élargir devant l'expression médusée de son frère.

Brusquement, un petit homme aux jambes arquées et aux cheveux qui se raréfiaient joua des coudes pour passer devant tout le monde.

— Où est Aurian ? demanda-t-il d'un ton brusque.

Bizarrement, même si l'étranger s'exprimait de toute évidence dans une langue inconnue, Schiannath comprit ses paroles et devina que l'Œil-du-Vent utilisait certainement un sortilège de traduction.

— Aurian ? répéta Schiannath, soufflé. Mais comment…

L'étranger se rembrunit.

— Qui d'autre ? aboya-t-il. On perdra notre temps en plaisanteries plus tard. Conduisez-nous à la tour dont nous a parlé votre sœur.

Sur ce, tournant les talons, il sauta lestement sur le dos du grand étalon noir – Phalihas sous sa forme animale.

— Alors, que penses-tu du nouveau seigneur de la Horde ? demanda Chiamh à l'oreille de Schiannath en pouffant discrètement.

Ce dernier se retourna et dévisagea l'Œil-du-Vent d'un air ébahi.

— C'est lui, le nouveau seigneur de la Horde ? Il a vaincu Phalihas ? Lumière de la déesse, comment est-ce arrivé ?

Chiamh haussa les épaules.

— Nous vivons des heures étranges et capitales, mon ami – heureusement pour toi. Au moins, grâce à Parric, Iscalda et toi n'êtes plus bannis.

— Est-ce que vous allez rester là tous les deux à bavasser pendant toute une putain d'année ? rugit le nouveau seigneur de la Horde.

Dans un sursaut de culpabilité, Schiannath se souvint d'Aurian à la merci des loups. Ne perdant pas davantage de temps, il se changea de nouveau en un grand cheval gris foncé. Puis, dès qu'Iscalda eut sauté sur son dos, il s'élança au galop dans le défilé.

Aurian se réveilla. Un nuage amer et obscur assombrissait les recoins de son esprit, comme les restes d'un cauchemar qu'elle n'arrivait pas à se rappeler. Elle n'en avait, du reste, aucune envie. Son mental engourdi enregistra simplement les messages immédiats transmis par ses sens : l'odeur de moisi, froide et humide, qui régnait dans la chambre ; les murs nus en pierre grise, noirs de suie à l'endroit où une torche brûlait en dégageant beaucoup de fumée ; les braises presque mortes dans l'âtre, comme des rubis éparpillés ; et enfin la douleur, l'inconfort et un besoin urgent de se soulager.

La Mage traversa tant bien que mal la pièce pour rejoindre la fosse d'aisances dans un coin, celle par laquelle entrait un courant d'air, tout en continuant à entretenir l'état d'hébétude dans lequel était plongé son esprit. Elle ne devait pas réfléchir, pas encore. Sans cela, elle risquait de sombrer dans l'abîme de la folie.

En s'appuyant sur le mur, Aurian retourna près de l'âtre. Elle y trouva un bol d'eau, au chaud dans les cendres, avec à côté des linges pour lui permettre de se nettoyer. Méthodiquement, Aurian soigna les dommages qu'avait subis son corps, en se concentrant sur sa tâche. Mais elle était encore très faible et cet effort la laissa vidée et tremblante.

Ce fut à ce moment-là seulement que la Mage prit conscience du retour de ses pouvoirs. Elle se releva d'un bond en poussant un cri de triomphe, sans prendre garde au fait qu'elle tenait à peine debout, et lança un éclair qui explosa au plafond dans une pluie d'étincelles aveuglantes. Oh, l'immense, l'incroyable, le merveilleux soulagement ! Riant et pleurant de joie, elle fit alors apparaître une boule de feu bleue, puis une rouge, puis une verte, et jongla avec ces sphères de lumière incandescentes comme lorsqu'elle était enfant.

Seul l'épuisement mit un terme à cette démonstration exubérante. Aurian se laissa tomber à genoux devant l'âtre qui refroidissait et se demanda un peu tard où se trouvait tout le monde. L'inquiétude assombrit son triomphe. Que la bataille avec les gardes ait été gagnée ou perdue, Nereni aurait dû se trouver avec elle, non ? Et qui avait emmené le corps du prince et nettoyé le sang dans la pièce ? Dès qu'elle aurait repris son souffle, elle irait se renseigner…

Du nid de couvertures dans lequel elle avait dormi s'échappa un gémissement étouffé. Aurian se figea, horrifiée, et sa main, qui venait de faire apparaître si joyeusement sa magie, se referma en un poing aux jointures livides. Oh dieux ! Ce n'était pas un cauchemar, elle l'avait su dès le début. Mais y faire face dès à présent, si tôt…

De nouveau, elle l'entendit, ce petit cri plaintif d'animal en détresse. Trop pressant pour pouvoir être ignoré, il lui fit l'effet d'un coup de poignard en plein cœur. S'armant de courage, la Mage traversa lentement la pièce pour rejoindre sa paillasse et baissa les yeux pour contempler son fils. De nouveau, son souffle s'étrangla dans sa gorge.

Il était minuscule. Petit, pathétique et hirsute, les yeux collés comme tous les louveteaux nouveau-nés, le corps couvert d'un duvet gris foncé. Il rampait faiblement et gémissait, tournant en rond à l'aveuglette à la recherche de la chaleur perdue du corps d'Aurian. La Mage réagit par réflexe devant tant d'impuissance et tendit la main vers lui… Puis elle l'immobilisa, tremblante, juste au-dessus du petit corps, incapable de le toucher. Impossible. La colère l'envahit alors, mêlée au chagrin et à un sombre désespoir. Était-ce donc là ce qu'elle avait porté en son sein pendant de longs mois de lutte et d'angoisse ? Était-ce pour ça qu'elle avait perdu ses pouvoirs au moment où elle en avait le plus besoin ? Cette boule de fourrure aveugle et vagissante était-elle le seul témoignage de l'amour que Forral et elle avaient partagé ? C'en était trop. Prise de nausées, écœurée jusqu'au plus profond de son âme, Aurian détourna le regard en tremblant…

Alors, pour la première fois depuis qu'il avait quitté le refuge de son corps, elle perçut les pensées brillantes et hésitantes de l'enfant. Il avait froid. Il était perdu, aveugle, affamé… et humain. Oui, parfaitement, humain ! Aurian connaissait les loups depuis l'enfance, et ces pensées-là n'appartenaient pas à un loup, ni à aucun animal d'ailleurs. L'enfant avait beau posséder le corps d'un bébé loup, il n'en était pas moins son fils. Son fils.

D'une voix brisée, Aurian s'écria : « Mon bébé ! » en soulevant le louveteau qu'elle berça contre elle pour lui communiquer sa chaleur. Des larmes de soulagement inondèrent son visage. Sa joie et celle de son enfant envahirent son esprit lorsque enfin le petit retrouva sa mère.

Dieux, mais c'est qu'il avait vraiment très froid ! D'ailleurs, ça n'avait rien d'étonnant. Aurian, horrifiée de l'avoir négligée ainsi, se découvrit brutalement un instinct de protection qui la galvanisa. Tout en gardant son fils serré contre elle, la Mage retourna près de la cheminée et jeta fiévreusement des bûches dans l'âtre de sa main libre, avant de les enflammer à l'aide d'une boule de feu. De nouveau, une joie farouche et incandescente la traversa lorsque ses pouvoirs ressurgirent. Puis elle retourna s'asseoir sur son lit et ramena comme elle le put l'une des capes autour de ses épaules. Comment avait-elle pu ne pas remarquer à quel point la pièce était devenue froide ?

Faim. Une faim dévorante monopolisait les pensées de son enfant. Pendant quelques instants, Aurian hésita, ne sachant que faire. La maternité était quelque chose de nouveau pour elle. Mais le petit avait faim… Aurian haussa les épaules et mit son fils au sein. *Bon,* se dit-elle, *je suppose qu'on va apprendre ensemble…*

Ce ne fut pas facile, mais l'instinct de se nourrir était très fort chez le petit loup et Aurian pouvait s'adapter un peu à sa morphologie, grâce à sa magie de guérison. Ils réussirent enfin à se trouver grâce à leur lien mental unique et à celui, encore plus fort, de l'amour qui existait entre eux. Aurian contempla son fils pendant qu'il tétait.

Petit loup, pensa-t-elle en se rappelant une vieille histoire que Forral lui avait racontée lorsqu'elle était enfant. Cela parlait d'un Mage qui avait perdu ses parents dans la forêt et qui avait été élevé par des loups. Il était devenu par la suite un puissant héros, et son nom, dans l'Ancienne Langue, n'était autre qu'Irachan – le Loup. Aurian sourit avec ironie en songeant à quel point l'histoire était ici renversée. *Irachan*, décida-t-elle. *Oui, je vais l'appeler Loup.*

Le petit s'endormit dans ses bras. Tout en continuant à le contempler, Aurian revint en pensée sur les multiples événements confus qui avaient accompagné sa naissance. *Le loup,* songea-t-elle en se rappelant la grande silhouette grise qui avait surgi en grondant dans la pièce, *c'est lui qui m'a sauvé de Miathan en arrachant la gorge d'Harihn.* Mais elle était persuadée d'avoir entendu le premier cri de son enfant avant même que le loup ne vienne à son aide. Oui, elle se rappelait très bien ce petit vagissement inimitable d'un nouveau-né humain ! Et elle se souvenait également, oh ça oui, de la voix de Nereni criant : « C'est un garçon ! »

La Mage se souvint du jour de sa capture, lorsque Miathan, dans le corps d'Harihn, lui avait appris que son enfant était maudit :

— Quand tu le verras, avait-il dit, tu me supplieras de mettre fin à ses souffrances.

Aurian poussa un effroyable juron lorsque la signification de ces paroles ne lui apparut que trop clairement. Son enfant était né humain – avant qu'elle ne voie le loup ! Le fils de Forral avait pris la forme de la bête. Telle était donc la nature de la malédiction de Miathan.

Il devait bien y avoir un moyen de le transformer de nouveau. Mais Aurian eut beau essayer en sondant le minuscule louveteau avec ses sens de guérisseuse, l'enfant conserva sa forme animale. *J'y arriverai*, se promit Aurian malgré tout. *Quand Miathan a jeté sa malédiction, il avait à sa disposition la puissance du Chaudron. Dès que je récupérerai le Bâton de la Terre*... Ses pensées s'envolèrent alors vers Anvar et Shia. Comment avait-elle pu les oublier ? Aurian essaya de tendre son esprit vers ses amis absents, mais, à sa grande consternation, elle ne reçut pas l'ombre d'une réponse, en dépit de tous ses efforts.

Elle fut interrompue par le fracas d'une brusque commotion dans la pièce au rez-de-chaussée. D'autres combats, encore ? Déposant soigneusement le loup dans son nid de couvertures, Aurian courut à la porte. En l'ouvrant, elle réalisa brusquement qu'elle était libre, miraculeusement, incroyablement, libre ! Enfin elle allait pouvoir quitter cette chambre tant haïe, pour ne plus jamais y remettre les pieds !

Aurian courut jusqu'au bord des marches et jeta un coup d'œil en bas. Elle aperçut Schiannath sur le seuil. Il se disputait avec Yazour. Et derrière le Xandim, épée au clair et jurant impatiemment se trouvait...

— Parric ! s'écria Aurian. Yazour, laisse-le entrer !

Pendant un moment, Parric resta planté là, bouche bée, pris au dépourvu par la subtile transformation de la Mage. Quel imbécile il faisait ! Pendant tout le temps où il l'avait cherchée, il se voyait sous les traits du héros intrépide qui se précipite au secours de la jeune fille perdue et effrayée. À cause de cette vision romantique des choses, il n'était pas du tout préparé à la maturité nouvelle que reflétait le visage défait d'Aurian, avec le pli ferme et ironique de sa bouche et la lueur d'acier dans ses yeux.

Brusquement, le maître de cavalerie se rappela son retour de sa première campagne militaire, bien des années plus tôt. Le visage qu'il avait vu dans le miroir à ce moment-là reflétait les mêmes changements. Ainsi, elle avait subi l'épreuve de la souffrance et de l'adversité – et à en croire son expression, elle avait rendu coup pour coup. Ouvrant grands les bras, Parric poussa un cri de joie et gravit les marches quatre à quatre tandis qu'elle les dévalait pour venir à sa rencontre. Ils se rejoignirent si brutalement au milieu de l'escalier que l'impact faillit bien les précipiter au bas des marches tous les deux. Mais ils réussirent à retrouver leur équilibre et se serrèrent très fort dans les bras l'un de l'autre au risque de se couper mutuellement le souffle.

— Parric ! Ô dieux, il doit s'agir d'un rêve !

Le maître de cavalerie sentit les larmes d'Aurian tremper son épaule, si bien qu'il s'inquiéta moins de ses propres yeux larmoyants. Avant que Forral et la Mage n'entrent dans sa vie, il considérait les pleurs comme un signe de faiblesse, mais à présent il savait ce qu'étaient l'amour – et le deuil. Ce n'était pas le seul domaine dans lequel il avait mûri, songea-t-il. Il avait lui-même pris la tête d'une armée, bien que réticente, et l'avait conduite saine et sauve à travers les dangereuses montagnes jusqu'à… jusqu'à quoi, au fait ?

Aurian essayait de lui dire tellement de choses à la fois que Parric n'arrivait pas à tout saisir. La nouvelle la plus étonnante était qu'Anvar semblait faire partie des Mages. En dépit du fait que Meiriel lui avait parlé de la malédiction lancée par Miathan sur l'enfant de la Mage, il s'alarma au début lorsqu'elle le traîna à l'étage pour lui montrer le louveteau, pensant qu'elle avait perdu l'esprit. Consterné, il essayait de lui prendre le bras pour la ramener en bas lorsqu'il sentit une main se poser doucement sur son épaule.

— L'enfant est bien là et il est humain, lui expliqua la voix de l'Œil-du-Vent.

Parric se retourna et vit Chiamh debout derrière eux. Ses yeux avaient de nouveau cette inquiétante couleur argentée, comme un miroir, car il contemplait le petit avec son Autre Vue.

Aurian écarquilla les yeux.

— Qui est-ce ? demanda-t-elle à Parric.

— Un très bon ami, répondit le maître de cavalerie. Il nous a sauvé la vie lorsque les Xandims nous ont capturés.

Sur ce, il présenta Chiamh dont les yeux venaient de retrouver une apparence normale. Au grand amusement de Parric, l'Œil-du-Vent parut très impressionné.

— Ma dame. (Chiamh s'inclina profondément.) Je suis très honoré de rencontrer enfin l'une des Puissances Brillantes que j'ai vues voilà si longtemps déjà.

— Vous m'avez vue ? (La Mage fronça les sourcils, perplexe.) Où ? Et quand ?

Chiamh lui parla de son Autre Vue et de la vision qu'il avait eue lors de cette nuit de tempête, voilà bien longtemps. Parric vit qu'Aurian était fascinée par cette brève description des pouvoirs de l'Œil-du-Vent.

— Il faut que j'en apprenne davantage, déclara-t-elle. En fait, nous avons tous beaucoup de choses à nous dire… Mais d'abord, je veux essayer de nouveau de contacter Anvar. (Elle se mordilla la lèvre.) Je suis inquiète, Parric. Je croyais que je pourrais l'atteindre une fois que j'aurais récupéré mes pouvoirs, mais jusqu'ici, je n'ai pas pu. Si vous voulez bien attendre en bas tous les deux, je vous rejoindrai dans un petit moment.

— Dame ? (Chiamh prit la Mage par le bras.) Puis-je vous aider ? Mon Autre Vue porte sur bien des kilomètres.

Aurian lui sourit d'un air reconnaissant.

— Eh bien, oui, merci, Chiamh. Je suis si impatiente de retrouver Anvar que j'accepte volontiers toute l'aide qu'on veut bien m'offrir.

Le vent soufflait par à-coups lorsque Aurian et Chiamh montèrent sur le toit. Le ciel maussade commençait à se parer à l'est des pâles lueurs de l'aube et la Mage sentit dans l'air une humidité qui laissait présager une nouvelle averse de neige. En contournant la souche de cheminée, Aurian fut surprise d'entendre un faible gémissement et d'apercevoir le corps d'un homme ailé roulant et convulsant dans une mare sombre et scintillante de son propre sang.

— Un homme du Ciel ! siffla Chiamh.

Aurian entendit grincer l'acier lorsque le Xandim sortit son poignard.

— Non, attendez ! (Elle retint la main de l'Œil-du-Vent.) On pourrait avoir besoin de lui pour porter un message en Aerillia.

Elle s'accroupit à côté de l'Ailé et l'examina avec ses sens de guérisseuse pour déterminer la gravité de ses blessures. Il n'était pas aussi mal en point qu'elle le craignait. Les entailles faites à l'épée saignaient beaucoup, mais ne menaçaient pas sa vie. Par contre, il avait reçu un coup très violent sur l'arrière du crâne et luttait pour reprendre conscience. Rapidement, Aurian déchira des bandes dans la couverture dont elle se servait comme manteau et les utilisa pour lui attacher les mains, les pieds et les ailes avant de commencer à le soigner.

Dès qu'elle se fut occupée des blessures de l'Ailé, la Mage s'avança jusqu'au bord de la tour en compagnie de Chiamh et s'appuya sur le parapet en contemplant les montagnes au nord-ouest, à l'endroit où le ciel était le plus obscur. Pendant un moment, elle essaya de toutes ses forces de projeter sa volonté jusqu'en Aerillia, en appelant sans cesse Anvar et Shia dans l'attente d'une réponse. Mais il n'y en eut aucune. Consternée, elle se tourna vers l'Œil-du-Vent qui attendait patiemment à ses côtés.

— Je n'entends rien du tout, chuchota-t-elle. Peut-être la distance est-elle trop importante pour que la télépathie fonctionne, mais, Chiamh, j'ai peur que quelque chose de terrible ne soit arrivé.

Le néant gris et dépourvu de repères semblait drapé dans un brouillard fantomatique et tenace. Anvar hésita, un instant perdu quant au chemin à suivre. Derrière lui, il entendit la voix rassurante d'Hellorin.

— Fais trois pas en avant, Anvar, et ne regarde pas en arrière. Tu t'apercevras que le chemin t'apparaîtra clairement.

Anvar frémit à l'idée d'avancer ainsi dans ce néant dépourvu de forme, et pourtant... Le seigneur de la Forêt devait savoir ce qu'il faisait. Il avait ouvert un portail vers cet Endroit entre les Mondes, déchirant le tissu de la réalité d'une main tendue pour créer ce sinistre seuil.

— Courage, jeune Mage, il s'agit d'une route plus sûre que celle empruntée par la Moldan, ce qui, il est vrai, ne veut pas dire grand-chose.

L'humour contrit du seigneur de la Forêt redonna du courage à Anvar. De plus, se souvint le Mage, c'était le seul moyen de retourner dans son propre monde – et de rejoindre Aurian. Il avait déjà fait ses adieux à Eilin et à Hellorin, il n'avait donc aucune raison de s'attarder. Anvar déglutit péniblement et fit un pas au sein de la brume grise. La lueur chaleureuse de la demeure d'Hellorin disparut brusquement lorsque la Porte entre les Mondes se referma derrière Anvar, balayant tout espoir de retour ou de retraite.

Quelque part en lui, le Mage trouva le courage et mit au pas son esprit en ébullition. Trois pas, avait dit le seigneur de la Forêt ? Eh bien, soit. Le sol, si on pouvait l'appeler ainsi – il ne s'agissait certainement pas de terre –, possédait une espèce d'élasticité et d'adhérence sous ses pieds. En comptant, Anvar avança…

Au bout du troisième pas, la brume grise disparut. La surface incertaine sous ses pieds retrouva la solidité rassurante de la pierre. Anvar, surpris, leva une main devant son visage et vit ses doigts entourés d'un faible halo de Magilumière bleue, comme si sa magie avait pris forme physique et recouvert son corps terrestre. Dans un éclair, un souvenir lui revint, la vision fugace d'une porte grise et sculptée qui se dissipa aussitôt. Pragmatique et déterminé une fois de plus, Anvar leva la main pour s'éclairer.

Il se trouvait dans un étroit tunnel grossièrement taillé dans une roche noire scintillante et pourvue de facettes. À son grand étonnement, d'étranges runes indéchiffrables et des images angulaires étaient gravées sur toute la longueur du tunnel, à peu près au niveau de l'œil. Anvar se déplaça lentement, le souffle coupé. Là, mise en relief par l'éclat de sa Magilumière, se trouvait toute l'histoire du Cataclysme !

Émerveillé, le Mage suivit le récit jusqu'au bout, jusqu'au moment où Avithan, fils du Premier Sorcier mais désormais appelé Père des Dieux, conduisit ses disciples, les six derniers Sorciers, dans leur refuge entre les Mondes, au bord du Lac Intemporel. Et dans la dernière image…

Ce portrait avait un style différent des autres images. Il représentait un visage féminin, entouré d'une crinière ondulante et gravé avec tant d'habileté que la Magilumière d'Anvar lui donnait un éclat glacial. Le visage aux pommettes hautes n'était pas sans rappeler les rapaces. En le voyant, Anvar pensa à Aurian, mais les traits étaient plus vieux et différents, même s'il n'aurait su dire en quoi. Les grands yeux ronds féroces n'appartenaient pas à un être humain mais à un aigle. Ils parurent soutenir le regard d'Anvar et sonder son esprit à la découverte de ses pensées les plus intimes…

Le Mage ne sut jamais combien de temps il resta planté là, captivé et en transe. Lorsque enfin il releva la tête, il aperçut devant lui une lumière différente, au sein d'un trou béant creusé dans une roche extrêmement noire. Un ciel couleur indigo profond, saupoudré d'étoiles brillantes. Poussant un soupir de soulagement, Anvar abandonna l'étrange gravure et se hâta d'avancer.

Un nouveau fragment de souvenir, bref mais frappant, lui traversa l'esprit. Des collines noires et arrondies qui se pressaient les unes contre les autres et se découpaient sur un ciel étoilé… Mais cette fois, il s'agissait de montagnes, et d'une paisible vallée dont les flancs étaient couverts de fougères et de pins qui embaumaient. Niché en son creux tel un joyau se trouvait un lac calme et illuminé par les étoiles.

En arrivant à la sortie du tunnel, Anvar retrouva une certaine mesure de circonspection. Il se glissa audehors, furtivement et prudemment, en regardant tout autour de lui et en tendant l'oreille. Il déboucha sur une plage étroite recouverte de galets lisses et ronds de la taille de ses poings, qui descendait jusqu'à une bande de sable et de graviers qui bordait une baie profonde à l'entrée du lac. Il n'y avait pas un bruit, à l'exception du clapotis des vagues minuscules et du tintement rythmique des cailloux qui roulaient sur la grève.

Au début, le Mage se sentit horriblement exposé, sur la plage. Puis le calme paisible de l'endroit imprégna peu à peu son âme. Gagné par la confiance et une espèce de certitude, il sentit son humeur s'alléger. Le lac noir semblait l'attirer comme un aimant et le laver de toute la douleur et de l'anxiété qui avaient été ses compagnes omniprésentes au cours des derniers mois, les remplaçant par une sensation apaisante de chaleur et d'accueil.

Anvar marcha jusqu'au bord du lac et plongea son regard dans les eaux profondes et immobiles. Pendant un moment, il se sentit désorienté, comme s'il avait la tête qui tournait. Il vit des étoiles – des myriades d'abysses remplies d'autant d'étoiles, comme si, au lieu de baisser les yeux, il avait levé la tête pour contempler l'infinité du ciel nocturne. C'étaient juste des étoiles réfléchies dans les eaux d'un lac, et pourtant…

Il fallut un moment avant qu'Anvar n'identifie cette impression tenace que quelque chose n'allait pas. Avec une exclamation étouffée, il jeta un regard éperdu en direction des cieux, puis contempla de nouveau le lac. Alors il recula en jurant et s'éloigna de ces eaux comme si elles contenaient un poison mortel. Les étoiles, ce n'étaient pas les mêmes. Le ciel réfléchi au sein de ces profondeurs obsidiennes n'était pas le ciel nocturne dégagé au-dessus de sa tête !

Le vent se levait. Un massif de roseaux au bord de l'eau commença à trembler et à chuchoter, éclatant d'un rire fou et sifflant. Les étoiles dissimulées dans les profondeurs du lac disparurent lorsque la surface se troubla. De petites vagues de plus en plus grosses s'élancèrent à l'assaut de la plage comme une charge de cavalerie, avec à leur sommet de gros moutons blancs. Anvar, qui reculait toujours, tourna les talons et courut retrouver l'abri du tunnel – sauf qu'il n'y avait plus à cet endroit qu'un mur de roche noire et nue.

Un grondement sourd qui finit par devenir un rugissement tonitruant poussa le Mage à se tourner de nouveau en direction du lac. Au centre, les eaux bouillonnaient et se levaient pour former une bosse lisse et ondulante. Un grand croc noir jaillit à la surface torturée, rejetant les vagues de côté dans un vaste nuage d'écume blanche. D'immenses éclaboussures scintillantes décrivirent un arc de cercle vers le ciel et griffèrent les étoiles de leurs doigts d'argent avant de s'écraser, épuisées, dans le lac.

Une île était en train de surgir des eaux du lac agitées par le vent. Il s'agissait d'un imposant rocher semblable à une dent gâtée et cassée. L'eau devenue d'une blancheur étincelante à cause des remous dévalait le long de ses flancs.

Anvar, plaqué contre la paroi abrupte, se recroquevilla tandis que de grandes vagues remontaient la plage dans sa direction. Sa vieille peur de se noyer faillit bien avoir raison de lui. Puis, au bout d'un instant de terreur où il s'étouffa, il s'aperçut que, même si les vagues s'écrasaient à ses pieds et que l'écume giclait tout autour de lui, sa peau et ses vêtements restaient secs, comme si une barrière invisible que les eaux ne pouvaient franchir le protégeait. Les brisants s'arrêtaient juste devant lui comme des cabots mal élevés qui se précipiteraient pour lui mordre les bottes, mais auraient peur de venir plus près. S'agissait-il d'un avertissement ? Serrant les dents, le Mage se rappela pourquoi il était venu là. Seule la Cailleach, la Dame des Brumes, pouvait le renvoyer dans son monde. Il lui fallait entrer dans ses bonnes grâces s'il voulait obtenir la Harpe des Vents. Il ne pouvait accomplir tout cela qu'en allant à sa rencontre. Apparemment, il avait réussi à attirer son attention.

Tout ça était bien beau, du moins Anvar essayait-il de s'en convaincre. Mais la Dame des Brumes faisait partie des Gardiens et se situait bien au-dessus de ceux que les légendes des Mages appelaient des dieux. Ses pouvoirs dépassaient même ceux d'Hellorin, car les Phées se contentaient de manipuler la Magie Antique. La Cailleach, pour sa part, était l'incarnation de l'un de ces pouvoirs et disposait en plus de la Magie Sauvage, la plus dangereuse de toutes.

Cette fois, l'île avait fini d'émerger et les eaux commençaient à se calmer. La bande de sable et ses cailloux réapparurent lentement, étrangement reconfigurés. La vallée retrouva son calme, mais sans ce sentiment de paix qui y régnait auparavant. À présent l'atmosphère était tendue, maussade.

Anvar attendit, et attendit encore, jusqu'à ce qu'il ne puisse plus supporter ce suspense. Il avait l'impression que le temps et la réalité elle-même allaient se rompre comme une corde abîmée et tendue à l'extrême. Puis le Mage se souvint comment Aurian avait gagné le Bâton de la Terre et ce qu'elle lui avait dit de sa rencontre avec le dragon. Rien ne s'était passé jusqu'à ce qu'elle agisse et brise le sortilège qui maintenait le Mage du Feu hors du temps.

Anvar s'arma de courage. De toute évidence, la Cailleach savait qu'il était là. À lui de faire le prochain mouvement.

— Dame, je suis là, appela-t-il. Au nom des anciens Mages, les Sorciers que vous avez abrités autrefois, je vous salue.

Il n'y eut pas de réponse, du moins pas en langue humaine. Alors qu'Anvar commençait à se demander ce qu'il allait faire à présent, une fragile mélodie traversa subrepticement le lac. Il s'agissait d'une musique inconnue, si sauvage, si éthérée, si belle que le Mage en eut la gorge serrée. Les larmes se mirent à ruisseler sur son visage et il les essuya inconsciemment avec sa manche, comme un écho du geste enfantin qu'il avait si souvent reproché à Aurian.

C'était le chant d'une harpe. À mesure que chaque note s'envolait, claire et parfaite, au-dessus des eaux noires, elle devenait visible aux yeux d'Anvar : une cascade de musique comme une pluie d'étoiles, chaque note cristalline formant un point lumineux parfait. Le Mage, émerveillé, vit un pont de musique s'arquer au-dessus du lac immobile.

Lorsque la dernière phrase envoûtante s'éteignit, un dernier bouquet d'étoiles tomba sur la plage aux cailloux, s'enfonça dans le sol et s'y amarra. Le Mage prit une profonde inspiration, referma ses doigts sur le Bâton de la Terre et posa le pied sur le pont d'étoiles.

24

LA DAME DES BRUMES

L'Œil-du-Vent tapota maladroitement l'épaule d'Aurian, mais celle-ci lui fut reconnaissante de ce geste de sympathie.

— Vous dites que votre compagnon, l'autre Puissance Brillante, est en Aerillia ? lui demanda-t-il.

La Mage acquiesça, incapable, malgré son inquiétude, de s'empêcher de sourire avec ironie face à cette description d'Anvar. De plus, elle s'était tout de suite prise d'affection pour le jeune devin timide, avec sa tête ronde et son sourire adorable.

— Vous avez dit tout à l'heure que vous pourriez m'aider, se rappela-t-elle. Comment ?

— Je vais utiliser mon Autre Vue pour chevaucher les vents jusqu'en Aerillia, expliqua l'Œil-du-Vent. Là, avec un peu de chance, je devrais pouvoir localiser votre compagnon.

Stupéfaite, Aurian vit un liquide argent envahir les yeux de Chiamh. Appuyé sur le parapet, il se détendit, et son visage perdit toute expression. La Mage comprit alors que la conscience de son compagnon avait quitté son corps. Brusquement, elle eut une idée. Inspirant profondément, elle se détendit elle aussi et glissa aisément hors de son enveloppe charnelle.

Chiamh planait encore au-dessus de la tour sous forme d'une volute dorée de lumière incandescente. Elle le vit sursauter avec étonnement en remarquant sa présence.

— *Pouvez-vous m'entendre ?* lui demanda Aurian.

Sous leur forme physique, elle n'avait pas songé à essayer de communiquer par télépathie avec l'Œil-du-Vent ; pendant un moment, elle douta donc de l'étendue de ses pouvoirs. Mais la voix mentale de Chiamh résonna aussitôt, claire et joyeuse :

— *Dame, oui, je vous entends ! Comme vous êtes belle ! Un véritable être de lumière, exactement comme je vous ai vue dans ma vision.*

En raison de son angoisse, la Mage n'avait que faire des compliments, si agréables puissent-ils être. Mais elle fut incapable d'en vouloir au devin.

— *Je me demandais, Chiamh, si vous pourriez m'emmener avec vous lorsque vous chevaucherez les vents jusqu'en Aerillia ?* lui demanda-t-elle.

— *Essayons.*

Comme s'il lui tendait la main, l'Œil-du-Vent lui tendit un tentacule scintillant et luminescent, et Aurian fit de même. Les deux fils de lumière se rencontrèrent dans un éclair de chaleur brillante, et la Mage perçut brusquement le monde tel que Chiamh le voyait grâce à son Autre Vue. Elle resta stupéfaite en découvrant les montagnes sous forme de prismes translucides et étincelants et les vents telles des rivières tumultueuses d'argent brillant.

— *Vous êtes prête ?* demanda fièrement la voix de Chiamh dans son esprit, ce qui permit à Aurian de comprendre qu'il avait senti et qu'il appréciait son ravissement.

— *Je suis prête*, répondit-elle.

— *Alors accrochez-vous !*

L'Œil-du-Vent étira un autre membre scintillant et attrapa un fil de vent argenté. Dans la minute qui suivit, la Mage et le devin s'envolèrent au-dessus des montagnes à une vitesse incroyable, chevauchant une rivière de lumière.

— *C'est merveilleux !* exulta Aurian.

Sensible aux pensées de Chiamh tant qu'ils continuaient à se toucher, elle percevait également la joie que lui procurait cette chevauchée sauvage et exaltante.

— *Je ne savais pas que ça pouvait être comme ça*, répondit-il. *Jusqu'ici, j'avais toujours voyagé seul, et c'était triste et un peu inquiétant. Mais là... Dame, quel cadeau vous me faites ! Plus jamais je n'aurai peur de mes pouvoirs !*

Aurian était heureuse d'avoir pu l'aider car Chiamh lui avait également permis d'étendre son champ d'expériences en l'emmenant faire ce voyage. C'était l'une des sensations les plus incroyables de son existence, uniquement assombrie par l'inquiétude tapie au fond de son esprit quant au sort d'Anvar et de Shia.

— *Voilà Aerillia*, annonça enfin l'Œil-du-Vent.

À son grand étonnement, Aurian aperçut un rassemblement de vives étincelles en dessous d'elle et comprit avec stupeur qu'il s'agissait de la myriade d'innombrables énergies de vie des Ailés qui résidaient sur ce haut sommet.

Tandis que l'Œil-du-Vent décrivait une courbe pour se rapprocher de leur destination, Aurian s'efforça de distinguer les détails de cette cité de montagne. Cette fois, l'étrange effet prismatique de la vision de Chiamh était un désavantage, assurément.

— *Existe-t-il un moyen de retrouver ma vue normale ?* demanda-t-elle.

— *Bien sûr.* (La voix mentale de Chiamh se teinta de regret à l'idée que leur voyage allait prendre fin.) *Vous êtes ici à présent, du moins votre être intérieur, en tout cas. Lâchez-moi, tout simplement, et vous verrez normalement. Je resterai près de vous pour vous ramener quand vous souhaiterez repartir.*

Remerciant le devin, Aurian retira le tentacule de lumière, rompant le lien avec l'être intérieur de Chiamh. Baissant les yeux, elle laissa échapper un hoquet de stupeur. Tout en haut de la montagne se dressait la coquille brisée d'un grand bâtiment noir autour duquel les Ailés tournoyaient avec affolement. Visiblement, Anvar avait bel et bien récupéré le Bâton. Mais pourquoi diable refusait-il de lui répondre ?

Dirigeant son corps astral vers le sol, Aurian tenta alors d'appeler Shia et reçut enfin une réponse.

— *Mais enfin, où te caches-tu ?* demanda la Mage, brutale dans son angoisse. *Que s'est-il passé ? Où est Anvar ?*

— *Je me cache*, répondit Shia d'un air sinistre. *Je suis avec Khanu, un autre représentant de mon peuple qui est venu avec moi. Nous sommes dans les souterrains du temple. Il n'y a personne pour expliquer à ces monstres ailés que nous sommes venus les libérer…*

Le froid glacial de la terreur envahit Aurian lorsqu'elle perçut une hésitation dans la voix de la grande panthère.

— *Pourquoi Anvar ne peut-il pas le leur expliquer ? Où est-il ?* (Sa phrase commença dans un murmure et se finit dans un cri d'angoisse.) *Où est Anvar ? Il ne peut pas être mort. Je l'aurais senti !*

— *Tu as raison.* (L'attitude terre à terre de Shia contribua à calmer la Mage affolée.) *Je suis restée en contact avec lui pendant qu'il poursuivait Serre-Noire dans le temple. Le prêtre s'est enfui dans une tour où Anvar l'a tué. Ensuite, il y a eu un tremblement de terre, mais je suis certaine qu'il ne s'agissait pas d'un phénomène naturel…* (La voix de Shia trahit sa perplexité.) *Quand la tour s'est effondrée, j'ai perdu tout contact avec Anvar, mais pas comme s'il était mort. Ça m'a rappelé la fois, à Dhiammara, où tu es tombée dans ce piège magique, quand tu t'es fait avaler par la montagne. C'est comme s'il avait disparu, tout simplement.*

— *Dieux tout-puissants !*

Aurian était stupéfaite. Qu'était devenu Anvar ? S'agissait-il d'un piège tendu par Miathan afin de s'emparer du Bâton ? Mais non, de toute évidence, l'Archimage n'était pas en état de faire une chose pareille, pas après avoir été chassé aussi brusquement du corps d'Harihn lorsque ce dernier avait été tué.

— *Écoute Shia, il faut que je trouve un moyen de me rendre en Aerillia. Je suis hors de mon corps pour le moment, mais…*

— *Ça veut dire que l'enfant est né ?* l'interrompit Shia avec anxiété.

— *Oui, et nous sommes tous libres à présent. Harihn est mort, mais je te raconterai tout ça plus tard. Je vais trouver un moyen de te rejoindre aussi rapidement que possible.*

— *Je l'espère. Nous sommes piégés ici et serons certainement bientôt découverts. Aurian, avant que tu partes…*

Rapidement, Shia expliqua à la Mage ce qu'avait subi Raven. Il s'agissait d'une histoire sinistre, mais la Mage avait bien trop de sujets d'inquiétude pour gaspiller un peu de pitié vis-à-vis de celle qui l'avait trahie. Malgré tout, l'information pouvait s'avérer très utile.

Un plan d'action commença à prendre forme dans l'esprit d'Aurian.

— *Il faut que j'y aille*, expliqua-t-elle rapidement à Shia. *Fais attention à toi, mon amie, jusqu'à ce que je revienne.*

Sur ce, la Mage tendit de nouveau son esprit vers Chiamh afin de regagner son corps aussi rapidement que possible.

Les retrouvailles qui eurent lieu à l'intérieur de la tour furent tumultueuses. Bohan, les joues baignées de larmes, se précipita pour étreindre Aurian qui essaya de dissimuler sa consternation devant son effroyable apparence et les plaies qui couvraient ses énormes bras. Son cœur se durcit en pensant à Harihn et il lui fut encore facile de n'éprouver aucune pitié pour Raven.

Elle demanda à Parric et à Schiannath de faire descendre le prisonnier ailé du toit. Puis, tandis que Nereni lui servait à contrecœur un bol de soupe fumante et une tasse de liafa pour le réchauffer, la Mage apprit au guerrier, sans préambule, que Serre-Noire était mort. Même s'il pâlit à l'annonce de cette nouvelle, Aurian crut détecter une lueur de soulagement dans ses yeux et espéra qu'il serait plus facile ainsi d'obtenir sa coopération. Mais en fait, elle avait déjà gagné sa reconnaissance en soignant ses blessures infligées par Schiannath. Lorsqu'elle offrit de le libérer pour lui permettre de retourner en Aerillia, à condition de bien vouloir porter un message à Raven, il accepta volontiers.

Tandis que, debout sur le seuil, elle regardait l'homme du Ciel s'envoler parmi les nuages lourds de neige, la Mage sentit une présence derrière elle.

Yazour se trouvait juste derrière son épaule et paraissait visiblement troublé.

— Aurian, est-il sage de placer une nouvelle fois votre confiance en Raven ? lui demanda-t-il.

La Mage haussa les épaules.

— Je n'ai pas le choix, répondit-elle. Il faut que je me rende en personne en Aerillia si je veux découvrir ce qui est arrivé à Anvar. En plus, elle n'a pas vraiment le choix, elle non plus. D'après ce qu'Anvar a raconté à Shia au sujet des blessures qui ont été infligées aux ailes de Raven, mon pouvoir de guérison est le seul espoir qu'il lui reste de voler de nouveau un jour. Or, si elle veut mon aide, elle ferait bien de coopérer et d'envoyer ses guerriers ailés nous chercher pour nous amener en Aerillia.

— Et qui allez-vous emmener avec vous ?

Aurian sourit au guerrier.

— On dirait l'une des questions d'Anvar, c'est-à-dire une question qui n'en est pas une.

Yazour acquiesça.

— Je viens avec vous, à moins que vous ne preniez des mesures drastiques pour m'en empêcher.

— Yazour, je n'en ai nul besoin. Tes blessures suffisent. (Voyant l'air grave qui se peignit sur son visage, Aurian arrêta de le taquiner.) Mais maintenant que j'ai récupéré mes pouvoirs, je vais pouvoir les guérir en un rien de temps. (Elle posa une main sur son bras.) Je veux que tu viennes avec moi, Yazour. En dehors d'Anvar, il n'y a personne d'autre que j'aimerais plus avoir à mes côtés. Quant aux autres… (Elle soupira.) Je vais certainement emmener Chiamh, mais je ne sais pas pour le reste de la bande. Je n'emmènerai pas Eliizar et Nereni, ça, c'est sûr. Après ce qu'ils ont subi, je ne peux pas les séparer, or j'ai besoin que Nereni reste ici pour s'occuper de Loup…

La Mage entendit Yazour prendre une brusque inspiration.

— Dame, vous risquez d'avoir des ennuis de ce côté-là.

— Dis-moi tout.

Aurian appréciait cet avertissement. Depuis son retour, elle était perplexe, et plus qu'un peu blessée, devant la réticence d'Eliizar et de sa femme. Même s'il avait été sincèrement ravi de la revoir, l'ancien maître d'armes ne parlait pas beaucoup et semblait fuir son contact. Nereni, de son côté, avait réussi à éviter la Mage en prétendant s'occuper des provisions que les gardes d'Harihn avaient laissées.

Avec une légère pression sur le bras, Yazour entraîna Aurian à l'écart et jeta un coup d'œil par la porte ouverte sur le rez-de-chaussée éclairé par un bon feu de cheminée.

— Soyez patiente avec eux, ma dame. Le petit les trouble.

Il désigna le louveteau endormi, enveloppé dans une couverture et blotti dans les bras de l'eunuque rayonnant qui adorait déjà la petite créature. Un léger pli barra le front du jeune guerrier.

— Je dois admettre, Aurian, que lorsque vous m'avez dit…

Il s'interrompit, et la Mage vit un frisson traverser son grand corps mince.

— Tout ira bien, Yazour. Dès qu'Anvar m'aura rendu le Bâton, je devrais pouvoir annuler la malédiction de Miathan.

— Je l'espère. (Yazour contempla tristement le bébé loup et passa un bras autour des épaules de la Mage.) Pauvre Aurian ! Après toute cette longue attente et la perte de vos pouvoirs, devoir faire face à cette créature au lieu de l'enfant que vous espériez…

Devant tant de compassion, Aurian sentit sa gorge se serrer.

— Tout va bien chez Loup ! protesta-t-elle d'un ton féroce. (Yazour recula, surpris par sa véhémence, si bien qu'elle lui lança un regard contrit.) Je suis désolée, soupira-t-elle. Comment puis-je m'attendre à ce que tu comprennes ? Pire encore, comment rassurer Eliizar et Nereni, qui ont tellement peur de la magie ?

Ce n'était qu'un problème parmi tant d'autres. Avant que les Ailés ne viennent, comme elle l'espérait, pour l'emmener en Aerillia, elle devait, d'une façon ou d'une autre, rassurer le maître d'armes et sa femme, trouver le moyen de nourrir son enfant en son absence et prendre des dispositions concernant les gardes survivants d'Harihn, désormais enfermés dans les cachots sous la tour, grâce au maître de cavalerie et à son étrange armée. De plus, comment allait-elle intégrer Parric et les Xandims dans son plan ? Avec un sourire ironique, Aurian se souvint du conseil fourni par Forral voilà si longtemps : « Prends chaque chose en son temps et commence toujours par le début. Alors tu t'apercevras que, bien souvent, le reste suit. »

Inconsciemment, la Mage reprit sur ses épaules le fardeau du commandement qu'elle avait laissé lui échapper tant qu'elle n'avait plus ses pouvoirs.

— D'accord ! fit-elle d'un air décidé. Yazour, je veux que tu ailles parler aux troupes d'Harihn. Tu les commandais autrefois, ces hommes doivent encore te faire confiance. À en croire Parric, il n'a aucune chance de convaincre les Xandims de donner refuge à leurs anciens ennemis, même s'il est leur seigneur. Mais tout n'est pas perdu. La plupart des Khazalims ont laissé des êtres chers dans la forêt, et il s'agit d'une terre riche et abritée entre le désert et les montagnes. Dis-leur que nous les libérerons en partant et qu'ils doivent retourner dans la forêt pour s'y installer. (Pendant un instant, son visage s'éclaira d'un sourire malicieux.) Qui sait, en fin de compte, nous serons peut-être responsables de la création d'un tout nouveau royaume !

— Dame, je vous remercie !

Le soulagement se peignit ouvertement sur les traits de Yazour. Aurian savait qu'il s'était beaucoup inquiété au sujet de ses compatriotes restés au service d'Harihn. Il s'empressa de la laisser pour descendre visiter les cachots.

Quant à son fils… Aurian sortit seule dans les bois qui environnaient la tour et étendit sa volonté pour appeler les loups une fois de plus.

La meute ne s'était pas beaucoup éloignée et rejoignit la Mage en très peu de temps. À l'issue d'un bref entretien avec le couple dominant, Aurian trouva une deuxième paire (car les loups, comme les faucons, restaient ensemble à vie) qui acceptait de quitter ses congénères et de tolérer la présence des humains pour venir l'aider à élever son fils. Même si ce couple se trouvait entre deux portées, Aurian réussit très vite, grâce à son pouvoir de guérisseuse, à faire en sorte que la femelle puisse produire le lait dont le petit louveteau allait avoir besoin. Après les avoir chaleureusement remerciés, Aurian quitta les chefs de la meute et retourna à la tour avec les nouveaux parents nourriciers de Loup telles des ombres silencieuses sur ses talons.

Malheureusement, il lui fut plus difficile de convaincre Eliizar et Nereni. Aurian fut obligée de menacer de laisser le petit dans la nature avec la meute afin de leur arracher leur accord. Les doutes de Nereni aidèrent cependant à résoudre le problème que posait Bohan. Aurian ne voulait pas l'emmener en Aerillia avec elle, mais elle avait cru qu'elle aurait du mal à le convaincre de se séparer d'elle de nouveau, d'autant qu'elle avait peur de le blesser. Cependant, l'eunuque se sentait déjà farouchement protecteur vis-à-vis du louveteau et il accepta volontiers de rester pour lui servir de garde du corps.

Lorsqu'elle eut fini de s'occuper de Parric qui fulminait parce qu'en tant que seigneur de la Horde il était obligé de rester avec les Xandims et ne pouvait donc pas l'accompagner, Aurian en avait plus qu'assez de toutes ces tractations et s'angoissait de plus en plus au sujet d'Anvar. Pour se distraire, elle guérit les blessures de Yazour et fit de même pour Eliizar (en dépit de sa réticence non dissimulée), Bohan, et Elewin, qui souffrait des conséquences d'un long voyage à vive allure à travers les montagnes en compagnie des Xandims. Parric aurait préféré laisser le vieil intendant à la forteresse, mais Chiamh et Sangra l'avaient persuadé du contraire. Tous les Xandims n'avaient pas accompagné Parric et tous n'étaient pas convaincus de son droit à porter le titre de seigneur de la Horde. Si Elewin était resté à la forteresse, il n'aurait certainement pas survécu assez longtemps pour voir revenir ses amis. D'ailleurs, il insista sur le fait que revoir Aurian avait suffi à le revigorer complètement. La Mage savait cependant qu'il avait été grandement déçu de ne pas voir Anvar et qu'il partageait son inquiétude au sujet du disparu.

Nereni avait préparé un repas et, pendant que tout le monde mangeait, entassé au rez-de-chaussée et sur les marches de l'escalier, les compagnons eurent l'occasion de se raconter ce qui leur était arrivé pendant leur longue séparation. Mais Aurian avait beau se réjouir de cette retrouvaille avec ses amis, elle n'en fut pas moins extrêmement soulagée lorsqu'elle entendit les battements d'ailes retentissants qui annonçaient le retour des Ailés.

Le pont d'étoiles chantantes ressemblait à un arc-en-ciel en dentelle scintillante enjambant les eaux noires du Lac Intemporel entre l'île et la grève. Comme Anvar s'y attendait, les étoiles lui parurent aussi solides que de la pierre. En revanche, il n'avait pas imaginé qu'elles répondraient au contact de ses pieds. À chaque pas qu'il faisait sur le pont, les pierres d'étoile faisaient résonner leur musique céleste. Dès qu'il posait le pied, une note différente retentissait, si bien qu'il se mit à choisir délibérément son chemin en marchant ici et là sur un rythme varié, créant grâce à ce pont magique sa propre chanson, la signature de son âme.

Plus Anvar approchait de l'île et plus il percevait une présence, grande et puissante, qui paraissait rêveuse. Plus il avançait, plus sa chanson se développait et plus cette présence semblait se réveiller, l'entendre et approuver la musique qu'il créait.

Le pont s'enracinait sur l'île, sur une corniche d'obsidienne. Dans un déchirement aussi profond qu'un chagrin, le Mage descendit de l'arche musicale. Aussitôt, la chanson s'éteignit et le silence retomba comme un coup de marteau. Sous les yeux horrifiés d'Anvar, le pont se mit à miroiter, puis frémit et se désintégra dans un doux soupir. Une pluie d'étoiles tomba en sifflant dans le lac, répandant à sa surface des écharpes de brume et ne laissant rien d'autre derrière elle qu'une absence douloureuse au fond de l'âme d'Anvar. Tournant tristement le dos à cette destruction, il découvrit un chemin en lacets qui partait de la corniche et disparaissait au détour de la falaise.

Le Mage poussa un soupir puis, s'appuyant sur le Bâton de la Terre, commença à grimper.

Le chemin ne cessait de tourner, creusé nettement dans la falaise escarpée comme si le basalte avait été du beurre. Il paraissait interminable. Le Mage avait le souffle court et la tête qui tournait lorsqu'il arriva en haut, à l'endroit où le sentier se terminait abruptement au pied d'un dernier sommet infranchissable, à l'entrée d'une cave obscure. Anvar sentit la magie lui picoter les doigts et leva sa main. Une fois de plus, celle-ci était entourée d'un halo de Magilumière bleue scintillante pour lui permettre de s'éclairer dans la grotte.

Heureusement, d'ailleurs, car, après avoir fait quelques pas dans la caverne, le Mage s'aperçut que celle-ci se terminait par une solide paroi et un trou béant qui s'enfonçait à ses pieds dans les ténèbres. Le cœur battant à tout rompre, Anvar s'agenouilla avec précaution près du bord. La lumière bleue dévoila alors les reliefs d'un escalier en colimaçon taillé dans la roche qui s'enfonçait au cœur de l'île.

— Putain, je le crois pas ! explosa Anvar, en proie à une colère propre à rivaliser avec les pires rages d'Aurian.

Lâchant une bordée de jurons bien sentis, il s'engagea dans l'escalier en nourrissant de noires pensées au sujet du sombre idiot qui n'avait tout simplement pas été capable de creuser un tunnel dans la roche au pied de l'île.

Cependant, il arrêta brusquement de râler lorsqu'il comprit qu'il ne se trouvait plus sur l'île, justement. Au bas des marches, il se retrouva au milieu d'une forêt. Une forêt parfaite – sculptée dans la pierre. Le Mage se figea, bouche bée. L'illusion était exemplaire. Chaque branche, chaque brindille, chaque délicate feuille de jade était parfaitement sculptée jusque dans ses moindres détails. Des oiseaux de pierre étaient perchés ici et là, les ailes entrouvertes comme s'ils s'apprêtaient à s'envoler. De minuscules chenilles en granit s'enroulaient autour des brindilles les plus minces. Des bourgeons de quartz translucide et scintillant s'ouvraient sur les branches et une fraîche lumière argentée filtrait entre les arbres. On n'en distinguait pas la source à cause de l'entrelacs de feuilles qui constituait la voûte de la forêt.

Une voix s'éleva soudain, féminine et tout à fait inhabituelle : ni vieille, ni jeune, elle réussissait à paraître à la fois mélodieuse et cadencée et pourtant profonde, sévère et râpeuse en même temps.

— Bienvenue dans le bois au cœur de la pierre – ou dans la pierre au cœur du bois. Comment savoir ? pouffa cette voix étrange. Viens, jeune Sorcier. Suis ton instinct, car, dans cet endroit, tous les chemins mènent à moi.

Il émanait de cette voix un pouvoir incroyable. Même si Anvar n'avait qu'une envie, faire demi-tour et s'enfuir aussi loin et aussi vite que possible, il savait qu'il ne pouvait plus reculer. Avec un petit haussement d'épaules, il se remit en route et s'avança entre les interminables rangées d'arbres.

Troncs en pierre, branches en pierres, oiseaux et insectes – tous se détachaient clairement dans la lueur trompeuse qui provenait de quelque part au-delà du bois. Le Mage se sentait tout petit au sein de cet immense endroit, comme s'il était un enfant égaré entre les piliers de la grande salle d'audience d'un souverain. Même si la magie de cette forêt intemporelle l'empêchait de souffrir de la faim et de la soif, il commençait à fatiguer au niveau des jambes, et ses pieds lui faisaient mal à l'intérieur de ses bottes.

Cependant, Anvar s'efforça d'ignorer cet inconfort. Il devait garder l'esprit alerte et se tenir prêt pour la confrontation qui allait suivre.

Brusquement, il n'y eut plus de forêt. Anvar trébucha au sein d'un immense espace dégagé, une gigantesque caverne, peut-être, mais c'était difficile à dire, car l'endroit était si vaste que ses limites, si limites il y avait, se perdaient dans l'obscurité. Le sol, qui ressemblait à de la mousse à cause des minuscules épines de minéraux cristallisés, s'élevait doucement pour former une colline arrondie au sommet de laquelle se dressait l'arbre le plus imposant qu'Anvar ait jamais vu. Son tronc était bien plus gros que l'énorme dôme du climat à l'Académie et dépassait de loin la hauteur de la tour des Mages, car son faîte se perdait dans les ténèbres. Anvar venait de découvrir la source de la lumière argentée diffuse qui éclairait la forêt. Même si les ailes de l'obscurité recouvraient tout l'espace alentour, l'arbre lui-même luisait de l'intérieur, comme rempli de rayons de lune captifs.

L'immensité de ce très vieux titan fit tourner la tête à Anvar. Pour se ressaisir, il décida de ne plus regarder que le bas de l'arbre en se concentrant sur les détails. S'agissait-il de pierre ou de bois ? Même en se rapprochant, le Mage ne parvint pas à se décider. L'arbre possédait ce même grain gris foncé que la Porte entre les Mondes qui lui avait permis d'accéder au Puits des Âmes.

— Brillante déduction, ô Sorcier ! Le Portail du Puits des Âmes a effectivement été taillé dans l'une des branches de cet arbre. Mais comment se fait-il que tu te sois aventuré sur une route aussi périlleuse et que tu sois toujours là pour t'en souvenir ?

Surpris par la voix, Anvar sursauta et leva les yeux. Là, à environ cinq ou six mètres du sol, où n'existait auparavant rien d'autre que l'écorce lisse du tronc, se trouvait une porte, de forme ronde, qui ressemblait à un nœud du bois. Un grossier escalier, qui semblait faire naturellement partie de l'arbre plutôt que d'y avoir été creusé, s'enroulait autour du tronc en partant de l'une des immenses racines et s'élargissait au sommet pour former comme une plate-forme devant l'entrée.

Lentement, la porte s'ouvrit. Là, encadrée par la lumière dorée chatoyante qui brillait à l'intérieur de l'arbre se trouvait… Anvar battit des paupières et se frotta les yeux. Il s'agissait d'un aigle. Non, d'une vieille sorcière… Non, c'était la plus belle femme qu'il ait jamais vue.

Cette silhouette trompeuse était drapée de la tête aux pieds dans une cape de plumes noires bordée de blanc, avec un col blanc également. La vision d'Anvar se brouilla et de nouveau il aperçut un aigle. Puis l'image se modifia de nouveau et il vit une femme qui possédait le même visage que la gravure dans le tunnel conduisant au Lac Intemporel. Ce qu'il avait pris pour un col de plumes blanches n'était autre que son abondante crinière couleur de neige. Quant à ses yeux… Anvar s'attendait à ce qu'elle les ait foncés comme un faucon, ou dorés comme un aigle, mais ils étaient pâles, au contraire, presque dépourvus de couleur, comme pour mieux se fondre au sein de son visage blanc et de sa chevelure hivernale. L'inconnue dévisagea le Mage avec une intensité troublante.

— Eh bien ? Je t'ai posé une question. Comment se fait-il que tu aies franchi le portail de la Mort et que pourtant tu aies survécu ?

Devant l'impatience de la Cailleach, Anvar rassembla hâtivement ses esprits. Il s'inclina très bas avant de répondre :

— Madame, je pense que vous connaissez déjà la réponse à cette question. N'avez-vous pas fouillé mon esprit pendant que j'étais captivé par votre portrait dans le tunnel ?

— Captivé, hein ? (Une lueur d'approbation, et plus encore, s'alluma dans les yeux en pierre de lune.) Non seulement tu es perceptif, mais en plus, tu sais tourner joliment tes phrases, jeune Sorcier. Bien sûr, tu as raison. Sinon, j'aurais pu croire que tu étais venu soulager un peu mon exil solitaire. (Son sourire fugace s'éteignit avant même d'atteindre ses yeux, et son expression se refroidit.) Or, je suis tout à fait consciente que tu es venu me voler la Harpe.

— Vous voler, madame ? (Anvar lutta pour empêcher sa peur de transparaître sur son visage.) Voilà qui est sévère. J'espérais, il est vrai, vous convaincre de me la remettre. Elle a été créée par les Mages, dans notre monde, et c'est là qu'est sa place. J'ai désespérément besoin de la ramener avec moi afin de sauver mon monde du mal.

— Comment, à toi tout seul ? Serais-tu donc un puissant héros dont la mission est de sauver ton monde ?

Elle ne fit même pas l'effort de masquer son ton moqueur. Anvar, piqué au vif, faillit répondre vertement et se contrôla juste à temps. Il ne devait surtout pas oublier à quel point cette créature était puissante et dangereuse.

— Non, pas un héros. Je n'ai jamais voulu tout ça, à l'exception de mes pouvoirs et d'Aurian. Surtout Aurian. Mais ça vaut mieux que d'utiliser la Harpe à des fins destructrices, n'est-ce pas ? Ça vaut mieux également que de laisser un objet aussi merveilleux moisir ici, sans qu'on l'aime et qu'on s'en serve, loin du monde de sa création. Rien qu'en ce moment, je l'entends qui m'appelle comme un enfant perdu, qui me supplie de la ramener chez elle.

En prononçant ces mots, il s'aperçut que c'était vrai. La chanson saisissante n'avait pas disparu avec le pont, elle continuait sous forme d'un doux murmure au fond de son esprit. Seulement, à présent, des mots accompagnaient la musique, à peine perceptibles, mais de plus en plus compréhensibles.

La Cailleach haussa les sourcils.

— La Harpe chante pour toi ?

Mais Anvar entendit le doute percer derrière son ton moqueur et vit ses yeux s'égarer, l'espace d'un instant à peine, avant de revenir le transpercer. Oui, la Harpe chantait pour lui, dans son subconscient, avec la musique étoilée et cristalline du pont. Et elle lui dit de répondre par l'affirmative.

— Bien sûr qu'elle chante pour moi. Vous le savez bien. Qui a empêché les vagues du lac de me noyer ? Qui a bâti le pont d'étoiles pour m'amener jusqu'ici ? Au début, je pensais que c'était vous, mais maintenant je sais que non.

Anvar dressa le menton et soutint le regard de rapace impitoyable de la Cailleach. En se croisant, leurs deux regards s'entrechoquèrent comme deux fleurets d'acier. La Dame fut la première à détourner les yeux. Lorsqu'elle se tourna de nouveau vers lui, elle souriait.

Envolée, la vieille sorcière. Disparu, l'aigle. Il ne restait plus aucune trace d'eux, juste un visage parfait, jeune et attirant. Beau. Irrésistible. Le cœur d'Anvar se mit à battre plus vite.

— *Idiot*, chantonna la Harpe au fond de son esprit. *Ne sois pas dupe. Méfie-toi des apparences…*

Tout comme le Bâton de la Terre avait un aspect indubitablement masculin, le ton de la Harpe était tout à fait féminin.

— *Où es-tu ?* lui demanda le Mage par télépathie. *Comment puis-je te trouver ?*

— *À l'intérieur. À l'intérieur…*

Anvar sourit à la Cailleach.

— Pourquoi ne pas m'inviter à entrer ?

Il surprit dans ses yeux une lueur triomphante. Elle lui fit signe de gravir l'escalier en colimaçon. Lorsqu'il franchit le seuil et s'aventura au sein de la lumière dorée et sacrée, il entendit la porte se refermer derrière lui comme les mâchoires d'acier d'un piège.

La luminosité était bien plus forte à l'intérieur. Elle l'éblouit et lui brûla les yeux, comme s'il était tombé au cœur du soleil. Anvar tituba, aveuglé, hébété, désorienté. Il entendit le rire triomphant d'une vieille folle – ou s'agissait-il du cri rauque d'un oiseau de proie ? Des bras s'enroulèrent autour de son cou et l'attirèrent vers le sol. Des ongles recourbés comme des serres s'enfoncèrent dans sa chair. Un corps ondulant se pressa contre le sien et des lèvres humides se refermèrent sur sa bouche pour lui voler son souffle et aspirer sa force de vie. Anvar se débattit, luttant pour reprendre le contrôle mais se noyant dans les vagues du désir de la créature…

— *Le Bâton, imbécile ! Utilise le Bâton avant qu'elle ne te le prenne !*

Le chant de la Harpe résonna de manière stridente au sein de sa conscience en perdition. Son pouvoir était si intense qu'Anvar obéit instinctivement. Il leva la main droite et assena un coup de Bâton sur la tête de la Succube.

La vampire disparut. Un cri horrible déchira l'air et le monde fut plongé dans les ténèbres.

25

GUÉRISON

Il faisait nuit noire lorsque Aurian et son escorte ailée arrivèrent en Aerillia. Les hommes du Ciel qui la portaient étaient visiblement mécontents du risque qu'ils encouraient en volant dans l'obscurité, d'autant que, pour empirer les choses, des nuages bas enveloppaient les pics, réduisant la visibilité à néant.

La Mage entendait ses porteurs marmonner leurs plaintes tandis qu'elle oscillait dangereusement entre eux à l'intérieur du filet instable. Dire qu'ils pensaient avoir des problèmes ! Elle renifla d'un air dégoûté. De tous les moyens de déplacement, celui-là était le plus insensé et le plus ridicule… Les mailles de la corde rêche s'enfonçaient dans son corps et le froid glacial la transperçait jusqu'aux os en dépit des couvertures dans lesquelles elle s'était enveloppée. De plus, pour quelqu'un qui avait le vertige, il ne s'agissait vraiment pas d'un moyen de locomotion recommandé. Aurian se réjouissait de la présence de l'obscurité et des nuages, car ainsi elle ne pouvait voir la chute qu'elle ferait si ces idiots la laissaient accidentellement tomber.

— *Aurian, mon amie, est-ce toi ?*

Ils devaient enfin s'approcher d'Aerillia. En entendant la voix mentale de la panthère, la Mage oublia sa peur tant elle s'inquiétait au sujet de son amie. Shia paraissait maussade et inhabituellement éteinte.

— *Tu vas bien ?* demanda-t-elle à la panthère.

— *Khanu et moi, on a froid, on a faim et on est à l'étroit. On n'ose même pas se creuser un chemin pour sortir, de peur d'attirer l'attention. Il y a des Ailés partout qui cherchent… Anvar aussi bien que nous.*

Le ton désespéré de Shia permit à la Mage de comprendre qu'Anvar n'avait pas encore été retrouvé. Dans un frisson, elle tenta de bannir l'étau de peur qui s'était refermé sur son cœur. *Je le retrouverai*, se dit-elle avec entêtement. *Je sais qu'il n'est pas mort, je l'aurais senti.* Fermement, elle chassa cette inquiétude de son esprit pour le moment et accorda de nouveau son attention à Shia.

— *Mais dans mon message, j'ai demandé à Raven de dire aux Ailés qu'on ne devait pas vous faire de mal.*

— *Pah !* cracha Shia. *Elle nous a déjà trahis une fois. Je ne fais pas plus confiance à Raven qu'au reste de cette bande d'assassins pourvus d'ailes !*

Il y eut un long silence, au point que la Mage commença à s'inquiéter. Puis une voix inconnue, celle d'un autre félin, pour sûr, mais un mâle celui-là, intervint :

— *Ils ont tué Hreeza.*

— *Nous l'avons laissée tomber*, ajouta Shia amèrement. *Nous n'avons pas réussi à la rejoindre à temps.*

Dans l'esprit d'Aurian surgit la vision d'une grande panthère aux abois dans un bâtiment en ruine. Son museau noir saupoudré de gris et ses mouvements raides trahissaient son âge, mais ses yeux flamboyaient toujours de courage et de défi. Une foule d'Ailés armés de pierres et de couteaux se refermait autour d'elle.

— *Elle a mis un long moment à mourir*, avoua Shia d'une voix presque inaudible.

L'image se fissura et disparut lorsque la panthère perdit le contrôle de la vision. Aurian fut bouleversée par le chagrin de son amie. Une vague de colère monta en elle contre ceux qui avaient commis cette atrocité.

— Vous ne pouvez pas voler plus vite ? cria la Mage à l'intention de ses porteurs, car elle avait hâte d'atteindre Aerillia pour réconforter Shia. *J'arrive*, lui dit-elle. *On y est presque. Tenez bon encore un tout petit peu.*

Finalement, Aurian vit apparaître les halos de nombreuses lumières qui brillaient faiblement à travers l'obscurité omniprésente. Aerillia enfin ! Le soulagement l'envahit mais ne dura pas. Une grande forme noire surgit de la brume devant elle. Le visage d'une gargouille grimaçante passa très près du sien et une pierre heurta durement sa hanche lorsque le filet s'écrasa sur un arc-boutant. Aurian entendit jurer ses porteurs tandis qu'ils rasaient l'édifice contre lequel elle s'était cognée. Son sang ne fit qu'un tour lorsque les battements d'ailes lui parurent s'affaiblir au-dessus de sa tête tandis que le filet s'abaissait brusquement. Puis les hommes du Ciel retrouvèrent leur équilibre. Mais le filet et sa passagère horrifiée continuèrent à tournoyer à cause de l'impact, et la Mage se laissa aller à pousser des jurons de son invention.

Cependant cet exercice tourna court lorsque la Mage fut déposée sans cérémonie et sans douceur sur un tas de pierres acérées. *Maudits Ailés !* pensa-t-elle avec aigreur en s'efforçant de sortir des mailles emmêlées. *Ils sont censés nous attendre. Pourquoi n'ont-ils pas apporté quelques lumières ?* Son escorte semblait penser la même chose, à en juger par les exclamations choisies et peu flatteuses qu'échangeaient ses porteurs. Le temps qu'Aurian réussisse à sortir du filet, elle aperçut une demi-douzaine de lanternes qui luisaient faiblement dans le brouillard et venaient à sa rencontre en oscillant juste au-dessus du sol.

Dans la lumière qui ne cessait de croître, Aurian poussa un soupir de soulagement en voyant Chiamh et Yazour sortir avec difficulté de leurs propres filets. Puis elle prêta de nouveau attention à ce qui l'entourait. Il n'y avait pas grand-chose à voir à cause de la brume, mais elle réussit à distinguer les silhouettes imposantes de piliers brisés au-dessus de tas de gravats. Elle reconnut alors le temple en ruine qu'elle avait vu lorsqu'elle avait chevauché le vent en compagnie de Chiamh.

Mais elle n'eut pas le temps de réfléchir davantage. La délégation des Ailés approchait, avec à sa tête, entre quatre gardes armés, deux personnes d'acabit différent : une femme vieillissante, visiblement déterminée, avec un visage à forte ossature et des cheveux et des ailes bigarrés, mélange de noir et blanc formant des motifs spectaculaires, et un homme à la peau pâle et aux ailes blanches avec de profonds cernes sous les yeux et une crinière couleur de neige qui démentait la jeunesse de ses traits.

Les gardes restèrent en retrait tandis que ces deux personnages avançaient au-devant de la Mage et déployaient leurs ailes – l'équivalent d'une révérence pour le peuple du Ciel.

— Dame Aurian, je suis maîtresse Elster, médecin de mon état. La reine Raven nous a envoyés vous accueillir. Elle ne peut se lever de son lit, ses ailes sont trop grièvement blessées. (Elle jeta un rapide coup d'œil derrière elle pour s'assurer que les gardes ne pouvaient pas l'entendre.) De toute façon, ce serait de la folie pour elle que d'apparaître en public dans son état, ajouta-t-elle à voix basse. Grâce à l'aide inattendue d'une enfant rebelle, qui a accepté de porter un message de la part de Cygnus (elle désigna son compagnon aux cheveux blancs), le peuple d'Aerillia sait que Serre-Noire retenait la reine prisonnière. En revanche, ils ignorent qu'elle est incapable de voler et qu'elle ne peut donc pas nous gouverner. Si cela venait à se savoir, nous aurions des ennuis, car cet hiver surnaturel est toujours là et le Haut-Prêtre n'avait pas que des ennemis. Certains le considéraient comme le héros qui allait leur apporter un nouvel âge d'or, au cours duquel les Ailés retrouveraient leur ancienne suprématie. (Elle leva les mains en signe de désespoir.) Dame, nous sommes au bord de la guerre civile et vous êtes la seule à pouvoir nous sauver.

Aurian songea à la mort de cette brave Hreeza et au chagrin de Shia. Elle se rappela également la pile de fourrures apportée par les Ailés à la tour d'Incondor, où elle-même avait été emprisonnée à cause de la trahison de Raven. Pour le moment, elle se fichait pas mal que la civilisation du Ciel s'effondre... Sauf que, pour lutter contre Miathan, elle allait avoir besoin de toute l'aide qu'elle pourrait trouver. De plus, en échange de la guérison de Raven, elle pourrait exiger la fin du massacre des félins et peut-être conclure la paix entre les deux peuples ennemis.

Aurian se sentit mieux. Au moins, la pauvre amie de Shia ne serait pas morte en vain. La Mage se tourna donc de nouveau vers Elster.

— Bien sûr, je vais vous aider, mais, avant que je voie la reine Raven, il faut que je localise des amis à moi. (Cygnus, l'Ailé aux cheveux blancs, fit mine de protester, mais Aurian le fit taire d'un regard d'acier.) Dès que j'aurai retrouvé mes amis, et pas une minute avant, répéta-t-elle d'un ton ferme. Maintenant, montrez-moi comment accéder aux souterrains du temple. Chiamh, Yazour, venez avec moi, je vous prie.

Les mots venaient à peine de quitter sa bouche lorsque Aurian entendit :

— *J'arrive !*

Brusquement la Mage fut projetée à la renverse par une imposante silhouette au regard flamboyant et au corps plus noir que la nuit. En tombant, Aurian aperçut du coin de l'œil un autre félin qui s'arrêta juste avant d'imiter le bond joyeux de Shia. Puis cette dernière fut sur la Mage en ronronnant si fort qu'on aurait dit qu'un orage allait éclater. Elle frotta son museau noir contre le visage d'Aurian et se pelotonna contre elle.

— Non !

Il s'agissait de Chiamh. Son exclamation fut suivie d'un hurlement déchirant et haut perché. La Mage et Shia se séparèrent en sursaut, et Aurian vit les gardes ailés se mettre à trembler tandis que leurs carreaux tombaient de leurs arbalètes et s'écrasaient sur le sol dans un bruit métallique. L'Œil-du-Vent se dressait entre les félins et les hommes du Ciel terrifiés. Ses yeux remplis d'argent reflétaient les flammes vacillantes des torches et ses mains manipulaient des fils d'air brumeux. Au-dessus des Ailés planait un horrible démon.

— Laissez tomber vos armes, cria Chiamh, ou ma créature attaquera ! (Tandis que les épées et les arbalètes tombaient avec fracas sur le sol, l'Œil-du-Vent jeta un coup d'œil derrière lui en direction d'Aurian.) Dame, ils étaient sur le point de tuer vos amis, expliqua-t-il d'une voix grinçante.

Une violente rage envahit la Mage, mais elle n'avait pas le temps d'y cédcr. Elle lisait la tension sur le visage de Chiamh qui luttait pour maintenir son effroyable apparition dans l'air stagnant. Aurian frissonna en regardant le démon qui ressemblait bien trop, à son goût, aux Spectres de la Mort. Mais il fallait admettre qu'il s'agissait d'une vision incroyablement réaliste.

Elle se tourna vers les Ailés tremblants.

— Si quelqu'un menace la vie de ces félins, nous lâcherons cette abomination sur la cité d'Aerillia. Me suis-je bien fait comprendre ?

— Comme vous le souhaitez, ma dame. Je vous donne ma parole qu'aucun mal ne sera fait à ces bêtes, répondit Elster, le visage livide et les traits tendus par la colère.

Mais Aurian devina que cette colère était dirigée contre les gardes avec leurs arbalètes et non contre elle-même. De fait, la vieille femme se retourna aussitôt pour les invectiver. Aurian sourit. Elle savait qu'il s'agissait pour la femme médecin d'un moyen de dissimuler sa peur.

Avec un soupir de soulagement, Chiamh dispersa l'air qui composait sa créature, et l'argent liquide disparut de ses yeux. Comme il vacillait sous l'effet de l'épuisement, Aurian passa un bras autour de sa taille pour le souvenir.

— Merci, mon ami, lui dit-elle doucement.

L'Œil-du-Vent regarda Shia d'un air stupéfait.

— Quand vous m'avez parlé de votre amie la panthère, je ne savais pas que vous vouliez parler des féroces Fantômes Noirs de nos montagnes !

— *Féroces, tu parles !* répliqua sèchement Shia. *Tout ce qu'on a jamais reçu de votre part, ce sont des flèches et des lances, et ce depuis le jour où vous avez envahi nos montagnes et pris nos terres. C'est vrai, la plupart de vos congénères n'ont ni l'intelligence ni les moyens nécessaires pour communiquer avec nous, mais vous et vos prédécesseurs auriez pu le faire pour eux !*

— Mère des bêtes ! s'écria Chiamh en portant la main à son front. Elle parle ! Quand elle vous a sauté dessus, Aurian, je suis persuadé de l'avoir entendue vous crier quelque chose d'amical. C'est pour ça que je vous ai aidées, autrement, j'aurais pu croire moi aussi qu'elle vous attaquait.

Aurian sourit.

— Vous bavarderez plus tard, tous les deux, et j'espère que vous parviendrez à faire la paix entre vos deux peuples. Pour le moment, nos hôtes m'ont l'air impatients. Je crois que nous ferions mieux d'aller voir la reine Raven.

Son ton se durcit involontairement, et Shia gronda à ses côtés. Mais la Mage posa une main rassurante sur la tête de la grande panthère.

— Je sais, ma belle, soupira-t-elle. Mais si nous voulons retrouver Anvar, nous allons avoir besoin du soutien de cette misérable, et cela veut donc dire qu'il faut l'aider.

— Aurian ? fit Chiamh en tirant sur la manche de la jeune femme. Je crois pouvoir vous assister dans vos recherches. Puis-je rester ici et mener une petite enquête pendant que vous êtes auprès de la reine ?

La Mage lança un regard interrogateur à Elster qui hocha la tête. Aurian remercia la médecin-chef et se tourna de nouveau vers Chiamh.

— Que voulez-vous dire par une « petite enquête » ?

Il secoua la tête.

— Je préfère ne rien dire pour le moment, et nous n'avons pas le temps pour de longues explications de toute façon. Je vous rejoindrai aussi vite que possible, sûrement avant l'aube.

Aurian dut se contenter de ça. Elle savait qu'elle pouvait faire confiance au jeune Œil-du-Vent. Elle regarda les Ailés costauds qui préparaient les filets pour les porter, elle et ses autres compagnons, jusqu'aux appartements royaux, ce qui lui arracha un soupir.

Raven redoutait l'arrivée d'Aurian. Elle avait toujours été très impressionnée par la grande Mage aux cheveux de feu, alors maintenant qu'elle lui avait fourni une raison de la haïr... Raven frissonna et laissa échapper un cri de douleur. Même de petits mouvements comme celui-là éveillaient des douleurs atroces dans ses ailes ravagées et éclissées. *Si seulement elle pouvait m'aider*, songea la jeune fille ailée avec désespoir. Malheureusement, en dépit de la promesse d'Aurian, elle n'était absolument pas certaine que la Mage le ferait. *Si la situation était inversée,* se dit Raven, *je ne l'aiderais pas...* Puis la porte de sa chambre s'ouvrit et le sujet de ses inquiétudes entra.

Pendant un moment, leurs regards se croisèrent.

— Surtout, pas de pitié ! s'exclama sèchement Raven avant que la Mage ne puisse détourner les yeux comme le faisaient les autres avec cette terrible expression sur leur visage.

Mais Aurian se contenta de hausser les épaules.

— Tu l'as bien cherché, répliqua-t-elle froidement.

La jeune Ailée serra les dents avec colère, un geste d'autant plus irritant pour elle que la Mage le remarqua. Aurian haussa les sourcils.

— Décide-toi, dit-elle brutalement. Je ne suis pas venue par compassion, Raven. Je suis venue te guérir, comme je l'avais promis. Ensuite, nous verrons comment tu peux te racheter pour nous avoir tous trahis.

Un grondement sourd et menaçant fit écho à ce discours sévère. Raven sentit son cœur sombrer un peu plus en voyant que Shia et un autre félin accompagnaient la Mage. Mais elle fut plus consternée encore en voyant Yazour apparaître derrière eux, avec dans les yeux une lueur aussi dangereuse qu'une lame nue. La jeune Ailée rougit sous le poids de ce regard assassin. Dès leur arrivée dans la forêt, le jeune capitaine n'avait pas caché son attirance pour Raven. Mais puisqu'elle n'avait cessé de repousser ses avances hésitantes, les sentiments de Yazour à son égard s'étaient aigris. Elle fut donc surprise de le voir pâlir en découvrant l'étendue de ses effroyables blessures. Il secoua la tête d'un air stupéfait et serra les lèvres comme s'il ne faisait plus confiance à sa voix.

— Dame, ces animaux doivent-ils vraiment être présents ? demanda Cygnus en entrant avec Elster.

Les sourcils froncés, il fit le tour de la chambre afin de mettre le plus d'espace possible entre lui et les intimidants félins, mais aussi pour s'interposer entre eux et Raven.

— Oui, il le faut, répliqua Aurian impatiemment. Maintenant, ôtez-vous de mon chemin et laissez-moi me mettre au travail.

— Comment ? (Elster parut surprise.) Vous avez l'intention de la guérir maintenant, comme ça, sans préparatifs d'aucune sorte ?

— Eh bien, je dois admettre qu'une boisson chaude aurait été la bienvenue en cette nuit glaciale, mais puisque personne ne m'en a proposé une… (La Mage haussa les épaules.) Oui, je vais le faire maintenant et je veux que vous sortiez d'ici tous les deux. (Elle observa attentivement les restes des ailes de Raven.) Ça risque d'être compliqué et, si je suis interrompue ou distraite, elle pourrait finir dans un état encore pire qu'avant de commencer.

Raven vit une amère déception se peindre sur le visage d'Elster et une lueur de colère et de refus traverser les yeux de Cygnus. Pendant un instant, elle fut tentée de demander à ce qu'ils restent. Seule, elle serait entièrement à la merci d'Aurian et des félins.

La Mage la regarda en haussant les sourcils, le menton levé d'un air de défi.

— Eh bien, Raven ? demanda-t-elle doucement. Vas-tu me permettre de tenir ma promesse ou pas ?

— Non, Votre Majesté, n'autorisez rien du tout, la pressa Cygnus.

Elster ne souffla mot, mais elle aussi paraissait mécontente. La jeune Ailée hésita, mais pour quelques instants seulement.

— Je te dois ma confiance, répondit-elle à voix basse, et plus que ça encore.

La Mage hocha sèchement la tête, acceptant le message qui se cachait derrière ces paroles. Raven se tourna vers ses deux médecins.

— Dehors ! leur dit-elle de ce ton impérieux qu'elle tenait de sa mère. Ne revenez pas tant que je ne vous aurai pas fait appeler.

— En fait… (Aurian fronça les sourcils d'un air songeur.) L'un de vous deux doit rester. Pour réparer cette aile, je vais avoir besoin d'un exemple parfait sous les yeux. (Elle désigna Elster.) Il vaudrait mieux que ce soit vous – vous êtes moins énervée que votre ami.

— Dame, non ! protesta Cygnus. Moi aussi, je suis médecin. Voudriez-vous m'obliger à manquer un tel miracle ? Ce n'est pas juste de m'exclure de cette chambre quand tous les autres peuvent rester.

Aurian soupira.

— Oh, très bien. Yazour, si notre médecin ici présent prononce un seul mot, je veux que tu lui tranches la gorge.

Le guerrier esquissa un sourire diabolique en sortant de sa ceinture une longue dague acérée. Visiblement, il ne serait que trop heureux d'obéir aux ordres. Raven était sur le point de protester, mais les mots moururent sur ses lèvres.

Lorsque la Mage se mit au travail, un silence complet s'abattit sur la chambre. Par la suite, Raven garda très peu de souvenirs clairs de la guérison, mais ce qui lui resta toujours en mémoire, ce fut l'arrêt brutal et choquant de la douleur lorsque Aurian posa doucement la main sur ses ailes. En l'absence de la souffrance qui l'avait constamment tourmentée, Raven fut submergée par une vague chaleureuse d'euphorie et eut l'impression de flotter, comme si son corps extrêmement détendu ne pesait plus rien tout à coup. Rien dans sa vie ne lui avait jamais paru aussi merveilleux. Somnolente, elle laissa son esprit dériver librement, sentant à peine les picotements qui accompagnaient le passage des mains de la Mage au-dessus des ailes brisées. La puissance de la magie d'Aurian s'insinua dans les tissus abîmés et les os brisés, réparant et redressant les ravages causés par Serre-Noire.

Si seulement elle pouvait guérir mon esprit du chagrin que j'éprouve pour ma mère, se désola Raven, *et aussi pour Harihn, même s'il m'a trahi. Si seulement elle pouvait me laver de la culpabilité que m'inspire le fait de les avoir trahies, elle et cette pauvre Nereni…* Cependant, grâce au bienfait du contact guérisseur d'Aurian, même des pensées aussi amères ne parvenaient pas à blesser la jeune Ailée. Peut-être que, si elle parvenait à trouver un moyen de se racheter, elle se verrait réellement pardonnée… Sur cette note d'espoir, Raven s'évada dans les rêves.

— Ça y est, c'est fini.

Aurian redressa son dos douloureux et frotta ses mains tremblantes et épuisées pour faire disparaître les dernières traces de Magilumière bleue. La réparation complexe des ailes de Raven était de loin la guérison la plus difficile qu'elle ait jamais tentée. Seuls les dieux savaient combien de temps cela lui avait pris. Frottant ses yeux douloureux, la Mage regarda par la fenêtre. Il faisait encore noir au-dehors, mais déjà l'obscurité s'éclaircissait et l'atmosphère s'allégeait, comme toujours à l'approche de l'aube.

Aurian tourna le dos à la fenêtre en prenant conscience, avec un temps de retard, du fait que personne n'avait répondu à sa remarque. Raven dormait déjà, tout comme Shia et Khanu, nichés l'un contre l'autre dans un coin de la pièce, pelage noir sur fourrure noire tachetée d'or. Yazour fouillait dans les alcôves dissimulées derrière des tapisseries brodées en disant :

— Il doit bien y avoir du vin quelque part dans cette chambre.

Cygnus et Elster, de leur côté, contemplaient, bouche bée, les ailes de Raven.

— Impossible, chuchota le jeune médecin.

Elster secoua la tête.

— Non, le contredit-elle. C'est réellement un miracle. (Pour la première fois, elle offrit à Aurian un sourire chaleureux et sincère.) Ma dame, comment vous récompenser d'avoir sauvé notre reine ?

La Mage lui rendit son sourire.

— Eh bien, pour commencer, un repas, du vin et un endroit pour dormir me feraient le plus grand bien.

(Ayant dépensé énormément d'énergie dans la guérison de Raven, elle se sentait prête à tomber d'épuisement.) Demain, ajouta-t-elle avec ironie, je parlerai à Raven et vous ferai savoir mes volontés.

— Et maintenant, qu'est-ce qu'on fait, Aurian ?

Yazour était sur le point de se jeter sur le divan aux pieds arachnéens mais il se ravisa en contemplant sa structure délicate et s'y allongea avec plus de circonspection. De son côté, la Mage ôta ses bottes élimées et s'allongea dans le creux au centre de l'étrange lit rond.

— Laisse-moi manger et me reposer quelque temps. Ensuite, dès qu'il fera jour, nous essayerons de découvrir ce qui est arrivé à Anvar.

Elle tendit la main vers la table basse à côté du lit et prit un autre morceau du gros pain ramolli qui paraissait fait à base de tubercules. Elle grimaça en avalant une bouchée.

— Dieux, ils sont vraiment à court de nourriture, commenta-t-elle. Si les Ailés en sont arrivés là, pas étonnant que Serre-Noire ait réussi à exercer une telle emprise sur la cité.

Yazour marmonna une réponse d'une voix ensommeillée. Ses yeux se fermaient déjà. Un court instant, Aurian se surprit à l'envier. Forral lui avait appris, voilà longtemps, la technique des guerriers pour voler de courts moments de sommeil chaque fois que c'était possible. Cependant, même si la chambre au cœur de la tour ronde était l'endroit le plus chaleureux qu'elle ait connu depuis le désert, grâce à ses carpettes, ses épaisses tapisseries destinées à protéger la pièce des courants d'air et son brasero en fer dans un coin, et même si elle avait de plus en plus de mal à résister à l'envie de dormir, elle savait qu'elle ne trouverait pas de véritable repos tant qu'elle n'aurait pas retrouvé son compagnon. Aurian but une gorgée du vin clair et aigre, le seul qui restait en Aerillia, et regretta l'absence de liafa. Lorsqu'une certaine agitation au-dehors sur la plate-forme d'atterrissage annonça l'arrivée de Chiamh, la Mage alla à sa rencontre avec un soulagement non déguisé.

Shia entrouvrit un œil lorsque l'Œil-du-Vent entra, puis elle se redressa brusquement. La panthère était aussi impatiente qu'Aurian de retrouver la trace d'Anvar. Chiamh épousseta les flocons de neige accrochés à son manteau et se rapprocha du brasero pour réchauffer ses mains tremblantes. La Mage lui tendit un verre de vin.

— Avez-vous trouvé quelque chose ? lui demanda-t-elle d'une voix pressante.

L'Œil-du-Vent haussa les épaules.

— J'ai du nouveau, en effet, mais je ne saurais dire si c'est positif ou négatif. Avez-vous jamais entendu parler des Moldaï, dame ?

— Les élémentaires géants de la Terre ? (Aurian fronça les sourcils.) Seulement dans les vieilles légendes du Cataclysme. Je croyais que les premiers Mages les avaient chassés du monde en compagnie des Phées. Qu'ont-ils à voir dans cette histoire ?

— Plus que vous ne le croyez, répondit Chiamh. Les Moldaï n'ont pas été bannis de ce monde, mais emprisonnés, en état de sommeil, dans les montagnes qui leur servent de chair et de squelette dans cette dimension. (Il posa une main pressante sur le bras de la Mage, une lueur de sincérité au fond de ses yeux bruns myopes.) Aurian, les Moldaï sont de nouveau éveillés. Sur mes propres terres, j'ai parlé plusieurs fois avec le Moldan du Wyndveil. Et savez-vous ce qui les a réveillés ? La découverte du Bâton de la Terre.

Aurian le dévisagea d'un air horrifié.

— Comment ? Vous voulez dire que ces créatures sont de nouveau libres et que c'est de ma faute ?

— Non, les Moldaï ne sont pas vraiment libres, du moins pas sur ce plan de l'existence, rectifia Chiamh. Mais ils sont effectivement réveillés et conscients – et tous ne nourrissent pas les bonnes intentions de mon ami Basileus, le Moldan du Wyndveil.

Aurian perçut son hésitation et frissonna. Déjà, elle avait le terrible pressentiment de ce qui allait suivre.

— Essayez-vous de me dire, demanda-t-elle doucement, qu'un de ces élémentaires se trouve ici, en Aerillia ?

— C'est exact, répondit l'Œil-du-Vent d'un air sinistre en ayant peine à soutenir son regard. Le Bâton de la Terre représente une tentation irrésistible pour une telle créature. Or, si ce pic est bel et bien un Moldan, sa conscience n'est pas en ce monde. J'ai peur qu'il n'erre dans d'autres dimensions, et puisque vous dites que votre ami n'est pas mort, je crains que le Moldan n'ait emmené Anvar avec lui pour lui prendre le Bâton de force. S'il venait à réussir... (L'Œil-du-Vent frissonna.) Qu'adviendrait-il alors de notre pauvre monde ?

26

L'AUBE D'UN NOUVEAU JOUR

Aurian s'appuya sur la balustrade en pierre glaciale de la plate-forme d'atterrissage et regarda le ciel s'éclaircir à l'est. Sous cette aube crépusculaire et désolée, la cité d'Aerillia paraissait étrange et mystérieuse, avec ses arcs-boutants et ses sculptures à la fois belles et grotesques, ses arches en dentelle de pierre, ses flèches et ses tourelles suspendues au-dessus du vide, et son absence totale de rues ou de structures régulières et égales qui auraient donné un certain ordre aux yeux d'un humain.

La Mage repoussa le capuchon de sa cape et frissonna en laissant le vent glacial chasser la fatigue qui lui embrumait l'esprit. Elle essayait désespérément de trouver un moyen de contacter Anvar à temps pour l'aider, s'il n'était pas déjà trop tard. Si son compagnon se trouvait déjà au-delà des limites de ce monde, elle ne pouvait savoir s'il était mort. Profondément malheureuse, Aurian appuya sa tête sur ses bras tendus.

— Bon sang, Anvar, soupira-t-elle. Quel besoin avais-tu de disparaître au moment où j'avais enfin admis que je t'aimais ?

Aurian se sentait impuissante et frustrée. Les paroles de Chiamh l'avaient plongée dans la consternation et la terreur car, sans le Bâton de la Terre, elle ne pouvait passer à son tour dans les dimensions de la Haute Magie afin d'aller aider Anvar. De plus, une angoisse plus grande encore se mêlait à la peur effroyable qu'elle éprouvait pour la sécurité du Mage. Si elle perdait le Bâton de la Terre, elle n'aurait plus d'armes pour combattre l'Archimage. Peu importait ce qu'elle ferait alors, Miathan aurait déjà gagné.

La Mage battit des paupières dans la luminosité grandissante et essaya de se convaincre que sa vision se brouillait à cause de la fatigue et non des larmes. Brusquement, elle se figea en plissant les yeux à cause de l'éblouissante lumière de l'aube. Mais il ne s'agissait pas du soleil, ces lueurs-là étaient plus brillantes, plus colorées, comme des joyaux qui s'élevaient vers le ciel pour y former une aurore. De plus, elles provenaient du nord-est et non de l'est – elles provenaient des ruines du temple !

Étouffant un juron, Aurian fit volte-face en appelant les Ailés qu'Elster avait postés dans la haute tour inaccessible pour servir de porteurs et de messagers aux visiteurs dépourvus d'ailes.

— Dépêchez-vous ! s'écria-t-elle en les voyant sortir de leur chambre en se frottant les yeux d'un air endormi. Apportez vos filets. Je dois tout de suite me rendre au temple !

Il faisait si noir à l'intérieur de l'immense arbre de la Cailleach qu'Anvar n'y voyait rien malgré sa nyctalopie de Mage. Paniqué, il essaya de retrouver la porte à tâtons afin de laisser entrer un peu de lumière, mais il eut beau tendre les bras dans les ténèbres écœurantes, ses mains ne rencontrèrent que de l'air. Marmonnant un juron, le Mage déversa ses pouvoirs dans le Bâton de la Terre. La gemme emprisonnée dans les mâchoires des serpents s'alluma, faisant fuir les ombres avec sa flamboyante lueur émeraude. Mais la magie du Bâton n'appartenait pas à ce monde intemporel. Une autre volonté s'opposait à elle, une puissance bien plus ancienne que l'Artefact et surtout beaucoup plus forte. La lueur de la grande gemme vacilla puis se réduisit à une pâle étincelle, comme une luciole. Anvar n'eut pas le temps de découvrir ce qui l'entourait. Les ténèbres se refermèrent sur lui une nouvelle fois, à l'exception d'un tout petit rai de lumière à la limite de son champ de vision.

Le Mage se retourna en fronçant les sourcils. De quoi s'agissait-il ? Lorsqu'il posa les yeux dessus, la lumière fantomatique s'accrut et s'étira jusqu'à ressembler à une fenêtre qui se serait lentement ouverte sur un autre monde. Anvar se raidit. S'agissait-il d'un nouveau tour que lui jouait la dame ? La ligne lumineuse ondula, devint courbe et fluide, puis se transforma en une série de formes familières : un cygne, une couronne, une rose, un saumon bondissant et, pour finir, une harpe.

Un épais rayon opalescent et éblouissant surgit alors pour se fixer sur le Mage tel un doigt tendu. Anvar laissa échapper un cri de ravissement silencieux. Le chant surnaturel des étoiles envahit son esprit tandis que le pouvoir de Gramarye lui traversait le corps et le consumait, transformant son sang bouillant en feu liquide. Il n'avait jamais connu pareille sensation de gloire, pas même en manipulant le Bâton ! Il eut alors l'impression que tout cela était juste, il éprouva comme un sentiment d'appartenance provenant d'une source extérieure, sentiment qui résonna en écho dans son cœur lorsqu'il accepta le pouvoir de la Harpe et que l'Artefact le choisit en retour.

Puis, dans un bruit sec et déchirant, comme un coup de fouet en travers de l'âme d'Anvar, la lumière s'éteignit brusquement. Le Mage eut alors l'impression qu'on venait de lui arracher le cœur de la poitrine. Hébété, désespéré, subissant le contrecoup d'un tel afflux de pouvoir, Anvar retrouva ses esprits en sursaut. Il ne possédait toujours pas la véritable Harpe. Même si celle-ci l'avait choisi, il ne pouvait pas encore la tenir et la manipuler. Et puis, où se trouvait son ennemie ? L'avait-il détruite grâce au Bâton ? Anvar en doutait. Non, elle se trouvait certainement toute proche, rassemblant ses pouvoirs. Lorsqu'elle réapparaîtrait, il ferait mieux d'être prêt.

— *Laisse-moi t'ouvrir les yeux*, chuchota la voix étoilée de la Harpe.

Les images rémanentes du faisceau lumineux disparurent du champ de vision du Mage. Ce dernier battit des paupières puis découvrit une vaste pièce ronde qui couvrait toute la superficie de l'arbre. Il percevait les murs sous un aspect différent à présent. Ils ne ressemblaient plus à un amalgame argenté de bois et de pierre, au contraire, ils apparaissaient translucides, comme si les rayons du soleil brillaient à travers une coquille. À l'intérieur, il voyait les vibrations de vie de l'arbre monter sous forme de minces ruisseaux nacrés dans les veines du tronc. Alors, sur le mur opposé, il aperçut les contours argentés d'une harpe. Elle scintillait faiblement, immergée au sein du bois comme un saumon sous la surface d'une rivière. Le cœur d'Anvar fit un bond. Traversant la chambre en courant, le Mage coinça le Bâton dans sa ceinture et pressa les mains sur le mur pour palper les contours de la Harpe. À son grand étonnement, il sentit ses doigts s'enfoncer dans le bois aussi facilement que dans de l'eau. La musique de la Harpe atteignit alors son apogée dans l'esprit d'Anvar.

— *Libère-moi*, chantait-elle. *Tu dois me libérer…*

Le Mage prit une profonde inspiration pour se calmer, puis plongea profondément les doigts à l'intérieur du tronc. Ses mains se refermèrent sur une forme irrégulière et ses doigts sentirent les volutes lisses des sculptures de l'Artefact. Un hymne joyeux envahit l'esprit d'Anvar lorsque celui-ci libéra la Harpe de sa prison et la leva dans les airs d'un geste triomphant.

Le Mage n'arrivait pas à détacher ses yeux de l'Artefact. Il était sous le charme, impressionné par tant de beauté. La Harpe était taillée, non pas dans le bois, mais dans une étrange substance cristalline et translucide qui scintillait comme un diamant au feu de sa propre lumière interne. Une interminable série de silhouettes ailées était sculptée sur le cadre de la Harpe, celles d'oiseaux de nombreuses espèces qui allaient des petits moineaux et troglodytes jusqu'aux grands aigles et cygnes majestueux. Tournant le cadre entre ses mains, Anvar découvrit des chouettes, des chauves-souris, des lucioles scintillantes et des libellules iridescentes. Ses doigts passèrent également non sans frémir sur la minuscule sculpture d'une femme ailée. Toutes les créatures de l'air décoraient la Harpe des Vents, encadrées par de fluides volutes d'argent qui semblaient incarner le vent lui-même. Anvar n'avait jamais rien vu d'aussi parfait – à l'exception d'une chose : le cadre scintillant ne renfermait que du vide.

— Ô dieux, où sont les cordes ?

Dans sa consternation, Anvar ne se rendit pas compte qu'il venait de s'exprimer à voix haute. Un rire semblable à un caquet retentit derrière lui et le Mage fit volte-face, alarmé. La Dame des Brumes se tenait là, avec son visage jeune et parfait et ses cheveux blancs couleur de gel sur la noirceur de sa cape de plumes.

— Croyais-tu vraiment que cela serait si facile, Sorcier ? se moqua-t-elle. Qu'il te suffirait de plonger les mains dans l'arbre et de la prendre ? Vraiment, n'importe quel idiot aurait pu faire la même chose !

— Je ne crois pas, répliqua froidement Anvar. Pas sans le consentement de la Harpe.

Il décela une lueur d'approbation dans les yeux de la Cailleach.

— Comme je l'ai fait remarquer plus tôt, tu es un Sorcier très perspicace et un adversaire honorable, reprit la dame. Je tiens à ce que tu saches que je ne te combats pas pour le plaisir. Simplement, je suis chargée de protéger la Harpe et je me dois de remplir ma mission. Seul celui qui en est vraiment digne pourra l'obtenir, car c'est un objet bien périlleux que tu souhaites ramener dans ton monde.

— Et ? répliqua Anvar d'un ton de défi.

La dame sourit.

— Jusqu'ici, tu as remporté avec succès les deux premières épreuves. Tu as vaincu la Succube, puis la Harpe t'a choisi en acceptant que tu la libères. Crois-moi, Anvar, si la Harpe en avait voulu autrement, tu aurais connu une mort atroce et instantanée lorsque tu as mis la main dans l'arbre. Maintenant, tout comme le Bâton de la Terre, la Harpe des Vents doit être recréée. Tu tiens le cadre, Sorcier – avec quoi vas-tu accorder cet instrument de la Haute Magie ?

Pour une fois, la Harpe ne vint pas à son secours. Elle ne fit que chantonner dans l'esprit du Mage :

— Tu dois me compléter, me rendre entière de nouveau.

— Comment ?

La Harpe poussa un soupir chatoyant.

— *Je ne peux pas le dire.*

Anvar regarda la Cailleach d'un air horrifié. Il savait au fond de son cœur qu'elle disait la vérité. Il l'avait toujours su. Mais comment accomplir sa tâche afin de gagner la Harpe ? Se souvenant de l'histoire d'Aurian quant à sa rencontre avec le dragon, il demanda :

— Puis-je poser des questions ?

— Non, répondit la dame, tu ne peux pas.

— Dans ce cas, laissez-moi le temps de réfléchir.

Mais il eut beau se triturer les méninges, il ne trouva aucune solution. *C'est ridicule*, songea-t-il. *Quand Aurian m'a décrit son épreuve, ça paraissait bien plus facile.*

— Pourquoi ne pas renoncer ? demanda la Cailleach en interrompant le cours de ses pensées. Reste donc ici et deviens mon amour. Je peux être n'importe quelle femme, toutes les femmes…

Sous les yeux d'Anvar, elle commença à changer. Ses traits parfaits se modifièrent, ses cheveux changèrent de couleur, encore et encore… Comme une vieille plaie qui se serait rouverte, Anvar vit Sara. Il vit la beauté froide et parfaite d'Eliseth, il vit aussi sa mère, Ria, telle qu'elle avait dû être au temps de sa jeunesse… Cette succession de femmes se poursuivit sans relâche, chacune plus belle que la précédente. Avec colère, Anvar détourna le regard.

— Arrêtez cela ! demanda-t-il sèchement. Vous êtes très belle, ma dame, mais rester ici à vos côtés ne m'intéresse pas. J'ai déjà donné mon cœur à une autre.

— Vraiment ? fit la dame d'une voix suave. D'après ce que j'ai lu dans tes pensées pendant que tu approchais du Lac Intemporel, ton aimée a donné son cœur, elle aussi, et pas à toi.

— C'est un mensonge ! s'écria Anvar. Elle a juste besoin de temps, c'est tout.

— Combien ? Un mois ? Un an ? Une éternité ? Ta dame est intraitable, Anvar, et le chagrin l'a rendue folle. Es-tu certain qu'elle trahira un jour le souvenir de son défunt amant ? Avec celui qui a indirectement provoqué sa mort ?

La voix de la Cailleach possédait un pouvoir insidieux. Ses yeux en pierre de lune, hypnotiques et étincelants comme ceux d'un serpent, capturèrent le regard du Mage. Il voulut protester, nier ce qu'elle disait, mais il n'arrivait pas à trouver les mots, car elle avait touché avec une précision cruelle au cœur même du noyau de doutes qu'Anvar nourrissait encore en son âme.

— Pourquoi courir ce risque, Anvar, quand je peux être tout ce qu'est Aurian – et plus encore !

Tout en parlant, la Cailleach changea de nouveau d'apparence et le Mage se retrouva face à sa bien-aimée – Aurian telle qu'elle avait été longtemps auparavant, à Nexis, avant que les épreuves ne lui donnent une mine défaite et avant que le chagrin et son désir de vengeance ne mettent cette dureté dans ses yeux. Anvar vit qu'elle le regardait, lui, avec dans le regard cette lueur qu'elle avait toujours réservée à Forral. Le Mage resserra son emprise sur le cadre de la Harpe pour empêcher ses mains de trembler. Aurian fit un pas en avant, les bras tendus pour l'étreindre.

— Mon cher amour…, souffla-t-elle.

Tant que je t'ai, je garde espoir. Lorsque les derniers mots d'Aurian résonnèrent dans l'esprit d'Anvar, le sortilège de la Cailleach se rompit brusquement.

— Éloignez-vous de moi, gronda le Mage. Pourquoi me contenter d'un substitut sans intérêt quand je possède l'amour de ma dame en réalité ?

Dans un éclair aveuglant, la vision d'Aurian disparut. La Cailleach se tenait de nouveau devant Anvar, sous l'apparence d'une vieille femme – et au grand étonnement du Mage, elle souriait. Ce n'était plus la séductrice, ni l'imposante et majestueuse figure d'autorité. Elle ressemblait à une aïeule pleine de sagesse et de gentillesse.

— Sorcier, tu as réussi l'épreuve, dit-elle doucement. Tu es véritablement digne de la Harpe, car seul un homme possédant un cœur fidèle et aimant peut ramener un tel pouvoir dans le monde.

Prenant un couteau d'argent à sa ceinture, la Dame des Brumes coupa une mèche de ses longs cheveux. Tendant la main vers la Harpe, toujours prisonnière de l'étreinte du Mage stupéfait, elle passa les doigts sur l'Artefact scintillant. La mèche neigeuse disparut, transformée en une cascade de cordes argentées qui remplissaient le cadre en cristal. Un immense pouvoir jaillit en Anvar et une joyeuse chanson d'étoiles envahit son esprit. Un halo vert éblouissant apparut autour du Bâton de la Terre pour s'unir à l'incandescence argentée de la Harpe. La dame leva la main en guise d'adieu…

Et Anvar se retrouva au sommet d'une montagne enneigée, face au soleil qui se levait sur la cité d'Aerillia. Un dernier message de la Cailleach retentit dans son esprit. Dans ses mains se trouvait la Harpe des Vents.

La lueur incandescente qui ne cessait de croître au sein de la coquille du temple terrifiait les porteurs ailés. Seule la peur plus grande encore que leur inspirait Aurian les poussa à emmener la Mage sur place. Ils la laissèrent tomber dans son filet au milieu du bâtiment en ruine et s'enfuirent comme s'ils avaient la mort aux trousses.

Aurian se libéra et commença à se frayer un chemin entre les piles de gravats en direction de la source de cette lumière surnaturelle. Elle avait à la main son épée, sa chère et familière Coronach qu'elle avait récupérée à la tour d'Incondor, mais elle se surprit à regretter l'absence du Bâton de la Terre, si rassurant. Elle n'avait pas la moindre idée de ce qui se trouvait derrière cet éblouissant nœud lumineux aux couleurs de l'arc-en-ciel, mais de toute évidence, elle ne pourrait l'affronter à l'aide d'une simple arme humaine. Cependant, en dépit de la peur qui faisait battre son cœur plus vite, Aurian se sentait irrésistiblement attirée par cette lumière, comme un papillon de nuit par une bougie.

Sous les yeux de la Mage, l'éclat scintillant commença à diminuer et à prendre forme humaine. Toujours auréolée d'une lumière aveuglante, cette silhouette longiligne lui parut brusquement et douloureusement familière.

— Anvar ! s'écria Aurian.

Puis elle s'élança sans plus se soucier des pierres qui oscillaient dangereusement sous ses pieds. Elle eut d'ailleurs l'impression que son cœur, dans sa joie, sautait hors de sa poitrine pour franchir avant elle l'espace qui la séparait d'Anvar. Puis les deux Mages tombèrent dans les bras l'un de l'autre, riant, pleurant et essayant de parler tout à la fois.

— Je croyais ne jamais te revoir !

— Dieux merci, tu es sain et sauf !

— L'enfant va bien ?

— Où étais-tu ?

Intensément soulagés, tous deux se mirent à rire de nouveau et s'accrochèrent l'un à l'autre pour ne pas tomber à cause de cette hilarité frisant l'hystérie. Aurian essuya ses larmes de joie et dévisagea Anvar. Lorsque leurs regards se croisèrent, il y eut comme un éclair entre eux, et Aurian se mit à trembler, stupéfaite par la force de ses propres sentiments.

— Mon cher amour…, souffla-t-elle.

Anvar l'attira à lui et posa ses lèvres sur les siennes. Alors, brusquement, Aurian sentit l'étincelle du désir s'allumer en eux – ce mélange explosif et puissant d'amour et de manque qu'elle avait utilisé sans le savoir, longtemps auparavant, pour libérer Anvar des griffes de la Mort dans l'enclos aux esclaves des Khazalims. Alors, comme cela s'était produit à ce moment-là déjà, leurs âmes parurent se toucher, se rencontrer et se fondre l'une dans l'autre. Aurian sentit sa joie et celle d'Anvar se mêler pour les emporter tous les deux sur des ailes brillantes…

Aurian laissa échapper un hoquet de stupeur. Personne ne lui avait jamais dit à quoi ressemblait l'amour entre deux Mages ! Ayant eu auparavant un amant mortel, elle ne savait pas qu'une communion du cœur, de l'esprit et des émotions pouvait exister et s'avérer aussi profonde et intense. La Mage perçut le ravissement stupéfait d'Anvar qui faisait écho à son propre bonheur étourdissant. Il l'embrassa avec une avidité identique à la sienne tout en explorant son visage et son corps avec ses mains, enflammant le désir qui avait manqué à Aurian pendant si longtemps. Avec leurs capes pour seul abri, ils s'allongèrent sur le sol sans même remarquer la dureté des pierres. Là, dans les décombres du temple de Yinze, au cœur du rêve en ruine d'un prêtre maléfique, Anvar et Aurian laissèrent enfin libre cours à un amour qui avait germé dans le besoin et la dépendance mutuelle et les avait emmenés à l'autre bout du monde, au travers de l'amitié, jusqu'à la passion.

Lorsqu'ils furent enfin prêts à accorder de nouveau leur attention au monde extérieur, le soleil était déjà suffisamment haut pour apparaître juste au-dessus des murs brisés et éclairer le temple et ses gravats. Anvar poussa un soupir de contentement et tendit la main pour écarter une mèche rebelle de la joue d'Aurian rayonnante.

— Tu valais vraiment la peine d'attendre, murmura-t-il doucement à son oreille.

Aurian sourit d'un air malicieux.

— Brusquement, je n'arrive pas à comprendre pourquoi je t'ai fait attendre si longtemps !

— Tu n'étais pas prête, mon amour, répondit Anvar sérieusement. (Puis il sourit à son tour.) Même s'il est vrai que tu es la fille la plus irritante, la plus entêtée, la plus contrariante…

— Ça alors, tu as un sacré culot ! protesta Aurian, mais Anvar la fit taire d'un baiser.

— Qu'est-il arrivé à l'enfant ? lui demanda-t-il lorsqu'ils furent de nouveau libres de respirer.

Pendant un instant, l'expression d'Aurian s'assombrit. Puis elle releva le menton d'un air déterminé.

— Il est magnifique, répondit-elle d'un ton ferme. Et il ira très bien, je le sais, dès que nous aurons trouvé le moyen d'annuler la malédiction de Miathan.

Anvar écouta avec une inquiétude et une tristesse grandissante Aurian lui raconter l'histoire de Loup. Il était sur le point de répondre lorsqu'une voix résonna dans son esprit :

— *Bon retour parmi nous, Anvar !*

Il s'agissait de Shia, bien sûr. Le sourire malicieux d'Aurian lui prouva qu'elle écoutait, elle aussi.

— *Aurian, je dois t'avertir qu'ils ont commencé à te chercher*, poursuivit la grande panthère, avant d'ajouter d'un ton suffisant : *Sinon, je n'aurais jamais osé vous interrompre, évidemment...*

— *Tu as tout entendu ?*

Anvar sentit la chaleur envahir son visage et vit Aurian s'empourprer elle aussi.

— *Difficile de faire autrement*, renifla Shia. *Je dirais que vous avez diffusé très clairement vos émotions jusque sur les terres des Xandims !* (Sa voix mentale s'adoucit lorsqu'elle cessa de les taquiner.) *Je suis tellement heureuse pour vous deux. Malheureusement, le monde ne vous attendra pas. Raven veut vous parler...*

— *Très bien, on arrive*, soupira Aurian avec résignation. *Enfin, dès qu'on arrivera à faire signe à des Ailés de venir nous chercher.* (Elle roula sur le dos et jura.) Aïe ! Sur quoi diable suis-je allongée ?

— Ô, dieux, s'écria Anvar, consterné. Ça m'est complètement sorti de l'esprit. C'est la Harpe, Aurian. J'ai obtenu la Harpe des Vents !

— Comment ? s'exclama Aurian. Mais pourquoi tu ne me l'as pas dit plus tôt, bon sang ?

Anvar sourit.

— Eh bien, j'étais quelque peu distrait... Tiens, rhabillons-nous avant de mourir de froid, ensuite je te la montrerai. Mais avant toute chose... (Anvar rendit le Bâton de la Terre à Aurian avec un grand geste élaboré.) Je crois que ceci vous appartient, ma dame.

L'expression de joie et de soulagement qui se peignit sur le visage d'Aurian lorsqu'elle prit le Bâton fit sourire Anvar. Puis il lui tendit la Harpe et la Mage écarquilla les yeux avec émerveillement en découvrant sa beauté chatoyante.

— Oh, Anvar...

Aurian voulut prendre la Harpe des Vents, mais une étrange et puissante réticence s'empara d'Anvar à l'idée de remettre l'Artefact entre les mains de quelqu'un d'autre. La Harpe aussi parut s'opposer à un changement de propriétaire. Des vibrations stridentes parcoururent le corps d'Anvar tandis que l'instrument résonnait de manière discordante.

— *Non...*, se mit à chanter la Harpe. *Non !*

Elle parut échapper de sa propre volonté aux mains tendues d'Aurian. Anvar se tendit avec inquiétude en voyant la Mage froncer les sourcils. Une ombre parut s'abattre entre eux. Puis Aurian se détendit et secoua la tête avec une grimace ironique. Le soleil réapparut et Anvar put respirer de nouveau.

— Eh bien, de toute évidence, elle sait ce qu'elle veut, et visiblement, ce n'est pas moi, commenta la Mage à regret. Quelle imbécile je fais – j'aurais dû le savoir. Tout se tient, Anvar. Tu as obtenu la Harpe tout comme j'ai obtenu le Bâton – et franchement, de nous deux, c'est toi le musicien. (Elle prit une profonde inspiration.) Cela ne pouvait pas mieux tomber.

Anvar fut à la fois stupéfait et confondu face à une telle générosité d'esprit.

— Mais tu étais censée retrouver les Artefacts, protesta-t-il.

Aurian secoua la tête.

— Personne n'a jamais dit ça, ni le Dragon ni le Léviathan. Ils ont juste dit qu'on allait avoir besoin des trois. Le Dragon a promis que l'Épée serait à moi, quant aux autres... Anvar, je suis vraiment heureuse que tu possèdes la Harpe. Après tout ce que nous venons de partager, je ne supporterais pas l'idée que les Artefacts deviennent un sujet de discorde entre nous.

Anvar la serra contre lui – dieux, apparemment, il n'arrivait pas à se lasser de son contact.

— Tu pourras utiliser la Harpe au besoin, assura-t-il. Je l'obligerai à t'obéir. C'est juste que c'est encore nouveau pour moi.

Aurian acquiesça d'un air grave.

— Je vois exactement ce que tu veux dire. Quand je pense au temps qu'il m'a fallu pour maîtriser le Bâton au début... (Elle soupira.) Et puisqu'on parle de difficultés, il est temps de prendre la route. Nous devons mettre les choses au point avec Raven, puis je dois retourner auprès de Loup. Et si nous arrivons à obtenir l'aide des Xandims...

Elle hésita et ses yeux verts parurent se perdre dans la contemplation du lointain.

— Alors quoi ? demanda gentiment Anvar.

L'expression d'Aurian se durcit.

— Alors nous repartirons vers le nord, vers Nexis, afin de nous occuper de Miathan une bonne fois pour toutes – et d'Eliseth aussi. (Elle frissonna.) Ô dieux, je suis si lasse et si écœurée de cet interminable hiver qu'elle nous impose.

Brusquement, Anvar sut ce qu'il devait faire. Il débordait tellement de joie et d'émerveillement grâce au fait qu'Aurian avait enfin accepté leur amour, qu'il voulut lui offrir quelque chose, un beau cadeau, merveilleux et spécial... Il se tourna vers elle en souriant.

— Tes désirs sont des ordres, lui dit-il gaiement.

Puis, prenant la Harpe des Vents, il commença à jouer.

La musique étoilée, sauvage et surnaturelle de l'Artefact s'éleva en tourbillonnant, tandis que le pouvoir de la Haute Magie faisait vibrer le corps d'Anvar. Très haut sur le toit du monde, la neige de l'hiver d'Eliseth commença à fondre, et le dégel se répandit à travers le territoire des félins et les terres des Xandims. Dans le désert de joyaux, les terribles tempêtes de sable s'éteignirent et la poussière de gemme retomba sur le sol comme une pluie qui tambourine. Des vents chauds porteurs d'une musique chatoyante traversèrent l'océan, et le printemps, à la demande d'Anvar, arriva enfin sur les terres du Nord.

Lorsque Aurian comprit ce que faisait Anvar, un sourire se dessina lentement sur son visage. Pendant un instant, elle se souvint du serviteur terrorisé, crasseux et couvert de bleus qu'elle avait sauvé voilà si longtemps et elle crut que son cœur allait éclater d'amour et de fierté. Puis elle aussi souhaita lui donner à son tour une preuve de son amour.

Posant la main sur l'épaule d'Anvar qui continuait à jouer, Aurian invoqua les pouvoirs du Bâton de la Terre dont elle appuya l'extrémité sur le sol. Lorsque le halo émeraude jaillit autour de l'Artefact, les montagnes et les terres qui s'étendaient au-delà retrouvèrent leur verdure. Les arbres se couvrirent de feuilles et de bourgeons et les fleurs jaillirent de terre à leur pied, tapissant la terre de couleurs vibrantes tandis que les chaînes de ce triste hiver tombaient en poussière et que le monde, comme le cœur d'Aurian, renaissait.

La Mage exultait. Elle sourit en imaginant la colère de l'Archimage. Même s'il restait encore beaucoup à faire, Anvar et elle venaient enfin de porter le premier coup à Miathan.

Loin au nord, dans une haute tour de la cité de Nexis, Eliseth se mit à trembler.

9021

Composition Nord Compo
Achevé d'imprimer en France (La Flèche)
par CPI Brodard et Taupin
le 26 juillet 2009. 53536
Dépôt légal juillet 2009 EAN 9782290016206

Éditions J'ai lu
87, quai Panhard-et-Levassor, 75013 Paris
Diffusion France et étranger : Flammarion